KB263423

역사의 일요일, 역사 이후의 일요일

식민지의 근대문학

저자

이경훈(李京塤, Lee, Kyoung-Hoon)

연세대학교 국어국문학과를 졸업하고 동 대학원에서 박사학위를 받았다. 현재 연세대학교 국어국문학과 교수로 재직 중이다. 『이광수의 친일문학 연구』(1998), 『어떤 백년, 즐거운 신생』(1999), 『이상, 철천의 수사학』(2000), 『오빠의 탄생』(2003), 『대합실의 추억』(2007) 등을 썼다.

역사의 일요일, 역사 이후의 일요일 식민지의 근대문학

초판인쇄 2018년 1월 21일 **초판발행** 2018년 2월 5일

지은이 이경훈 **펴낸이** 박성모 **펴낸곳** 소명출판 **출판등록** 제13-522호

주소 서울시 서초구 서초중앙로6길 15, 1층

전화 02-585-7840 **팩스** 02-585-7848 **전자우편** somyungbooks@daum.net **홈페이지** www.somyong.co.kr

값 47,000원 ⓒ 이경훈, 2018

ISBN 979-11-5905-263-7 93810

역사의 일요일, 역사 이후의 일요일
식민지의 근대문학

The Sunday of History, The Sunday after History

이경훈

쇼명출판

이 책은 저자가 2008년부터 2017년에 걸쳐 학술지에 게재한 논문들을 묶어 펴낸 것이다. 따라서 당연히 이 책은 하나의 관점하에 체계적으로 구성된 것이 아니다. 그러나 식민지 시대의 텍스트들을 대상으로 근대문학과 근대에 대해 논의하고 있다는 점에서, 이 책에 실린 글들은 일관된 면모를 보이기도 한다. 더 나아가 그 동안 필자가 수행했던 근대문학 연구의 연장이라는 점에서도 이 글들은 일관성을 지니고 있다.

그런데 이 일관성과 관련해 필자는 얼마 전부터 스스로에게 묻고 있다. 그것은 필자가 왜 주로 식민지 시대의 텍스트만을 논의하고 있는가, 그리고 그것은 어떤 의미가 있는가 하는 질문이다. 물론 이 물음에 대해서는, 필자의 연구 행태에 대한 긍정적이거나 비판적인 평가를 수반하는 몇 가지 답변이 가능할 것이다.

하지만 중요한 사실은 이러한 물음이 자문자답을 위한 것이 아니라는 점, 즉 해답을 제출해서 제기된 문제를 해결해 버리기 위한 것이 아니라는 점이다. 오히려 위와 같이 질문함은 그 질문을 끝내고자 함이 아니라 계속 유지하기 위함이다. 그리고 그렇게 함으로써 식민지 시대나 그 시대의 텍스트는 물론, 이것들을 주요 연구 대상으로 삼는 필자의 태도에 대해서도 본격적으로 반성하는 입장을 얻으려 하는 것이다.

달리 말해 필자 자신을 불안하고 신경 쓰이게 하는 위의 질문과 함께, 필자는 앞으로도 꽤 오랫동안 식민지 시기 텍스트들에 대한 공부를 멈추지 않을 것이다. 핵심은 언제까지 탐구하느냐가 아니라 어디까지 도달할 수 있느냐에 있지만 말이다.

짧은 머리말을 끝내기 위해 이 책의 내용에 대해 간단히 소개하면 다음과 같다.

1부의 글들은 김동인, 박태원, 염상섭, 이광수, 이인직, 임화, 채만식, 한설야, 현진건 등의 텍스트에 구현된 유학, 언어, 돈, 도시, 공간, 일본, 시장, 이름, 젠더 등의 테마를 분석하면서 식민지 근대의 형성 및 그 다양한 양상에 대해 논의하고 있다.

2부의 글들은 김남천, 박태원, 이태준, 이효석, 채만식, 최명익, 현경준 등이 서사화한 전향, 직업, 서양, 과학, 관광, 만주, 아편, 건축, 실내장식 등의 이슈를 통해 식민지 시대 말기의 복잡한 역사적, 사회적, 개인적 상황과 그 문학적 의미에 대해 고찰하고 있다.

3부의 글들은 이광수의 작품을 중심으로 식민지 문학이 제도화되는 초기의 모습, 연애와 실연, 식민지인의 원한, 복수, 근대의 초극, 내선일체 등에 대해 논하고 있다.

4부의 글들은 이상의 텍스트들을 집중적으로 다루면서 그 서사적 특질과 수사학, 문학사적 의의 등을 규명하고 있다.

그동안 필자의 학문과 삶에 크고 작게 관여했던 선배, 후배, 동료 학자들과 가족께 깊이 감사드린다. 그리고 이 책이 출판될 수 있도록 도와주신 연세대학교 근대한국학연구소와 소명출판에도 감사를 표한다.

2018년 1월 20일

이경훈

차례

3장 소설가 이상 씨 MONSIEUR LICHAN의 글쓰기
―「지도의 암실」을 중심으로

4장 이상의 「一九三一年(作品 第一番)」에 대한 몇 가지 주석

1부

1장

어머니를 가르친 딸

「혈의 누」라는 어학교

1. 고장팔과 호텔 뽀이

「혈의 누」의 발단은 청일전쟁이다. 청일전쟁 난리통에 옥련의 가족이 흩어지게 됨으로써 이야기가 발생한다. 달리 말하면 「혈의 누」는 청일전쟁을 문학적으로 전유한다. 이 국제적 사건을 재현함으로써 소설은 구체적인 역사 속에 놓이게 되었으며, 옥련의 개별적 삶과 조선 민족이라는 근대적 전체성을 매개하는 허구적 형식을 탐구할 수 있었다. 따라서 일본인 계모가 옥련에게 "네 운수 좋으려고 일청전쟁이 난 것"[1]이라고 말한 것은 묘하다.

하지만 계모의 의견과는 달리 청일전쟁은 "운수"를 인정하지 않는 세계의 일이다. 따라서 옥련이 운 좋게 다리의 상처를 치료하는 등 여러 도움을 받을 수 있었던 것은 흥미롭다. 즉 옥련이 이야기의 중심에 있을 수 있었던 것은 그녀가 정상군의井上軍醫, 통변通辯, 구완서, 호텔 뽀이 등을 만났기 때문이며, 그 점에서 「혈의 누」는 옥련의 성장담인 동시에 옥련

---

1 이인직, 「혈의 누」, 『만세보』, 1906.9.2. 표기는 인용자가 수정함. 이하 동일.

이 도움을 받는 이야기다. 예컨대 그녀가 일본에서 심상소학교 교육을 받고 화성돈의 고등소학교를 우등으로 졸업할 수 있었던 것은 일본군 통역 및 정상 군의의 동정, 그리고 구완서의 유학비 지원 덕분이었다. 더 나아가 부친과 재회할 수 있었던 것 역시 미국 호텔 뽀이의 친절 때문이었다.

따라서 이러한 일들은 "운수"를 강조하는 계모의 말보다는 "문명제국 인사는 동정이 풍부하여 자선 헌신 관서寬恕 공익 등의 제 미질美質이 풍부"[2]하다고 한 이광수의 논의를 상기시킨다. 옥련은 "운수"가 좋았던 것이 아니다. 오히려 "운수"가 나빴던 옥련은 문명인의 다음과 같은 '동정'과 조력을 받으며 "운수"를 극복, 부정하고자 했다.

> 하루는 뽀이가 신문지 한 장을 가지고 옥련의 방으로 오더니 그 신문을 옥련의 앞에 펼쳐 놓고 (뽀이)의 손가락이 신문지 광고를 가리킨다.
> 옥련이가 그 광고를 보다가 깜짝 놀라서 눈물이 펑펑 쏟아지면서 얼굴은 발개지고 웃음 반 눈물 반이라.[3]

그런데 옥련이는 다른 사람을 돕기도 했다. 예컨대 "일본에 처음" 온 구완서는 "내가 여기만 와도 이렇듯 답답하니 미국에 가면 오죽하겠느냐. 너는 타국에 와서 오래 있었으니 별 물정 다 알겠구나"라고 하면서 옥련에게 동행을 제의했다. 그가 옥련을 "공짜 유학"[4]시킨 데에는 그들이 모두 "나라의 백성"이라는 점뿐 아니라, 옥련의 도움을 받을 수 있으

---

2   이광수, 「동정」, 『청춘』 3호, 1914.12, 58쪽.
3   이인직, 「혈의 누」, 『만세보』, 1906.9.29.
4   1부 2장 「식민지의 돈 쓰기」를 참고할 것.

리라는 구완서의 판단도 관여했다. 따라서 상부상조하는 두 사람은 이광수가 말하는 "일인칭복수"[5]로서 민족을 구현하는 동시에 평등한 개인 간의 사회적 계약 관계도 암시한다. 이는 구완서가 결혼을 논하며 "외짝 해라 하기 불안"하므로 "말부터 영어로 수작하자"고 한 이유와도 무관하지 않다.

한편 옥련의 어머니도 여러 도움을 받는다. 그녀는 총을 쏜 일본군 덕분에 "북두갈고리 같은 농군의 험한 손"에서 벗어나 귀가할 수 있었으며, 고장팔의 도움으로 목숨을 건질 수도 있었다. 다음은 옥련 모친이 고장팔에게 구조되는 장면이다.

그 배 속에서 사공 하나와 평양성 내에 사는 고장팔이라 하는 사람과 단 둘이 달밤에 윷을 노는데 그 사공과 고가는 각 어미 각 아비 자식이나 성정은 어찌 그리 닮았는지 사공이 고가를 닮았는지 고가가 사공을 닮았는지 벌어먹는 길만 다르나 일만 없으면 두 놈이 한데 붙어 지낸다.

무엇을 하느라고 같이 붙어 지내는고. 둘 중에 하나만 돈이 있으면 서로 꾸어 주며 투전을 하고 둘이 다 돈이 없으면 담배 내기 밤윷이라도 아니 놀고 못 견딘다. 하루 밥을 굶어라 하면 어렵게 여기지 아니하나 하루 노름을 하지 말라 하면 병이 날 듯한 놈들이라, 그 밤에도 고가가 그 사공을 찾아가서 단 둘이 밤윷을 놀다가 물 위에서 이상한 소리가 들리나 윷에 미쳐서 정신을 모르다가 물 위에서 웬 사람이 떠내려 오다가 배에 걸려서 허덕거리는 것을 보고 급히 뛰어내려서 건진즉 한 부인이라.[6]

여기서 중요한 것은 고장팔의 행동이 군의, 통변, 뽀이의 행위와 구별

---

5   이광수, 「소년에게」, 『이광수 전집』 17, 삼중당, 1962, 240쪽.
6   이인직, 「혈의 누」, 『만세보』, 1906.8.4.

된다는 점이다. 화자가 죽은 장수와 군사들을 평가하며 "죽어도 제 직분"이라고 서술하는 데에서도 알 수 있듯이, 군의, 통변, 뽀이의 행위는 직무에서 비롯된 것이다. 호텔 뽀이는 자기를 데리고 가면 상금을 받을 것이라고 하는 옥련에게 "상금은 원치 아니하나" "부녀가 서로 만나 기뻐하시는 모양"을 보고 싶다고 대답한다. 그가 중시하는 것은 "이 호텔에서 몇 해 간 귀양을 모시고 있던 정분"이다. 즉 호텔 보이가 옥련을 도운 것은 "인간관계를 규율하는 복합적인 제도 내부에서 그 자신의 신분과 위치가 규정되어 있기 때문"[7]이며, 옥련과의 "정분" 역시 호텔 직원으로서의 그것이다. 정상 군의의 집에서 일하는 설자雪子처럼, 그는 "상금"이 아니라 "월급"[8]을 받을 것이다.

그러나 호텔 뽀이나 일본 병사와 비교했을 때 고장팔의 직업은 명시되지 않는다. 그는 직무의 일환으로 옥련 모친을 구한 것이 아니다.[9] "일만 없으면 두 놈이 한데 붙어 지낸다"는 서술에서 알 수 있는 것처럼, 고장팔은 일 없는 뱃사공과 함께 무위도식을 일삼고 있다. 즉 고장팔의 행동은 직업과 상관없는 시간과 장소에서 밤윷을 두고 노름을 하다가 일어난 예외적이고 우연적인 일이다. 이때 고장팔과 사공이 한데 붙어 "대동강 배 속에 밤잠 아니 자고" 노름을 하게 된 것은 그 둘의 "성정"이 닮아서가 아니라 두 사람의 사회적 위치가 비슷했기 때문이다. 다시 말해 장팔이가 "노름 덕으로" 옥련 모친을 살리게 된 일은 다음과 같은 개인적, 역사적 상황에서 비롯되었다.

---

7   조형래, 「근대 한국의 과학과 문학 개념 형성과정 연구」, 동국대 박사논문, 2014, 126쪽.
8   이인직, 「혈의 누」, 『만세보』, 1906.8.25.
9   뱃사공이 옥련 모친의 구조에 참여했다는 서술은 없다. 그가 옥련 모친의 구조에 참여했다 하더라도 그것이 직무의 일환으로 일어난 일은 아니다.

　　고장팔의 모가 본래 최씨 집 종인데 삼십 전부터 드난은 아니 하나 최씨의 덕
으로 살다가 최씨가 이사 갈 때에 장팔의 모는 상전을 따라가고자 하나 장팔이
가 노름꾼으로 최씨의 눈 밖에 난 놈이라 최씨를 따라가지 못하고 끈 떨어진 뒤
웅박 같이 평양에 있었더니[10]

　　인용문은 고장팔을 "'다른 곳'에 있을 수 없"[11]게 하는 기존의 신분 질서
가 사라지고 있지만, 그것을 대신해 사회 구성원들을 재배치할 시민적 직
업세계가 부재하거나 미분화된 상태를 암시한다. "상전"을 따라가지 못한
장팔과 장팔어미는 그저 "최씨 집 종"이 아닐 뿐이다. 과거의 신분은 부정
되었지만 새로운 질서와 위치 속에 적극적으로 자리 잡지 못한 채, 그들은
모자관계 이외의 사회적 관계를 맺고 있지 못하다. 당연히 고장팔은 엉뚱
한 장소에서 "노름"이나 할 수밖에 없다. 그러므로 옥련 모친을 구함으로
써 "노름하는 칭찬도 들을 만하게" 된 고장팔은 결국 진정한 조력자에는
미달한다. 이광수의 표현을 빌리면 그는 "부랑자적 인물"[12]에 불과하다.
손님에게 신문을 갖다 주는 호텔 뽀이와 달리, 그는 "누워서 천도天桃 떨어
지기를 기다"린 셈이며, "운수" 좋게도 그 일에 성공했던 것이다.

10　이인직, 「혈의 누」, 『만세보』, 1906.8.11.
11　자크 랑시에르, 오윤성 역, 『감성의 분할』, b, 2008, 14쪽.
12　이광수, 「민족개조론」, 앞의 책, 203쪽.

2. 옥련 어머니의 위치

그러므로 고장팔은 남편과 딸을 잃고 어두운 산속을 헤매는 옥련 모친과 동류다. 그녀가 어디가 어딘지도 모르는 채 방황하는 것은 국제사회에서 주권적 위치를 명확히 하지 못한 조선의 처지를 상기시킴과 동시에 "김관일의 부인"이자 옥련의 어머니로서 보유한 그녀의 정체성과 사회적 관계가 상실되고 단절된 상황을 환기한다. 과장해 말하면 가족이 없을 때 그녀는 아무 것도 아니며 아무 곳에도 존재하지 않는다. 부친 최항래가 등장하면서 "춘애"라는 이름이 알려지는 것은 그 때문이다. 이제 그녀는 최항래의 딸로서만 존재한다. 이와 관련해 권보드래는 다음과 같이 논의한다.

> 「혈의 누」가 보여주듯 주인공이 집을 나선다는 '탈가脫家'의 모티프 자체가 전쟁의 산물이다. 그리고 이 전쟁은 10여 년 전 청일전쟁인 동시 바로 연전에 겪은 러일전쟁이다. 전쟁 전후의 대변동 속에서 집안의 존재들은 대거 집밖으로 밀려난다. 근본적으로 '집안'의 존재였기에 가계家系에 의해 지탱될 수 있었던 주인공들은 이제 낯선 환경, 낯선 시·공간 좌표에 놓이는 상황을 경험하게 되었다. 이는 내재적인 정체성의 보증이 사라지고 외적인 기호 몇 가지로 사람을 판별해야 하는 상황이기도 했다. [13]

위의 서술이 논의하듯이 "탈가의 모티프"는 「혈의 누」의 한 가지 핵심이다. 그런데 인용문에 등장하는 "내재적 정체성"이라는 말에는 오해의

---

[13] 권보드래, 『신소설, 언어와 정치』, 소명출판, 2014, 81쪽.

소지가 있다. "여성 주인공을 홀로 길 위에 던져 놓았던 신소설의 감각"
이 "비非 양반의 속성을 드러내는 감각"[14]이었던 것과는 달리, 옥련 모친
이 내외하는 풍속에 따라 "집안"에 있었던 것은 그녀가 양반임을 표시하
며, 그 사실은 장팔어미가 "양반의 댁 안마당" 운운하며 우편군사를 꾸
짖은 일로도 확인된다. 그런데 양반이라는 전근대적인 신분을 "내재적
인 정체성"으로 볼 경우, 그 사회적 규정성을 희석하면서 신분이나 혈통
을 본래적인 것으로 고착시킬 수 있다. 즉 양반 여성을 "집안의 존재"이
게끔 하는 "가계"와 "내재적인 정체성"이야말로 외재적인 것이다.

　어쨌든 고장팔의 노름과 춘애의 방황은 그들의 정체성이 사회적 관계
에서 비롯됨을 역으로 증명하며, 두 사람 모두 예전의 위치를 잃었다는
점에서 전자가 후자를 구한 우연적인 일은 역사적 개연성을 띠게 된다.
따라서 "낯선 시・공간 좌표"는 단지 물리적인 자리만을 의미하지 않는
다. 이는 과거의 질서가 붕괴되기 시작함에도 불구하고, 또는 최항래가
부산에서 무역업을 벌이고 있으며 "우편군사"가 편지를 배달함에도 불
구하고 다양하게 분화, 구성된 근대적 사회 시스템이 기능하기에는 크게
못 미치는 조선의 상황과도 관련된다. "네가 조선서 자랐으면 공부는 구
경도 못 하였을 것"[15]이라 한 계모의 푸념이나 "우리나라 계집아이 같으
면 조러한 것들이 판판히 놀겠지"[16]라고 한 구완서의 생각에서 알 수 있
듯이, 청일전쟁 시기의 조선에는 근대적 직업은 물론이거니와 보통교육
을 실시할 학교조차 별로 없었다.[17] 따라서 더 이상 옥련 집안의 종이 아

14　위의 책, 56쪽.
15　이인직, 「혈의 누」, 『만세보』, 1906.9.2.
16　이인직, 「혈의 누」, 『만세보』, 1906.9.12.
17　구한국 정부 주도로 근대 교육이 본격적으로 제도화되기 시작한 것은 고종의 「교육입국
　　조서」(1895.2.26) 이후이다. 예컨대 관립소학교는 1895년 7월 19일 칙령 145호에 의해

님에도 불구하고 장팔어미가 "부인이 죽으면 따라 죽을 듯한 마음"을 갖게 되는 것은 이해할 만하다. 장팔어미가 자기 것으로 상상할 수 있는 새로운 정체성은 별로 없기 때문이다.

요컨대 공히 자신들이 존재하던 맥락을 잃고 헤매는 조선인이었다는 점에서 고장팔과 옥련 모친의 만남은 어색하지 않으며, 같은 이유에서 "북두갈고리 같은 농군"이 옥련 모친을 겁탈하려 한 일 역시 충분히 있을 수 있는 일이다. 즉 "동정"의 발현이라는 점에서 문명적인 것으로 평가될 만한 고장팔의 행위와 "야만을 면치 못"한 "북두갈고리 같은 농군"의 행위는 오히려 상통한다. 직업이 없는 것은 "만악萬惡의 본本"[18]이고, "일을 아니 하는 자는 국가나 사회의 죄인"[19]이며, "제 땀 아니 흘리고 의식衣食"하는 자는 "도적"[20]이라고 한 이광수 식 계몽의 입장에서 평가하면, 고장팔 역시 농군 못지않은 "도적놈"이다. 물론 소설이 강조하는 것은 두 사건이 공유하는 역사적 개연성을 극복해 옥련 모친, 고장팔, 농군이 각자의 새로운 자리를 찾아야 한다는 점이다.

따라서 최항래가 자기 딸을 "김집"이라고 부르면서도, "네 집은 외무주장外無主張하니" "나를 따라 부산으로 내려가서 내 집 같이 있으면 좋지 아니하겠느냐"[21]고 제안하는 것은 주의를 요한다. 이는 아버지와 남편

'소학교령'이 발표되고, 같은 해 8월 12일 '학부령' 3호의 '소학교교칙대강'에 의해 세부적 지침이 마련됨으로써 설립되기 시작했다(노인화, 「대한제국 시기 관립소학교의 연구」, 『이화사학연구』, 1988, 449쪽 참조). 오천석은 을사보호조약이 체결될 때까지 소학교령에 의해 설립된 소학교가 서울에 10곳 지방에 50여 곳이라고 논하고 있지만(오천석, 『한국신교육사』(상), 광명출판사, 1975, 91쪽 참조), 『한국 근대 학교교육 100년사 연구』(1)(한국교육개발원, 1994, 20쪽)는 1896년에 38개의 소학교가 설립된 이후 1905년까지 109개교가 설립되었음을 밝히고 있다.

18 이광수, 「농촌계발」, 앞의 책, 89쪽.
19 이광수, 「민족개조론」, 위의 책, 205쪽.
20 이광수, 「동경잡신」, 위의 책, 498쪽.

사이를 오가는 데에 한정되었던 여성의 자리를 재차 확인하기 때문이다. 춘애가 "이 집을 지키고 있다가 몇 해 후가 되든지 이 집에서 다시 가장의 얼굴을 만나보겠"다고 대답하는 것 역시 마찬가지다. 어디까지나 그녀는 "김집"임을 유지하고자 한다. 껍데기뿐인 그 "김집"은 "가장"의 귀환 후에야 완전한 "김집"으로 회복될 것이다. 그러므로 "빈 집을 보면 일삼아 들어"가는 군사들이 춘애를 발견하고 도로 나가버렸다는 점에서 그녀의 집은 "빈 집"이 아닌 동시에, 김관일을 중심으로 하는 가족이 해체되었다는 점에서 "빈 집"이기도 하다. "빈 집"과 관련해서는 아래의 논의를 참고할 수 있다.

> '빈집'으로서의 최씨 부인은 더 나아가 남성들이 사라져 버린 '조선'이라는 공간에 대한 은유가 된다. 최씨 부인은 남편과 딸이 돌아오기를 기다리고 있는 '빈집'이며 비유적으로는 위기에 처한 '나라집' 즉 조선이라는 '국가國家'를 의미하게 되는 것이다.[22]

위의 글은 춘애가 "빈집을 빈집으로 남아 있을 수 있도록" 함으로써 "텅 빈 공간에 장소성을 부여"[23]했다고 평가한다. 또한 이 글은 "'빈집'으로서의 최씨 부인에게 '편지'로서의 옥련이 제대로 도착함으로써"[24] "가족의 복원"이 성취된다고 설명하면서, 이러한 "상징계의 복원("문자의 복원")"이 "'조선'이라는 공간의 회복을 의미"[25]한다고 논한다.

---

21 이인직, 「혈의 누」, 『만세보』, 1906.8.16.
22 이형진, 「옥련의 편지와 기표로서의 여성」, 『현대소설연구』 49, 2012, 156쪽.
23 위의 글, 154쪽.
24 위의 글, 162쪽.
25 위의 글, 160쪽.

이러한 논의는 흥미로우며 설득력도 있다. 그런데 앞서도 말했듯이, "김집"은 부재가 아니라 결여된 존재로서 "김집"이고, 그녀의 집은 빈 집이 아니면서도 빈 집이므로 "빈집으로서의 최씨 부인"을 "텅 빈 공간"으로 보는 것은 문제를 단순화할 수 있다. 또 옥련의 편지를 모친이 받게 됨으로써 "조선이라는 공간"이 "회복"된다는 파악 역시 그러하다. 소설이 강조하는 것은 "텅 빈" 기존의 공간을 회복하는 것이 아니라 사라지거나 남아 있는 사람들을 근대 민족의 인구population로서 포착, 조직하는 일이며, 온갖 변동과 갈등 속에서 주권의 위기에 처한 조선을 근대적 정치 경제 단위로 재구성하는 일이기 때문이다.

그렇다면 이와 관련해 우리는 소설에서 평양, 인천, 부산, 신의주는 물론 신호, 마관, 대판, 동경, 상항, 화성돈 등의 외국 도시가 언급되면서도 조선의 수도인 서울이 등장하지 않는다는 점에 주목할 필요가 있다. 조선의 도시들은 국토의 경계를 상상하게 하며, 외국의 도시들은 조선의 세계 내 위치를 지리적으로 표시한다. 그러나 그와 동시에 서울이 부재하는 이 지리학은 "광무光武"라는 연호를 사용하고 있음에도 불구하고 주권이 풍전등화 상태에 있으며, 수도와 지방 사이의 교통이 열악할 뿐 아니라 노름 이외에 할 일도 별로 없지만, 그런 만큼 문명개화의 의지도 충만한 조선의 상태도 암시한다. 이 복잡한 상황 및 여러 역학관계와 연동되면서 "가장"이 없는 대신 장팔 어미를 다시 "행랑"에 들인 춘애의 집은 여러 문제에 처한 "조선이라는 국가"를 은유하게 되는 것이다.

즉 소설이 중시하는 것은 재회 및 관계의 "회복"과 "복원"이 아니라 옥련과 구완서가 유학과 결혼을 통해 이미 맺었거나 앞으로 맺을 새로운 관계다. 옥련이 부모의 집에 돌아가는 일보다는 그녀가 구완서와 함께 집을 신축하는 일이 중요하다. 이 젊은이들의 집이야말로 주권의 장소이자 조선의 미래가 투사될 곳이다. 거기에서 이들의 우연적이고 자의적恣意的인 만남은 필연적이고 자의적自意的인 결합으로 인정될 것이며, 옥련어머니가 지켰던 빈 집 아닌 "빈 집"은 과거를 매개하며 소멸될 것이다.[26] 새로 획득되어야 하는 옥련 모친의 위치는 이 역사적 운동 자체다. 따라서 "조선이라는 공간의 회복"은 이들의 최종적인 "목적"이 될 수 없다. 실로 소설은 서울을 언급하지 않는 대신 등장인물로 하여금 일본과 만주를 포괄한 "문명한 강국"의 중심(서울)으로 조선을 상상하게 함으로써 과거의 조선을 지정학적이고 미래지향적으로 지양(구성)하고자 한다. 즉 "제 나라 형편 모르고 외국에 유학한 소년 학생" 구완서는 다음과 같은 마음을 품었다.

> 구씨의 목적은 공부를 힘써 하여 귀국한 후에 우리나라를 독일국과 같이 연방을 삼아서 일본과 만주를 한데 합하여 문명한 강국을 만들고자 하는 비사맥 같은 마음이오.[27]

---

26 따라서 「모란봉」에서 김관일의 집이 불에 타 사라지는 것은 의미심장하다. 그러나 서일순이 방화를 획책하면서 옥련과 구완서의 결혼을 방해하는 데에서도 알 수 있듯이, 옥련과 구완서의 결합을 통해 "빈 집"을 지양하는 일이 쉽지는 않을 것이다.

27 이인직, 「혈의 누」, 『만세보』, 1906.10.4.

3. 바바소리 · 까마귀소리 · 총소리

또 한 가지 논의할 것은 "일청전쟁의 총소리"로 서사가 시작된 후, 소설 전체에 걸쳐 계속 "소리"가 묘사되거나 언급된다는 점이다.[28] 시대의 바람이 일으킨 이 「혈의 누」의 만뢰萬籟는 "대동강 물소리", "까마귀 소리", "총소리" 등 자연이나 사물에서 발생하는 각종 음향과 "어미가 자식 부르는 소리"나 "고국말소리" 등의 말소리(언어)로 구분된다. 그리고 이 대립을 근거로 「혈의 누」의 핵심 테마가 도입된다. 다음을 보자.

---

28 그 사례를 순서대로 보이면, "그따위 소리", "대동강 물소리", "사람의 소리", "반가운 마음에 소리를 질렀더라", "숨소리는 크고 목소리는 아니 나온다", "불측한 소리", "닭소리, 개소리", "어미가 자식 부르는 소리, 자식이 어미 부르는 소리, 서방이 계집 부르는 소리, 계집이 서방 부르는 소리, 이렇게 사람 찾는 소리뿐이라", "피가 시내 되어 대동강에 흘러 들어 여울목 치는 소리", "평양 백성의 원통하고 설운 소리", "불 소리", "방 속에서 벼락 치는 소리", "외마디 소리", "궤櫃가 떨어질 때 난 소리", "양익兩翼 탁탁 치며 꼬끼요 우는 소리", "인人의 소리가 들리면 뛰어나가 보고 구狗가 짖으면 또 쫓아가서 본다", "물 위에서 이상한 소리", "웃음소리", "기차는 입으로 연기를 확확 뿜으면서 배에는 천동 지동하듯 구르며", "인력거 바퀴 소리", "칭찬하는 소리", "호외, 호외, 호외, 호외라고 소리를 지르며", "에구 소리", "옥련이는 소리쳐 울고 부인은 소리 없이 눈물만", "듣기 싫던 중에 더구나 듣기 싫던 소리", "소리를 삼키고 눈물을 흘리다가", "옥련아, 옥련아, 부르는 소리", "가슴 아픈 소리", "자명종은 새로 세 시를 땅땅 치는데 노파의 코 고는 소리는 반자를 울린다", "바닷물은 대답하는 듯이 물소리가 솟구쳐서 천하가 다 물소리 속에 있는 것 같은지라", "'웬 계집아이가 남의 앞에 와 섰다' 하는 소리", "고국말소리", "'어디 가 좀 앉을 곳이 있어야지, 서서 갈 수가 있나' 하는 소리", "목이 메이는 소리", "정거장 호각呼子한 소리", "알아듣지도 못하는 소리", "[바바…] 하는 소리 같고 말 하는 소리 같지는 아니한지라", "또 [바바] 하는 소리 같고 말하는 소리 같지 아니하다", "소리를 버럭 지르니", "명절이라고 와글와글", "거문고줄 양금채는 꾀꼬리 소리 같은 여청 시조를 어울려서 이 골목 저 골목, 이 사랑 저 사랑에서 어디든지 그 소리 없는 곳이 없다", "무서운 생각이 더럭 나서 소리를 지르다가 가위를 눌렀더라", "옥련의 가위 눌리는 소리", "괴상한 소리", "문소리", "탄식하는 소리", "까막 까막 깍깍 짖는 소리", "까마귀 소리", "조선 풍속에 까마귀 보고 하는 욕은 장팔어미가 모르는 것 없이 주워섬기며 소리를 버럭버럭 지르니 그 까마귀가 공중에 높이 뜨더니 깍깍 짖으며 모란봉에로", "편지 받아 들여가오, 두세 번 소리하는 것은 우편군사라" 등이다.

옥련의 말하는 소리를 듣고 무엇이라 대답하는지 서생과 옥련의 귀에는 [바바…] 하는 소리 같고 말 하는 소리 같지는 아니한지라

그 부인이 뒤에 후로고투 입은 남자를 돌아보면서 또 [바바바…] 하니 그 남자는 청국말을 하는 양인이라 청국말로 무슨 말을 하는데 서생과 옥련의 귀에는 또 [바배 하는 소리 같고 말소리 같지 아니하다.[29]

영어와 청국말을 모르는 옥련과 구완서에게 두 외국어는 인간의 말이 아니라 "바바" 하는 음향으로 수용된다. 그리고 이 외국어 불통 사태는 소설의 원초적 장면이라 할 만한 상황을 이룬다. 옥련 모친은 "서로 말은 못하고 벙어리가 소牛를 몰고 가듯" 하는 일본 병사에 의해 헌병부로 잡혀 가며, 옥련은 "벙어리 심부름 하듯" "병정 손짓하는 대로만 따라간다". "미국을 가면 글자 한 자 모르고 말 한 마디 모르는 사람이 어찌 고생을 할는지"라고 걱정했던 구완서의 처지 역시 예외는 아니다. 외국어는 "까마귀 소리"나 "개소리"보다도 해독되지 않는다. "까마귀 소리"는 재수 없음을 상징함으로써 장팔 어미의 욕설로 화답되고 있으며, 개가 "멍멍 짖으며 따라"오는 것은 집에서 기르던 개가 옥련 모친을 알아보았음을 뜻하기 때문이다.

따라서 소설이 역사적 당위로서 강조하는 것은 "바바" 소리를 알아들을 수 있어야 한다는 것이다. 사실 외국어를 "바바" 하는 소음으로밖에 인지하지 못하는 조선과 조선어 자체가 여러 문명국 및 그 언어와의 관계에서 "[바바…] 하는 소리 같고 말하는 소리 같지는 아니한" 처지에 있다. 조선인이야말로 "바르바로스barbaros, barbarian"[30]며, 그 사실로

---

29 이인직, 「혈의 누」, 『만세보』, 1906.9.18.
30 고대 그리스인들이 혀 짧은 말로 지껄이던babble 사람, 즉 "문명화된 인간의 언어로 말하

인해 "어미가 자식 부르는 소리, 자식이 어미 부르는 소리, 서방이 계집 부르는 소리, 계집이 서방 부르는 소리"는 터져 나왔다. 그리고 이 말소리들은 "평양 백성의 원통하고 설운 소리(음향)"로 전락했다.[31] 과장해 말하면 외국어로 번역되거나 외국어를 번역할 수 없는 조선어는 인간의 입에서 나온 "개소리"다. 그것은 외국어와 동등한 자격으로 대립하는 동시에 내적으로 통일된 단일한 자국어가 아니다. 고립된 그것은 독자적으로 존재하기보다는 부재한다. 따라서 다음과 같은 일도 발생한다.

> 이리 빌고 저리 빌고 각색으로 빌어보나 그 놈의 귀에는 비는 소리가 쓸데없고 하릴없을 지경이라. 언덕 위에서 웬 사람이 소리를 지르는데 무슨 소린지는 모르나 부인은 그 소리를 듣고 죽었던 부모가 살아온 듯이 기쁜 마음에 마주 소리를 질렀다.
>
> (부인) 사람 좀 살려 주오……
>
> 하는 소리가 아무리 부인의 목소리라도 죽을 심을 다 들여서 지르는 소리라 산골이 울리니 언덕 위에 사람이 또 소리를 질렀다. 언덕 위와 언덕 밑이 두 간 길이쯤 되나 지척을 불면하는 칠야에 서로 모양도 못 보고 또 서로 말도 못 알아듣는 터이라 언덕 위에 사람이 총을 한 방 놓으니 반중에 총소리라 산이 울리면서 사람이 모여드는데 일본 보초병이라.[32]

지 않았던 사람"(David Spurr, *The Rhetoric of Empire*, Duke University Press, 1993, p.102)을 지칭하던 말이다. 'babble'은 시냇물소리를 지칭하기도 하므로 그 점에서도 인간의 말에 미달한다.

31 이 소리들은 "어머니를 부르는 어린애를 부르는, / 남도 사투리"(「해협의 로맨티시즘」)나 "어버이를 잃은 어린 아이들의 / 아프고 쓰린 울음", "나는 울음소리를 무찌른 외방 말을 역력히 기억하고 있다"(「현해탄」) 등과 같은 임화의 시 구절을 상기시킨다. 이경훈, 「미두·온천·영어」, 『오빠의 탄생』, 문학과지성사, 2003를 참고할 것

32 이인직, 「혈의 누」, 『만세보』, 1906.7.25.

의사소통의 실패는 조선어 화자와 외국어 화자 사이에만 발생하지 않았다. 옥련 어머니의 "비는 소리"는 "불측한 소리"를 내뱉는 또 다른 조선어 화자에게 이해되고 수용되지 않았다. 상대방을 전혀 설득하지도 못했다는 점에서 그것은 또 하나의 "바바" 소리였다. 따라서 그녀는 "무슨 소린지"도 모르는 외국말 소리에 오히려 기뻐하면서 "마주 소리를 질렀다". 이렇게 옥련 모친은 말이 통하는 농군이 아니라 "서로 말도 못 알아듣는" 외국인과 대화했으며, 그 결과 "총소리"에 놀란 조선인으로부터 벗어날 수 있었다.

이때 주목할 것은 농군이 옥련 모친의 동족이기보다는 "평생에 그 옷 입은 그런 손길은 만져보기는 고사하고 쳐다보지도 못하던 위인"이었다는 사실이다. 그러했으므로 그는 옥련 어머니를 차지하겠다는 "불같은 욕심"을 더욱더 품게 되었던 것이다. 그렇다면 이는 "명주 같이" 부드러운 손이나 복장 등의 "외적인 기호"[33]가 옥련 모친의 "내재적인 정체성"과 무관하지 않음을 보이는 동시에, 조선어 사용자들끼리의 의사소통이 불가능했던 원인도 알려준다. 그것은 다음과 같이 서술되기도 한다.

(막동) 나라는 양반님네가 다 망하여 놓으셨지요. 상놈들은 양반이 죽이면 죽었고 때리면 맞았고 재물이 있으면 양반에게 빼앗겼고 계집이 어여쁘면 양반에게 빼앗겼으니 소인 같은 상놈들은 제 재물, 제 계집, 제 목숨 하나를 위할 수가 없이 양반에게 매였으니 나라 위할 힘이 있습니까. 입 한 번을 잘못 벌려도 죽일 놈이니 살릴 놈이니 오금을 끊어라 귀양을 보내라 하는 양반님 서슬에 상놈이 무슨 사람값에 갔습니까. 난리가 나도 양반의 탓이올시다.[34]

33　권보드래, 앞의 책.

34　이인직, 「혈의 누」, 『만세보』, 1906.8.9.

농군이 옥련 모친을 겁탈하려 한 것은 양반에게 "재물", "계집", "목숨" 등을 빼앗겼던 전근대적인 정치politics를 배경으로 한다. 그가 옥련 모친에게 "불측한 말"을 한 것은 "입 한 번을 잘못 벌려도 죽일 놈"이 되었던 양반과 상놈 사이의 언어적 "치안the police"[35]을 전복하는 행위였던 셈이다. 두 사람 사이에 평등하고 단일한 조선민족은 성립된 바 없으며, 따라서 민족어나 국어로서의 조선어는 발화되지도 응답되지도 않았다. 농군은 조선어를 "이해할지라도, 그것을 소유하고 있지 않"[36]았다. 따라서 옥련 모친이 자기를 붙잡은 채 떨고 있을 뿐 아무 대답도 없는 농군에게 "벙어리요 도적놈이요"라고 물은 것은 의미심장하다. 다음 문장이 보여 주듯이, 농군은 둘 중 하나가 아니라 둘 다였기 때문이다.

말 한 마디가 엄두가 아니 나던 위인이 불같은 욕심에 말문이 함부로 열렸다.[37]

그런데 다시 생각해 보면, 이 두 명의 조선 거주자가 완전히 다른 말을 하고 있지는 않았음을 알 수 있다. 옥련 모친이 "진서는 무엇인지 모르

---

35 자크 랑시에르는 다음과 같이 말한다. "Politics is generally seen as the set of procedures whereby the aggregation and consent of collectivities is achieved, the organization of powers, the distribution of places and roles, and the system for legitimizing this distribution. I propose to give this system of distribution and legitimization another name. I propose to call it the police. (…중략…) The police is thus first an order of bodies that defines the allocation of ways of doing, ways of being, and ways of saying, and see that those bodies are assigned by name to a particular place and tasks; it is an order of the visible and the sayable that sees that a particular activity is visible and another is not, that this speech is understood as discourse and another as noise." Jacques Rancière, trans. Julie Rose, *Disagreement : Politics and Philosophy*, University of Minnesota Press, 1998, pp.28~29.
36 자크 랑시에르, 오윤성 역, 앞의 책.
37 이인직, 「혈의 누」, 『만세보』, 1906.7.25.

겠"다고 한 데에서 드러나는 것처럼, 양반층 내부의 젠더적 문자 분할 속에서 여성 또한 "상놈" 아닌 "상놈"이었다. 옥련이가 여성으로 하여금 "남자에게 압제를 받지 말고 남자와 동등한 권리를 찾게" 하겠다고 생각한 것은 그 때문이다. 그리고 이는 다음 장면이 환기하는 또 하나의 전근대적 관계와도 무관하지 않다.

> 청인 노동자 한 패가 지나거늘 서생이 또 쫓아가서 필담하기를 청하니 그 노동자 중에는 한문자漢文字 아는 사람이 없는지라 손으로 눈을 가리더니 그 손을 다시 들어 홰홰 내젓는 모양이 무식하여 글자를 못 알아본다 하는 눈치라.[38]

"무식"한 "청인 노동자"들은 조선인이 쓰는 "한문자"를 해독하지 못한다. 따라서 구완서는 비단옷 입고 마차 탄 청인을 보고 "저러한 청인은 무식할 리가 만무"하다고 판단했으며, 그에게 "필담으로 대강 사정"을 말할 수 있었다. 이때 이 청인이 "청국 개혁당의 유명한" 강유위康有爲였다는 사실과는 어울리지 않게도 한자 해독 능력은 근대 민족보다는 전근대적 신분(또는 젠더)을 표시한다. 즉 강유위와 구완서의 필담은 민족적 차이보다는 신분적 동일성을 확인한다. 요컨대 한자는 민족이나 국가의 문자가 아니다. 그리고 이 "'세계 제국'의 공통어"[39]는 신분 질서를 바탕으로 성립되었다. 더 나아가 이렇게 특권적으로 한자를 사용하는 일은 보통교육이 일반화되지 않은 조선과 청국의 국내 사정과 함께 양국 사이의 불평등을 지속시킨 사대관계를 반영한다. 한자 필담은 중국어와 조선

38　이인직, 「혈의 누」, 『만세보』, 1906.9.19.
39　가라타니 고진, 이경훈 역, 『유머로서의 유물론』, 문화과학사, 2002, 64쪽.

어를 대립시키는 대신 진서眞書와 언문諺文을 서열화하는 일, 번역 대신 언해諺解를 실천하는 일과 무관하지 않다. 필담은 외적으로 대등하고 내적으로 평등을 성취한 두 국어의 대화가 아니다.[40] 그것은 잔존하는 언어적 조공朝貢으로서, 두 국민들 사이의 대화도 될 수 없으며 국민 내부의 대화도 성립시키지 못한다. 그것은 다음과 같은 의미의 "음성중심주의"를 침묵시킨다.

첫째, 음성중심주의는 '서양'에만 한정되지 않는 문제로서 고찰되어야 한다. 둘째, 일본의 국학이 그러한 것처럼, 그것은 근대 민족nation의 문제와 분리할 수 없다. 한자 문화권인 일본에서 내셔널리즘의 맹아는 무엇보다도 표음적인 에크리튀르écriture를 우위에 놓는 운동 안에서 나타났다. 하지만 이는 일본에 특유한 사태가 아니다.[41]

"일청전쟁의 총소리"와 더불어 소설이 주장하는 것은 수많은 까막눈을 필요조건으로 전제하는 필담의 국제질서가 더 이상 유효하지 않다는 사실이다. 이를테면 구완서가 미국에서 시도한 필담은 궁여지책에 불과했다. "청국말을 하는 양인"의 등장과 함께 오히려 필담은 과거의 질서를 무효화, 박제화한다.[42] 즉 "일청전쟁의 총소리"는 새로운 문법의 근대세계가 외치는 음성중심주의적 명령어로서, "한어漢語나 중국 대륙으

---

40 이경훈, 「번역과 번역문학, 근대와 근대문학」, 『대합실의 추억』, 문학동네, 2007 참고.
41 가라타니 고진, 이경훈 역, 앞의 책, 62쪽.
42 송민호는 소설에 나타나는 '옥연', '옥련', '옥년' 사이의 "음성적 혼란"을 조선이 중화 질서에서 벗어나 민족국가와 제국주의를 기반으로 하는 새로운 질서에 편입되는 과정과 연관시키는 흥미로운 논점을 제시하고 있다. 송민호, 「개화계몽기 문자·음성적 전통의 균열과 이인직의 언어의식」, 『한국문학연구』 41, 2011.

로부터의 문명을 억압적인 지배체제"로 규정하면서 "민족적 본래성"[43]을 고안하라고 촉구한다. 따라서 "포수"를 찾는 장팔 어미의 다음 행동은 단지 까마귀를 쫓기 위한 것만은 아닌 듯도 하다.

슈여 ―, 이 경칠 놈의 까마귀, 포수들은 다 어디로 갔누
소금장사 ―
네어미 ―[44]

4. 번역과 유서

한편 이제까지 논의한 의사소통 실패의 사례들과 비교할 때, 다음과 같은 일본군 통변의 활동은 특히 눈에 띈다.

병원에서 옥련이가 나이 어리고 또한 정경을 불쌍케 여겨서 통사를 안동하여 옥련의 집에 가서 보라 한즉 그때는 옥련의 모친이 대동강 물에 빠져 죽으려고 벽상에 그 사정을 써서 붙이고 간 후이라, 통변이 그 글을 보고 옥련을 불쌍히 여겨서 도로 데리고 야전병원으로 가니[45]

---

43 小森陽一, 『日本語の近代』, 岩波書店, 2000, 137쪽.
44 이인직, 「혈의 누」, 『만세보』, 1906.10.7.
45 이인직, 「혈의 누」, 『만세보』, 1906.8.17.

위의 장면에서 중요한 것은 옥련 모친의 "언문"이 외국인[46]에 의해 읽혔다는 사실이며, 그 글 읽기가 구완서와 강유위의 한자 필담과 다르다는 점이다. 그것은 진서와 언문이 아니라 조선어와 일본어라는 두 국어(속어)를 전제하며, 한문에 매개되기보다는 조선어와 일본어를 직접 관계(대립)시키며 수행된다. 통변은 옥련 모친의 글을 외국어로서 읽었으며, "옥련을 불쌍히" 여기게 된 것은 외국어 해석(번역) 행위를 통해서였다. 이는 주체와 타자의 윤리를 번역으로써 선포한다. 번역은 언어행위에 그치지 않는다. 한편으로 그것은 타자에 대한 지배와 전유를, 다른 한편으로는 타자를 인정(이해)하고 그 처지에 공감(동정)하는 근대적 실천을 함축하거니와, 소설은 후자를 강조하면서 번역(통역)의 인도주의라고 할 만한 테마를 조력자의 역할로 제시한다. 그 점에서 인용된 장면은 평양 전투와 나란히 진행된 언어상의 청일전쟁을 암시한다. 물론 이렇게 통역의 역할을 긍정적으로 보는 데에는 이인직의 친일적 입장 및 그 자신이 "1904년 2월에 일본 육군성으로부터 제1군 사령부 소속 한국어 통역으로 임명"[47]되어 러일전쟁에 종군했다는 사실도 투영되어 있을 것이다.

그런데 통변의 번역이 공교롭게도 옥련과 어머니의 이별을 초래했다

---

46 1894년 6월에 일본 육군사령부 통역관에 임명된 김윤복 같은 조선인 통역이 있었으므로 소설에 등장하는 통변이 조선인일 가능성도 있다. 그러나 소설에는 통변의 국적과 관련된 아무런 언급이 없으므로 일본인으로 생각하고 논의를 전개하겠다. 조선인이라고 할지라도 번역과 관련된 위의 논의는 성립한다. 왜냐하면 통변이 일본인이건 조선인이건 간에 어쨌든 통역과 번역은 수행되기 때문이다. 한편 19세기말에 일본의 조선어 통역 양성은 대마도의 한어학소, 부산 초량의 어학소(1873.10), 동경외국어학교(1880) 등에서 이루어졌다. 한편 구마모토 현이 서울 남산에 세운 낙천굴樂天窟에는 1896년부터 조선어 어학생을 파견했으며, 나카무라 겐타로中村健太郎는 1899년에 이 프로그램의 2기생으로 조선에 오게 된다. 정근식, 「구한말 일본인의 조선어 교육과 통역 경찰의 형성」, 『한국문학연구』 32, 2007.

47 최원식, 『한국계몽주의문학사론』, 소명출판, 2002, 151쪽.

면, 옥련과 아버지의 재회 역시 번역을 매개로 이루어진다. 아래 인용문 중 전자는 김관일이 신문에서 옥련의 졸업 소식을 읽는 장면이며, 후자는 옥련이 부친이 낸 신문광고를 읽는 장면이다.

> 기쁜 마음을 이기지 못하여 도리어 의심을 낸다. 의심 중에 혼자말로 중얼중얼 한다. 조선 사람의 일을 영서로 번역한 것이라 혹 번역이 잘못 되었나 내가 미국에 온 지가 십 년이나 되었으나 영문에 서툴러서 보기를 잘못 보았나[48]

> 우리 부모 산소에 갔던 일이 그것이 꿈인가 오늘 신문지의 광고 보는 것이 꿈인가. 한 번은 영어로 보고 한 번은 조선말로 보다가 필경은 한문과 조선 언문을 섞어 번역하여 놓고 보더라[49]

이 발견의 에피소드들에서 등장인물들의 존재와 위치는 외국어 및 외국어 문식력을 통해 알려진다. "번역"을 수행하는 옥련과 부친에게 영어는 더 이상 "[바바…] 하는 소리"가 아니다. 외국끼리의 전쟁 때문에 헤어졌지만 결국 외국어 텍스트를 매개로 다시 만남으로써 그들은 혈연을 넘어서는 역사적인 관계를 맺게 된다.[50] "우선 말부터 영어로 수작하자"고 제안하게 된 구완서도 마찬가지다. 이들은 외국어를 말하면서 진정한 자국어 화자로 재탄생하며, 조선어와 외국어를 대립시키면서 민족으로 재결합한다. 요컨대 번역 관계는 타자뿐 아니라 주체를 성립·이해시킨다. "자국어는 어떤 외국어의 외국어로서"[51] 주어진다는 점에서 조선어

---

48 이인직, 「혈의 누」, 『만세보』, 1906.9.20.
49 이인직, 「혈의 누」, 『만세보』, 1906.9.29.
50 부자관계가 아닌 부녀관계를 맺고 있다는 점에서도 두 사람은 전근대적인 가문의 논리에서 훨씬 자유롭다.

만 할 줄 아는 옥련 모친, 고장팔, 농부 등은 오히려 조선어를 모른다. 그들은 다음과 같이 타자의 외국어 "수작"에 대해 그 "외국어의 외국어"로 답할 수 없다.

구씨는 서투른 영어로 수작을 하는데 옥련이는 조선말로 단정히 대답하더라.[52]

그러므로 등장인물들이 외국어를 배워 사용하게 되는 것은 이 소설의 결론이다.[53] 조선어를 하는 일본군 통변, "청국말을 하는 양인", "일어도 잘 하는 청인" 등이 존재했던 반면, 옥련이 일본어를 배우기 전까지 외국어를 할 수 있는 조선인은 아무도 없었다. 이는 일본군 통변 외에 조선어를 아는 외국인이 전혀 없었다는 사실과 짝을 이룬다. 더욱이 "청국말 하는 양인"은 옥련과 구완서에게 청국말로 말을 걸었다. 조선인과 청나라 사람을 구분할 수 없는 그에게 조선은 변함없이 청나라의 속방屬邦인 듯하다. 그리고 그렇게 보았을 때 다음 장면은 주목할 만하다.

청인이 옥련의 옷을 본즉 일복이라, 일본사람으로 알고 옥련에게 향하여 일어로 말을 물으니, 옥련이가 기쁜 마음을 이기지 못하여 청인 앞으로 와서 말대답을 하는데 서생은 연필을 멈추고 섰더라. (…중략…)
원래 그 청인은 일본에 잠시 유람한 사람이라, 일본말을 한두 마디 알아들으나 장황한 수작은 못하는지라. 옥련이가 첩첩한 말이 나올수록 그 청인의 귀에

---

51 사카이 나오키, 후지이 다케시 역, 『번역과 주체』, 이산, 2005, 130쪽.
52 이인직, 「혈의 누」, 『만세보』, 1906.10.4.
53 이와 관련해 김철은 "영어를 한 마디도 못 하던 사람이 '영어로 수작' 하는 상태에 이르는 것, 그것이 문명개화의 실제임을 「혈의 누」는 분명히 하고 있는 것"이라고 논의한다. 김철, 『복화술사들』, 문학과지성사, 2008, 67쪽.

는 점점 알아들을 수 없고 다만 조선 사람이라 하는 소리만 알아들은지라 청인이 다시 서생을 향하여 필담으로 대강 사정을 듣고 명함 한 장을 내더니 어떠한 청인에게 부탁하는 말 몇 마디를 써서 주는데, 그 명함을 본즉 청국 개혁당의 유명한 강유위라. 그 명함을 전할 곳은 일어도 잘하는 청인인데, 다년 상항에 있던 사람이라.[54]

처음 미국에 도착한 "옥련이가 지향 없이 사람을 대하여 일어로 무슨 말"을 묻다가 실패한 것과 대조적으로, 위의 장면에서 옥련은 유창한 일본어로 "말대답"을 한다. 이때 인상적인 것은 옥련이 일본어를 통해 언어적 주도권을 획득한다는 점이다. 물론 옥련은 일본인으로 오해되었었으며, 대화도 일본어로 이루어진다는 점에서 여전히 조선어는 언어적 교환과 해석의 장에서 소외되어 있다. 그러므로 일단 이는 조선어를 아는 양인이나 청인이 등장하지 않는다는 사실과 함께 조선의 객관적 처지를 반영한다. 하지만 그와 동시에 이는 일본어를 중심으로 보았을 때 청나라말 역시 조선어와 동등한 외국어에 불과함을 표시한다. 따라서 일본어에 능숙하지 않은 청인이 일본어 대화를 포기하고 구완서와 필담을 나누게 될 때, 그는 구완서의 궁여지책을 청인으로서 반복함으로써 필담이 내포하는 중국 중심의 문자적 보편성을 무너뜨리는 데에 동참한다. 한자는 더 이상 동아시아 "'세계 제국'의 공통어"로서 "진서眞書"나 마나眞名가 아니다. 그것은 "일어도 잘 하는 청인"을 소개하기 위한 임시방편이다. 옥련은 진짜 대화 상대인 그를 만나 제삼국의 언어로 평등하게 의사소통할 것이며, "그 사람의 주선으로" 미국 학교에 입학해 "청인 학도들과 같이" 공부하는 것 역시 그러한 조건 하에서만 가능할 것이다.

---

54 이인직, 「혈의 누」, 『만세보』, 1906.9.19.

이렇게 소설은 세 나라의 말이 만국공법의 질서 속에서 서로서로 외국어로서 "정립鼎立"할 미래를 전망한다. 더 나아가 세 언어는 "일본과 만주를 한데 합하여 문명한 강국"을 만들겠다는 구완서의 "목적" 및 이를 통해 "연방"을 이룰 동양의 번역 장 속에서 각각의 특수한 위치에 어울리게 이해되면서 그 대립을 지양하게 될 것이다. 이때 "우리나라"를 "독일국과 같이" 만들고자 한다는 점에서 소설에 한 번도 언급되지 않은 독일어는 영어나 일본어 이상으로 번역이 시도되고 있다. 즉 독일어는 여러 번 발음되었지만 한 번도 번역되거나 이해되지 못한 청나라 말과 대조된다. 물론 이 독일어 번역이 성공할 가능성은 별로 없었지만 말이다.

한편 통변이 유서를 읽는 장면에서 또 한 가지 흥미로운 것은 옥련 모친이 최초로 수행한 주체적 글쓰기가 역설적이게도 주체의 죽음을 알리는 유서라는 사실이다. 이는 음성과 문자, 현존과 글의 문제를 상기시킨다. 살아 돌아온 딸에게 최항래는 다음과 같이 말한다.

애, 네가 죽으려고 벽상에 유언을 써서 놓은 것이 있더니 어찌 살아 왔느냐.[55]

최항래는 유서가 춘애의 현존을 대신한다고 생각하는 듯하다. 그러나 유서와 나란히 옥련 모친은 최항래 앞에 있다. 텍스트는 글쓴이를 대체하는 것이 아니라 글쓴이와 함께 존재하면서 글쓴이에게조차 읽힌다. 따라서 옥련 모친의 자살 시도가 완전히 실패한 것은 아니다. 자살을 알리는 유서는 현존이 소거된 것으로서 문자와 텍스트를 극적이고 강렬하게 납득시키기 때문이다. 옥련 모친은 자기 목소리로 말했다는 의미에서가

55　이인직, 「혈의 누」, 『만세보』, 1906.8.10.

아니라 스스로를 말소할 텍스트를 내용과 형식 모두에 걸쳐 구성했다는 의미에서 주체다. 달리 말하면 현존과 무관하며 현존의 부재를 함축한다는 점에서 모든 텍스트는 일종의 유서다. 그것은 동일성을 대리하기보다는 텍스트로서 해석되고 번역된다. 아래와 같은 "세상 영결하는 말"이 아니라도 그러하다.

> 벽에 언문 글씨가 있으니 그 글씨는 김관일 부인의 필적인데 대동강 물에 빠져 죽으려고 나가던 날에 세상 영결하는 말이라
> 노인이 그 필적을 보고 놀랍고 슬픈 마음을 진정치 못하였더라.[56]

그런데 위의 장면에서 옥련 모친의 현존은 완전히 소거되지 않는다. 최항래는 글 내용과 함께 "글씨"를 보았으며, 그것이 딸의 "필적"임을 확인했기 때문이다. "필적"은 주체와 음성을 표현하는 듯하며, 텍스트에 앞서는 일차적 지위를 갖는 듯하다. 어머니의 편지를 보게 된 옥련의 반응도 외조부의 반응과 유사하게 나타난다. "나는 우리 어머니 글씨도 모르지. 어머니 글씨가 이렇던가"라고 하는 옥련에게 어머니의 글씨는 어머니의 얼굴만큼이나 낯설고도 반갑다. 그것은 모친의 육체와 음성을 대신한다. 실로 소설은 "언문도 모를 때 모친을 떠난" 옥련이 "모친의 얼굴"은 기억할 수도 있지만 "모친의 글씨"는 전혀 모른다고 하면서 얼굴과 글씨를 동렬에 놓는다. 그리고 이와 비슷한 일은 옥련 모친 쪽에서도 발생한다. 다음은 옥련 어머니가 태평양 너머에서 온 옥련의 편지를 읽는 장면이다.

56　이인직, 「혈의 누」, 『만세보』, 1906.8.7.

진서 글자는 부인이 한 자도 알아보지 못하고 다만 '옥련 상살이'라 한 글자만 알아보았으나 글씨도 모르는 글씨요, 옥련이라 한 것은 볼수록 의심만 난다. (…중략…) 죽은 옥련이가 내게 편지를 어찌 하여…… 하면서 또 한숨을 쉬더니 얼굴에 처량한 빛이 다시 난다.

(노파) 아씨 아씨 두 말씀 말고 그 편지를 뜯어보십시오.

부인이 홧김에 편지를 박박 뜯어보니 옥련의 편지라.

모란봉에서 지낸 일부터 미국 화성돈 '호텔'에서 옥련의 부녀가 상봉하여 그 모친의 편지 보던 모양까지 그린 듯이 자세히 한 편지라.[57]

글씨를 존재와 연결시키려 했다는 점에서, "모르는 글씨"에 대한 옥련 모친의 "의심"은 최항래와 옥련이 그녀를 필적과 동일시했던 일과 상통한다. 하지만 글씨의 임자를 알 수 없음에도 불구하고 결국 옥련 모친은 편지를 읽게 되는데, 그것은 그녀가 "옥련 상살이"라는 "모르는 글씨"가 적힌 봉투를 "박박 뜯어" 버렸기 때문이다. 중요한 것은 필적과 서명이 아니라 편지 내용이며, 따라서 위의 장면은 "필적"과 "글씨"라는 존재의 대리물과는 별개로 텍스트 자체가 작용하기 시작하는 양상을 포착한다.[58] 옥련의 현존과 무관히 그것은 "옥련의 편지"였으며, 그 사실이 인식되는 순간 편지는 지나간 모든 일을 "그린 듯이 자세히" 쓴 시각적인 텍스트로서 실제의 옥련보다 먼저 평양에 도착했다는 사실에 어울리는

---

57 이인직, 「혈의 누」, 『만세보』, 1906.10.10.

58 송민호는 이를 "글쓰기(에크리튀르)적 변모"라고 규정하면서 다음과 같이 논하고 있다. "이는 친밀한 음성적관계로서의 파롤parole적 차원을 이탈하여 다른 시공간 차원 속에서 지연되고 우회된 관계들이 글쓰기를 통해 재구축되는 장면을 상징적으로 보여주고 있는 것이다. 전통적인 가족 개념을 이탈하여 국경을 넘어간 옥련은, 따라서 바뀌어 가고 있는 시대적 관념이 변화해가는 일단락을 요약하여 보여주는 존재일 뿐 아니라 새로운 글쓰기적 가능성의 차원을 담보하면서 전근대적 개념적 체계 전반에 균열을 이끌도록 하는 상징적 기호인 셈이다." 송민호, 「우편의 시대와 신소설」, 『겨레어문학』 45, 2010, 129~130쪽.

지위를 차지하게 된다. 뽀이가 가리키는 신문 "광고를 보다가" 옥련이가 깜짝 놀랐던 것처럼, 옥련 모친 역시 편지letter(문자)를 볼 것이다. 성장한 딸의 얼굴을 모르는 그녀에게 실현되는 것은 옥련과의 육성 대화(일인칭-이인칭)가 아니라 텍스트(삼인칭) 읽기다. 그 점에서 옥련의 편지는 모친의 유서와 다르지 않다. 옥련은 어머니에게 자신이 살아 있음을 알리는 유서(텍스트)를 썼던 것이다. 그것이야말로 "죽은 옥련이가 내게 어찌 편지를 하여…"에 대한 진정한 대답이다. 따라서 전보로 귀국을 알린 김옥련보다 먼저 모친 앞에 현존을 드러낸 장옥련이 김옥련으로 착각되는 「모란봉」의 에피소드는 흥미롭기 그지없다. 다음과 같이 장옥련과 직접 대화함으로써 옥련 모친은 상황을 완전히 오해하게 되는 것이다.

"어머니, 옥련이가 어머니 보러 왔소. 대동강 물에 빠져 죽는다고 유서를 써서 두고 나가던 우리 어머니가 살아 있네!" (…중략…)

(부인) "네가 옥련이냐? 참 몰라보게 되었구나. 네가 살았다가 어미를 찾아올 줄 누가 알았으며, 내가 살았다 네 얼굴을 다시 볼 줄 누가 알았으랴! 옥련아, 서 방으로 들어가자. 너의 아버지께서는 어찌하여 뒤에 떨어지셨느냐?"

(장옥련) "어머니, 어머니. 이 원수를 어떻게 갚는단 말이요? 어머니가 행실 부정한 일이 있다고 모함하던 서모가 모함까지 하는구려. 아버지는 서모에게 혹하여 어머니를 원수 같이 미워하셔서서 눈에 띄면 박살을 하겠다고 하시고, 옥련이도 죽일 년, 살릴 년 하며 미워하시는 고로 옥련이가 아버지 모르게 도망하여 왔소." (…중략…)

"이애 옥련아, 세상에 이러한 일도 있단 말이냐! 내 팔자가 기박하고 네 신세도 가련하다. (…중략…) 오냐, 그만두어라. 죽든지 살든지 오늘 너를 만나보니 내 한이 풀리겠다. 옥련아, 방으로 들어가서 서로 고생하던 이야기나 하자."[59]

5. 상처와 이별의 음성중심주의

그렇다면 편지를 읽고 쓰는 텍스트적 실천은 옥련과 구완서가 곁에서 들려오는 "고국 말소리"를 통해 서로 조선 사람임을 확인하는 다음과 같은 "음성 중심주의"적 장면과 모순되는 듯도 하다.

옥련이가 돌아다보는 것을 보더니 또 조선말로 고 계집아이 똑똑하다, 재조 있겠다. 우리나라 계집아이 같으면 조러한 것들이 판판히 놀겠지. 여기서는 조런 것들도 모두 공부한다 하니 조것은 무엇 하는 계집아이인지.

그러한 소리를 곁의 사람이 아무도 못 알아들으나 옥련의 귀에는 알아들을 뿐이 아니라 대판^{大阪} 온 지 몇 해만에 고국말소리를 처음 듣는지라 반갑기가 측량 없으나 계집아이 마음이라 먼저 말하기도 부끄러운 생각이 있어서 말을 못 하고 옥련이도 혼잣말로 서생의 귀에 들리도록 하는 말이 어디 가 좀 앉을 곳이 있어야지 서서 갈 수가 있나 하는 소리에 뒤에 있던 서생이 이상히 여겨서 하는 말이 그 아이가 조선 사람인가 나는 일본 계집아이로 보았더니 조선말을 하네, 하더니 서슴지 아니하고 말을 묻는다.

이 애, 네가 조선 사람이 아니냐.

(옥련) 예, 조선 사람이오.[60]

그런데 위의 장면에서 유의할 것은 구완서와 옥련이 처음부터 대화를 하지는 않는다는 사실이다. 구완서는 혼잣말을 하고 있으며, 그것을 들은 옥련이가 자기도 조선인임을 알리기 위해 중얼거리는 조선어 독백을

---

59 이인직, 「모란봉」, 『한국신소설전집』 1, 을유문화사, 1968, 70~71쪽.

60 이인직, 「혈의 누」, 『만세보』, 1906.9.12~13.

다시 구완서가 듣는다. 그 이후 서로 조선어 사용자임을 알아차린 두 사람은 비로소 대화하기 시작하는 것이다. 이 독백과 엿듣기는 글쓰기 및 글 읽기와 닮아 있다. 옥련이 편지를 쓰고 그것을 모친이 읽듯이, 이들은 독백이라는 일종의 삼인칭 텍스트를 엿듣는 또 다른 삼인칭의 입장을 취한 이후에 일인칭과 이인칭으로 만나게 된다. 그들은 조선어가 "바바" 소리로 들리지 않음을 알림으로써, 즉 조선어 어휘나 문법 등과 같은 차이의 체계를 이해하고 활용할 수 있음을 표시함으로써 조선어 대화자가 되며, 따라서 얼굴을 마주한 채 이루어지는 주체들의 대화가 이차적으로 발생함을 생생히 보여준다. 다시 말해 이 일은 "고국말"로 대화함으로써 "폴리스 = 민족의 출현과 밀접하게 연결"[61]된 음성중심주의를 실현하기 위해서는 동일한 언어적 맥락이 작용하고 그 코드가 일치할 필요가 있음을 환기한다. "고국말소리"는 고국 사람이 구사하는 외국어가 아닌 만큼 고국 사람의 입에서 나온 하품소리나 울음소리도 아니다. 침묵하는 한자 필담과 달리 그것은 옥련과 구완서가 공히 접속한 조선어의 에크리튀르에서 비롯된다. 아래 인용에 제시되는 소리들의 기원이 생물학이나 물리학 등의 지식 체계와 담론이듯이 말이다.[62]

> 형식의 귀에는 차의 가는 소리도 들리거니와 지구의 돌아가는 소리도 들리고 무한히 먼 공중에서 별과 별이 마주치는 소리와 무한히 작은 '에텔'의 분자의 흐르는 소리도 듣는다. 메와 들에 풀과 나무가 밤 동안에 자라느라고 바삭바삭하는 소리와 자기의 몸에 피 돌아가는 것과 그 피를 받아 즐거워하는 세포들의 소곤거리는 소리도 들린다.[63]

---

61 가라타니 고진, 이경훈 역, 앞의 책, 64쪽.
62 이경훈, 「청춘의 기계, 문학의 테크놀로지」, 『대합실의 추억』, 문학동네, 2007 참고.

따라서 옥련이가 "통변이 낙루를 하며 그 글을 읽어서 내 귀에 들려주던 일"[64]을 떠올리는 것은 의미심장하다. 언문 문자를 아는 일본인과 그것을 모르는 조선인 사이에 발생한 이 에피소드는 문자 없이, 에크리튀르 이전에 발음되는 언어는 있을 수 없다고 주장하는 듯하다. 통변이 옥련에게 조선어 유서의 내용을 들려주기 위해서는 외국어 학습 및 텍스트 읽기와 번역이 일차적으로 필요하다. 일본어를 하지 못하던 옥련 역시 설자로부터 일본 "언문假名", 즉 문자부터 배웠다.

그리고 이 사실은 "조선 언문은 구경도 못 하였더니 그 후에 구완서와 같이 미국 갈 때에 태평양을 건너가는 동안에 구완서가 가르친 언문이라"[65]는 서술의 의의와도 연관된다. 이는 "고국말소리"가 "언문" 문자에 우선함을 의미하는 것이 아니다. 그것은 까마귀 소리나 대동강 물소리 같은 음향들이 까마귀 및 대동강과 구분될 수 없는 것과 달리, "언문"이 구완서와 옥련의 존재에서 분리된 동시에 이들이 학습한 외국어들과도 구분되는 조선어문 체계와 지식으로서 작용하고 있음을 드러낸다. 그렇기 때문에 구완서는 옥련에게 "태평양을 건너가는 동안에" 언문을 가르칠 수 있었으며, 옥련은 조선과 더욱 멀어지는 항해 중에 언문을 배워 읽을 수 있게 되었던 것이다.

즉 이 에피소드는 문자(글)가 음성보다 이차적이 아니라 "배제될 수 없을 정도로 음성 언어에 침투"[66]되어 있음을 예시한다. 데리다가 강조

---

63 이광수, 김철 교주, 『바로잡은 무정』, 문학동네, 2003, 396~397쪽. 표기는 인용자가 수정함.
64 이인직, 「혈의 누」, 『만세보』, 1906.9.27.
65 이인직, 「혈의 누」, 『만세보』, 1906.10.10.
66 가라타니 고진, 이경훈 역, 앞의 책, 65쪽.

하는 것처럼 "'근원적' 언어, '자연적' 언어 등등은 존재한 바 없다. 에크리튀르에 물들지 않은 언어는 이제껏 없었으며, 언어 자체가 항상 하나의 에크리튀르였다"[67] 에크리튀르로 인해 비로소 소리는 의미 있게 분절된 음성이 된다. 예컨대 주시경은 "세종대왕께서 각국이 다 글자를 만들어서 각각 그 나라 말을 기록하되 우리나라는 말을 기록하는 글이 없음을 근심하셔 금중에 국문청을 설립"[68] (『대한국어문법』, 1906) 했다고 기술한 바 있지만, "말을 기록하는 글이 없음"에도 불구하고 말 자체가 이미 글인 것이다. 가라타니 고진은 다음과 같이 말한다.

> 데리다는 소쉬르가 문자를 언어학으로부터 제거한 사실에서 음성중심주의를 발견하고 있다. 단 그것은 해체적인 소쉬르 독해이며, 적극적인 항을 가지지 않은 차이의 체계로 언어를 봄으로써, 역설적으로 소쉬르가 음성 언어에 선행하는 'différance'를 발견했음을 보이고자 하는 것이었다.[69]

그렇다면 옥련이 다리에 상처를 입고 모친과 헤어진 것은 육체와 음성, 현존과 에크리튀르의 분리를 인간의 일로 은유하는 동시에 동일성을 낳는 차이와 관계를 시공간 속의 역사적 사건으로 형상화한다. 또한 모녀가 국제우편을 주고받은 것은 음성 언어에 선행하며 현존에서 벗어난 객관적(삼인칭) 체계로서 조선어 에크리튀르가 작용함을 근대 제도로써

---

67 Jaques Derrida, trans. Gayatri Chakravorty Spivak, *Of Grammatology*, The Johns Hopkins University Press, 1976, p.56. "the 'original,' 'natural,' etc. language had never existed, never been intact and untouched by writing, that it had itself always been a writing."
68 이기문 편, 『주시경 전집』(하), 아세아문화사, 1976, 27~28쪽.
69 가라타니 고진, 이경훈 역, 앞의 책, 64쪽.

상징한다. 달리 말해 태평양을 사이에 두고 펼쳐지는 옥련의 이야기는 근대 소설의 플롯을 구성하게 할 주객 분리와 비현존非現存의 서술 장치로서 김동인이 강조한 '했다'체의 텍스트를 문체보다는 서사 자체로 구현한다. 비유컨대 옥련은 '했다(태평양)' 저편에 등장인물(모친, 조선)을 놓은 서사적 현재에 위치한다.[70]

이때 옥련의 위치를 발생시킨 "외국어의 외국어"로서의 조선어는 앞으로 구성될 근대 사회의 에크리튀르를 예시하는 듯하다. 그리고 그와 관련해 농군이 옥련 모친을 겁탈하려고 하는 장면에서, 즉 "상놈"에 의해 전근대적 신분 분할과 언어적 "치안"에 대한 전복이 시도되는 장면에서 다음과 같이 '했다'체가 집중적으로 사용됨은 의미심장하다.[71]

- 그 남자가 못생긴 마음에 어기뚱한 생각이 났다.
- 말 한 마디가 엄두가 아니 나던 위인이 불같은 욕심에 말문이 함부로 열렸다.
- 기쁜 마음에 마주 소리를 질렀다.
- 언덕 위에 사람이 또 소리를 질렀다.

요컨대 상처와 이별뿐 아니라 위와 같은 사회적 갈등을 내면화한 이 '했다'의 텍스트 활동과 함께 옥련과 그 가족은 과거의 국내외 질서 및 그에 대한 일종의 상상계적 동일시에서 벗어나 새로운 상징계적 질서 및

---

70 이와 관련해 "소설 「血의淚」 자체가 전근대적 관념으로부터 벗어난 옥련이 아직 전근대적인 관념 속에 존재하는 옥련의 어머니에게 보내는 편지"라는 송민호의 논의는 흥미롭게 읽힌다. 송민호, 앞의 글, 131쪽.

71 이와 관련해 사에구사 도시카츠三枝壽勝는 기사에 보이는 '-다더라'체가 소설에 나타나지 않는 대신 신문 기사에는 전혀 없었던 "혼다, ᄒ다, 잇다, ᄒ얏다 형식이 「혈의 누」에 등장"함을 지적한 바 있다. 사에구사 도시카츠, 「이중 표기와 근대적 문체 형성」, 『현대문학의 연구』 15, 2000, 67쪽.

사회적 재구성을 의사소통하기 시작했다. 그리고 그것은 오직 "문자 = 국가를 내재內在"[72] 시킨 "고국말소리"로 수행될 것이었다. 그런 의미에서 구완서가 옥련에게 "언문" 문자를 가르친 것은 두 사람의 외국어 공부와 짝을 이루는 지극히 정치적인 실천이었다. 물론 옥련 역시 다음과 같이 전보를 받는 어머니에게 텍스트의 작용뿐 아니라 "조선 언문"의 국제적 위치를 교육하면서 그 실천에 동참했다.

> 화성돈과 상항桑港에서 한 전보는 영서英書이라. 김관일의 부친이 그 전보를 받아가지고 야소교당耶蘇敎堂에 가서 물어 알았고, 일본 횡빈·대판·마관橫濱·大阪·馬關에서 한 전보는 편가명片假名이라, 일본말 아는 사람에게 물어 알았고, 부산·인천·진남포釜山·仁川·鎭南浦에서 한 전보는 조선 언문이라 남에게 물어볼 것 없이 부인이 알아보았는데, 전후 여덟 번 전보에 진남포 전보가 마지막 전보라.[73]

즉 유학과 외국어 학습의 최종 목적은 외국에 있는 딸이 국내의 어머니를 가르치는 일이었으며, 그것이야말로 "조선 부인 교육할 마음"이 간절했던 옥련을 통해 「혈의 누」가 시도한 근대적 "가정교육"[74]이었다. 이 가정교육은 가부장적인 가문家門의 나라를 뒤덮은 "원통하고 설운 소리"를 민족의 텍스트로 지양하고자 했으며, 조선인 친모에게서 습득한 조선어를 일본인 계모의 일본어와 대립하는 모국어로서 다시 어머니에게 가르

---

72 가라타니 고진, 이경훈 역, 앞의 책, 71쪽.
73 이인직, 「모란봉」, 『한국신소설전집』 1, 을유문화사, 1968, 71쪽.
74 권보드래는 가정교육이 "가족을 국가의 기본 단위로 선전"하는 데에 기여했다고 논한다. 앞의 책, 26쪽.

치고자 했다. 그것은 "대문 밖에 한 걸음 나가 보지 못"했었던 옥련 모친이 남편보다 먼저 도착한 우편군사의 "국어 = 팔루스phallus"[75]를 중문 안에 받아들임으로써 본격화될 것이다. 이 옥련의 학교에서 옥련 모친은 자기 딸과 "내 종족의 일원"[76]으로서 재회할 것이며, 장팔 어미는 최씨 집 종이나 까마귀의 "네 에미"가 아닌 민족의 어머니로 거듭날 것이다. 그리고 다음과 같이 주장하는 이 근대적 인구ㅅㅁ를 통해 조선어 에크리튀르는 "우리"의 "참 소리"로 발음될 것이다. 그 "커다란 소리" 속에서 국가(민족)의 현존은 근본적이고 원래적인 것인 양 연출될 것이다.

소리! 소리! 우리는 참 소리에 주리는도다. 소리를 그리는도다. 커단 소리가 어데서든지 생겨 나와서 우리의 몸과 마음을 아울러 이렇듯 쓸쓸하고 답답한 구렁에서 건져 내주지 아니하면 우리의 목구멍에서는 먼지가 날 것이요 우리의 가슴에서는 불길이 날 것이요[77]

『사이間SAI』, 2015.5

---

75 김철, 「'국어'의 정신분석」, 『현대문학의 연구』 55, 2015.2, 474쪽.
76 이광수, 「자녀중심론」, 『청춘』 15, 1918.9, 44쪽.
77 이광수, 『무정』, 신문관, 1918, 1쪽.

2장

식민지의 돈 쓰기

민족과 개인, 그리고 여성

1. 유학과 망명

「혈의 누」와 「무정」은 공히 외국 유학생들을 등장시켜 문명개화의 이념을 소설화한다. 여기에는 근대 문명뿐 아니라 제국주의의 기원이기도 한 외국에 대한 선망과 공포가 작용한다. 문명개화는 순진하게 낙관적이지만은 않다. 그것은 타자와 주체 자신을 향한 역사적 콤플렉스나 "원한"에서 자유롭지 못하다. 따라서 그것은 외부로 복잡하게 정향定向되어 있지만, 동시에 그만큼 전체로 복귀하는 단일한 내부를 갈망한다. 노부꼬信子의 구애에도 불구하고 "나라에 몸을 바치는 중과 같은 생활을 하기로 맹세"(이광수, 「혈서」)하는 김 군과는 반대로, "접문례接吻禮"를 요구하며 정임에게 달려들었던 "하이칼라적" 유학생 강한영(최찬식, 「추월색」)이 부정적으로 묘사되는 것은 그 때문이다. 이는 윤필재(이태준, 「제이의 운명」)가 댄스홀에 다니는 인도와 필리핀 유학생들을 다음과 같이 경멸하는 일로도 현상된다.

우리의 사랑은 우리 둘만 알면 고만인 것 그저 조선 사람의 유학생답게 공부
에 엄숙합시다. 다른 나라 사람들이면 모르겠소만 인도 사람이나 필리핀 사람
들이 여기 공부하러 와서 댄스홀이나 다니는 걸 보면 그 녀석 상판에 침을 뱉고
싶습디다. 우리도 무엇 때문에든지 공부에 방심하면 남에게 그렇게 보일 거요.[1]

필재가 자신을 "조선 사람의 유학생"으로 규정하는 데에서도 드러나
듯이 유학은 개인의 활동이 아니라 민족의 실천이다. 필재와 천숙은 서
로 사랑하는 개인들이 결합된 "우리"이기 이전에 "남"과 다르고 또 달라
야 하는 조선인으로 선규정된 "우리"다.

그런데 필재가 인도와 필리핀을 언급하는 것은 중요하다. 이는 세계
를 제국과 식민지의 틀로 파악하는 동시에, 이를 통해 오히려 일본과의
관계에 속박된 조선을 세계 지리 속에 풀어 놓기 때문이다. 그리고 그 점
에서 김옥련과 이형식의 최종적인 유학지가 미국이라는 사실 역시 의미
심장하다. 이는 근대 지식의 기원을 명시하며 조선에 대한 일본의 영향
력을 상대화하거나 축소하려는 듯하다.

그렇다면 유학은 일종의 망명이기도 하다. 그것은 현진건적인 "적도赤
道"의 상상력을 내포하고 있다. "열정에 지글지글 타는 인물"인 김여해는
"군자금을 모집"하기 위해 국내에 잠입한 상해上海의 ××단원으로 오인
된다. 오 년 형을 치르고 출옥한 그는 옛 애인 영애의 시누이인 은주를
강간하고 구출하는 등 온갖 우여곡절 끝에 "해외 풍상"을 겪은 후 귀국
한 김상열을 만나 다음과 같이 말한다.

---

1   이태준, 『제이의 운명』(상), 한성도서주식회사, 1948, 66쪽.

　　"그러니 형의 사명을 나에게 맡겨 주시오. 부족하나마 내 힘껏 정성껏 다해서 형에게 누를 끼치지 않을 테니……."
　　"내 사명은 내 사명이지, 형의 사명은 아니오. 내가 왜 형을 희생시키고……."
　　"또 그런 말씀을 하는구려. 입때껏 말씀을 해도 내 말을 못 알아듣는구려."
　　여해는 화증을 버럭 내었다.[2]

　　결국 상열은 명화 및 은주와 함께 다시 조선을 떠나거니와, "경찰의 눈"을 피해 바꾸어 탄 남경南京행 열차 안에서 그들은 여해가 경찰서에서 폭탄 자살했다는 신문 기사를 읽게 되는 것이다. 즉 「적도」는 시종일관 텍스트에 "해외"를 어른거리게 하며 식민지 내부에 망명을 일상화한다. 여해가 명화로부터 "선생님"보다는 "전과자"[3]로 불리기를 바라는 것은 그 때문이다. 이로써 망명은 유학과 더불어 식민지의 필연적인 구성 요소로 작용하게 된다. 그것들은 식민지인의 존재론적 성격을 띤다. 이때 소설의 제목이 "적도"임은 주목을 요한다. 적도와 관련된 천문학과 지리학의 지식은 태양이 일본에서 기원할 수도 일본에 전유될 수도 없음을 증명하기 때문이다. 일장기日章旗 숭배는 일종의 천동설天動說이다. 이렇게 텍스트는 일본으로부터 태양을 몰수하며 정치적인 저항을 근대 지식으로 구조화한다. "인생의 적도선"으로 비유되는 여해에게는 상열을 못 잊어 팔뚝에 "백년 낭군 김"이라 새겨 넣은 기생 명화야말로 "마음의 태양"이자 "생명의 태양"이었다. 따라서 현진건이 후에 일장기 말소사건에 관여했음은 흥미롭다.

2　현진건, 『적도』, 문학과비평사, 1988, 284쪽.
3　위의 책, 114쪽.

2. 공짜 유학의 풍속

하지만 상열 등이 망명해도 제국과 식민지의 관계는 해소되지 않는다.
또한 임시정부가 있는 상해를 "성소공간聖所空間"[4] 으로 생각하는 일 역시
주관적인 의미 부여일 뿐이다. 태양이 일본 것이 아니듯이, 상해 또한 식
민지인의 것이 될 수 없다. 즉 식민지를 부정하거나 식민지에 외부를 각
인하는 일만으로는 국가를 획득할 수 없다. 그러나 국토가 부재할지라도
어떻게든 민족의 적극적인 공간은 내적으로 구성되고 전체로서 운용되
어야 한다. 망명지에서건 유학지에서건 식민지에서건 민족은 자기 전유
되어야 한다. 그것은 필재와 천숙의 개인적 연애로도 형성될 수 없으며,
조선인이 인도인이나 필리핀인과 다르다는 것만으로도 실체화되지 않
는다.

그 점에서 「혈의 누」와 「무정」이 단지 유학이 아니라 공짜 유학을 그
리고 있음은 본격적으로 논의될 필요가 있다. 그것은 민족을 위한 민족
단위의 실천일 뿐 아니라, 민족의 사회경제적 원리를 기획함으로써 민족
자체를 현실적으로 정립하려는 시도였기 때문이다. 옥련은 기차에서 우
연히 만난 구완서의 돈으로 미국 유학을 가며, 영채 또한 기차에서 알게
된 병욱의 돈으로 유학을 떠난다. 즉 옥련과 영채는 공짜 유학의 계보를
수립한다. 물론 이는 "기차 상의 기연"[5]과 더불어 소설의 개연성을 손상
시키는 것으로도 보인다. 하지만 반면에 이는 이인직과 이광수가 국가나

---

4   김윤식, 『김동인연구』, 민음사, 2000, 156쪽.
5   김동인, 「춘원연구」, 『김동인전집』 16, 조선일보사, 1988, 55쪽.

후원자의 도움으로 유학을 떠났던 실제 사실도 상기시킨다. 또한 그것은 두 사람의 경우에 한정된 일이 아니었다.

요컨대 옥련과 영채의 일은 민족의 이념이 상상하고 도달할 수 있는 최고의 현실적 가능태를 증여의 경제학으로 표현한다. 한편 "공부에 엄숙"할 것을 주장하는 필재 역시 박 자작의 돈으로 일본에서 공부한다는 점에서 이런 종류의 경제학은 「제이의 운명」에 이르기까지 여러 양상으로 변주된다. 따라서 공짜 유학은 「혈의 누」와 「무정」이 텍스트화한 식민지의 풍속적 핵심 중 하나다.

그런데 실제로 홍난파의 유학비를 지원했던 윤치호는 1921년 2월 6일의 일기에서 다음과 같이 쓴 바 있다.

> 홍영후(작곡가 홍난파―옮긴이)의 편지를 읽고 부아가 치밀어 올랐다. 작년 1~2월쯤 도쿄에 가서 음악을 공부할 수 있게 도와달라고 그가 간청한 적이 있었다. 그래서 그에게 100원을 주었다. 9월 언제쯤인가 또다시 수표로 100원을 주었다. 나중에 50원을 더 주어서 유학비용으로 모두 250원을 대주었다.
>
> 한 달 전 그가 다시 편지를 보내와 바이올린을 사게 250원을 보내달라고 청했다. 공부하는 중에 250원짜리 바이올린을 사는 건 내 아들이나 동생이라도 절대로 승낙할 수 없는 일이었다. 그래서 부탁을 들어줄 수 없다고 답장을 썼다. 남에게서 돈을 받아 공부하면서 생활비 전액을 대달라고 하는 것이나, 고학생이 250원짜리 바이올린을 갖고 싶어한다는 건 도저히 말도 안 되는 발상이었다.[6]

윤치호에 의하면 위와 같이 바이올린 구입비를 거절당한 홍난파는 윤치호에게 편지를 보내 "구두쇠의 죄악"에 대해 "일장 연설"을 했다고 한

6　윤치호, 김상태 편역, 『윤치호 일기』, 역사비평사, 2001, 591~592쪽.

다. 그런데 중요한 것은 일견 납득하기 어려운 홍난파의 태도가 당대적인 현실성을 지닌다는 점이다. 예컨대 이러한 사건이 있기 몇 년 전에 「무정」은 "넉넉지도 못한 것을 저희에게 주건마는 학생들은 마치 당연히 받을 것을 받는 줄로 여겨 좀 주는 시기가 늦어도 게두덜거리는 모양"[7]을 포착한 바 있다. 따라서 이에 실망한 이형식은 학생들에게 돈을 준 자신의 행위를 "부질없는 일"로 평가하지만, 그럼에도 불구하고 학생들의 태도는 결국 그들이 형식의 충실한 제자였음을 알려준다. "당연히 받을 것을 받는 줄"로 생각하는 일은 형식의 다음 주장과 무관하지 않기 때문이다.

> 우리가 공부하러 가는 뜻이 여기 있습니다. 우리가 지금 차를 타고 가는 돈이며, 가서 공부할 학비를 누가 주나요? 조선이 주는 것입니다. 왜? 가서 힘을 얻어 오라고, 지식을 얻어 오라고, 문명을 얻어 오라고 (…후략…)[8]

형식은 자신이 김 장로의 돈으로 유학을 간다고 말하지도 생각하지도 않는다. 그가 쓰는 돈은 어디까지나 "조선이 주는 것"이다. 따라서 김 장로 개인에게 감사하고 보답할 이유는 없다. 형식은 조선을 위해 지식과 문명을 얻어오면 된다. 필재가 말하듯이, 그 "은혜는 고리대금과 다른 것"이며, "다시 이익을 걷어 들이고자 자본을 들이는"[9] 것이 아니다. 오히려 학비를 대주는 것은 김 장로의 민족적 의무다.

---

7 김철 교주, 『바로잡은 무정』, 문학동네, 2003, 172쪽. 표기는 인용자가 수정함. 이하 동일함.

8 위의 책, 707쪽.

9 이태준, 앞의 책, 73쪽.

따라서 이형식의 주장은 공짜 유학생의 자기방어나 배은망덕이 아니다. 그것은 민족의 이념이 발현된 것이다. 나아가 그것은 논리적 일관성과 윤리적 정당성마저 확보하고 있다. 형식도 학생들에게 아낌없이 돈을 주었고, 학생들은 늦게 주는 것을 불평할 정도로 당연하게 그 돈을 받았던 것이다. 주는 자와 받는 자 모두가 "우리라는 일인칭 복수",[10] 즉 조선인들이기 때문이다. 그런 의미에서 유학은 김남천이 다음과 같이 회고한 무전여행無錢旅行의 성격을 띤다.

한때 학생들 간에 무전여행이 성행하였다. 방학 때를 이용하여 세넷이 작반하여 지방을 순회하는 것인데 고을이나 술막에 들리면 신문지국이나 지방 인사의 신세를 졌다. 학생 위에 무거운 책임을 지웠던 당대의 사회는 생판 본 적도들은 적도 없는 학생들의 숙박을 주선해 주고 그들의 점심 값을 알선해 주면서도 불평은 샘스러 다시없는 즐거움으로 여겼었다.[11]

한편 "조선이 주는 것" 운운은 형식이 천 원이 없어 영채를 구하지 못했던 일 및 책꽂이에 꽂힌 양장 책의 저작권을 상상하며 "나도 저만한 책을 써서 책사에 팔면 천원을 받으리라"[12]고 생각했던 일과 대립하는 동시에 이로써 암시되는 또 다른 사회적 관계를 지워버린다. 돈은 개인이 아니라 공동체의 재산이다. 민족의 증여는 시장의 교환을 압도한다. 이는 "쇠하였던 우리의 상업도 점차 진흥하게 됨이라"[13] 한 텍스트의 전망을 무색하게 하는 듯하다.

---

10 이광수, 「소년에게」, 『이광수 전집』 17, 삼중당, 1962, 240쪽.
11 김남천, 「무전여행」, 『박문』 15, 박문서관, 1940.2, 2쪽.
12 김철 교주, 앞의 책, 171쪽.
13 위의 책, 720쪽.

그렇다면 또 한 명의 조선인인 영채가 병욱의 돈으로 유학을 가지 못할 이유가 없다. 식민지에서 공짜 유학은 있을 수 있는 일이 아니라 반드시 있어야 하는 일이다. 그것은 근대 지식을 통해 외국과 맞서는 일이기 때문이다. 이 이념적 당위를 통해 영채는 천원을 지불하지 않고도 인신매매의 시장에서 벗어날 수 있었다. 많은 돈이 드는 유학은 오히려 그녀를 돈에서 해방시켰다. "무거운 책임"을 떠맡은 식민지의 유학생에게 조선은 시장이 아니라 공동체여야 했다. 이렇게 영채는 조선을 떠나며 조선으로 복귀했다. 그녀는 "눈에 보이지도 아니하는 나라"[14]에, 있지도 않은 국토에 들어갔다.

3. 가문의 증여, 민족의 증여

그런데 유학비의 수수와 관련해 형식과 영채는 다른 입장에 있다. 신우선이 부러워하듯이 형식은 김 장로의 "부잣집 사위"가 될 사람인 반면에 영채는 병욱과 아무런 혈연관계나 인척 관계를 맺고 있지 않다. 형식이 김 장로의 아들에 준한다면, 영채는 그저 병욱과 동년배인 조선의 '청년'일 뿐이다. 「혈의 누」와 비교하면, 전자는 옥련과 이노우에井上의 양부녀 관계에 대응하며, 후자는 구완서와 옥련의 관계에 대응한다. 그렇다면 엄밀히 말해 순전히 "조선이 주는" 돈을 쓰는 것은 영채 또는 미국

14　이광수, 『흙』, 한성도서주식회사, 1936.10(4판), 449쪽.

유학 시절의 옥련이다. 선형, 병욱, 구완서는 물론이려니와 형식 역시 아버지가 주는 돈을 사용하는 셈이기 때문이다. 더욱이 옥련을 일본에서 공부시킨 양부는 일본인이기조차 했다.

그러나 또 한 가지 생각해야 할 것은 영채의 유학비가 실상은 병욱이 아니라 병욱의 부친으로부터 나온다는 점이다. 이는 옥련의 미국 유학비도 마찬가지다. 이 사실에 대해 구완서의 아버지는 다음과 같이 명시한다.

그 자식이 당초에 미국 갈 때에 부모의 허락 없이 가는 것이 사람 못될 놈, 기왕 간 것을 학비도 아니 보내주면 만리타국에서 굶어죽을 터인 고로 학비를 보냈으니 내가 아비 된 도리는 극진히 하였는데, 그 자식이 그 아비 뜻을 받지 아니하고 무슨 일을 제 마음대로 하여? 내가 당초에 옥련이 학비까지 보조하여 줄 일이 아니나, 내 자식을 귀애하는 마음에 남의 자식까지 불쌍한 생각도 들고, 또 철없는 아이들이 언어를 통치 못하는 외국에 가서 옥련이는 완서에게 의지하고, 완서는 옥련에게 의지하여 있는 것이 다행한 일인 고로 두 아이가 고생 아니 하도록 돈을 보내준 것이라.[15]

"내 자식을 귀애하는 마음에 남의 자식까지 불쌍한 생각"이 든다는 말에서 알 수 있는 것처럼 "조선이 주는" 돈은 민족주의에서 저절로 발생하지 않는다. 그것은 "아비 된 도리" 및 그 범위의 확장에서 기원한다. 즉 옥련과 완서는 "외국"에 있는 "두 아이"로서의 조선 청년이다. 그들이 민족의 학생일 수 있는 현실적인 근거는 그들에게 자식(아동)의 위치를 부여하고 아비(어른)의 책임을 기꺼이 수행하는 가족의 논리다. 이로써 이념적 형식에 불과했던 민족은 유학생이라는 실천적 내용과 다이너미즘

---

15 이인직, 「모란봉」, 『한국신소설전집』 1, 을유문화사, 1968, 130쪽.

을 획득할 수 있게 된다.

이는 중요한 의의를 지닌다. 이런 식으로 "남의 자식"에게 학비를 줌으로써 부모와 자식은 봉건적인 가문 대신 근대 민족을 매개하는 새로운 가족을 상상하기 시작할 터이기 때문이다. "남의 자식"을 공부시키는 일은 족보와 봉제사奉祭祀에 연연하는 「삼대」의 조의관이 손자에게 사당과 금고의 열쇠를 주는 일과는 다르다. 또 그것은 조상훈의 사랑에서 벌어지는 시대착오적이고 소비적인 접빈객接賓客과도 구별된다. 더 나아가 이는 그저 가난한 사람의 생활을 돕는 우연적이고 일회적인 자선일 수도 없다. 그것은 다음과 같이 "내 아들"을 "내 종족의 일원"으로 보는 일, 역으로 말해 "내 종족의 일원"으로 "남의 자식"을 보는 근본적인 실천이어야 한다.

> 자녀는 부모의 것이 아니요, 전 종족의 것이라 하는 사상은 조선에 있어서 고창할 필요가 있다. (…중략…) 현금 문명 제방이 의무교육제를 취하는 것이며, 병역의 의무를 징徵하는 것을 보더라도 알려니와 금일과 같이 민족주의가 발달된 시대에 있어서는 선량한 부모는 결코 자녀를 '내 아들'이라고 생각하지 아니하고 '내 종족의 일원'이라고 생각하나니[16]

구완서와 병욱의 부친은 위와 같은 의미에서 아동과 청년의 성장을 위해 재산을 징발당한 "선량한 부모"의 효시다. 자기가 공부시키는 유학생들을 "우리 녀석들"[17]이라 부르는 박 자작이나 아들 찬형의 친구 양두환을 상업학교에 다니게 하는 「호외시대」(최서해, 1930~1931)의 홍재훈

---

16 이광수, 「자녀중심론」, 『청춘』 15, 1918.9, 14쪽.
17 이태준, 앞의 책, 131쪽.

역시 이에 속한다. 이 "선량한 부모"들에게 옥련이나 영채는 구완서나 병욱처럼 학비를 요구할 동등한 권리를 가질 것이다. "250원짜리 바이올린을 사는 건 내 아들이나 동생이라도 절대로 승낙할 수 없는 일"이라 한 윤치호의 말은 이러한 상황을 역으로 암시한다.

이는 영채가 "부친을 구하려고 제 몸을 팔아 기생"[18]이 된 일 및 이에 대해 박 진사가 미안해하거나 고마워하기는커녕 "우리 빛난 가문을 더럽히는 년"[19]이라 하며 "절식 자살"한 일과 날카롭게 대립한다. 영채와 그 부친의 일은 가문과 효도의 협소하고도 "무정"한 지평을 벗어나지 못한 구시대의 표본적 사건이다. 그것은 "우리는 우리의 재산(정신적이거나 물질적)의 전부를 우리와 우리 자손을 위하여서만 사용하여야겠고 필요하거든 선조의 분묘도 헐고 부모의 혈육도 우리 양식을 삼아야 하겠다"[20]고 한 "자녀중심론"으로 극복되어야 한다. 딸이 가문의 아버지를 구하려 하는 대신 아버지가 민족의 딸을 양육했어야 했다. 더 이상 심청은 있을 수 없다.

그리고 그런 의미에서 옥련이 부모와 헤어지고 일본인의 양녀가 된 것은 "자녀중심론"에 필적하는 문학사적 사건이다. 이로써 옥련은 "우리 빛난 가문"에 속박된 혈통중심적인 가족에서 벗어났을 뿐만 아니라 청일전쟁에서 상처 입은 그 역사적 신체와 더불어 "신체발부 불감훼상 효지시야身體髮膚 不敢毀傷 孝之始也"로 표현되는 효도의 굴레에서도 해방되었다. 이제 옥련은 자유롭게 일본인 양부모의 지원을 받을 수 있게 되었으

18　김철 교주, 앞의 책, 113쪽.
19　위의 책, 114쪽.
20　이광수, 앞의 글, 16쪽.

며, 구완서의 아버지라는 "선량한 부모"도 만날 수 있게 되었다. 이는 친부모와 재회하기 위한 전제였다. 하지만 다시 모인 옥련의 가족은 예전의 그것과는 다를 수밖에 없을 터이다. 옥련은 이미 "자녀중심론"적인 자녀로서 성장해 있기 때문이다. 결국 그녀는 무능력한 육친의 가족보다는 "선량한 부모"의 민족으로 돌아갈 것이다.

그렇다면 옥련이 일본인의 양녀가 된 것은 비민족적이거나 탈민족적이기는커녕 오히려 민족적이었다. 그것은 부모중심적이고 봉건적인 가문에서 벗어나 자녀중심적인 가족과 근대 민족의 결합(國家)을 추동(推動)하는 모범적 사례였다. 극단적인 예를 들면, 그것은 「재생」(이광수, 1925)의 김경훈이 상해에서 들어온 ○○단에 자금을 지원하기 위해 아버지를 죽인 일과도 상통하는 사건이었다. 그리고 그 점에서 옥련의 일본인 양부는 식민지 민족을 위협하는 것이기도 했다. 그것은 민족을 대신해 제국이 "선량한 부모"의 표정을 보일 수도 있음을 깨우치기 때문이다.

따라서 "조선이 주는 것" 운운하는 이형식의 주장은 식민지 민족의 '국가'(나라 = 집)를 강력히 욕망하는 것이다. 당연히 김 장로에 대한 채무감이나 "자네 땡 잡았네"라고 한 신우선의 비아냥거림 따위는 당당히 묵살될 수 있을 터이다. 병욱이나 선형도 형식이나 영채와 마찬가지로 친아버지가 아니라 "선량한 부모"로부터 돈을 받는 것이기 때문이다. 이형식이 강조하듯이 그들 역시 공짜 유학생 이외의 존재가 아니다. 「삼대」의 덕기가 병화를 금전적으로 지원함으로써 조부의 재산과 봉제사의 의무를 동시에 상속받는 봉건적인 세계에서 벗어나는 것처럼, 구완서와 병욱 또한 옥련과 영채를 자신들의 유학지에 동행하게 함으로써 스스로의 역사적 위치를 가문에서 민족으로 이동시켰다. 그들은 효도로 부친에 보답하는 대신 조선에 과학과 지식을 주어야 할 것이다. 옥련이나 영채역시 유학지에서 개인적으로 출세하려 하지 말고 민족의 자식으로 복귀해야 한다.

그러므로 공짜 유학은 결코 공짜가 아니었다. 그것은 철저히 민족을요구했다. 그것은 조선인으로서 시행할 수 없는 징세나 의무교육을 대행함으로써 텍스트와 현실 모두에 걸쳐 제국에 맞선 식민지의 주권을 표현했다.

4. 산타클로스와 볼셰비키

하지만 달리 보았을 때 "선량한 부모"와 "남의 자식"이 맺는 관계는 조의관과 덕기가 맺는 관계와 크게 다르지 않다. 양자 모두가 증여를 통해개인을 전체 및 전체의 이념에 순치시키고 있기 때문이다. 다른 것은 전자의 전체가 민족인 대신 후자의 그것은 가문이라는 점이다. 그러나 민족의 혈연공동체적 성격이 강조될 때, "선량한 부모"가 준 돈은 덕기가받은 돈과 다름없이 될 것이다. 나아가 "선량한 부모"의 이념은 다음과같이 변질되기도 했다.

자녀는 부모의 것이 아니다, 폐하의 것이다 하는 것이 일본정신이다.[21]

21　이광수, 「일본 문화와 조선」, 『매일신보』, 1941.4.22.

한편 전체와 개인의 문제를 장유長幼의 문제로 바꾼다는 점에서도 양자는 상통한다. 개인은 나이 어린 아랫사람의 위치에 놓이며 전체는 노성한 윗사람의 역할을 수행한다. 따라서 "자녀중심론"은 부모중심을 전체중심으로 전환한 것이다. 전체와 개인은 부모와 자식 사이에 작용하는 생물학적인 인과관계를 가문의 혈통주의로부터 전유해 비유적으로 재맥락화해 구성되었기 때문이다. "선량한 부모"의 돈 없이 유학생이 존재할 수 없듯이, 전체는 개체의 원인이며 개체는 전체의 결과다. 개인의 존재 자체가 필연적으로 전체에서 증여된 것이다. 개인은 전체에 소속되는 한에서의 개인이며, 개인 자신의 정체성이나 개인들 사이의 복잡한 관계는 이차적이다. 그 점에서 무상 증여의 대가는 개인의 죽음이다. "내 사명은 내 사명이지, 형의 사명은 아니"라는 말에도 불구하고 「적도」의 여해가 병일의 "사명을 대신"하고 죽듯이, 「호외시대」의 두환과 찬형이 서로의 죄를 뒤집어쓴 것은 이 몰개인적인 경제학에 기반한다. 따라서 두환이 위기에 처한 야학(공동체)의 운영을 위해 자기(개인)가 일하는 은행(시장)의 돈을 빼돌린 일은 의미심장하다.

또 한 가지 중요한 것은 이 '장유의 경제학'이 재산의 다소를 연령의 많고 적음으로 환원함으로써 빈부의 차이를 자연화, 정당화한다는 사실이다. 오래 산 만큼 당연히 돈이 많을 수 있다. 하지만 문제는 "선량한 부모" 역할을 할 수 없는 가난한 어른도 많다는 것이다. "선량한 부모"의 경제학은 이 점을 시야에서 제외한다. 공짜 유학은 이 이데올로기적 맹목을 강화한다. 유학비는 부자를 부모로 인정하는 데에 대한, 즉 스스로 사회의 빈자가 아니라 공동체의 자식이 되는 데에 대한 반대급부다. 이렇게 세계는 돈 있는 부모(전체)와 가난한 자식(개인)들로 구성된다. 이로

  역사의 일요일, 역사 이후의 일요일—식민지의 근대문학

써 사회적 갈등은 해소되거나 완화되고 그 긴장의 에너지는 제국을 타자로 삼는 가족적인 전체를 향해 집중된다. 물론 그것은 증여가 원활히 이루질 때의 일이다. 하지만 홍난파가 윤치호를 비난한 일에서도 알 수 있는 것처럼, 그것은 실패하기 일쑤일 것이다. 이와 관련해 윤치호의 일기는 다시 한번 인용할 만하다.

> 그는 조선의 부자들이 가난한 사람들을 억압하고 있다고 비난하고, 자기 재능을 계발할 만한 아무 수단이 없는 조선의 천재들과 영웅들의 운명을 비관했다. 그는 볼세비키들과 공산주의자들이 정당한 약탈자들이라고 강변하고, 부자들이 혼자서 자기 재산을 누릴 수 없는 때가 곧 올 거라고 협박까지 했다. 조선 청년들의 수준과, 은혜에 보답하는 그들의 마음이 어떤지를 적나라하게 보여주는 녀석이었다.[22]

이백오십 원짜리 바이올린으로 인해 윤치호와 홍난파는 더 이상 "선량한 부모"와 "조선 청년"이 아니게 되었다. 그들은 각각 "부자"와 "가난한 사람"으로 재규정되었으며, 이와 함께 "은혜에 보답"하는 일은 "볼세비키들과 공산주의자들이 정당한 약탈자"라는 협박적 명제 제출로 전화되었다. 역시 홍난파는 윤치호의 "아들이나 동생"은 될 수 없었다. 학생에게 과한 바이올린을 요구한 일 자체가 이미 "선량한 부모"와 자식의 한계를 넘어선 것이다.

그런데 인용은 민족적 증여와 계급적 약탈이 짝을 이루고 있음을 암시한다. 양자 모두가 부모와 자식 및 부자와 빈자라는 불평등한 관계를

---

22 윤치호, 김상태 편역, 앞의 책, 592쪽.

전제함과 함께 시장 체계에 대해 특정한 태도를 취하기 때문이다. 증여의 경우, 예컨대 「무정」은 이형식으로 하여금 막연히 고민하게 하는 것이상으로 영채를 속박한 시장의 문제에 파고들지 않는다. 대신 텍스트는 그녀를 유학생으로 비약시키면서 결과적으로 교환체계를 은폐한다. 증여에 압도되는 양상으로 시장은 오히려 보존되는 것이다. 아니, "쇠하였던 우리의 상업도 점차 진흥하게 됨이라"라고 전망한 데에서도 알 수 있듯이, 적어도 「무정」은 민족과 결합된 시장을 활성화하려 한다. "선량한 부모"는 이 '민족 = 시장'을 암암리에 작용시키는 인간적 형상이다. 실로 병욱의 아버지는 아들 병국으로 하여금 양잠회사 설립을 계획하게 할 수 있는 자본가였으며, 「호외시대」의 홍재훈 역시 인쇄업을 경영했다. 이 사실은 "꿈이 있는 청년이면 오라. 그대의 꿈이 진실하기만 하면 그 꿈을 실현시키는 돈은 내가 대이마"[23]라고 했던 "'치은금산' 주 원치원의 선언"을 상기시킨다. 원치원에게 "창백한 인텔리들은 구주救主를 만난 듯 모여들었"거니와, 이와 더불어 "원치원 재벌의 녹지대"는 다음과 같이 꽃 피었던 것이다.

극장이 낙성이 되고, 영화 촬영소가 낙성이 되고, 경기장이 낙성되었고, 문화관이 낙성되고, 무료 의료관이 낙성되고, 출판 사업이 이미 일주년 기념호들이 나오게 되고, 각 전문학교에서는 새 졸업생들 중에서 치은 장학금의 해외 유학생들이 파견되었다.[24]

그리고 그 점에서 영채의 공짜 유학은 산타클로스 할아버지로부터 선

---

23 이태준, 『청춘무성』, 깊은샘, 2001, 410쪽.
24 위의 책, 411~412쪽.

물을 받는 일에 가깝다. 직접적인 경제 활동과는 거리가 먼 늙은이와 어린이 사이에 이루어지는 선물의 무상 증여는 그 종교적이거나 윤리적인 장식과 더불어 주고받는 물건이 화폐 — 주로 아이의 부모가 자신의 경제 활동을 통해 얻은 화폐 — 로 구입한 상품임을 숨김으로써 도리어 상품의 판매를 촉진하고 시장을 확대하려 하기 때문이다. 즉 "산타의 선물"은 "부모들의 속임수"[25]다. 따라서 "크리스마스는 어린이 본위의 명절"[26]이며, "어린이날"이라 해도 과언이 아니라는 전영택의 말은 시사적이다. 실로 미국의 몽고메리 워드Montgomery Ward 백화점은 산타클로스와 루돌프 사슴을 활용하며 이런 의미의 어린이날을 공고히 했다. 이는 이 백화점이 최초로 통신판매를 실시함과 더불어 다음과 같이 조선에 진출한 일과 다르지 않다.

> 정신이 아득하여진 엘리자베트는 한참 있다가 거기서 직수면 상태로 들어서 푹 잠이 들었다가 다섯 시쯤, 동천 하늘이 좀 자홍색을 띠어 올 때에, 무엇에 놀란 것 같이 움쭉 하면서 눈을 떴다.
> 회색 새벽빛을 꿰어서 먼트고메리 회사제 벽지가 눈에 드는 동시에, 그의 머리에는 남작이 생각났다.[27]

요컨대 "나는 소년 시대를 건너뛰었어!"라고 한 이형식의 역사적 회한을 보상하기라도 하듯이 영채는 인신매매의 시장에 얽혀든 어른에서 유학비를 받는 착한 아이로 퇴행하며 경제 주체들끼리의 교환 활동을 은폐

---

25 「산타 클로스 영감. 어린애 선물 갖다 주는 노인, 그는 어느 나라 어떤 사람?」, 『조선일보』, 1924.12.20.
26 전영택, 「크리스마스 종소리」, 『동광』, 1926.12, 41쪽.
27 김동인, 「약한 자의 슬픔」, 『김동인전집』 1, 조선일보사, 1987, 18쪽.

하고 간접화하는 만큼 조장하고 내면화하는 산타클로스적인 세계로 진입했다. 이로써 장유의 경제학은 '노소老少의 경제학'으로 심화되었다. 이는 "예수교인지 난장인지 한다고 조상 봉제사도 개떡같이" 아는 아들을 뛰어넘어 손자에게 재산을 물려주는 조의관 할아버지의 경제학과는 여러 면에서 대비된다. 즉 산타클로스는 다음과 같이 서술된 시장의 맹렬한 운동을 함축한다.

크리스마스가 서울 여성층에게 또 하나의 석가탄신일이 되었다. 여성들은 크리스마스의 진정한 의미 따위는 안중에도 없다. 여성들이 관심을 갖는 건 크리스마스가 쇼핑을 위한 또 하나의 핑계거리이자 기회라는 사실이다. 김영섭 씨 말로는, 일본인들은 벌써 크리스마스를 그루시미마스라고 신소리 하는 지경에 이르렀다고 한다.[28]

그렇다면 카페 여급 영이가 동생 순이에게 "그럼, 넌 왜 이 더러운 짓을 해서 벌어온 돈으루, 날마다 밥은 먹는 게구, 옷은 입는 게구, 학곤 가는 게냐?"[29]고 분통을 터뜨리면서 벽에 걸린 십자가에 "코웃음"을 치는 것은 의미심장하다. 영이가 남자와 동침한 "이튿날 아침이면, 사내를 졸라 수효대로 '자장면'을 시켜왔"던 것처럼, 크리스마스 날 교회에 간다고 외출한 순이 역시 결국 "집안 식구에게 자장면을" 선물하게 되었기 때문이다. 필시 영이는 보험에 드는 조건으로 기독교 신앙을 약속하는 보험 외판원과 전도부인(이기영, 「외교원과 전도부인」)의 계약뿐만 아니라 화재보험을 일러 "하느님보다도 훨씬 더 고마운 하느님"[30]이라 한 이상

---

28 윤치호, 김상태 편역, 앞의 책, 605~606쪽.
29 박태원, 「성탄제」, 『소설가 구보씨의 일일』, 문학과지성사, 2005, 291쪽.

의 규정에 동의할 것이다.

홍난파가 "볼세비키들과 공산주의자들이 정당한 약탈자"라고 한 것은 이 산타클로스의 경제학을 공격한 것이다. "선량한 부모"의 증여를 볼세비키의 약탈로 물구나무세우며 그는 시장을 은폐하는 대신 폭로하려 하며, 교환을 보존하는 대신 폐기하려는 태도를 취한다. 이렇게 그는 '민족 = 시장'에 대해 '계급/시장'을 내세우며 "남의 자식"으로서의 배은망덕을 드라마틱하게 벗어난다. 그는 죽임을 함축하는 약탈로써 증여가 요구하는 죽음을 말살한다.

그러나 그럼에도 불구하고 은혜를 원한으로 대체할 뿐 스스로 시장과 계약하지 않는다는 점에서 그에게 산타클로스와 볼세비키는 별로 다르지 않다. 물론 개인을 통해서건 국가를 통해서건 산타클로스와 볼세비키는 모순적으로 종합될 수도 있을 터이다. 어쨌든 홍난파는 더 이상 공짜 유학생 영채가 존재할 수 없게 된 다음 상황과는 무관했다.

영감마님이 학비 당해 주는 여학생이 셋이라든가, 넷이라든가 된대요. 왜 공으로 학비를 당해 주겠어요. 한 달에 한 번씩이나 두 번씩 영감 수청을 드리길래 학비를 당해 주시지.[31]

---

30 이상, 「조춘점묘」, 『이상문학전집』 3, 문학사상사, 1993, 37쪽.
31 이광수, 「재생」, 『이광수 전집』 2, 삼중당, 1966(중판), 240쪽.

5. 소설가 구보 씨의 빈처

한편 윤치호가 크리스마스를 "쇼핑을 위한 또 하나의 핑계거리이자 기회"로 삼는 여성들을 비판한 것은 또 다른 논점을 제기한다. 이는 여성들이 산타클로스 없이 시장과 직접 교섭하는 데에 대한 불만의 토로이기 때문이다. "크리스마스의 진정한 의미"를 몰각한 쇼핑은 "선량한 부모"의 증여로써 수식된 '민족 = 시장'의 경제학에서 시장을 분리, 독립시킨다. 즉 그것은 공동체보다는 시장을 표면화, 일상화한다. 예컨대 "십여 일 째 두고 눈총을 들여오던" 파라솔을 산 후 "어떻게도 좋은지, 파라솔 그것처럼 몸이 가볍게 떠오르는 것"[32]을 느끼는 여성은 조선인이기보다는 소비자다. 당연히 "무엇을 사러 나간다는 것이 아낙네들에게 있어서는 단순한 사무가 아니"[33]게 될 것이며, 급기야 도쿄의 긴자銀座가 "조선 여성에게도 그리운 마음의 고향"[34]으로 생각되는 사태가 발생할 터이다. 이는 "조선 학생계"에 대한 다음과 같은 평가와도 무관하지 않다.

한 십 년 전에 비기어 퍽 단수화單數化해졌다고 봅니다. '우리'라는 말보다 '나'란 말을 더 많이들 쓰고 더 많이들 생각하고 '나' 때문에만 더 많이들 노력하는 줄 압니다.[35]

---

32 채만식, 「貧…第一章 第二課」, 『채만식 전집』 7, 창작과비평사, 1989, 138쪽.
33 박태원, 『천변풍경』, 박문서관, 1938, 325쪽.
34 유진오, 「화상보」, 『신문연재소설전집』 3, 깊은샘, 1999, 324쪽.
35 이태준, 앞의 책, 58쪽.

그리고 이러한 일은 「재생」이 묘사한 바 "선량한 부모"가 "영감마님"으로 변화해 가는 시대적 추이와 함께 진행된 것이다. 순영이 가난한 봉구를 버리고 "비단으로 돌아 붙인 자동차"를 제공하는 백윤희를 선택하는 일은 "영감마님"이 "수청"을 대가로 여학생들에게 "학비"를 주는 일과 짝을 이룬다. 이에 대해 득주는 "학빈가요? 내 정조 값이죠"[36]라고 정정한 바 있거니와, 춘원은 다음과 같은 서술로 "요리점 팁"을 "학교 기부금보다 더 수월히"[37] 받을 수 있게 된 세태를 계속 문제 삼는다.

> 흥. 학비를 당해 주어? 그 놈이 왜 네 학비를 당해 주어? 네 친삼촌이란 말이냐, 외삼촌이란 말이냐? 그 놈이 속이 음충맞아서 딴 생각을 두고 그러지. 그래 요새 세상에 제 돈 가지고 남의 딸자식 학비 대주는 부처님 어디 있다든?[38]

따라서 윤치호의 비난은 이러한 현실의 양상을, 그 현실을 여러 가지로 매개해 내는 여성에 대한 불안으로 전화시켜 암시한다. 이는 "영감마님"과 관계한 순영과 금봉을 끝내 멸망시키고 마는 춘원의 서사로 극단화될 수도 있다. 즉 위의 인용문은 탈성화脫性化되고 전체화된 "선량한 부모"의 증여에 조종弔鐘을 울리고 있거니와, 이와 더불어 각자의 이해관계에 충실한 여러 "영감마님"들의 "딴 생각"으로 공짜 유학의 이념을 비웃는 교환의 특수하고도 부정적인 양상은 여성과 동일화되면서 젠더적으로 위계화되고 억압된다. 식민지의 입장에서 보았을 때 '여성 = 시장'은 '민족 = 시장'의 활성화를 위해 계발되기보다는 조절되고 통제되어

---

36 위의 책, 40쪽.
37 한설야, 『초향』, 박문서관, 1941, 209쪽.
38 이광수, 「그 여자의 일생」, 『이광수 전집』 7, 삼중당, 1962, 42쪽.

야 할 내부의 부정적 계기다. 그것은 허약한 민족의 한계를 초과할 위험이 있다. "연말과 크리스마스 선물은 조선 물산으로 쓰자"(『동아일보』, 1929.12.14)는 기사는 이를 암시한다. 그로 인해 윤치호는 여성들을 비판하며 "No Christmas, 크리스마스 지키지 말라는 영"[39]을 내렸던 크롬웰적인 태도를 취하게 된 것이다.

그 점에서 윤치호가 "그루시미마스"를 언급함은 흥미롭다. '그루시미(고통)'는 아내의 상품 구매 요구에 시달리는 남편을 환기하면서 '여성 = 시장'의 문제를 가정의 내부에 가두려 하기 때문이다. 즉 "선량한 부모"가 마련한 산타클로스도 "부처님"도 사라진 상황에서 여성을 제어할 책임은 남편들에 배분된다. 이런 식으로 시장은 민족과 함께 성화聖化되는 대신 여성으로써 성화性化된다. 그리고 이는 자연스럽게도 보인다. K양에 대한 애정의 경쟁자들을 물리치기 위해 "제일류로 꼽는 S양화점"에서 맞춘 "흰 구두"(김동인, 「구두」)를 준비하는 일로 암시되듯이, 연애와 더불어 새로운 가정은 이미 '여성 = 시장'을 자기 안에 끌어들였었기 때문이다. 예컨대 순구는 "온당한 의미에서 지식 여성"이 아니라, "자기의 풍부한 소비생활"[40]과 어울릴 만한 인텔리 여성과 결혼하고자 했다. 더 나아가 부모로부터 배우자를 증여받았던 조혼과 달리 신가정의 결혼은 애정의 교환에 기초한 당사자들끼리의 계약이었다. 그것은 애초부터 다음과 같은 신가정의 풍속과 잘 어울렸다.

위선 한 스무 남은 간 되는 집을 장만한 그들은 다년의 동경대로 포부대로 이

---

39 전영택, 앞의 글, 41쪽.
40 이태준, 『제이의 운명』(상), 한성도서주식회사, 1948, 31쪽.

상적 가정을 꾸미기에 노력하였다. ― 마루는 한복판에 도화심목桃花心木 테이블을 놓고, 그 주위를 소파로 둘러 응접실로 만들었다. (…중략…)

이 외에 그들의 일과가 있다고 하면 이상적 가정에 필요한 물품을 사 들이는 것이리라. 이상적 아내는 놀랄만한 서리犀利한 관찰과 치밀한 주의로써 이상적 가정에 있어야만 할 물건을 찾아내었다. 트럼프, 손톱 깎는 집게 같은 것도 그 중요한 발견의 하나이었다.[41]

위의 일은 부친이 별세해 "무서운 친권의 압박과 구속"에서 벗어났을 뿐 아니라 "번루煩累 많고 방해 많은 고향 ××부"를 떠나 "서울에서 신살림"을 차린 이후에 일어난 것이다. 이때 "무서운 친권"은 가문과 더불어 "선량한 부모"도 암시한다. 주인공은 공동체로서의 "고향"에서 "서울"이라는 시장으로 이동하면서 대가족은 물론 민족과도 거리를 둔 부부 중심의 핵가족을 성취했다. 이제 부부는 "이상적 가정에 필요한 물품"들을 마음껏 살 수 있게 되었으며, 이는 급기야 아무도 연주할 수 없는 피아노의 구매로 나아갔다. 물론 이는 「빈처」의 다음 장면과 짝을 이룬다.

"우리도 남과 같이 살아 보아야지요!"
아내가 T의 양산에 단단히 자극을 받은 것이다. (…중략…)
나는 잠시 멍멍하게 있었다. 성낸 불길이 치받쳐 올라온다. 나는 참을 수가 없었다.
막벌이꾼한테나 시집을 갈 것이지 누가 내게 시집을 오랬어! 저따위가 예술가의 처가 다 뭐 ― 야!"[42]

---

41 현진건, 「피아노」, 『개벽』, 1922.11, 22~23쪽.
42 현진건, 「빈처」, 『개벽』, 1921.1, 163~164쪽.

이러한 상황과 관련해 오촌당숙은 "얼마 아니 되어 T는 잘 살 것이고 K는 거지가 될 것"이라고 예측하는데, K는 이러한 평가에 대해 "친부모 친형제까지라도 심중으로는 다 이렇게 생각할 것"이라고 긍정한다. 이는 부부가 아무리 가난해도 더 이상 친정이나 시집의 도움을 받을 수 없다는 것, 그러나 "형님 식구가 제게 무슨 아랑곳이냐"[43]고 항변하는 이기영 소설의 등장인물처럼 그들의 형제나 친척은 얼마든지 부유할 수 있음을 일깨운다. "빈처"가 전당포에 물건을 잡히는 일은 「피아노」의 부부가 피아노나 소파를 사들이는 일과 다르지 않다. 이것들은 모두 형제나 친척의 형편과는 상관없이 수행되는 핵가족의 활동이기 때문이다. 부부는 하나의 경제 단위로서 스스로 시장과 접촉하며 교환을 수행해야 한다. 처형이 아내에게 신을 선물하는 일은 우연적인 사건일 뿐이다. 더 이상 민족은커녕 친부모의 증여조차 기대할 수 없다. 부부는 산타클로스와 무관한 어른들이다. 그들은 마음껏 물건을 사기 위해 친권과 고향을 떠났다.

또 한 가지 지적할 것은 핵가족 내부에 관철되는 생산과 소비의 성적 분업이다. 남편이 "나도 어서 출세를 하여 비단신 한 켤레쯤은 사 주게 되었으면" 좋겠다고 바라는 것은 이 '남편 = 생산 / 아내 = 소비'의 구조를 암시한다. 오로지 소비를 담당하게 됨으로써 '여성 = 시장'은 가정 내부의 일로 한정될 뿐만 아니라, 남편의 돈벌이에 종속되고 통제된다. 즉 남편의 생활비 증여와 함께 동등한 어른(개인)들 사이의 관계는 어른과 아이의 관계를 동반하게 된다. 아내를 "빈처貧妻"로 부르는 일은 이 역학관계를 암시한다. 그것은 가난의 원인이 빈부貧夫에 있음을 은폐하면서도, 그럼에도 불구하고 "저따위가 예술가의 처가 다 뭐 ― 야!"라고 소

---

43 이기영, 「오 남매 둔 아버지」, 『개벽』, 1926.4, 29쪽.

리치면서, 남편이 가난할 경우 아내 역시 필연적으로 가난할 수밖에 없으며 아내는 이를 당연히 감수해야 한다고 전제한다. 물론 그것은 "무슨 책을 보기도 하고, 또는 밤새도록 무엇을 쓰기도" 하는 남편의 행위가 "부자 방망이를 만드는 것"(현진건, 「술 권하는 사회」)이기를 기대하는 아내의 시장적 욕망에 대한 공포를 함축한다.

식민지의 남편은 이렇게 탄생한다. 그는 직업인으로 성장하기보다는 아내를 아이로 강등시키며 가까스로 어른이 되었지만 "선량한 부모"처럼 부유하거나 너그럽지 못하며 그래서도 안 된다. 그의 파트너인 아내는 가문을 떠나 외국으로 나아갈 유학생이 아니라 가정 내부에 붙들어두여야 할 '여성 = 시장'이기 때문이다. 다시 말해 가난한 그는 '남편 = 생산'으로서(써) '아내 = 소비'를 만족(제한)시키면서 '민족 = 시장'과 더불어 민족 구성원을 재생산할 가정을 유지해야 한다. 이런 식으로 "빈처"는 식민지 민족에 구조화되고 내면화된다. 따라서 "여자들은 그렇게도 쉽사리 황금에서 행복을 찾는다"고 관찰하며 "돈 한 푼 없이 어떻게 기집을 멕여 살립니까?"[44]라고 어머니에게 반문하는 구보는 결코 "직업과 아내를 갖지 않은" 것이 아니었다. 돈 못 버는 소설가인 그는 이미 식민지라는 "빈처"와 결혼해 있기 때문이다.

---

44 박태원, 「소설가 구보 씨의 일일」, 『소설가 구보씨의 일일』, 문학과지성사, 2005, 90쪽.

6. 식민지의 기둥서방들

그러나 "뱀베르구 실로 짠 보이루 치마"의 가격 "삼원 육십 전"을 적시하는 구보는 무엇보다도 시장을 근본적 환경으로 삼는 개인이다. 그는 "팔원 사십 전을 가지면, 우선, 조그만 한 개의, 혹은, 몇 개의 행복을 가질 수 있을"[45] 것이라고 생각하는 소비자다. 그는 "빈처"의 남편처럼 "예술가" 운운하며 허세를 부리는 대신 어머니와 형수의 치마 감을 사주면서 자신이 "빈처"의 남편이기보다는 "빈부"임을 긍정한다.

따라서 구보가 언급한 "뱀베르구 실로 짠 보이루 치마"는 의미심장하다. 조선인 소녀는 일본어로 발음된 독일어Bemberg와 프랑스어Voile 브랜드의 상품을 사고자 하기 때문이다. 그녀는 "쌀이나 나무 값보다도 불란서 인형 값이나 알고 생활하는 그런 처녀"[46]에 가깝다. 즉 "해외"는 민족으로 귀환하는 유학과 망명으로만 작용하지는 않는다. 이는 윤치호와 이광수가 여성들을 비판하거나 여주인공들을 몰락시킨 이유를 다시금 확인하게 한다. 그것은 '민족 = 시장'을 지배하는 '제국 = 시장'에 대한 공포를 '여성 = 시장'에 대한 경멸과 탄압으로 자리바꿈하여 주관적으로 제어, 방어하고자 하는 시도다.

그렇다면 "빈처"는 식민지 문학의 필연적인 주인공이다. 그것은 재산과 미모가 없다는 이유로 동성同性의 일본인 동급생에게서 "생존경쟁에 열패할 자격"[47]을 부여받은 윤광호의 "원한"을 기억하면서도 여전히 "부

---

45 위의 글, 108쪽.
46 이태준, 『청춘무성』, 깊은샘, 2001, 35쪽.
47 이광수, 「윤광호」, 『이광수 전집』14, 삼중당, 1962, 76쪽. 이와 관련해서는 3부 3장을

자 방망이"를 만들지 못하는 민족의 거세 불안을 표현한다. 그런 의미에서 옥련의 일본인 양부는 여전히 건재하다. 따라서 그것은 다음과 같이 아내를 공창公娼에 매끽賣喫하는 처참한 양상을 보이기도 했다.

나는 사창私娼을 묵허한다면, 차라리 공창公娼을 사회학적 견지로 유익하다고 인정하오. 그러므로 나의 아내요 친구인 그대를, 사회의 보다 더 유해한 사창으로 묵허하느니보다는 공창으로 내세우는 것이, 부득이 그러한 직업을 가져야만 할 성격과 사정에 놓인 그대에게 대한, 남편의 의무요, 우의상 피치 못할 일이라고 생각하오. 그대가 십 원 이십 원에 그대의 육체를 꾸미고기로 저며 파는 꼴을 어떻게 나더러 보라는 것이요, 팔백 원에 지금 도매를 하였소. 그러나 이 팔백 원은 나의 술값으로 쓰거나, 밥값으로 낭비할 리는 만무하오. 그대의 장비葬費로 쓰지 않게 되는 경우면 일만 오천 원에 샀던 커닝햄 군이 너무 억울하다고 할 터인즉, 그 사람의 결손의 일부분이라도 상환하도록, 커닝햄 군에게 전할 것이오. 주인과 계약은 삼년 계약이오. 나를 무정타 마시오. 또 아내는 남편의 소유물이 아니니까 임의로 전매하였다고 후일 법률상 문제가 된다면 감수기책할 것이요, 또 그대의 인장을 위조 사용한 것에 대하여는 역시 그러할 것이오.[48]

춘경은 "창호가 감옥에 있던 이년 동안" 일본인 좌야佐野의 돈을 받으며 "방탕한 생활"을 했을 뿐 아니라, 창호가 다시 수감된 후에는 좌야, 여관 주인, 수원집 등과 공모해 미국인 커닝햄을 속인다. 커닝햄의 돈 만원은 좌야가 횡령해서 달아나지만, 그렇게 결혼 사기를 당했음에도 불구하고 커닝햄은 다시 오천 원을 들여 마침내 그녀를 차지한다. 이 모든 일에 대해 창호는 팔백 원에 아내를 "도매"함으로써 복수했던 것이다. 더 나

참고할 것.
48 염상섭, 「이심」, 『염상섭 전집』 3, 민음사, 1987, 295쪽.

아가 창호는 커닝햄에게 편지해 "군은 사람의 아내를 일만 오천 원에 샀다 하나 시장의 그 실가는 팔백 원에 불과하기로, 팔백 원을 송정"할 것이며, 그 돈을 받지 않을 때는 "유인, 간통죄로 고소"[49]하겠다고 통고한다. 이로써 창호는 춘경을 팔백 원짜리 물건으로 격하시킬 뿐 아니라 이에 대한 동의를 커닝햄에게도 강요한다. 창호는 득주를 다음과 같이 취급한 윤천달과 동류가 되었다.

> 아니…… 그럼 하룻밤에 십만 원을 내라? 그 몸뚱인 무슨 노다지 덩이냐? 허! 아주 샀어두 단 만 원짜리두 못 되겠다 야…… 허![50]

그런데 이와 관련해, 감옥을 나온 창호가 "춘경이의 손가락에 보지 못하던 보석반지가 반짝이고" "의복이 사치한 것"[51]에 "무엇보다 먼저 놀란" 바 있음은 주목을 요한다. 이는 창호가 '남편 = 생산'으로서(써) '아내 = 소비'를 만족(제한)시킴으로써 여성을 가정에 가두는 일에 실패했음을 웅변한다. 즉 춘경은 "남부끄럽지 않게 양복 화복을 번갈아 입고 다녔고 실크 스타킹(비단 양말) 개도 꿰어지지 않은 것"을 사용하며 스스로 "빈처"에서 벗어났다. 남편의 돈벌이와는 상관없이 이루어진 이러한 상품 소비에 대해 남편은 아내 자체를 판매함으로써 징벌했던 것이다. 즉 아내를 교환의 주체에서 대상으로 전락시키면서, 창호는 위의 편지 내용과는 반대로 아내가 "남편의 소유물"임을 강력히 주장했다. 따라서 창호가 춘경의 "장비葬費"를 거론하는 것은 차라리 논리적이다. 애정을 교환했던 일과는 모

---

49 위의 글, 297쪽.
50 이태준, 앞의 책, 333쪽.
51 염상섭, 앞의 글, 80쪽.

순적이게도 생활비와 더불어 아내의 위치 자체가 남편에게서 증여된 것
이며, 따라서 거기에는 이미 죽음이 내재되어 있기 때문이다.

하지만 춘경이 남편은 물론 조선어 교사 위 선생도 "대기大忌"하는 양
장을 입은 것은 단지 "사치"하기 위한 것은 아니었다. 그것은 애초에 벌이
도 별로 없었을 뿐 아니라 주로 감옥에 갇혀 있었던 남편을 대신해 "세
식구, 네 식구의 생활을 제 손으로 부지해 나가야 하겠다고 결심"한 그녀
가 구직을 위해 "전당포에 들어앉은 여름양복을 찾아"내어 입은 것이기
도 했다. 춘경은 다음과 같이 생각했다.

> 양복을 당장에 찢어 버리고 속이 시원하도록 누구에게 몸부림이라도 하고 싶
> 었다. 그러나 지금 형편에 이 양복이 죽에 아홉 없는 단벌 출입건이요, 앞으로
> 살아갈 다만 하나의 밑천이었다. 세 식구 네 식구 입에 거미줄을 느리려면 이 양
> 복과 이 모자를 찢어버려도 무관할 것이다.[52]

따라서 이런 의미의 양장은 춘경이 천전淺田 상회에 취직한 후 "보랏빛
여점원 복색"을 입는 일과 일맥상통한다. 반면에 그것은 여관집 주부가
"양머리는 공부가 있다는 표적"일 뿐 아니라 "자기네 사회"에 맞지 않는다
는 이유로 춘경에게 쪽 지을 것을 권유하는 일과 대립한다. 이때 전자는
춘경이 패밀리 호텔의 사무원이 된 일에 대응하며, 후자는 좌야가 "한 달
에 삼십 원이나 사십 원의 생활비"를 주면서 춘경을 "제 멋대로 농락"하는
일에 대응한다.

문제는 좌야, 강찬규, 여관집 주부, 수원집, 커닝햄 등이 춘경을 계속

---

52 위의 글, 84~85쪽.

전자에서 후자로 이끌려 한다는 점이다. 이로써 그녀는 끊임없이 여성으로 한정되며 탈성화脫性化된 직업의 세계에서 이탈한다. 다시 말해 복녀(김동인, 「감자」)의 경우가 그러했듯이, 기어코 그녀의 노동이 아니라 여성이라는 존재 자체가 교환의 대상이 된다. 「성탄제」의 영이가 "여점원", "여자 사무원", "방적회사 여직공"이 아니라 여급이 되었던 것처럼, 그녀는 좌야의 "월첩"이거나 커닝햄이라는 "양인의 첩쟁이"일 수밖에 없었다. 그리고 이 같은 그녀의 사회적 위치는 창호의 "도매"에 의해 최종적으로 확정되었다. 비유컨대 사회주의자로 인정되는 남편은 좌야나 커닝햄 같은 전 세계 남성들과 단결함으로써 실추된 남성으로서의 자존심을 회복하려 했다. 기껏해야 팔백 원밖에 돌려줄 수 없는, 즉 아내 이외에 아무런 자본이나 생산수단을 갖지 못한 자신의 무능력을 공공연히 드러내면서도 말이다. 그 점에서 창호는 몰락한 구완서이거나 구완서의 역상逆像이다. 창호는 구완서처럼 옥련에게 학비를 제공하며 옥련의 일본인 양부와 경쟁할 수 없었다.

그런데 창호가 그렇게 할 수밖에 없었던 것은 춘경이 호사스럽게 치장했기 때문만은 아니다. 근본적으로 그것은 춘경이 직업을 가지려 함으로써 '남편 = 생산'의 세계를 넘보고 '아내 = 소비'의 가정적 직분을 넘어섰기 때문에 일어난 일이다. "방탕한 생활"이란 남편의 증여를 넘어서는 여성의 사회적 활동을 의미한다. 여성이 노동 시장에서 남성과 경쟁하는 것이야말로 남편의 거부감과 두려움을 촉발하는 아내의 방탕이자 춘경에서 춘자로 배신해 가는 "두 마음二心"이다. 따라서 거칠게 말하면 창호는 여성의 직업을 매춘에 한정하거나 여성의 생산 활동 자체를 매춘으로 규정하는 듯하다.

더구나 창호가 아무런 직업도 갖지 못한 데에 비해 좌야는 패밀리 호텔의 지배인이며 커닝햄은 "텍사스 석유회사의 서기장"이다. 그 점에서도 춘경이 그들과 접촉하고 거래하는 일은 생산과 소비 모두에서 '제국＝시장'과 대비되는 '민족＝시장'의 보잘것없음을 드러낸다. 즉 시장을 통해 가정에서 벗어나는 일은 외국을 불러들이며 민족을 넘어서는 일이다. 따라서 더 이상 "선량한 부모"의 돈도 받지 못하는 창호는 커닝햄과 아내를 무역貿易함으로써 이에 대응했다. 이로써 그는 일본인이나 미국인과 동등한 남성 생산자로서의 남편인 동시에 조선인임을 주장하고자 했다. 그렇다면 이 모든 일이 패밀리family 호텔에서 시작되었음은 상징적이다.

요컨대 춘경은 "빈처"로서 죽어 민족을 재생산했다. 이는 취직이나 금광업을 하고 싶다는 봉아의 말을 그녀의 "보호자"(채만식, 「금의 정열」)인 상문이 진지하게 받아들이지 않을 뿐 아니라, 결국 봉아가 급사하고 마는 일의 의미를 재고하게 한다. 더 나아가 이는 "여자는 부정탄다"[53]는 이유로 광산의 굴 안에 들어갈 수 없었던 경희가 "양복 입는 신여성이 자꾸 부쩍부쩍"[54] 늘어가는 사회적 현상과 더불어 탁아소 설립을 계획하거나 다음과 같은 "흥미"를 느끼는 일에 대해서도 주목하게 한다.

경희는 요즘 백화점의 '숍 걸'이나, 전화교환국의 교환수나, '버스 걸'이나, 혹은 강현순이 같은 양재사나, '타이피스트'나 그러한 직업여성 — 그 전날에 볼 수 없던 중간층의 직업을 가진 여성들에게 흥미를 가지고 있다.[55]

---

53 김남천, 『사랑의 수족관』, 인문사, 1940, 45쪽.
54 위의 책, 328쪽.
55 위의 책, 186쪽.

한편 창호와 비교해, "왜 그들 내객은 돈을 놓고 가나 왜 내 아내는 그 돈을 받아야 되나"[56] 도무지 알 수 없다고 하는 또 다른 남편의 태도 역시 흥미롭다. "예의 관념" 운운하며 시치미를 떼면서도 그는 아내로부터 받은 돈을 다시 아내에게 주고서야 그녀와 동침하기 때문이다. 또한 이는 크리스마스를 배경으로 발생한 R카페의 여급 폭행사건 및 그와 관련된 부부의 일도 상기시킨다. 남편은 위자료로 옷감과 구두를 사려는 아내를 "구더기만도 못"하다고 평가하지만, 그와 동시에 그는 자기 자신이야말로 "그 분들이 월사금을 주시면" "그 분들이 못 알아보시는 글자만을 골라서"(「슬픈 이야기」) 배운 "무서운 아이"(「오감도 시 제1호」)이자 아내를 빨아먹는 "거미"임을 선언했다. 즉 남편은 다음과 같은 자조自嘲와 도태의 경제학을 계획하면서 마침내 "선량한 부모"와 "빈처"를 모두 폐기했다.

노한촉수 — 마유미 — 吳의자신있는계집 — 꼬나풀 — 허전한것 — 수단은 없다. 손에쥐인二十원 — 마유미 — 十원은술먹고十원은팁으로주고그래서마유미가응하지않거든 예이 양돼지라고그래버리지. 그래도그만이라면二十원은 그냥날라가 — 헛되다 — 그러냐어떠냐공돈이아니냐. 전무는한번더안해를층계에서굴러떨어뜨려주려므나. 또二十원이다. 十원은술값十원은팁. 그래도마유미가응하지않거든 양돼지라그래주고 그래도그만이면二十원은그냥뜨는것이다부탁이다. 안해야 또한번전무귀에다대이고 양돼지 그래라. 걷어차거든두말말고층계에서내리굴러라.[57]

『현대문학의 연구』, 2012.2

---

56 이상, 「날개」, 『이상 전집』, 문성사, 1966, 20쪽.
57 이상, 「지주회시」, 위의 책, 82쪽.

3장

하숙방과 행랑방

근대적 주체와 사회적 감수성의 위치에 대한 일고찰

1. 게슈쿠下宿와 하숙

임화는 신경향파 문학을 논하며, "최서해적 경향"과 대비되는 "박영희적 경향"을 지적했다. 그리고 이를 "구체적 현실에 안일한 관념적 이상화의 방법"[1]이라고 평가했다. 이 의견은 어느 정도 옳다. 예컨대 「철야」의 주인공 명진은 "무산계급"의 문제를 깨닫고 그 "대립 계급과 싸움으로써 나의 인생 문제를 해결"하겠다고 결심한다. 여기에는 사회과학 서적의 독서 체험에 근거한 관념상의 비약이 작용하는 듯하다. 그는 "인생 문제"에 대한 글을 쓰기 위해 방안에 틀어박혀 고민할 뿐, 사회적 경험이나 구체적 실천과는 거리가 있는 "불행한 문사"에 불과하다. 당연히 이 작품은 최서해 소설이 제공하는 만주 생활의 쓰라린 체험 같은 것은 보여주지 못한다.

하지만 그렇다고 해서 이 소설이 그 어떤 경험적 요소도 제시하지 않

---

1   임화, 임규찬 · 한진일 편, 「조선 신문학사론 서설」, 『임화신문학사』, 한길사, 1993, 366쪽.

는다고 볼 수는 없다. 이를테면 명진은 원고료를 선급하지 않는 잡지사의 비정함을 회상한다. 그의 배고픔은 집요하게 묘사된다. 그는 다다미의 "구수한 냄새"에 끌려 그것을 혀로 핥거나 뜯어진 지푸라기를 씹어보기까지 한다. 더 나아가 명진은 다음과 같이 집주인으로부터 방값 지불을 재촉 받는다.

> "무엇을 말이요?"
> "집세 말야! 집세! 몇 번째야! 참!" 하고 막 집어버리는 수작으로 달려든다.
> "글쎄! 요새는 돈이 없어서 못 내겠다는데 자꾸 조르면 어떻게 한단 말이요? 좀더 참으시오"
> "나가! 나가요! 지금! 석 달이 되도록 한 푼 안 내고 — 응!"[2]

결국 명진은 숙소를 나와 친구 A에게로 간다. 이는 주인공의 계급 사상을 매개하는 핵심 체험이다. 그는 "위대하게 서 있는 건축물"에 사는 사람이 있는 반면, 노동자들은 "지금의 나처럼 집이 없을 것"이라고 파악한다. 이는 근대 사회의 생생한 현실이다. 즉 명진의 결심은 관념에서 관념으로 나아간 것만은 아니다. 적어도 그는 숙소에서 쫓겨남으로써, 혁명가의 "떠도는 삶"[3]을 경험하기 시작했다. 그 점에서 명진은 "제○차 공산당 사건"으로 수감되었던 여인현과 동류다. 그는 "인제 어디서 묵으세요?"라는 질문에 "아무 테나 가지비, 내 어디 집 있가데"[4]라 했다.

그런데 위와 같이 집주인에게 시달리는 모습은 근대문학의 익숙한 장

---

2 박영희, 「철야」, 『별건곤』, 1926.11, 32쪽.
3 이와 관련해서는 필립 아리에스·조르주 뒤비, 전수연 역, 『사생활의 역사』 4, 새물결, 2002, 446쪽을 참고할 것.
4 이광수, 「혁명가의 아내」, 『이광수 전집』 2, 삼중당, 1962, 387쪽.

면이다. 이효석의 주인공은 집주인으로부터 "인제 보니 웬 못된 거지를 두지 않았나"[5]라고 모욕 받으며 쫓겨난다. 염상섭의 주인공은 일본인 집주인으로부터 "이번에는 어떻게 선 세음을 해주지 못하실까요"[6]라는 말을 듣는다. 이런 장면은 『설중매』(1908)에서도 발견된다. 집주인 "구두쇠"는 "장죽을 딱딱 떨면서" "욕설이 나올 듯"한 태도로 태순을 압박하지만, 태순에게 온 편지 속의 지폐 삼십 원을 보고는 공손해진다. 이에 대해 이 소설은 "지전의 효력이 태순의 권리보다 나음을 가히 알 터"[7]라고 평가하는 것이다.

이때 "구두쇠"가 말하는 "밥값"은 하숙비다. 이는 월급 중 "팔 원은 주인 노파에게 밥값"으로 준다고 서술한 『무정』(1917)에서부터 "그거 지나간 달 밥값이래"[8]라고 한 「사랑손님과 어머니」(1935)까지의 용례로도 확인된다. 「숙박기」의 창길은 "밥값"과 관련해 다음과 같이 불평하기도 했다.

조선 사람에게 밥값 잘리는 수가 있다손 치기로 신용 안 잃은 다음에야 한 달이나 있던 사람을 내쫓을 묘리가 왜 있드람![9]

하지만 이보다 더욱 중요한 사실은 『설중매』가 『셋츄바이雪中梅』(末廣鐵腸)의 번안이라는 점이다. 『설중매』에 등장하는 "그 집 주인 구두쇠"는 "此の下宿屋の主人吝藏"[10]에 해당한다. 구연학은 아직 하숙집이 일반화

---

5 이효석, 「주리면……」, 『이효석전집』 1, 창미사, 1990(2쇄), 15쪽.
6 염상섭, 「숙박기」, 『신민』, 1928.1, 144쪽.
7 구연학 외, 『한국신소설전집』 6, 을유문화사, 1968, 27쪽.
8 주요섭, 「사랑손님과 어머니」, 『조광』, 1935.11, 56쪽.
9 염상섭, 앞의 글, 145쪽.
10 末廣鐵腸, 『雪中梅』 上, 博文堂, 1887, 76쪽.(『특선 명저복각전집』, 일본근대문학관, 1974)

되지 않았던 조선 사정에 맞게 "게슈쿠야下宿屋"를 "집"으로 바꾸었을 것이다. "월사月謝의 곤박困迫을 시수時受하며 하숙下宿의 구축驅逐을 일피日被하여 방황서설彷徨棲屑에 혈박歇泊이 무처無處"[11]하다고 한 『태극학보』의 '고학생 동맹 취지서'에서도 알 수 있듯이, "하숙"은 주로 일본 유학생들에게 익숙한 곳이었다. 그도 그럴 것이 "하숙이라고 하는 주막"[12](『송뢰금』상, 1908)은 메이지 문명개화의 산물이자 "자본의 힘이 낳은 메이지의 신상법新商法"[13]과 관련되기 때문이다.

'게슈쿠야'는 일본에 근대 학제가 마련되어 도쿄에 중등 이상의 학교가 세워짐과 더불어 혼고本郷와 간다神田를 중심으로 나타났다. 대규모의 '게슈쿠야'는 전문 경영인을 두고 주식柱式을 파는 경우까지 있었지만, 러일전쟁을 전후해서는 소규모의 '시로토게슈쿠素人下宿(여염집 하숙)'도 유행하기 시작했다.[14] 조병걸이 사는 "간다라는 곳 M이라는 커단 하숙집"[15]은 대규모의 '게슈쿠야'일 터이다. 한편 나츠메 소세키의 『마음ここ ろ』이나 이광수의 「혈서」는 '시로토게슈쿠'를 무대로 한 소설이다. 그렇다면 미국에서 유학하는 옥련(『혈의 누』, 1906)이 "호텔"에서 생활하는 반면, "동경 일류대학의 학생"(「윤광호」, 1918)이 된 윤광호가 "비복이 승명承命하는 하숙"[16]에서 지내는 것은 당연하다. 일본의 하숙과 관련해 염상섭은 다음과 같이 묘사한 바 있다.

---

11 「유학생의 정형」, 『태극학보』 12호, 1907.8, 51쪽.
12 이경훈, 『한국 근대문학 풍속 사전』, 태학사, 2006, 572쪽.
13 曾根博義・永坂田津子, 『昭和文學 60場面集』 2, 中教出版, 1991, 16쪽.
14 위의 책, 18~22쪽 참조.
15 이광수, 「그 여자의 일생」, 『이광수 전집』 7, 삼중당, 1962, 96쪽.
16 이광수, 「윤광호」, 『청춘』, 1918.4, 68쪽.

모두가 관리나 회사원을 그리고 지어 놓은 셋집이 아니면 중산계급인의 첩치
가妾治家함직한 동리뿐이요 하숙이나 소위 '시로우도'라는 셋방 패를 부친 집도
눈에 띄지를 않는다. 한참 헤매다가 그래도 창길이는 서너 집이나 한데 몰리어
있는 하숙을 찾아내었다.[17]

한편 경성의 이십 년간 변천을 말하며, 예전의 "보행객주步行客主"가
"하숙옥 영업"이나 "어하숙御下宿"으로 바뀌었다고 보고하는 『개벽』의
기사[18]나 1934년 4월에 일본인 사장이 설립한 합자회사 취산장 — 翠山
莊, 자본금 7,500원, 경성부 본정 4정목 148번지 — 을 "하숙옥업"[19]으
로 명시한 『조선은행회사조합요록』, 또는 "배다리 이편에 광명관이라는
낡은 목재로 된 고등하숙이 있다"[20]는 김남천의 서술을 볼 때, 우리는 하
숙이 식민지에서도 '게슈쿠야'나 '시로토게슈쿠'의 형태로 번성했음을
알 수 있다. 이를테면 노파가 끓여준 된장찌개에서 구더기를 골라내는
『무정』의 이형식은 '시로토게슈쿠'가 서울에서도 흔한 풍속이 되었음을
알려준다. 『동아일보』는 "가족적 대접"을 하는 여염집하숙이 느는 대신
하숙옥은 줄어든다는 사실, 그리고 여염집하숙을 하기 위해 하숙옥 폐지
신고를 하는 일이 많으므로 여염집 하숙에도 징세할 것이라는 경성부의
방침을 전한 바도 있다.[21] 하지만 『삼대』의 다음 장면에서 알 수 있듯이,
세금을 내기에는 크게 빈약한 여염집하숙도 있었을 터이다.

---

17 염상섭, 앞의 글, 145쪽.
18 상투생, 「경성의 이십 년간 변천」, 『개벽』, 1924.6, 67쪽.
19 中村資良, 『朝鮮銀行會社組合要錄』, 東亞經濟時報社, 1935. 국사편찬위원회 웹사이트
    참조.
20 김남천, 『사랑의 수족관』, 인문사, 1940, 377쪽.
21 「여염가의 하숙업자, 경성부에서 세금을 받아」, 『동아일보』, 1924.12.13.

이 동네를 휘더듬는 동안에는 이런 집도 많이 보았지만 그래도 하숙이라 하니 의연만한 집인 줄 알았다. 덕기는 참 정말 이런 집은 처음 본 것 같았다. 쓰러져가는 일각 대문이라도 명색이 문이 있으니 물론 움은 아니다. 그러나 마치 김칫독을 거적으로 싸듯이 꺼멓게 썩은 거적으로 빵 둘러싼 집이다.[22]

위와 같은 집에서 병화는 "굴뚝에서 빼놓은 족제비" 같은 아낙네의 "외상밥"을 먹었다. 이형식은 구더기가 들어 있는 된장찌개를 먹으며 하숙집 노파의 "가족적 대접"을 받아들였다. 창길은 일본의 하숙집에서 여러 번 거절당한 후 "바라크로 엉성히 세워 놓은 조그만 하숙"[23]에 들어갈 수밖에 없었다. 그 집 주인은 "조선 양반이면 어떠세요?"[24] 하며 창길을 환대했기 때문이다. 이렇게 '하숙'은 '게슈쿠'를 복잡하게 번역하기 시작했다. 그것은 "자본의 힘이 낳은 메이지의 신상법"인 동시에 그에 매개된 식민지 근대의 다양한 양상이기도 했다.

2. 하숙방의 도약

그런데 하숙은 중요한 근대문학적 의의를 지니고 있다. 하숙은 주로 문명개화와 관련된 학생의 공간이지만 그와 동시에 철저히 돈에 매개되

22　염상섭, 「삼대」, 『염상섭전집』 4, 민음사, 1987, 38쪽.
23　염상섭, 「숙박기」, 『신민』, 1928.1, 155쪽.
24　위의 글, 156쪽.

는 공간이기도 하다. 『설중매』의 구두쇠는 다른 하숙생으로부터 밥값 대신 받은 정다산 문집, 일어 국민독본, 영어자전 다이아몬드 등을 태순에게 되팔고자 했다. 이는 하숙방의 역사적 성격을 상징한다. 하숙은 화폐 교환됨을 그 본질로 한다. 이는 「사랑손님과 어머니」의 핵심적인 의의와도 관련된다. 옥희 어머니는 죽은 남편의 친구에게 사랑을 느낌으로써 내외하는 옛 질서로부터 사랑(방)을 중립화했다. 이 "사랑이니 안방이니 하는 이야기"[25]와 더불어, 그야말로 "사랑을 하든지 건넌방을 하든지 다 자유"[26]가 된 것이다. 실로 "혁명가의 아내" 정희는 아픈 남편을 안방에 두고 다음과 같이 "건넌방"으로 건너갔다.

> (마음 놓고 하는 권 서방과의 사랑)
> 이러한 생각이 생쥐를 따르는 족제비 모양으로 살랑살랑 지나간다.
> 건넌방에는 권 서방(정희는 권을 권 서방이라고 생각으로 부른다)이 누워 있다. (…중략…) 일어난 것은 건넌방으로 가자는 뜻이다. 지금까지 생각한 모든 것이 건넌방으로 건너가서 권과 같이 자도 옳다는 이론理論을 성립시키려는 것에 불과하다.[27]

하지만 이보다 더 중요한 것은 옥희 어머니가 남편의 친구로부터 "밥값"을 받음으로써 사랑방을 하숙방으로 전환시켰다는 점이다.[28] 하숙방이 됨으로써 사랑방은 증여의 경제학에서 벗어나 시장의 안쪽에 위치하

---

25 백악, 「자연의 자각」, 『현대』 1호, 1920.1, 46쪽.
26 이광수, 「사랑의 다각형」, 『이광수 전집』 7, 삼중당, 1962, 449쪽. 이광수는 "사랑을 하든지 건넌방을 하든지"라는 표현을 「유정」에서도 구사하고 있다(『이광수 전집』 8, 삼중당, 1962, 50쪽).
27 이광수, 「혁명가의 아내」, 『이광수 전집』 2, 삼중당, 1962, 377쪽.
28 이와 관련해서는 이경훈, 「오디세우스의 변명」, 『대합실의 추억』, 문학동네, 2007 참고.

기 시작했다. 이는 교환체계의 바깥이 없음을 증명하기 시작했다. 연애가 그러하듯이, 화폐 역시 내외하는 풍속을 모른다. 옥희 어머니가 사랑손님으로부터 받은 봉투에는 "밥값"과 함께 "네모로 접은 하얀 종이"가 들어 있었다. "염집을 구하던 태수"에게 "뜰아랫방"을 내어준 한참봉의 처 김씨와 고태수는 "매삭 이십오 원이라는 밥값을 주고받는다는 거래를 떠나서 서로 마음이 소통"[29]하게 되었으며, 급기야 "소위 색정이라는 것이 자못 깊"[30]어지게 되었다.

따라서 이러한 변화와 더불어 "새벽 세시에 들어오는 주인"[31]을 기다리는 "사랑손님"들은 사라질 터이다. 그들과 함께 "마장판을 늘 차려 놓고 모나코 왕국을 꾸미"[32]는 조상훈 식의 '접빈객接賓客' 역시 교환체계 속으로 소멸되어 갈 것이다. 실업가 김○○ 집의 "식객食客"임을 "일종의 '천직'과 같이 생각"[33]하면서, "세 명의 식객 앞에 맛이나 좀 보라고 내어 놓았던" "로서아제 쪼꾸레"를 혼자 다 먹어버렸던 오 참봉 역시 더 이상 존재할 수 없게 될 것이다. 그 점에서 아들 인선이 죽은 후, 윤 참판이 "갓 쓴 의원"과 "음양객"들을 사랑에서 몰아낸 일은 시대적 의의를 지닌다. 이는 다음과 같이 묘사된다.

"아 놈들, 아무 것도 모르고, 내 아들 죽인 놈들!"
하고 호령하는 서슬에 갓 쓴 무리들은 혼이 나서 쫓겨 나갔다. 나가다가 한 사람이 돌아와서,

---

29 채만식, 「탁류」, 『채만식전집』 2, 창작사, 1987, 100쪽.
30 위의 글, 108쪽.
31 염상섭, 앞의 글, 125쪽.
32 위의 글, 111쪽.
33 박태원, 「식객 오참봉」, 『이상의 비련』, 깊은샘, 1991, 92쪽.

　　“집으로 갈 노자나 주시지요.”

　　하고 애걸하였으나 윤참판은

　　“저 놈들이 또 기어들어와! 네 저 놈들 몰아내어라. 파출소에 전화를 걸어서 저 놈들을 끌어가게 하여라.”[34]

　　윤 참판이 “갓 쓴 의원”과 “음양객”들을 쫓아낸 것은 이들이 인선의 병을 치료하지 못했기 때문만은 아니다. 위와 같은 일이 일어난 또 다른 이유는 윤 참판이 “갓 쓴 의원”이나 “음양객”들의 고객이기보다는 이들이 윤 참판의 “사랑손님”들이었다는 점에 있다. 이들이 윤 참판에게 진료비가 아니라 “집으로 갈 노자”를 요구하는 일은 그 사실을 증명한다.

　　하지만 사랑의 식객들과는 정반대로 하숙인은 주인에게 돈을 준다. 그는 “호령을 눌러 하녀 심부름을 시키는 재미와 저녁에는 자리를 깔아주고 아침에는 자리를 걷고 소제하여 주는 편함”[35]을 화폐 교환한다. 『설중매』가 “지전의 효력이 태순의 권리보다 나음을 가히 알 터”라고 서술했듯이, 하숙에서 인간과 공간의 관계, 인간과 인간의 관계를 주도하는 것은 친분, 명분, 신분이 아닌 돈이다. 그런 의미에서 하숙은 여관이나 다방과 동일한 성격을 지닌다. 따라서 복막염으로 죽어가는 하숙집 여주인이 “도적놈이 집의 물건을 집어가지고 (…중략…) 飯田橋 쪽으로 달아난다!”(진학문, 「부르짖음」)고 헛소리하는 것은 상징적이다. 그녀는 ‘접빈객’할 수 없는 자기의 분수를 잘 알고 있다. 물론 춘원의 소설이 묘사하듯이, 어떤 하숙인은 “저녁도 아래층에 내려와서 오바상과 겸상을 하여 먹고 저녁을 먹고 난 뒤에도 오바상과 늦도록 이야기”[36]하는 생활

34　이광수, 『흙』, 한성도서주식회사, 1936(4판), 16쪽.
35　김환, 「신비의 막」, 『창조』, 1919.2, 29쪽.

을 하기도 할 것이다. 그러나 이러한 "가족적 대접"에도 불구하고 근본적으로 하숙은 교환가치를 향한 일종의 '도약'이 이루어진 공간이다. 경쟁력을 높여준다는 점에서 "가족적 대접"이야말로 하숙의 상품성을 강화한다. 다음 인용에 묘사된 "금전관계나 이해 문제로 설명할 수 없는 인정"은 "자기는 돈을 받고 밥을 지어주고 나는 돈을 주고 밥을 사먹을 뿐"인 관계를 전제로 할 때에야 발생한다.

> 오바상은 아무리 만류하여도 듣지 아니하고 밤새도록 내 머리맡에 지켜 앉아서 나를 간호하였다. 어렴풋이 잠이 들었다가 번쩍 눈을 뜨면 오바상은 여전히 그 가는 눈을 깜짝깜짝하며 머리맡에 앉았다가 시계를 들어 보이며,
> "오메상, 두 시간은 잤당이" 하고 기쁜 듯이 빙그레 웃는다. 그 순박한 인정이 어떻게 고마운지 몰랐다. 자기는 돈을 받고 밥을 지어주고 나는 돈을 주고 밥을 사 먹을 뿐이다. 그러하건마는 사람과 사람이 오래 접하면 금전관계나 이해 문제로 설명할 수 없는 인정이라는 것이 생기는 것이다.[37]

위와 같은 "오바상"의 "인정"과 돈 없는 하숙인을 쫓아내는 몰인정은 양립불가능하거나 모순되지 않는다. "오바상" 역시 다른 하숙집 주인과 마찬가지로 "나"에게서 하숙비를 받았으며, 그로써 돈 없는 하숙인을 쫓아내는 일에 암묵적으로 동의했기 때문이다. "오바상"의 "인정"은 "나"가 하숙비를 내지 않은 상황에서 베풀어진 것이 아니다. 애초부터 "오바상"과 "나"의 관계를 매개하고 성립시킨 것은 돈이었다. 중요한 것은 "나"가 하숙비를 낸 반면 명진은 하숙비를 못 냈다는 점이다. 요컨대 명

---

36 이광수, 「혈서」, 『조선문단』, 1924.10, 19쪽.
37 위의 글, 20쪽.

진을 쫓아내는 일은 하숙방의 '도약'을 위한 "목숨을 건" 행위며, "오바 상"이 베푸는 "인정"은 이 '도약'에 성공했을 뿐 아니라 그를 더욱 촉진시키고자 하는 근대적 진취성과 무관하지 않다. 나가노 현 출신 노파의 "순박한 인정"은 시민사회의 논리와 대립하기보다는 그것이 사회의 여러 계층에 스며들어가는 양상을 개별적이고 특수하게 표현한다.

그리고 이 모든 의미에서 하숙은 근대 "생활의 심볼"[38]이 된다. 그것은 실제 공간이기보다는 하숙주인과 하숙인을 근대적으로 규정하는 하나의 사회적 위치다. 조금 과장해서 말하면 그것은 토지가 아니라 시장과 체계 위에 건축되었다. "현 사회에서는 지전 장이 금화보다도 훌륭하게 유통되는 것"[39]이라는 말에 빗댄다면, 하숙은 일종의 "지전紙錢"이다. "지전"의 위치는 발 빠르게 이동하는 근대인의 자리를 다음과 같이 표시하기도 할 터이다.

귀남은 이백 원을 다시 봉해서 강 서방을 주고 강 서방에게는 일원 한 장을 주었다. 강 서방은 무수히 사례하고, 무수히 안 간호원의 험담을 하고 가버렸다. 그것은 귀남의 비위를 맞추어 주자는 정성이었다.[40]

그러므로 위와 같은 사회적 양상은 창길이가 자신이 조선인이라는 점은 물론, "은행 회사 같은 데 다니는 사람도 아니라는"[41] 사실에 신경 쓰도록 한다. "육첩방六疊房은 남의 나라"(윤동주, 「쉽게 씌어진 시」)일 뿐 아니라 "보내주신 학비 봉투"가 있어야만 머물 수 있는 곳이다. 돈이 없을 경

---

38 진학문, 「부르짖음」, 『학지광』, 1917.4, 59쪽.
39 이기영, 「변절자의 아내」, 『신계단』, 1933.5, 104쪽.
40 이광수, 「사랑의 다각형」, 『이광수 전집』 7, 삼중당, 1962, 478쪽.
41 염상섭, 앞의 글, 147쪽.

우, 유학생은 싼 방으로 이사하거나 귀가(귀국)할 수밖에 없다. 반대로 돈이 있다면 그는 "남의 나라"나 타지에서도 아무 문제없이 살 수 있다. 이렇게 하숙은 여러 가지 의미의 '교통'을 함축한다. 다음은 그 사실과 관련된 한 예다.

> 완고한 그의 부친이 돈을 아니 보내는 이유도 다 잘 안다. 그는 세민이가 생각함과 같이 그 부친은 돈을 보내지 않으면 할 수 없이 돌아오리라고 생각하는 모양이다. 그렇지마는 세민은 그 부친의 생각과는 반대로 어떠한 어려움이 있든지 자기 이상을 실현하며 목적을 달하겠다는 결심을 하였다.[42]

이때 중요한 사실은 세민의 "자기 이상" 때문에 부친이 돈을 보내지 않는다는 점이다. "집안 식구와 나와 취미가 아주 다른 것"을 일러 "참 재미없는 일"[43]이라 한 양건식의 주인공처럼, 세민은 "나는 '나의 나'요 '부모의 나'가 아니다"라고 주장하며 "미술학교 동양화과 2학년"이 되었다. 『혈의 누』와 『모란봉』의 구완서가 "미국 갈 때에 부모의 허락 없이"[44] 집을 나갔듯이, 세민은 아버지의 돈을 가지고 집에서 몰래 도망쳐 나왔다. 따라서 "예술을 위하여 일평생 몸을 바치기로 결심"한 세민에게 부친은 다음과 같이 편지했다.

> 出必告反必面 聖人之訓也 汝不告而出 此非人子之道也 尙且汝不從吾命而欲學畵工 自今以後吾不關汝事而父子不相見矣[45]

42　김환, 앞의 글, 29쪽.
43　양건식, 「슬픈 모순」, 『반도시론』, 1918.2, 71쪽.
44　이인직, 「모란봉」, 『한국신소설전집』 1, 을유문화사, 1968, 130쪽.
45　김환, 앞의 글, 28쪽.

부친이 돈을 보내지 않은 것은 "부자불상견"의 구체적 표현이다. 이는 하숙방의 또 다른 핵심을 암시한다. 하숙방은 부모와 자식의 관계 역시 돈에 매개되고 화폐로 확인될 수밖에 없게 된 사회적 환경을 활성화하고 표상한다. 고향의 부모와 하숙방의 자식은 점점 더 직접적인 관계에서 멀어진다. 이는 드나들 때 인사드리는 일을 불가능하게 하는 두 사람 사이의 공간적 거리와도 무관하지 않다. 그러나 더 중요한 것은 아들과 아버지가 각각 말하는 "예술"과 "화공畵工" 사이의 거리 때문이다. 음악 공부를 하겠다는 자식들에게, "약장사들이 유성기라는 것을 가지고 음악을 공부하는데 참 좋더라"[46]고 하며 유성기 값 8원을 보내거나 "음악을 배우려거든 기생 조합에를 가지"[47]라고 말하는 아버지들의 예에서 알 수 있듯이, 서로 다른 세계관과 교양의 차이로 인해 둘 사이의 의사소통은 불가능하다. 이는 다음과 같이 서술된 바도 있다.

> 그때에는 음악을 배운다면, 이년 광대가 되련, 기생이 되련, 이러시구, 미술을 배운다면, 이년아 환쟁이가 되려나, 이러시구, 아버지께서 말야.[48]

이렇게 아버지는 자식의 내면과 그 세계를 이해하거나 느끼지 못한다. 아버지가 할 수 있는 일은 아들에게 송금하는 것뿐이다. 자식들 역시 아버지로부터 돈을 받을 뿐, 아버지를 존경하거나 그에게 복종하지 않는다. 하숙생과 집주인이 그렇게 하는 것처럼, 아버지와 아들은 인사하는 대신 돈을 주고받는다. 이들은 돈의 액수를 서로 확인하는 것으로써 의

---

46 김동인, 「음악 공부」, 『창조』, 1921.1, 77쪽.
47 이광수, 「그 여자의 일생」, 『이광수 전집』 7, 삼중당, 1962, 20쪽.
48 이광수, 「사랑」, 『이광수 전집』 10, 삼중당, 1962, 121쪽.

사소통한다. 하지만 이들이 예상하는 돈의 사용처는 각각 다르다. 세민은 물론이거니와 자기 학비의 삼분의 일을 세민에게 주는 희경처럼, 자식들은 아버지로부터 받은 돈을 아버지가 바라는 대로 쓰지 않을 수 있다. 부자의 관계는 추상적이며 상호 소외되어 있다. 하숙방의 질서는 부자 관계를 통해 반복되었다. '부자유친'은 사라졌다. 이와 관련해 이상은 다음과 같이 썼다.

> 그분들이 내게 경제화를 사 주시면 나는 그것을 신고 그분들이 모르는 골목길로만 다녀서 다 해뜨려 버렸습니다. 그분들이 월사금을 주시면 나는 그분들이 못 알아보시는 글자만을 골라서 배웠습니다.[49]

그렇다면 「태평천하」의 종학이 조부의 소망대로 경찰서장이 되기는커녕 사회주의와 연루되어 경찰에 검거된 일은 의미심장하다. 화가 난 윤직원은 종학에게 주려던 "3천 석 거리를 톡톡 팔아서" "사회주의 허는 놈 잡어 가두는 경찰서"[50]에 주겠다고 한탄한다. 하지만 이 말이야말로 손자에게 돈을 주는 일 이외에 할아버지가 할 수 있는 일이 아무 것도 없었음을 고백한다. 종학은 하숙방에서 학습한 "그분들이 못 알아보시는 글자"로써 조부의 "금화" 및 그 무거운 질서로부터 해방되었다. 그는 그의 활동과 노동을 통해 "인자지도人子之道"와는 다른 근대 사회의 "골목길"을 걸으며 시민적이거나 계급적인 위치를 차지할 것이다. 이렇게 종학은 가문으로부터 '도약'했다. "인생은 정의를 위해서 싸워야 한다"[51]

---

49 이상, 「슬픈 이야기」, 『이상문학전집』 3, 문학사상사, 1993, 63쪽.
50 채만식, 「태평천하」, 『채만식전집』 3, 창작사, 1987, 192쪽.
51 박영희, 앞의 글, 33쪽.

고 한 명진의 비약적 결심은 그 한 가지 표현일 수도 있다.

그런데 가문이나 가정으로부터 도약함은 공동체에서 소외된 개인이 발생하는 것이기도 하다. 소원화된 "풍경"과 "내면"은 공동체와 개인의 소외로 반복, 증폭된다. 이는 근대적 내면의 구조를 이룬다. 가문과 부친은 내면을 조직하는 부정적 타자다. 내면의 내용을 이루는 감상, 우울, 번민, 고백, 연애, 우정, 낭만, 퇴폐, 문학, 예술, 자유, 계급적 각성 등은 "지전" 같이 펄럭이는 근대 주체의 구성적 운동을 표현한다. "지전의 효력"은 『설중매』의 하숙 주인에게만 작용한 것은 아니었다.

따라서 이러한 내면은 근대 체계에 동원된 것이다. 학교(또는 회사)에 다니기 위해 고향집을 떠나는 일, 가족에서 벗어나 도시의 하숙에 거주하는 일이야말로 근대적 호출과 사회적 교통의 시대적 장면을 이룬다. 이는 전근대적 공동체와 신분적 한계를 교란하며 사회를 근본적으로 재배치할 것이다. 그것은 일본어를 읽고 쓸 수 있는 조선 출신 유학생과 일본인임에도 불구하고 일본어를 읽고 쓰지 못하는 나가노 현 출신 "오바상"을 한 집에서 만나게 했다. 부정否定하는 내면, 고통 받는 내면은 '교통'하는 내면이기도 하다. 그것은 자아와 세계의 새로운 관계를 상상한다. 「마을 집」의 창호가 고향 마을에 대한 "예민한 관찰"을 통해 다음 결론에 이르게 된 것은 필연적이다.

또 다시 돌아올는지도 알 수 없소. 언제나 그네들이 참 이해를 가질는지 알 수 없소. 나는 이 땅을 저주하고 떠나려 하오. 나의 부모의 땅 나의 조선祖先의 땅 이 땅을 저주하려오. 아아[52]

52　주요한, 「마을집」, 『청춘』 11호, 1917.11, 62쪽.

"자기 본 곳"에 대한 "저주"는 '교통'의 욕망을 함축한다. 철하(나도향, 「젊은이의 시절」)가 부르는 "비애가 뭉키인 감상의 노래"[53] 역시 이와 다르지 않다. '교통'의 욕망은 "내적, 외적, 심적, 물적의 모든 부족, 결핍, 결함, 공허, 불평, 불만, 울분, 한숨, 걱정, 근심, 슬픔, 아픔, 눈물, 멸망과 사死의 제악諸惡"[54]을 토로하거나, 이에 대해, "마음이 적적하신 이는 오십시오, 우리는 그이와 함께 울어드리겠습니다"[55]라고 공감하는 청년적인 정서의 근거다. 요컨대 문길(이광수, 「사랑인가」)과 윤광호(이광수, 「윤광호」)의 순진한 외로움은 역사적이다. 그리고 그들은 모두 하숙생이다. 하숙방은 토지와 가문의 결박에서 벗어난 사회적 위치일 뿐 아니라, 그 소외된 관계를 "우리"(청년)라는 정서적이고 이념적인 장場으로서 정당화하고 활성화하는 근대적인 감수성과 감정 교육의 동적인dynamic 기원이다. 다음과 같은 장면이 펼쳐지기도 했던 하숙방은 근대 문학이 출발한 "창작의 산실"[56]이기도 했다.

돈이 모자라 빠아에는 못 가는 때에는 삼첩三疊 방에서 마른 오징어 한 개를 안주 삼아 '정종'이나 '다까라' 소주, 내지 값싼 '에비스' 비이르를 마신다. 이층이므로 변소에 내려가기가 싫어 소변을 맥주병에 교대로 누어 놓고 피차 게을러 쏟지 않고 마개도 하지 않고 그대로 놓아두니, 창가에 술병 아닌 오줌 병이 한 다스 이상 즐비櫛比, 임립林立하고, 방안에는 술 냄새 오줌 냄새가 뒤섞인 야릇한 냄새가 욱렬郁烈하게 된다.[57]

---

53 나도향, 「젊은이의 시절」, 『백조』, 1922.1, 24쪽.
54 오상순, 「시대고와 그 희생」, 『폐허』, 1920.7, 52쪽.
55 동인, 「남은 말」, 『창조』, 1919.2, 81쪽.
56 김윤식, 『염상섭연구』, 서울대 출판부, 1989(3쇄), 350쪽.
57 양주동, 『문주반생기』, 신태양사, 1962(재판), 73쪽.

3. 행랑방과 행랑것

그러므로 『창조』의 발간이 김동인의 하숙에서 주요한의 제의로 비롯되었다는 사실은 상징적이다. 더 나아가 『폐허』 동인 남궁벽이 "아버지 남궁훈과 싸우고 뛰쳐나온"[58] "방랑아"[59]였다는 사실은 시대적인 의의를 지닌다. 이와 관련해 병화(『삼대』)가 함축하는 문학사적 의의는 새롭게 관찰될 수 있다. 세민이 그러했듯이 병화 역시 신학을 권유하는 아버지의 뜻과 달리 "와세다 전문부의 정경과"에 들어갔으며, 그로 인해 학비를 받지 못했다. 그의 "사상이나 기분이 더욱 과격"해진 것은 "굶으며 먹으며 동경바닥에서 일 년간 뒹구는 동안" 일어난 일이다. 결국 그는 덕기의 돈으로 귀국해 형편 없는 하숙집에서 "외상밥"을 먹기에 이른다. 그에 반해 덕기는 조부의 재산을 물려받을 상속자다. 역설적이게도 이는 덕기가 사회주의의 '심퍼사이저'일 수 있는 조건이다. 그는 병화를 찾아가 다음과 같은 대화를 나눈다.

> "그러지 말고 그야말로 타협을 하고 댁으로 들어가게. 언제까지 이런 방랑 생활을 하고서 무슨 일이 되겠나?" (…중략…)
>
> "타협? 요컨대 아버지와 타협이 아니라 밥하고 타협하고 밥을 옹호하는――뿌르조아지이의 파수병정하고 타협을 하라는 말이지?"
>
> "부자간에 그런 이론을 세워서 담을 쌓는다는 게 말이 되는 수작인가? 타협이 아니라 인륜으로 생각하면 어떤가?"[60]

---

58 김병익, 『한국문단사』, 문학과지성사, 2001, 54쪽.
59 김동인, 「속 문단 회고」, 『김동인전집』 16, 조선일보사, 1988, 322쪽.

병화에게 아버지는 "밥"을 먹을 수 있게 하는 돈이다. 하지만 병화가 하숙을 떠나 집으로 돌아갈 때 더 이상 그는 아버지로부터 돈만 받을 수 없다. 그는 부친의 세계와 부르주아 계급에 소속되어야 한다. 그러므로 병화는 "부자간의 정리란 우스운 건가 봐"[61]라고 한 전향자 오시형처럼 부친을 따라 귀가하지 않는다. 하지만 그가 아버지로부터 벗어나 인격적인 고유성property을 갖기 위해 필요한 것 역시 돈이다. 부친뿐 아니라 그 역시 돈이 되어야 한다. 그가 꿈꾸는 혁명은 이 사실에 대한 첨예한 표현이다. 따라서 병화가 "먼지가 뿌옇게 앉은" 단벌 양복에 "뒷머리를 느린" 채 하숙집에서 뒹구는 것은 당연하다. 그에게는 부친과 담을 쌓는 것이야말로 근대 체계(내면)가 명령하는 "인륜"이다. 이 하숙방의 '독립운동'은 다음과 같은 행랑방의 사회학과는 대척적이다.

> 아범은 금년 구월에 그 아내와 어린계집애 둘을 데리고 우리 집 행랑방에 들었다. 나이는 한 서른 살쯤 먹어 보이고 머리에 상투가 그냥 달라붙어 있고 키가 늘씬하고 얼굴은 기름하고 누르퉁퉁하고 눈은 좀 큰데 사람이 퍽 순하고 착해 보였다. 주인을 보면 어느 때든지, 그 방에서 고달픈 몸으로 밥을 먹다가도 얼른 일어나서 허리를 굽혀 절하였다. 나는 그것이 너무 미안해서 그러지 말라고 이르려고 하면서 늘 그냥 지내었다.[62]

"아범"은 집주인을 보면 밥을 먹다가도 "허리를 굽혀 절"을 한다. 이는 두 사람이 맺은 사회적 관계의 속성을 암시한다. "아범"의 딸이 "자기 어

60　염상섭, 「삼대」, 『염상섭전집』 4, 민음사, 1987, 50쪽.
61　김남천, 「경영」, 『맥』, 을유문화사, 1947, 159쪽.
62　전영택, 「화수분」, 『늘봄 전영택 전집』 1, 목원대 출판부, 1994, 198쪽.

미나 아비의 말을 아니 들을 뿐 아니라 '주인 마누라'나 '주인 나리'가 무슨 말을 일러도 아니 듣는다"고 한 서술에서도 암시되듯이, 주인은 단지 집주인이 아니라 "아범"의 주인이다. "주인 나리"는 "아범"뿐 아니라 "어멈"과 그 딸들의 주인이기도 하며 "주인 마누라" 역시 그러하다. 예컨대 그들은 여사무원 최무경에게 회계 장부를 보자고 하는 "야마도 아파트"의 "주인님"[63]과 다르다. 행랑방에 "아범" 가족을 들이는 것은 부동산의 임대나 하숙 운영이 아닌 동시에 개인의 임노동 계약도 아니기 때문이다. 그것은 다음과 같이 이루어진 것이다.

행랑이란 주인의 사용할 처소가 아니어서, 그래, 방 하나 거저 주고, 잔심부름이나 시켜 먹자는 데서 나온 생각이었다. 더구나 우리 동리와 수도와 약간 거리가 멀었다. 그래 모두들 우물물을 길어다 먹지 않으면 안 되었던 것이므로, 단지 물 한 가지를 위해서도, 우리 식구들은 행랑아범의 수고가 필요하였던 것이다.[64]

행랑살이는 "난 갈 테야유, 그 동안 사경 쳐 내슈"[65]라든지, "부려만 먹구 왜 성례 한 하지유!"[66]라고 "장인님"께 불평하는 「봄·봄」의 머슴살이처럼 진정한 의미의 계약이나 고용이 아니다. "아범" 가족의 노동 및 행랑방의 임대는 화폐에 매개되고 가치로 추상되지 않았다. 따라서 그것은 행랑에 거주했던 조선 시대 비복의 신분적 결박이나 소작인으로서 마름 집의 온갖 일을 해야 하는 만길의 "문서 없는 종노릇"[67] 만큼은

---

63   김남천, 앞의 글, 163쪽.
64   박태원, 「재운」, 『이상의 비련』, 깊은샘, 1991, 254~255쪽.
65   김유정, 「봄·봄」, 『김유정전집』, 현대문학사, 1968, 36쪽.
66   위의 글, 44쪽.
67   최중갑, 「금일 조선의 노자관계」, 『개벽』, 1921.9, 39쪽.

아닐지언정, 어느 정도 경제외적 관계를 수반한다. 새벽 두 시 오 분 전에 펼쳐진 허영 집의 다음 장면은 그 한 예이다.

> "문 열어라."
> 하고 호기 있는, 그러나 어음이 분명치 아니한 허영의 소리가 들린다.
> "네에."
> 하는 어멈의 대답이 들리고 행랑방 문 여는 소리가 난다.[68]

남편의 친구를 하숙인으로 만든 옥희 어머니와는 반대로 남편 친구인 "혁명가" "공산" 집 행랑에 들어간 "어멈"이 그 미모와 "점잖은 집 며느님" 같은 몸가짐에도 불구하고 "혁명가의 아내"로부터 "잔인하다고 할 만한 멸시와 학대"를 받는 것은 위와 같은 행랑방의 논리 때문이다. 그녀는 "무엇을 가지고 올 때면 눈을 내려 깔고 그것을 가만히 문 안에 들여 놓고 나갔"[69]으며, 남편 친구의 부름에는 "서방님 부르시어겝시오?"라고 대답했다. 이기영은 이에 대해 춘원이 "얼마나 봉건사상과 소부르적 생활에 중독된 자냐"[70]라고 비난한 바 있지만, 사실 "동지의 미망인인데도 불구하고 그를 어멈으로 구사驅使"[71]하는 일은 춘원의 사상보다는 행랑방 자체가 강제하는 봉건적 신분 관계 및 그를 묘사하는 소설적 핍진성과 관련된다. 다음은 행랑방 거주자의 사회적 위치를 보여주는 또 다른 예다.

---

68 이광수, 앞의 글, 271쪽.
69 이광수, 「혁명가의 아내」, 『이광수 전집』 2, 삼중당, 1962, 374쪽.
70 이기영, 「「혁명가의 안해」와 이광수」, 『신계단』, 1933.4, 101쪽.
71 위의 글, 같은 쪽.

혜련은 어린 마음에 은주를 행랑 아이나 다름없이[는 눈초리로 보는 버릇이 있었지마는 그래도 한두 번 혜련이가 모를 학교 숙제도 가르쳐 주고 할 때에는 혜련은 은주를 저와 같은 동무로 대접하는 일도 있었다.[72]

『개척자』의 성재 처가 행랑에 꾸며진 자기의 침실을 "천히 여기고 수치"[73]로 여겼던 것 역시 행랑방에 매개된 위와 같은 현실 때문이다. 당연히 행랑살이를 하는 순이 아버지는 "안에서 안 들리도록 조심조심하여"[74] 대문을 열어야 했다. 대문 밖까지 인원을 배웅한 순옥에게 시어머니는 "그건 상것들이나 행랑것들이나 허는 짓"[75]이라고 야단쳤다. 이 변호사는 "이전 행랑이던 것을 뒷간"[76]으로 개조했다. 박태원은 다음과 같이 서술하기도 했다.

"늬가 인젠 아주 이 꼴이 됐니?"
하고 그러한 말을 한 마디 하였다.
"이 꼴이라니?"
어인 영문을 몰라 되묻는 것을,
"인젠 아주 행랑살이냐 말이다."
"예이 이 사람. 이래두 이게 사랑채라네."
"말은 좋다."[77]

---

72 이광수, 「애욕의 피안」, 『이광수 전집』, 8 삼중당, 1962, 142쪽.
73 이광수, 「개척자」, 『이광수 전집』, 1 삼중당, 1962, 409쪽.
74 이광수, 「그 여자의 일생」, 『이광수 전집』 7, 삼중당, 1962, 342쪽.
75 이광수, 「사랑」, 『이광수 전집』 10, 삼중당, 1962, 294쪽.
76 이광수, 「개척자」, 『이광수 전집』, 1 삼중당, 1962, 339쪽.
77 박태원, 「애경 (2)」, 『문장』, 1940.2, 67쪽.

그런데 이 행랑방의 풍속은 다른 한편으로 「재운」의 "어멈"으로 하여금 주인집 몰래 "된장, 고추장"이라든지 "숯이며 구공탄 같은 것도 집어다" 쓰게 하거나, "공공연하게" "구공탄 한 덩어리만 가져갑니다"라고 말할 수 있게 하기도 한다. 이에 대해 주인은 "상덕을 바라지, 하덕을 바라겠소"[78]라고 하며 "제법 관대한 듯싶게" 꾸미기도 할 터이거니와, 그 점에서 행랑방은 "밥값" 없는 하숙인을 쫓아내는 하숙방(교환)보다는 '청요리'를 시켜 '접빈객'하는 조상훈(『삼대』)의 사랑방(증여)에 가깝다. 하지만 이 관대함은 "너무나 사람이 교활한 행랑어멈"[79]을 "속으로는 은근히 괘씸하게 생각"하는 일과 짝을 이룬다. 다시 말해 주인이 스스로를 "윗사람"이라고 생각하며 "행랑것과 시비하기"를 피함은 다음의 묘사가 환기하는 바 "어멈"에 대한 인격적 지배의 다른 표현일 수 있다.

> 결코 속일 줄은 모르고 무슨 일이든지 하라는 대로 하기는 하나 얼른 대답을 시원히 하지 아니하고 꼬물꼬물 오래 하는 것이 흠이다. 그래도 아침에는 일찍이 일어나서 기름을 발라 머리를 곱게 빗고 빨간 댕기를 드려 쪽을 찌고 나온다.[80]

위와 같은 일방적 관찰과 평가는 하숙방에서 쫓겨난 주인공들이 들은 그 어떤 욕설보다도 훨씬 더 "어멈"을 모욕하는 것이다. 이렇게 근대 도시의 "행랑것"은 탄생한다. 돈이 없는 하숙인이 하숙방에서 추방되었다면 돈이 없는 "어멈"은 행랑방에 사로잡혔다. 달리 말해 병화가 어떻게해서든 하숙방에 머묾으로써 아버지로부터의 독립과 자신의 이념을 유

---

78 박태원, 「재운」, 『이상의 비련』, 깊은샘, 1991, 254쪽.
79 위의 글, 253쪽.
80 전영택, 앞의 글, 198쪽.

지한 것과는 반대로, 「화수분」과 「재운財運」의 "아범" 가족은 행랑방에 "거저" 들어감으로써 주인에게 소속되었다. 이는 가난을 비관해 노상에서 자살한 이봉재라는 사람이 "견지동 민범식 집 행랑에 거처하는 노동자 이봉재"(『동아일보』, 1921.4.28)로 지칭되는 것과도 무관하지 않다. 따라서 이는 "아범"의 막내아들 길성(「재운」)이 "십 원은 못 되는 금액"을 받으며 제약회사에 다니는 일, 그리고 "아범"이 "남양 빨뿌리"를 가지고 나가 "큰 건 이십 전, 작은 건 십오 전"의 "정가표"를 붙여 파는 일과 날카롭게 대립된다.

그러나 "아범"의 장사는 오래가지 못한다. 어느 날 "아범"은 경관에게 따귀를 맞으며 "길거리에서 팔지 말라"라는 "호령"을 듣게 된다. 더 나아가 그의 큰아들은 "남은 물부리를 상자째" "종로 어느 상점"에 팔아 버린다. 이때 "아범"의 장사가 이런 식으로 끝나게 된 일은 중요하다. 이는 「재운」의 핵심적 에피소드인 "터주" 문제와 관련되기 때문이다. 행랑어멈은 "거처하는 방 모퉁이에다 무엇인지를 하나 모셔 놓고" "정한수"를 바치고 있다. 그리고 이를 안 집주인의 아내는 "남의 집 사는 게, 그런 건 왜 해 놔아?"라고 불평한다. 그녀는 "우리가 재수가 없는 게" "모두 그 때문"이라며 "우리가 정작 터주를 모셔 놓으면, 저희 걸 누를 수가 있다"고까지 생각한다. 이에 대해 행랑어멈은 다음과 같이 변명한다.

그게, 터주 모신 게 아니예요. 제 집이나 지니고 있으면 모를까, 남의 집 사는 사람이 터주가 무슨 터줍니까? 겨우내, 몸은 아프구, 꿈자린 뒤숭숭허구, 그러기에, 그걸 하나 만들어놓고, 정성을 들여 보자는 게죠. 그게 내 몸의 업을 받은 게지, 터주 모신 게 아니예요.[81]

어멈은 "터주"를 모신 것이 아니라 "내 몸의 업을 받은" 것에 정성을 들일 뿐이라고 말한다. 하지만 이 둘은 상통하는 의미를 지닌다. "터주"는 신화 및 제의의 요소가 소거된 근대의 등질 공간, 더 나아가 교환가치의 세계로 '도약'한 공간과는 관계가 없다. 그 점에서 "터주" 모시기는 행랑방의 사회학과 잘 어울린다. 행랑어멈이 그러하듯이, "터주" 역시 부동산을 화폐 교환하지 못한다. "터주"는 그 넓이의 측량이나 시장 상황과는 무관하게 집터에 깃들일 수 있겠지만, 부동산의 매매나 임대는 "터주"와 집터의 결연을 승인하지 않는다. 행랑어멈과 마찬가지로 "터주"는 공짜로 남의 집에 사는 존재일 뿐이다. 근대적 계약이나 측량은 "터주"와 집터의 관계를 해소했다. 그러나 '교통'을 모르는 "터주"는 내쫓겨도 갈 곳이 없다. 따라서 "하이힐이 복도를 울리는 소리" 및 방의 호수와 더불어 묘사되는 "제 칠 천국"(아파트)의 다음 행위는 "터주"를 영원히 소멸시킬 것이다.

> 짐을 대충 실어 놓고 회사원은 아내와 같이 사무실로 들어왔다.
>
> "부금敷金 일백 오 원 중에서 이번 달 치가 오늘까지 이십팔 원, 그것을 제하고 칠십칠 원이올시다."
>
> 미리 준비해 두었던 지폐를 손금고에서 꺼내서 최무경이는 그것을 회사원에게로 건네었다. 회사원은 한 손으로 받아서 약간 치켜들 듯 하여 사의를 표하고 그것을 그대로 주머니에 넣으려고 한다.
>
> "세어 보세요." (…중략…)
>
> "영수증이올시다. 사인하시고 도장 쳐 주십시오. 수입인지는 아파트 쪽에서 한턱내었습니다."[82]

---

81 박태원, 앞의 글, 250쪽.

한편 "내 몸의 업을 받은" 것을 모시는 일은 단독자로서의 이성적 주체에 미달하는 자의 행위다. 이는 집주인이 수행하는 인격적 지배와 짝을 이루며 "행랑것"의 존재론을 완성한다. 근대적 자아로 군림하는 대신 "내 몸의 업을 받은 것"에서 벗어나지 못한 "행랑것"은 위와 같이 영수증을 주고받는 계약의 주체가 될 수 없다. 미신적인 그녀는 동관이나 종묘의 노숙자, 즉 "문명의 도시"에 나타난 "유령"(이효석, 「도시와 유령」)과 크게 다르지 않다. 그녀의 사회적 자리는 정립되지 못했다. 따라서 행랑어멈의 변명은 "터주"와 동일한 운명에 놓인 자신의 역사적 위치에 대한 맹목적인 동의를 표현한다. 그녀는 내면과 화폐를 소유하지 못한 대신 운수를 믿었으며 노동을 교환하지 못하는 대신 "정성"을 들였다. 그 점에서 그녀는 자식들의 이름을 "장자", "거부", "화수분"으로 지은 화수분의 부친과 닮은꼴이다. 그녀는 다음과 같은 일이 일어나기를 바랐을지도 모른다.

아마 다음 생에는 더러는 지위가 바뀌어서 지금 빨래하고 있는 '행랑것'이 주인아씨나 서방님이 되고, 지금 빨래를 시키고 놀고 앉았는 서방님이나 아씨가 무거운 빨래를 지고 자하문 턱을 넘게 되겠지요.[83]

그러나 행랑어멈의 소망과 믿음이 주인집의 구공탄을 집어다 쓰는 행위처럼 주관적이고 일방적인 것이었음은 "아범"이 경관에게 뺨을 맞거나 큰아들이 물부리를 송두리째 가져 나간 일을 통해 판명되었다. "정성"

---

82 김남천, 「맥」, 앞의 책, 167~168쪽.
83 이광수, 「육장기」, 『이광수 전집』 6, 삼중당, 1962, 510쪽.

으로써 "어멈"은 아무 것도 생산하거나 교환할 수 없었다. 따라서 이 사건이 있은 직후, "어멈"은 "내 몸의 업을 받은" 것을 스스로 없애버린다. 물론 집주인이 의아해 하듯이, 그 이유는 확실치 않다. 한 가지 확실한 것은 근대 도시의 "길거리"가 행랑처럼 공짜로 사용할 수 있는 공간이 아니라는 점, 상품의 교환 역시 "상점"의 매매나 임대 같은 또 다른 교환을 매개로 성립된다는 점이다.

따라서 "어멈"의 행랑방은 결국 소멸될 운명에 놓여 있다. 그도 그럴 것이 애초부터 근대 도시의 행랑살이는 비복의 행랑살이와는 달리 오히려 그 신분적 결박을 해체하는 사회의 총체적 재편과 더불어 발생한 것이기 때문이다. 고향인 양평을 떠남과 함께, 즉 기존의 사회적 위치에서 벗어남과 함께 "화수분"의 가족은 서울에서 행랑살이를 하게 되었다. 이농한 그들은 주인집의 종이 되는 대신 도시에 흡수되며 새로운 계층을 형성할 것이다. 행랑방은 도시 빈민들의 사글세방이나 전세방으로 전환될 터이다. 그 점에서 행랑방은 하숙방과 마찬가지로 근대적 '교통'과 동원의 초기적이고 과도기적인 양상을 구현한다. 실로 행랑은 다음과 같이 변화하고 있었다.

> 요새 세상에야 행랑을 그냥 빌려주시는 댁이 많습니까? 이것도 한 달에 사글세가 이 원이나 된답니다. 그리고도 안 대청 걸레 치고 물 길어 대고, 또 잔심부름도 해드립지요.[84]

그렇다면 "행랑것"인 "어멈"이 "내 몸의 업을 받은 것"(미신성)을 모신

---

84 이광수, 「그 여자의 일생」, 『이광수 전집』 7, 삼중당, 1962, 342쪽.

일은 하숙주인 "오바상"이 식민지 출신 하숙인에게 "순박한 인정"(상품
성)을 베푼 일과 짝을 이룬다. 「화수분」의 가족이 양평을 벗어나 서울로
왔듯이, 「혈서」의 "오바상" 역시 나가노 현을 벗어나 도쿄로 이주했다.
이들은 각각 반대 방향으로 서울과 도쿄에서 양평과 나가노 현을 재현했
다. 하지만 이들은 결국 서울 사람과 도쿄 사람 이외의 인간이 아니게 될
것이다. 요컨대 하숙방과 행랑방은 서로 마주보며 근대 체계와 근대인이
형성되는 일상의 장면을 연출했다. 그런 의미에서 그것들은 역사적 의의
로 충만한 근대 사회와 근대 문학의 무대였다.

4. 33번지의 고향, 도시의 해수욕장

그렇다면 위의 논의에 비추어 볼 때 이상李箱이 "참말이지 이 세상에
는 인제는 공지라고는 없다", "질펀한 논밭, 임야, 석산, 다 아무개의 소
유답所有畓이요, 아무개 소유의 산山깦이요, 아무개 소유의 광산"[85]이라
고 쓴 것은 의미심장하다. 더 나아가 이상은 "아무리 그가 이 방 덧문을
첩첩 닫고 일 년 열두 달을 수염도 안 깎고 누워 있다 하더라도 세상은
그 잔인한 「관계」를 가지고 담벼락을 뚫고 스며든다"[86]고 서술했다. "잔
인한 관계"란 "공지"를 허용하지 않는 교환가치의 질서일 터, 이것이야

85　이상, 「조춘점묘」, 『이상문학전집』3, 문학사상사, 1993, 43쪽.
86　이상, 「지주회시」, 『중앙』, 1936.6, 241쪽.

말로 "담벼락을 뚫고" 편재하는 근대 사회의 "터주"다. 이 사실은 다음 장면의 의의를 확실히 한다.

> 나는 아내 이불 위에 엎드러지면서 바지 포켓 속에서 그 돈 오 원을 꺼내 아내 손에 쥐어준 것을 간신히 기억할 뿐이다.
> 이튿날 잠이 깨었을 때 나는 내 아내 방 아내 이불 속에 있었다. 이것이 이 33번지에서 살기 시작한 이래 내가 아내 방에서 잔 맨 처음이었다.[87]

위 장면의 핵심은 주인공이 돈을 치르고서야 "아내"의 방에서 잘 수 있었다는 점이다. 주인공은 "돈을 구하는 아무런 방법"도 알지 못하는 채, "아랫방"에서 "아내"에게 기생한다. 따라서 "방도, 직업도, 인제 나 자신을 위하여 가져야겠다"[88]고 결심하는 월급쟁이 최무경의 생활 "경영"과는 달리, "수명을 헐어서 전당"[89] 잡히는 그의 "설계"는 "행랑것"의 삶에 필적한다. 「지주회시」의 주인공처럼 그는 "천하다".[90] "빈곤을 팔아먹는 재주"(「실화」)밖에 가지지 못한 그는 "나의 번지수"뿐 아니라 "나의 복장까지도 말갛게 지워버렸다".[91] 그의 "절대적인 내 방"은 행랑방과 다름없다. 그는 스스로를 모욕했다.

그러나 이러한 주인공이 오 원을 주고 "윗방"에서 잘 때 "아내"의 방은 물론 자신의 방 역시 하숙방이나 여관으로 전환된다. "잔인한 관계"는 부부관계에도 관철된다. 그러나 이는 33번지라는 그들의 위치가 전적으

---

87 이상, 「날개」, 『조광』, 1936.9, 206쪽.
88 김남천, 「경영」, 앞의 책, 163쪽.
89 이상, 「가정」, 『이상문학전집』 1, 문학사상사, 1992(3판), 59쪽.
90 이상, 「지주회시」, 『중앙』, 1936.6, 238쪽.
91 이상, 「공포의 기록」, 『이상문학전집』 2, 문학사상사, 1991, 202쪽.

로 교환가치의 체계에 속해 있음을 긍정하는 것만은 아니다. 주인공은
"아내"가 준 돈을 아내에게 되돌려줌으로써 방값과 밥값의 지불을 흉내
내거니와, 이는 "아내"가 "내객"들로부터 돈을 받는 데 대한 일종의 복수
다. 이는 다음과 같은 "포즈"를 동반한다.

> 그러나 왜 그들 내객들은 돈을 놓고 가나 왜 내 아내는 그 돈을 받아야 되나 하
> 는 예의 관념이 내게는 도무지 알 수 없는 것이었다.[92]

주인공이 말하는 "내객"이나 "예의 관념"은 사랑방을 상기시킨다. 그
는 "아내"의 행위를 내외의 풍습에 근거한 '접빈객'으로 이해하는 듯하
다. 물론 그것은 완전히 전도된 경제학이다. 남편이 아닌 "아내"가 사랑
에서 '접빈객'하고 있을 뿐 아니라 대접 역시 손님 쪽에서 하는 형국이기
때문이다. "내객"들은 "아내"에게 돈을 주거나 음식을 시켜 "아내"와 먹
는다. "아내"는 방에서 뒹구는 남편에게 돈을 준다. "아내"의 방은 전도
된 사랑방이며 남편의 방은 전도된 안방이다. 이런 식으로 "아내" 방의
하숙방적인 속성, 그리고 남편 방의 행랑방적인 속성은 폭로(=은폐)된
다. 따라서 "예의 관념" 운운하는 이 의도적인 "오해"는 "사랑을 하든지
건넌방을 하든지 다 자유"임을 묘사한 「사랑손님과 어머니」와는 다른
방식으로 사랑(사랑방 또는 연애)의 멸망을 선고한다. 이와 더불어 '남편'
은 "행랑것"으로서는 부적절한 지불 행위를 감행하는 것이다. 이를테면
'남편'은 "사랑 따라다니다가 행랑살이하는 사람"[93]이다. 이는 편재하는

---

92 이상, 「날개」, 『조광』, 1936.9, 202쪽.
93 이광수, 「재생」, 『이광수 전집』 2, 삼중당, 1962, 62쪽.

"잔인한 관계"에 대한 야유이자 자신과 "아내"에 대한 조롱이다. 비유컨대 그는 하숙방(사랑방)과 행랑방(안방) 사이의 비틀린 문지방에 자기 자신과 오 원을 내던졌다. 이로써 그는 하숙과 행랑의 존재론을 아이러니컬하게 종합하는 역사적인 유머에 도달했다. 이때 "아내"의 매춘은 근대 체계의 극치로서 폭로되었으며 "아침 오후 두 시"(「휴업과 사정」)를 사는 "거지적 존재"(「조춘점묘」)의 무능과 방황은 사회적 동원의 편재성을 반증했다. 그는 건강을 위해 "해마다 살무사를 백 마리씩" 먹고 "오입할 때에도 시간"[94]을 지키는 박건배와는 정반대의 인물이었다. 담벼락을 뚫고 스며드는 "잔인한 관계"는 "십구세기와 이십세기의 틈사구니에 끼어 졸도하려 드는 무뢰한"[95]을 만들었다. "여인과 생활"을 "설계"함으로써 그는 벗어날 수 없는 거미줄에 스스로 걸려들었다. "아내" 역시 그와 다르지 않았다. 그녀는 이미 손님의 발길에 차인 존재, 이미 층계에서 굴러 떨어진 존재였다. 이는 다음과 같이 서술되었다.

이방이그냥거미인게다. 그는거미속에가넓적하게들어누워있는게다. 거미내음새다. 이후덥지근한내음새는 아하 거미내음새다. 이방안이거미노릇을하느라고 풍기는흉악한내음새에틀림없다. 그래도그는안해가거미인것을잘알고있다.[96]

주인공의 유일한 환경으로서 맛없는 "모이"나 아달린을 주인공에게 먹이는 "아내"는 사회의 다른 이름이다. 그녀는 정지용의 "아무렇지도 않고 예쁠 것도 없는 사철 발 벗은 아내"[97]와 본격적으로 대립한다. 그녀는 33

---

94 이광수, 「애욕의 피안」, 『이광수 전집』 8, 삼중당, 1962, 156쪽.
95 이상, 「사신 (7)」, 『이상문학전집』 3, 문학사상사, 1993, 235쪽.
96 이상, 「지주회시」, 『중앙』, 1936.6, 231쪽.

번지 18가구의 "송이송이 꽃들 가운데서도" "특히 아름다운 한 떨기의 꽃"이다. 하지만 "아내"에게 배신당한 주인공은 "아내에게로 돌아가야 옳은가" 하고 회의한다. 물론 "그분들이 모르는 골목길로만" 다니고 "그분들이 못 알아보시는 글자만을 골라서" 배운 그는 아버지의 집으로도 돌아가지 않는다. 그에게 "늙으신 아버지가 짚 벼개를 돋아 고이시는" 고향 따위는 없다. 그에게는 오직 "도회에 화려한 고향"(「산촌여정」)이 있다. 따라서 그는 다음과 같이 결심했다.

> 나는 곧 다시 즐거운 산 즐거운 바다를 생각하지 아니하면 아니 된다. — 달뜬 친절한 말씨와 눈길 — 그리고 나는 슬퍼하기보다는 우선 괴로워하기부터 실천하지 아니하면 아니 된다.[98]

이렇게 그가 향한 곳은 피서지였다. C간호부와 해수욕을 가려 했던 『12월 12일』의 "업"처럼, 그는 "아내"나 아버지가 아니라 "달뜬 친절한 말씨와 눈길"을 찾아 나섰다. 그가 "한여름 대낮 거리에 나를 배반하여 사람 하나 없다"고 깨달았을 때, 사이렌이 울리는 백화점 옥상정원에는 금붕어뿐 아니라 "해수욕장의 포스터"[99]도 붙어 있었다. 쇼윈도우 안에서는 "원색의 해수욕복을 감은 음분淫奔한 '셀루로이드'의 '마네킹' 인형"[100]이 그를 유혹했다. 거기서 그는 "화려한 고향"을 찾아냈다. 그곳은 "향수鄕愁" 대신 시장의 욕망과 거리의 감수성을 호출했다. 마네킹이 놓

---

97 정지용, 「향수」, 『정지용전집』 1, 민음사, 1992, 46쪽.
98 이상, 「불행한 계승」, 『이상문학전집』 2, 문학사상사, 1991, 208쪽.
99 김기림, 「바다의 유혹」, 『김기림전집』 5, 심설당, 1988, 323쪽.
100 위의 글, 322쪽.

인 곳은 "서를 보아도 벌판, 남을 보아도 벌판, 북을 보아도 벌판"[101]뿐인 시골이 아니었다. 해변의 자연은 "공포의 초록색"을 뛰어넘어 해수욕장으로 '도약'했다. 더 이상 "사랑으로는 해수욕 가는 차표를 살 수는 없"[102]을 것이었다. "해수욕장이라는 모든 사회의 견본시見本市"[103]에서 "풍경"은 다음과 같이 동원되고 재구성되었기 때문이다.

> 영업자營業者 등이 처처에 욕장을 구획하고 변안邊岸으로는 요리점과 노막露幕을 배설하여 동도사녀東都士女의 일 일 번금煩襟을 세청洗淸케 함이니 욕장 세는 일 명에 일 일 하등 오 전 상등 십 전 가량이더라.[104]

이상은 "롤러 스케이트장"의 "땀 흘리는 겨울"을 "계절 위조"로, "복사 빙판"위의 인간들을 "인간 모형"[105]으로 평한 바 있거니와, 위와 같이 화폐 교환되는 해수욕장은 롤러 스케이트장에 버금가는 "계절 위조"의 장소다. 계절을 "호텔의 환락"[106]으로 판매함으로써 해수욕장은 "계절의 순서"[107]를 끝장낸다. 그것은 이제 "아파트 H군의 방이 겨울에는 16원 여름에는 14원 춘추로 15원 이렇게 산비둘기처럼 변하는 회계"[108]로 감각된다. 이는 "소오다의 맛"이 "가을에 섞여서 정맥주사처럼" 차게 느껴지거나 백화점 여점원의 유니폼이 "피부보다 정한 피

---

101 이상, 「권태」, 『이상문학전집』 3, 문학사상사, 1993, 141쪽.
102 이광수, 「애욕의 피안」, 『이광수 전집』 8, 삼중당, 1962, 238쪽.
103 이광수, 「사랑」, 『이광수 전집』 10, 삼중당, 1962, 116쪽.
104 백악 생, 「해수욕의 일일」, 『태극학보』 2호, 1906.9, 54쪽.
105 이상, 「산책의 가을」, 앞의 책, 31쪽.
106 김기림, 「해수욕장의 석양」, 『김기림전집』 1, 심설당, 1988, 108쪽.
107 이상, 「수인이 만들은 소 정원」, 『이상문학전집』 1, 문학사상사, 1992, 222쪽.
108 이상, 「동경」, 『이상문학전집』 3, 문학사상사, 1993, 96쪽.

부"[109]로 감각되는 이유다. 따라서 「날개」의 주인공은 "어린이 양복에서는 어린아이 냄새가 났었고 여자 옷에서는 여자 냄새가 났었다"[110]고 한 정지용의 산업사회적인 감각과도 유사하게 화장품 병의 향수 냄새에서 "아내"의 체취를 맡는다. 그러나 그것은 "생사람을 더러 잡는" "새금한 지폐 냄새"[111]에 다름 아니다. 당연히 「지주회시」의 주인공은 여러 "아내들" 속에서 자기 "아내"를 찾아낼 수 없다. 그들은 "똑같이 생긴 화장품"들이며 "화장품의 고하高下가 그들을 구별"[112]시킬 뿐이다. 하지만 바로 그 점에서 그는 결국 "아내"를 찾은 것이다. 그는 끝내 다음과 같은 포즈를 취하기 때문이다.

양말사이에서는신기하게도 밤마다지폐와은화가나왔다. 오십전짜리가딸랑하고방바닥에굴러 떨어질때 듣는그음향은이세상아무것에도 비길수없는가장숭엄한감각임에틀림없었다.[113]

요컨대 이상의 문학은 "내 몸의 업을 받은" 것을 모시는 대신 스스로를 "박제"로 전시하는 페티시즘을 고집했다. 「날개」의 주인공이 아내의 화장품을 가지고 논 것 역시 이와 다르지 않은 행위다. "화장품의 고하가 그들을 구별"시킨다는 점에서, "특히 아름다운 한 떨기의 꽃"인 주인공의 "아내"는 가장 값비싼 화장품이었다. 따라서 그는 고향을 그리워하는 대신 "즐거운 바다"를 샀다. 그는 "오후의 해수욕장 부근"에서 "일요일의

---

109 이상, 「산책의 가을」, 위의 책, 29쪽.
110 정지용, 「다방 〈ROBIN〉안에 연지 찍은 색시들」, 『정지용전집』 2, 민음사, 1992, 163쪽.
111 이상, 「지주회시」, 『중앙』, 1936.6, 242쪽.
112 위의 글, 236쪽.
113 위의 글, 238쪽.

비너스"[114]와 해후했다. "모조기독模造基督"이기도 한 그는 "성모聖母의 시장"(「슬픈 이야기」)에서 "싸늘한 성모"(「서망율도」)도 만났다. 그리고 "배고파하는 그를 먹여 살리겠다는"(「지주회시」) "최저낙원의 부랑한 막다른 골목"(「최저낙원」)에서 "제일 싫어하는 음식을 탐식"(「날개」)했다. 이 "현란을 극한" "가외가街外街"의 '교통' 속에서 그는 하숙방의 오 원짜리 "숭엄한 감각"을 탕진하며 무수한 "아내들"의 "행랑것"이 되었다. 이렇게 하늘에서 "지폐가 소낙비처럼"[115] 퍼붓기를 바랄 뿐인 그는 영원히 "아내"를 떠나 계속 "아내"에게 돌아갔다. 더 이상 순진하게 펄럭일 수도 그 부재를 슬퍼할 수도 없는 "인공의 날개"(지폐=飛錢)로써 그는 아이러니로 도약했다.

『사회와 역사』, 2009.3

---

114 이상, 「LE URINE」, 『朝鮮と建築』, 1931.8, 11쪽.
115 이상, 「날개」, 『조광』, 1936.9, 209쪽.

4장

문자의 전성시대

염상섭의 『모란꽃 필 때』에 대한 일고찰

1. 영자와 봉자

『안의 성』(최찬식, 1914)의 박춘식은 흥미로운 인물이다. 생선 장수인 그는 가난하게 살면서도 누이 정애의 "전정에 희망이 있도록" 그녀를 "여학교에 통학을 시켜 고등과까지 졸업"시킨다. 이는 춘식이 정애를 "마포 구석에서 아무 문견 없이" 기르면 "행세하는 사람에게는 시집보낼 가망이 없"으리라고 예상했기 때문이다. 따라서 정애는 "히사시가미에 분홍 리본 꽂은 여학생"으로서 학교를 오가는 길에 "사방모자에 법法자 표 붙인 청년 학생" 김상현과 마주치게 됨으로써 그와 결혼할 수 있었다.

그런데 또 한 가지 흥미로운 것은 춘식이 다음과 같이 말하며 정애와의 "의절"을 선언한다는 점이다.

나는 오늘 너를 의절하는 날이니 내 마음이 변하여 의절하는 것이 아니오, 너를 사랑하는 마음으로 상종을 끊겠다 하는 말이니, 너는 오늘 다행히 좋은 배필을 만나 조상의 문벌을 회복하거니와 나는 아즉 천한 영업을 면치 못하여 통지게 길방 틈에 목을 넣고 생활할 터인즉, 내가 만일 너를 찾아가든지 네가 만일 나를 찾아와 볼 것 같으면 아즉 반상班常의 관습이 타파되지 못한 이 시대에 너의 시댁은 무슨 모양이며, 네 얼골은 무엇이 되고, 낸들 어찌 부끄럽지 않겠느냐?[1]

인용은 신분에서 직업으로 대치되는 사회적 구성 변화의 과도기적 양상을 보인다. 이때 "의절"은 혈연이나 가문에 우선하는 새로운 사회관계를 표현함으로써 역사적인 의미를 획득한다. 즉 "반상의 관습이 타파되지 못한 이 시대"에 순응하기 위해 시도된 "의절"은 오히려 반상의 구분이 소멸되고 있음을 웅변한다. 동일한 "조상의 문벌"에 소속되어 있던 오누이는 오빠의 "천한 영업"으로 인해 "상종"을 끊고 헤어져야 하기 때문이다.

그러나 문제는 춘식이 "행세하는 사람"과의 결혼을 위해 정애를 교육시켰으며, 정애와 상현의 결혼을 "조상의 문벌을 회복"하는 것으로만 파악했던 점에 있다. 춘식은 "의절"로써 사회관계의 변화를 매개하기는 했지만, 결국 혈육으로서의 오빠일 뿐이었다. 그는 조혼을 강요하는 부친에 대항해 누이의 교육을 주장하며, 이를 통해 가문과 혈통을 넘어 "청년적 연대"로 나아가는 사회적 "오빠의 탄생"에는 이르지 못했다. '춘식─상현─정애'는 "동지─오빠─누이"[2]가 아니었으며, 이는 또 다른 오누이인 상현과 영자가 각각 법과 범죄라는 상반된 세계에 살고 있다는 사실과 짝을 이룬다. 즉 '상현─영자─정애' 대신 '상현 / 영자─봉자'가 성립되었으며, 이는 『무정』의 형식이 고민 끝에 선형과 영채 중 한 명만 배우자로 선택할 수 있었던 것과 달리 상현이 결국 정애와 봉자를 각각

---

1 최찬식, 「안의 성」, 『한국신소설전집』 4, 을유문화사, 1968, 83쪽.
2 이경훈, 「오빠의 탄생」, 『오빠의 탄생』, 문학과지성사, 2003, 62쪽.

처와 첩으로 삼게 되는 일과도 무관하지 않다.[3] 춘식과 상현 모두가 기생 계향을 "누이"로 부르는 이형식 류의 "오빠"는 아니었던 것이다. 이점이야말로 정애가 다음과 같은 오해로 인해 시집에서 쫓겨나게 된 결정적인 원인이었다.

> (모) "웬 오라범이 그리 많으냐? 편지 한 놈도 네 오라범, 공원에서 이야기하던 놈도 네 오라범, 부지거처로 난봉부리는 놈도 네 오라범. 나 모르는 네 오라범이 어찌 그리 많으냐?"[4]

그런데 또 한 가지 주목할 것은 정애를 모함했을 뿐 아니라 "음란한 행실만 점점 늘어서" "하이칼라 단장만 하고 밤마다 연극장이 아니면 밀매음 뚜장이집으로" 다니며 "부자의 자식 하나를 후려서 사기 취재"까지 하는 여성들이 봉자鳳子와 영자英子라는 일본식 이름으로 지칭된다는 점이다. 영자는 "독살이 정수리까지 치뻗쳐서" 오빠 상현에 대항하는 "염통이 비뚜로 앉은 인물"이며, 봉자는 "자기의 여자 직분은 지키지 않고" "얼굴이 반반한 소년만 보면 마음에 애모하는 사상을 두는" 인물이다. 즉 이들의 호칭은 정애의 조선 이름과 대비되면서 선악의 구도를 선명히 한다. 그 점에서 이 여성들은 옥련을 놓고 온갖 음모를 꾸미는 서숙자(이인직, 『모란봉』, 1913)의 계보를 잇는다.

하지만 당시로서는 일반적이지 않았을 이 이름들이 굳이 사용된 것은 단지 고소설적인 선악의 문제 때문만은 아니다. 예컨대 서숙자라는 인물은 『모란봉』뿐 아니라 『안의 성』에도 나오는데, "여학생이 나같이 무식

3　이에 대해서는 이경훈, 「예배당·오누이·죄」(『대합실의 추억』, 문학동네, 2007) 참고.
4　최찬식, 앞의 글, 100쪽.

한 사람의 동생 노릇을 하라면 치사하게 여길 걸"[5]이라 하는 전자의 숙자와는 달리, 후자의 숙자는 정봉자와 학교 동창생으로 "한 학교에서 공부하던 정리를 생각"해 출감한 영자와 봉자의 "의복을 일신히 새로 하여 입히고 거처 음식을 융숭하게 관대"한다. 즉 『안의 성』에서 일본 이름은 학교를 다닌 여성들에 부여된다. "하이칼라"나 "여자 직분"이라는 말이 함축하는 것처럼, 그것은 문명개화와 더불어 집 밖으로 나가기 시작한 '신여성'에 대한 식민지 남성의 불안, 공포, 경멸 등을 표현한다. "간부姦夫를 보지 못하여 상사병이 났든지", "요사이 흔히 유행하는 매독이나 임독淋毒 같은 전염병이 있는지" 모른다고 정애를 모함한 영자야말로 오히려 외간 남자를 끌어들이며 외부(세균)에 노출된 것이다.

즉 영자와 봉자는 타자(감염)의 이름이다. 그 점에서 이들은 「혈서」(이광수)의 일본 여성 노부코信子와 별로 다르지 않다. 그녀는 "나라에 몸을 바치는 중과 같은 생활"을 맹세한 "우리네의 심리"[6] 안에 포용되지 못한 채, 김 군에게 결혼을 거절당하고 폐질환에 걸려 죽기 때문이다. 따라서 다음과 같이 영자가 영희로 봉자가 봉희로 개명하고 "어질고 착한" 간호부가 되는 것은 『안의 성』의 핵심적인 에피소드이자 한 가지 결론이다.

두 사람은 대단히 다행하게 생각하고 그 날부터 병원에 들어가 기숙까지 하며 간호부 견습을 하는데, 심기가 그같이 불량하던 사람들이 그 사이 세상이 어떠한지 대강 알고, 죄 지면 법률에 저촉抵觸되는 줄도 알았으며, 사람이란 것은 어디까지든지 천품지성天稟之性을 지키는 것이 옳은 일로 깨달아 훌륭한 어진 사람이 되어 실로 전일의 영자와 봉자가 아니오, 지금은 어질고 착한 영희, 봉희가

---

5   이인직, 「모란봉」, 『한국신소설전집』 1, 을유문화사, 1968, 101쪽.
6   이광수, 「혈서」, 『조선문단』, 1924.10, 18쪽.

되어 그 주인도 대단히 신임을 하고 무슨 일이든지 서로 의논하여 어디까지 친밀하게 되었더라.[7]

2. 명랑한 숙자

한편 박태원의 『여인성장』(1941~1942)은 여성의 일본 이름과 관련된 또 다른 문제를 제기한다. 일단 지적할 수 있는 것은 남성 인물들은 물론이거니와, 중요 여성 인물들 역시 모두 순영, 숙경, 명숙, 경애, 경순, 수임 등과 같은 조선 이름으로 불리는 반면, 숙자만이 일본 이름을 가지고 있다는 점이다.[8]

그리고 이와 더불어 중요한 것은 그녀가 철수의 애인임에도 불구하고 철수에게 "운명은 저로 하여금 영원히 철수 씨에게서 떠나 이제 남의 사람이 되기를 요구"한다는 "쌀쌀한 편지"를 보낸 후 한양은행 두취의 아들 상호와 결혼한다는 "슬픈 사실"이다. 이에 대해 소설가 철수는 "인생은 단순치 않은가?"라고 "속으로 중얼"거릴 뿐이지만, 철수의 여동생 명숙은 다른 사람들의 말을 빌려 다음과 같이 비판한다.

---

7   최찬식, 앞의 글, 153쪽.
8   숙자의 동생 이름이 "순자"인데, 순자는 신혼여행에서 돌아오는 숙자를 서술한 다음 장면에 단 한번 언급된다. "친정 쪽으로부터 사촌오빠 내외와 동생 순자가 마중을 나와 있었다." 박태원, 『여인성장』, 영창서관, 1949, 44쪽. 2절 「명랑한 숙자」에서 이 글을 인용할 때는 본문 중에 쪽수만 표시함.

“저어 그런 남자가 어엿하게 있으면서두 다만 숙자가 재산 한 가지에 홀려서 맘에두 없는 최상호에게루 가는 거라구 모두들 욕허든데?”

“……”

“그러구 그 남잘 가지구 모두 욕이야 자기가 사랑하는 여잘 남에게 뺏기구 병 병히 있다니 그런 어리석을 데가 어디 있냐구…….”[9]

그렇다면 오해를 무릅쓰고, 몰락한 옛 스승 강 선생의 딸 순영이 다시 기생 일을 하지 않도록 돕는 철수의 의리와 비교할 때 “재산 한 가지”를 바라고 부잣집 아들과 결혼한 숙자는 『안의 성』의 영자나 봉자에 필적하는 부정적인 인물인 것처럼 보인다. 그녀의 배신은 하필 그녀의 이름이 숙자인 것과도 무관하지 않을 터이다. 즉 숙자는 “일본식으로 허리를 굽”혀 인사하는 “내량奈良 여자고등사범학교” 출신 최영자 및 그녀에 대한 이광수의 평가를 상기시킨다.

미스 최는 어떤 술 회사 하는 도 평의원의 딸이었다. 미스 최라는 여자 자신은 맑은 정신 가진 이 박사가 탐할 만한 곳은 아니었다.

“부모가 상관있소? 본인만 보면 고만이지.”

하고 이 박사는 미스 최 교제에 반대하는 옛 친구에게 장담하였다. 그러나 실상은 그가 보는 것은 미스 최 본인보다는 그의 아버지의 돈이었다.[10]

그러나 철수의 표현을 빌려 말하면 이렇게 결론짓는 것은 “가장 천박한 관찰”이다. 숙자는 변심한 것이 아니라 사촌 오빠와 상호의 계략에 걸

---

9   위의 책, 15쪽.
10 이광수, 『흙』, 문학과지성사, 2005, 249쪽.

려들어 상호의 아이를 임신했으며, 그로 인해 자기의 "처녀성을 빼앗아 버린" 그와 급히 결혼할 수밖에 없었던 것이다. 숙자는 "원하지 않는 남자의 아이까지도 낳아주지 않으면 안 된다는" 것을 "여자의 가장 슬픈 운명"으로 받아들인다.

문제는 숙자가 철수뿐 아니라 남편마저 배신한 것처럼 의심 받는다는 점이다. 이는 철수 소설의 애독자로서 철수를 사랑하지만 그가 올케의 옛 애인이었음을 알고 충격 받은 시누이 숙경이 숙자가 결혼 전에 임신했음을 폭로했기 때문에 일어난 일이다. 즉 숙경과 시어머니는 아이의 아버지가 철수일 수 있다고 생각한다. 하지만 이보다 더욱 문제인 것은 철수나 숙자로서는 대단히 억울할 이 일련의 일들이 상호의 의혹을 다음과 같이 풀어 줌으로써 쉽사리 해결된다는 점이다.

> "네 자식이라두 베는 그런 불행이 없었다면, 숙자는 결코 너 같은 놈과 결혼을 안 했을 게다. 또 무슨 말이 듣고 싶으냐?"
> (…중략…) 상호는 기쁨을 참지 못하고 중얼거렸다.
> "숙자하구 철수하곤 아무 관계가 없었다! 숙자는 순결허다!"
> 그는 철수를 쫓아 내려가서 몇 번이고 절이라도 하고 싶게 그가 고마웠다.[11]

위와 같이 상호를 기쁘게 한 철수는 이에 멈추지 않고 숙자마저 설득하며, "부부 사이에는 정녕코 그 의무가 있는 것"이며 "행복될 길은" "힘써 최군에게 애정"을 가지는 데에 있다고 강조한다. 그리고 숙자는 숙자대로 "지난 일을 생각하고 한숨만" 쉬는 대신 상호에게 "애정을 가지려

---

11 위의 책, 502쪽.

노력하여야만 옳은 일"이라고 생각한다. 요컨대 숙자는 "남편은 애초에 자기에게 사랑을 구할 때 그 방도를 그르쳤"지만, 결혼 후에는 "열정을 가지고 아내를 사랑하려 들었"으므로 "어린 생명"을 위해서도 "남편을 사랑하려 결심"할 뿐 아니라, "옛 애인과 현재의 시누이의 행복에 대하여도 진정으로 축복"하게 되는 것이다. 이렇게 그녀는 철수가 완성한 소설 제목이기도 한 "명랑한 전망"을 마침내 획득하며, 철수는 상호 부친의 적극적인 개입과 조정에 힘입어 숙경과 결혼한다.

이러한 서사의 전개 및 갈등의 해결은, 미장원과 극장을 모르는 대신 "어머니를 도와서 꼭 가사에만 부지런하였던" 명숙이 "국책형으로 된 규수"(230쪽)라고 불리는 일과 함께 숙자라는 호칭의 의미를 암시한다. 숙자는 위와 같이 결심하기 전부터도 까다롭기 짝이 없는 시어머니의 비위를 잘 맞추어, 숙경으로 하여금 "'아가! 아가!' 하고 툭하면 며느리만 찾으니 참말 알 수 없는 일"이라고 느끼게 만든다. 그뿐 아니라 숙경이 코티 화장품을 사용하는 데에 반해 숙자는 "국산 캄피"를 고집하면서, "주부 되는 이가 반드시 나와야만 한다"라는 애국반상회의 방침에 따라 시누이가 권하는 외출을 다음과 같이 사양한다.

"언닌 그래두 모르시네. 오늘이 음악 콩쿨 안유? 부민관서……"

"참 그런가요?"

"어서 채려요, 이십 분밖에 없는데……."

"그래두 전 못 가요. 곧 상회에 나가 봐야 허니까요." (…중략…)

"그러지 마시구 작은아씨허구 두 분이 갔다 오세요. 낮에 반장이 찾아와서 오늘은 방공대防空壕 만드는데 무슨 의논두 해야겠구 그래서 꼭 좀 나오랬으니까요."[12]

위와 같이 국가의 부름에 응하는 데에 대해 시누이는커녕 시어머니조차 간섭하거나 제지할 수 없거니와, 이러한 사태는 "좋은 아버지"(523쪽)들의 전면적인 등장과 짝을 이루고 있다. 상호의 아버지는 숙자에 대한 섣부른 판단을 꾸짖으며 철수와 숙경의 결혼을 성사시키거나 조카 윤기전의 아이를 낳은 순영의 일을 해결한다. 한편 아들을 깊이 이해하는 철수의 부친은 자신의 업을 이은 아들에게 소설을 써 책사에 진 글 빚을 갚으라고 충고해 「명랑한 전망」을 완성케 한다. 즉 소설의 여러 사건과 갈등들을 굽어보며 이를 "늙은 사람 수단"(570쪽)으로 해결하고 정리하는 아버지들은 청년들을 대신하거나 그들을 포용하며 문학사적으로 복권되는 듯하다.[13] 나아가 이들은 "가솔린 절약을 위하여" "자가용을 폐지"하거나 아래의 인용과 같이 온돌 폐지를 주장함으로써, "보도연맹"을 조직하거나 "애국반장 집에서 광목 표를 뽑"게 하는 국가의 계획 및 통치와 동일화된다.

"글쎄 문화주택식이랄지…… 집 됨됨이두 됨됨이려니와 집안에 방은 원 몇이 되구간에 꼭 하나만 남겨두고는 온돌은 폐지하여 버리자는 게 내 주장인데…… 경제적으로 나무 값 석탄 값 처드는 것두 가난한 살림살이에 문제려니와 제 일에 조선 사람들이 느리구 게으른 것이 도무지가 온돌 까닭이거든 느의 어머닌 대 반대시더라만 나는 하나만 남겨두군 온돌은 폐지헐 생각이다."[14]

---

12 위의 책, 252~253쪽.
13 이와 관련해 김남천의 「경영」, 「맥」, 『사랑의 수족관』에 나오는 아버지들은 의미심장하다. 또한 「등불」이나 「어느 아침或る朝」의 주인공들은 더 이상 청년이 아니다. 그들은 스스로 아버지가 되어 있다.
14 박태원, 앞의 책, 240쪽.

위와 같은 부친의 의향에 대해 철수는 "하날 남겨 두실 것 무엇 있습니까?"라고 화답하거니와, 숙자는 바로 이 대답에 해당하는 이름이다. 그녀는 하루코(박태원, 『천변풍경』), 나미코(이상, 「지주회시」), 게이코(유진오, 「나비」) 등과 같은 카페 여급이 아니다. 그녀는 "가장 비열한 수단"(468쪽)에 의해서일지언정 일단 상호에 정복당한 이상 아내로서 최선을 다하겠다고 결심했다. 예컨대 숙자는 최신호와의 "결혼생활을 불행하다고만"[15] 여기며 "남편에 관한 이야기가 나오려면, 우선 코웃음부터 치는"[16] 『애경愛經』의 정숙과 다르다. 이와 관련해 수진은 "'최신호'와 '위험신호'를 연결시켜" "그게 가정의 위험신호"[17]라고 평가하지만, 수진의 아내 숙자 역시 예전에 "신흥예술좌"[18]의 "배우 노릇하던 여자"[19]답게(?) "남편에게 편지 한 장을 써 놓은 채 그대로 집을 뛰어나와" 준길과 "잘도 거리로 돌아다녔"[20]으며, 급기야 "카페 아께보노"[21]의 여급이 되었다.

『여인성장』의 숙자는 이러한 『애경』의 숙자를 극복한 인물이다. 그녀는 완전히 가정으로 귀환함으로써 봉자나 영자가 도외시한 "여자 직분"을 식민지인으로서 수행하는 국민(아내)의 기호가 되었다. 따라서 숙자가 숙자인 것은 정희와 정순의 "아버지가 작은 어머니한테서 난 아이"[22]의 이름이 "정자貞子"인 것과는 크게 대비된다. 숙자는 자신이 적자嫡子(=일본인)와 서자庶子(=조선인)의 구분을 뛰어넘는 "천황天皇의 적자赤子"

---

15 박태원, 「애경 (4)」, 『문장』, 1940.4, 126쪽.
16 위의 글, 123쪽.
17 박태원, 「애경 (6)」, 『문장』, 1940.7, 170쪽.
18 박태원, 「애경 (1)」, 『문장』, 1940.1, 110쪽.
19 박태원, 「애경 (2)」, 『문장』, 1940.2, 70쪽.
20 박태원, 「애경 (3)」, 『문장』, 1940.3, 77쪽.
21 박태원, 「애경 (4)」, 『문장』, 1940.4, 117쪽.
22 최정희, 「적야」, 『문장』, 1940.9, 21쪽.

임을 인정했다. 이제 "순결"한 숙자는 삼십 년 전의 봉자나 영자처럼 숙희로 개명하지 않을 것이다. 그리고 그 점에서 『애경』의 숙자가 결국 "다시 수진과 한 집에 모되어(모이어), 살림을 시작"[23]하게 되는 것은 의미심장하다. 철수 부친이 집을 짓듯이, 이제 집장수로 변신한 수진이 신설정新設町에 지은 집에서 말이다.

3. 혼혈아 문자

염상섭의 『모란꽃 필 때』(1934)는 횡보의 다른 소설들뿐 아니라 위의 논의와도 관련지어 논의할 때 그 문학사적인 위치와 의의가 명확해질 것이다. 그것은 이 소설의 중요한 등장인물의 이름이 '문자'이기 때문이다. 그녀는 주인공 박신성에 맞서는 적대자적인 인물인데, 그 일본식 이름과 어울리게 "가을밤 달빛에 비치여보는 이슬 맞은 흰 국화송이"에 비유되면서, "늦은 봄바람에 돋아나는 모란꽃 봉오리" 같은 신성과 감각적으로도 대비된다. 물론 이는 춘원이 순영과 경주를 각각 장미꽃과 호박꽃에 빗대거나[24] "금봉이허구 영자 언니허구 비기면 그야말로 봉황이허구 닭"[25]이라고 평가하는 것처럼 어느 한쪽에 일방적인 우위를 부여하지는 않는다.

---

23 박태원, 「애경 (8)」, 『문장』, 1940.11, 81쪽.
24 이광수, 「재생」, 『이광수 전집』 2, 삼중당, 1962, 156~157쪽.
25 이광수, 「그 여자의 일생」, 『이광수 전집』 7, 삼중당, 1962, 274쪽.

즉 이 소설은 신성과 문자를 계속 팽팽히 대립시킴으로써 서사를 구성한다. 신성은 집안 형편이 기울면서 진영식에게 파혼당한 후 고학생으로서 자기 길을 개척한다. 그리고 신성에게 편지를 보내 파혼의 한 원인을 만들었던 김진호와 약혼하게 된다. 반면에 문자는 부잣집 아들 진영식과 결혼해 음악학교에 입학하겠다며 의기양양하게 동경으로 가지만 "딴스홀 아니면 은좌통銀座通으로만 발전"[26]하다가 파경破鏡을 맞는다. 문자는 『안의 성』의 영자와 봉자의 계보에 속하는 인물이며, 『이심』(염상섭, 1928~1929)에서 다음과 같이 묘사된 춘자春子와도 친근한 여성이다.

"춘자 양!"

창호는 자기 스스로를 비웃듯이 입 밖에 내어서, 이렇게 한번 불러 보았다. 과연 자기 아내 이름에 봄 춘春 자가 들기는 들었다. 그러나 '춘자 양'이란 무에냐? 자기 아내를 모를 남자가 '양'이라고 부르는 것을 듣고 기뻐하는 것이 보통 남자의 상정일까? 골을 내는 것이 그럴 듯한 일일까? (…중략…)

"하루꼬 죠!"

이번에는 좌야가 불렀을 듯싶이 일어로 다시 불러 보고는 코웃음을 쳤다. 그러나

"하루꼬 죠!"

라고 불러 보니까 별안간 내지 옷 입은 모양이 나타난다. 하얀 바른편 덧니가 빠듯하게 삐진 것을 살짝 보이면서 생긋 웃는 입모습을 그려 보면 지금 효자동 막바지 오막살이 속에 오동 칠갑을 하고 방바닥에서 대굴대굴 구르는 자기의 아내의 얼굴로 보이나 〈춘자 양〉이라고 불러 보면 웬 까닭인지 화복이나 양장을 하고 좌야와 나란히 걸어 앉았는 것이 눈 앞에 알신거리는 것이었다.[27]

---

26 염상섭, 「모란꽃 필 때」, 『염상섭전집』 6, 민음사, 1987, 173쪽. 3절 「혼혈아 문자」에서 이 글을 인용할 때는 본문 중에 쪽수만 표시함.

창호는 춘경을 춘자로 불러보며 스스로를 비웃는데, 이는 춘자가 일본인 좌야佐野나 미국인 커닝햄이 자기 아내를 부르는 호칭이자, 각각 패밀리 호텔 지배인이고 텍사스 석유회사 경성 지점장인 그들과 대비되는 창호 자신의 경제적인 무능력을 가리키기도 하기 때문이다. 춘자는 좌야의 "월첩"이나 커닝햄이라는 "양인의 첩쟁이"에 해당하는 이름인 동시에 그 "방탕한 생활"과 함께 "여성의 사회적 활동"에 대한 식민지 남성의 거부감과 두려움을[28] 표현한다. 그리고 그 점에서 춘자의 일은 "이심二心"이라는 소설 제목과 함께 집 밖으로 나간 '신여성'에 대한 불안, 공포, 경멸을 촉발시킨 영자와 봉자의 경우를 떠오르게 한다.

또한 커닝햄과 교제하는 춘자는, 사람들에게 "XX회사에 계신 하아디 씨"를 소개하는 『모란꽃 필 때』의 문자도 연상시킨다. 아니, 문자는 서양인을 "징그럽고 무시무시한 양코백이"라고 판단하지 않으며, "손등의 노란 털만 생각하여도 송충이가 잔등이를 기어가는 것"[29] 같이 느끼지도 않는다는 점에서 춘자보다 한 걸음 더 나아간다. 화자의 표현에 의하면 문자와 하아디는 "국제적 남녀"의 관계를 성취한다. 그리고 이에 대해 자기 남편과 "조선의 명기" 사이에서 태어난 길자吉子의 가정교사로 신성을 채용하면서 "조선을 잊고 에미를 잊게 지도"[30] 해 달라고 부탁했던 삼포三浦 부인은 '게토毛唐'를 언급하며 다음과 같이 반응한다.

"그런 줄은 알았지만 저 애가 그 사람과 인사를 하자 후미꼬 상이 돌려다 보던

27　염상섭, 「이심」, 『염상섭전집』 3, 민음사, 1987, 14~15쪽.
28　이에 대해서는 1부 2장을 참고할 것.
29　염상섭, 앞의 글, 181쪽.
30　염상섭, 「모란꽃 필 때」, 『염상섭전집』 6, 민음사, 1987, 204쪽.

것을 보고 나는 처음엔 누구인지 못 알아봤어 설마 그런 게도 — (양코백이)하
고 같이 왔을 줄야 누가 알았겠소.”
하고 삼포 부인은 웃음을 지어 보이며 아주 놀랐다는 듯이 일부러 시대 뒤진 ‘게
도오’라는 말을 쓰는 것이다.[31]

하지만 문자는 영자, 봉자, 춘자와 다르다. 문자는 영희와 봉희로 개명
하지도 않으며, 남편 창호에 의해 유곽에 팔려 자살함으로써 춘경으로
복귀하지도 않는다. 그도 그럴 것이 문자는 일본인 어머니와 조선인 아
버지 사이에서 태어난 혼혈아로서 애초부터 문자이기보다는 후미코였
기 때문이다. 일본에서 ‘후미코’라고 불리기 이전부터 문자는 “집에서들
도 일본말로” “후미코 상”으로 불렸다. 이 사실은 문자가 테니스 시합에
서 신성에게 완승하는 순간, 문자를 “승리자”로 판정하는 영식의 다음
말과 함께 독자에게 알려진다.

“후미꼬 상은 승리자였지요? 테니스 승리자뿐만 아니라 최후의 승리자였지
요! 네? 후미꼬 상!”[32]

그리고 이는 영식과 결혼해 동경에 간 문자가 “모친의 성을 따라서 가
나이 후미코金井文子 상이라고도 하고 남편의 성을 따라서 하다 후미코秦
文子 상이라고도” 불리는 일로 나아간다. 즉 “남편의 성을 부르지 않고 모
친의 성을 부르는” 데에 따라 결국 문자는 “가나이노 옥상”, 영식은 “가
나이상노 단나사마”가 되며, “영식이 집이라면서 문패에는 가나이金

---

31 위의 글, 266쪽.
32 위의 글, 123쪽.

井”(244쪽)로 씌어 있게 된다. 이는 아버지 남상철의 성을 따르는 대신 “처음부터 시야矢野라는 어머니의 성을 따랐던”[33] 남충서(염상섭, 「남충서」, 1927)의 누이 효자나 “조선이라는 두 글자”를 “자기의 운명에 검은 그림자를 던져준 무슨 주문”처럼 꺼려하며 “조선 사람인 어머니보다는 일본 사람인 아버지를 찾아가겠다”[34]고 하는 일본 국수집의 “젊은 계집”을 상기시킨다. 이는 “사람이 민족을 떠나서 살 날이 있을까?”라고 자문하며, “고향과 혈육에 대한 애착”과 “민족에 대한 감격”이 없는 자신의 처지에 연민과 고통을 느끼는 남충서의 경우와 대비된다.

남충서南忠緖라는 이름은 “‘미나미 다다오’라고 부르면 꼭 일본사람 이름 같이”[35] 보이도록 지은 이름으로, 물론 이 작명에는 “조선 사람의 성명이 적어도 일본 천지 안에서는 언제든지 말썽거리가 되고 비웃음을 받는”[36] 당대의 상황도 관여한다. 예컨대 「숙박기」의 창길은 자기의 성자姓字인 “변卞”이 “상투 달린 조선 사람” 같고 “기둥에 파리가 날라 붙은 것”이며 “논두렁의 허수아비案山子, 가까시” 같다는 조소를 받는다. 그러나 일본인의 이름을 가지고 있음에도 불구하고 남충서는 오히려 자기가 “‘야노’도 아니요 남가도 아”님에 고통스러워한다. 그리고 문자의 경우와는 달리 머릿속을 맴도는 “승리자”와의 동일화 욕망을 반성하면서 다음과 같이 부끄러워한다.

‘아비의 나라는 내 나라다!’고 생각은 하면서도 아비의 나라에 대한 굳센 감격

---

33 염상섭, 「남충서」, 『염상섭전집』 9, 민음사, 1987, 277쪽.
34 염상섭, 「만세전」, 『염상섭전집』 1, 민음사, 1987, 58쪽.
35 염상섭, 「남충서」, 『염상섭전집』 9, 민음사, 1987, 277쪽.
36 염상섭, 「숙박기」, 『신민』, 1928.1, 312쪽.

을 느끼지 못하는 자기를 불쌍히 생각지 않을 수 없었다.

'아버지가 일본 사람이요 어머니가 조선 사람이었드면? ― 아버지가 서양 사람이요 어머니가 일본 사람이나 조선 사람이었드면?……' 하는 생각을 하여 본 때도 있었다. 그러나 여기에는 그는 얼굴이 발개지며 자기 속으로 대답을 아니 하려 들었다.[37]

그런데 이와 비슷한 일은 『사랑과 죄』(염상섭, 1927~1928)의 류진柳進에게도 일어난다. 류택수와 그의 일본인 첩 스즈코鈴子 사이에서 출생한 류진은 "나는 나라는 존재일 따름"이며 결국 "존재가 없는 사람"[38]이라고 토로함으로써 처남인 해춘으로부터 "허무적 경향"의 "자멸적 초연주의"를 지적받는다. 그리고 이는 그가 다음과 같이 자신의 정체성을 자조하는 것과 무관하지 않다.

"사실 내 피가 오 분은 감투로 되고 오 분은 '게다' 짝으로 되었다는 점으로 보면 아닌 게 아니라 현대의 조선의 상징으로 태어났다고도 할 걸세. 우리 아버니의 설명을 들으면 류진이란 이름은 일본말로 '야나기 스스무'라고 되도록 애를 써 지었다에. 허허허…… 이름만 보아도 현대의 조선 사람답지 않은가!" 하며 자기를 조소하듯이 또 픽 웃는다.[39]

그렇다면 문자, 효자, 일본 국수집의 "젊은 계집"과 남충서, 류진은 일본인으로 동일화되는 이슈와 관련해 성적性的으로 대립한다. 여성들이 그 교육 수준이나 사회적 계층은 물론, 부모 중 어느 쪽이 조선인인가 하

---

37 염상섭, 「남충서」, 『염상섭전집』 9, 민음사, 1987, 286쪽.
38 염상섭, 「사랑과 죄」, 『염상섭전집』 2, 민음사, 1987, 141쪽.
39 위의 글, 267~268쪽.

는 문제와 상관없이 공히 일본인의 정체성을 가지려고 하는 반면, 남성들은 주로 조선인들과 교류하며 민족과 사상 문제로 계속 번민한다. 즉 횡보는 조선이 식민지로서 여성화된 상황에서 편집증적인 일본인으로서의 동일성 추구를 혼혈아 여성의 경향으로 한정시켜 혼혈아 남성들의 분열적인 태도와 대비시킴으로써, 혼혈아 여성은 물론 궁극적으로는 혼혈아 남성조차 여성화하는 순종 조선인 남성의 위치를 만들어낸다. 과장해서 말하면 여성은 모두 혼혈아며, 혼혈아는 모두 여성이다.

이는 남상철이나 류택수가 사회적으로 상당한 지위에 있는 데에 반해 남충서와 류진의 어머니들이 기생 출신의 첩으로서, 일본인이라는 점을 제외하면 여러 가지로 타자의 위치에 있다는 사실과도 연관된다. 즉 염상섭 소설에 묘사된 식민지의 가부장제는 여성화된 여성 일본인들을 통해 혼혈아뿐 아니라 일본인 자체를 여성화하고 배제하려 한다. 순종 일본인조차 혼혈아인 것이다. 조선인이 일본인과 관계하는 것 자체가 혼혈의 가능성을 함축하기 때문이다. 따라서 이인화가 "학비를 대어달라거나 어떻게 같이 살아보았으면 하는 의사를 은근히" 비친 일본인 여급 정자靜子에게 절교의 편지와 돈을 보내며, "아무래두 데리고 살 수는 없어!"[40]라고 한 것은 상징적이다.

---

40 염상섭, 「만세전」, 『염상섭전집』 1, 민음사, 1987, 101쪽.

4. 모델과 스파이

이렇게 보면 문자는 영자와 봉자처럼 "하이칼라 단장"하고 "밀매음"이나 하는 정도를 넘어 그 존재 자체가 "왜마마"[41]에 감염된 인물이다. 앞서도 말했듯이, 그녀는 영희나 봉희로 개명하지 않는다. 하지만 독일어 공부를 핑계로 거리낌 없이 "털복숭이 서양사람"[42]과 교제한다는 점에서, 그녀가 개명하지 않은 것은 숙자가 개명하지 않는 것과도 전혀 다르다. "국산 캄피"를 고집하며 애국반상회에 성실히 출석하는 숙자는 순종 조선인으로서 순종 일본인(국민)이기 때문이다. 그러므로 월급을 "문자의 용돈으로 다 디밀어도 부족"한 상태를 초래해 영식을 "물질로나 정신으로나 총파산"하게 하는 문자는 『사랑과 죄』의 정마리아에 가깝다. 정마리아는 "긴부라 대신에 '혼부라'를 하겠다고 하거나, "길거리로 다니며 머리 자랑"을 하는 "단발 사건"을 일으켜 요릿집의 "손님 기생 보이까지 벌린 입을 다물 줄"[43] 모르게 하기 때문이다. 문자와 정마리아는 다음과 같이 비판받을 "조선 청년"이다.

> 심초 씨는 젊은 조선 청년을 보면
> "당신네들은 '정말 조선'이 어떠한 것을 아시오. 지금 조선은 '트기'입넨다. 진짜 조선은 거의 다 헐려 나가고 지금 남은 것은 조선인지 일본인지 서양인지 까닭을 모를 반신불수가 되었소. 인제는 조선에 더 살 흥미조차 잃었소" 하며 무연히 탄식하는 일이 많다.[44]

---

41 염상섭, 「남충서」, 『염상섭전집』 9, 민음사, 1987, 268쪽.
42 염상섭, 「모란꽃 필 때」, 『염상섭전집』 6, 민음사, 1987, 224쪽.
43 염상섭, 「사랑과 죄」, 『염상섭전집』 2, 민음사, 1987, 329쪽.

즉 문자와 정마리아는 육체적인 혼혈과는 무관히 모두 "트기"다. 그런데 이때 묘한 것은 위와 같이 조선이 "트기"임을 비판하는 『사랑과 죄』의 "심초매부深草埋夫"가 조선에 서양화를 알린 일본인이라는 사실이다. 그는 "예전 수학원修學院의 도화교사"로도 재직하며 반생을 조선에서 보냈다. "해춘이가 양화가가 된 것도 이 사람의 영향"을 받은 것이며, 현재에도 해춘은 순영의 초상화를 "심초의 주선으로 동경에 있는 심초의 친구에게 부치어서 출품"하려 한다.

따라서 심초는 『모란꽃 필 때』의 방천추수芳川秋水와 유사한 인물이다. "추수 화백"은 "조선 와서 잠깐 살기도 하였고 조선에서 총독부 전람회를 만드는 데에도 유공할 뿐 아니라 진호의 선생이요 제전帝展의 심사위원으로 작년 가을에 진호가 입선"[45]되게 했다. 이 추수 화백은 각각 "H 부인의 초상"과 "소녀"로 명명된 문자와 신성의 초상화를 그리는데, 이와 관련해 신성은 "문자의 초상보다 잘 됩소사 하는 생각으로" 모델 일에 "괴로운 줄"을 모르며, 문자는 문자대로 "신성 양의 것의 가격을 얼마로 매든지 그보다 좀더 매어달라"고 요청한다. 그리고 두 여성의 경쟁 및 대립에 역사적 의미를 부여하기라도 하려는 듯이 추수는 두 그림의 창작 의도를 다음과 같이 비교한다.

후미꼬상(문자)의 것은 모던이요 아메리카니즘에다 결혼 후의 젊은 여자의 기분을 나타내었지만 이번에는 아메리카니즘 이후 — 다시 말하면 아메리카니즘에 세련이 되고 세례를 받고 거기에 지친 이후에 오는 오리엔탈리즘(동양주의)라고도 할 만한 다음 시대의 여성이 표현될 것일세. 그것은 박상 자신의 소질

---

44   위의 글, 309쪽.
45   염상섭, 「모란꽃 필 때」, 『염상섭전집』 6, 민음사, 1987, 202쪽.

이 그렇기도 하거니와 그 처녀성이 충분히 그런 의사를 표현해 줄 것일세.[46]

추수 화백이 말하는 "아메리카니즘"은 심초가 비판하는 "트기"에 해당할 터, 이때 추수가 신성의 "처녀성"을 강조하며 "조선옷"을 입고 모델에 임하라고 주문하는 것은 위의 인용과는 좀 다른 의미에서 그야말로 "오리엔탈리즘"과 관련된다는 점에서 의미심장하다. 더욱이 그는 "다음 시대의 문화의 중심이 조선일 리는 없는데 그 점으로 생각하면 일복이 아무래도 좋지 않습니까"라고 하는 삼포청년에게 "나더러 이상주의자라더니 자넨 제국주의자인가"[47]라고 일갈하는 것이다. 그렇다면 추수가 말하는 조선옷 입은 "다음 시대의 여성"은 신성보다는 숙자에 이르러 완성될 듯도 하다.

또 한 가지 중요한 것은, 추수가 첫 대면에 "신성이의 얼굴은 물론이요 옷 속에 싸인 몸뚱아리 풍부한 살 속에 묻힌 골격까지를 한눈에 다 보고 속으로 '쓸 만하다!' 하고 벌써 금을 쳐 놓았다"라는 점, 그리고 신성을 모델로 쓰기 위해 다음과 같이 말했다는 점이다.

"이번에는 틈 있는 대로 박상을 한번 그립시다. 지금 당장은 어렵지만 조금 쉬어가지고 개학 전에 그려봅시다. 그림이 팔리면 그것은 학비로 보조하기로 하고……."
하며 이편 승낙 여부없이 자기 혼자 결정한 듯이 수작을 하였다.
"하지만 아마 김 군의 승낙을 받아야 할지 모르지?"
하고 껄껄 웃는다.[48]

---

46 위의 글, 234쪽.
47 위의 글, 236쪽.
48 위의 글, 198쪽.

추수는 신성의 의사와는 상관없이 그녀의 초상화 그리기를 "혼자 결정"한다. 대신 그가 신경 쓰는 것은 김진호의 "승낙"이다. 즉 두 남성들 사이에서 신성은 자신의 뜻을 주장할 수도 없으며 스스로 그림을 그릴 수도 없는 일개 모델로 대상화된다. 신성은 영식이 문자와 자기의 "외양을 비교"했을 때부터 주로 시선의 대상으로서 문자와 경쟁해 왔다. 그리고 이 보이기 경쟁은 문자가 "제 초상은 출품 안 하겠다"라고 하거나 "소위 '자기 그림'이라는 것"이 "모델 자기의 미모나 명예 때문에 당장 팔렸다는 듯" 의기양양하다가 신성의 초상도 "매약된 것을 보고는 까닭 없이 풀이 빠지면서 샐쭉하는" 일로도 나타난다. 따라서 이러한 문자는 남편이 신성의 초상화를 구매한 일에 대해 시기심을 표현할 수밖에 없는데, 이에 대해 신성은 다음과 같이 응수한다.

난 되레 문자한테 부탁을 해서 아무쪼록 물르게 하고 싶은데![49]

그리고 이는 『사랑과 죄』에서 해춘이 그린 순영의 초상화와 질투에 불타는 "눈씨름"을 하는 정마리아의 일을 떠오르게 한다. 그녀는 그림의 눈을 찌르고 입술을 긁었으며 급기야 "잉크병을 들어다가 손가락을 담방 잠가 찍어서 두 눈에 힘껏 발랐"다.

하지만 여성들이 이런 식으로 대립하는 것과는 달리, 추수와 김진호는 시선의 주체로서 맞선다. 추수가 신성을 모델로 삼은 것에 대해 진호는 "자기가 한번 그리기를 평생의 소원으로 생각하던 것을 먼저 빼앗긴 것"[50]에 대해 분하게 생각한다. 추수와 진호는 신성을 시각적으로 포착,

---

재현하는 일을 놓고 일종의 헤게모니 싸움을 벌이고 있는 셈이다. 달리 말해 이 화가들은 시각 주체라는 점에서 통일되며, 따라서 앞서 논한바 "여성은 모두 혼혈이며, 혼혈아는 모두 여성"이라는 입장에서 보았을 때 공히 "트기"를 비판, 배제하는 순종 일본인과 순종 조선인, 즉 남성 동지들이다. 실로 추수는 문자를 'K부인'이 아닌 "H부인"으로 호명하며 '가나이'라는 일본 여성(혼혈)의 성姓보다는 '하다'라는 조선 남성(순종)의 성姓에 집착했다.[51] 그리고 진호는 다음과 같이 "여필종부"를 언급했다.

"무어 별 말 없어…… 한데 조선 간다데그려."
"갈 사람이나 가라죠."
하고 문자는 쏘는 소리를 한다.
"그게 무슨 말인가? 여필종부라니 그 사람 가면 가라 할 게 아닌가."[52]

하지만 염상섭이 궁극적으로 바라는 것은 신성이 추수의 모델이 아니라 진호의 모델이 되는 일, 즉 조선 남성이 조선 여성을 그리는 일이다. 예컨대 『사랑과 죄』의 서사적 결론은 귀족 해춘과 간호부 순영의 계층을 넘어선 민족적 결합과 동반 망명이며, 이는 순영의 그림이 완성되는 것과 짝을 이룬다. 즉 이 소설은 여러 복잡한 사건의 발생과 함께 해춘이 순영의 초상화 그리기에 성공하는 과정을 서술한다. 한편 『모란꽃 필 때』는 '봄'이라 명명한 김진호의 "커다란 나체화"가 특선에 뽑히고, 이를

---

50 위의 글, 250쪽.
51 남南(미나미), 류柳(야나기) 씨와 마찬가지로 진秦 씨 역시 일본의 '하타' 씨를 상기시킨다. '하타'라는 성은 한반도나 중국에서 온 사람들로부터 유래되었다는 설도 있다.
52 염상섭, 앞의 글, 277쪽.

본 신성이 "자신이 모델이나 된 듯싶이 어쩌면 저렇게도 같을까" 하고 놀라게 되면서 두 사람의 약혼이라는 마지막 에피소드로 나아간다. 순영과 해춘이 함께 봉천행 기차에 탔듯이, 신성과 진호 역시 "불란서에를 가든지 서울로 가든지" "한 차에 같이 타고 인생이란 길"[53]로 나서게 될 것이다. 신성을 직접 그리지는 못했음에도 불구하고 "머릿속에 깊이 백인 신성의 혼이 그 모델의 형상에 박혀서 화면에 나타"나게 함으로써, 진호는 마침내 신성을 차지하게 된 것이다. 그리고 그것은 이미 예정된 일이다. 따라서 추수와 진호의 그림이 주목된 이유를 다음과 같이 평가하는 것은 오히려 "조선 화가"와 "조선 미인"의 폐쇄회로적인 결합을 환기한다.

> 그것은 그림이 좋다는 것보다도 한편에는 조선 미인을 그렸다는 데에 더 많은 주의를 끄는 것이요 또 한편은 조선 화가로서 특선이 된 점에 가상하다는 의미로일 것이다.[54]

그러므로 이 점으로 보았을 때도 "불량외국인하고 하코네 같은 데로 돌아다니는 그런 계집"인 문자가 서양인 하아디에게 자기 그림을 사게 하는 것은 신성의 경우와 대비된다. 추수가 그린 신성의 초상은 영식을 거쳐 결국 "결혼 축하"를 위해 신성과 진호에게 전달되었으며, 진호가 그린 나체화는 일본인 삼포 청년에게 팔리지만 그 실제 모델이 신성은 아니기 때문이다. 즉 신성의 초상을 그린 것은 일본인이지만 그 구매자(소유자) 및 감상자는 조선인으로 귀착되는 것에 반해 문자의 모습은 처

---

53 위의 글, 320쪽.
54 위의 글, 261쪽.

음부터 끝까지 외부(특히 서양인)의 시선을 끌어들이며 그에 노출, 소유되는 것이다. 그리고 이는 "상공시찰단"으로 동경에 돌아온 영식이 문자를 "본 체 만 체" 하는 일로써 보복 당한다.

그리고 그 점에서 문자는 정마리아를 다시금 상기시킨다. 정마리아는 "서양 부인 선교사의 수양딸로 학비를 얻어 공부한 뒤에 눈 밖에 나서 떠돌다가 경무국 사무관의 후원으로 미국"을 갔다 왔으며, 그 후에도 여전히 "파트론"인 "중산 사무관"과 친밀히 지냄으로써 류진으로부터 "스파이"[55]로 의심받기 때문이다.

이때 조선 화가와 조선 미인으로 된 폐쇄회로를 벗어나고 거기에 틈을 내는 일과 함께 중요한 것은 스파이가 그 시각적 위치 및 태도에서 모델과 철저히 대립한다는 점이다. 모델이 자기 자신을 공공연히 보인다면 스파이는 다른 사람을 은밀히 본다. 아무도 없는 해춘의 방에 들어가 그림 속 순영의 눈을 찌르거나 거기에 잉크를 바르는 정마리아의 소행은 문자와 신성을 각각 "아메리카니즘"과 "다음 시대의 여성"으로 재현하고 배치하는 남성(순종)의 시각적 주도권과 그 질서에 대한 교란과 전복을 함축한다. 이석훈의 다음 서술은 이 문제와 관련된 흥미로운 사례를 보여준다.

당신은 R군을 시켜서 날더러 서울 돌아가거든 '모델'이 되어 달라는 청을 하였소. 나는 그 말을 듣자, 한참동안 멍멍해 있던 것을 지금도 잊지 않소. 그것은 대체 여자가 남자 화가의 '모델'이 된다는 말은 들었거니와, 여자 화가로서 남성을 '모델'로 사용한다는 말은 금시초문이었기 때문이오. (…중략…) 내가 사내로서

---

55 염상섭, 「사랑과 죄」, 『염상섭전집』 2, 민음사, 1987, 184쪽.

여자 화가의 나체 모델이 되는 법이 어디 있느냐고 정색을 하고 반박을 하였음
에도 불구하고 당신도 정색을 하고 서양서는 그런 건 보통이라고 나를 설복하기
에 무한 애를 썼소.[56]

위의 인용은 여성 화가가 남성을 나체 모델로 채용한다는 점뿐 아니
라, 이 일이 "서양"을 통해 정당화되고 있다는 점에서도 정마리아의 정
체와 관련된다. 즉 정마리아가 자신이 포함된 "두 암가마귀" 중 한 명인
해주집을 살해한 일과는 별도로, 서양 여자처럼 스스로 보려 하는 그녀
의 행위야말로 눈에 띄게 스파이 활동을 펼치지 않음으로써 더욱 치밀하
게 수행된 본격적인 스파이 행위다. 따라서 그녀가 눈을 감춘 까마귀烏
에 비유된 것은 흥미롭다. 이는 그녀가 자기를 숨기고자 고도의 변장술
로 변장한 채 아편굴의 해주집을 찾아간 일과 짝을 이룬다.

따라서 염상섭은 아래와 같이 "순영의 뒤를 쫓는 사람을 알아다가 주
마고" 했던 "마리아"(트기)를 발음상 유사한 "마라리아"(질병) 및 "여마리
꾼"(스파이)과 나란히 놓는 "실없는 이야기"를 함으로써, 정마리아가 스
파이라 한 류진의 말이 '정말이야'라고 암시한 듯도 하다. 여마리꾼이란
'염廉알이꾼', 즉 염탐廉探하는 자이기 때문이다.

해춘이도 마리아의 말눈치를 못 알아들을 것은 아니나 시치미를 떼었다.
"마라리아에 걸리셨다니 말씀예요!"
"누가요?" (…중략…)
"그러나 저러나 오늘은 참 정말 대감께 약속한 것을 시행하러 왔습니다. 좋은

---

56 이석훈, 「부채」, 『문장』, 1940.5, 6~7쪽.

소식 전해 드릴게 무슨 턱을 내시랍소?"

해춘이가 잠자코 앉았는 것을 보고 말을 돌린다.

"약속한 것이라니?"

"저번에 병원에서 여마리꾼이니 무어니 하지 않았어요?"

생각하여 보니 아닌 게 아니라 순영의 뒤를 쫓는 사람을 알아다가 주마고 실없는 이야기를 한 일이 있다.[57]

5. 가나이 후미코와 가네코 후미코

한편 문자가 "가나이 후미코金井文子"로 불리고 진영식이 "가나이상노 단나사마"로 호칭되는 일은 가네코 후미코金子文子와 박열朴烈의 일을 연상시킨다. 가네코 후미코는 아나키스트 박열의 아내 — 감옥에서 결혼신고서 제출 — 이자 동지로 염상섭이 두 번째로 일본에 머무르기 시작한 1926년에 치안경찰법 위반, 폭발물단속벌칙 위반 등으로 사형 판결(3.25)을 받았다. 그리고 곧 무기징역으로 감형(4.5)되었음에도 불구하고 7월에 옥중 자살했다.[58]

이렇게 박열과 "사랑과 죄"를 공유한 가네코 후미코는 문자가 어머니

---

57 위의 글, 124쪽.

58 야마다 쇼지, 정선태 역, 『가네코 후미코』, 산처럼, 2003, 471쪽. 가네코 후미코의 자살에 대해서는 여러 논란이 있었다. 예컨대 "특히 흑우회 동지들은 문자의 옥중 임신이 가져온 교살사건임에 틀림없다고 확신"했다(무정부주의운동사 편찬위원회, 『한국 아나키즘 운동사』, 형설, 1989, 179쪽).

성을 사용해 가나이 후미코로 호칭되는 것과는 반대로 박열의 성을 따라 박문자朴文子라는 이름을 사용했다. 그녀는 이 "필명으로 「소위 불령선인이란」이라는 제목의 논설"[59]을 『동지』 2호에 썼다. 또한 그녀는 "조선인삼상 박문자"[60]라는 이름으로 '흑도회黑濤會' 기관지 『흑도』 등에 조선인삼을 광고하기도 했다.

한편 박열이 관립경성고등보통학교 사범과에 입학했던 사실[61] 및 가네코 후미코가 "현에 있는 여자사범학교에 들어가 교사"[62]가 되려 했던 점은 박신성이 "'오차노미즈'의 여자 고등사범"에 들어간 일을 떠오르게 한다. 그리고 가네코 후미코가 고학을 위해 "가정부"[63]가 되었던 사실은, 신성이 "내일은 아무래도 직업소개소부터 찾아가 보고 그 길에 파출부회에도 다녀오리라"[64]라고 생각했으며 결국 추수 화백의 소개로 삼포가의 가정교사가 된 일을 상기시킨다.

즉 문자와 신성은 각각 가네코 후미코의 일과 상반되거나 유사한 면을 구현한다. 한편 가네코 후미코와 박열의 중요한 수입원이 "조선인삼 판매"[65]였다는 사실은 「사랑과 죄」의 중요한 에피소드 중 하나가 해춘이 호연의 부탁을 받고 일본 유학생 최진국으로부터 인삼 세 근을 백 원에 산 일이라는 점과도 무관하지 않은 듯하다. 이는 『폐허』 동인이었으며, 박열 등과 함께 1921년 11월에 흑도회를 결성했던 황석우를 통해 염상섭이 아나키스트 그룹과 교류했었을 가능성[66]과 더불어 「사랑과 죄」의

---

59 야마다 쇼지, 정선태 역, 위의 책, 152쪽.
60 위의 책, 165쪽.
61 위의 책, 132쪽.
62 위의 책, 87쪽.
63 위의 책, 105쪽.
64 염상섭, 「모란꽃 필 때」, 『염상섭전집』 6, 민음사, 1987, 183쪽.
65 야마다 쇼지, 정선태 역, 앞의 책, 163쪽.
66 이와 관련해 한기형 교수는 「초기 염상섭의 아나키즘 수용과 탈식민적 태도」(『한민족어

다음 장면이 생각나게 한다.

> "나는 적토라는 사람이오." 하고 본 이름은 아니 가르쳐 준다.
>
> "김 군! 이 야마노 군(山野 君)은 조선에 들어와 있는 '아나—'계(無政府主義系統)의 거장일세."
>
> 적토 군은 그 일인을 다시 소개한다. 예술가 비슷한 이 사람이 무정부주의자라는 것은 누구에게나 의외이었다.
>
> "그럼 동경의 흑색동맹에……?" (…중략…)
>
> "하지만 코뮤—니스트(공산주의자)와 아나—키스트(무정부주의자)가 악수를 한다는 것은 좀 이상한 걸! ……게다가 류 군으로 말하면 나 보기에는 일종의 니힐리스트(허무주의자)이고 보니 그러면 삼각동맹인가?" 하며 냉소를 한다. (…중략…)
>
> "니힐리즘 볼셰비즘 아나—키즘……이 어째 한 어머니 자식이란 말이요?" 하며 웃는다.[67]

인용에서 흥미로운 것은 "예술가 비슷한" 아나키스트가 등장한다는 점, 그리고 니힐리즘, 볼셰비즘, 아나키즘에 대해 그것들이 "한 어머니의 자식"이냐는 관점에서 질문한다는 점이다. 이때 후자는 문자, 남충서, 류진 등이 모두 서자로서 자신의 이복형제들과 "한 어머니의 자식"이 아닐 뿐더러 조선인 어머니의 자식조차 아니라는 사실을 상기시킨다. 그들은 조선인 화가(남성)와 조선인 모델(여성)의 폐쇄회로가 파열되었음을 증명하는 존재들이다. 특히 문자는 "한 어머니의 자식"이 아닌 데에서 한 걸음

문학』 43집, 2003)에서, "1919년의 염상섭이 아나키즘에 기울어졌다는 것, 그러한 사상적 편력이 황석우 등 아나키스트 그룹과 관련되어 있었다는 것은 이후 염상섭의 문학적 행보를 재검토하는 데 중요한 단서"하고 평가한 바 있다.

67   염상섭, 「사랑과 죄」, 『염상섭전집』 2, 민음사, 1987, 208~209쪽.

더 나아가 '다른 어머니'의 '딸'이고자 했다. 물론 염상섭에게 중요한 사실은 이복형제들과 마찬가지로 이들이 동일한 조선인 아버지의 자식이라는 점이다. 이에 대해서는 문자를 "H부인"으로 부른 추수 화백 역시 동의할 것이다. 하지만 이러한 입장을 수용하는 아들들과는 달리 문자는 어머니(사실은 외할아버지)의 성을 사용하며 '모계(?)의 인간'이 되었다.

따라서 "어머니에게 버림"[68]받고 외조부 가네코 도미타로의 딸로 호적에 오른[69] 후 충청북도 청주의 이와시타 집안에 양녀로 갔던 현실의 가네코 후미코가 굳이 일본식으로 식민지인 남편의 성을 따른 박문자로 활동했다면, 애써 일본인 모친의 성을 썼던 염상섭 소설의 문자는 "제국호텔에만" 다니는 "딴쓰하는 여자"로서 남편과 헤어질 수밖에 없었다. 그녀에게 춘경을 춘자로 만든 식민지의 "패밀리호텔"따위는 눈에 띄지도 않았을 터이다. 그로 인해 가나이 후미코라는 이름은 일본인 남성에게조차 오히려 "아메리카니즘"의 기호로 읽혔던 것이다. 이렇게 문자는 여러 겹의 "트기"로서 겨울을 앞둔 국화꽃의 전성시대[70]를 구가했다. 모란꽃이 피는 대신 '명랑한 숙자'가 등장하기 전까지는 말이다.

『사이間SAI』, 2013.5

68　야마다 쇼지, 정선태 역, 앞의 책, 40쪽.
69　위의 책, 41쪽.
70　조선작의 『영자의 전성시대』(1973)는 『모란봉』(1913)의 '숙자' 이래 60년만에 '영자'류의 일본식 이름이 역사적으로 소멸됨을 알리고 있는 듯도 하다.

5장

긴자銀座의 추억

식민지 조선의 근대문학과 일본

1. 혼부라와 긴부라

'혼부라'(또는 홈부라)는 식민지 경성의 한 풍속으로서 그 문학적, 사회적 의의에 대해서는 이미 논의된 바 있다.[1] 간단히 말해 '혼부라'는 일본인 상권을 형성했던 서울 남촌南村[2]의 혼마치本町[3]를 '부라부라ぶらぶら' 하는(어슬렁거리는) 일이다. 이는 『영원의 미소』(심훈, 1933)에서 다음과 같이 서술되었다.

경자는 책보를 들고 나오는 계숙을 꼬였다.
"고단해서 오늘은 일찌감치 갈 테야."

---

[1] 김영근, 「일제하 일상생활의 변화와 그 성격에 관한 연구」, 연세대 박사논문, 1999; 이경훈, 「미쓰코시, 근대의 쇼윈도우」, 『현대문학의 연구』 15, 2000.8 등이 그 대표적인 예이다. 이 글은 「미쓰코시, 근대의 쇼윈도우」를 '식민지 문학과 일본'이라는 관점에서 발전시키면서 새로운 논의를 전개한 것이다. 따라서 이 논문은 「미쓰코시, 근대의 쇼윈도우」의 내용을 계승함과 동시에 자료를 보강해 재구성하고 있다.

[2] 청계천 이남.

[3] 현재의 충무로, 명동 일대. 즉 진고개 지역.

"날두 이렇게 풀렸는데 우리 홈부라(본정으로 산보한다는 말)나 한번 허구 들

어가자꾸나."

하고 백화점을 나서는 계숙의 외투 소매를 끌어당긴다.[4]

그러나 '혼부라'를 가장 자주 언급한 것은 박태원이다. 그 사례를 들

면 다음과 같다.

"시골루 시집가는 게 싫다면, 서울 신랑두 많지, 저 — 러대…"

어머니가 그런 이야기를 하는 것이 듣기 싫은지, 갑자기 영숙이는, 몸을 일으

켜 허리를 펴며,

"숙경아, 우리 오래간만에 홈부라나 허까?"[5]

"나 본정 가는 길이니 미쓰코시 앞에서 내려주면 되지 않아요?"

"무어, [살 게라도 있어서?"

"아 — 뇨."

"그럼?"

"그냥 홈부라."[6]

"언니! 〈홈부라〉 안허시려우?"

"언니! 〈가네보〉에 치맛감 존거 왔다는데……"

"언니! 오늘밤 음악회 구경 갑시다."

하고 그는 매일 가티 숙쟈를 밧그로 끌어내려 들었다.[7]

---

4 심훈, 「영원의 미소」, 『한국문학전집』 17, 민중서관, 1959, 276쪽.

5 박태원, 「청춘송」, 『조선중앙일보』, 1935.3.11.

6 박태원, 「명랑한 전망」, 『신문연재소설전집』 5, 깊은샘, 1999, 269쪽. [] 부분은 판독하

기 어려워 인용자가 추정한 것.

「날개」(1936)의 주인공이 "어디로 어디로 디립다 쏘다녔는지 하나도"[8] 모르는 채 미쓰코시 백화점 경성지점의 '옥상정원'에 올라간 일은 이 '혼부라'의 풍속을 배경으로 한다. 박태원의 주인공이 "모데로노로지오"를 위해 "서소문 방면이라도 답사할까 생각"[9]하거나 "본정 어귀의 휘황한 전등 빛"에 끌려 "저도 모르게 허둥지둥 일어나서 지금 막 출발하려는 버스에서"[10] 뛰어내리는 일 역시 이와 무관하지 않다. 「길은 어둡고」(1935)의 향이는 군산으로 떠나기 전 "남자와 둘이서" "축복 받은 애인끼리나 같이, 손을 맞잡아, 본정本町으로, 백화점으로, 또 극장으로, 모든 시름을 잊고, 가장 호화스럽게 돌아다녀 보았으면"[11] 하고 생각했다.

채만식에 의해 "남부 일주의 여행"[12]이라 명명된 일도 있는 이 풍속은 식민지 경성의 소비 사회를 배경으로 한다. 예컨대 조용만은 "전차를 타고 왕복해도 전차 값이 빠지고 물건이 훨씬 좋"았으며 "정자옥丁子屋 삼월三越 삼중정三中井 같은 데는 훌륭한 식당"이 있었으므로 "젊은 인텔리 남녀나 부유한 가정부인들은 으레 쇼핑을 하려면 남촌으로"[13] 갔다고 회고한다. 금봉에게 "미쓰코시 물건이라는 것이 흥미를 아니 끌 수가 없었"[14]던 것은 이런 사정 때문이다. 따라서 이광수는 "북촌 상인은 남촌 상인을 철저히 배우고 흉내"[15]내라고 했다. 더 나아가 김남천은 "이야기의 주인

7 박태원, 『여인성장』, 영창서관, 1949, 206~207쪽.
8 이상, 「날개」, 『조광』, 1936.9, 213쪽.
9 박태원, 「소설가 구보 씨의 일일」, 『소설가 구보 씨의 일일』, 문장사, 1938, 246쪽.
10 박태원, 「적멸」, 『윤초시의 상경』, 깊은샘, 1991, 187쪽.
11 박태원, 「길은 어둡고」, 『소설가 구보씨의 일일』, 문장사, 1938, 157쪽.
12 채만식, 「종로의 주민」, 『채만식전집』 8, 창작과비평사, 1989, 160쪽.
13 조용만, 『30년대의 문화예술인들』, 범양사, 1988, 68쪽.
14 이광수, 「그 여자의 일생」, 『이광수 전집』 7, 삼중당, 1962, 259쪽.
15 이광수, 「북촌상인」, 『이광수 전집』 13, 삼중당, 1962, 376~377쪽.

공"을 다음과 같이 "가장 현대적인 풍경 속에 산보"시킨 바 있다.

> 그래 생각 끝에 조선은행 앞을 잡아본다. 별로 의식하지 않고 작중 인물의 청년 남녀는 이곳을 여러 번 내왕하게 된다. 지드 권이나 펄 벅 권이나 읽히려면 마루젠으로 보내야 할 게고, 코티나 맥스팩터[16] 곽이나 사재도 백화점으로 끌고 가야 할 테고, 커피 잔이나 소다수 잔을 빨린다든가 극장 파한 뒤에 페데니 뚜비비 에니 콜다니 하고 잔수작을 시키재도, 한번은 이 광장을 통과시켜야 한다.[17]

인용에 등장하는 "광장"은 조선은행과 미쓰코시 백화점 사이의 공간이 거니와, 이곳과 이어진 혼마치는 「T일보사」(1939)의 김광세가 "에나멜구두", "택시─드", "낙타 외투", "넥타이", "론징" 시계, "볼사리노" 모자, "황금으로 만든 카우스 단추", "녹색 비취의 넥타이핀", "향수", "만년필"[18] 등을 구입한 경성 제일의 상업가이자 번화가였다. 최계숙(『영원의 미소』, 1933~1934)이 한 달에 15원을 받는 "마네킹 껄"[19]이 된 곳은 혼마치에 위치한 백화점이었다. 그곳에서는 카페와 영화관뿐 아니라 『무정』(1917)의 이형식이 "금자 박인" 책을 샀던 "동경 마루젠丸善"의 경성 지점도 운영되었다. "광장"은 시장으로 구성되어 있었다. "네온사인 같은 번개"[20]는 여기서 기원했다.

따라서 「치숙痴叔」(1938)의 조카가 "전과자"이자 폐병 환자로 전락한

---

16 맥스 팩터는 화장품 상표이다. 유진오의 「화상보」에 "맥스 팩터의 크린싱크림"으로도 등장한다. 유진오, 「화상보」, 『신문연재소설전집』 3, 깊은샘, 1999, 310쪽.

17 김남천, 정호웅·손정수 편, 「가로」, 『김남천전집』 2, 박이정, 2000, 66쪽.

18 김남천, 「T일보사」, 『인문평론』, 1939.11, 148~149쪽.

19 심훈, 앞의 글, 237쪽.

20 이광수, 「애욕의 피안」, 『이광수 전집』 8, 삼중당, 1962, 255쪽.

오촌 고모부의 무능력과 어리석음을 비난하며 아주머니에게 "미쓰코시 앞에서 빠나나 다다끼우리(싸구려 노점상)를 하는"[21] '미네상'에게 개가하라고 권한 것은 상징적이다. 적어도 "십만 원짜리 큰 부자"를 꿈꾸는 조카에게 미쓰코시 백화점과 그 주변은 사회주의자 고모부의 "경제 못하는 경제학 공부"[22]를 비웃는 진정한 현실이다. 그렇다면 조카의 이러한 입장은 『무정』의 어린 이형식이 평양 일본 상점의 커다란 유리창과 수많은 성냥갑을 보고 느낀 놀라움과 감탄, 더 나아가 "더욱 하례할 것은 상공업의 발달"[23]이라 한 『무정』의 전망을 풍자적으로 계승하는 듯하다. 다시 말해 혼마치를 어슬렁거리는 일은 미쓰코시 백화점에서 단지 "색다른 옷을 입은 인종"[24]만을 발견하는 일을 넘어서는 식민지 문학의 복잡성을 암시한다.

'혼부라'는 1915년에 처음 나타난[25] 동경 긴자銀座의 '긴부라銀ぶら'를 그 기원으로 한다. 이광수에 의하면 "'긴부라'라는 것은 은좌銀座를 헤맨다는 뜻"으로서, 동경 주민은 백화점, 음식점, 카페, 댄스홀 등이 집중된 "은좌에 나오는 것을 큰 행락行樂"[26]으로 여겼다. 춘원은 "긴자의 네온사인"을 『파우스트』에 나오는 "요귀의 불빛"[27]에 비유한 바도 있거니와, 파우스트의 "개발자"[28]적인 면을 생각할 때 이 비유는 적절하다. 즉 '긴부라'는 긴자의 다양한 상업 시설에서 발생한 도시의 풍속이다. 그것은 일

21　채만식, 「치숙」, 『채만식전집』 7, 창작과비평사, 1989, 262~263쪽.
22　위의 글, 272쪽.
23　김철 교주, 『바로잡은 무정』, 문학동네, 2003, 720쪽.
24　김동인, 「논개의 환생」, 『김동인전집』 3, 조선일보사, 1988, 146쪽.
25　磯田光一, 『鹿鳴館の系譜』, 文藝春秋, 1984(2쇄), 231쪽.
26　이광수, 「동경 구경기」, 『이광수 전집』 18, 삼중당, 1962, 292쪽.
27　이광수, 「유정」, 『이광수 전집』 8, 삼중당, 1962, 56쪽.
28　마샬 버먼, 윤호병 외역, 『현대성의 경험』, 현대미학사, 1998(개정판), 74쪽.

본의 근대 산업과 자본주의 시장 체계를 표현한다. 이상李箱이 "은좌는 한 개 그냥 허영독본虛榮讀本"이라고 쓴 것은 이에 대한 반응이다. 그는 "은좌팔정목銀座八丁目"을 걷는 "적염난발赤染亂髮의 모던 영양令孃"의 "건조무미한 프로므나드"를 관찰하며 "여자들이 새 구두를 사면 자동차를 타기 전에 먼저 은좌의 포도를 디디고 와야 한다"[29]고 말했다.

그런데 긴자는 제국 시민들의 거리였을 뿐 아니라 식민지인들의 거리이기도 했다. 박태원은 "역시 좁은 서울이었다. 동경이면, 이러한 때 구보는 우선 은좌로라도 갈 께다"[30]라고 썼다. 미사꼬와 함께 긴자에 간 「반년간」(1933)의 철수는 "백화점을 들르고 귀금속장의 진열장을 기웃거리고 그리고 끽다점에서 끽다점으로 자리를 옮겨 반나절"[31]을 돌아다녔다. 바로 이 긴자에서 『유정』(1933)의 "에로 교장" 최석은 "오백 원짜리부터" 있는 "야마하 피아노" 대신 "순임의 비위"에 맞는 "일천칠백 원짜리"[32] 피아노를 샀다. "말이 동경이지 '신구찌'에서도 성선省線으로 한 시간이나 나가는 촌"인 "구니다찌國立 고등음악학원"에 재학 중인 『별은 창마다』(1942)의 정은은 "도심지대가 늘 고향보다도 그리웠"[33]다. 따라서 그녀는 "마쓰야松屋에서 컷글라스 전람회가 개최 중"이라는 것을 알고는 "하학하기가 바쁘게 점심도 먹지 않고 은좌로"[34] 갔다. 그녀는 거기서 "단골 커피집 코롬방"[35]의 커피와 샌드위치를 먹었다. 그리고 독일 오

---

29 이상, 「동경」, 『문장』, 1939.5, 142쪽.
30 박태원, 「소설가 구보 씨의 일일」, 『소설가 구보 씨의 일일』, 문장사, 1938, 272쪽.
31 박태원, 「반년간」, 『윤초시의 상경』, 깊은샘, 1991, 356쪽.
32 이광수, 앞의 글, 32쪽.
33 이태준, 『별은 창마다』, 깊은샘, 2000, 9쪽.
34 위의 책, 13쪽.
35 위의 책, 145쪽.

토사의 '하꾸라이舶來' 피아노를 "이천 육백 원"[36]에 샀다. 정임은 윤씨 및 익현과 "긴부라로 한 시간을 보낸 뒤에 윤씨의 한턱으로 스끼야끼 집"[37] 에서 식사도 했다. 숙희(『그 여자의 일생』, 1934~1935)는 금봉과 함께 긴자에서 "샌드위치를 만든다고 빵과 햄도 사고, 오빠가 좋아하는 것이라고 코코아도 한 통 샀다".[38] 다음은 그 긴자 산보의 한 장면이다.

> 은좌로 와 사변 뉴스를 구경하고 나서니 짧은 겨울 해는 어느덧 빛을 감추었다. 부러, 하영을 처음 보던 시세이도資生堂 식당으로 왔다. 앉지는 않고 샌드위치 이인 분을 싸 달래 들고 나왔다. 조금 더 걸어 센비끼야千疋屋[39]에서 실과를 사 들고 나오는 거리는 아주 어두웠다. 정은은 오히려 늦을 것을 걱정하고 택시를 몰았다.[40]

요컨대 이상의 비판적 관찰에도 불구하고 "허영독본"의 긴자는 "조선 여성에게도 그리운 마음의 고향"[41]일 수 있었다. 동경에 간 시영(『화상보』, 1939~1940)에게 영옥은 "우리 은좌부터 가요"라고 제안한다. 그들은 긴자에서 "백화점으로 찻집으로 그릴로 돈 후에 유락정有樂町으로 들어서서 거대한 극장들"을 구경한다. 이렇게 보았을 때 "동경 떠난 지 얼마 안 되는데 벌써 거기가 그리운데요"[42]라고 한 유훈재

---

36 위의 책, 23쪽.
37 위의 책, 41쪽.
38 이광수, 「그 여자의 일생」, 『이광수 전집』 7, 삼중당, 1962, 88쪽.
39 과일이나 케이크 등을 파는 가게. 1834년에 개업해 현재에도 영업 중임.
40 이태준, 앞의 책, 203쪽.
41 유진오, 「화상보」, 『신문연재소설전집』 3, 깊은샘, 1999, 324쪽. 원래는 『동아일보』에서 1939년 12월 8일부터 1940년 5월 3일까지 연재한 것이다.
42 이태준, 『딸 삼형제』, 깊은샘, 2001, 136쪽,

의 말은 의미심장하다. 그에 의하면 현대인의 향수는 '자연애'가 아니라 '문명애'다. 번화가의 상품은 "근대적 노스텔지어"[43]를 자극했다. 이는 「날개」의 주인공이 "메뉴에 적힌" 음식 이름에 "어렸을 때 동무들의 이름과 비슷한 데"[44]가 있다고 느꼈던 일을 상기시킨다. 이상이 동경의 "표피적인 서구적 악취"[45]에 실망했음에도 불구하고 "셈비끼야의 메롱"을 그리워하지 않을 수 없었던 것은 그 때문이다.

따라서 '셈비끼야'가 경성 혼마치에서도 영업을 개시함으로써 "본정 셈비끼야서 열한 점에 만나자!"[46]는 약속을 발생시킨 것은 상징적이다. 혼마치는 긴자를 수입했으며 '혼부라'로 '긴부라'를 흉내냈다. 식민지 사회는 자본주의 세계 질서 속에 일본의 한 지방 시장으로서 미끄러져 들어가고 있었다. 쌍꺼풀 만드는 도구인 "아이혼 미안기美眼器"의 광고(『여성』, 1939.11)가 내세운 것은 이것을 "내지의 상류부인"과 "영화 스타"가 "애용"한다는 사실이다. 『재생』(1924~1925)의 '사이상'은 성형수술에 대해 알리며, "일본서는 지금 돈 많은 늙은이들이 꽤들 많이 그 수술을 받는다"[47]고 강조했다. 한편 "인천 마루 김金 미두 취인중매점"의 점원이 된 신봉구가 오전 장이 끝나기 전에 쌀을 매각함으로써 수만 원의 손해를 피할 수 있었던 것은 오사카 취인점의 전보 통신문을 보았기 때문이었다. 거기에는 "독일은 프랑스에 대한 배상 지불을 거절하는 결의를 하였다. 영국은 독일의 이번 결의에 대하여 동정하는 태도를 가지리

---

43 김철, 「프롤레타리아 소설과 노스텔지어의 시공時空」, 『한국문학연구』 30집, 2006.6, 53쪽.
44 이상, 「날개」, 『조광』, 1936.9, 210쪽.
45 이상, 「사신 (7)」, 『이상문학전집』 3, 문학사상사, 1993, 234쪽.
46 채만식, 「아름다운 새벽」, 『채만식전집』 4, 창작사, 1987, 46쪽.
47 이광수, 「재생」, 『이광수 전집』 2, 삼중당, 1962, 43쪽.

라"[48]고 씌어 있었다. 이러한 상황은 식민지의 역사적 사회적 위치를 폭넓게 암시한다. 곧 와지로今和次郎와 요시다 겐키치吉田謙吉의 '고현학考現學'을 따르고자 한 박태원에게 "가구라자까"와 "본정통"은 다른 곳이자 같은 곳이었다. 그는 다음과 같이 썼다.

> 두 사람은 전찻길을 건너, 가구라자까神樂坂의 이마 치받히는 고개를 올라갔다. 서울의 본정통本町通을 높게 고개지게 만들어 놓을 때, 그것은 응당이 '가구라자까'를 방불케 하리라.[49]

2. 시장으로서의 일본

그렇다면 '혼부라'와 '긴부라'의 양상은 한국 근대문학과 관련된 일본의 의미를 더욱 생생하고 폭 넓게 통찰하게 하는 계기로 활용될 수 있을 터이다. 물론 일본은 식민 지배를 수행하는 제국주의적 국가였다. 그것은 식민지에 군대를 주둔시키고 총독부를 설치했을 뿐만 아니라 법률을 선포하고 경찰을 운용했다. 강 엘리자베트가 남작을 상대로 "정조 유린에 대한 배상 및 위자료"[50] 청구 소송을 "경성 지방법원"에 제기한 것, 그리고 「검사국대합실」(1925)의 이경옥이 "밀매음"[51] 사건으로 검사국을 드나들었

48　위의 글, 131쪽.
49　박태원, 앞의 글, 327쪽.
50　김동인, 「약한 자의 슬픔」, 『창조』 2, 1919.3, 6쪽.

던 것은 식민지에 일본 국가의 법률이 작용하고 있음을 웅변한다.

그 법적 체계에 근거해 『삼대』(1931)의 사건은 "고등계"와 "사법계"[52]의 법적 범주 하에 수사되고 판단되었으며, 덕기는 할아버지로부터 재산을 상속받았다. 아이를 낳은 금봉은 자기 자식이 아닐지도 모른다고 의심하는 김광진에게 "열흘 안에 출생 신고를 아니 하면 벌을 받는다"[53]고 압박했다. "남편이 첩을 하나 얻었기루니 그걸루 이혼을 헌다는 게 대전통편에두 없는 말"[54]이라고 주장하는 허영 어머니의 말은 더 이상 설득력이 없었다. 결국 허영은 "경성부청 대서소"에서 "이혼계 용지"를 얻어 "뭉투룩한 붓으로 저와 순옥과의 성명 생년월일 등"[55]을 쓴 후 "혼인신고와 출생신고"[56]를 한꺼번에 하러 온 백암 조원구를 증인 삼아 순옥과 이혼할 수밖에 없었다.

스토아 철학자처럼 스스로 숨을 쉬지 않아 자살한 강 선생의 시체는 화장에 앞서 "검사의 임검"[57]을 받아야 했으며, 김 장로에게는 딸 문임의 시체를 확인하라는 "경찰의 기별"[58]이 왔다. 귀족이자 경성제대 출신인 김갑진을 제치고 "상놈"이자 "사립학교 부스러기"[59] 출신인 『흙』(1932~1933)의 허숭이 일본의 고등문관 시험에 합격한 일 역시 일본 국가의 법을 기반으로 한다. "한 사람의 죄에 일문一門을 함몰하고 삼족까지 멸하는 혹독한 법을 쓰던 세월"[60](이해조, 「원앙도」, 1911)을 몰아낸 이 근대적인 법률과 행

51 염상섭, 「검사국대합실」, 『염상섭전집』 9, 민음사, 1987, 221쪽.
52 염상섭, 「삼대」, 『염상섭전집』 4, 민음사, 1987, 378쪽.
53 이광수, 「그 여자의 일생」, 『이광수 전집』 7, 삼중당, 1962, 313쪽.
54 이광수, 「사랑」, 『이광수 전집』 10, 삼중당, 1962, 385쪽.
55 위의 글, 390쪽.
56 위의 글, 392쪽.
57 이광수, 「애욕의 피안」, 『이광수 전집』, 8 삼중당, 1962, 370쪽.
58 위의 글, 370쪽.
59 이광수, 『흙』, 문학과지성사, 2005, 24쪽.
60 이경훈, 『한국근대문학풍속사전』, 태학사, 2006, 193쪽.

정 체계를 내세우며 일제는 국제사회에 조선에 대한 식민 통치를 미화하기도 했다. 『태평천하』(1938)의 윤직원은 자신의 삶으로써 "지금 같이 법률이 밝은 시대"[61](최찬식, 「삼강문」, 1918)를 긍정한 대표적인 인물이다. 그는 다음과 같이 말했다.

> 화적패가 있너냐아? 부랑당 같은 수령守令들이 있너냐? …… 재산이 있대야 도 적놈의 것이요, 목숨은 파리 목숨 같던 말세末世년 다 자내가고오…… 자 부아라, 거리거리 순사요, 골골마다 공명헌 정사政事, 오죽이나 좋은 세상이여…… 남은 수십만 명 동병動兵을 히여서, 우리 조선놈 보호히여 주니. 오죽이나 고마운 세상이여? 으응?…… 제것 지니고 앉아서 편안허게 살 태평세상, 이걸 태평천하라구 허는 것이여 태평천하![62]

그러나 위와 같은 확신에도 불구하고 김동인의 「태형笞刑」(1922~1923)은 식민 통치에 대한 윤직원의 평가를 회의하게 하는 사실을 제시했다. 3·1운동 후의 감옥을 묘사한 이 작품은 1919년에 이르기까지 조선에서 '태형'이 시행되고 있음을 지적했다. "벤삼이라 하는 사람이 나서 옥을 짓는 법과 죄인 두는 법을 개량"했음을 알리며 "우리나라도 급히 옥을 개량"[63]하자고 했던 식민지인들의 의지에도 불구하고, 일본의 국가이성은 "태형이 옛 조선의 관습이라고 주장하면서 그 사용을 계속 정당화"[64]했다. 김동인은 다음 장면으로써 식민지인에 대한 법적인 차별과 불평등한 대우를 증언한 것이다.

---

61 위의 책, 195쪽.
62 채만식, 「태평천하」, 『채만식전집』 3, 창작사, 1987, 191쪽.
63 구연학, 「설중매」, 『한국신소설전집』 6, 을유문화사, 1968, 32쪽.
64 Alexis Dudden, *Japan's Colonization of Korea*, University of Hawaii Press, 2005, p.116.

　　"히도츠(하나), 후다츠(둘)."

　　간수의 헤어 나가는 것과 함께.

　　"아이구 죽겠다. 아이구 아이구."

　　부르짖는 소리가 우리의 마비된 귀를 찔렀다. 우리는, 더위를 잊고 모두 머리를 들었다. 우리의 몸은 한결같이 떨렸다. 그것은 태 맞는 사람의 부르짖음이었다.[65]

　　그런데『혈의 누』와『추월색』은 물론『무정』,「만세전」,『그 여자의 일생』 등의 여러 작품에서 그 문학적 사례를 발견할 수 있듯이, 일본은 법률과 행정을 수행한 국가였던 동시에 근대 문명과 지식 습득을 위한 유학의 장소이기도 했다. "육첩방六疊房은 남의 나라"이자 "대학 노트를 끼고 늙은 교수의 강의"[66]를 듣는 곳이었다. 임화의 표현을 빌리면 동경은 "예술, 학문, 움직일 수 없는 진리" 및 "그의 꿈꾸는 사상이 높다랗게 굽이치는"[67] 곳이었다.『개척자』(1917)의 성순이 성재를 일컬어 "귀국한 지 칠 년이나 되도록 여전히 '동경 오빠'"라고 부르는 것은 그 때문이다. 이는 언젠가 자신도 일본에 유학하려 하는 성순의 욕망과 동경憧憬을 표현한다. 그리고 그로써 이른바 '동경유학생'을 존경하게 한 시대정신과 더불어 문명개화의 구체적 계기이자 역사적 장場으로 기능했던 일본의 의미를 환기한다. 이는 입학시험 준비를 하던『딸 삼형제』(1939)의 정매가 "선생에게서 동경으로 가라는 권고"를 받는 일과도 관련된다. 이는 동경이 그야말로 학문, 진리, 사상이 "굽이치는" 장소로 기대되고 신뢰되었음을 암시한다. 결혼한 적이 있다는 사실이 학교 입학에 걸림돌이 되는

65　김동인,「태형」,『김동인전집』1, 조선일보사, 1987, 224쪽.

66　윤동주,「쉽게 씌어진 시」,『하늘과 바람과 별과 시』, 연세대 출판부, 2004, 58쪽.

67　임화,「해협의 로맨티시즘」,『현해탄』, 동광당서점, 1939, 141쪽.

식민지의 인습에 부딪친 정매는 "동경이면 호적등본 이상으로 결혼 여부를 추궁하지 않을 것"[68]이라고 생각했기 때문이다. 성순이 "아마 죽는 날까지 '동경 오빠'라고 부를 것"[69]이라고 예측한 『개척자』 화자의 판단은 이러한 맥락에서 이루어진 것이다. 따라서 "모든 것을 배워 모든 것을 익혀" "슬픈 고향의 한 밤"에 "홰보다도 밝게 타는 별이 되리라"[70]고 다짐했던 이 "동경 오빠"가 다음과 같이 말하는 것은 당연할지도 모른다.

> 첫 번 航路에 담배를 배우고,
>
> 둘째 번 航路에 戀愛를 배우고,
>
> 그 다음 航路에 돈 맛을 익힌 것은,
>
> 하나도 우리 靑年이 아니었다.[71]

이광수의 "동경 오빠"가 그러했듯이, 임화의 "우리 청년" 역시 동경 우에노上野 공원에서 정임에게 "접문례接吻禮"를 요구했던 "하이칼라적 소년"[72] 강한영과는 다르며, 달라야 한다. 그 점에서 위의 시는 "허영심으로 발동하여 재산만 공비空費하고 방탕한 행색만 시示하니 금일 일본 유학생 타매唾罵 불신용의 성聲도 다 차此 유학생의 행동에서 출出"[73]한다고 한 불만과 상통하는 태도를 지닌다. 예컨대 『그 여자의 일생』의 "연애 반대자" 최형식은 "지금 구라파 서부 전선에서는 하루에도 몇 만 명 사람

---

68 이태준, 앞의 책, 67쪽.

69 이광수, 「개척자」, 『이광수 전집』 1, 삼중당, 1962, 327쪽.

70 임화, 앞의 글, 142쪽.

71 임화, 「현해탄」, 『현해탄』, 동광당서점, 1939, 217쪽.

72 최찬식, 「추월색」, 『한국신소설전집』 4, 을유문화사, 1968, 13쪽.

73 「일본유학생사」, 『학지광』 6호, 1915.7, 16쪽.

이 각각 조국을 위해서 피를 흘리고 있는데 연애가 무슨 주리를 할 연애야?"[74]라고 빈정거렸다. 그는 『로미오와 줄리엣』을 평가해, "줄리엣인가 달리엣인가 하는 방정맞고 음탕한 계집년이 배척지근한 사랑으로 죽네 사네 하는 것"[75]이라 했다.

그러나 또 한 가지 지적할 것은 이러한 비판이야말로 재산을 낭비하며 방탕한 행동을 한 것이 "동경 오빠"와 "우리 청년"이었음을 암시한다는 사실이다. 카페 여급 시즈코靜子와 만났으며 P子에게 "키스를 하려"[76] 했던 「만세전」(1924)의 이인화처럼 "청년" 유학생들은 현해탄을 넘나들며 지식과 함께 "담배"와 "연애"와 "돈 맛"을 배우고學 익혔다習. 사실 최형식과는 정반대로 "문영이라는 문학청년"이 보기에는 "인생이 전체로 연애만을 위하여서 된 것 같았다".[77] 임화에게 현해탄이 "몬푸랑보다 더 높은 파도"[78]였다면, 정지용에게 "항해는 정히 연애처럼 비등沸騰"[79]하는 것이었다. 따라서 정지용이 다음과 같이 쓴 것은 임화의 시 구절 못지 않게 당연하다.

　　수물 한 살 적 첫 航路에
　　戀愛보담 담배를 먼저 배웠다.[80]

　정지용은 "나의 청춘은 나의 조국"이라고 규정하기도 했거니와, 이는

74　이광수, 「그 여자의 일생」, 『이광수 전집』 7, 삼중당, 1962, 152쪽.
75　위의 글, 158쪽.
76　염상섭, 「만세전」, 『염상섭전집』 1, 민음사, 1987, 20쪽.
77　이광수, 앞의 글, 152쪽.
78　임화, 앞의 글, 216쪽.
79　정지용, 「해협」, 『정지용전집』 1, 민음사, 1988, 98쪽.
80　정지용, 「다시 해협」, 위의 책, 115쪽.

“이국종異國種 강아지”에게나 “나는 나라도 집도 없단다”[81]라고 말걸 수 있었던 「카페 프랑스」(1926)의 장면을 떠오르게 한다. 정지용의 화자가 “불같은 술을 꿀꺽, 다 비워버려도 허전하군火のような酒を ぐうっと, 飲みほしても ひもじいぞ”[82]이라고 일본어로 푸념했던 곳은 이 “카페 프랑스”였을지도 모른다. 실로 동경의 바 NOVA에 간 이상은 “시인 지용이어! 이상은 물론 자작의 아들도 아무 것도 아니겠습니다그려!”[83]라고 하며 「카페 프랑스」의 구절을 인용했다. 한편 주영섭은 다음과 같이 ‘바 노바’를 노래했다.

실경우에몽커섯는 술병 世界選手들
마음에맞는 술병을골라
‘찬봉’을마시고
베레―氏
루바―슈카君
마르세에유를부르고
아리랑을노래하자.

재주꾼인 마스터가
와인그라―스에비라미트를쌋는다
갖들어온 ‘체리꼬’가
헛드리는아브상에 파― 란불이붓는다
샴팡병과나무걸상

81　정지용, 「카페 프랑스」, 위의 책, 16쪽.
82　정지용, 「酒場の夕日」, 위의 책, 198쪽.
83　이상, 「실화」, 『문장』, 1939.3, 62쪽.

배 — 커스와 비너스의 肯像,

獨逸말하는 大學生이여

윌카마시는 詩人이여

잠자쿠잇는 '고루뎅' 바지여

제각기 色다른 술을 붓고

다가치 祝杯를 들쟈![84]

따라서 「카페 프랑스」의 화자는 동경의 "혼고本鄉 빠아"에서 "백주회百酒會"를 열어 "하룻밤에 정종正宗, 다까라 왜소주, 각종 맥주, 황주黃酒, 배갈, 오가피주, 벨모트, 리큐르, 차츰 진, 위스키, 부란디, 워카 등등에 미쳐 백 가지 술을 모조리 한 잔씩"[85] 먹었던 양주동과 염상섭도 상기시킨다. 이렇게 음주로 돈을 탕진한 그들은 "공복을 덜 촉진"하기 위해 "동즉손動則損"[86]이라 벽에 써 붙이고 "부동의 자세로 온종일 앙와仰臥"하고 있기도 했다.

이때 중요한 것은 정지용의 화자가 그의 "조국"에 해당하는 "청춘"의 한 장소로 "카페 프랑스"를 택할 수 있었다는 점이다. 윤동주의 화자는 "육첩방은 남의 나라"라고 느끼는 식민지인이자 "대학 노트"를 손에 든 학생이었다. 하지만 그가 "늙은 교수의 강의"를 듣기 위해서는 "보내주신 학비 봉투"가 필요했다. 그는 "학비 봉투"로 "강의"를 교환했다. 그리고 이와 유사하게 정지용의 화자는 "카페 프랑스"의 "대리석 테이블"을 차지할 수 있었으며, 주영섭의 화자는 "마음에 맞는 술병"을 고를 수 있

---

84 주영섭, 「바 — 노 — 바」, 『탐구』, 1936.5, 68~69쪽. 이 시는 「주엽섭의 '바 — 노 — 바'를 소개함」(『문학사상』, 2011.6)에서 권영민이 처음 소개했다.
85 양주동, 『문주반생기』, 신태양사, 1962(재판), 73쪽.
86 위의 책, 74쪽.

었다. 나라도 집도 없을 뿐더러 "자작의 아들도 아무 것도" 아니었음에도 불구하고 그들에게는 돈이 있었기 때문이다. 이는 그들의 또 다른 위치를 지시한다. 그들은 식민지인이고 학생이었지만, 그와 동시에 근대사회의 소비자였다. 일본은 국가와 학교일 뿐 아니라 시장이기도 했다. 그곳에서 김동인은 "아사쿠사淺草 영화관에서 채플린에게 허리를 끊기며 혹은 하리 힛취에게 박수를 보내며, 그리고 돌아올 때는 나까미세 뒤에서 십 전짜리 텐동"[87]을 먹었다. 「반년간」의 준호는 신주쿠新宿의 '무사시노좌武藏野座'에서 "만화 토키 영화 〈미키마우스의 모험〉"을 보거나 "삼성당三省堂 못 미쳐 스다쬬 식당須田町食堂"[88]에서 "사오 종류의 음식"을 먹었다. 이는 춘원이 묘사한 다음 장면의 진정한 의미와도 관련된다.

> 오바상은 아무리 만류하여도 듣지 아니하고 밤새도록 내 머리맡에 지켜 앉아서 나를 간호하였다. 어렴풋이 잠이 들었다가 번쩍 눈을 뜨면 오바상은 여전히 그 가는 눈을 깜짝깜짝하며 머리맡에 앉았다가 시계를 들어 보이며,
> "오메상, 두 시간은 잤당이" 하고 기쁜 듯이 빙그레 웃는다. 그 순박한 인정이 어떻게 고마운지 몰랐다. 자기는 돈을 받고 밥을 지어주고 나는 돈을 주고 밥을 사 먹을 뿐이다. 그러하건마는 사람과 사람이 오래 접하면 금전관계나 이해 문제로 설명할 수 없는 인정이라는 것이 생기는 것이다.[89]

병든 주인공을 보살피는 하숙집 노파의 간호에 대해 화자는 "금전관계나 이해 문제로 설명할 수 없는 인정"을 논한다. 그러나 그럼에도 불구

---

87 김윤식, 『김동인연구』, 민음사, 2000, 58쪽에서 재인용함.
88 박태원, 「반년간」, 『윤초시의 상경』, 깊은샘, 1991, 303쪽.
89 이광수, 「혈서」, 『조선문단』 창간호, 1924.10, 20쪽.

하고 이는 "자기는 돈을 받고 밥을 지어주고 나는 돈을 주고 밥을 사먹을 뿐"인 금전 관계를 전제로 한 것이다. 다시 말해 일본어를 읽고 쓸 줄 모를 뿐만 아니라 그 말투를 함경도 사투리로 번역해야 할 만큼 시골 출신인 일본인 노파와 식민지 출신의 조선인 대학생을 한 장소에서 만날 수 있게 한 것은 하숙을 운용하는 근대 사회의 시장이다.[90] 시장의 매개 없이 이 두 사람이 상호 관계할 가능성은 거의 없었다. 따라서 이 인정스런 하숙집 노파와는 반대로 최서해가 찾아간 목욕탕의 노파가 "'조선인은 일이가 오부소쟈' 하고 아내의 앞에 막아서서 목욕하는 걸 거절"[91]하거나 창길이가 조선인이라는 이유로 하숙집에서 쫓겨나는 일은 자본주의적 질서의 확산과 더불어 결국은 소멸되고야 말 개별적이고 우연적인 사건에 불과하다. 『별은 창마다』의 정임이 긴자의 상점에서 독일제 피아노를 샀듯이, 『흙』의 선희가 "새로 사온 일본 칼"[92]로 무를 썰다 손을 베었듯이, 조선인들은 일본인이 경영하는 목욕탕과 하숙집의 손님임을 논리적이고 합법적으로 주장할 수 있었다. 조선인들은 일본 상점과 일본 상품의 고객이자 소비자였다. 금봉의 아버지 정규는 아사히朝日 담배[93]를 피웠으며, 구보는 "음료 칼피스"가 "외설猥褻한 색채"[94]를 지녔다고 생각했다. 1918년에조차 삼남지방의 "맥주와 일본주의 유행"은 놀라울 정도였다. 춘원은 "촌사람들이라도 술이라 하면 의례히 '삐루'나 '마사무네正宗'를 찾는다"[95]고 말했다. 강화도의 평화여관에서는 박태원의 주

---

90 이에 대해서는 이 책의 「하숙방과 행랑방」을 참고할 것.
91 최서해, 「이중」, 『최서해전집』(상), 문학과지성사, 1987, 368쪽.
92 이광수, 『흙』, 문학과지성사, 2005, 580쪽.
93 이광수, 「그 여자의 일생」, 『이광수 전집』 7, 삼중당, 1962, 39쪽.
94 박태원, 「소설가 구보 씨의 일일」, 『소설가 구보 씨의 일일』, 문장사, 1938, 253쪽.
95 이광수, 「남유잡감」, 『이광수 전집』 18, 삼중당, 1962, 222쪽.

인공에게 일본주 '월계관月桂冠'을 내놓았다.[96] 일본 상품은 조선인을 거부하기는커녕 조선인에게 계속 스며들고 있었다.

따라서 "금전관계나 이해 문제로 설명할 수 없는 인정"과 마찬가지로 하숙과 목욕탕에서 조선인을 거절하는 일은 민족과 상관없이 무차별적으로 적용될 시장적 질서의 궁극적 승리를 오히려 예측케 한다. 이를 배경으로 손명규는 "상해에다 무슨 사업을 하나" 벌여 "조선 물산 갖다 팔고 중국 물산 조선으로 사 보내"[97]려 계획했으며, 더 나아가 "남양"과 "오스트레일리아"[98]까지 가려 했다. 이와 비슷하게 박 진사의 손자는 "만주 좁쌀 장사"를 하려 했지만 그를 위해 "동척東拓과 식은殖銀에 저당하였던 토지"[99]가 경매되는 바람에 소작인 삼봉이 가족은 모든 것을 잃고 서간도로 떠나게 되었다. 『개척자』의 성재는 채무를 갚지 못해 집을 차압당했다. 창길이가 자신이 조선 사람이라는 점뿐만 아니라 직장인이 아니라는 점에 대해서도 다음과 같이 걱정하지 않을 수 없었던 것은 이러한 사례들로 표현된 시장의 위력과 비정함 때문이다.

이렇게 호들갑스럽게 환영을 하다가 조선 사람이라는 말을 듣고 금시로 태도가 변하거나 하여 피차에 열 적게 되지나 않을까 하는 염려가 앞을 서는 것이었다. 그러나 자 편이 묻기도 전에 자기가 조선 사람이라는 것과 이렇게 신사 양복은 입었을망정 은행 회사 같은 데 다니는 사람도 아니라는 말을 제풀에 꺼낼 수는 없었다.[100]

---

96 박태원, 「여관주인과 여배우」, 『이상의 비련』, 깊은샘, 1991, 148쪽.
97 이광수, 「그 여자의 일생」, 『이광수 전집』 7, 삼중당, 1962, 237쪽.
98 위의 글, 256쪽.
99 이광수, 「삼봉이네 집」, 『이광수 전집』 2, 삼중당, 1962, 407쪽.
100 염상섭, 「숙박기」, 『염상섭전집』 9, 민음사, 1987, 305쪽.

그렇다면 이는 "나는 학생으로부터 무엇이 되어 돌아갈 것인가?"[101]
라는 임화의 질문에 대한 한 가지 답을 암시한다. 강한영이나 정임처럼
창길 역시 근대적 소비자로 호출되고 훈육되었다. 이제 그는 윤직원처럼
"난찌lunch란 건 또 무어다냐"[102]라고 묻는 대신, "라이스 카레"가 "한 접
시에 오십 전"[103]이라고 자문자답하며 십사금 만년필을 "사십 전"[104]에
산 것을 자랑할 것이다.[105] 그는 "자기 대 준호, 대 황인식의 우정에는
'십 원어치'가 있는 듯 싶었다"[106]고 하며 우정을 계산하거나 K양에 대
한 애정의 경쟁자들을 물리치기 위해 "제일류로 꼽는 S 양화점"에서 "흰
구두"[107](김동인, 「구두」, 1930)를 맞출 터이다. 더 나아가 그가 "연애사
탕"(초콜릿)[108]을 소비하며 "파라마운트 회사 상표처럼 생긴 도회 소
녀"[109]와 "돈 드는 로맨티시즘"[110]에 빠져들 때, 테이블에 놓인 "따로따
로 분석할 수 없는 정신상의 칵텔"(혼합주)[111]에서는 "연애"와 "동지에 대
한 우정"의 향기뿐 아니라 시장의 맛도 진하게 날 터이다. 그 근대 시장
에서 준호는 일본 아이들의 "모멸 가득한 눈초리"[112]에도 불구하고 "꺼

---

101 임화, 「해상에서」, 앞의 책, 153쪽.
102 채만식, 앞의 글, 180쪽.
103 박태원, 「피로」, 『소설가 구보 씨의 일일』, 문장사, 1938, 72쪽.
104 박태원, 『천변풍경』, 박문서관, 1938, 255쪽.
105 이에 대해서는, 이경훈, 「요보・모보・구보」(『일제의 식민 지배와 일상생활』, 혜안, 2004,
   189~231쪽)을 참고할 것. 이 글의 전반부는 「식민지의 트라데말크」라는 제목으로 『오빠
   의 탄생』(문학과지성사, 2003)에 수록되었다.
106 박태원, 「반년간」, 『윤초시의 상경』, 깊은샘, 1991, 355쪽.
107 김동인, 「구두」, 『김동인전집』 2, 조선일보사, 1988, 117쪽.
108 이기영, 『고향』(상), 한성도서주식회사, 1939(6판), 137쪽.
109 이상, 「산촌여정」, 『이상문학전집』 3, 문학사상사, 1993, 106쪽.
110 유진오, 「화상보」, 『신문연재소설전집』 3, 깊은샘, 1999, 281쪽.
111 심훈, 앞의 글, 263쪽.
112 박태원, 앞의 글, 267쪽.

림 없이 조선말을 사용"하며 야끼도리와 술을 먹었던 것이다.

요컨대 식민지인들은 소비자가 되어 돌아갔다. 시장 이외의 곳으로 돌아갈 수 없었다는 점에서 그들의 고향은 시장이었다. 그들의 "노스텔지어"를 통해 근대는 식민지인에게도 설득되고 관철되었다. 비유컨대 "아이스커피에 현대 도시인은 벌써 중독이 되었다".[113] 따라서 조숙희와 준호가 "그까짓 포드를 타?"라고 하며 "좀더 싼 차를 좀더 고급 차를" 고른 것, 즉 다음과 같이 '황군黃君'의 위치를 규정한 것은 의미심장하다.

> 빈 차가 다섯 대나 지나도록 그대로 서 있던 조는 그러자 갑자기 준호를 돌아보고,
> "저기서 오는 게 황군 아니야?"
> "황군?"
> "어디?"
> "저기 저 잡화상 앞……"[114]

3. 아지노모토와 몸뻬

이렇게 보았을 때 「치숙」의 조카가 아주머니의 개가 상대로 미네상을 추천한 것은 심오한 역사성을 띤다. 그는 기쿠치 칸菊池寬이나 요시카와

---

113 안석영, 「盛夏風景」, 『안석영문선』, 관동출판사, 1984, 37쪽.
114 박태원, 앞의 글, 295쪽.

에이지吉川英治의 소설 및 "낑구キング"나 "쇼넹구라부少年俱樂部" 등의 잡지를 예찬한다. 그는 "망가가 많지요. 사진이 많지요. 그리고도 값은 좀 헐하나요. 15전이면 바로 고 전달치를 사볼 수 있고 보고 나서는 오전에 도로 파는데요"[115]라고 하며 일본 잡지 및 고서의 유통 체계를 높이 평가한다. 이는 소비자 대중의 탄생을 출판물로써 암시한다. 조카에게 민족이나 민족문학 같은 것은 아무 의미가 없다. 그는 "죄선 사람들은 잡지 하나를 해도 어찌 모두 그 꼬락서니로 해 놓는지"라고 불평한다. 그에게 조선 잡지는 일본 잡지에 비해 경쟁력이 크게 떨어지는 이류 상품에 불과하다. 춘원이 서술하듯이, 조선 문학은 문학 중에도 "가장 팔리기 어려운"[116] 것이었다. 당연히 조카는 "죄선 신문이나 죄선 잡지하구는 담 싸고 남"이 될 수밖에 없다. 실로 유진오는 『신동아』의 1935년 좌담회에서 다음과 같이 말한 바 있다.

> 이것은 문단에 한한 병폐만은 아니겠으나 요전에 어떤 중학생을 만나니까 조선 접지는 모두 못쓰겠다기에 그 이유를 물으니까, 자미가 없다고 합니다. 그래 자미 있는 잡지는 뭣이냐니까 『킹』이라고 하더군요.[117]

그렇다면 채만식의 소설적 의도와는 달리, 적어도 이 점에서 조카는 '어리석은 조카痴姪'가 아니다. 다만 그는 "째브러진 초가삼간에서도 길에 나올 때에는 불란서 파리나 뉴욕 만핫탄에서 부침하는 여성들의 옷을 걸치고 나와야만 하는"[118] '모던 걸'들의 파트너이자 "화장하고 작업 복

---

115 채만식, 「치숙」, 『채만식전집』 7, 창작과비평사, 1989, 270쪽.
116 이광수, 「애욕의 피안」, 『이광수 전집』 8, 삼중당, 1962, 166쪽.
117 유진오 외, 「조류에 대하여」, 『신동아』, 1935.9, 113쪽.

입고 공장으로 들어가는"[119] "영등포 방직공장" 여공들과 동류일 뿐이다. 그는 "서울 나마비루가 먹고 싶어서 여름이면 살이 내릴 지경"[120]인 「이런 처지」(1938)의 주인공을 깊이 이해할 것이다. 후자는 냉방장치를 갖춘 "보아 그랑"에서 다음과 같이 생맥주를 마신다.

> 자, 나마아비루가 왔군. 드세.
> 이놈이 맛도 좋지만, 이렇게 유리단지에다가 가득 부어서 앞에 놓고 볼라치면 빛깔이 또 여간 존 게 아니거든! 에에 거, 시원하고 좋다. 이 사람 유언이니, 나는 죽거들랑 나마아비루 탱크에다가 수장水葬을 해주게, 허허허허.[121]

"경성역에 척 내려서 아스팔트에 발을 디디면 무척 반갑고 얼마든지 그 위로 걸어보고 싶"다고 고백하는 위의 인물은 아마도 "저녁 먹고 나서 심심하기에 〈모나코〉로 해서 〈모로코〉에 갔다가 〈하와이〉로 양주나 한 잔 마실까 하고 가는 길"[122]이라고 말하는 경성 사람들을 부러워할 것이다. "경성에서 모나코는 죽첨정 안에 있고 하와이는 인사동에 있고 모로코는 멕시코와 함께 종로통 이정목에 있고 제네바와 성림聖林[123]은 명치정에 있으니 하룻밤에 열 번인들"[124] 돌 수 있기 때문이다. 「환시기」 (이상, 1938)의 '나'는 "빠 모로코"와 "멕시코"에서 "처녀가 아닌 대신 고리키 전집을 한 권도 빼놓지 않고 독파한" 순영을 만난 바 있거니와, 필

---

118 안석영, 「모던 걸」, 『안석영문선』, 관동출판사, 1984, 76쪽.
119 이광수, 「육장기」, 『이광수 전집』 6, 삼중당, 1962, 503쪽.
120 채만식, 「이런 처지」, 앞의 책, 307쪽.
121 위의 글, 316쪽.
122 이서구, 「신판 경성 지도」, 『중앙』, 1935.5, 113쪽.
123 할리우드Hollywood를 말함.
124 이서구, 앞의 글, 114쪽.

시 이 카페들에서는 "테불 우에 늘어놓는 국어와 국어와 국어와 국어의 전람회"[125]가 열리고 있었을 터이다. 이때 상점의 이름이 된 도시 명들과 더불어 「날개」의 주인공으로 하여금 "어렸을 때 동무들의 이름"들을 추억하게 한 메뉴판의 "국어"들은 오히려 세계를 "주권성sovereignty의 문제로부터 면제"[126]시키고 "식민성을 해소"[127]시킨다. 이제 식민지인들은 "사사로이 세계라는 무한에 접근한다는 가상을 소비"한다. 김기림이 다음과 같이 "여성"들을 비판한 것은 이 문제와 무관하지 않다.

> 여성은 그가 지닌 참말 가치 있는 것을 가지고 자신을 자랑하는 게 아니라, 기실은 '코티' 기타 모모 화장품 회사와 직조회사의 상품을 광고해 주는 '쇼윈도'요 '마네킨'의 일을 비싼 값을 치러가면서 해 주고 있다는 것을 본인도 모르고 있는 것이다.[128]

그렇다면 「치숙」의 조카가 보이는 자신감과 "명랑성"은 이 '코스모마켓cosmomarket'이 휘두르는 "식민─주권의 문제를 해소하는 힘"에서 기원한 것이다. 시장이라는 근대 무대에서 소비자들은 기꺼이 마네킹이 되었다. 쇼윈도는 그들의 스크린이었다. '홈부라'의 사회적 작용과 역사적 의미는 이와 무관하지 않다. '홈부라'와 관계되는 한 동경은 "기분? 기분이라는 말은 필시 조선말은 아니리라"[129]와 같이 반성되지 않았다. 비유컨대 '홈부라'는 발이 넓기보다는 "낯이 넓은顔が廣い"[130] 말이자 행위였

---

125 김기림, 「씨네마 풍경 호텔」, 『김기림전집』 1, 심설당, 1988, 83쪽.
126 김수림, 「제국과 유럽─삶의 장소, 초극의 장소」, 『상허학보』 23, 2008.6, 143쪽.
127 위의 글, 144쪽.
128 김기림, 「학생과 연애」, 『김기림전집』 6, 심설당, 1988, 78쪽.
129 이상, 「실화」, 『이상문학전집』 2, 문학사상사, 1991, 361쪽.

다. "모나코"와 "제네바"처럼 긴자는 경성 시내에도 있었다. '홈부라'는 국가나 민족을 말소하는 사회적 운동인 듯했다. 그 점에서 "유리단지"의 "나마비루"에 매혹되거나 "〈하와이〉로 양주나 한 잔 마실까 하고 가는" 일은 "남들은 국제연맹이니 군비축소니 무어니 하고 떠들지마는, 우리네야 술이나 먹지 무어 할 일 있나"[131]라고 한탄하며 "위스키"를 마시는 일과는 구분된다. 더 나아가 이는 "김치는 음식 중에 내셔널 스피리트(민족정신)"(『흙』)라고 한 이광수의 규정이나 "우리의 입에는 깍두기만치 맛있는 것을 못 보았다"고 주장하는 나혜석의 다음 장면과도 대비된다.

> 깍두기 고추장을 먹고서야 너는 정신이 반짝 나며, 감구미(甘口味)를 붙였다고 했지? 글쎄 내가, 그 궂은 새우젓에 맵디매운 고춧가루를 버무려 이 손으로 주물럭주물럭해서 네게 갖다가 준 나나, 또 그 고린내가 풀풀 나는 보기만 해도 눈물이 빠질 그렇게 빨간 깍두기를 먹으며 "참 맛도 좋소" 하는 너나 생각해 보면 우습다. 달콤하고 냄새도 좋은 오므라이스나 가기후라이(굴튀김)의 맛보다도 그 짜디짜고 맵디매운 깍두기 맛이 그다지 좋단 말이지? (…중략…) 그러면 너는 그 깍두기 맛으로 회생한 너로구나. 오냐, 너는 죽기 전에는 그 깍두기가 네 정신을 반짝하게 해주던 인상을 잊을래야 잊을 수가 없게 되었구나 왜? 참 남들이 맛있다는 스프나 빵보다도 우리의 입에는 깍두기만치 맛있는 것을 못 보았다. 그리고 라이스 카레나 미소(味噌)시루를 먹어도 깍두기를 마저 먹어야 속이 든든 해진다.[132]

깍두기를 만들어준 하숙집 노파에게 여학생은 "당신은 내 할머니요,

---

130 이광수, 「그 여자의 일생」, 『이광수 전집』 7, 삼중당, 1962, 151쪽.
131 이광수, 『흙』, 문학과지성사, 2005, 385쪽.
132 나혜석, 「회생한 손녀에게」, 『나혜석 전집』, 태학사, 2000, 109~100쪽.

내가 이번에 살아난 것이 전혀 할머니의 정성"이라고 고마워한다. 그리고 이 말을 들은 노파는 "정신이 황홀"해지며 아무 말도 못 할 정도로 감격한다. "네가 주는 할머니의 명칭을 나는 사절 아니 하고" 받겠다고 하는 노파에게 할머니라는 말은 일종의 "복음"[133]이었기 때문이다. 추측컨대 아마도 신분이 달랐던 조선 출신의 두 여성은 여학생의 질병 및 일본 땅에 "고린내"를 풍긴 깍두기를 매개로 서로를 "할머니"와 "손녀"로 부르는 하나의 '민족'으로 "회생"한 것이다. 그 점에서 노파는 『흙』의 유월과 동류다. 유월은 "어려서부터 상전으로 섬기는 정선을 아주머니라고 부르는 것"을 "큰 죄나 범하는 것"[134] 같이 생각하면서도 "영감마님"이나 "마님"이라는 말을 기쁘게 버렸다.[135] 물론 준걸이라면 "제 애비를 낳았단 말인가, 할멈이게"[136]라고 하며 여학생을 비판할지도 모른다.

이렇게 깍두기나 김치는 라이스 카레, 오므라이스, 미소시루, 가기후라이, 스프 등을 타자화하는 "맵디매운 고춧가루"와 더불어, 그리고 "이국사람들이 모여 사는" 아파트의 "이웃들에게 송구스러워 할 수 없이 항아리째 그대로 몰래 버려" 버리게 하는 "그 심한 냄새"[137]와 더불어 "우리의 입"을 탄생시켰다. 물론 이는 "요새 의학박사 양반이 고춧가루의 해독을 자꾸만 일러주는 판인데 앞으로의 김치는 그 방법에 일대 개혁을 베풀어 이 평양의 식을 따면"[138] 좋겠다는 "개조"의 의식과 짝을 이룰 것

---

133 위의 글, 108쪽.
134 이광수, 앞의 책, 608쪽.
135 이와 관련해서는 이경훈, 「『흙』, 민족과 국가의 경합」(『대합실의 추억』, 문학동네, 2007, 72~101쪽)과 「예배당·오누이·죄」(『대합실의 추억』, 문학동네, 2007, 237~259쪽)를 참고할 것.
136 이광수, 「애욕의 피안」, 『이광수 전집』 8 삼중당, 1962, 220쪽.
137 이효석, 「가을」, 『은빛 송어』, 해토, 2005, 82쪽.
138 이효석, 「유경식보」, 『이효석전집』 7, 창미사, 1990(2쇄), 230쪽.

이다. 또한 이는 다음과 같이 평양의 "야끼니꾸"를 조선의 불고기로 "보편화", 주체화하려는 논의로도 이어질 터이다.

> 중요한 음식의 하나가 야끼니꾸인데 고기를 즐기는 평양 사람의 기질을 그대로 반영시킨 음식인 듯합니다. 요리법이 가장 단순하고 따라서 맛도 담백합니다. 스끼야끼같이 연하지도 않거니와 갈비같이 고소하지도 않습니다. 소담한 까닭에 몇 근이고 간에 양을 사양하지 않는답니다. 평양 사람들은 대개 골격이 굵고 체질이 강장하고 부한 편이 많은데 행여나 야끼니꾸의 덕이 아닌가 혼자 생각에 추측하고 있습니다. 다만 야끼니꾸라는 이름이 초라하고 속되어서 늘 마음에 걸립니다. 적당한 명사로 고쳐서 보편화시키는 것이 이 고장 사람의 의무가 아닐까 합니다. 말이란 순수할수록 좋은 것이지 뒤섞고 범벅하고 옮겨온 것은 상스럽고 혼란한 느낌을 줄 뿐입니다.[139]

이효석은 "야끼니꾸라는 이름"을 비판하며 "말이란 순수할수록 좋은 것"이라고 주장한다. 이때 "야끼니꾸"를 "적당한 명사로" 고치는 일은 "김치는 음식 중에 내셔널 스피리트(민족정신)"라는 말이 함축하는 수입되고 번역된 민족의식에 필적한다. "민족정신"이 'national spirit'의 번역어이듯이, 적어도 위의 인용에서 불고기의 기원은 "やきにく"다. 이와 대비해 고구려 칼에 매혹된 「은은한 빛」(1940)의 호리堀 박물관장이 조선 음식에 대해 보이는 태도는 또 다른 문제를 제기한다. 그는 "고래의 것은 경멸하고 외래의 것에만 정신이 팔려 있는" 세태를 한탄한다. 그리고 "요즘에는 조선 음식도 점점 격이 떨어져서 말야, 어딜 가나 순수성을 잃고 있거든"이라 하며 경주와 경성에서 먹어본 "진짜 조선 음식"을 "아

---

139 위의 글, 230~231쪽.

끼고 보급시킬 방법"[140] 운운한다. 호리에게 "조선 음식"의 "순수성"은 일본의 한 지방성을 보이는 "고래의 것"으로서 박물관에 보존, 전시, 교육, 보급될 만한 것이다. 당연히 "외래의 것"은 일본 것이 아니라 '박래舶來'의 서양 것을 의미한다. 이 일제 말기의 입장은 "양키들에게 동화되지 않는 고지식한 성격은 어서 고향에 돌아가 온돌에 잠을 자고 고추장 덤뿍 놓은 상추쌈이 먹고 싶"[141]다는 식민지인의 토로로 화답된다.

그렇다면 조선인들의 민족적 미각과 모순되지 않는 듯한 이 "순수성" 보존론은 설렁탕집 "아이놈의 손톱 밑의 땟국과 눈꼽이 방금 아지노모토 대신을 하건 다 상관할 바 없"[142]다는 구절이 암시하는 바, 설렁탕을 "문명적 조미료"[143] 아지노모토味の素로 맛내는 일, 즉 조선이 일본의 지방 시장으로 포섭됨으로써 설렁탕 맛의 "순수성"을 잃는 일과 어떤 관련을 맺는 것일까. 이 점에서 『여인성장』의 다음 장면은 새롭게 주목된다.

아지노모도는 또 못 샀어! 이삼 일 있다가 다시 와보라는데?[144]

인용은 아지노모토가 조선의 가정 음식 조미료로서도 널리 활용되었음을 문학적으로 증명한다. 아지노모토에게 김치나 설렁탕은 조선의 민족음식도 일본의 지방음식도 아니다. 이 화학 조미료는 음식의 국적이나 민족성을 모른다. 그것은 오므라이스와 미소시루에도 흩뿌려질 수 있다. 그것은 민족과 국가, 제국과 식민지를 가리지 않고 감각되는 시장의 맛

---

140 이효석, 「은은한 빛」, 『은빛 송어』, 해토, 2005, 50쪽.
141 장덕조, 「파마넨트」, 『조광』, 1939.8, 320쪽.
142 채만식, 「금의 정열」, 『채만식전집』 3, 창작사, 1987, 213쪽.
143 『매일신보』(1920.2.26)의 광고 문구.
144 박태원, 『여인성장』, 영창서관, 1949, 251쪽.

을 선포하고 산포한다. 그리고 그런 의미에서 독일에 유학한 이케다 기 꾸나에池田菊苗가 발명한 이 일본 조미료는 조선 민족은 물론 일본 국가 와도 대립한다.

그러나 위의 인용에서 보이듯이, 일본 국가가 기획한 "신체제"는 주부 들에게 아지노모토를 원활히 공급했던 시장을 통제했다. 전쟁과 더불어 "시국"은 "도야지 햄"[145]을 싫어하는 도시의 모던 보이로 하여금 "고기 없는 런치"를 먹게 했다.[146] "학교 농장에서 아침저녁으로 배달해 오던 우유를 흔하게 마실 때에는 아무 걱정 없던" 이효석은 "농장의 우유가 끊어진 후로는 크게 공황을 느끼게 되었다"[147]. 따라서 당대의 가수 왕 수복(왕성실)을 상기시키는 인물인 '실'(「풀잎」, 1942)은 "미국 선교사들 이 돌아갈 때"[148] 사 두었던 버터를 병든 준보에게 주겠다고 약속했다. 한편 이광수의 가가와 교장은 오로지 "교육보국教育報國"을 위해 다음과 같은 불편을 무릅쓰고 시골의 신설 공립중학교 교장으로 부임했다.

충분히 있어야 할 야채조차 여간해서는 구하기 힘들다. 설탕이나 비누의 배 급도 경성보다는 말도 안될 정도로 양이 적다. 저녁 반주할 술도 손에 들어오지 않는다.[149]

다시 말해 식민지인들로 하여금 "일본 방적이 선편을 들어 스프 제조

---

145 김이석, 「부어 (5)」, 『동아일보』, 1938.12.26.
146 이와 관련해서는 이경훈, 「최후의 모던보이, 모던보이의 최후」(『대합실의 추억』, 문학동 네, 2007, 263~284쪽)를 참고할 것.
147 이효석, 「채롱」, 『이효석전집』 7, 창미사, 1990(2쇄), 186쪽.
148 이효석, 「풀잎」, 『이효석전집』 3, 창미사, 1990(2쇄), 217쪽.
149 이광수, 「가가와교장」, 『진정 마음이 만나서야말로』, 평민사, 1995, 347쪽.

의 기술을 공개"한 것에 대해 "사익적 이윤 본위의 자유주의인 생산 태도를 부정하는 첫 소리인 데에 특히 정의가 머금겨 있는 것"[150]이라고 평가하게 하거나, "2+3=5가 되는 질서를 파괴하는 비상시라는 것을 무의식중에 갈망한 것이 아니었을까"[151]라고 반성하게 한 시대적 분위기 속에서 "메이드 인 파리의 코티가 납작한 그녀들의 콧등에 백악관을 짓는"[152] 일은 어려워졌다. 다음 장면이 묘사된 것은 그 때문이다.

"언니! 화장품은 뭘 쓰슈?"
"뭐라구 특별히……"
"아아니 그래두 정해 놓구 쓰시는 게 있겠지?"
"첨에 국산國産 캄피를 썼기 땜에 요새두 그대루 그걸 쓰구 있죠."
"어이 국산 갑피? 언닌 어떤지 몰라두 난 '코티'가 그 중인 것 같애!"
"허지만 그런 거 지금은 살래야 살 수 없지 않아요?"
"그러게 내 미리 많이 사 두었거든! 언니"[153]

인용에 나오는 "국산"이란 말은 흥미롭다. 이는 식민지인들이 시장으로서의 일본에 소속되어 있음을 표현한다. 이때 중요한 것은 조선인을 일본에 포괄시킨 바로 그 시장 논리에 의해 "국산 캄피" 대신 프랑스산 "코티"가 식민지 여성에게 선택되었다는 점이다. 애국부인회 주도로 "폐품 회수 운동"을 일으키고 "국방헌금"을 하는 "시국"임에도 불구하고 "아리아리我利我利"에 빠진 이북명의 주인공이 고철과 "동선銅線"을 "야미

---

150 채만식, 「문학과 전체주의」, 『채만식전집』 10, 창작과비평사, 1989, 231쪽.
151 정비석, 「삼대」, 『인문평론』, 1940.2, 155쪽.
152 안석영, 「천국행 지옥행의 밤 열차를 타고서」, 『안석영문선』, 관동출판사, 1984, 40쪽.
153 박태원, 앞의 책, 207~208쪽.

도리히키闇取引"[154] 했듯이, 위 소설의 여성은 "신체제"의 국가 경제 정책에 반해 외제 화장품을 "미리 많이" 사두기까지 했다. 그 점에서 그녀는 "아주 국책형으로 된 규수"[155]라는 평가를 들은 명숙과 대비된다. 명숙은 "저의 또래의 다른 젊은 여성과는 아주 달라서, 미용원도 모르고, 구경도 잘 안 다니고, 옷가지에도 별로 탐을 내는 일이 없이, 어머니를 도와서 똑 가사에만 부지런"했다. 이러한 명숙과 비교했을 때 "코티"를 애용하는 위 소설의 여성은 적과 교통하는 스파이일지도 모른다. 그녀는 "죽거들랑 나마아비루 탱크에다가 수장"을 해달라는 생맥주 예찬자의 말을 "바다에 가면 물에 잠긴 시체海行かば水漬く屍"[156]에 대한 야유와 모독으로 해독할 것이다.

그렇다면 적어도 이 경우, 전선戰線은 식민지 민족과 제국 사이에 존재하기보다는 시장과 시장 아닌 것 사이에 또는 소비자와 국민 사이에 그어졌다. "국민적인 체면"과 국민적 "몸뻬미美" 운운한 채만식의 논의가 중요한 것은 그 때문이다. 그는 "몸뻬에다 하이힐" 신은 패션에 경악하며 "몸뻬モンペ"가 "적의 공습이라는 비상 긴급한 경우를 위한 복장"[157]임을 강조했다. 그는 나마비루 수장의 풍자를 버리고 '국민'으로 귀환했다. 그러나 그럼에도 불구하고 다음 논의는 '몸뻬'가 제국의 거리에서 펼쳐지는 시장의 저항과 상점의 게릴라전을 위한 과잉(사치)의 복장일 수도 있었음을 함축한다.

---

154 이북명, 「철을 파내는 이야기」, 『한국근대일본어소설선』, 역락, 2007, 179쪽.
155 박태원, 앞의 책, 230쪽.
156 일본 해군 군가였던 〈우미유까바海行かば〉의 가사임.
157 채만식, 「몸뻬 시시비비」, 『채만식전집』 10, 창작과비평사, 1989, 461쪽.

거리에는 '맵시 있는 몸뻬 인수引受'라는 글발을 써 붙인 양복점이나 양장점이 있는가 하면, 이 가게 저 가게로 돌아다니면서 몸뻬의 스타일을 물색하기에 열중한 여인도 있다. 그러나 이는 모두가 총후를 좀먹는 반反 전시 국민적 행동으로 단연 배격을 하여야 할 일이다.[158]

따라서 이와 관련해 강조되어야 할 사실은 위와 같이 시장을 공격하는 것이야말로 이른바 '친일'과 '협력'의 강력한 논리였다는 점이다. 예컨대 위의 인용문은 『별은 창마다』의 어하영이 "폭탄을 맞아도" 견디는 집을 설계한 일을 상기시킨다. 그는 서울 "집장사"들의 집이 "서양 문명의 중독"[159]에서 벗어나지 못했음을 참을 수 없었다. 즉 일본 제국으로의 귀환은 민족을 포기하는 방식으로 실천되기보다는 민족과 국가를 포괄하는 공동체에 시장을 대립시킴으로써 이루어진 면이 있다. 일본 국가의 전쟁 역시 결국은 시장을 넓히기 위한 일이었음에도 불구하고, 그 사실에 눈감은 식민지인들은 국가가 선동하는 바 시장을 장악하고 시장에서 탈출하는 일에 이데올로기적으로 동의함으로써 민족 문제와 마찰 없이 일본 국가로 달려갈 수 있었다. 다시 말해 "서양"과 동일화된 자유주의적인 시장 및 '노동'에서 벗어나 공동체적인 "동양"이나 '근로'로 나아감으로써 조선 민족은 자본주의뿐 아니라 민족주의에서도 해방되었다. 어떤 경우 이는 민족의 고유성과 전통을 회복하는 길로 평가되기도 했다. 그것은 민족주의를 대체했다. 하지만 춘원이 "귀정적歸正的 통제"[160]라는 표현을 구사하며 다음과 같이 썼을 때, 그는 여전히 민족적이었다.

---

158 위의 글, 465~466쪽.
159 이태준, 『별은 창마다』, 깊은샘, 2000, 209쪽.
160 이광수, 「대동아전쟁의 교훈」, 『춘원 이광수 친일문학전집』 2, 평민사, 1995, 408쪽.

우리의 선인들은 금전을 위해 일하는 것을 더 없는 수치로 여기고 있었다. 그런데 어찌 된 일인가. 대동아전쟁 직전까지 사람들은 금전을 위해 일하고 있었지 않았는가. 관리나 교직에 종사하는 사람들조차 월급 수입을 위해 그 직에 있다고 생각하는 사람이 많지 않은가. 봉급에 관계된 일이 되면 동맹파업조차 할 것 같았던 사람들은 여러 노동자 계급만은 아니었다. 게다가 그것이 정당한 일이라고 믿고 있었던 것이다. 이것이야말로 영미주의의 진수이며 유태주의의 마력이었던 것이다.[161]

그런데 "경제의 대권을 봉환奉還"[162]하는 이 "소화유신昭和維新"적 의식은 한설야가 "거문고 줄을 한 번도 끊어 본 일"도 "바꿔본 일도 없"[163]다고 주장하게 하는 데에도 기여했다. 한설야는 제발 "정가표 붙은 일"[164]을 하라는 가난한 아내의 부탁에도 불구하고, "그래 영감은 얼마나 되오. 정가가?"[165]라고 비아냥거린다든지 "이년 넌 평생 정가표 붙은 물건이나 만질 년이구나"[166]와 같이 교환가치와 시장을 비꼬는 주인공을 계속 묘사했다. 그는 박준에 대해 "머리가 백화점 '쇼윈도우'처럼 가지각색 것을 시시각각으로 바꿔 걸기만 위주"하며 "꼬리표와 정가표를 붙이지 못하는 것이 없다"[167]고 비판할 만큼 집요하게 반자본주의적인 입장을 고수했다.

하지만 이러한 '정가표 사회주의'는 일제 말기의 사회에 대한 본격적

---

161 위의 글, 411쪽.
162 廣松涉, 『〈近代の超克〉論』, 講談社, 1991, 107쪽.
163 한설야, 「모색」, 『인문평론』, 1940.3, 136쪽.
164 한설야, 「세로」, 『숙명』, 태학사, 1989, 194쪽.
165 한설야, 「마음의 향촌」, 『신문연재소설전집』 2, 깊은샘, 1990(2쇄), 439쪽.
166 위의 글, 466쪽.
167 한설야, 「파도」, 『숙명』, 태학사, 1989, 83쪽.

인 비판이나 계급적인 실천은 될 수 없었다. 오히려 이런 식의 거문고 연주는 '신체제'에 순응하는 "황민皇民"의 노래와 잘 구분되지 않는다는 점에서 별로 자부심을 느낄 만한 일도 아니었다. 일본 제국이야말로 시장으로부터 정가표를 떼어 내고 있었다. 예컨대 "차점에 와 보면 그곳의 공기와 박준의 정신—정신이라고 하기는 좀 무엇하나 그 외에 적당한 말이 없으므로 고식 이렇게 불러두거니와—이 꼭 하나로 얼리고 조화되는 것 같았다"[168]는 비판은 "광막한 처녀지"의 "개척"을 "낭만적 사실"로 받아들이는 형세가 "홀 안의 질식할 공기"를 참을 수 없어 찻집에서 뛰쳐나간 일을 상기시킨다.

손에 손을 맞잡고 광막한 처녀지로 개척의 첫걸음을 내밟는다는 것은 얼마나 낭만적인 사실인가?

亨世도 의기 충만한 눈으로 방안을 휘둘러보다가 문득 이 구석 저 구석에 널려 앉아서 사뭇 깊은 철학적 명상에라도 잠겨 있는 듯한 뭇사람들의 무력한 포즈를 발견하고 갑자기 우울해졌다. 거기에는 무수한 經世의 해골이 흩어져 있는 듯하였다.

—스스로 생을 포기하고 자기의 무덤을 손톱으로 파고 있는 무리들—

亨世는 이렇게 불러보며 홀 안의 질식할 공기를 더 참고 견딜 수 없어 마루를 박차듯 일어서 나왔다.[169]

따라서 한설야가 "아메리카 영화의 이른바 러브신이라는 것을 보는 때마다 구역"[170]이 난다고 쓴 것은 복잡하게 파악될 수밖에 없다. "황군

---

168 위의 글, 82쪽.
169 정비석, 앞의 글, 165쪽.
170 한설야, 「마음의 향촌」, 『신문연재소설전집』 2, 깊은샘, 1990(2쇄), 437쪽.

皇軍"은 한설야가 조롱하는 바로 그 "아메리카의 바보들"[171]과 싸우고 있었기 때문이다. "그까짓 포드를 타?"라고 저울질하는 대신 "귀축영미鬼畜英米"를 외치면서 말이다.

『현대문학의 연구』, 2009.10

---

171 위의 글, 477쪽.

2부

1장

역사의 일요일, 역사 이후의 일요일

김남천 · 채만식 · 이효석의 경우

1. 일요일의 아버지들

「일요일」에서 이효석은 "평일을 바쁘게 지냈든, 놀면서 지냈든, 일요일에는 일요일대로의 휴양의 습관을 가짐이 시민생활의 특권"[1]이라고 썼다. 그리고 「산정山精」에서는, "귀찮은 직책과 윤리를 떠나" "일요일만 돌아오면 으레히 걸방들을 짊어지고"[2] 산으로 가는 인물들을 묘사한 바 있다. 특별한 용무도 없이 꽃가게, 영화관, 백화점, 호텔 식당 등을 기웃거린다든지, 또는 묘향산, 장수산, 대성산, 주암산 등에 올라 고기를 구워 먹는다든지 하는 두 소설 주인공들의 행동은 「서한書翰」(『조광』, 1942.6)에 묘사된 바, 등화관제와 소방연습에 바쁜 애국반 활동과 대비된다는 점에서 흥미롭다. 더욱이 「일요일」의 주인공은 포도주와 빵을 예수와 연관시켜 언급할 뿐 아니라 "난 버터를 먹을 때 같이 행복을 느끼는 때는 없네"[3]라고 토로하며 여전히 "구라파 문명"을 그리워한다.[4] 여러

---

1 이효석, 「일요일」, 『삼천리』, 1942.1, 146~147쪽.
2 이효석, 「산정」, 『이효석전집』 3, 창미사, 1990(2쇄), 8쪽.

면에서 이 인물들의 일요일은 대동아공영이나 총동원 체제와는 거리가 있다. 아마도 그들은 충성스러운 국민이 아닐 것이다. 적어도 일요일에는 말이다.

그런데 이와 함께 또 한 가지 주목할 사실은 이들이 더 이상 청년도 아니라는 점이다. 어느새 이들은 "우주의 운행에 대한 커다란 불신"[5]을 품게 되었으며, "반생동안 그 수많은 불행으로 얼굴의 표정까지"[6] 변해 있다. 즉 "스타킹 위로 벌거숭이 무릎을 통째로 드러내 놓고 등산모를 쓰고 륙색을 메고 피켈을 짚고 나선" 이들은 젊은 운동가들이 아니다. 그들은 이미 선생이자 "지아비"들이며, "그림책을 들척거리고 색종이와 가위를 내서 수공"하는 아이들을 보면서 다음과 같이 다짐하는 아버지들이기도 하다.

'옳지 이것을 쓰자. 아이들의 소설을 쓰자. 어린 것들의 자라는 양을 그리자.'
책상 위에는 원고지와 펜이 놓였다. 때 묻지 않은 하아얀 원고지가 등불을 받아 눈같이 희고 눈부시다. 그 깨끗한 처녀지 위에 적을 어린 소설을 생각하면서 준보의 심경도 그 종이와 같이 밝아갔다.
'일요일의 임무는 또 한 가지 남았던 것이다 — 어린 세상을 그리는 것이다. 인류에 희망을 두고 다른 행복을 약속할 것이다.'[7]

---

3   이효석, 「일요일」, 『삼천리』, 1942.1, 148쪽.
4   이와 관련해서는 김재영, 「구라파주의의 형식으로서의 소설」, 『현대문학의 연구』, 2012.2를 참고할 것. 한편 이효석의 「일요일」에 주목한 글로는 방민호, 「전쟁에 대한, 삶 또는 생명의 비대칭적 우위」가 있다.
5   이효석, 앞의 글, 152쪽.
6   위의 글, 150쪽.
7   위의 글, 154쪽.

1942년 1월에 발표된 위 소설의 주인공은 김남천이 서술한 바, "허리가 굽어질 지경"의 "책임감"과 더불어 "자신이 이제는 가족을 위해 희생되어야 할 차례"임을 느끼는 "네 자식의 아버지"[8]와 유사하다. 즉 「일요일」에 이어 같은 해 3월에 나온 「등불」의 주인공 역시 아래와 같이 등불 밝힌 책상 앞에서 "아이의 숨 쉬는 소리"를 듣고 있다. 따라서 우리는 깊은 밤 이효석과 김남천이 은밀히 대화하고 공감하는 모습을 상상하게 된다.

나는 창이를 자리 속에 남겨두고 혼자서 일어나 다시 옷을 갈아입고 책상 앞에 앉습니다. 아이의 숨 쉬는 소리가 들립니다. 큰 불을 끄고 스탠드의 불만 켭니다. 책상과 책과 글자만이 불광 안에 듭니다. 그 불광이 별로히 따스한 것 같은, 그런 포근한 느낌을 가슴으로, 온 몸으로 느낍니다.[9]

한편 「일요일」의 준보와 비교되는 또 다른 인물은 「순공巡公 있는 일요일」의 영섭이다. 그는 "일요일을 당한 '샐러리맨'"으로서, "어린놈"을 "창경원에를 데리고 갔다가, 점심은 화신에서 내고, 다시 오후엘라컨 영화를 보여 주고"[10] 해야 하지만, 이 임무는 "다시 자리에 누워 푸욱신 한잠 자고" 싶은 그의 욕망과 "정히 반대"되는 것이다. 따라서 일요일의 "명랑한 아침"을 맞아 발생한 이 "큰 딜레마"는 「탁류」의 계봉이가 승재와 창경원에라도 갈 것을 생각하면서 "〈그루미 썬데이〉를, 그러나 침울한 게 아니고 명랑하게"[11] 노래 불렀던 일과 대비된다. 이제 영섭은 "어

---

8   김남천, 「등불」, 『국민문학』, 1942.3, 123쪽.
9   위의 글, 125쪽.
10   채만식, 「순공 있는 일요일」, 『문장』, 1940.4, 81쪽.
11   채만식, 「탁류」, 『채만식전집』 2, 창작사, 1987, 387쪽. 1933년에 처음 나와 많은 사람의 자살을 발생시킴으로써, 〈헝가리 자살 노래Hungarian Suicide Song〉으로도 불린 이 〈Gloomy

린놈"과 그 에미의 "성화" 때문에 "연애"를 하기는커녕 일요일 아침에 늦잠조차 잘 수 없다. 요컨대 아내를 "노파"로 부르며, "에미꼬, 애비꼬" 운운하는 영섭 역시 청년 시절을 떠나보낸 한 사람의 애비다.

> "꼬옥, 연앨 갖다가 그놈, 멋들어지게 한 번만 더 했으면 꼬옥 좋겠는데, 허어! 도무지 안 돼진단 말야! 으응?……. 정녕, 늙은 표적이지?"
> "아따, 저 뭐시냐…, 있잖우?…, 에미꼬라더냐, 애비꼬라더냐……."
> "에미꼬, 애비꼬, 머어 수두룩한데, 글쎄 연애가 돼지질 않는다니깐!"
> "여급은 여급이라두, 아마 날보담은 다아들 영리한 모양이죠?"[12]

그런데 「일요일」의 준보가 "시민생활의 특권"을 주장하며 기꺼이 외출해 호텔 식사를 즐기는 것에 반해, 영섭은 "면하기는 그른 노릇이니 고이 차리고 나서는 것이 옳겠다고 생각"은 하면서도 "손끝 하나 꼼지락하기조차" 싫어한다는 점에서 준보와 영섭의 일요일은 서로 다른 것처럼 보인다. 후자가 아버지와 남편으로서 가정에 대한 의무를 수행하라고 요구한다면, 전자는 국가에 대한 시민의 권리를 주장하고 있다.

그러나 그럼에도 불구하고 두 일요일은 동일한 의미를 가지게 되는데, 그것은 이 일요일에 영섭과 준보 모두에게 죽음의 소식이 전해지기 때문이다. 영섭은 "새파란 청춘"이던 삼십 년 전에 순사가 되었다가 그만둔 옛 글방 선생 문오의 부고를 받으며, 준보는 한때 "땅위의 태양"이던 음악가 연이의 주검이 일본에서 도착한다는 말을 들은 후, 연이에 대한 회

Sunday〉는 1936년 아와야 노리꼬淡谷のり子, 1907~1999에 의해 〈어두운 일요일暗い日曜日〉이라는 제목으로 일본에서도 출반되었다. https://ja.wikipedia.org 참조.
12 채만식, 「순공 있는 일요일」, 『문장』, 1940.4, 83~84쪽.

상을 넘어 사별한 아내마저 안타깝게 그리워하게 된다.

영섭과 준보의 일요일은 문오 선생이나 연이의 죽음과 함께 옛일을 추억함으로써 과거가 과거임을 확인하고, 그것이 지금과 다름을 인정하는 하나의 역사적 위치이다. 그들에게 일요일은 직업적 일상의 리듬이 정지된 대신 시대의 변천이 표시되는 정신적 계기이자 현재의 생활에 대한 반성의 장場이다. 준보와 영섭이 아버지가 되는 것, 청년임을 궁극적으로 벗어나는 것은 이 일요일을 통해서다. 옛 사람들의 죽음과 함께 "어린 세상을 그리는" "일요일의 임무"가 생겨난 것이다.

따라서 영섭이 "순사친구 하나 또 사귄 게 퍽이나 재미는 나나 보군요?"[13]라고 놀리는 아내의 말을 반박하지 않으면서, 그리고 "안심을 하고서 처억 순사한테로 가"[14] 안기는 "어린 놈"을 바라보면서, "호구조사도 오고, 청결검사도 오고, 또 무엇무엇 분부도 시키러"[15] 오는 낯익은 순사를 일러 "문오 선생님 같다"고 "고의로다가 독단"하는 것은 이러한 의미의 일요일과 잘 어울린다.

즉 부고와 순사가 한꺼번에 찾아온 그 일요일이야말로, 예컨대 또 한 사람의 아버지로서 대흥도서주식회사 출판부에서 "역사적 인물의 카드를 정리"하고 있는 김경덕이 옛 동창을 우연히 만나, 현재는 "논평할 시대가 아니라 관망할 시대 내지는 준비할 시대"[16]며, "글 쓰는 데서 옛날 같은 의의를 발견치 못하니까, 말하자면 붓을 꺾은 셈"이라고 피력하기에 적당한 날이었다. 이때 일요일을 일러 "역사의 여백"이며 "영혼의 위

---

13 위의 글, 110쪽.
14 위의 글, 86쪽.
15 위의 글, 84쪽.
16 김남천, 「속요 1」, 『광업조선』, 1940.1, 135쪽.

생 데이"[17]라고 한 김기림의 규정이 만일 옳다면, 경덕의 이러한 자기변명은 다음과 같이 "경관"에 쫓기던 과거의 기억을 아직도 다 씻어내지 못한 일과 함께 식민지 시기 말에 펼쳐진 일요일의 목욕탕 풍경을 여실히 보여주는 것일 터이다.

> "여어 긴상 이거 오래간만이구려!" (…중략…)
>
> 그는 벌써 십 년 가까이 되는 옛일이지만, 학생 시대에 사회운동 관계로 새벽에 경관에게 수색을 당한 이래, 이렇게 갑자기 누가 소리를 치든가, 또 난데없는 발자국 소리나 칼자루 소리가 나면, 깜짝 깜짝 놀라는 버릇이 있었던 것이다. 그러니까 이렇게 욕탕 속에서 누가 알은 체를 해도, 경덕이는 그것이 마치 경관인 양, 그리고 자기가 십 년 전 옛날처럼 무슨 사상 관계에 관련하고 있는 양, 심한 착각을 맛보게 되는 것인데, 이것은 그 자신이 아무리 노력하여도 좀처럼 없어지지 않는, 부끄럽고도 또한 몸에 해로운 버릇이었다. (…중략…)
>
> "긴상 나 모르겠소? 동경서 대학 시절에……." (…중략…)
>
> "네, 네, 알겠습니다. 난 누구시라구, 참 오래간만이올시다. 목욕 오셨지요?" (…중략…)
>
> "네에, 공일이라 목욕을 왔습니다."[18]

---

17 김기림, 「일요일 행진곡」, 『김기림전집』 1, 심설당, 1988, 76쪽.
18 김남천, 앞의 글, 133~134쪽.

2. 공일과 전향자

그런데 "일요일을 당한 샐러리맨"이라는 「순공 있는 일요일」의 표현이 잘 말해 주듯이, 일요일의 휴식은 주로 영섭이나 경덕처럼 직장에 취직한 "봉급생활자"의 "생활"을 전제로 한다. 이들에게 일요일은 노동에서 벗어날 수 있는 그야말로 "공일"이며, 따라서 이 "여백"을 위해서는 "이발하고 목욕하고 오후에 날씨가 좋으면, 명치정이나 진고개를 한번 산보해 볼까 하는, 지극히 애매하고도 막연한 계획"[19]만 있어도 충분하다. 실로 이 "공일"에 경덕은 어머니가 대청 안에 던져준 조간신문을 보며 "무료하지 않은 시간을 오륙 시간"이나 보낼 수 있다. 이때 주목할 것은, 경덕의 흥미를 끄는 것이 "구라파 정세", "일지사변", "일소간의 북양 문제와 화태 권익 압박 문제", "챔버린의 연설 요지나 히틀러의 외교 연설"보다는 '오락과 취미' 란의 '요문철답凹問凸答'이라는 점이다. 다음을 보자.

당대의 인텔리, 그것도 얼마 전까지는 문학이니 사상이니를 논지하여 문단을 질타하고 작단을 격려하던 김경덕이 '오락과 취미'란을 즐기다니, 그게 어디 당한 소리냐고, 당자인 김경덕이도 악연히 놀래어 노발대발할는지 알 수 없다. 아무리 지성이 타락되고 인텔리겐챠가 행방을 찾지 못하였다기로니 그게 당초에 될 수 있는 일일 게냐고, 그의 친구들도 머리를 뒤숫고 놀랄 일일지도 알 수 없다. 그러한 생각은 막연히 김경덕이 자신도 의식한다. 그러기 때문에 그는 신

19　위의 글, 131쪽.

문을 펼쳐들자 댓바람에 '오락과 취미' 란을 찾아가는 것이 아니다. 우선 제호를 살핀 뒤 '본지 조석간 십이 면'이란 데서부터 서서히 눈을 옮겨 커다란 고딕이나 특호 활자를 찾아서 한번을 훑어보는 척하고는, 다시 사회면, 그 다음에야 펄깍 사 면으로 가서, 위로 두 단을 차지한 연재소설의 삽화를 구경하고, 그 삽화 중에 무슨 기이한 놈이라도 그려져 있으면 그것을 잠시 물끄러미 들려다보군, 이내 '요문철답'이 실린 귀퉁이를 이모저모 찾아보는 것이다.[20]

'요문철답'은 『조선일보』에 연속적으로 실렸던 퀴즈로서, 예를 들어 1939년 7월 20일의 "요문"은 "구조선의 이름은 무엇이 좋은가"였으며, 김남천의 「사랑의 수족관」이 연재되고 있던 1939년 8월 19일의 "요문"은 "파리가 소 등에 잘 앉는 까닭은?"이었다. 그리고 「속요」의 경덕이 그 "철답"을 궁금해 하던 "이상과 현실 새에는 무엇이 있을까?"는 1939년 5월 11일에 제시된 "요문"이었다.[21]

그런데 이 '요문'들은 "카라는 드럽는데 넥타인 왜 드럽지 않어"라는 창이(「등불」)의 질문을 상기시킨다. 이때 "카라는 희구 넥타이는 알롱달롱 빛깔이 있어서 드럼을 타지 않으니까 드럽지 않는다"라는 설명을 들은 창이는, "아니야, 넥타이는 칼라 속으루 들어가니깐 안 드러워"라고 반박함으로써, 아버지로 하여금 자신의 패배를 인정할 수밖에 없게끔 한다. 이때 유성이 혼잣말하는 "아버지는 영락없이 졌습니다"[22]라는 '요문철답'에 대한 경덕 부부의 아래와 같은 반응에 공명한다.

---

20 위의 글, 121쪽.
21 이 사실은 김남천을 대상으로 한 필자의 '근현대작가연구 2'(2013년 2학기) 수업에서 가게모토 츠요시 군이 처음 발견했음.
22 김남천, 「등불」, 『국민문학』, 1942.3, 124쪽.

"허, 고 참 묘허단 말야!"

아내 진실이가 못 들은 척하고 다시 기저귀를 만지려니까,

"자아 보겠나? 이상과 현실 새에는 '과' 자가 끼었지! 자아 어때? 흐흐흐."

진실이는 입안으로 종알종알 외어보다가,

"망할 놈들! 사람을 깔보아두 분수가 있지!"[23]

한편 인용된 장면은 "문단을 질타하고 작단을 격려"했던 "당대의 인텔리"였음에도 불구하고 국제 정세나 사회 문제에 관심을 갖기보다는 '요문철답'에 골똘하게 된 경덕이야말로 "이상과 현실" 사이의 "과"임을 암시한다. 이는 목욕탕에 간 경덕으로 하여금 "사회사상이 날뛸 때"도 "실속만 단단히 차리던" 옛 동창에게조차 자기를 변명하도록 했을 뿐 아니라, 과거와는 완전히 다른 길을 가고 있는 "옛 동지" 홍순일을 따라다니게도 만든 "공일"의 의미를 명확히 한다. 홍순일은 "시류를 타고 화려하게 다채하게 움직이는" 사람으로, 얼마 전부터 지니고 있던 "남조선흥업주식회사"의 명함에 덧붙여 새로 가지게 된 "아세치링 발생장치 주식회사 취체역"[24]의 명함을 경덕에게 내민다. 그는 예전에 "과학을 믿는 사람"으로 행세했었기 때문인지 "석탄와사의 대용"으로 사용되는 "아세치링"의 과학적 발생 원리를 설명하거나, "사주 같은 운명감정서"[25]를 보여주면서 그 "추리하는 방법도 믿을 만한 과학적 방법이고 이론이 정연"하다고 주장한다. 또한 그는 "옛 동지"인 남성의 현재 아내이자 자신의 "옛날 애인"이던 이정임뿐 아니라, "사라센" 바의 여급 "양이"와도 육체

---

23 김남천, 「속요 1」, 『광업조선』, 1940.1, 125쪽.
24 김남천, 「속요 2」, 『광업조선』, 1940.2, 74쪽.
25 김남천, 「속요 3」, 『광업조선』, 1940.3, 80쪽.

적 관계를 맺는다.

그런데 이렇게 자신과 옛 동지들의 변화를 목도하며 "이상과 현실"의 괴리를 발견하고 반성하는 "봉급생활자"의 "공일"은 결국 전향자의 정신적 갈등과 역사적 위치를 표현한다. 그도 그럴 것이, "공일"은 애초부터 "문학자의 전업轉業",[26] 즉 전향轉向에서 비롯된 것이기 때문이다. 이는 「등불」의 유성을 통해 자세히 서술되거니와, 그는 이제 "뒤축이 물러앉은 운동화를 꿰고 어슬렁어슬렁"[27] 걷고 있는 경덕과 마찬가지로 일찍이 "사회운동"에 몸담았던 사람이다. 그리고 전향 후 보호관찰과 함께 취직을 알선 받음으로써만, 즉 운동을 포기함으로써만 그에게는 "공일"이 존재하기 시작했던 것이다. 그는 자기에게 배정된 "촉탁보호사"에게 "최근의 문단 사정과, 씨와 내가 서로 이렇게 상종하게 될 수 있은 근본적인 관계, 다시 말하면 보호관찰법이니 예방구금법이니 등등 그러한 것을 읽어서, 요즘 내가 품은 생활상의 결의를 솔직하게"[28] 전한 후에야, 이른바 "정가표定價票 붙은 일"[29]을 얻을 수 있었다. 그야말로 그는 "일요일을 당한 샐러리맨"이었다. 따라서 취직 후에도 자기를 추천한 촉탁보호사를 만나 아래와 같이 상담해야 하는 전향자에게 "공일"은 "건강"을 위해 스포츠를 즐길 수는 있을지언정 운동은 할 수 없는 날이다.

"얼마 전에 김 군네 회사의 사장을 만나서 군의 근무상태를 물었지요, 사장도 만족해 헙디다. 문사라기에 실무적 책임이 없고 기분적이면 다른 사원에게도

---

26 김남천, 「등불」, 『국민문학』, 1942.3, 111쪽.
27 김남천, 「속요 1」, 『광업조선』, 1940.1, 122쪽.
28 김남천, 「등불」, 『국민문학』, 1942.3, 119쪽.
29 한설야, 「세로」, 『춘추』, 1941.4, 51쪽.

영향하는 바가 없을까 해서 처음은 의구를 품었었는데 그 뒤 그런 근심은 아주 없어졌노라고 웃으면서 말허는 것이 퍽 호감을 가지고 있는 듯헙디다. 자 편안히 앉으시지. 오늘은 반공일두 되고 그래서 점심이래도 가치 헐까 해서."

우리 회사[30]엔 반공일이 없다고 말하니까,

"아 참 반공일이 없었던가, 그래 그랬었지, 그럼 점심은 어떻게 했소."

"전 간단히 먹었습니다."

"허 허어 그럼 틀렸군 그래."

"죄송합니다."

"인제 들어가 봐야지오. 그럼 여기서 간단히 이야기 허지. 다른 게 아니라 군의 일상생활에 관해서 간단한 보고를 해야겠는데, 취직헌 뒤 사장을 통해서 근무상태 같은 것도 잘 들어 알지만, 얼굴이래도 한번 친히 보구서 헐라구…… 그래 건강은 어떠시오."[31]

그러므로 이런 의미의 "공일"을 가지게 된 경덕이, 육칠 년 전에 "같지 않은 소설가"의 연애소설에 "맹렬한 폭격"을 가하면서 "사회나 인류를 대표해서 커다란 임무를 감당해 낸 거나 같은 그런 환상"[32]에 빠졌던 것과는 정반대로, 이제 "아—나도 늙기 전에 연애소설이나 한 편 써 놓고 죽었으면……" 하는 생각을 품거나, 더 나아가 "청춘이 가기 전에 일생일대의 연애나 한 번" 해보고 싶다고 "갈망"하게 되는 것은 충분히 있을 수 있는 일이다. 실로 경덕은 "여태껏 나의 청춘을 어디다 내버려두고 쓸데없는 길 우에서 방황하고 있던 것이나 아닌가"[33]라고 회의하는데, 이러한 생각과 함께 촉발된 "양이에 대한 애욕과 홍순일에 대한 복

---

30 원문은 "사회"임.
31 김남천, 앞의 글, 120~121쪽.
32 김남천, 「속요 5」, 『광업조선』, 1940.5, 69쪽.
33 위의 글, 73쪽.

수심리"로 인해 그는 "양이의 손목을 잡고" "추접스런 이야기"를 할 뿐
아니라 급기야 그녀의 아파트까지 찾아간다. 그리고 그 날은 또 다시
"일요일"이다.

> 며칠을 지난 일요일 날 아침 그는 급히 볼일이 있다고, 예배당 다녀올 동안 집
> 을 보아달라는 가족의 간청도 듣지 않고 밖으로 나왔다. 사십 분 후에 그는 화신
> 상회를 일 층에서 꼭대기 층까지 걸어 다니고 있었으나 다시 아래층으로 내려와
> 서 이 원짜리 과자를 한 곽 사 들었다. 그리고는 뿌르르 거리로 나왔다.
> 　얼마 뒤에 그는 수표정을 기웃거리다가 수운장 아파트를 발견하고, 현관에 나
> 타나서 양이의 방을 물었다. 그대로 방의 번호만 가르쳐 주고 올라가 보라 한다.[34]

하지만 경덕은 가지고 간 "양과자"도 주지 못한 채 허겁지겁 양이의
아파트를 나온다. 그것은 양이의 아파트에서 잠옷 바람의 홍순일과 맞닥
뜨렸으며, 그로 인해 "졸도"할 지경으로 놀란 경덕에게 홍순일이, "여—
김 군인가? 이거 수고롭게 찾아왔네그려!", "우리 아파트의 주인이, 내
가 여기 있을 게라구 말허든가?"라고 "싱글싱글 웃으면서" 이야기했기
때문이다. 따라서 경덕은 욕망하던 "일생일대의 연애"가 "일생일대의 창
피"로 전화함과 더불어 "자살이라도 하고 싶은 부끄러움"과 "걷잡을 수
없는 슬픔 같은 것"을 느낀다. 그리고 중요한 사실은 이러한 감정이 오직
"연애"의 실패에서만 기원하지는 않았으리라는 점이다. 오히려 그것은
경덕으로 하여금 양이와 홍순일을 만나도록 한 "공일"에서 초래되었다.
그 "부끄러움"과 "슬픔"은 취직함으로써 "공일"을 갖게 된 사실 자체에

34　위의 글, 82~83쪽.

서 발생한 것이다.

그렇다면 거리를 돌아다니고 등산을 하는 이효석의 주인공들을 거론하며 "일요일은 대동아공영이나 총동원 체제와는 거리가 있다"라고 한 앞서의 논의는, 경덕 및 유성의 경우와 관련시켜 좀더 복잡하게 반성될 필요가 있다. 이효석의 일요일이 "시민생활의 특권"을 누리는 날이었던 것과 달리, 예컨대 헤겔에게 일요일은 "겸손하게 자기 자신을 포기하는" 날이었다. 그리고 경덕과 유성에게는 아래의 논의에서 헤겔이 언급하는 "통일"조차 필요 없었다.

> 철학은 이 두 관점의 통일과 혼합을 요구한다. 그것은 인간이 겸손하게 자기 자신을 포기하는 인생의 일요일과 인간이 자신의 주인으로서 스스로의 관심과 이익을 생각하며 자주적으로 서는 노동하는 날을 통일한다.[35]

"주어진(부여된) 환경 속에서 최선을 다하여 살아간다는 성실, 그것뿐"[36]임을 애써 강조함에도 불구하고, 또는 직업적 "숙련의 아름다움"[37]을 생각함에도 불구하고, 그들은 "자신의 주인"으로서가 아니라 "자신을 포기"하면서 "노동하는 날"을 가지게 되었다. 따라서 그들에게 "인생의 일요일"과 "노동하는 날"은 헤겔의 논의와는 전혀 다른 의미에서 처음부터 통일되어 있었던 것이다.

---

35 Hegel, trans. E.S. Haldane and Frances H. Simon, *Lectures on the History of Philosophy 1*, Humanity Press, 1983, p.92. 영역은 다음과 같다. "Philosophy demands the unity and intermingling of these two points of view; it unites the Sunday of life when man in humility renounces himself, and the working-day when he stands up independently, is master of himself and considers his own interests."

36 김남천, 「등불」, 『국민문학』, 1942.3, 112쪽.

37 위의 글, 109쪽.

3. 주일의 유행가, 공일의 찬미가

한편 「속요」에서 또 한 가지 눈여겨볼 것은 경덕이 양이의 아파트를 떠나는 장면이다. 그것은 다음과 같이 서술된다.

"난 그럼 가겠네."

겨우 모기소리만큼 그러한 목소리를 고개를 푹 숙인 채 배앝어 놓을 수가 있었다.

"왜 그러나? 이왕인데 좀 놀구 가지."

그러나 김경덕이는 얼떨김에 배앝은 그 한 마디를 구세주처럼 따라가며,

"난 그럼 가겠네."

그러고는 뒤도 돌려다보지 못하고 현관으로 도망을 치듯 하였다. 그러므로 그의 등 뒤에서 홍순일이와 양이의 합창하듯 하는 웃음소리도 다행히 그의 귀에는 들려오지 않았다.[38]

인용에서 주목할 것은 "구세주"라는 말이다. 왜냐하면 양이를 생각하며 "멍청하게 눈을 감고" 있는 경덕을 보고 아내 진실眞實은 "당신이 갑자기 무슨 천도교래두 믿는단 말유"라고 타박했으며, 이에 대해 "무슨 방정맞은 망발인구"라고 꾸짖는 남편에게 아내는 다시, "정신이 나간 사람처럼 앉았기에 백백교래구 믿는가구서……"[39]라고 변명한 바 있기 때문이다. 즉 양이와 관련되는 "사라센", "천도교", "백백교"대신 "구세주"

---

38 김남천, 「속요 5」, 『광업조선』, 1940.5, 84쪽.
39 위의 글, 75쪽.

를 따라 양이 집에서 "도망"하는 일은, "예배당 다녀올 동안 집을 보아 달라"고 했던 자기 가정으로 복귀하는 일과 잘 어울린다. 실로 크리스천인 경덕의 어머니는 "주일날 아침에 너무 심한 말 하지 마라"[40]라고 아들에게 부탁한 바 있으며, 아래 인용에서 서술되는 것처럼, 아내 또한 "진실한 기독교 신자"다. 즉 "공일空日"을 맞은 "봉급생활자"의 가족은 "주일主日"을 맞은 "기독교 신자"들이었다.

> 아내 최진실이는, 그만했으면 이 또한 그의 이름처럼 진실한 기독교 신자인데, 그런 관계 이런 관계로 지금 신문에 난 윤아무개 씨의 숭배자인 것이다. 지금은 김경덕이도 기독교를 반대하거나 그렇지는 않지만, 한참 당년에는 그도 사회니 문학이니 하던 계제상, 아니 할 말로 '종교는 아편이다'란 문구쯤은 사용할 줄 알았던 것이다. 그 때에는 물론 아내나 누구나 절대로 예배당엘 가지 못하게 하였다. 그러던 것이 김경덕이 자신이 점점 남도 저도 모르는 동안에 변모를 하면서, 요즘은 예배당에 가는 것도 내버려 둘 뿐 아니라, 어머니와 함께 가버린 때에는, 혼자서 집까지 지켜주는 처지가 되어 있으니, 지금 신문 같은 데 이런 유명한 기독교 신자의 신변에 그리 아름답지 못한 기사라도 날 지경이면, 그 전에 하던 버릇으로 간혹 놀려대어 보기나 하는 것이 고작이었다.[41]

그런데 인용에 등장하는 "유명한 기독교 신자" "윤아무개 씨"는 윤치호이며, 그와 관련된 "그리 아름답지 못한 기사"는 "윤아무개 씨 서자 확인소송에 신 발전" 운운 하는 글이다. 이는 당시의 실제 기사[42]를 상기시

---

40 위의 글, 128쪽.
41 김남천, 「속요 1」, 『광업조선』, 1940.1, 123쪽.
42 실제로 『조선일보』 1939년 4월 20일, 5월 9일, 5월 10일, 7월 12일, 8월 19일 등에 이 일과 관련된 기사가 실린다. 예컨대 1939년 8월 19일의 기사 제목은 「윤치호 씨 서제庶弟 아니다―윤치호 씨 서자 확인 소송은 패송敗訟」이다.

키거니와, 경덕은 "형제냐? 아니냐?"와 같이 다소 선정적으로 기술된 이 기사문을 "홍얼홍얼" 소리 내어 읽으면서, "윤 대감 댁에 재판사건이 났어?"라고 물으며 호기심을 보이는 아내를 "빈정"거린다. 따라서 기사 내용을 듣고 "발딱 얼굴을 돌리며" "나 먼저 봅시다"라고 하는 "윤아무개 씨의 숭배자" 아내와, 이에 대해 "남의 집에 소송이 났건 불이 붙건 여편네가 무슨 참견이야!"라고 핀잔주는 남편은 다음과 같은 말다툼을 벌이게 된다.

> "원, 참, 목욕 간다는 이가 미리 발 씻구 가는 건 무슨 셈인지 모르지……."
> (…중략…) "임자처럼 공익사상이 희박한 사람이 알 일인가." (…중략…)
> "하기는 사회운동이나 했기에 그런 사회 공덕도 터득하셨지."
> 아내의 말도 독설毒舌이 품겨져 재미가 난다. 남편이 잠시 멍청하고 있으니, 진실이는 고소오 하다는 듯이 코를 발름발름한다. 그러나 경덕이도 이런 때엔 제법이다.
> "기독교 교육 이십여 년으론 공중위생의 도덕두 터득키 힘들 거야."
> 흥! 하고 아내가 콧방귀를 뀌니 남편도 힝! 하고 콧방귀를 뀐다.[43]

부부는 서로 상대방의 "사회운동"과 "기독교"를 평가절하하며 "콧방귀"를 뀌는데, 이는 이 소설에 묘사된 일요일의 역사성과 관련된다. 주지하듯이 경덕의 "공일"은 아내의 "주일"이다. 그런데 경덕의 "공일"이 전향자의 그것으로서 주체로 하여금 "부끄러움"과 "슬픔"을 느끼게 하는 텅 빈 것이었다면, "신성"해야 할 아내와 어머니의 "주일"은 "유명한 기독교 신자"로서 '주님'을 향해 "자기 자신을 포기"하기는커녕, 오히려

---

[43] 김남천, 앞의 글, 129~130쪽.

"세속적"[44]이고 "아름답지 못한 기사"의 주인공이 되어버리고 만 "윤아무개 씨"의 "주일"이기도 했다. 이때 "서자 확인소송"을 벌이게 된 "윤아무개 씨"의 일은, "예수를 믿은 후로 첩 둠을 후회"[45]했던 김 장로(「무정」)나 "예수를 믿어 천당에를 가려면, 여태껏 몇 십 년을 데리고 살고 딸까지 낳은 자기의 첩을 내버려야지" 된다고 생각하면서도, "그것은 죄가 아닌가"[46]라고 답답해했던 이상국(「환희」)의 경우와 비교된다.[47] 그러므로 위와 같은 상호 비난에도 불구하고 경덕 부부의 "공일"과 "주일"은 크게 다르지 않다. "사회운동"과 "기독교"의 "현실"은 공히 "이상"과 크게 동떨어져 있으며, 그것이 당대의 "진실"이다.

그리고 이 모든 상황은 과거에 "종교는 아편"이라고 설파했던 경덕이 "기독교를 반대"하지 않게 된 이유를 설명해준다. 경덕이 가족들로 하여금 "예배당엘 가지 못하게" 하지 않는 것은 그가 기독교를 믿거나 찬동하게 되었음을 의미하지 않는다. 그것은 경덕 자신이 어떤 신념과 가치관을 능동적으로 내세울 수 없게 되었음을 뜻한다. 그는 잘못을 저지른 기독교 신자를 "간혹 놀려대어 보기나 하는 것이 고작"일 뿐, "내가 죽은

44　뱅쌍 데꽁브는 코제브의 헤겔 해석에 근거해 앞서 인용된 헤겔의 말을 다음과 같이 설명한다. "Hegel had declared that philosophical speculation aimed to reconcile and unite 'the working days of the week' with 'the Sunday of existence'; in other words, life's profane aspects —work, family life, conjugal fidelity, professional responsibility, saving accounts, etc—with its sacred aspects (play, sacrificial spending, delirium, states of poetic exultation). Raymond Queneau, editor of the course, called one of his novels Le dimanche de la vie." Vincent Descombes, trans. L. Scott-Fox · J. M. Harding, *Modern French Philosophy*, Cambridge University Press, 1980, p.14.

45　김철 교주, 『바로잡은 무정』, 문학동네, 2003, 48쪽.

46　나도향, 『환희』, 소담출판사, 1996, 29쪽.

47　이경훈, 「예배당 · 오누이 · 죄」, 『대합실의 추억』, 문학동네, 2007, 237~259쪽을 참고할 것.

뒤에 기도를 어떤 놈이 하면 내가 황천으로 가다 말고 돌아와서 그놈의 혓바닥을 빼놓겠다"[48]라고 소리치는 조의관처럼 자신의 입장을 강력히 고수할 수 없다. 즉 아내와 어머니의 신앙에 대한 경덕의 새로운 태도는 더 이상 사회운동을 할 수 없게 된 경덕 자신의 상태를 표현한다. 더 나아가 그것은 좌익 사상과 기독교가 본격적으로 대립, 갈등하며 서로를 부정할 수 있을 만큼 주체적으로 정립되고 적극적으로 활동할 수 없게 된 현실을 드러낸다. 이를테면 이 둘은 동병상련의 관계를 맺고 있다.

이러한 상황은 과거에 "예수교의 교율을 거역"함으로써 "어머니의 마음을 슬프게 교란"[49]했었던 최무경이, "어머니는 어디를 갔었기에 이렇게 나를 속이시는 것일까"라고 자문하기에 이른 일을 상기시킨다. "기독교 율에 의탁해서 젊은 정열을 희생하고 속세적인 행복에서 자기를 격리"했던 어머니는 이제 "주일"에 예배당에 간다는 핑계를 대고 외출해, 예배당에 가는 대신 새로 사귄 남자를 만나게 되었다. 그리고 최무경은, "옛날과는 모든 것이 다른 것" 같다고 말하는 오시형으로부터 "돌아서서 창밖을 바라보는 척"[50]했던 것처럼, 밤늦게 귀가한 어머니에게 항의하지 않는다. 그 대신 무경은 「일요일」과 「등불」의 아버지들과는 반대로, 켜 놓았던 등불을 끄면서 그녀와의 대면을 회피한다.

스물다섯의, 서른의, 서른다섯의, 어려운 고비를 성스럽게 넘기고 사십의 고개를 이미 넘어버린 어머니가 설마 그럴 리야 있는가—

저의 생각을 채찍질하고 저의 마음에 모욕을 주면서 어머니가 돌아오는 것을

48　염상섭, 「삼대」, 『염상섭전집』 4, 민음사, 1987, 79쪽.
49　김남천, 「경영」, 『문장』, 1940.10, 40쪽.
50　위의 글, 45쪽.

기다렸으나, 열한 시가 가까워서 어머니의 발자국 소리가 대문 밖에 들릴 때엔, 그는 기계적으로 전기스탠드의 줄을 낚아서 불을 끄고 캄캄한 방 속에 숨어서 어머니의 얼굴과 마주 대하기를 스스로 피하여 버렸다.[51]

오시형과 어머니는 최무경을 떠나 각자의 결혼 상대를 찾아간다는 점에서, 그리고 각각의 사상과 종교에 예전처럼 투철할 수 없다는 점에서 상통한다. 최무경의 어머니가 "믿지 않는 사람"인 오시형을 "꺼려하다가 그가 사건에 걸려서 입감한 뒤에는 더욱 더 완강히" 오시형과 딸의 "결혼에 반대"[52]했던 일은 옛날이야기가 되었다. 두 사람의 결혼 자체가 무산되었으므로, 좌익 운동가와 기독교인은 적극적으로 화해, 결합하거나 본격적으로 맞서기는커녕 만날 일조차 없을 것이다. 그뿐 아니라 "믿지 않는 사람"과의 결혼을 반대할 사람도 "사건에 걸려 입감"될 사람도 더 이상 존재하지 않는다. "시류"에 편승한 홍순일과 그를 따라가는 이정임에게 "난 이리루 가네"라고 고함친 후, 그들과는 "딴 방향으로" 길을 잡았던 경덕의 걸음걸이 역시 "유행가조"[53]였던 것처럼, 서로 다른 세계관을 가졌던 어머니와 오시형은 예상외의 충격과 배신감이라는 똑같은 곡조의 유행가를 최무경에게 들려주고 있다.

따라서 "아이 듣는데 쌍스런 소리두 한다"라고 남편을 타박하면서, "왜 아이를 달래는데 더러운 유행가를 할까. 찬미가를 하든지 다른 명곡을 하든지 하지"[54]라고 푸념하는 경덕 아내의 말은, "공일"이자 "주일"인 이 "그루미 선데이"에는 어울리지 않는다. "군악대의 소리도 어쩐지 구

---

51 위의 글, 21쪽.
52 김남천, 「맥」, 『춘추』, 1941.2, 307쪽.
53 김남천, 「속요 3」, 『광업조선』, 1940.3, 94쪽.
54 김남천, 「속요 1」, 『광업조선』, 1940.1, 132쪽.

슬프게"[55] 들리는 편재한 "속요"의 풍속 속에서, 아니, "대포소리보다도 더 요란스러운 씩씩한 유행가"를 거론하거나 "유행가는 리얼리즘"[56]이라고 주장하도록 하는 당대의 "시국"과 더불어, 유행가와 찬미가는 구분되기 어려워졌기 때문이다.

4. 태평양과 어린 양

그렇다면 이 "공일"이자 "주일"은 오시형이 "역사적 세계의 다원성"[57]을 복창하는 것과는 상관없이, "'역사의 균질적인 코스'로부터 해방될 것"을 "약속"하는 휴일은 아닌 듯하다. 그것은 "메시아적인 멈춤Messianic cessation"인 "부정의 일요일Sunday of the Negative"[58]이기보다는 그저 '부정적인 일요일negative Sunday'인 것처럼도 보인다. 따라서 「그림」의 화자가 이십 년 전의 배열 목사를 다음과 같이 추억하는 것은 의미심장하다.

---

55 김남천, 「속요 5」, 『광업조선』, 1940.5, 85쪽.

56 김이석, 「공간」, 『단층』, 1940.6, 34쪽.

57 김남천, 「경영」, 『문장』, 1940.10, 33쪽.

58 Christopher M. Gemerchak, *The Sunday of the Negative*, State University of New York Press, 2003. p.19. "Yet on the other hand, Bataille views the Kojèvian / Hegelian 'end' somewhat like the 'Messianic cessation of happening' evoked by Walter Benjamin, a cessation that holds the promise of deliverance from 'the homogeneous course of history.' And for Bataille, unlike Kojève, this deliverance will once again take a religious form—the 'Sunday of the Negative'."

그 이듬해 안식년에 들어가서 빠우엘 목사는 다시 고국인 카나다에서 나오지 않았다. 이래 이십 년, 나는 그의 생사를 알지 못한다. 그러나 내가 화필을 들어 캔버스를 향할 때마다, 나는 언제나 은빛 수염과 그리고 그 수염 속에서 나직히 세어 나오는 그의 이야기를 머리에 서언하게 그려보며 잠시 생각에 잠기군 하는 것이었다. 그럴 때마다 나는 어디 먼 곳에서 불려 오는 것 같은 나귀의 방울소리를 은은히 듣는 것이었다.[59]

배열 목사는 "요한 삼장 십육 절"을 암송하던 어린 주인공에게, "참 착하오. 주일 잘 지키고 하나님 전도 많이 하시오?"[60]라고 격려했으며, "마음속에 있는 또 하나의 눈"[61]을 알려주었다. 하지만 화가를 꿈꾸는 이 소년에게 세잔느와 라파엘의 그림을 주기도 한 그는, "안식년"을 맞아 캐나다로 간 후 영원히 돌아오지 않았다.

이 에피소드는 고향에 들른 「오디」의 김 군이 "어느 새에 군내에서 굴지하는 상인이 된 정군" 등과 찾아간 술집에서 기생 창엽蒼葉을 만나게 된 일과 짝을 이룬다. 「그림」의 주인공이 "은빛 수염"과 "그 수염 속에서 나직이 세어 나오는" 배열 목사의 음성을 떠올리는 것과는 대조적으로, 김 군은 자기를 안다는 창엽에게 "나는 너를 모르겠다"[62]라고 "실토"한다. 따라서 창엽은 "바르타자아르" 이야기를 꺼내는데, 그것은 십 년 전 "예수교 예배당" 야학의 "옛말 시간"에 김 군이 그녀에게 들려준 것이다. 그러나 김 군은 "건방진 문학소년"이던 자신이 호랑이 이야기나 이솝 이야기 대신 수업 재료로 선택했으며, 아마도 아나톨 프랑스Anatole France의 「발타

---

59 김남천, 「그림」, 『문장』, 1941.2, 274쪽.
60 위의 글, 272쪽.
61 위의 글, 271쪽.
62 김남천, 「오디」, 『문장』(폐간호), 1941.4, 117쪽.

자르*Balthazar*」(1889)[63]일 듯한 이 "바르타자아르"가 동방박사 이야기를 소재로 한 "서양소설가의 문학작품" 제목이라는 사실만을 겨우 기억해 낼 뿐이다. 김 군의 머릿속에 남은 "소설의 내용"은 그 간단한 줄거리밖에 없으며, 창엽 역시 김 군과 다르지 않다.

나만이 그러나 「바르타자아르」의 내용을 잊은 것이 아니라, 창엽이 자신도 바르키스라는 여왕의 이름과, 그 여왕의 환영을 잊어버리기 위하여 별星을 연구하던 바르타자아르에게, 하루는 하늘로부터 말씀이 있었다는 것과, 그 말씀이 가리키는 대로 바르타자아르는 한 말의 몰약沒藥을 마련해 가지고 별을 쫓아 "사람에게 진리를 가르치고저 세상에 탄생하는 어린아이"한테로, 유대국의 베들레헴으로 길을 떠났다는 줄거리만을 기억하고 있는 것이다.[64]

하지만 분명한 것은 "바르타자아르"가 오래된 "옛말"일 뿐 아니라, 그 "옛말"이 마지막으로 이야기된 때마저 십 년이나 되었다는 점이다. "외우기 힘든 서양 이름을 두 개씩이나 잊지 않고" 있던 창엽에게 기특하고 반갑고 흐뭇한 마음을 느낀 김 군이 창엽과 만난 일을 핑계로 자기의 "소년시대를 한바탕 떠들어 지껄이었고", 친구들은 "두 사람의 기이한 해후를 축하"했음에도 불구하고, 결국 김 군은 "십 년 전의 푸른 꿈을 아무데서나 이루어보지 못하고 쭉지가 부러져서 뜻을 잃고 고향에 돌아온 사람"이다. 즉 과거의 김 군이 아니라는 점에서 그의 귀향은 배열 목사가 돌아오지 않은 것과 다르지 않다. 그리고 창엽 역시 "별을 따라 베들레헴

---

63 이 작품은 아쿠타가와 류노스케가 일본어로 번역한 바 있다. 芥川龍之介, 『梅, 馬, 鶯 : 芥川龍之介 隨筆集』, 新潮社, 1926.

64 김남천, 앞의 글, 118~119쪽.

을 쫓아가던 마음으로 지금 뭇 사나이 앞에서 술을 따르는 신세"가 되어 있다. 그러므로 두 사람의 만남은, 생사조차 모르는 채 이십 년 동안 배열 목사를 만나지 못한 것보다도 더 섭섭한 일이다. 조선으로 돌아오지 않을 것이라는 점에서 목사의 "안식년"이 계속되고 있듯이, 김 군과 창엽 역시 "그루미 선데이"의 한가운데에 있다. 두 사람의 해후는 그 사실을 "뼈에 사무치"[65]도록 깨닫게 하며, 따라서 술자리는 다음과 같이 될 수밖에 없다.

> 모두들 시무룩해서 앉아 있다. 순배가 다시 돌아갔으나 무슨 의무를 실행하듯이 아무 말 없이 술을 마시고는 옆자리로 덤덤히 잔을 옮겨 놓을 뿐. 생각해 보면 기쁠 것도, 반가울 것도 없는 일인지 모른다.[66]

그런데 창엽이가 "서양 이름"을 들면서 김 군이 잊고 있던 "서양소설가의 문학작품"을 일깨운 일은, 배열 목사 및 그가 준 그림이 모두 서양과 관련된다는 사실과 함께, 앞서 언급된 여급 "양이洋伊"의 이름에 주의를 기울이게 한다. 경덕은 "푸른 양장으로 몸을 단장한 아리따운 인형 같은"[67] 양이를 떠올리면서, "점점 동양적인 본색을 나타내려는 그의 주둥이와, 피부의 주름 같은 것은 어떻게 감추어 보일 도리도 없는" 아내의 얼굴이 "눈부시는 양이의 모양과는 얼마나 판이하게 다른 것인가"[68]를 발견하고 있는 것이다. 즉 경덕이가 나이 든 아내의 "동양적인 본색" 운

---

65 위의 글, 123쪽.
66 위의 글, 119쪽.
67 김남천, 「속요 5」, 『광업조선』, 1940.5, 76쪽.
68 위의 글, 74쪽.

운하며 양장한 젊은 "양이"를 그리워함은, 준보(「일요일」)가 "시국"에 역행해 "구라파문명"을 동경하거나 종택(「패배자의 무덤」)이 "불란서 같은 데"로 "양행하고 싶다"[69]고 한 일과 함께, 아래 대화에 등장하는 "태평양"과 그 너머를 상상하게 한다. "양洋"과 "양羊"이 그런 것처럼 "양이洋伊"는 "양이洋夷"와 동일하게 발음되며, 후자의 "양이"는 한때 청년들을 매혹했으나 이제는 "동양"과 "대동아"의 이름으로 배척되고 있는 기독교와 마르크스주의라는 '박래품舶來品'의 전파자이기 때문이다.

> "양이? 양이라니? 염소라는 양짜?"
> "으응. 태평양이라는 양짜."
> "후훔. 태평양 양짜. 거 이름이 아름답고 고운데."[70]

인용문은 경덕과 양이가 사라센 바에서 처음 만났을 때를 묘사하고 있는데, 이와 관련해 흥미로운 것은 이 장면이 채만식의 「냉동어」를 떠오르게 한다는 사실이다. 경덕과 양이의 질문과 답이 "염소라는 양짜"에서 "태평양 양짜"로 나아가는 것처럼, 아래의 대화 역시 "염소 양"을 거론하면서 시작되어 "바다"를 언급하며 끝나고 있기 때문이다.

> "상서 상……. 옷의 변에 염소 양……"
> "오오, 상서 상!……, 문 증 상……"
> 아내는 다시 새로 文澄祥이라고 석 자를 써 가지고는 들여다보면서……
> "……문증상……, 증상……, 쯧! 좋군요!……. 문 증 상, 문증상……, 어디서

---

69   채만식, 「패배자의 무덤」, 『채만식전집』 7, 창작사, 1989, 387쪽.
70   김남천, 「속요 3」, 『광업조선』, 1940.3, 92쪽.

들던 이름 같다!……. 그러나 저러나 상서 상짜가 어디, 절개란 뜻이야 되우?"

"여고쯤 마치구서, 그걸 알면 제법이게?……. 아무튼 임잘랑은, 효도를 보구 싶을 테니, 따루이, 王祥이라는 그 祥 자루 해석을 하구려……."

"듣느니 고마운 말씀이요……"

아내는 농엣말을 하자다가 도리어, 매디지게 한숨을 내쉬면서……

"……인전 자식이나 기르구, 잘 길러주구서 즈의한테 효도나 조끔 바라구 해야지, 달리야 내가 무슨 여망이 있수?"

아내는 말을 맺고 우둑허니 생각에 잠겨 앉았다가, 문득 남편더러……

"난 그래, 효도나 바란다구……. 당신은 무얼 바라구서, 뜻 있는 이름을 다아 지어주구 그리시우?…… 설마, 저……."

"冷凍魚의 향수는 바다에 있을 테지!……"[71]

여러 인간들의 처지를 어항에 갇힌 물고기로 파악하면서 '은어는 산 속에서', '부어鮒魚가 사는 세계', '심해어', '열대어', '물고기의 근하신 년', '방황하는 금붕어' 등의 장 제목을 제시하는 김남천의 「사랑의 수족 관」이나, "지금 폐어肺魚는 반신半身 물에 잠기고 반신 바람에 불리면서 도 두 가지 호흡의 기능을 다 잃고 죽어가고 있는 것"[72]이라고 서술하는 최명익의 「폐어인」과도 유사하게, 위의 소설 또한 그 제목에서부터 역사 적 상황 속의 인간을 물고기에 빗대면서, 그 냉동된 현실과 대립되는 "바 다"의 이상을 환기한다. 그리고 그것은 준보, 경덕, 영섭, 유성과 마찬가 지로 "남의 애비"[73]가 된 대영이, "일본 민족의 유구한 민족적 사명이요, 그래서 한 거대한 역사적 행동인 중원 대륙의 경륜"[74]을 접하기 위해 "대

---

71 채만식, 「냉동어」, 『인문평론』, 1940.5, 181쪽.
72 최명익, 『최명익 단편선 비 오는 길』, 문학과지성사, 2004, 43쪽.
73 채만식, 「냉동어」, 『인문평론』, 1940.4, 130쪽.

류"으로 가는 스미꼬澄子[75]와 달리, "냉동어의 향수는 바다에 있을 테지!"라고 말하며 갓 태어난 딸의 이름을 짓는 일로써 명시된다. 이는 한때 "고명하신 여류지사"[76]였으나, 이제는 여급이 된 최영자(「바다로 간다」)의 에피소드를 떠오르게 한다. 그녀는 "철도 부설 관계로 만주 방면"[77]에 가는 박군을 송별하기 위해 "살롱 미라美羅"에 온 젊은 토목기사 준호에게 "연애심리"[78]를 느끼지만, 준호의 결혼 청첩을 받음과 더불어, "나는 그 동안 얼마나 바다를 잊고 살아 왔던가"[79]라고 자문하며 인천 바다로 가는 것이다.

한편 "상서 상 자"와 "절개"를 연결시킬 수 없는 아내조차 "어디서 듣던 이름 같다"고 느끼게 하는 딸의 이름 "문증상文澄祥"은, 남송이 원나라에 항복했을 때 쿠빌라이 칸을 거부하고 죽은 문천상文天祥을 염두에 두고 지어진 것이다. 실로 채만식은 「냉동어」가 발표되기 몇 달 전에 다음과 같이 서술한 바 있다.

---

74 채만식, 「냉동어」, 『인문평론』, 1940.5, 176쪽.

75 스미꼬의 전체 이름은 "하라 스미꼬"(『인문평론』, 1940.4, 106쪽)인데, 소설에 영화 이야기가 많이 나오고, 문예봉, 나운규의 이름도 등장할 뿐 아니라 스미꼬도 조선의 영화 관계자를 만나고 있다는 점에서, 하라 스미꼬는 〈망루의 결사대〉(1943, 이마이 다다시·최인규)에 출연한 하라 세츠코原節子를 상기시킨다. 「냉동어」를 집필할 때에 채만식이 하라 세츠코를 알고 있었는지, 그녀가 그때에도 영화배우로 활동했는지는 확인을 요한다. 하지만 소설에서 논의되는 "절개"의 '절節' 자가 하라 세츠코의 이름에 사용된다는 점은 주목된다. 따라서 대영이 죄스러움도 아랑곳하지 않고 딸의 이름에 세츠코의 '절節' 자 위치에 있는 스미꼬澄子의 "증澄(징)"을 넣은 것은 묘하다. 물론 "증"은 그 글자의 뜻으로 인해 경덕의 "목욕탕" 장면도 상기시킨다.

76 김남천, 「바다로 간다」, 『조선일보』, 1939.5.3.

77 김남천, 「바다로 간다」, 『조선일보』, 1939.5.13.

78 김남천, 「바다로 간다」, 『조선일보』, 1939.5.9.

79 김남천, 「바다로 간다」, 『조선일보』, 1939.6.15.

역사歷史는 군자이어서 희로喜怒를 불현어색不顯於色한다. 그렇기 때문에 그는 '나치스 독일'의 융성을 박수한 일도 없고 문천상文天祥과 더불어 통곡을 한 일도 없다.[80]

한편 자식의 "효도"를 바라는 아내에게 대영은 딸의 이름자인 "상" 자를 "왕상[81]이라는 그 상 자루 해석"하라고 하는데, 이때 "상祥" 자는 유명한 효자 왕상王祥과 관련될 뿐 아니라 "양羊" 자와 통한다는 점에서도 효도와 연관된다.[82] 한편 "양羊"은 흉노족의 포로가 되었으나 절개를 지킨 소무蘇武의 간양看羊, 즉 소무목양蘇武牧羊도 상기시킨다. 그렇게 보면, 「냉동어」에서 "효도"와 "절개"를 이야기함은 어느덧 "향수鄕愁"의 대상이 되고 만 바다의 이상을 다음 세대에 투사하는 것이며, 이는 "일요일"을 맞은 아버지로서 "어린 세상"을 그리며 "인류에 희망"을 느끼려 하는 준보의 생각과도 비슷한 바 있다. 따라서 우리는 "양羊"과 "양祥"을 동의어로 읽으면서, 이 바다의 전망을 배열 목사를 추억하거나 망각된 "바르타자아르" 이야기를 기억해 내는 김남천의 에피소드와도 연관시킬 수 있을 것이다.

물론 이때 주의할 사실은, "양"이 희생양의 뜻도 가지고 있다는 점, 그리고 대영이 "지나 사람의 만만디"[83]를 긍정적으로 평가하거나 "아메리카의 쌍놈 영화"[84]를 비난하는 것과는 별도로, "양"이 목자를 따르는 양이라는 기독교적인(서양적인) 의미도 내포한다는 점이다. 예컨대 좌절한 운동가 광준이 "옛날 사람이 삼사 세기에 걸쳐서 경험하던 것"을 "삼십

---

80 채만식, 「차안의 풍속」, 『신세기』, 1940.1, 60쪽.
81 왕상王祥은 중국 삼국시대의 효자로서, 한겨울에 산 물고기를 원하는 계모를 위해 얼음 위에 누워 얼음을 녹이려 하자 잉어가 튀어나왔다는 이야기의 주인공이다.
82 어미의 젖을 먹을 때 무릎을 꿇는다는 사실로 인해, 양은 효도를 아는 동물로 생각되었다.
83 채만식, 「냉동어」, 『인문평론』, 1940.4, 172쪽.
84 채만식, 「냉동어」, 『인문평론』, 1940.5, 150쪽.

여 년에 겪은 것"처럼 느끼는 일과는 상관없이, 다음과 같이 기도하는 백부 김 장로에게 광준은 오로지 "어린 양"일 뿐이었다.

> 과학의 연구가 주의 뜻에 어그러지지 아니하시되 호기심에 불타는 어린 청소년의 지능 우에 그릇되게 끼치는 해독이 없지 아니하오니 주여 굽어 살피어 주시옵소사, 공연한 자존심과 신앙의 동요와 젊은 허영심에서 어린 양의 무리를 지키어 주시옵소서. 내 사랑하는 조카자식을 특별히 돌보아 주시옵소사 그의 적은 지혜가 깊어짐에 따라 다시 주의 앞에 엎드리게 하옵소서. 지금 병고에 있사와 하느님을 구하옵나니 주여 내려다보시고 그에게 새로운 생명을 허락하여 주시옵소사.[85]

5. 나는 살고 싶다

그러나 위와 같이 기도했음에도 불구하고, 김 장로는 "한 번 하느님을 배반했으나 다시 문을 두드릴 날이 찾아올 줄 알았더니 그런 시일을 하느님이 광준에겐 허락지 않으시는가 보다"라고 결론지을 수밖에 없었다. 그리고 이 판단을 증명이라도 하듯이 실제로 광준은 죽고 만다. 이때 "더 살아서 아무 소용이 없어졌을 때 알맞치 나의 육체가 살 수 없게 되는 것이 나는 반갑고 기쁘다"[86]라고 고백했다는 점에서, 광준의 병사는 종택

---

85 김남천, 『사랑의 수족관』, 인문사, 1940.11, 81쪽.
86 위의 책, 69쪽.

(「패배자의 무덤」)의 자살과 다르지 않다. 어느 날 종택은 "마호멧의 초청을 받아 아라비아 땅"[87]에 가게 되었고, "어떤 낯모를 신사의 방문"을 받기도 했거니와, 그 후 그는 "프로메테우스의 후손"으로서 "불을 도로 빼앗기지 않기 위"[88]해 달려오는 급행열차에 뛰어들었던 것이다. 그리고 이 죽음들은 "거의 완성에 가까운 청년"처럼 보이는 토목기사 광호의 건강한 "생활"과 대비된다. 즉 백부의 생각과는 달리, 광준과 광호 형제 모두가 하느님으로부터 "새로운 생명을 허락"받는 "어린 양"이 될 수는 없었다. 광준은 다음 인용이 말하는 "염소"일지도 모른다.

인자가 자기 영광으로 모든 천사와 함께 올 때에 자기 영광의 보좌에 앉으리니 모든 민족을 그 앞에 모으고 각각 분별하기를 목자가 양과 염소를 분별하는 것 같이 하여 양은 그 오른편에, 염소는 왼편에 두리라. 그 때에 임금이 그 오른편에 있는 자들에게 이르시되 내 아버지께 복 받을 자들이여 나아와 창세로부터 너희를 위하여 예비된 나라를 상속하라. (…중략…) 또 왼편에 있는 자들에게 이르시되 저주를 받은 자들아 나를 떠나 마귀와 그 사자들을 위하여 예비된 영영한 불에 들어가라. (「마태복음」, 25 : 31∼41)

그렇다면 위와 같이 "양과 염소를 분별"하는 입장에서 보았을 때, 김남천과 채만식이 말하는 "염소라는 양짜"나 "염소 양"은 그 자체로서 모순을 표현한다. 아니, 이는 전향자의 "그루미 선데이"를 소설 쓰게 하는 "시국"을 배경으로, 무엇이 "양"이고 무엇이 "염소"인지 구분하기 어려운 역사적 상황을 상징한다. 또는 "현실과 이상 새"에 있는 "'과' 자"처

---

87 채만식, 「패배자의 무덤」, 『채만식전집』 7, 창작사, 1989, 391쪽.
88 위의 글, 392쪽.

럼, "염소라는 양짜"는 "양"과 "염소" 사이의 어떤 존재나 상태를 가리키는 듯도 하다. 더 나아가 그것은 양과 염소를 나누는 일이 가능하며 옳은지를 근본적으로 회의하게 한다.

이를테면 광준이 "하느님을 배반"했다고 보는 김 장로의 판단과는 반대로, "만주국 특수법인"인 "길림인조석유" 회사에 근무하면서 "기술이 하나하나 자연을 정복해가는 그 과정에 흠빡 반"할 뿐, "석유가 어디에 씌이는 것까지는 기술가는 묻지 않습니다"[89]라고 피력하는 광호야말로 오히려 "과학"의 "해독"에 물든 "염소"이거나 "백백교" 신도일 수 있다. 세계 지배 운운하며, "해군와 만철의 협력고심의 결과 드디어 과학은 결실을 보게"[90] 되었다고 평가하는 그는, "하늘이 무너지거들랑 토목기사가 되어 장목으로 떠받쳐 놓든지 착암공이 되어 솟아날 구멍을 뚫든지 천문학자가 되어 연구 재료를 삼든지"[91] 해야 한다고 주장하거나, "직업은 하나님 맞잡는 기술자"[92]라고 자부하는 이들과 동류이기 때문이다. 비유컨대 "오들오들 떨면서 도처에서 들킨"[93] 적 없는 이 사람들은, 과거의 청년들처럼 "포도 잎새 대신" "자본론"으로 "찬란한 나체"[94]를 가리지 않을 것이며, 따라서 "왼편에 있는" 광준보다도 더 "양"이 될 수 없다. 그들은 아래 논의의 "절대적인 주인"과 비슷한 존재인 '양' 행세하고 있을 뿐이다.

89　김남천, 앞의 책, 485쪽.
90　위의 책, 484쪽.
91　채만식, 「차안의 풍속」, 『신세기』, 1940.1, 60쪽.
92　김남천, 「바다로 간다」, 『조선일보』, 1939.6.7.
93　이상, 「문벌」, 『이상문학전집』 1, 문학사상사, 1992(3판), 83쪽.
94　이효석, 「주리야」, 『이효석전집』 4, 창미사, 1990(2쇄), 35쪽.

삶의 일요일이 그 종교적인 성격을 잃게 되었을 때, 즉 인간으로 하여금 노동하는 날의 고통을 이해할 수 있도록 해주는 신이 사라졌을 때, 갈등은 어떻게 되는가? 이때 (…중략…) 노동하는 사람은 절대적인 주인absolute master이 되며, 삶의 일요일은 레이몽 크노Raymond Queneau의 동명 소설에서 제시된 세계와 유사해진다. 그것은 잘 교육받은 완전히 무료한 개인들이 역사의 끝에 서서, 밥을 먹거나 하찮은 일들에 잠시 손을 대거나 시간의 흐름을 지켜보는 것 이외에 아무 할 일이 없는 세계다. 그때 다른 한편으로는 다음과 같은 일이 발생한다. 즉 코제브는 헤겔이 오직 생산 양식productive manner에 의해서만 인간성humanity을 정의하는 인류학적 관점을 가졌다고 논하는데, 그 생산 양식 속에서 인간성은 인간성의 구성 요소 중 하나인 부정성negativity을 제거하며, 생산 양식을 통해 세계에 의미를 부여하고 스스로의 내적 가능성들을 활성화하면서 완전한(절대적인) 자의식적 지식에 도달한다. 이때 역사는 멈추고 체계는 폐쇄되며 부정성으로서의 인간man as negativity은 역사 이후의 "삶의 일요일the posthistorical "Sunday of life" 속으로 사라진다.[95]

하지만 광호와 달리, 적어도 「등불」의 전향자 유성은 "절대적 주인"인 척할 수는 없을 것이다. 스스로 아버지가 된 그는, "짝 찢을 년"이나 "잡어 뽑을 놈"[96]이라고 한 (할)아버지의 무시무시한 욕설을 내면화한 대신, "선이는 왜 자지가 없느냐"는 아들의 물음 또한 피할 수 없기 때문이다. "하나님 맞잡는 기술자"들과는 정반대로, 다음과 같은 질문 앞에 선 그는, 자신이 양도 염소도 아닌 동시에 그 둘 다이기도 한 모순적 존재임을, 즉 부정성을 자신의 본질로 하는 "염소 양"임을 감출 수 없다.

---

95 Christopher M. Gemerchak, op.cit., p.19.
96 채만식, 「태평천하」, 『채만식전집』 3, 창작사, 1987, 27쪽.

구름은 왜 하늘에 있느냐, 달은 왜 밤에만 뜨느냐, 아버진 무엇 하러 회사에 가느냐, 소설은 왜 통 안 쓰느냐, 선이는 왜 자지가 없느냐…… 등등, 그러다간 가만히 아버지의 턱을 만져보며, 창이하구 엄만 수염 없는데 아버지만 왜 있어, 하고 묻기도 합니다.[97]

이때 "구름"과 "달"에 대한 과학적이고 객관적인 의문을 넘어, 아버지가 무슨 일을 하러 회사에 가는지, 왜 소설을 쓰지 않는지를 추궁하는 어린 아들의 물음은, 쫓아냈던 "바른팔"을 여전히 "용서"하지 않는 "하느님" 아버지의 아래와 같은 "명령"과 다르지 않다.

하느님은 여태껏 하느님한테 쫓겨나서 쓸없지 않은 일 같은 데 엄벙부려 뒹구는 바른팔을 부르시었다. 쫓겨났던 하느님의 바른팔은 어서 가 봐야겠다고 덤비면서 하느님 보좌 앞에 엎드렸다. 하느님은 인제야 나의 죄를 용서하실 게라고 바른팔은 생각했던 것이다. 아름답고 젊고 힘이 있는 바른팔을 무릎 앞에 보셨을 때, 하느님은 바른팔을 용서해 주시려고 생각했었다. 그러나 이내 옛날 일을 다시 생각하고 그 편으로 얼굴을 돌리지 않은 채 이렇게 명령하였다.
"지상으로 내려가거라, 네가 본 인간의 모양 그대로, 내가 충분히 관찰할 수 있도록 발가숭이인 채 산 위에 서는 거다."
어려운 이야기였던지 창이는 곧 눈을 감습니다. 그러나 나는 혼자서 좀 더 중얼거려 봅니다.
— 그렇게 하려면, 지상에 이르자 아무개나 젊은 여자가 있는 곳으로 가서 이렇게 말하라. 나직한 귓속말로, "나는 살고 싶다." —[98]

요컨대 일요일을 맞은 창이 아버지가 해야 할 일은, "발가숭이인 채

---

97 김남천, 「등불」, 『국민문학』, 1942.3, 124쪽.
98 위의 글, 124~125쪽.

산 위에 서는" 것이며 "나는 살고 싶다"고 중얼거리는 것이다. "일생일대의 창피"를 겪었음에도 불구하고, 그는 "하느님" 아버지로부터 끝내 용서 받지 못함으로써 아들의 질문에 답해야 한다. 오직 그렇게 함으로써 그는 여전히 "젊은 여자"를 기다리는 역사의 "지상"에서, "산 위"의 "동네"를 비추는 "등불"을 켤 것이다.

> 너희는 세상의 빛이라 산 위에 있는 동네가 숨기우지 못할 것이요 사람이 등불을 켜서 말 아래 두지 아니하고 등경 위에 두나니 이러므로 집안 모든 사람에 비취느니라. (마태복음 5:14~15)

따라서 그는 부끄럽고 슬프기만 했던 것은 아니었다. 그는 텅 빈 주체의 타자성을 빛나게 함으로써 잠자는 "어린 양" 곁에서 잠들지 못할 수는 있었기 때문이다. "발가숭이"를 가릴 "자본론"도 없이, 염소[99]처럼 "수염" 난 얼굴로 말이다.

『사이間SAI』, 2016.5

---

[99] '염소'는 이효석의 다음과 같은 서술을 상기시킨다. "불룩하게 수염을 붙인 흰 염소는 그 용모만으로도 벌써 이 세상에 쓸쓸하게 태어난 나그네다. 초점 없는 흐릿한 시선을 풀밭에 던지면서 그 어느 낯선 나라에서 이 세상에 잘못 온 듯이도 쓸쓸하게 운다. 울면서 풀을 먹고 풀에 지치면 종이를 좋아한다. 그 애잔한 자태에 애라는 자기 자신의 모양을 비치어 보고 운명을 생각하면서 종이를 먹인다. 한 권의 잡지면 여러 날을 먹는다. 백지를 먹을 뿐 아니라 인쇄된 글자까지 먹는다. 소설을 먹고 시를 먹는다. 잡지 대신에 애라는 하루는 묵은 일기장을 뜯어서 먹이기 시작했다. 칠 년 동안의 사랑의 일기-지금에는 벌써 쓸모없는 운명의 일기-그 두터운 일곱 편의 일기장을 모조리 찢어서 염소의 뱃속에 장사 지내기 시작했던 것이다. 흰 염소는 애잔한 목소리로 새침하게 울면서 주인의 운명을-슬픈 역사를 싫어하지 않고 꾸역꾸역 먹는다." 이효석, 「가을과 산양」, 『이효석전집』 2, 창미사, 1990, 290~291쪽.

2장

식민지와 관광지

만주라는 근대극장

1. 신혼여행과 역사기행

아마도 『추월색秋月色』은 한국 근대문학사상 최초로 '신혼여행'을 서술한 소설일 것이다. 이 작품에서 신혼여행의 역할은 중요하다. 일단 그것은 문명개화적인 풍속 소개의 의미를 지닌다. 이 소설은 신혼여행이 "서양 풍속에 새로 혼인한 신랑 신부가 서로 심지心志도 훑어보고 학식도 시험하며 처음으로 정분도 들이고자 하여 외국이나 혹 명승지로 여행하는 것"[1]이라고 알린다. 이 신 풍속을 실천함은 주인공들의 근대적 위치를 표현한다. 그것은 영창의 "후록고투"나 정임의 "분홍 양복"에 필적하는 첨단의 생활 패션이다. 따라서 정임이 영창에게 "내일은 어디 어디 구경할까요?"[2]라고 물으며 "요양 백탑", "화표주", "심양 봉천부", "봉황성", "계문연수" 등의 장소를 드는 일은 역사적인 의의를 지닌다. 이 부부동반의 "출입"은 과거의 "조선 습관"과 대비되어 다음과 같이 서술된다.

---

1   최찬식, 「추월색」, 『한국신소설전집』 4, 을유문화사, 1968, 51쪽.
2   위의 글, 52쪽.

조선 습관으로 말하면 혼인 갓 한 신랑 신부는 서로 말도 잘 아니 하고 마주 앉지도 못하여 가장 스스러운 체하는 법이오, 더구나 신부는 혼인한 지 삼 일만 되면 부엌에 내려가 밥이나 짓고 반찬이나 만들기를 시작하여 바깥은 구경도 못하는 터이라 내외가 한 가지 출입하는 일이 어디 있으리요마는, 영창이 내외는 혼인 지내던 제 삼일에 만주 봉천으로 신혼여행을 떠난다.[3]

한편 신혼여행은 김승지 부부와 영창 부부가 재회하게 함으로써 소설의 행복한 결말을 매개하기도 한다. 정임은 신혼여행지에 나타난 비적에게 끌려가지만, 이 일로 인해 오히려 가족은 재결합하게 된다. 신혼여행은 문명개화의 이념 제시는 물론, 이야기의 진행과 조직에도 관여하는 핵심적인 장치다.

하지만 여기서 간과할 수 없는 사실은 신혼여행의 목적지가 "만주 봉천"이라는 점이다. 이에 대해 최원식은 『추월색』의 신혼여행이 "경의선을 따라 일본군의 진격로를 답사하는 일종의 역사기행으로 창안"[4]되었다고 평가한 바 있다. 소설에 등장하는 다음 장면을 고려할 때 이는 타당한 의견이다.

(영창) "이곳은 일로전역日露戰役 당시에 일본군이 대 승리하던 곳이오구려. 내가 이곳을 지나가본 지 몇 해가 못 되는데 벌써 황량한 고전장古戰場이 되었네." (…중략…)

(영창) "응, 그렇지마는 동양 행복의 기초는 이곳 승첩에 완전히 굳고 저렇게 철도를 부설하며 시가를 개척하여 점점 번화지가 되어가니, 이는 우리 황색 인종도 차차 진흥되는 조짐이지요."[5]

---

3   위의 글, 50쪽.
4   최원식, 『한국계몽주의문학사론』, 소명출판, 2002, 47~48쪽.

영창 부부의 신혼여행은 일본군의 "승첩"과 더불어 "철도를 부설"하고 "시가를 개척"하는 활동에 편승함과 동시에 러일전쟁에서 죽은 "용맹한 장사와 충성된 병사"를 기리는 "역사기행"이다. 그것은 "서양 풍속"과 신문명을 그대로 구현하기보다는 "동양 행복"이나 "황색 인종" 등의 말로 암시되는 일본의 지정학적 이념과 인종주의적 슬로건을 반영한다. 그것은 서양을 모방하고 내면화함과 동시에 그 "초극"을 시도하는 특수한 역사적 운동에 대응한다. 따라서 청인 마적들과 맞닥뜨린 정임이 "나 도무지 개 같은 오랑캐 소리 몰라"[6]라고 외친 것은 당연하다. 정임에게 달려들었던 "하이칼라적 소년" 강한영의 표현을 빌리면, 그녀는 "야만이 커진 문명국 사람"[7]이기 때문이다. 그녀는 여행지에서 토인에게 납치당한 황색 문명인이다.

즉 『추월색』의 신혼여행은 서구를 자기화함으로써 "오랑캐"를 물구나무 세운다. 또한 그것은 "땅에는 철로가 빈틈없이 놓이고, 하늘에는 전선이 거미줄 같이" 얽힌 "굉장한 풍물"[8]을 "동양"에 재현함으로써 서구에 맞서고자 한다. 이는 청나라(중국) 중심의 전근대적 질서를 부정함과 더불어 근대 세계의 중심을 놓고 서양과 경합함을 의미한다. 그렇다면 "오랑캐"는 서양이기도 하다. 이는 조선과 "일본과 만주를 한데 합하여 문명한 강국을 만들고자 하는" 범아시아주의자 구완서의 "비사맥 같은 마음"[9]을 상기시킨다.

---

5   최찬식, 앞의 글, 52쪽.
6   위의 글, 53쪽.
7   위의 글, 15쪽.
8   위의 글, 37쪽.
9   이인직, 「혈의 누」, 『한국신소설전집』 1, 을유문화사, 1968, 50쪽.

그런데 조선인들에게 만주나 중국은 "동양 행복"의 신혼여행과는 다른 "역사 기행"의 장소이기도 했다. 예컨대 『대한민보』에 연재되었던 「소금강」은 서간도가 "옛적 우리나라 판도"[10]라고 서술했으며, 『청춘』은 "고조선인의 지나 연해 식민지"[11]에 대해 논했다. 『학지광』의 한 기사는 "만주 대륙에서 삼천 삼백 년간 발흥하던 시대"와 "청구靑邱에서 일천 년간 퇴영하던 시대"로 조선사를 구분하며 다음과 같이 기술했다.

> 차대此代에는 동양에서 세력을 각축하던 국國이 오직 두 나라인데, 아 조선이 항상 지나를 억압하여 부절한 충돌에 영세寧歲가 무無하였고, 대무신왕大武神王 영락대제永樂大帝 시에는 북경北京 상곡上谷 태원太原 등지를 다 점령하였었고, 제 이기로 말하여도 아족我族이 지나 전토를 통일하여 삼백 년간 계승하였으니, 이는 즉 고려 승 김준金俊이 만주를 개척하였다가 그 후손 애신각라愛新覺羅가 청국을 건建함이라. 이러하게 수천 년래로 조선인이 지나 사만 리를 메주같이 축답蹴踏하였나니, 시이是以로 아我의 고물古物 유적이 지나에 다재多在하다 함이니 고고考古의 염念이 유有한 자는 반드시 차 지방에서 구함이 가하니라.[12]

위 글의 필자는 흑룡강 부근 러시아의 철도공사장에서 발견된 비석이 "효종이 이스데바프露國를 파破한 개선비"일 것이라고 추측하며, 러시아령 "둥그스꺼 지방"을 비롯해 "오리촌, 질냐크, 우랄 산하山下, 달탄, 서간도, 봉천"[13]의 사람들이 임경업을 신으로 모시고 있음을 목격했다고 말한다. 이러한 역사적 상상을 배경삼아 『학지광』의 또 다른 필자인 유만

---

10 빙허생, 「소금강」, 『대한민보』, 1910.2.16.
11 「고조선인의 지나 연안 식민지」, 『청춘』 6호, 1915.3.
12 천외자, 「지나 지방에 조선 유적」, 『학지광』 10호, 1916.9, 35~36쪽.
13 위의 글, 37쪽.

겸兪萬兼은 "조선 내외에 재在한 조선인 등이 단결하여 만주 경영에 착목함을 절망切望"한다고 피력했다. "조선인은 국내법상에는 일본인과 같지 않은 경우에 재在하나 국제법상에는 동일한 권리를 향유"하므로 이것이 조선인이 만주에서 활약할 "절호한 연유緣由"[14]라는 것이다.

이렇게 만주는 제국이 부르짖는 "동양 행복"뿐 아니라 식민지의 민족주의를 매개하는 장이었다. 만주는 "근대 일본의 팽창하는 경계, 타자 인식과 자기의식의 변용을 고찰하려 할 때 빠뜨릴 수 없는 결정적 토포스topos"[15]였던 동시에, 식민지 민족의 출생지를 재발견하는 장소이자 민족사를 측정하고 서술하는 도구로도 기능했다.[16] 따라서 정임이 말한 "오랑캐"는 좀더 복잡한 의미를 지닌다. "오랑캐"는 일본의 타자이자 조선의 타자였다. 일본과 조선, 근대 문명("동양")과 민족사는 이 "오랑캐"의 땅을 전유하려는 한다는 점에서 통일되었다. 신혼여행은 영창과 정임을 신식 부부로 결합시켰을 뿐 아니라 만주에 대한 제국과 식민지의 태도를 연결시켰다. 그러므로 그들이 탄 "탄환 같이 빠른 차"[17]가 조선의 명승지를 거쳐 "황량한 고전장古戰場"에 이르렀다는 점, 다시 말해 "일로전역 당시에 일본군이 대 승리하던 곳"과 다음 장면이 하나의 선로를 따라 연속적으로 묘사되는 점은 상징적이다.

남대문 정거장에서 의주 북행차를 타고 가며 곳곳이 구경하는데, 개성에 내려

---

14 유만겸, 「지나철도론」, 『학지광』 13호, 1917.1, 79쪽
15 임성모, 「팽창하는 경계와 제국의 시선―근대 일본의 만주 여행과 제국의식」, 『일본역사연구』 23집, 2006.6, 90쪽.
16 Andre Schmid, *Korea Between Empires 1895~1919*, Columbia University Press, 2002, p.230.
17 최찬식, 앞의 글, 58쪽.

황량한 만월대와 처창한 선죽교의 고려 고적을 구경하고, 평양 가서 연광정에 오르니, (…중략…) 전일 평양감사 시대에 백성의 피 빨아가지고 이곳에서 기생 데리고 풍류하며 극호강을 하던 것을 탄식하다가, 곧 부벽루, 목단봉, 영명사, 기린굴 낱낱이 구경하고[18]

따라서『추월색』의 한 가지 핵심은 1911년 11월에 압록강 철교가 완공됨으로써 본격화되어, 1912년에 봉천 부산 간의 직통열차가 운행되기에 이른 조선과 만주 사이의 '연락 운수'[19]다. 최원식이 이 작품을 일러 압록강 철교의 완공에 바쳐진 작품[20]이라 평가한 것은 그 때문이다. '연락 운수'는 만주로의 신혼여행을 가능하게 한 결정적 조건이다. 또 그것은 "백성의 피" 빨아먹던 "평양감사 시대"를 "전일"의 일로 "탄식"하는 데에도 깊이 관여했다. 비유컨대『추월색』의 가을 달빛은 압록강 철교를 비추는 제국과 문명의 달빛이며, 이 작품의 중요한 주제는 경의선과 만철의 매끄러운 연결이다. 이는 경의선이 지나는 지역을 소개하며 거기에 압록강 너머의 안동安東까지 포함시킨 조선총독부 발행『조선철도여행편람』의 태도와도 상통한다. 1923년 현재 신의주 발 봉천 행 열차가 하루 6편, 봉천 발 신의주 행 열차가 하루 5편이나 있었던 것[21]으로 보아 이는 이상한 일도 아니다. 1917년 7월 31일부터 1925년 3월 31일까지 만철은 경의선을 포함한 조선의 철도를 위탁 경영하기도 했다.[22] 그렇다면『추월색』은 애초부터 신혼여행을 중심으로 구성된 것일 수 있다. 압

---

18 위의 글, 51쪽.
19 정재정,『일제침략과 한국 철도』, 서울대 출판부, 1999, 387쪽 참조.
20 최원식, 앞의 책, 51쪽.
21 조선총독부 편,『조선철도여행편람』, 1923, 190쪽.
22 정재정, 앞의 책 참조.

록강 철교와 "황량한 고전지"를 묘사, 서술하기 위해 그 이전과 이후의 소설적 사건들이 만들어졌을지도 모른다. 이는 영창과 정임이 도쿄의 우에노上野 공원[23]에서 재회한 일과도 잘 어울린다.

2. 식민지인의 만주 구경

이광수의 「만주에서」(『동아일보』, 1933.8.9~23)는 압록강 철교가 등장하는 또 다른 글이다. 춘원은 "철교의 고마움"과 "문명의 고마움"을 느끼면서, "연경로燕京路 삼천리에 압록강 건너는 것이 큰 난사"였던 옛날과 달리 "지금은 졸면서" 압록강을 건넌다고 썼다. 이태준 역시 압록강을 건너며 "이곳을 누워서 지나거니!" 하고 깨달았다.[24] 그 점에서 「만주에서」와 「만주기행」은 『추월색』의 신혼여행을 계승한다. 여기서 압록강철교는 중립적인 구조물이 아니다. 경성역에서 출발한 춘원은 경의선 노선을 따라 차례차례 나타나는 한강, 대동강, 청천강, 압록강을 본다. 그는 자연 자체를 관찰하기보다는 철도 노선으로 구현된 제국의 공간적 기획을 목격한다. 그리고 그것은 압록강철교에 이르러 클라이맥스에 도달한다. 문명의 테크놀로지와 더불어 거대한 화면이 차창 밖으로 펼쳐질 것이다. 하나의 선로를 따라 전개되는 풍경의 매끄러운 연결은 지배─피지

---

23 한편 '추월색'이라는 작품명은 우에노 공원에 있는 추색앵秋色櫻이라는 나무를 상기시킨다.
24 이태준, 「만주기행」, 『무서록』, 박문서관, 1941, 281쪽.

배 관계를 넘어 상상되는 제국과 식민지의 연대 및 동일화를 표상하는 듯하다.[25] 이는 "금융조합 선전 활동사진회"에 대한 이상의 다음 묘사를 상기시킨다.

始作입니다. 釜山棧橋가 나타납니다. 平壤 牧丹峰입니다. 鴨綠江鐵橋가 歷史的으로 돌아갑니다. 拍手와 喝采—泰西의 名監督이 바야흐로 顔色이 없습니다.[26]

한편 만주에 들어선 춘원이 언급하고 있는 주요 장소는 안동역, 고려문高麗門, 금석산金石山, 계관산鷄冠山, 본계호本溪湖 제철소, 혼하철교渾河鐵橋, 봉천역, 심양성瀋陽城, 요양성遼陽城, 안산鞍山, 안산광산, 안산제철소, 천산千山, 대석교大石橋, 금주金州, 대련 등이다. 이 장소들을 묘사하며 춘원은 만주에 대해 조선인이 취할 수 있는 복잡한 반응을 총체적으로 제시한다. 그는 고려문과 관련해 다음과 같이 쓴다.

고려문이라는 것은 옛날 사신들이 통관하던 곳입니다. 고구려 이전으로 말하면 만주 일폭一幅이 다 우리 민족의 판도니까 말할 것도 없지마는, 고려 이후로 점점 좁아들기를 일천 년을 해오는 동안 이 땅은 마침내 한족漢族의 것이 되어 버렸습니다.[27]

---

25 이광수는 송진우와 함께 만주국 수립 1년을 맞아 대련에서 개최된 일본 전국신문협회 대회에 동아일보 특사 자격으로 참가하기 위해 만주로 간 것이다. 돌아온 후 춘원은 『삼천리』에 게재된 '재만동포문제 좌담회'에 참가한다.

26 이상, 「산촌여정」, 『이상문학전집』 3, 문학사상사, 1993, 111쪽.

27 이광수, 「만주에서」, 『이광수 전집』 18, 삼중당, 1962, 273쪽.

무엇보다도 이광수의 "만주 구경"은 민족사의 "역사 기행"이다. 만주는 조선의 역사와 문명을 시각적으로 증명함으로써 조선인을 근대 민족으로 투영해 내는 역사적 상상의 장이다. 따라서 춘원은 계관산에 대해 "옛날 우리 선인들이 사랑하는 산"이라 규정하며, 혼하철교에 대해서는 "아리나례阿利那禮라고 우리 선민들이 부르던" 곳이라고 밝힌다. 그는 '봉천'이 청조 때부터의 이름이고 옛날에는 심양이라 불렀지만, "그 전 우리 선인들은 무엇이라고 불렀는지" 지금은 알 수 없다고 한다. 그리고 "만일 오족吾族이 다시 이곳을 차지할 날"이 온다면 "맨 처음 할 일은 삼학사三學士의 충혼비, 충혼탑을 세우는 것"[28]이라고 피력한다. "산해관山海關 이동以東 어느 곳은 우리 조상의 유적"이 아니겠냐고 묻는 춘원에게 만주는 "우리 조상네가 살고 문화를 짓던 옛 터전"[29]이다. 이렇게 춘원은 만주를 민족사의 박물관으로 재구성한다. 이는 만주의 들을 다음과 같이 서술하는 것과 짝을 이룬다.

> 우리가 탄 차는 이 요하평원의 동쪽을 달리는 것입니다. 오곡이 무성한 이 기름진 평야는 누가 보아도 욕심을 아니 낼 수 없겠지요. 그러나 이 평야는 아직 수수, 조, 피, 깨, 콩, 강냉이 같은 전곡田穀을 심을 뿐이요, 아직 논은 개척이 되지를 아니하였습니다.[30]

「농군」(이태준)이나 『대지의 아들』(이기영) 등으로도 표현되었듯이, 만주에 논을 "개척"하는 일은 복잡한 역사적·정치적 의미를 지닌다. 이때

---

28 위의 글, 274쪽.
29 이광수, 「유정」, 『이광수 전집』 8, 삼중당, 1962, 67쪽.
30 이광수, 「만주에서」, 『이광수 전집』 18, 삼중당, 1962, 274~275쪽.

만주의 "기름진 평야"를 논으로 전유해 내려는 위와 같은 "욕심"은 춘원이 금석산과 천산을 각각 "금강산 비슷한 산"과 "요동의 금강산"으로 부르는 일과 상통한다. 이렇게 만주의 자연을 조선의 자연으로 덧칠해 묘사하려 할 때, 만주의 수수밭은 황무지로, 수수밭에 얽매인 만주인들을 토인으로 전락한다.[31] "우리 조상"이나 "동포"는 이들과 대립적으로 정립된다. 조선인은 만주라는 빈 화폭에 논과 쌀농사의 풍경을 묘사해 널 것이다. 실로 『유정』의 최석은 "북만의 벌판을 내 손으로 개척하여서 조선 사람의 낙원"[32]을 만들 생각을 품기도 했다. 수수와 비교할 때 대지의 "맏아들"[33]이라 할 수 있는 쌀을 생산한 자들이야말로 다음과 같은 "남의藍衣의 토민"들을 대신해 "세계에도 유명한 만주의 대 평원"을 차지할 새 "임자"다.

처음엔 "땅도 흔하다!"

하고 놀랄 것이요 다음엔 밭머리마다 연장을 들고 반기는 표정이라고는 조금도 없이 지나가는 차를 힐끔힐끔 쳐다보고 섰는 푸른 옷 입은 사람들을 볼 때에는 "그래도 모두 임자 있는 밭들이 아닌가!"

하고 피곤한 머리 속엔 메마른 생활의 꿈이 어지러웠을 것이다.[34]

한편 춘원은 "안산에서 대석교에 이르는 동안은 가장 반만군反滿軍의 습격을 당하기 쉬운 위험지대"라고 기술한다. "수수밭은 마적의 가장 사

---

31 이와 관련된 논의는 이경훈, 「만주와 친일 로맨티시즘」, 『오빠의 탄생』, 문학과지성사, 2003, 271~297쪽 및 「몸뻬와 야미」, 위의 책, 298~326쪽을 참고할 것.
32 이광수, 「유정」, 『이광수 전집』 8, 삼중당, 1962, 72쪽.
33 이기영, 「대지의 아들」, 『한국근대장편소설대계』, 태학사, 201쪽.
34 이태준, 앞의 글, 284쪽.

랑하는 엄폐물"[35]이므로 철도 선로의 오 미터 이내에는 수수 경작이 금지되었다는 것이다. 즉 만주의 자연은 "아직" 논이 못된 수수밭이나 토인과 동일시될 뿐 아니라 마적의 근거지로도 규정된다. 만주는 민족사의 박물관인 동시에 "엄폐물" 없이 샅샅이 관찰, 지배, 개척, 건설되어야 할 문명과 감시의 대상이다. 따라서 만주의 자연을 "온갖 문명의 시설을 구비한 대도시"로 개발한 대련大連 구경은 「만주에서」의 한 가지 핵심이다. 춘원은 다음과 같이 묘사한다.

> 야마도 호텔이라는 궁사극치窮奢極侈한 호텔에서 숙식을 할 수가 있고 부두의 칠층 누상樓上에 올라서면 연장 사 킬로의 방파제, 동에서 서에 벌린 부두에는 사천 톤급의 기선 삼십 오륙 척을 일시에 들여 밀 수가 있고 이만 톤급의 거선 사 척을 동시에 갖다가 붙일 수가 있는 축항을 일시에 바라볼 수가 있습니다. 그리고 마치 강 한 굽이와 같이 보이는 만을 건너서 보이는 감정자甘井子의 석탄 적재 장은 동양 제 일의 것이요, 세계에도 유수한 대규모와 신식 설비를 가진 것이라는데, 이것은 무순탄撫順炭을 실어 내기 위한 것이라고 합니다.[36]

여기서 중요한 것은 이러한 관찰 자체가 만주의 정치적 구조를 재현한다는 점이다. 춘원은 "부두의 칠층 누상"에서 "쿨리苦力"들을 내려다본다. "안내하는 만철 사원의 설명"에 따르면 쿨리 중에는 자기 이름과 나이를 모르는 사람도 있다. 그들은 "칠층 누상" 위의 시선에 응시됨으로써, 그리고 "세계에도 유수한 대규모"의 "신식 설비"와 대비됨으로써 그 존재 의의를 획득한다. 만주라는 공간 역시 "칠층 누상"의 권력에 매개

35　이광수, 「만주에서」, 『이광수 전집』 18, 삼중당, 1962, 276쪽.
36　위의 글, 277쪽.

될 때에야 그 넓이를 가지게 된다. 만주는 광활하게 펼쳐진 대평원이기
보다는 토인과 마적과 쿨리 위에 군림하는 위계질서의 구성적 공간이다.
그것은 오직 문명의 건설에 매개됨으로써 역사성을 띠게 될 것이다. 그
점에서 "부두의 칠층 누상"은 청일전쟁, 러일전쟁, 만주사변의 장소에
건립된 "충령탑忠靈塔"과 짝을 이룬다. "충령탑"은 "전적지로서의 만주"
를 만주 상상의 원점으로 작용하게 하는 동시에 "제국의 성지聖地" 공간
을 제공하기 위해 기획된 여러 장치 중 하나다. 그리고 그 중심에는 여순
대련 간 열차의 "스피드 업" 계획 및 도시의 "대공원화 계획" 등과 더불
어 "일대 영장一大靈場"[37]으로 수식된 "영지靈地 여순旅順"이 있었다. 만주
사변 전까지 여순에는 27개의 전적기념비가 세워졌으며 1929년 11월
부터 일 년 사이에 오만 명 이상의 참배객이 그곳에 참배했다. 1906년
조선을 거쳐 만주를 여행한 도쿠토미 소호德富蘇峰는 여순의 전적지를 본
후 다음과 같이 기록했다.

10일 오전부터 이시미츠石光 포병 중좌의 안내로 소위 우리 동포의 전골戰骨을
산처럼 높이 쌓게 한 송수산松樹山, 이룡산二龍山, 동계관산東鷄冠山 기타의 보루堡
壘를 구경했노라.[38]

"충령탑"과 함께 여순은 대련, 요양, 봉천, 안동 등을 재구성하는 하나
의 "모듈"[39]이 되었다. 춘원이 "충령탑"을 "대련의 기초"[40]라 하며 "일본

---

37 「聖都旅順を建設 一大靈場を實現」, 『滿洲日報』, 1935.7.10.
38 荒山正彦, 「戰跡とノスタルジアのあいだに－'旅順'観光をめぐって」, 『人文論究』關西學院
    大學, 2001, 4쪽에서 재인용함.
39 高媛, 「'樂土'を走る観光バス」, 『擴大するモダニティ』, 岩波書店, 2002, 231~232쪽.
40 이광수, 앞의 글, 278쪽.

인으로서 대련에 발을 들여 놓는 사람은 단체나 개인이(나) 반드시 대련 신사와 충령탑에 참배하고 나서야 여관으로 간다"라는 안내인의 설명을 옮긴 것은 이러한 사정을 배경으로 한다.

 "충령탑"은 "부두의 칠층 누상"과 마찬가지로 만주에 작용하는 권력의 높이와 충진 사회적 구조를 시각적으로 선포하고 정서적으로 확인한다. 이는 이광수가 대련을 보고서야 "나진羅津이 무엇인지"를 알았다고 말한 일과도 연관된다. 그는 나진이 "북만주와 일본 본토와의 상공업과 문화와 군사를 연결하는 큰 관절 또는 큰 흡반"이라고 파악함으로써 제국의 조감도로 부감된 조선의 위상을 승인하기 때문이다. 이때 '삼학사'의 "충혼탑"을 세우고자 했던 춘원의 역사적 의욕은 제국의 "충령탑"에 복잡하게 투사投射될 터이다. 아니, 러일전쟁의 "충령탑"은 병자호란의 "충혼탑"을 상상하게 한 현실적인 기원일 수 있다. 실로 제국의 "성지聖地" 만들기와 더불어 "고구려 시대의 성지城址"는 탐사되고 발굴되었던 것이다. 그리고 그렇게 보았을 때, 요양성에 대한 춘원의 언급은 중요한 문제를 제기한다.

> 원래 오족의 구지舊址로서 신채호 같은 이는 고구려의 안시성이라고도 하지마는, 여행안내에 의하면 "요양은 거금 사천여 년 전 우공禹貢의 청주성靑州城이요, 한 대漢代의 요양현이요, 남북조시대에는 조선의 영토가 되었다가 당대에 요주遼州가 되어 다시 중국 영토가 되고, 요대遼代에는 동경東京이라 하였고, 청조淸朝에서는 봉천 천도 전의 구도舊都"라고 하였습니다.[41]

---

41 위의 글, 275쪽.

여기서 눈여겨 볼 것은 요양성을 일러 "고구려의 안시성"이라고 논하는 신채호의 견해와 그것이 "남북조시대에는 조선의 영토"였다고 하는 "여행안내"의 설명이 나란히 제시된다는 점이다. 표면적으로 보아 두 입장은 상충되지 않을 뿐만 아니라, "원래 오족의 구지"라고 주장하는 춘원의 의견을 공히 긍정한다. 적어도 위의 인용에서 "출판 자본주의의 내셔널리즘 고양 캠페인"[42]의 일환으로 기능했던 제국의 "여행안내"는 이광수나 신채호의 민족주의와 대립하지 않는다. 만주는 제국과 식민지 민족에 이중 노출된다. 이는 만주에서 "동포 농장"에 뜬 "발해의 달"과 "대련박람회"를 동시에 구경하는 이광수의 위치와도 대응한다.

만주를 전유하고 재역사화함으로써 조선 민족은 오히려 제국의 영역 속으로 창제되어 들어갈 것이다. 제국은 전유와 재구성을 가능하게 하는 객관적 현실이기 때문이다. 사실 일본의 역사가들은 20세기로의 전환기부터 조선사를 반도사가 아닌 '만선사滿鮮史'로 기술하기 시작했으며 이는 조선이 대륙에 예속된 것이었음을 역사적으로 주장하기 위함이었다.[43] 춘원은 이러한 제국의 입장을 역이용하려 했던 것일지도 모른다. 그러나 제국이 외치는 '오족협화'는 지배 민족의 교체로 점철된 만주의 역사성을 과거의 지배 민족들이 '협화'하는 '왕도낙토'의 공시적 공간성으로 전환시킴으로써 일본의 현실적이고 역사적인 지배를 승인하는 동시에 탈역사화한다. 춘원의 "만주 구경"이 함축하는 핵심적인 문제는 이 점과 관련된다.

42　임성모, 앞의 글, 102쪽.

43　Andre Schmid, op.cit., pp.226~227.

3. 관광낙토와 투어리스트 뷰어로

그런데 "여행안내"에 대해서는 좀더 논의할 필요가 있다. 이태준이 "「봉천안내」에서 얻은 지식으로 택시를 타고 야마도 호텔"[44]로 갔던 것처럼, 이광수는 "여행안내"를 들고 "안내하는 만철 사원의 설명"을 들었다. 이는 만주를 바라보는 춘원의 시선에 '관광'의 시스템이 개입함을 알려준다. 이광수가 수행한 "만주 구경"은 "달아난다면 곧 만주 방면을 연상하는 버릇"[45]과는 전혀 상관없는 행위였다. 그가 수행한 "역사 기행"의 기원은 만주 여행을 전문적으로 취급하는 만철의 '선만안내소'(1918)[46]를 비롯해, '국제관광국'(1930.4~1942.8), '국제관광협회'(1931년 설립), '투어리스트 뷰어로'(1912년 설립) 등과 함께 일본 제국이 기획한 만주 관광이었다. 만주는 망명지가 아니라 관광지였다. 이광수는 제국을 탈출한 망명자가 아니라 제국에서 출발한 관광객이었다. 그는 압록강 철교를 건너며 시계 바늘을 한 시간 늦추는 여행의 자유를 누렸지만, 이 일 역시 1937년 1월 1일부터 시행될 일본 만주 간 시차 철폐에 의해 필요 없게 될 것이었다. 따라서 "국제관광협회"가 발행한『국제관광』등의 책자가 『동아일보』의 신간 안내란[47] 등의 소개를 통해 식민지에서도 읽히고 있었다는 점은 주목될 필요가 있다. 춘원의 기행문은 제국의 "관광식민주

---

44 이태준, 앞의 글, 288쪽.

45 이광수, 「유정」, 『이광수 전집』 8, 삼중당, 1962, 51쪽.

46 김백영, 「공간의 제국화, 풍경의 식민화—철도제국주의와 관광식민주의」, 『감성과 사회』, 한국사회사학회 · 성신여대인문과학연구소 공동 심포지움 자료집, 2008.9.6, 7쪽 참조.

47 한 예를 들면『동아일보』 1933년 2월 27일자는『국제관광』 창간호가 출판되었음을 알리고 있다.

의”로써 수행된 “표상 공간의 통합 과정”[48]과 무관하지 않다. 이는 일본 국제관광국이 “일선만지日鮮滿支를 연결하는 관광 루트 영화”[49]를 기획, 촬영한 일을 상기시킨다.

‘관광’이란 투어리즘tourism의 번역어이자 『역경易經』에서 취해 만든 말로서 ‘나라의 빛光’을 보觀거나 보인다는 뜻을 함축한다.[50] 애초부터 그것은 교통기관의 발달이나 노동 분업 등의 근대 사회 체계뿐 아니라 제국주의적인 국가의 기획과도 연관되어 있다. ‘관광’은 식민주의적인 시선의 창출 및 강화를 수반한다. 그런 의미에서 춘원이 “쿨리”를 내려다보거나 “충령탑”을 우러러본 것은 완벽한 ‘관광’이다. 이상李箱은 거지의 사진을 찍던 서울 거리의 백인을 어떤 “무골 청년”이 구타한 일을 서술하면서, ‘관광’의 시선에 예민하게 반응한 바 있다. “조감도”를 포기한 “실험동물”이 되었음에도 불구하고, 제국의 지방 도시 주민으로서 이상은 다음과 같이 말했던 것이다.

이 땅에 있는 것을 그들에게 구경시켜 주는 것은 결코 동물원의 곰이나 말승냥이가 제 몸뚱이를 구경시키는 심사와는 다르다. 어디까지든지 그들만 못하지 않은 곳 그들에게 없는 그들보다 나은 곳을 소개하고 자랑하자는 것일 것이어늘 ― 인력거 위에 앉아서 단장 끝으로 손가락질을 하는 그들의 태도는 확실히 동물원 구경에 근사近似한 태도요 따라서 무례요 더 없는 굴욕이다.

국가는 마땅히 법규로써 그들에게 어떠한 산간벽지에서라도 인력거를 타지 못하도록 취체取締하여야 할 것이다.[51]

---

48 김백영, 앞의 글, 12쪽.

49 「국제관광국에서 “조선편”을 촬영」, 『동아일보』, 1938.8.14.

50 高媛, 「‘二つの近代’の傷痕」, 『一九三〇年代のメディアと身體』, 青弓社, 2002, 128쪽 참조.

인용은 이상이 "국가"에 대해 언급한 희귀한 사례이거니와, 여기서 "동물원 구경에 근사한 태도"는 "충령탑" 참배와 날카롭게 대립한다. 영혼과 육체를 철저히 구분한 데카르트Descartes 이래 동물들은 영혼 없는 기계적 모형이 되었다.[52] 경성의 거지는 충령탑에 모셔지기는커녕 카메라에 "희롱"당해 마땅한 동물이다. 예컨대 그는 "인피델infidel이나 히 — 든heathen으로 주의 노하심을 받을 종자"[53]에 지나지 않는다. 그는 존재하는 대신 타자로서 재현된다. 이상이 말하는 "손가락질"과 "취체"는 주체와 타자 사이에 펼쳐지는 시선과 재현의 전쟁을 함축한다.

따라서 이상의 태도는 하얼빈 교향악단의 경성 공연[54]과 관계된 일마의 언급(이효석, 『벽공무한』)을 상기시킨다. "전연 연습을 하지 않고 떠난 때문에" "동경(의) 비평가들의 악평"[55]을 초래한 이 공연에 대해 일마는 "수천의 음악의 팬들이 회장 안에 그득히 모여들어 거리의 교양의 정도를 그 외래의 단체에게 보였음은 통쾌한 일"[56]이라 평가했다. 더 나아가 국가의 "법규"로써 주체성을 회복하려는 이상의 태도는 병자호란의 충혼탑을 러일전쟁의 충령탑에 투사하는 춘원의 그것과 짝을 이룬다. "여행안내"를 손에 쥔 춘원이 만주를 전유하는 시선의 주체로서 제국과 동일화된다면, "취체"를 호소하는 이상은 서양인의 시선에 포착되는 대상

---

51 이상, 「추등잡필」, 『이상문학전집』 3, 문학사상사, 1993, 86쪽.

52 존 버거, 박범수 역, 『본다는 것의 의미』, 동문선, 2000, 21쪽.

53 임영빈, 「사랑의 모험」, 『문장』, 1941.1, 34쪽.

54 하얼빈 교향악단의 서울 연주는 실제로 있었던 일이다. 동경 공연을 끝내고 하르빈으로 돌아가는 길에 서울(1939년 2월 26일 부민관)에서도 공연했다. 일본 콜롬비아 선전부장이었던 原善一郎은 서울 공연이 가장 좋았다고 평했다. 岩野裕一, 『王道樂土の交響樂』, 音樂之友社, 2000, 155쪽.

55 김관, 「하르빈」, 『인문평론』, 1940.2, 39쪽.

56 이효석, 「벽공무한」, 『이효석전집』 5, 창미사, 1990(2쇄), 224쪽.

으로서 제국과 동일화되고 있다.[57]

그런데 서양 사람의 "동물원 구경"을 초래하는 "구미와의 비대칭적인 관광 관계"(高媛)는 일본의 "관광 전략"으로 그 극복이 시도되었다. 만주사변 및 국제연맹 탈퇴 이후 계속된 제국의 군사적, 정치적 행위는 일본의 국제적인 고립 심화와 반비례해 만주, 중국, 동아시아 전체로 관광권의 팽창을 초래했다. 병사들의 전투는 새로운 관광 상품을 개발하며 자본의 이동을 활성화한 탐험이자 비즈니스였다. 이러한 상황을 배경으로 1939년 10월 교토에서 개최된 제2회 동아관광회의[58]는 "동아 관광 블록"을 주장함으로써 고노에近衛 수상의 "동아신질서"를 관광산업으로 뒷받침하고자 했다. 동경제대의 고야마 에죠小山榮三는 공영권의 실상 인식을 위한 일본인의 공영권 관광, 일본의 실상 인식을 위한 제 민족의 일본 관광, 극동의 실상 인식을 위한 구미인의 극동 관광이 포함되는 "대동아관광블록"의 구상으로써 "대동아공영권의 관광판觀光版"[59]을 제출했다. 한 예로 국제관광국이 미국의 소학교 여교원단에 이어 운동선수 20명을 초빙한[60] 일 등은 이 "관광 전략"의 일환으로 수행된 것이다. "대동아공영권"은 '대동아관광권'으로 번역되었다.

이때 일본은 "서양으로부터 받은 헤게모니적인 시선을 그대로 전위轉位시켜 다른 아시아 국가에 수직적으로 던지는 응용기법"[61]을 활용했다.

57　물론 이상은 도쿄의 "비속"을 비난하며 "뉴욕 브로드웨이에 가서도 나는 똑같은 환멸을 당할른지"(「동경」)라고 회의함으로써, 즉 제국의 수도를 '관광'하는 또 다른 시선의 위치로 나아감으로써 "오감도"의 아이러니를 회복했다.

58　여기에는 중국, 만주국, 필리핀, 태국 등의 관광 기관과 일선업자 70여명이 출석했다고 한다.

59　高媛, 앞의 글, 151쪽.

60　「미 운동선수 이십 인 국제관광국서 초빙」, 『동아일보』, 1939.5.12.

61　高媛, 앞의 글, 135~136쪽.

이상이 "그들보다 나은 곳을 소개하고 자랑하자"고 했듯이, 만철 부총재였던 핫타 요시아키八田嘉明는 "'호기심curiosity 방면'에서 구미 손님을 기쁘게 하던 종래의 관광 영화와 달리, 남양 방면을 보여줄 경우에는 '미개의 나라를 지도한다는 의미에서' '기술, 공업, 산업' 등의 내용을 짜 넣어 '구미와 비교해 뒤지지 않는' 일본의 국위를 보여주는 영화를 만들어야 한다"[62]고 주장했다. "대동아"는 서양인의 카메라에 사진 찍히는 커다란 "동물원"으로서가 아니라 제국의 관광 플롯에 의해 건설된 문명의 땅으로서 촬영되고 편집될 것이었다. 만주 관광은 이렇게 논의되고 전개된 일본의 "관광 전략"을 대표한다. "충령탑"과 함께 대련 항이 '관광'된 것은 그 때문이다. 다음은 이와 관련된 논의다.

> 그럼에도 불구하고 중요한 것은 만주여행에서 위령의 순례가 예전처럼 부동의 '중심'이 될 수는 없었다는 점이다. 만주는 이제 제국일본의 미래상을 선취한 듯한 근대적 공간으로 관념되면서 변용되어 나가기 시작했던 것이다.[63]

요컨대 만주는 "왕도낙토"의 슬로건과 더불어 "정의正義 일본"과 "만주국 신흥의 실상"을 세계에 현시하기 위한 "관광낙토觀光樂土"의 전시장으로 선택되었다. 만주관광연맹 이사장인 우사미 다카지宇佐美喬爾가 "국책적 견지에 기반한 사업"[64]을 강조한 것은 이와 관련된다. 만주는 전적지와 박물관일 뿐 아니라 동양의 한 지방으로서 서구에 맞서는 제국의 새로운 중심성을 연출하는 근대 문명의 무대로도 기능했다. 그것은 다음

62　위의 글, 136쪽에서 재인용함.
63　임성모, 앞의 글, 108쪽.
64　宇佐美喬爾, 「滿洲觀光聯盟と觀光事業について」, 『新京日日新聞』, 1937.4.1.

과 같이 기획된 "관광낙토"의 총체적인 스펙터클로써 "일본의 국위를 보여주는 영화"처럼 재현되었다.

> 1937년경의 '국도國都 관광버스' 투어의 마무리로는, '국도건설국國都建設局'의 옥상에서 도시계획의 개요를 설명하는 것, 즉 관광객의 시야를 전개全開시키는 곳에서 만주 심장 도시의 미래도를 강력히 실감시키는 일로 결정되었다. 신경新京의 '국도건설국'과 마찬가지로 여순의 '백옥산白玉山', 대련의 '산의 다실山の茶室'(전망대), 무순의 '노천굴露天掘'(노천탄전) 같은 파노라마적인 경치가 전개되는 장소는 가이드가 정성을 들이는 곳으로서 재만 일본인의 공적을 과시하기에 최적의 스테이지이다. 예를 들어 대련의 '산의 다실'에서 전 도시를 부감하면서 버스 가이드는 아편전쟁 당시의 영국군 상륙으로부터 시작해 청일전쟁, 삼국간섭, 러일전쟁 등 오늘날의 대련을 형성한 역사를 대충 설명한 후, 바로 아래의 충령탑을 비롯해 야마토호텔이나 미쓰코시 등 발 아래의 근대 건축을 하나하나 지적해 준다. "관광객 누구나가 저마다 훌륭한 거리다, 멋진 도회다, 하고 감탄한다"는 것이다.
>
> 한편 '객체'를 분류, 서열화하는 시각 장치도 관광버스 코스에 도입되어 있다. 여순 포위전 당시의 상황을 일람할 수 있는 '전리품진열관'(여순), 만주 등의 고고학적 자료를 전시하는 '박물관'(여순), 만주 자원의 아웃라인을 보여주는 만철 경영의 '만주 자원관'(대련), 만주국의 국보 3,500점을 수장한 '국립박물관'(봉천) 등, 정복, 발굴, 개발, 보존되는 욕망 대상으로서의 만주의 '전모'가 두루마리 그림처럼 펼쳐져 간다.[65]

위 글의 필자는 여순(1932~1944), 대련(1937~1941), 봉천(1932~1943),

65　高媛, 「'樂土'を走る観光バス」, 『一九三〇年代のメディアと身體』, 青弓社, 2002, 234~235쪽.

무순(1935~1943), 신경(1936~1943), 하얼빈(1936~1943) 등 "만주 6대 대도시 관광버스"의 운행 기간을 제시하면서, "대련 관광버스가 발족하기 2년 정도 전(1935)에 이미 이 특색 있는 광경을 부감한 관광객이 있었다"고 지적한다. 즉 동경시립공업학교 교장 스기야마 사시치杉山佐七는 "항구 전경을 전망할 수 있는 유일한 장소"인 대련 부두사무소의 "칠층 옥상"에서 계원의 안내를 받았다. 그는 안내인으로부터 항구와 쿨리에 대한 설명을 들었으며, 쿨리의 집단수용소인 '벽산장碧山莊' 견학을 추천받았다.

여기서 확인할 수 있는 것은 스기야마가 이광수와 마찬가지로 대련 부두사무소의 7층 옥상에서 똑같은 광경을 보고 비슷한 설명을 들었다는 점이다. 「만주에서」가 1933년에 발표되었음을 생각하면 춘원은 스기야마보다 2년 일찍 대련을 구경한 것이다. 이 사실은 「만주에서」에 작용하는 춘원의 시선이 "만주행 시찰단"[66]과 같은 제국의 '관광'에 편승하고 매개된 것임을 다시금 확인하게 한다. 물론 쿨리들을 "굶주린 들개 무리"[67]에 비유한 스기야마와 달리 춘원은 단지 "나는 이 설명을 들으면서 그 퍼런 옷을 입은 쿨리들이 혹은 베고 혹은 끌고 그야말로 '묵묵히' 부두에서 일하고 있는 것을 보았습니다"[68]라고 썼을 뿐이다. 이는 나쓰메 소세키夏目漱石가 쿨리들을 "매우 지저분하다"[69]라고 평가한 것과도 비교된다.

그런데 만주 여행은 이광수에 국한된 것은 아니다. 수학여행 중 대련에서 사고가 났다는 기사(『동아일보』, 1929.6.2)가 알려 주듯이, 만주는 조

---

66 「만주행 시찰단 일본에서 삼천여 명 돌파」, 『동아일보』, 1932.2.2.
67 高媛, 앞의 글, 235쪽에서 재인용함.
68 이광수, 「만주에서」, 『이광수 전집』 18, 삼중당, 1962, 277쪽.
69 夏目漱石, 노재명 역, 『몽십야』. 하늘연못, 2004, 655쪽.(「滿韓ところどころ」)

선 학생들의 수학여행 장소이기도 했다. 보성전문학교 학생들 22명이 봉천과 하얼빈으로, 30명이 경북 지방으로 수학여행을 떠났다는 기사(『동아일보』, 1930.5.24) 역시 그 사실을 알려주는 한 예다.

원래 수학여행은 1896년 효고兵庫 현립 도요오카豊岡 중학 학생들의 조선 여행을 시초로 실시되기 시작해, 1906년 문부성과 육군성이 공동 주최한 만주 수학여행을 계기로 전국화되었다.[70] 그리고 군부의 주도 하에 수행된 초기의 수학여행은 러일전쟁 전적지 견학을 위주로 해 군대식으로 조직, 운영되었다는 특징을 지니고 있었다.[71]

일본은 식민지에 대한 일종의 "순검巡檢 여행"[72]으로서의 수학여행을 적극적으로 장려했거니와, 크게 보아 조선 학생들의 수학여행은 이러한 제국의 기획 내부에서 이루어진 것이다. 가라시마 쯔요시辛島驍가 일본 학생들의 수학여행단을 안내하는 조직이 경성중학교와 용산중학교에 결성되었음을 알리며 "직업 안내인의 설명을 듣는 것보다도 자기들과 똑같은 복장을 한 같은 나이의 중학생"[73]의 설명을 듣게 하자고 주장한 것은 이러한 상황의 한 표현이다. 하지만 식민지를 "순검"하는 일본 학생들의 수학여행을 돕고 그것에 편승한 조선 학생들의 만주 수학여행은 "우리의 고토故土"[74]를 상기하는 것이기도 해야 할 터였다. 『동아일보』의 한 기사가 일본인 경영의 여관이 조선 학생들의 수학여행 안내에 한계가 있다고 하며 심양에 있는 조선인 경영의 여관을 알리는 것[75]은 그 때문이다. "관광 낙

---

70 임성모, 앞의 글, 96쪽.

71 위의 글, 97쪽 참조.

72 橋本伸也 외 편, 『帝國と學校』, 昭和堂, 2007, 342쪽

73 辛島驍, 「修學旅行」, 『朝鮮及滿洲』, 1935.4, 70쪽.

74 이선근, 「만주와 조선」, 『조광』, 1939.7, 58쪽.

75 「조선인 학생의 만주 수학여행」, 『동아일보』, 1931.5.7.

토"의 이상은 식민지인들에 의해서도 복잡하게 뒷받침되었다. 예컨대 "세계적으로 유명한 탄도"로서 "재만 일본인의 공적을 과시하기에 최적의 스테이지"였던 무순은 "매년 팔십 단체 이상"의 조선 학생단이 방문하는 인기 견학지가 되었다. 다음 인용은 그 사실을 적시한다.

> 남만주 무순은 세계적으로 유명한 탄도炭都이므로 조선 내지의 공사립을 통하여 각 중등학교와 전문학교에서 견학 오는 조선 학생단이 매년 팔십 단체 이상에 달하나 무순에 조선인 기관으로서 안내소가 없음으로 비용이 많이 소비될 뿐 아니라 조선 학생으로서 가야 할 만주의 모든 사정을 견학하지 못함을 유감으로 생각한 본보 무순 지국에서는 금년 가을부터 조선 학생 견학단 안내소를 대규모로 설치하고 멀리 남만주 무순 탄도를 찾아오는 학생 견학단에게 일체 안내비를 받지 않고 많은 편의를 주리라 함으로 종전보다는 비용도 적게 소비되고 충분한 견학도 할 수 있는데 일반 학교 당국자는 무순 역전 동아일보 지국으로 전보로써 통지를 하면 본보 무순 지국원이 출영하기로 되었다.[76]

동아일보 무순 지국은 만주사변과 '브나로드운동'이 시작되기 일 년 전인 1930년에 "조선 학생 견학단 안내소"를 설치했거니와, 이는 "수학여행 문제"(『별건곤』, 1929.4)가 논의되고 "수학여행을 제한하라"(『동아일보』, 1931.9.29)는 사설이 실리게 된 당대의 전반적인 사정과도 무관하지 않다. 이 수학여행의 풍속으로 인해 자살 직전의 순영(「재생」)은 학생들을 인솔해 금강산에 온 인순 및 P부인을 마지막으로 만날 수 있었던 것이다. 더 나아가 혜련이 "너희들 다리 아니 아프냐?"라고 묻는 김 장로에게 "얼마나 걸었다고 다리가 아파요? 금강산 비로봉에도 올라간 걸"[77]이

---

76 「학생 견학단 안내 기관 설치, 무순에 있는 본보 지국에서」, 『동아일보』, 1930.10.22.

라고 대답할 수 있었던 것도 금강산 수학여행의 경험 때문일 터이다. "조선 학생 견학단 안내소"는 이같이 묘사된 학생들의 수학여행을 중심으로 국내 관광뿐 아니라 만주 '관광' 역시 조선에서 보편화되고 있었음을 웅변한다.

요컨대 식민지인들은 여러 가지 입장과 목적을 지니고 압록강을 건넜다. 그 중에는 농사지을 땅을 얻기 위해 서간도로 간 삼봉이(이광수, 「삼봉이네 집」, 1930~1931)의 예도 있었으며, 이와는 성격이 다른 '개척 이민'이나 "조선인 만주 개척 청년 의용대"[78] 같은 경우도 있었다. 「재생」의 '사이상'은 "만주 가서 조 무역을 한답시고 한참 떠들고"[79] 돌아다녔으며, 「구구區區」(유항림)의 근조는 "아편장사"를 하든 "밀수"를 하든 "색시장사"를 하든 간에 "만주 가는 수밖에 젊은 사람의 희망은 없다"[80]고 주장했다. 김광호(『사랑의 수족관』)는 비행기의 "사진 측량"에 기초해 "일만분지 일"[81] 만주 지도를 만드는 일에 매달렸지만, 배갈이 수출 금지품임을 몰랐던 김팔봉은 "간도에 가서 배갈을 무역"[82]하려 했다. 김동인의 주인공은 "풍속도 좀 살필 겸 아직껏 문명의 세례를 받지 못한 그들의 새에 퍼져 있는 병을 좀 조사할 겸"[83] 만주로 갔다. 어떤 상점 점원은 "은행에 입금하라는 돈을 가지고 봉천으로 뛰어서 거드럭거리고 일 년쯤 살다가 발각이 나서 붙들"[84]리기도 했다. 이상의 누이 김옥희는 만주를 사랑의

---

77 이광수, 「애욕의 피안」, 『이광수 전집』 8, 삼중당, 1962, 154쪽.
78 윤상의, 「조선인 만주 개척 청년의용대에 대하여」, 『반도지광』, 1941.7.
79 이광수, 「재생」, 『이광수 전집』 2, 삼중당, 1962, 45쪽.
80 유항림, 「구구」, 『단층』 2호, 86쪽.
81 김남천, 『사랑의 수족관』, 인문사, 1940, 325쪽.
82 김기진, 홍정선 편, 「나의 회고록」, 『김팔봉문학전집』 2, 문학과지성사, 1988, 278쪽.
83 김동인, 「붉은 산」, 『김동인전집』 3, 조선일보사, 1988, 81쪽.
84 이광수, 「애욕의 피안」, 『이광수 전집』 8, 삼중당, 1962, 209쪽.

도피처 삼았다.

하지만 그와 더불어 만주는 조선인들이 가장 손쉽게 발 들일 수 있는 외국 관광지였다. '식객 오참봉'이 "제 삼촌을 따라 만주 방면에 여행"[85]을 하고 돌아온 실업가 김○○ 씨 집 큰도령님이 사온 "로서아제 쪼구레"를 혼자 다 먹었을 수 있었던 것은 그 때문이다. 만주에는 이태준이 구경하지 못하고 지나는 것을 유감으로 생각한 "대련박물관"뿐 아니라 함대훈이 들른 봉천의 국립박물관도 있었다. 음악가 김관은 "하르빈에서 볼 수 있는 숭가리(송화강) 빙상氷上의 세례제洗禮祭"[86]를 "세계의 명물"로 꼽았다. 그는 카바레의 재즈 음악이 "신통치 않다"고 평가하거나 '모데른 카페'의 "피아노 트리오"가 "일종의 신코페이션을 강조"[87]한다고 지적했다. 하얼빈에 간 함대훈은 아편굴 구경을 마치고 '마르스'라는 음식점에서 러시아 요리를 먹었으며,『딸 삼형제』의 '송 판윤'은 가족에게 행선지도 알리지 않고 "오룡배 온천"[88]으로 갔다. "천생 소비자"[89]인 김명일의 "여행기"[90]에 하얼빈의 카바레, 레스토랑, 댄스홀의 "에로그로"와 함께 언급된 것은 이 오룡배 온천이었다. 이곳의 "온천장호텔"에 간 정지용은 "만주인 치고 온천에 오는 이가 별로 없다"라는 말을 듣고 "세수 한 겨울쯤 아니 하기는 예사일 터인데 온천이란 쓸데없는 소비적인 것"[91]이라고 생각했다. 1928년 만철의 초대로 만주에 간 요사노 아키코与謝野晶子[92]

85　박태원, 「식객 오참봉」, 『이상의 비련』, 깊은샘, 1991, 88쪽.
86　김관, 앞의 글, 37쪽.
87　위의 글, 40쪽.
88　이태준, 『딸 삼형제』, 깊은샘, 2001, 44쪽.
89　최명익, 「심문」, 『최명익 단편선 비 오는 길』, 문학과지성사, 2004, 178쪽.
90　위의 글, 177쪽.
91　정지용, 「오룡배 3」, 『정지용전집』 2, 민음사, 1991, 100쪽.
92　高媛, 앞의 글, 236쪽.

역시 오룡배를 방문했다. 그녀는 "오룡배 넝쿨 창을 엿보네, 버드나무 잎 닮은 가는 달五龍背蔦の窓をばのぞくなり柳の穂にも似るほどの月"[93]이라 읊으며 다음과 같이 "들의 성격이 정원으로 비약"하게 한 "사람의 의도"에 감상적으로 반응했다.

> 그런 불쾌한 우연을 저주하며 마시는 동안에 창밖의 풍경은 오룡배五龍背로 가까워갔다. 익어가는 가을의 논과 밭으로 문채文彩 돋친 들 한가운데는 역시 들이면서도 사람의 의도로 표정이 변해가다, 차차 더 메스러운 손길로 들의 성격이 정원으로 비약하는 초점 위에 온천호텔 양관이 솟아 있고, 그 주위에는 넘쳐흐르는 온천물로, 청증한 가을 하늘 아래 아지랑이같이 김이 떠오르는 것이었다.[94]

그런데 "조선 학생 견학단 안내소"가 무순에 설치된 1930년은 용산 철도국에서 임시 사무를 보아오던 '재팬 투어리스트 뷰어로Japan Tourist Bureau'의 경성 안내소가 본격적인 업무를 개시한 해이기도 하다. 투어리스트 뷰어로 경성 안내소는 미쓰코시 백화점의 완공과 함께 1930년 12월 15일부터 "조선 내 각지 행의 승차권 발매", "침대권, 급행권 발매", "일본 행 및 만주 행 승차권 발매", "구라파 각지 행 승차권과 침대권 발매", "미국 기타 해외 각국에 가는 배표 발매", "여행 상해보험의 취급", "기타 여행에 관한 안내와 상의" 등의 일을 시작했다.[95] 『동아일보』는 '연말연시 여행안내'를 실으며 투어리스트 뷰로가 주최하는 "대만 시찰"[96]을 알린 바

---

93 高橋源太郎, 『新滿洲國見物』, 大阪屋書店, 1933, 352쪽에서 인용함.

94 최명익, 앞의 글, 168~169쪽.

95 「세계 각국 야행 안내 내來 15일부터 개업」, 『동아일보』, 1930.12.6.

96 「연말연시여행안내」, 『동아일보』, 1932.12.20.

도 있다. 이상이 "가끔 그는 투어리스트 뷰우로에 전화를 걸었다. 원양항해의 배는 늘 방안에서만 기적도 불고 입항도 하였다"[97]라고 서술한 것은 이러한 일을 배경으로 한다. 「삼봉이네 집」의 '노참사'가 "관광단에 들어서 일 개월 동안 일본 시찰"[98]을 하고 온 것, 김남천이 "관광협회에서 신경을 거쳐 길림까지 가는 침대권도 사 넣었다"[99]라고 서술한 것 등은 이 투어리스트 뷰어로와 무관하지 않을 터이다. 이효석 역시 "겨울 여행"의 유쾌함을 말하면서, 이는 "뷰로 창구의 덕"[100]이라고 썼다. 그는 신경 여행 중 호우를 만난 일에 대해, "평양을 출발할 때 뷰로에서는 비가 아직 봉천 근처까지라고 했는데, 비의 움직임이 기차보다 빠른 것인지"[101]라고 서술함으로써 뷰어로가 여행객에게 만주의 날씨 정보를 제공했다는 사실 및 평양에도 투어리스트 뷰어로가 설치되었다는 사실을 알렸다. 이효석은 평양의 투어리스트 뷰어로를 다음과 같이 묘사했다.

뷰로가 동아여행사로 이름이 바뀌었다고 해서 그곳을 이용하는 여행객이 줄어든 것은 아니며, 백화점의 아래층 한 구석에 있는 사무실 창구에는 언제 가 봐도 사람들로 북적인다. 기차 시간을 맞춰보거나 표를 구하거나 하는 일군의 사람들 속에 섞여 서 있으면 누구나 여정旅情을 자아내지 않을 수 없다. 추위 속에 칩거하며 대체로 지도를 잊기 쉬운 한겨울에도 그곳만은 약간의 꿈이 준비되어 있고 미지의 생활에 대한 유혹이 있다. 사람들이 살아 움직이고 있다는 즐거운 생명감이 절절하게 고동쳐 온다. 담당 소녀에게 지폐를 건네고 표를 쥐기만 하

97　이상, 「지주회시」, 『중앙』, 1936.6.
98　이광수, 「삼봉이네 집」, 『이광수 전집』 2, 삼중당, 1962, 423~424쪽.
99　김남천, 앞의 책, 424쪽.
100　이효석, 송태욱 역, 「겨울 여행」, 『은빛 송어』, 해토, 2005, 197쪽.
101　이효석, 송태욱 역, 「대륙의 껍질」, 위의 책, 146쪽. 번역은 일부 수정함.

면 된다. 새로운 체험에 대한 약속이 계약된 것이다.[102]

효석에게 투어리스트 뷰어로는 한겨울에도 "약간의 꿈"과 "미지의 생활에 대한 유혹"을 제공하는 곳이다. 그 꿈과 유혹은 "지폐"를 지불하며 "계약"될 수 있다. 그로써 이효석은 짧은 일정 동안 봉천, 신경, 하얼빈을 도는 수박 겉핥기 여행에서 "대륙의 껍질"[103]이나마 맛볼 수 있었다. 봉천에 간 이태준이 "신경 행 특급 '아세아'의 급행권을 뷰로에 부탁"[104]했던 것처럼, 만주는 투어리스트 뷰어로를 통해 구매될 수 있는 상품이 되었다. 대륙은 점령, 조사, 보고, 개척, 건설되었을 뿐만 아니라 대중적으로 욕망되고 소비되었다. 따라서 "들의 성격이 정원으로 비약하는 초점 위에 온천호텔의 양관이 솟아 있"다고 한 최명익의 서술은 정곡을 찌른 것이다. 사실 「심문」의 김명일과 현혁의 결정적 차이는 김명일이 "시속 오십 몇 킬로라는 특급" 열차를 탄 관광객인 대신 현혁은 철 지난 망명객이라는 점에 있다. 만주는 병사들의 목숨을 건 전투와 더불어, 그리고 투어리스트 뷰어로의 계약과 더불어 관광 상품으로 '도약'했다. 이는 몰락한 운동가가 "아편 연기 속에서 지난 꿈을 전망하는 것"[105]조차 그 진열품의 목록에 포함시킬 것이다. 그것은 다음과 같은 "독한 낭만"과 한 세트의 볼거리를 이룰 터이기 때문이다.

점심을 먹으러 식당으로 가니 급사가 모두 노인露人 소녀이다. 하나는 희고 야

---

102 이효석, 송태욱 역, 「겨울 여행」, 위의 책, 193~194쪽.
103 이효석, 송태욱 역, 「대륙의 껍질」, 위의 책, 145쪽.
104 이태준, 「만주기행」, 『무서록』, 박문서관, 1941, 289쪽.
105 최명익, 앞의 글, 203쪽.

위고 반듯한 이마가 영화 「죄와 벌」에서 본 쏘냐 같았다. 국적이 없는 백계노인의 딸들, 향수조차 품을 곳 없이 단조한 평원만 내다보고 사는 가엾은 처녀들, 그들이 가져오는 한 잔 커피는 술만 못지않은 독한 낭만을 풍기었다.[106]

4. 관광객의 백일몽, 방랑객의 귀환

그런데 만주의 "독한 낭만"에 그 누구보다도 예민하게 감응했던 사람은 이효석이다. 이태준과도 비슷하게 그는 하얼빈 '키타이스카야'에서 "거리의 애수"를 느꼈다. 그는 "백계 러시아인만이 아니라 유대인, 폴란드인, 독일인, 영국인 프랑스인 기타 각 나라 종족이 섞여 살고 있으며, 점차 몰락해가는 모습이 애처로움을 재촉한다"[107]고 썼다. "러시아 묘지"를 본 후, 그는 "시 전체가 슬프게 보이기 시작"[108]했다고 서술했다. 적어도 하얼빈에서는 서양과 동양 사이에 펼쳐졌던 시선의 정치학은 완전히 전도되었다. 하루 종일 공원에서 손풍금을 켜는 백인 "맹인"은 이효석의 슬픈 시선과 눈을 마주칠 수조차 없다. "독한 낭만"이란 이 낯선 풍경이 유발하는 정서다. "국방복 여행객의 방자한 아우성"을 다음과 같이 비판하는 일 역시 그 기묘한 역사적 심리 상태의 한 표현일 터이다.

---

106 이태준, 앞의 글, 293~294쪽.
107 이효석, 송태욱 역, 앞의 글, 151~152쪽.
108 위의 글, 155쪽.

  홀이나 카바레를 떠들썩하게 하는 것도 으레 이런 패들로, 방약무인한 행동으로 대체로 차분한 분위기를 깨뜨려 버린다. 세상에 자기들만 있는 줄 아는 모양이다. 나쟈와 슈라는 그런 패들의 수많은 파렴치한 이야기들을 들려주었다. 듣고는 오싹했다. 좋든 싫든 꾹 참고 있는 약자는 이를 달랠지언정 무시해서는 안 된다. 한 무희는 세계 제일의 추남과 춤을 추고 있었다. 전형적인 몽골리안형의 그 남자는 오묘하고 정서적인 얼굴로 무희를 꽉 껴안고 있었는데 그녀의 마음속이야 짐작하고도 남았다. 지금으로서는 이것이 대륙의 모습이라는 것은 말할 것도 없다.[109]

  그러나 이러한 "대륙의 모습"은 고도로 연출된 것이었다. 이태준이 야마토 호텔의 "가엾은 처녀들"로부터 느낀 "독한 낭만"은 백계 러시아 아가씨들을 러시아 묘지 등의 안내인으로 채용하고, 이들로 하여금 고생 끝에 "낙토"에 안주한 불행한 망국민으로 스스로를 보이게 함으로써 일본 관광객에게 독특한 "하얼빈 정서"를 맛보게 하려 했던 기획과 무관하지 않다. 예컨대 추림백화점에 간 단영에게 "특히 금발, 벽안의 여점원들의 응대는 그것만으로도 눈을 끌었다."[110] '모데른' 카페에 간 함대훈은 여급에게 러시아어로 차를 주문한 뒤 "어쩐지 가슴이 울렁거린다"[111]고 썼다. 이러한 정서적 효과의 창출은 밤의 하얼빈이 러시아 여성을 "복합적인 욕망의 대상"으로 부각시키는 일과 짝을 이룬다. 「'낙토'를 달리는 관광버스」의 필자는 하얼빈 카바레의 나체 무희를 묘사한 오쿠노 타미 오奧野他見男의 『하얼빈야화ハルピン夜話』가 1923년 1월에 발표된 지 4개

---

109 위의 글, 157쪽.
110 이효석, 「벽공무한」, 『이효석전집』 5, 창미사, 1990(2쇄), 104쪽.
111 함대훈, 「남북만주편답기」, 『조광』, 1939.7.

월 만에 130판을 찍었으며 1929년과 1939년에 각각 다른 출판사를 통해 다시 출판된 일을 지적한다. 이 책에는 "러시아 여성의 섹슈얼리티에 대한 일본 남성의 욕망"이 국력 및 인종적인 성적 소비구조의 전도와 뒤얽혀 제시된다는 것이다.[112] 그리고 이렇게 묘사되고 조장된 엑조티즘과 에로티즘은 국제적 환락 도시 하얼빈 만들기 계획에 의해 실제로 현상했다. 다음은 이와 관련된 논의다.

> 1939년 3월 하얼빈시의 관광 사업을 통괄하는 하얼빈관광협회(1937년 3월 설립)는 이제까지의 '러시아 사원만이 지닌 아련한 이국정서'에 '밤의 번화가'와 송화강 유람을 추가하는 새로운 관광 유치 플랜을 발표했다. "화려한 키타이스카야 거리의 야경을 필두로 카바레나 지하실의 현란한 무도장 분위기를 소개해 여행의 지루함을 달래주며 (…중략…) 협회의 알선으로 카바레, 기방妓房 등에서도 안심하고 놀 수 있도록 편의를 꾀할 것이다". 이러한 방침 하에 2개월 후에 발행된 당 협회 편찬의 「하얼빈의 관광」이라는 팜플렛은 '향락 방면'을 적극적으로 어필하는 자세로 '카바레' 항목을 두고, "러시아 미인이 따르는 술에 취해 미인과 춤추고 틈틈이 스테이지의 쇼를 보면서 국제도시의 현란하고 호화로운 밤을 새우는 것은 아주 감미로운 일입니다. 경비는 여러 가지입니다만, 우선 두 사람 당 칠팔 엔쯤부터 사오십 엔, 백 엔, 이렇게 단계가 있습니다"라고 하며 가격까지 명기하고 있다.[113]

위 글의 필자는 하얼빈이 일본인의 "외인 정복外人征服 정신을 단련하는 유일의 장소"로 생각되기에 이르렀으며, 러시아 여성의 신체는 "망국의 여자, 낙토의 안주자, 이국정서의 체현자, 환락향의 완롱물 등 풍요로

---

112 高媛, 앞의 글, 242쪽.
113 위의 글, 243쪽.

운 내셔널의 환상을 투사하는 오브제로서, 더 나아가 '외인 정복'의 쾌감을 달성하게 해 주는 '육체의 훈장'으로서 욕망되고 소비되었다"[114]고 논한다. 말할 것도 없이 이효석의 눈살을 찌푸리게 했던 "국방복 여행객의 방자한 아우성"은 이러한 상황을 배경으로 한 일이다. "오묘하고 정서적인 얼굴로 무희를 꽉 껴안고 있"는 "세계 제일의 추남"은 러시아 무희의 "마음속"은 전혀 아랑곳하지 않는 일본인의 "외인 정복"을 육체로써 시도하고 있다. "황색 인종도 차차 진흥되는 조짐"은 카바레의 백인 댄서를 꽉 껴안음으로써 실현되었다. "상대방끼리의 가슴과 가슴의 접촉은 신선한 계란을 가운데 넣어 깨뜨리지 않을 만하게"[115] 해야 하는 댄스홀의 "무국헌법"을 위반함으로써 "사교댄스"는 그야말로 "오랑캐춤"[116]이 되었다. "무목적의 애수"를 찾아 안동에 간 정지용이 "빅토리아" 카페의 웨이트리스로부터 다음과 같이 무뚝뚝한 대접을 받은 것은 그녀가 조선인과 구별되지 않는 일본인의 '정복 댄스'를 경험했기 때문일지도 모른다.

> 손가락을 들어 튀기어 딱! 소리를 내어 웨이트레스를 부르니 무슨 기계처럼 걸어와 앞에 따악 버티고 선다.
> "워드카!"
> "워드카 입뻬이?"
> 白系 로서아 여자는 해군으로 잡어다 썼으면 — 생각된다.[117]

---

114 위의 글, 244쪽.
115 박태원, 「반년간」, 『윤초시의 상경』, 깊은샘, 1991, 363쪽.
116 위의 글, 361쪽.
117 정지용, 「오룡배 1」, 앞의 책, 94쪽.

그런데 "전형적인 몽골리안형"이라는 이효석의 평가는 복잡하게 읽힌다. 이는 『화분』이나 『벽공무한』 등에서 제시되는 "구라파주의"를 상기시키기 때문이다. 효석은 영훈으로 하여금 "구라파주의는 곧 세계주의로 통하는 것이어서 그 입장에서 볼 때 지방주의 같이 깨지 않은 감상은 없다"[118]고 피력하게 했다. 훈과 일마는 "현대 문명의 발생지인 서쪽 나라"를 "그리워하는 고향"[119]으로 생각했다. 경마장에 간 일마는 계속 일등을 하던 "태양"이 아니라 "아킬레스"에 돈을 걸었다. 이들에게 하얼빈은 무엇보다도 "구라파 문명의 조그만 진열장"[120]이라는 사실이 중요했다. 따라서 이효석이 파렴치한 "국방복 여행객"이 "전형적인 몽골리안형"임을 지적한 것은 의미심장하다. 이는 한벽수에게 "동포라는 말"이 "아무 진정도 내용도 없는 간사스런 잡소리로 밖에는 들리지 않았"던[121] 사실과도 관련된다. 어떤 백인이 서울 거리의 거지를 향해 그렇게 했듯이, 이효석은 "초라하고 불쌍한 옷차림"의 러시아인 거지들이나 "제정시대에 장교였다는 손풍금 켜는 맹인"을 슬프게 관찰함과 동시에 마약 장사로 유명한 "동포"와 방약무인한 "국방복 여행객" 모두를 향해 "카메라를 희롱"했다. 그리고 이 "구라파주의"는 다음과 같이 설명되는 "쭉정이의 사상"으로 지양되었다.

사회의 최하층에 묻혀서 광명도 희망도 가지지 못하는 고달픈 인생인 것이다. 혈족의 차이도 피의 빛깔도 쭉정이라는 사실과는 아무 관계가 없다. 혈족의 단

---

118 이효석, 「화분」, 『이효석전집』 4, 창미사, 1990(2쇄), 178쪽.
119 이효석, 「벽공무한」, 『이효석전집』 5, 창미사, 1990(2쇄), 183쪽.
120 위의 글, 105쪽.
121 위의 글, 97쪽.

결이 쭉정이를 구해 주지는 못하는 것이요, 쭉정이는 쭉정이끼리만 피와 피부를 넘어 피차를 생각하고 구원하고 합할 수 있는 것이다. 일마가 오늘밤에 에미라를 누구보다도 몸 가까이 여기고 동정하고 측은해 함은 말할 것도 없이 그 까닭이었다.[122]

천일마는 하얼빈 교향악단과 함께 나아자를 서울로 데려옴으로써 "일상 원하던 연애의 표본"[123]을 획득한다. 그리고 이 일은 "쭉정이는 쭉정이끼리 한 계급"이며 "어느 한편이 쭉정이가 아니었던들 오늘의 결합은 없었을 것"[124]이라고 자평된다. 나아자와 일마의 결합은 영훈이 말했던 바, "진리나 가난한 것이나 아름다운 것은 공통되는 것이어서 부분이 없고 구역이 없다"[125]는 사상을 실천한 것이다. 식민지인 일마와 망국인 나아자의 관계는 "러시아 여성의 섹슈얼리티에 대한 일본 남성의 욕망"이나 "외인 정복"과는 구별된다. 오히려 이는 '오족협화'의 슬로건을 자기 식으로 전유함으로써, 진정한 "세계사"를 외치는 제국의 논리가 결국 '진리=가난=아름다움'과 같은 보편성을 띠지 못함을 보이고자 하는 듯하다. 일마에게는 "대동아"라는 "부분"과 "구역"을 설정하는 것 자체가 "지방주의"의 "깨지 않은 감상"이며 "전형적인 몽골리안형" 이념이다. 진정한 세계성은 "피와 피부"에 있지 않고 "쭉정이는 쭉정이끼리 한 계급"이라는 사실에 있다. 그렇다면 『벽공무한』에 이르기까지 이효석은 과거에 지녔던 동반자 작가적 위치를 유지하고 있는 셈이다. "아무러한

---

122 위의 글, 260쪽.
123 위의 글, 205쪽.
124 위의 글, 139쪽.
125 이효석, 「화분」, 『이효석전집』 4, 창미사, 1990(2쇄), 178쪽.

인종적 편견도 가지지 아니하고 조선 사람인 나를 사랑"[126] 했던 「북국사신」의 러시아 처녀 사—샤는 나아자로 부활했다.

하지만 문제는 사—샤가 "해상 국가 보안부의 여서기"이자 "콤사몰카 (청년 공산당)의 한 사람"이었던 반면, 나아자는 만주국으로 망명한 백계 러시아인 카바레 댄서라는 점에 있다. 효석의 주인공은 정치적으로 반대 입장에 있는 두 여성을 사랑하고 있거니와, 이는 일마가 피력하는 "쭉정이의 사상"을 회의하게 한다. 일마는 캬바레 '모스코바'의 "가장 단골손님"[127]이 됨으로써 모스코바의 정치성을 삭제한다. 그리고 이는 1930년대 후반 "소비에트로서의 러시아가 사라지는 것과 동시에 '러시아—여성—의—이름'이 알레고리로서 조선 문학의 언어적 실험 혹은 관습의 일부"[128]가 된 일을 상기시킨다. 즉 사—샤와 나아자는 소비에트나 백계 러시아 여성이기보다는 백인 여성이다. 이들은 쿨리의 딸이 아니다. 이는 "사상"이 아닌 "피부"의 문제를 환기한다. "쭉정이의 사상"은 "백인의 문화, 백인의 아름다움, 그리고 백인의 백인성과 결혼"[129]하고 싶은 작가의 동일화 욕망을 토로한 것이다. "쭉정이"로 전락한 러시아 여성이야말로 이 동일화 욕망을 식민지인으로서 실현할 절호의 대상이다. 이는 사—샤가 "콤사몰카"라는 사실이 동반자적인 주인공의 동일화 욕망을 도왔던 것과도 상통한다. 그리고 두 경우 모두에 공통되는 것은 러시아 여인들의 "하얀 두 다리"가 발하는 "백설 같은 감각"이다. 「북국사신」의 주인공은 다음과 같이 러시아 "처녀의 키스"를 "경매"한 바 있다.

---

126 이효석, 「북국사신」, 『이효석전집』 1, 창미사, 1990(2쇄), 196쪽.
127 이효석, 「벽공무한」, 『이효석전집』 5, 창미사, 1990(2쇄), 85쪽.
128 김수림, 「제국과 유럽—삶의 장소, 초극의 장소」, 『상허학보』 23집, 2008.6, 160쪽.
129 프란츠 파농, 이석호 역, 『검은 피부, 하얀 가면』, 인간사랑, 1998, 84쪽.

십 루블이 결코 많은 돈은 아니다. 그러나 그것으로 사―샤의 아름다운 입술을 살 수가 있다면 그것은 얼마나 귀중한 십 루블이며 영광스런 십 루블일 것인가! (…중략…)

드디어 팔십 루블까지 올라갔다. 키스 한 번에 팔십 루블. 그것을 아름다운 사―샤와 달아 볼 때에는 별로 무거운 것이 아니지만 넉넉지 못한 노동자와 선원들의 처지와 달아 볼 때에는 팔십 루블은 곧 저울대가 휘리만치 무거운 돈일 것이다. (…중략…)

그러는 즈음에 기타줄에 걸려선지 그의 치마가 높이 들리며 양말 속에 향기로운 하아얀 두 다리가 무릎 위에까지 드러났다. 새빨간 즈로오즈 밑으로 기름지게 드러난 백설 같은 감각이 전깃불을 받아 눈이 부시게 현란하였다.

"데뱌노―스토,"

이 우연히 드러난 현란한 관능의 공인지는 모르나 잠시 중단되었던 시세는 별안간 팔십 루블을 차 버리고 구십 루블로 올랐다. (…중략…)

"체트레스티!"

그 사나이 역시 나에게 지지 않을 만한 높은 소리로 이렇게 부르짖으면서 또 이백 루블의 지폐 뭉치를 주머니 속에서 집어내서 합 사백 루블의 지폐를 두 손에 갈라 쥐었다. (…중략…)

나는 그의 키스를 사려고 모든 대적을 물리치고 천 루블을 불렀다, 그러나 물론 나의 수중에 천 루블이라는 큰 돈이 있는 것은 아니었다.[130]

그렇다면 위와 같이 "아름다운 이 나라 미인의 키스를 받고 사랑을 얻은 이야기"는 "러시아 여성의 섹슈얼리티에 대한 일본 남성의 욕망" 또는 미국 여성 스텔라를 사랑하면서도 "영원히 내 해 되지 못할 무엇을 바라는 것 같은 안타까움"을 느끼는 조선인 유학생의 "한 개 꿈"[131]과는 어

---

130 이효석, 「북국사신」, 『이효석전집』 1, 창미사, 1990(2쇄), 189~195쪽.

떻게 다르고 무엇이 같은가.

위 작품의 주인공은 키스를 경매하는 것이 "퇴폐적 비열한 행동"이 아니라 "슬라브다운 기풍"이 나타나는 "건강하고 허물없는"것으로서 "이곳이 아니면 도저히 보기 어려운 장난"[132]이라고 평가한다. 그러나 중요한 것은 「북국사신」의 주인공이 사—샤의 키스를 전리품 삼아 벌인 러시아 남자들과의 경쟁에서 승리했다는 점, 그리고 『벽공무한』의 일마에게는 「북국사신」의 주인공이 두려워한 "인종적 편견"은커녕, 러시아 남성들과의 경쟁조차 애초부터 불필요했거나 성립되지 않았다는 점이다. "이곳이 아니면 도저히 보기 어려운 장난"은 만주국이 아니었다면 도저히 불가능했을 "연애의 표본"을 성취한 일로 나아갔다. 바다 건너 미국으로 간 임영빈의 주인공이 이루지 못한 "한 개 꿈"은 "지금으로서는 이것이 대륙의 모습"이라고 인정하는 만주국의 조선인에게 복잡하고도 손쉽게 실현되었다. 그런 의미에서 일마의 연애는 춘원이 말한 "스피드의 시대요 스포츠의 시대요 군국주의 시대의 연애"[133]와 크게 다르지 않은 듯하다. 그는 "왔다, 보았다, 정복하였다"[134]를 식민지인으로서 실천했다. 이는 일마의 복권이 일등에 당첨될 뿐 아니라 다음과 같이 경마에서 승리함으로써 "만주의 행운"을 독차지한 일의 의미와도 관련된다.

"아앗!"
일마는 자기도 모르게 소리를 치면서 자리를 일어섰다. (…중략…)

---

131 임영빈, 「어느 성탄제」, 『문장』, 1941.2, 37쪽.
132 이효석, 앞의 글, 196쪽.
133 이광수, 「애욕의 피안」, 『이광수 전집』 8, 삼중당, 1962, 249쪽.
134 위의 글, 249쪽.

"옳지, 옳지. ― 한숨만 더 ― 더 ― 더 ― 으앗, 만세! 아킬레스, 만세!"
아킬레스는 드디어 일착이었다. 기적인 듯만 싶다. (…중략…)
　소위 '아나'[135]라는 것이었다. 일마들만이 아킬레스의 배당을 몽땅 차지하게
되었다. 모험에서 온 행운이었다.
　마권 한 장에 칠백 원 배당으로 다섯 장에 삼천 오백 원이 차례진 것이다. 또
한 가지 내친 걸음에 채표가 일체로 맞아 거짓말 같이 일천 이백 원이 제물에 들
어왔다. 합 오천 원에 가까운 거액이 순식간에 굴러든 것이다. 꿈속 일만 같아서
일마는 정신이 황당했다.[136]

　위의 장면은 「북국사신」의 키스 경매가 도달한 역사적, 정치적 종착
점을 표상한다. "여행의 도덕"을 논하기도 하는 이 작품은 식민지인의
복잡한 심상지리를 편답한 일종의 관광 소설이다. 그 여행에서 이루지
못할 식민지인의 "한 개 꿈"은 점령지에 경마장과 카바레를 운영하는 제
국의 관광 산업을 통해 현실화되었다. "왕도낙토"는 경마와 복권으로 돈
을 따게 할 뿐 아니라 백인 미녀마저 제공하는 "관광낙토"였다. 영화 같
은 일로 점철된 그곳에서 모험과 도박은 일상적으로 제도화되었다. 군인
은 총을 든 관광객이었으며 관광객은 돈을 든 군인이었다. 또 그들은 광
대한 스크린 앞에서 꿈꾸는 관객이기도 했다. 만주는 여러 욕망을 사진
찍고 현상해 낼 빈 필름이었다. 그 점에서 일마가 반도영화사 사장 김명
도와 영화배우 단영을 하얼빈에서 만난 것은 상징적이다. "사진이란 것
이 어떤 것인 줄도 모르는 만주 농민들"에게 "요술쟁이"[137]로 생각된 박

---

135 あな(穴). 경마나 경륜 등에서 뜻밖의 결과가 나는 경기 또는 그 일로 크게 돈을 따는 일.
136 이효석, 「벽공무한」, 『이효석전집』 5, 창미사, 1990(2쇄), 117~118쪽.
137 박영준, 「중독자」, 『민우 박영준 전집』 1, 동연, 2002, 231쪽.

영준의 주인공처럼, 투어리스트 뷰어로에서 이등 기차표를 산 일마 역시 카메라를 둘러메고 하얼빈으로 간 것이다. 이국 풍물 가득한 리조트 같은 그곳에서 그는 "쭉정이의 사상"을 여행사 깃발처럼 펄럭였다. 하지만 러시아 여인과 "쭉정이"로서 동일화되려는 그의 주관성은 그가 제국의 이등 국민이라는 불가피한 객관성을 장식하는 센티멘털리즘 이상의 것이 될 수는 없었다. 결국 그는 러시아여인이 "외인 정복"의 대상임을 인정한 것이다.

이렇게 일마는 "독한 낭만"을 향락한 관광객으로 귀환했다. 그리고 제국의 중심을 주체의 위치로써 지정한다는 점에서 이 돌아옴이야말로 중요한 것이다. 관광지의 한 가지 의미는 그것이 멀리 떨어져 있을 뿐만 아니라 계속 머물 수 없는 곳이라는 점에 있다. 만주를 관광하면 할수록 관광객은 계속 도쿄로 귀환한다. 그는 도쿄에서 출발했기 때문이다. 이효석의 주인공이 문제적인 것은 이와 관련된다. 식민지인인 그는 도쿄보다는 경성에서 출발했던 것이다. 하지만 그는 이광수처럼 만주에서 민족의 역사를 발견하지도 않았다. 그는 만주에서 서양을 보았으며 서양을 "그리워하는 고향"으로 생각했다. 하얼빈의 화란 영사관이 폐쇄된 것을 보고 "현재라는 것에 대해 커다란 놀람과 의혹"[138]을 느끼는 그는 오히려 "수정과는 흡사 커피 맛"이라고 평가하는 나아자를 통해 가까스로 조선을 번역해냈다. 나아자와 동행함으로써 일마는 도쿄로도 경성으로도 돌아오지 않았던 것이다. 그러나 그는 서양으로 귀환할 수도 없었다. 나아자는 일마가 꿈꾸는 서양이 아니었기 때문이다. 그녀야말로 "지금으로서는 이것이 대륙의 모습"임을 체현하는 인물이었다. 그는 나아자와 '결

---

138 이효석, 「哈爾濱」, 『문장』, 1940.10, 6쪽.

합함으로써' "정복을 했다구만 생각한 건 내 불찰, 되려 정복을 당하구 보기 좋게 넘어진 셈"[139]이라 한 단영과는 다른 의미에서 정복하며 정복된 자신의 위치를 이중 노출했다. 그는 정복되었음을 수긍함으로써 정복할 수 있었던 것이다. 요컨대 그의 하얼빈 여행은 "유럽 문명이 하나의 지방 문명이라는 것을 사실상 승인"[140]하는 행위였다. 하지만 일마는 서구의 중심성을 부정함으로써, 서구의 중심성을 근거로 확립된 도쿄의 중심성마저 넘어서고자 했던 입장, 즉 반도의 로컬리티가 "구라파의 퇴폐 문화"를 수입한 "도쿄의 문화"보다 더 "동양"을 표상할 수 있음을 암시하는 다음과 같은 국민문학적인 입장으로도 나아갈 수 없었다.

게다가 도쿄의 문화라는 것이 아메리카에서 더욱 조악화粗惡化된 구라파의 퇴폐 문화였던 한때의 추악한 모습을 한 번 더 반복하는 것 같은 일은 결코 있어서는 안 된다. (…중략…) 과연 국민 문화는 국민 전체가 지지하고 애호하며 연마해야 할 문화이지만, 그러나 그것은 하나의 덩어리塊가 되어 존재하는 것이 아니다. 따라서 그것을 도쿄에서 경성으로 옮겨 가지고 올 수 있는 성질의 것은 아니다.[141]

결국 일마는 관광객도 망명객도 아니었던 것이다. 그는 방랑객이었다.

『사이間SAI』, 2009.5

---

139 이효석, 「벽공무한」, 『이효석전집』 5, 창미사, 1990(2쇄), 230쪽.
140 나카무라 미츠오 · 니시타니 게이지 외, 이경훈 · 김경원 외역, 『태평양전쟁의 사상』, 이매진, 2007, 152쪽.
141 최재서, 「朝鮮文學の現段階」, 『국민문학』, 1942.8.

3장

아편의 시대, 아편쟁이의 시대

현경준의 「유맹」에 대한 몇 가지 고찰

1. 몰락의 풍속

이상李箱은 "인생은 인생이라는 그만 이유로 하여 이미 판토폰 3그램의 정맥주사를 처방받아 있는 것"[1]이라고 쓴 바 있다. 판토폰pantopon은 진통제 이름이므로, 이 말은 이상이 인생 자체를 고통으로 생각했음을 알려준다. 물론 이는 그가 "하루치씩만 잔뜩" 사는(「지주회시」) "아침 오후 두 시"(「휴업과 사정」)의 환자였다는 사실과도 무관하지 않다. 오직 환자로서 이상은 "총망悤忙"(「동경잡신」)을 강조하거나 매독균과 결핵균을 "민족의 적"(「문사와 수양」)으로 규정한 이광수의 계몽과 진보의 의지를 음각陰刻했다. 그렇게 보았을 때 춘원이 판토폰 주사를 맞는 혁명가 공산孔産을 묘사한 것은 흥미롭다.

두 팔과 다리에 거의 비인 틈이 없도록 판토폰 주사를 맞고 극량極量에 가까운 누말, 알로날, 아달린 등의 진정제를 먹고야 한두 시간의 안정을 얻었다.[2]

---

1 김윤식 편, 『이상문학전집』 3, 문학사상사, 1993, 249쪽.

이때 주목할 것은 판토폰이 아편을 원료로 만들어졌다는 점이다. 이는 이상이 스스로를 일러 "환각幻覺의 인人"(「동해」)이라 한 사실을 상기시킨다. 이상은 경성에서 신의주를 여섯 시간 이십 분에 주파하는 "스피드업한 국제열차 아니고선" 만족할 수 없다는 만주 통화通化 출신의 사내를 만나, 그에게 "아편을 본 적이 있느냐고"(「첫 번째 방랑」) 물어보았다. 또 이상은 아랫배의 진통으로 인해 "나는 아편이 좀 생각났다"(「동해」)라고 쓰기도 했다. 어쩌면 그는 「요지경瑤池鏡」(김남천, 1938)과 「심문心紋」(최명익, 1939)의 다음 장면에 필적하는 과정을 경험했을지도 모른다.

> 단 한 사람밖에 없는 의사를 안 믿고 누구에게 칼로 쑤시는 듯한 위통을 고쳐 달라고 맡길 것이냐. 그가 적당한 진통제를 사용하지 않고 중독되기 쉬운 아편제를 사용하였다는 것은 알 리가 없었고 또 알았다고 하여도 의사에게 대들어서 항의할 만한 게제도 못 되었다.[3]

> 현은 다년간 혹사한 신경과 불규칙한 생활로 언제나 아픈 안면 신경통과 자조 발작하는 위경련으로, 없는 돈에 가장 수월하고 즉효적인 약으로 시작한 마약에 중독하기 시작하였다는 것이다.[4]

위와 같이 마약에 중독된 「요지경」의 경호는 주사를 맞기 위해 꼭두새벽부터 친구의 병원으로 달려간다. 한편 「심문」의 현혁玄赫은 "백 원 지폐 석 장"에 여옥을 포기하면서 자기 자신을 모욕한다.

---

2 이광수, 「혁명가의 아내」, 『이광수 전집』 2, 삼중당, 1962, 382쪽.
3 김남천, 「요지경」, 『조광』, 1938.2, 245쪽. 표기는 인용자가 수정함.
4 최명익, 「심문」, 『최명익 단편선 비 오는 길』, 문학과지성사, 2004, 202쪽.

물론 이러한 양상은 「마약 중독 치료자 작년에 이만여—소비된 약대만 팔천오백 원」(『동아일보』, 1936.4.3)과 같은 함경북도 위생과의 통계나 「인천 서해안 어촌에 아편 중독자 격증」(『조선일보』, 1937.11.2)과 같은 기사가 종종 등장했던 당시 사회의 일반적인 분위기를 배경으로 한다. 하지만 이는 마약 사용을 방치하는 식민지 의료 체계의 허점 및 "돈냥 있는 환자면 일부러 분량을 늘려서 중독을 시켜버리는" "불량한 의사"의 문제를 환기하는 것만은 아니다.

그보다 이는 역사적 좌절 또는 "몰락"[5]이라는 일제 말기의 정신적인 풍경을 상징한다. 이를테면 대학에서 "만주 농사 경제사를 연구한 적"이 있을 뿐 아니라, "조선은 물론 일본 내지의 동지 간에도 주목되던 이론분자였고, 심각한 지하 운동에도 민활히 활동"했던 현혁은 이제 "몰락한 정치 청년"이 되었다. 그리고 그의 주장과 행동은 다음과 같이 제시된다.

> 그것은, 역사적 결론의 예측이나 이상은 언제나 역사적으로 그 오류가 증명되어 왔고 진리는 오직 과거로만 입증되는 것이므로, 현재나 더욱이 미래에는 있을 수 없다는 것이다. 그러므로 사람의 생활은 그런 이상을 목표로 한다거나, 그런 진리라는 관념의 율제律制를 받아야 할 의무도 없을 것이요 따라서 엄숙하랄 것도 없다는 것이다. 그뿐 아니라 사람은 허무한 미래로 사색적 모험을 하기보다도 거짓 없는 과거로 향하는 것이 현명하다는 것이다. 그러기에는 아편 연기 속에서 지난 꿈을 전망하는 것이 얼마나 황홀하고 행복스러운지 모른다고 하며 현은 여옥에게도 마약을 권하였다는 것이다.[6]

---

5 이와 관련해서는 김예림, 『1930년대 후반 근대인식의 틀과 미의식』(소명출판, 2004)을 참고할 것.
6 최명익, 앞의 글, 202~203쪽.

위의 서술은 "정신이 말똥말똥해지려는 이 순간을 단축시키기 위하여 다시 아편 영매소에 가야겠다"[7]라고 하는 「중독자」(박영준)의 주인공을 떠오르게 하거니와, 이같이 역사와 미래를 잃어버린 현혁의 "자포자기"는 "왕도낙토王道樂土"를 향해 "무모하게 돌진 맹진하는" 만주행 특급열차와 선명히 대비된다. "아편 연기 속에서" "전망"되는 그의 "지난 꿈"이야말로 특급 열차에 부딪쳐 풍경 속에 사라질 "한 터치의 오일"에 불과할 터이다.

이는 「향수鄕愁」(김사량)의 장산이 아편중독자가 된 사실과 현이 탄 "북경행 직행열차"의 대비와도 관련된다. 검거를 피해 중국으로 망명한 운동가 장산은 이제 아편에 중독되어 북경 거리를 떠돌고 있다. 그의 아내인 가야 역시 아편중독자로서 중국인들에게 아편을 판다. 다음은 「향수」의 한 장면이다.

그 남자는 무슨 의미인지 알아들을 수 없는 지나어로 무언가를 중얼거리면서 한 손에 쥐고 있던 하얀 종이의 약봉지를 아주 조심스레 열어 내밀었다. 순간 현은 왠지 모르게 무서운 듯한 인상을 받아 그것을 잡아채려고 했다. 남자는 깜짝 놀라 비명을 지르면서 훌쩍 물러나더니, 한쪽 손을 내밀어 계속 그것을 받으라고 졸라 결국 가야에게 넘겨주고 말았다. 그녀는 입을 벌리고 그것에 덤벼들었다. 현은 망연자실하여 잠시 몸조차 움직일 수 없었다. 남자 하인이 그녀의 몸을 침대 위에 끌어올리려 하는 것을 보고서야 비로소 그는 겨우 제 정신으로 돌아와 남자 하인을 도왔다. 그러자 놀랍게도 누나는 괴로운 듯한 기침을 두세 번 약하게 했을 뿐, 그대로 혼곤히 마취 상태에 빠져들고 말았다.[8]

<hr>

7   박영준, 「중독자」, 『민우 박영준 전집』 1, 동연, 2002, 238쪽.
8   김사량, 이경훈 편역, 「향수」, 『한국 근대 일본어 소설선』, 역락, 2007, 28쪽.

한편 감옥에서 나와 보호관찰을 받고 있는 경호(김남천, 「요지경」)는 "내가 이 세상에 살아 있어야 할 어떠한 이유가 있는가" 하고 회의한다. 장훈(『삼대』)이가 코카인으로 자살을 했듯이,[9] 경호는 열 개 남짓한 약으로 "육체의 문제와 마음의 문제를 함께 해결"하려 한다. 이는 "본정本町 부근"의 "전시戰時 기분" 및 "호외號外"를 외치는 신문배달부의 목소리와 날카롭게 대비된다. 이 압도하는 객관적 상황 속에서 경호는 "걷잡을 수 없는 슬픔"을 느낀다. 그리고 다음과 같이 생각한다.

> 아편쟁이. 유치장 안에서 절도나 강도범한테까지 인간 취급을 못 받는 아편 쟁이! —그러나 그런 아편쟁이가 되었다는 것이 지금의 그에게는 특별히 문제 인 것 같지는 않다. 이놈이 아편쟁이라고 걸레로 얼굴을 때리고 침을 뱉고 발길 로 허리를 걷어차도 자기는 오히려 태연히 견뎌나갈 자신이 있을 것 같다. 제 뒷 잔등에 모히 환자라는 간판을 둘러지고 종로 한복판을 싸다니는 것쯤은 아무 것 도 아닐 것 같이 생각킨다.
>
> 그보다 더 중한 것, 그러기 때문에 그보다 더 두려운 것, 더 슬픈 것, 더 쓰라린 것, 그것은 살덩어리가 썩어가는 그런 사소한 것이 아니라, 공포가 한 걸음 물러 설 때 슬픔과 한 가지로 왈칵 달려들어 비로소 경호의 전 몸뚱이를 붙들어버린 '마음'의 문제였다. 마음의 성곽이 무너져가는 것, 이것을 걷잡으려는 노력이 없 어지는 것을 눈앞에 볼 때에 경호는 비로소 제가 무엇인가를 주시하게 되는 것 이었다.[10]

이와 비슷한 모습은 대영(채만식, 「냉동어」)의 경우에도 관찰된다. 대영 은 자기 자신을 "세대의 룸펜"이자 "삐뚤어진 빈 집에 홀로 거주하는 몰

---

9   염상섭, 「삼대」, 『염상섭전집』 4, 민음사, 1987, 394쪽 참조.
10   김남천, 앞의 글, 258~259쪽.

락된 귀족"[11]으로 규정한다. 그는 조선인 애인 때문에 아편쟁이 — 여기서 아편은 어떤 사상이나 이념을 은유한다 — 가 된 스미꼬澄子를 만난 후, 그녀를 따라 동경東京으로 가려 한다. 다음은 그들의 대화이다.

"동경으루 가요, 응?"
"동경? …좋겠지……. 아편을 띠러 왔다가 되려 아편쟁일 하나 업구 간다?"
"괜찮아요! 머……. 아버진 영 더 노하시겠지만, 고만 각오야……. 건데 언제 떠나꾸?"[12]

이렇게 「냉동어」, 「심문」, 「요지경」, 「향수」 등은 편재한 아편쟁이를 묘사한다. 요컨대 "판토폰 3그램의 정맥주사"는 이상에게만 유효한 것이 아니었다. 또 그것은 단지 시대에 의해 일방적으로 처방된 것도 아니었다. 그것은 식민지인들로 하여금 역사적 절망과 주체의 몰락을 인식하고 감각하게 한 서사의 근거이자 묘사의 방법이기도 했다. 그런 의미에서 아편이나 마약중독은 일제 말기 식민지의 육체와 정신이 봉착하고 탐구한 본질적인 풍속이었다.

---

11 채만식, 「냉동어」, 『인문평론』, 1940.4, 125쪽.
12 채만식, 「냉동어」, 『인문평론』, 1940.5, 165쪽.

2. 조선인 · 아편 · 만주

현경준의 「유맹流氓」은 위와 같은 역사적, 사회적 의미를 지닌 아편 중독의 문제를 다루고 있다. '작자의 말'에서 밝히고 있듯이, 이 작품은 재만在滿 조선인 아편중독자의 "소생 상황을 보고"[13]하기 위해 창작된 것이다. 이는 일정한 문학사적 의의를 지닌다. 왜냐하면 앞서 논의된 「심문」이나 「중독자」, 또는 강경애의 「마약」(1937) 등과 더불어 「유맹」은 재만 조선인의 아편 중독 문제를 작품의 소재로 삼은 하나의 문학사적 계열을 이루기 때문이다.

하지만 마약류를 다룬 작품들에서 만주의 조선인은 단지 중독자나 피해자로만 묘사되지는 않는다. 예를 들어 『벽공무한碧空無限』(이효석)의 다음 장면은 "아편 밀매업자는 어느 소도시에 가나 옛적부터 꼭 선계鮮系"[14]라는 당대의 논평에 화답한다.

> "옳지 그 약이야— 약은 약이래두 여기 늘어논 이런 약들은 아니야. 숨어서 거래하는 약이라네. 중국이나 만주 백성들을 등골부터 녹여내는 약이라네. 그 거래가 크단 말야." (…중략…)
>
> "왜 위험하지 않겠나. 필사적이지. 그러니까 하는 보람두 있구 수두 크단 말이야. 만주에 들어와 소위 성공했다는 조선 사람의 대부분은 아마도 다 그 같은 위험한 길을 걸은 사람들이아, 하긴 열린 길이라군 그것밖엔 없지만."

---

13 현경준, 「유맹」, 『인문평론』, 1940.7, 108쪽.

14 이운곡, 「선계」, 『조광』, 1939.7, 64쪽. 만주 조선인의 아편 밀매에 대해서는 이광수, 김형원, 김동환 등이 참여한 「재만 동포 문제 좌담회」(『삼천리』, 1933.8) 등에서도 논의된 바 있다.

“명예롭단 말인가, 불명예란 말인가?”

“명예롭다니 — 지금 만주서는 조선 사람만 보면 그 약을 연상하게 됐다네. 조선 사람과 약과 — 이런 불명예로울 데가 또 있을 줄 아나. 무얼 하든 간에 그런 인상밖엔 안 준단 말야……지금은 주제가 바르지만 알구 보면 우리 숙부두 과거가 어둡다네.”[15]

한벽수의 숙부 한운산은 “대륙당 약국”을 경영하며 아편을 암거래하는 하르빈의 조선인이다. 양귀비 꽃 같이 시들어가는 러시아 소녀 에미라는 그의 약국에서 마약을 산다. 즉 한운산은 만주에서 아편을 밀매해 돈을 번 조선인 “부정업자不正業者”다.[16]

따라서 이 작품은 「만주 내에 횡행튼 부정업자 오천여 명을 총검거─대부분이 조선인의 아편 밀매자」(『동아일보』, 1937.9.28)라는 기사를 상기시킨다. 이 기사는 1937년 9월 26일 새벽부터 전만 각지에서 일제 검거한 “부정업자”의 수가 조선인 4,123인, 일본인 394인, 만주인 922인으로 전체의 약 8할이 조선인이었음을 밝힌다. 그리고 “일본 내지인과 조선인에 한하여 농장으로 희망하는 자는 농장으로 보내고 정업을 희망하는 자는 정업을 알선하여 준다”고 알린다.

한편 1937년 9월 28일 자『조선일보』는 안동 경찰서가 9월 15일 오전 네 시부터 “아편 밀매굴” 조사해 “아편 밀매업자 사백여 명”을 검거했다는 기사를 싣기도 한다. 『동아일보』의 또 다른 기사는 “신경시 축정新京市 祝町은 조선인 동포의 부정업자 굴혈”(「치외법권 철폐로 부정업자 대타

15　이효석, 「벽공무한」,『이효석전집』5, 창미사. 1990(2쇄), 71쪽.
16　한운산은 흑룡강성장黑龍江省長 시절, 아편 지정소매소를 허가하며 뇌물을 받았을 뿐 아니라 그 이익을 배분받기도 한 만주인 한운해韓雲楷를 상기시킨다. 山田豪一,『滿洲國の阿片專賣』, 汲古書院, 2002, 637쪽 참조.

격」, 1938.2.13)이라고 보도하고 있다.

이 조선인 "부정업자"의 문제를 배경으로 현경준은 국경 지대의 밀수 문제를 취급한 「밀수」(『비판』, 1938.7), 「벤또바꼬 속의 금괴」(『광업조선』, 1938.8), 「유맹」(『광업조선』, 1939.3) 등을 썼다. 그런데 이때 주의할 것은 『광업조선』에 발표된 「유맹」이 『인문평론』(1940.7~8)에 발표된 유맹, 다시 말해 『싹 트는 대지』에 수록되었으며 후에 『마음의 금선琴線』이나 「도라오는 인생」[17]으로 개작된 그 「유맹」과는 전혀 다른 작품이라는 사실이다.[18] 『광업조선』의 「유맹」은 「벤또바꼬 속의 금괴」가 그러하듯이 남양과 도문 사이의 국경 밀수를 취급하고 있다. 이 작품은 밀수 "깽단" 인 "벼락단"에서 독립해 독자적인 밀수단을 조직한 김병구를 중심으로, 밀고자 영도, 아편중독자 김 서방과 그의 처, 김 서방의 딸로서 결국 밀산密山의 청루靑樓로 팔려가는 복순, 복순을 사랑하는 순길 등을 중심으로 전개된다. 여기서 현경준은 "밀수의 소굴"인 두만강 가의 "토막촌"이 형성된 배경을 다음과 같이 서술한다.

여기는 조선과 만주국의 사이를 흘러내리는 두만강立滿江의 중류에 임한 남양뛺陽, 대안은 동북만東北滿의 입구로서 밀수密輸로서는 달리 그 유를 보기 드문 신흥 국제도시 도문圖們이다.

---

17 「도라오는 인생」은 『만선일보』에 94회에 걸쳐 연재된 것으로 연변대학교 조선문학연구소와 허경진, 허휘훈, 채미라가 주편자로 발간한 『중국조선민족문학대계』 9 - 현경준(보고사, 2006.2)에 23회(1941.11.1)부터 94회(1942.3.3)의 연재분이 수록되어 있다. 이 작품 역시 「유맹」을 개작한 작품이므로 『마음의 금선』과 비교해 고찰되어야 할 것이다. 하지만 현재로서는 「도라오는 인생」의 전모를 알 수 없으므로 이 작품에 대한 논의는 차후의 과제로 남긴다.

18 따라서 『중국조선민족문학대계』 9(보고사, 2006)가 후자의 「유맹」을 수록하면서, "이 작품은 『광업조선』 1939년 3월호에 발표되었다"고 주석한 것은 오류이므로 수정되어야 한다.

만주사변 전까지는 조그마한 보잘것없는 한촌에 불과하던 것이 사변 이후 경도선新京 ― 圖們의 개통과 도간선圖們 ― 佳木斯의 건설로 하여 비로소 발전하기 시작하였고 그 위에 더구나 만주국의 건국 초의 취체의 불비를 기회로 왕성하게 행하여진 밀수 때문에 갑자기 인구 삼만을 헤아리게 되어서 그 경기는 남만주의 안동安東도 능가한다는 곳이다.[19]

비록 밀수를 해 감옥에 갇힐지언정, 병구는 아편을 사기 위해 도둑질을 하는 김 서방이나 정거장에 나가 이민자의 차표를 사기 치는 영도와는 달리, "같은 조선 사람"이자 "똑같은 가난한 사람"이라는 이유로 영도에게 사기당한 "촌놈"[20]을 돕기도 한다. 출감 후 그는 영도에게 복수하기 위해 떠나지만, 금천집이 자신의 아이를 가졌음을 알게 되자 기차 안의 모든 사람을 "반가운 친우" 같이 생각한다. 그는 영도와 김 서방조차 "자기의 전도를 축복"해 주는 듯이 느낀다. 이때 이 작품에 묘사된 병구의 마지막 행위는 "마주앉은 만주인의 담뱃불"을 빌려 담배에 불을 붙이는 것이다. 이는 "토막촌은 너무도 깨끗하게 씻겨져 버리고 밀수단이란 흔적도 없이 일소되어 버렸다"[21]는 서술과 공명하며 만주국의 "오족협화五族協和" 이념을 암시한다.

한편 『인문평론』의 「유맹」은 현경준이 "대리수구大梨樹溝"의 "부정업자" 수용 부락을 방문했던 일(1939.8.13)에 근거해 창작된 소설이다.[22] 이 작품과 더불어 현경준은 국경 지대가 아니라 만주국 내부의 일을 다루기

---

19 현경준, 「유맹」, 『광업조선』, 1939.3, 66쪽.
20 현경준, 「사생첩 ― 제3장」(『광업조선』, 1938.6)은 바로 이 기차표 사기를 다룬 작품이다.
21 현경준, 「유맹」, 『광업조선』, 1939.3, 87쪽.
22 이 문제와 관련해 『인문평론』(1940.7) 「편집후기」는 "이 작품은 작자가 실지 답사를 마치고 집필한 보고문학으로 그 소재의 매력만 해도 이 달의 창작계를 압도하고 남음이 있으리라 믿는다"라고 평가한다.

시작했다. 부락 방문에 대해 현경준은 다음과 같이 보고한다.

<blockquote>

이 부락은 재작년 치외법권 철폐시 검거한 부정업자(밀수업자), 사기횡령범, 중독자 등을 전만全滿 사 개소에 나누어 설정한 부락 중의 하나인데, 그 중 다부분多部分은 아편중독자들이다.

부락에는 보도소輔導所까지 있어서 적극적 지도를 하여 그 성적은 예기豫期 이상으로 양호하다 하나 그러나 다년의 악습은 좀체로 없어질 줄 모르고 그들 특유의 비밀공작은 그칠 줄 모른다 한다.[23]

</blockquote>

위의 논의는 "부락이 건설된 것은 팔 개월 전 소화 십이 년—만주국의 연호로는 강덕康德 사 년 십일 월 ××일이니까 바로 그 역사적 치외법권治外法權 철폐 이후"[24]라고 한 「유맹」의 서술과 관련된다. 또한 「유맹」은 부락의 초기 입식入植 호수를 중독자 26호, 밀수업자 23호, 도박상습범 9호, 사기횡령범 6호, 기타 7호, 합계 71호로 밝히면서 그들의 "개전改悛" 상황을 제시한다.

그런데 이와 비슷한 일은 「천 사백 부정업자 검거 집단 부락에 수용 연길 당국의 새 방침」(10.17), 「부정업자 철령鐵嶺에 이민」(11.2), 「조선인 부정업자에 숙청 공작을 단행—동척 진출로 정업 주선」(11.6), 「중독자가 이민으로」(11.17), 「부정업자 90호 금현錦縣 농장에 이송—안동현서 제일차 향발」(11.20), 「재만 육천 부정업자 농업 노동자로 전업」(11.28) 등과 같은 1937년의 『동아일보』 기사로도 계속 보도된 바 있다.

이렇게 「유맹」이 보고하는 1937년 11월의 부락 건설은 조선에서도

23　현경준, 「중독자들의 말」, 『문장』, 1939.11, 190쪽.
24　현경준, 「유맹」, 『인문평론』, 1940.7, 123쪽.

중요한 사회적 이슈가 되었다. 더 나아가 「아편 금절 부락을 간도에서 결성」(『매일신보』, 1940.9.21) 등과 같은 기사를 볼 때, 우리는 이러한 유형의 부락이 이후에도 계속 기획되었음을 알 수 있다. 참고삼아 「부정업자 철령에 이민」과 「부정업자 90호 금현 농장에 이송」을 인용해 보면 다음과 같다.

만주국에서는 명랑 만주국을 건설키 위하여 아편 밀조자와 밀매하는 부정업자를 전만을 통하여 지난 8월부터 엄중 조사하여 정업으로 전환을 장려하던 바 봉천에서 부정업하던 자 중에서 165호 인구 750명은 극빈자로서 할 수 없이 기아에서 방황케 되므로 당국에서도 할 수 없어 만척滿拓회사에 교섭하여 전기 750명은 11월 5일과 7일 양일에 철령鐵嶺 동방 20리(조선 리수) 지점에 있는 농장으로 이민키로 결정되었다 한다.[25]

기보와 같이 안동현에 이주하여 부정업하던 동포 92호의 445명은 안동현 조선민회와 당국의 알선으로 만척에 교섭되어 금주성 금현 석산錦州省 錦縣 石山 부근 농장으로 지난 16, 17일 양일간에 전부 이민되었는데 그들을 보내는 재만 동포 유지들은 차가 떠날 때마다 정거장에 나와서 눈물을 흘리며 아무쪼록 잘 가서 새 땅을 개척하라는 전별 인사를 하는 동시에 만척에서 미리 준비하여 지어 둔 집과 농지가 있다고 한다. 그리고 일호에 육천 평씩 주는 것이 규칙이나 농사를 하기 원하면 구천 평까지 준다고 하는데 그 땅이 10년 내지 13년 내로 자기 땅이 되도록 연부로 땅값과 집값을 만척에 저리로 환보키로 된 것이므로 그들은 10년 후는 자작농민이 될 모양이라 한다.[26]

---

25 「부정업자 철령에 이민」, 『동아일보』, 1937.11.2.
26 「부정업자 90호 금현 농장에 이송」, 『동아일보』, 1937.11.20.

현경준도 지적하는 것처럼, 위의 일들은 치외법권 철폐를 계기로 일본의 사법권과 행정경찰권 및 만철滿鐵 부속지의 행정권이 만주국에 이양되게 됨으로써 본격적으로 발생하게 되었다.[27] 이와 관련해『조선일보』는 1937년 11월 말일까지 "재만 조선인 민회가 일제히 해산"되어 "재류 조선인의 위생, 교육, 기타 사업"이 "만주국으로 이양"(1937.11.20) 됨을 알리고 있는데, 이렇게 만주국의 사법권과 경찰권이 일본인과 조선인에게도 행사되는 동시에, 만주국 민생부民生部 보건사保健司 소관의 마약법이 1937년 9월 15일부터 실시되게 됨에 따라 "일선인 부정업자 일만 인 검거 계획"이 예정된다.[28] 또 1937년 10월에 공포된 '아편단금방책요강阿片斷禁方策要綱'은 아편 단금 10개년 계획을 위해 공영관연소公營管煙所 설치, 정부 관여의 아편 생산 수납 제도의 확립 등과 함께 아편 중독자 등록 제도를 규정했다.[29] 그리하여 1938년 7월 31일까지 안동 경찰서는 중독자 2,300여명의 등록을 받았으며,[30] 만주국 중앙 민생부는 동년 9월 23일까지 만주국 전체에 걸쳐 585,267명의 등록을 받아[31] "아편 구매 통장"[32]을 발급했다. 그리고 이 등록 제도는 이후로도 계속 추진되었다. 이 사실은 「흡음관연소吸飮管煙所 지정 아편 금단에 대 박차—3월 1일부터 관외 흡음 절대 금지」라는 『만선일보』(1940.5.28)의 기사가

---

27 물론 「유맹」에 묘사된 "특수부락"은 1937년을 계기로 해서만 시도된 것은 아닌 듯하다. 왜냐하면 이미 1933년 8월 4일 치치하얼齊齊哈爾 영사 우치다 고로內田五郎가 우치다 고사이內田康哉 외무대신에게 보낸 전보에서도 만주의 조선인 아편 밀매업자를 집단 농장에 이주시키는 계획이 논의된 바 있기 때문이다.

28 그러나 일제 검거가 시작된 것은 1938년 7월부터라고 한다. 山田豪一, 앞의 책, 890쪽.

29 위의 책, 894쪽 참조.

30 「안동시 아편등록자 이천삼백여 명」, 『동아일보』, 1938.8.4.

31 「전 만주 아편중독자 오십팔만여 명을 돌파」, 『동아일보』, 1938.10.31.

32 「안동시 마약 중독자 팔천오백여 명 초과」, 『동아일보』, 1938.6.16.

여전히 경찰로부터 증명서가 교부됨을 알리고 있음을 통해서도 확인된다. 강경애가 "등록한 아편쟁이"[33]라는 표현을 사용한 것, 또 마약과 아내를 바꾼 보득 아버지를 다음과 같이 묘사한 것은 이와 관련된다.

> "나는 등록하였수!"
> 보득 아버지는 벌떡 일어나며 외쳤다.
> "무슨 딴 수작이야. 계집을 죽인 놈이. 가자, 너 같은 놈은 법이 용서를 못해."
> 순사는 달려들어 보득 아버지의 멱살을 쥐어 내몰았다.[34]

즉 아편 중독과 마약 밀매의 문제는 식민지 사회의 혼탁함과 한 시대의 "몰락"을 상징할 뿐 아니라, 만주국과 일본제국의 구체적인 정책 및 그로 인한 거대한 사회 변동에 매개된 재만 조선인의 삶을 증언하는 하나의 역사적 계기이기도 했다. 「유맹」이 중요한 것은 그 때문이다. 물론 이는 국경지방을 무대로 한 또 다른 「유맹」의 경우도 마찬가지이다.

3. 심금心琴의 곡조曲調

그런데 『광업조선』의 「유맹」과 마찬가지로 『인문평론』의 「유맹」 역

33　강경애, 「마약」, 『여성』, 1937.11, 45쪽.
34　위의 글, 40쪽.

시 만주국의 이념을 근본적으로 긍정하고 있다. 이 작품은 "일덕일심 一德一心"이 무엇인지를 묻는 아들 순동의 질문에 대해 "그런 건 소장한테나가 물어라" 하고 퉁명스럽게 대답하거나, 삼백 원을 받고 중국인 왕가에게 딸 순녀를 팔아먹으려는 명보를 묘사한다. 명보는 부락 규정을 어기고 외부 출입을 시도하다가 보초를 서고 있던 자기 아들과 싸우기도 한다. 그뿐 아니라 작품은 외부와 연락을 취해 만척滿拓[35]으로부터 받은 대부 배급 쌀을 아편과 바꾸어 먹는 부락민들을 그린다. 더 나아가 규선, 성오, 병철의 탈주 시도 및 그 실패를 서술한다.

이때 작가는 이러한 부락민들의 행위를 보도소장의 말과 날카롭게 대비시킨다. 보도소장은 "특수부락"의 설치가 "왕도낙토를 건설하려는 만주국이 아니고는 꿈에두 상상할 수 없는 이런 고마운 혜택을 모르고 여전히 비뚜루만 나가려는 여러분을 대할 때 나는 참말 슬퍼(나)서 견딜 수가 없"[36]다고 말하는 것이다.

한편 동경 유학 시절에 미술을 공부했으며 실연의 아픔을 지닌 명우는 양심의 명령에 따라 순녀를 구한 후, "순녀의 존재로 말미암아 몇 날을 진정을 못 하고 고민"한다. 그리고 급기야 그녀를 수양딸 삼은 보도소장으로부터 "양사위"가 되어 달라는 제의를 받는다. 또한 그는 "군郡의 공작"이 필요하다는 소장의 말에 따라 규선에게 "개심"하여 "금후의 코스"를 바로 잡으라고 집요하게 권유하기도 한다. 요컨대 작품의 입장은 주인공 격인 명우의 "개심"과 더불어 다음과 같은 화자의 말로 집약된다.

35 　"만척"은 1936년 9월에 서울에 설립된 선만척식주식회사와 신경에 설립된 만선척식유한 공사를 말한다. (후에 이 두 회사는 병합된다) 김경일·윤휘탁·이동진·임성모 『동아시아의 민족이산과 도시』, 역사비평사, 2004, 44쪽 참조.

36 　현경준, 「유맹」, 『인문평론』, 1940.7, 117쪽.

신흥국가에서는 한 사람이라도 건져내서 바른 국민을 만들려고 이를 악물고
달려들었다.

더구나 그 빛을 잃고 밑 구렁에서 헤매는 그들에게는 무엇보다도 아까운 것이
있다.

그 아까운 보물 때문에 위정당국도 번연히 무모에 가까운 일인 줄 알면서도
과감하게 실지 시험에 착수하게 된 것으로서, 그것은 다름이 아니라, 그들의 지
식과 인재였다.

비록 낙오는 되었을(까)망정 한때는 모두 다 이상을 품고 혁혁한 앞날을 바라
고 매진하던 그들이다.

그들 속에는 기술자도 있고, 정치 운동가도 있고, 예술가도 있고, 종교가도 있
고, 의술가도 있고, 교육자도 있고, 각 층을 망라하여 있다.

지식 정도는 전부가 소학 정도 이상으로서 중학 정도 전문 정도도 수두룩하다.

어학도 국어와 만주어는 말할 것도 없거니와, 영어, 노어, 독일어까지 능통한
자가 있다.

이러므로 위정당국이 그 인재를 아끼게 되는 것은 너무도 당연한 일이다.

그러나 한번 인생의 노선을 탈선脫線한 그들을 다시금 정궤正軌로 끌어들이는
것은 참말로 어려운 일이었다. 무엇보다도 아편중독자가 문제다.[37]

"도시 지역 재만 조선인 중 아편 밀매 관련자가 많았던 이유 중 하나
는 지식층 실업 문제가 중요한 요인"이었으며, 따라서 "실업 문제가 사
상 문제로 직결되는 구도가 존재했다"[38]는 논의를 참고할 때, 위의 서술
은 당대의 상황을 정확히 보고하고 있다. "특수부락"에는 지식인들도 수
용되어 있었던 것이다. 이 사실에 대한 지적과 함께 자위대, 보도소, 구
류소, 집단 농장, 편지 검열 등의 묘사를 통해 부락의 실상을 묘사한 점

---

37 위의 글, 123~124쪽.
38 김경일 · 윤휘탁 · 이동진 · 임성모, 앞의 책, 288쪽,

은 이 작품의 중요한 성취일 터이다.

그런데 이 모든 상황에 대한 현경준의 입장은『마음의 금선』서문을 통해 확실히 나타난다. 여기서 현경준은 "만주국 정부 금연 총국의 위탁"을 받았음을 밝히면서, "이 한 편이 그들의 생활에 얼마만큼이라도 보탬이 되고 또 만주국 정부의 진의의 일편이나마 엿보게 할 수 있다면 작자의 소원은 이에서 끊진다"[39]고 밝히기 때문이다. 이렇게 작품의 이념적 핵심은 "국가도 모르고 사회도 모르고 친우도 모르고 마지막에는 자식까지 모르는"[40] "낙오"된 부락민의 "지식과 인재"가 "신흥국가 만주국"의 "구성분자"로 동원되어야 한다는 것이다. 다음은 그 동원의 한 장면이다.

> 부락의 농군들은 모두 다 일 밭에 나덮였다. 그리고 마을 뒤편 공동농장에는 보도소장까지 진두에 나와 서서 직접 지도에 애쓰고 있다. 그러나 농군들이라야 오랫동안 흙에서 시달린 일이 없고, 난생 처음 호미자루를 잡아본 그들의 일은 좀처럼 진섭될 줄을 모른다.
>
> 논바닥에 들어서서 두어 번 철렁거리고는, 이내 허리를 짚고 일어서며 죽을상을 하는 패들이다. 그리고 가끔 거머리 같은 것이 다릿발에 붙기만 하면 그 논바닥은 에누리 없이 욕장을 보고 만다.[41]

앞서 인용된 신문기사에 "아무쪼록 잘 가서 새 땅을 개척하라는 전별 인사"(「부정업자 90호 금현 농장에 이송」)가 언급되는 것에서도 알 수 있듯이, "난생 처음 호미자루를 잡아본" 사람들을 공동농장의 논에 들어가게 하는 「유맹」의 "특수부락"은 단순한 치료소나 보호소가 아니다. 그것은

---

39 현경준, 「마음의 금선」,『중국조선민족문학대계』9—현경준, 보고사, 2006, 475~476쪽.
40 현경준, 위의 글, 536쪽.
41 현경준, 「유맹」,『인문평론』, 1940.8, 148쪽.

만주에 수전水田을 "개척"한 입식 부락의 성격을 지니고 있다. 이태준의 소설 제목이 암시하듯이, "선농鮮農" 개척민들은 "농군農軍"이다. 마을의 "자위단"이 "총동원"되어 탈주한 득수와 명보를 찾음은 물론, "만주인 부락 왕가네의 일당"을 체포하는 일이 가능한 것은 그 때문이다.

한 예로 1940년에 강원도 평강군에 설치된 조선총독부 만주 개척민 지원자 훈련소에서는 지도자, 중견분자, 청년의용대로 나뉘어 "국책개척민國策開拓民"의 훈련이 실시되었는데, 이 중 특히 청년의용대에는 군사훈련도 부과되었던 것이다.[42] 이렇게 실현된 "만주 개척"의 이념과 관련해 총독부 사무관 윤상희尹相曦는 다음과 같이 말한 바 있다.

> 만주 개척 정책의 근본정신은 두 말할 것도 없이 만주국을 제국의 팔굉일우八紘一宇의 대 이상에 기基하여 민족협화民族協和 일만불가분日滿不可分, 도의국道義國의 건설을 목표함에 있으며 실현을 문화적 역사적 전통, 국민 훈련을 받아온 내지인과 조선인의 대량 이식移植으로써 기其 기저로 삼는 것이니 차점此點이 전혀 타국의 일반 출가 이민과 성질을 달리하는 것이다.[43]

이 모든 점으로 보았을 때, 현경준의 작품은 "피로 물들인 기록"인 "수전의 개척사"[44]를 회고하면서, "지금은 이른바 왕도낙토가 되었으니 여러분께서 노력하시면 이 동리도 천당을 건설하기가 그리 어렵지 않으리라고 믿습니다"[45]라고 피력하는 이기영 식의 "친일 로맨티시즘"[46]이나

---

42 윤상희, 「조선 농민의 만주 이주 문제」, 『춘추』, 1941.4, 88~89쪽 참조.
43 위의 글, 87쪽.
44 이기영, 「대지의 아들」, 『조선일보』, 1939.11.30. 인용은 『한국근대장편소설대계』 14, 태학사, 50쪽.
45 이기영, 「대지의 아들」, 『조선일보』, 1940.1.17. 인용은 위의 책, 90쪽.

"만주 유토피아니즘"[47]을 공유하고 있다. 또 이 작품은 "대륙"으로 감으로써 "생활"과 "인간 정열의 커다란 폭발"을 찾고자 했던 스미꼬(「냉동어」)의 생각마저 상기시킨다. 스미꼬는 다음과 같이 말한다.

> 스미꼬와 혈통을 더불어 했고 동시에 한 사람 한 사람의 인간인 그네 씩씩한 장정들이, 그렇듯 세기적인 사실의 행동자로서 늠름히 등장을 했다가, 끊임없이 시뻘건 피를 흘리고 넘어지는, 그 핍절하고도 엄숙한 사실을……, 스미꼬 직접 목도를 하고 접하고 할 때에, 진정으로 한 조각의 붕대를 동여주고 싶은 마음이 우러날 것 같아요. 반드시 어떤 흥분과 감격을 느끼괴래야 말 것 같고, 아편의 독을 잊어버릴 것 같아요.[48]

물론 현경준의 작품은 직접적으로 전쟁을 말하거나 그것을 긍정하지는 않는다. 그러나 그럼에도 불구하고 "몰락"과 "재생"의 이야기를 구현한다는 점에서, 「유맹」의 "특수부락"은 스미꼬가 말하는 "거대한 역사적 행동인 중원 대륙의 경륜"과 동일한 기능을 수행한다. 다시 말해 "한 알의 보리알"을 논하거나 "국민학교 설립문제"[49]를 계획하는 현경준의 소설에서 만주국의 "특수부락"은 "몰락/재생"의 장소로 의미 부여된다. 요컨대 명우를 통해 작가는 "아편 연기 속에서 지난 꿈을 전망하는 것이 얼마나 황홀하고 행복스러운지 모른다"라는 현혁(「심문」)의 말 또는 "한때는 정치운동의 선봉에 나서서 불타는 정열로 날뛰었다는" 규선의 다음

---

46 이에 대해서는 이경훈, 「만주와 친일 로맨티시즘」, 『오빠의 탄생』, 문학과지성사, 2003, 271~297쪽을 참고할 것.

47 김철, 「몰락하는 신생」, 『상허학보』, 2002.8, 156쪽.

48 채만식, 「냉동어」, 『인문평론』, 1940.5, 176쪽.

49 현경준, 「마음의 금선」, 『중국조선민족문학대계』 9－현경준, 보고사, 2006, 538쪽.

과 같은 자포자기에 맞서 역사와 미래를 새롭게 회복하려는 강렬한 의지를 제시한다.

개심 개심 하지만 나한텐 그게 제일 문젤세. 자네는 다행히 잃었던 옛 꿈을 다시 찾아서 앞날에 희망을 걸게 되었다지만, 나한테야 뭐가 있단 말인가? 앞날에 대한 아무런 희망도 가지지 못한 나로서는 결국 과거의 꿈밖에야 회상할 것이 무엇이 있단 말인가? 한 포 먹으면 자욱 — 히 흐려드는 머리 속에 그림같이 떠오르는 그 잃어버린 꿈 —. 자네 머리 속에도 그 기억은 잘 남아 있겠지?"[50]

규선은 위와 같이 말할 뿐만 아니라, 어느 시인이 "심금心琴인지 뭔지 한 걸 노래하면서 마음의 거문고 줄이니 뭐니 한" 일을 명우에게 환기시킨다. 그리고 "어디로 날아갔느냐? 파랑새여! 녹 슬은 줄 위에 서리서리 얽힌 거미줄 더는 선율할 줄 모르는 부호[51] 없는 보표 네 퇴색한 낡은 그 줄을 탄식하며 내 슬픈 꿈은 몇 번이나 얽혔던가? 마음의 녹 슬은 줄아! 너는 언제나 그 보표에 맞추어 내 청춘을 다시 울어 주려느냐?"[52] 하고 시를 읊는다. 이 노래는 명우의 "심금"도 울린다. 그것은 다음과 같이 묘사된다.

한번 떨리기 시작한 녹슬었던 마음의 금선은, 날이 가면 갈수록 점점 잊었던 옛날의 노래를 그리게 되는 것이었고 향수鄕愁의 보표만 찾아내려고 하는 것이

---

50 현경준, 「유맹」, 『인문평론』, 1940.8, 171쪽.
51 이는 "감정이란 결국 주밀한 논리의 구조 속에서 돌아가는 치차에 편의상 붙여진 부호요 따라서 생활을 좌우할 아무런 힘도 없는 것이 아닌가고 의심스러워졌다"라는 유항림의 서술을 상기시킨다(「부호」, 『인문평론』, 1940.10, 140쪽).
52 현경준, 앞의 글, 151쪽.

었다.[53]

인용은 현경준이 "그들에게서 옛 꿈을 그리는 그 애절한 향수의 심사를 뿌리째 뽑아버릴 수 있을까?"라고 질문하며, "오늘도 나는 조용히 눈을 감고 그들의 심중을 머리 속에 그려가며 내 사라져간 옛 꿈을 회상하고 있다"[54]고 기술한 일과 관련된다. 따라서 위의 장면과 더불어 「유맹」이 『마음의 금선』으로 개작된 일은 작품에서 차지하는 거문고 줄의 상징적 의미가 중요함을 암시한다. 또 이 점은 한설야의 다음 서술로 인해 더욱 주목을 끈다.

고골리의 말을 빌어서, 나는 나의 거문고 줄을 한 번도 끊어본 일이 없다. 또 바꿔본 일도 없다. 언제든지 그 거문고 줄을 뜯고 있을 뿐, 그 소리가 나쁘면 내 수련이 부족한 탓이지 거문고 줄이 나쁜 탓은 아닐 것이니 줄을 좀더 아름답게 울리는 한 가지 길이 있을 뿐이라고 이렇게 변명삼아 말해야 할 것이나 언제든지 신문 잡지의 통속소설이나 탐정소설이나 또는 남식이가 하찮게 생각하는 작품에만 고즈넉이 자미를 붙이고 있는 아내에게 그런 말을 한댔자, 미꾸라지 이 가는 것쯤으로밖에 더 안 생각할 것이다.[55]

김남천은 「유맹」을 일러, "인물의 성격이나 성품이 단시일에 개조된다는 생각" 때문에 "실패한 작품"[56]이라고 논한 바 있다. 그러나 이러한 평가와는 달리, 어쩌면 현경준은 한설야의 주인공 남식처럼 "거문고 줄"

---

53 위의 글, 162쪽.
54 현경준, 「중독자들의 말」, 『문장』, 1939.11, 191쪽.
55 한설야, 「모색」, 『인문평론』, 1940.3, 136쪽.
56 김남천, 「산문문학의 일년간」, 『인문평론』, 1941.1, 23쪽.

을 끊거나 다른 것으로 바꾸지 않았을지 모른다. 이는 『마음의 금선』이 『밤 주막』을 언급하는 일과도 관련될 수 있다. 고리키의 『밤 주막』은 알코올 중독자 등의 밑바닥 인생을 그리고 있다는 점에서 「유맹」 및 『마음의 금선』과 소재적인 친근성이 있거니와, 더 나아가 명우는 『밤 주막』에 나오는 다음과 같은 노래를 읊조리는 것이다.

사시장철 감방 안은
먹장 같이 어둡고
자나 깨나 창틈으론
사자 눈이 엿보네.

엿볼 테면 엿보렴아
도망질은 안 한다
도망질을 하구퍼도
쇠사슬을 어이해.[57]

그러나 이보다 더욱 중요한 것은 「유맹」에는 없는 명우의 말이 『마음의 금선』에 첨가된다는 사실이다. 그것은 다음과 같다.

우리들은 과거에 있어서 너무 피동적이었다고 나는 절실히 생각하네. 피동적이었기 때문에 그에서 빚어진 슬픈 전설은 필연적으로 비역사적이고 비현실적

---

[57] 현경준, 「마음의 금선」, 『중국조선민족문학대계』 9-현경준, 보고사, 2006, 529쪽. 함대훈은 이 죠부Krivoy Zob의 노래를 다음과 같이 번역한 바 있다. "아귀 놈의 저 눈깔이 / 아 아 아 아 / 아 아 아 아 / 철창으로 엿보네." "어찌 넘나 저 담을 / 자유가 그리우나 아 / 아 아 아 아 / 아 아 아 아 / 쇠사슬을 못 끊어."(막심 고리키, 함대훈 역, 『밤 주막』, 양문사, 1954, 44~46쪽)

이었다고 생각네. (…중략…) 그 어리석었던 피동적 시대를 게으르게 회상하며 자아를 망각하고 시대의 흐름을 무시한다는 건 이 얼마나 어리석은 수작인가?[58]

위와 같이 명우는 "비역사적이고 비현실적"이었을 뿐 아니라 피동적이기까지 했던 과거의 어리석고 "슬픈 전설"을 잊으라고 촉구한다. 또 "이놈의 세상 한번 벌컥 뒤집어지는 법은 없나"라는 규선의 말에 대해 "골수까지 썩은 놈들에게 시원한 일이 생긴다면 얼마나 시원스럽겠는가?"[59] 하고 반문한다. 이때 명우가 "시대의 흐름"을 말하는 것은 결정적이다. "시대의 흐름"과 더불어 명우가 강조하는 "개심"이란 결국 국가에 호출됨을 의미할 터이기 때문이다. 이를테면 이는 백철이 "시대적 우연의 수리受理"를 주장하며 "대동아공영"의 "전망"을 긍정했던 일과 동궤에 있다. 이렇게 『마음의 금선』과 「유맹」의 "심금"은 "사라져간 옛 꿈" 대신 만주국 및 그 배후에 군림했던 일본제국의 곡조를 연주한다. 『밤 주막』의 노래는 새로운 이상을 위해 전유되었다. 결국 명우는 거문고 줄을 갈았던 것이다.

4. 신종 아편 '왕도낙토'

하지만 과거의 활동이 피동적이었음을 비판한 명우의 의견과는 달리,

---

58 현경준, 위의 글, 551쪽.
59 현경준, 「유맹」, 『인문평론』, 1940.8, 149쪽.

또는 '특수부락'에서 벗어나지 못하는 명우나 규선의 처지가 증명하듯이, '대동아공영'과 '왕도낙토'의 구호를 복창하는 것이야말로 더욱 피동적인 행위일 수 있다. 한편 아편중독자나 범죄자의 갱생은 당연히 긍정될 수밖에 없다는 점에서, 이를 통해 만주국의 이념과 역사적인 "재생"을 손쉽게 동일시하는 것은 지극히 안이한 태도이다. 이는 제국에 포섭되지 않는 모든 것을 아편중독자나 범죄자로 규정, 감시, 배제하고자 하는 제국의 은밀한 기획을 맹목적으로 수행한다.

더 나아가 이는 오히려 현실의 사태를 왜곡하는 면이 있다. 왜냐하면 만주국의 아편 정책은 정부에 의한 "마약 전매의 실시"[60]를 의미했으며 그를 통한 재정 수입을 한 가지 목적으로 하는 것이었기 때문이다. 따라서 우리는 민생진흥의회의 금연거독특별분과禁煙拒毒特別分科에 총무청 주계처장主計處長으로 참가했던 후루미 다다유키古海忠之가 무순 전범관리소의 자술공술서에서 아편단금정책을 비판했던 점에 주목할 필요가 있다. 여기서 그는 신청만 하면 진단 없이 등록하도록 하는 단순 등록제가 채택되었다는 점, 아편 중독자의 치료 계획이 명시되지 않았다는 점, 열하熱河 아편 재배 면적의 감소 계획도 명시되지 않았다는 점 등을 거론했다.[61]

실제로 만주국은 마약 수요에 부응하기 위해 한편으로는 관제官製 마약 제조 설비를 준비하면서, 다른 한편으로는 마약을 수입했다. 조선총독부 전매국으로부터 1937년에 모르핀 50킬로그램과 헤로인 100.5킬로그램, 1938년에 1,200킬로그램, 1939년에 1,200킬로그램, 1940년

60　山田豪一, 앞의 책, 875쪽.

61　古海忠之, 「滿洲國阿片政策に關する陳述」, 『世界』, 1998.6, 168~169쪽. 재인용은 박강, 「만주국 아편금단정책의 재검토」, 『부산사학』, 1999.6, 351쪽에서 함.

에 360킬로그램의 헤로인을 계속 수입했던 것[62]은 그 한 예이다. 그리고
이에 따라 조선에서는 아편의 재배가 장려되었다. 이를테면 1938년 5월
4일 자 『동아일보』는 함흥에 '앵속罌粟 공장'을 설치하여 아편 재배를 시
작하기로 했음을 알리고 있으며, 같은 신문 1938년 6월 26일자는 "금년
에는 종래의 경작 면적을 일약 배가하여 그로써 고지대 빈농을 자작농으
로 갱생"시킨다는 조선 총독부 전매국의 방침을 보도했다. 한 연구자가
지적했듯이, "만주국 아편단금정책은 당시 일본의 만주국 지배 및 침략
전쟁의 재창출 수행과 맞물려 만들어진 결과물"이었으며, 따라서 단금
기간을 10년으로 설정한 것 역시 "일본의 이익에 별다른 피해가 오지 않
으면서도 전시 경제를 지원"[63]하기 위한 것으로 파악될 수도 있다.

그러므로 이러한 만주국의 정책에 근거해, "내 몸을 망치고 국가와 사
회를 망치는 악몽"과 "일확천금의 꿈"에서 깨어나라고 호소하는 보도소
장의 "설교"에 대해 병철이 반론하는 것은 전혀 무의미한 일이 아니다.
다음은 병철의 말이다.

천만에 말씀입니다. 그들의 사업은 전부가 밀수가 아니면 브로커 노릇이었지
요. 그도 대낮에 공공연하게 한 축이랍니다. 멀리를 생각지 마시고 전번에도 목
단강에서 소장님을 찾아왔지만, 그 무슨 회사 사장인지 한 그 양반이 자초에는
무슨 업을 해서 그렇게 돈을 쥐었는지 아십니까? 자초에는 도문圖們 개척 시에
밀수를 굉장히 해서 돈푼이나 쥐었으니까 아주 지금 회사도 그 때에 얻은 것으
로 된 것임에 틀림없겠지요.[64]

---

62 山田豪一, 앞의 책, 889쪽.
63 박강, 앞의 글, 363쪽.
64 현경준, 「유맹」, 『인문평론』, 1940.7, 119쪽.

위와 같이 스스로 유명한 밀수업자였던 병철은 "부정업"으로 성공한 한운산(『벽공무한』) 유의 인물과 결탁한 "왕도낙토"의 어두운 이면을 지적하고 있다. 따라서 이렇게 말하는 병철에게 부락민들의 "장래에다가 내전 희망"을 걸었다는 보도소장의 말은 공소하게 들릴 것이다. 그가 말하는 "장래"란 결국 "대동아공영"의 이념적 환상에 근거한 것이며, "희망" 역시 빈농 구제의 명분을 내세우면서 아편 재배를 장려하는 일본 국가의 계획을 자기화할 때에만 환각幻覺될 터이기 때문이다.

그러므로 이러한 의미의 "재생"과 "쇄신"은 현혁이 아편 연기 속에서 "역사와 현실에 대한 전유의 형식을 포기"[65]하는 일보다도, 또는 "갱생을 위하여 따라 나서기보다" 자살을 선택한 여옥(「심문」)의 행위보다도 심각한 정신적 중독을 낳을 것이다. 비유컨대 그 고달픈 노력에도 불구하고 「유맹」의 "특수부락"이 "개척"해 낸 것은 논이 아니라 그 어떤 폐허였다. 이렇게 명우의 거문고 줄은 "몰락하는 신생"[66]을 연주했다. 멸망한 그는 오직 국민으로서만 부활할 수 있을 것이다. 현경준의 작품이 심금을 울리지 못하는 이유, 아니 오히려 심금을 울리는 이유는 바로 이 점에 있다.

『사이間SAI』, 2008.6

---

65 신형기, 「한 모더니스트의 행로」, 『최명익 단편선 비 오는 길』, 문학과지성사, 2004, 339쪽.
66 이는 앞서 언급된 김철의 논문 제목에서 차용한 것이다.

4장

벙커의 건축학, 외부의 실내장식

이태준의 『별은 창마다』에 대한 일고찰

1. 별과 유리창

이상李箱은 평안도의 벽촌 성천에 경악했다. 그는 "서를 보아도 벌판, 남을 보아도 벌판, 북을 보아도 벌판"인 그곳의 자연을 "공포의 초록색" (「권태」)으로 규정했다. 그리고 다음과 같이 한탄했다.

> 어쩔 作定으로 저렇게 퍼러냐. 하루 왼終日 저 푸른빛은 아무 짓도 하지 않는다. 오직 그 푸른 것에 白痴와 같이 滿足하면서 푸른 채로 있다.[1]

더 나아가 이상은 "이 황막하고 추악한 벌판을 바라보고 지내면서 자살 민절悶絶하지 않는 농민들은 불쌍하기도 하려니와 거대한 천치"라고 말했다. 그 "촌사람"들은 "하늘에서 별이 나온다는 걸 가르쳐 준 사람이 없으므로"[2](「어리석은 석반」) 별조차 모른다는 것이다. 그들에게 별은 "송

---

1   김윤식 편, 『이상문학전집』 3, 문학사상사, 1993, 143쪽.
2   위의 책, 123쪽.

두리째 하느님"일 뿐이다. 이렇게 이상에게는 성천의 자연과 농민들 모두가 이른바 "인간으로부터 소원화된 풍경으로서의 풍경"[3]이었다. 그의 "공포"와 "권태"는 그 사실에 대한 반응이었다.

　이상의 이러한 관찰은 『별은 창마다』(이태준, 1942~1943)의 한정은을 상기시킨다. 그녀는 마당에 멍석을 펴고 "별을 쳐다보면서" 잠을 자지만 결국은 "별을 보지 않는" 「권태」의 시골사람들과 다르다. 동경유학생 정은은 다음과 같이 "별빛 찬란한 밤하늘"을 바라본다.

　　정은은, 우주가 열린 그 최초의 순간부터 이 지구를 향해 비쳐오는 별빛이 최근에야 도달한 것도 있고, 아직까지도 오는 도중인 별도 얼마든지 있다는 말을 들은 생각이 났다.

　　"우주란, 주위가 무궁 무한한 것!" (…중략…)

　　유리는, 그런 밤하늘을, 이슬에 젖지 않고도, 바람에 풍기지 않고도, 자리에 누운 채 쳐다보게 해주는 것이 고마워서 좋아졌다. 있으면서도 없는 듯이 순결함이란 물질 이상이라고 하고 싶게 예찬하고 싶어졌다. 박살이 될지언정 휘지는 않는 그의 성품도 따를 법하였다.[4]

　인용에서 흥미로운 것은 별과 유리창이 짝을 이루며 경험된다는 점이다. "정은이가 동경 와서 사랑하게 된 것이 두 가지가 있다. 하나는 밤하늘, 다른 하나는 유리다"[5]와 같은 서술은 이와 관련된다. 이처럼 정은은 고등음악학원 기숙사 방의 유리창을 통해 밤하늘의 별을 본다. 별은 유

3　柄谷行人, 『日本近代文學の起源』, 講談社, 1983(6쇄), 29쪽.

4　이태준, 『별은 창마다』, 깊은샘, 2000, 11쪽.

5　위의 책, 10쪽.

리창 너머에서 반짝인다. 정은이 별을 볼 때, 그녀는 "처음부터 외적으로 존재하는 객관물"을 보고 있지 않다. "유리창이 한 폭의 대작 풍경화처럼 바라보기 좋게 정면으로 떠 있"[6]다는 서술로도 알 수 있는 것처럼, 그녀는 "있으면서도 없는 듯"한 유리창을 본다.

유리창은 정은이 관찰하는 밤하늘과 별의 "기원"으로서 "풍경"을 매개한다. 오직 그 인식론적인 장에 정지용의 "물먹은 별"은 "보석처럼 백"[7]힐 것이다. "별은 창마다"의 진정한 의미는 '별은 창에만' 존재한다는 것이다. 이는 "간유리와 같은 희미하고 한가한 겨울 하늘"[8] 또는 "조병권이 속은 내가 유리 붙이고 들여다보는 듯이 알고 있네"[9] 등의 표현이 함축하는 역사성을 암시한다. "빗발이 유리창 위에 미끄러지는 것"을 바라보는 최무경에게 오시형이 떠난 세상은 "회색빛의 멍한 하늘"[10]이었다. "빙공착영憑空捉影"은 '빙창착영憑窓捉影'으로 수정되어야 한다.

그리고 그렇게 보았을 때 정은이 우주의 무한함을 음미하는 일은 자연스럽다. 데카르트의 "연장延長"과도 상통하는 "무한의 공간"은 그 자체로서 "소외된 풍경"인 동시에, "이곳과 저곳이 질적으로 다른 공간이었던 중세의 위계적 세계상"을 벗어난 "균질적인 공간"으로서의 "시민사회" 및 "내면의 발견"과 연관되기 때문이다.[11] 자신의 천문학적 지식을 환기하며 별을 "정면"의 창 너머로 응시하는 정은은 "내적 인간"으로서 "풍경"을 발견하고 있다. 마당에 누운 시골 사람들과는 달리, 그녀는 언

---

6   위의 책, 10쪽.
7   정지용, 「유리창 1」, 『정지용전집』 1, 민음사, 1992(2판 6쇄), 73쪽.
8   진학문, 「부르짖음」, 『학지광』, 1917.4, 57쪽.
9   조중환, 「장한몽 상」, 『한국신소설전집』 9, 을유문화사, 1968, 67쪽.
10   김남천, 「경영」, 『한국근대단편소설대계』 3, 태학사, 724쪽.
11   柄谷行人, 앞의 책, 68~69쪽 참조.

제나 유리창 안쪽에 있다. "도심지대가 늘 고향보다도 그리웠"[12]으며 "긴부라銀ぶら로 한 시간"[13]을 보내기도 했던 정은 역시 "도회인의 교활한 시선"(「산촌여정」)[14]을 지녔다.

따라서 유리창을 일러 "물질 이상"이라고 한 정은의 평가는 옳다. 그것은 단순한 사물이 아니라 "풍경"과 "내면"을 발생시키는 역사적인 작용을 암시한다.[15] 유리창은 그 안쪽과 바깥쪽에 재현되는 차안此岸으로써 피안彼岸을 추방해낸다. 그러므로 "밤에 홀로 유리를 닦는 것"(정지용, 「유리창 1」)은 근대 문학의 필연적인 장면이다. 별이 "송두리째 하느님"임을 믿지 않는 시적 화자의 "영혼 속에서 타오르는 불꽃은 별들이 발하고 있는 빛과 본질적으로 동일"[16]하지 않다. 그 대신 고독한 그는 자꾸만 흐려지는 유리창을 "지우고 보고 지우고 보아"야 한다. 이렇게 "있으면서도 없는 듯"한 유리창의 투명한 "순결함"을 계속 생산하고 있는 "외로운 황홀한 심사"야말로 "풍경"을 발견한 "내적 인간"의 고양된 감수성이다. 이 리얼리스틱한 태도는 "하늘을 꿰뚫고 땅을 들추어 온 가지 진리"[17]를 캐어내고 착취하는 코기토의 "엑스 빛"으로 현상하기도 할 터이다. 그리고 그로써 "장진물이 넘어서 수력 전기"가 되는 "새 살림"[18]을 초래할 것이다. 『별은 창마다』는 이 모든 근대적 작용을 정은의 성장 서사를 통해 다시금 확인하는 듯하다.

---

12 이태준, 앞의 책, 9쪽.

13 위의 책, 41쪽.

14 김윤식 편, 앞의 책, 108쪽.

15 '풍경' 등과 관련된 '유리'의 근대적 의의에 대해서는 이경훈, 『오빠의 탄생』, 문학과지성사, 2003, 100~109쪽에서 이미 논의한 바 있다. 그러나 이는 「별은 창마다」의 핵심 중 하나이므로 다시 언급한다.

16 게오르그 루카치, 반성완 역, 『소설의 이론』, 심설당, 1985, 29쪽.

17 이광수, 「새 아이」, 『청춘』 3, 1914.12, 2쪽.

18 한설야, 「과도기」, 『한설야단편선집』 1, 태학사, 1989, 141쪽.

2. 자살과 놀이

그런데 유리창과 관련해 또 한 가지 흥미로운 것은 다음과 같은 정은의 생각이다.

"내가 만일 자살을 한다면, 그 텁텁한 칼을 왜 써? 유리로 할 테야 유리로!"[19]

정은에게 자살은 낯설지 않은 행위다. 자살은 "내적 인간"의 구조를 육체로써 발현하는 행위이기 때문이다. 자살을 가정하는 일 자체가 소외된 "내면"의 존재론이자 그 표현이다. 자살은 "내면"으로부터 자연을 추방한다. 아울러 그것은 "내면"을 포용하지 않는 "풍경"의 내용이기도 하다. 자살은 타자를 모르는 자연의 즉자적 총체성에 맞선다. 이는 자연을 개발하는 진취성과 협력하며 근대적 자유의 감각을 계발한다. "내면"과 "풍경"은 각각 자연으로부터 자유와 필연을 찬탈한다.

이상이 말한 "공포의 초록색"은 이 자유(공포)와 필연(초록색)의 모순을 표현한다. 이광수가 조선에 자살자가 적은 것과 관련하여, "자긍할 바가 아니요, 사상 정도의 저低함을 수치하게"[20] 여겨야 한다고 비판한 것은 자살이 함축하는 이러한 근대적 의의를 염두에 둔 것이다. 따라서 "자살 민절悶絶하지 않는 농민들은 불쌍하기도 하려니와 거대한 천치"라고 한 이상의 한탄은 "인류 이하 저급 부문에는 번민도 무無하고 자살도 무

---

19 이태준, 앞의 책, 11쪽.
20 이광수, 「동경잡신」, 『이광수 전집』 17, 삼중당, 1962, 476쪽.

無"하다고 한 춘원의 말에 조응한다.

그러므로 유리로 자살하는 일은 정은의 개인적 선택을 넘어선다. "풍경"과 "내면" 사이에 놓인 유리는 근대인 일반의 존재 조건이다. 자살은 이 불가피한 소외가 무궁한 공간에서부터 개인의 내면에 이르기까지 균질적으로 편재遍在함을 증명한다. 따라서 자살의 자유는 근본적으로 아이러니컬하다. 다음 장면은 그 아이러니를 묘사한다.

> 강은 최후의 승리만은 잃지 아니하리라고 굳게굳게 결심하였다. 육체가 죽지 않으려고 반항을 하였다. 호흡기와 순환기가 있는 힘을 다해서 도전하였다. 그러나,
> '어서 스러져라, 나는 마침내 너를 이기고야 말 것이다. 육체야, 너는 내게 정복된 희생자다. 결코, 결코 다시는 네 노예가 되지 아니할 것이다.'
> 하고 강은 터져 나오려는 숨을 이를 악물고 들여삼켰다.
> 강의 심장은 마침내 강의 마음에게 졌다. 강은 아뜩하는 듯 다시는 정신을 차리지 못하였다.
> 이렇게 강은 그의 일생을 마치었다.[21]

위와 같이 강영호는 "스토아 철인들"처럼 "숨을 안 쉬어서 질식사"(354쪽)한다. 이때 중요한 것은 강영호가 자기의 "손과 다리도 평생에 처음 보는 흉물스러운 것"(353쪽)으로 느낀다는 점, 더 나아가 그 "육체"("호흡기", "순환기", "심장")와 "정신"("마음", "결심") 사이의 관계가 "승리", "반항", "도전", "정복", "노예" 등의 말로 규정된다는 점이다. 요컨대 극기하면서 "자신을 노예화하려는 내적 자연과 사투"[22]를 벌이는 그의 현존재는 "풍경"

21　이광수, 「애욕의 피안」, 『이광수 전집』 8, 삼중당, 1962, 357~358쪽. 2절 「자살과 놀이」에서 이 글을 인용할 때는 본문 중에 쪽수만 표시함.
22　서영채, 『사랑의 문법』, 민음사, 2004, 110쪽.

과 "내면"의 소외를 재귀적으로 실천하는 유리창이다. 그는 자살이라는 유리창을 통해 자신의 육체라는 "풍경"을 발견했다. 그의 근대적 존재 자체가 자살의 근거이자 방법이었다. 이는 자살한 혜련의 시체가 부검 의사의 눈으로 묘사되는 것과도 관련된다. 다음을 보자.

> 혜련의 왼편 손이 왼편 가슴에 딱 붙고, 그 손에는 하얀 나무로 깎은 칼자루가 꼭 쥐어 있었다. 칼날은 가슴 속에 들어가 심장을 뚫은 것이다. 얼른 보아도 혜련이가 왼편 손으로 칼을 쥐어 젖가슴 늑골 새에 칼끝을 대고 오른손으로 칼자루를 내려친 것이 분명하였다. 그 날카로운 칼끝이 심장이나 또는 대동맥을 끊을 때에 순간에 혜련에게 죽음이 온 것이다.[23]

그렇다면 작품의 제목을 「애욕의 피안」이라고 한 작가의 의도에도 불구하고, 적어도 강영호의 자살은 '차안의 쾌락'과 더욱 관련된다. 청개구리를 해부하고 자연을 개발하듯이, 강영호는 "반항"하는 자신의 "육체"를 "정복"할 수 있었으며, 그로써 근대인의 존재 구조를 극도로 고양했기 때문이다. 그는 "그래도 그리운 그의 몸!"(289쪽)이라고 표현된 이 작품의 "애욕"과는 구별되는 욕망을 성취했다. 그것은 "내면"의 자유와 "풍경"의 필연을 아이러니컬하게 종합(소외)시킨 리얼리스트의 역사적 쾌락이었다. 그 자기 말살은 오히려 근대인의 철저한 자기 긍정이었다. 따라서 그것은 다음 장면과 철저히 대립한다.

> 어느 품사에도 소속치 않는 기묘한 아우성을 지르면서 거의 자신들을 동댕이 치듯 떠들어댔다. 가엾게도 볼수록 엉터리다.[24]

---

23 이광수, 앞의 글, 400쪽.

인용은 성천 아이들이 "발명"한 "장난감 없어도 놀 수 있는 방법"에 대한 이상의 묘사이자 평가다. 여기서 주목할 것은 "어느 품사에도 소속치 않는 기묘한 아우성"이다. 그것은 문법적으로 분절되고 구성되지 않은, 따라서 음소나 음절로서 의미 있게 변별되지 못한 음향이다. 그것은 언어이기보다는 육체로부터 해방되지 못한 비명이나 신음에 가깝다. 그것은 아무 목적 없이 스스로를 바위에 내동댕이치는 파도와 같은 자연이다.[25] 따라서 아이들의 "엉터리" 같은 놀이는 자신의 몸을 집요하게 통제하고 "정복"했던 강영호의 자살을 정면으로 마주보고 있다.

이상이 "조물주여 이들을 위하여 풍경과 완구를 주소서"[26](「권태」)라고 쓴 것은 그 때문이다. 이상이 보기에 아이들은 자기 존재와 분리된 장난감(언어)을 가지고 놀아야 한다. 그들은 놀이의 도구와 방법을 통해 "풍경"을 발견하는 "내적 인간"으로 거듭나야 한다. 아이들은 강영호처럼 자신의 육체를 "자살의 단서"[27]이자 의지의 장난감 삼음으로써 죽음을 생산해야 한다.

따라서 강영호의 자살이 금강산에서 이루어졌다는 사실은 상징적이다. 그도 그럴 것이, 이 소설은 "마치 금강산을 보고 난 눈으로 야산들을 보는 것 같다"(370쪽) 등의 비유를 통해 금강산에 미적인 숭고함을 부여하고 있기 때문이다. 더 나아가 이 작품은 "범소유상, 개시허망, 약견제상비상, 즉견여래凡所有相, 皆是虛妄, 若見諸相非相, 卽見如來"(355쪽)와 같은 『금강경』

---

24 김윤식 편, 앞의 책, 118쪽.
25 이와 관련해서는 이경훈, 「권태의 사상」, 『이상, 철천의 수사학』, 소명출판, 2000, 295~ 324쪽을 참고할 것.
26 김윤식 편, 앞의 책, 151쪽.
27 위의 책, 152쪽.

구절로써 "풍경"과는 다른 인식론적 장을 추구한다. 아마 강영호 역시 그러했을 것이다. 하지만 그의 뜻과는 상관없이 그의 자살은 스스로 원했던 바로 그 "피안"을 부정했다. 그는 유리로 자살하고자 했던 정은의 꿈을 실현했다.

3. 풍경의 정복, 내면의 점령

한편 『별은 창마다』의 다음 장면은 또 다른 문제를 제기한다.

"나 중학 땝니다. 꿈에 어딜 자꾸 갔는데 나중에 고개가 나와, 떡 고개 위를 올라서니까 동네가 하나 내려다뵈는데 어찌 이쁜지! 똑 크리스마스카드에 나오는 동네처럼, 조런 양옥 지붕들과 하 — 얀 벽돌과 조용한 길들과…… 꿈에두 어찌 좋든지 달음질쳐 나려가 보니까 정원마다 꽃들이 피구, 분수가 있구, 거니는 사람이나 길에서 내다보는 사람들이 모다 무슨 예술가처럼 조촐허고 걸음걸이와 옷매무시들이 품 있어 보이고 길에는 녹음 좋은 나무들이 서구…… 그런데 거기가 우리 고향이라는 거요. 어찌 유쾌한지, 지금 생각에두 그때 그 기분이 마음에 선 — 한 거야요!"
"바루 이 모형동네 같었에요?"[28]

---

28 이태준, 앞의 책, 207~208쪽. 3절 「풍경의 정복, 내면의 점령」에서 이 글을 인용할 때는 본문 중에 쪽수만 표시함.

정은의 별 바라보기는 "크리스마스카드에 나오는 동네"를 "우리 고향" 삼고 싶은 고공高工 학생 어하영의 꿈과 짝을 이룬다. 하영은 "왜 문화의 여러 가지 운동이 일어나면서 건축에만은 감감한가?"(210쪽)라는 "의분"을 표명한다. 그리고 "조그만 모형 도시"(204쪽)를 만든다. 하영은 "어떤 서양사람"이 "사람 사는 집들을 돼지우리로 비겨 조선엔 목축업이 왕성"(205쪽)하다고 한 일을 참을 수 없었다. 최서해의 주인공처럼 하영 역시 "이층에 올라가 사방을 바라보면"서 "임금이나 된 듯한 느낌"[29]을 경험하고 싶었을 것이다. 그런 의미에서 그는 "대건축가"이자 "대철인大哲人"인 동시에 광인이기도 한 김창억(「표본실의 청개구리」)의 후예다. "서양사람의 집을 보니까 위생에도 좋고 사람 사는 것 같"다고 생각한 김창억은 응접실, 사무실, 침실, 식당, 서재 등 "서양 사람의 집 본세"[30]를 모방해 원두막 같은 "삼층집"을 지었다.[31] 박태원의 주인공 철수(『여인성장』, 1941~1942) 역시 다음과 같은 설계도를 완성한 바 있다.

방이 도합 다섯, 주방과 욕실과 변소가 모두 한 채 속에 들어 있는 집중식集中式 건물로, 헛간은 뒤뜰 모퉁이에다 함석지붕으로 조그맣게 만들기로 작정인 모양이었다.[32]

한편 하영이 꿈꾸는 "고향"이 "큰 유리창들이 하늘을 내다보는 서양 집들"로 꾸며진 동네라는 점에서, 하영의 향수鄕愁는 정은의 유리창 사랑

---

29 최서해, 「이중」, 『최서해전집』 상, 문학과지성사, 1987, 368쪽.
30 염상섭, 「표본실의 청개구리」, 『염상섭전집』 9, 민음사, 1987, 43쪽.
31 이에 대해서는 이경훈, 「미친 삼층집」, 『어떤 백년, 즐거운 신생』, 하늘연못, 1999, 207~223쪽을 참고할 것.
32 박태원, 「여인성장」, 『신문연재소설전집』 3, 깊은샘, 1999(2쇄), 389쪽.

과 상통한다. 두 사람 모두 "깨어진 유리창 한 개가 달린 것이 가장 신식"(전영택, 「천치? 천재?」)이라고 한 근대적 관점, 다시 말해 집을 장만한 후 "오막살이에서나마 처음에는 창마다 유리를 끼고 꽃무늬의 커튼"[33]을 드리웠던 문명의 감각을 계승했다. 유럽의 경우, 교회의 전유물이던 유리창은 1560년대에는 영국 농민들의 집에, 1779년에는 파리 최하층 노동자의 방에도 보급되었다. 그러나 1808년에도 베오그라드에서는 아직 유리가 희귀했다. 이 불균등한 상태를 벗어나 큰 창문이 부잣집에서나마 일반화되는 일은 18세기에야 이루어졌다.[34] 이를 일러 페르낭 브로델은 "느린 근대화"라고 평가했다.

유길준이 서양 건축의 "창窓은 유리의 영롱한 자者"[35]라고 알린 후, 또는 어린 이형식이 일본 상점의 "유리창이 큰 것"(이광수, 『무정』)을 신기하게 생각한 이후, 유리창은 식민지 조선에 널리 보급되었다. 그러나 그럼에도 불구하고 그것은 『별은 창마다』에 이르기까지 여전히 근대 문명의 상징으로 작용하고 있다. 유리창은 "풍경"을 발견하는 동시에 전유(재구성)하는 근대 일반의 활동, 칸트가 말하는 "체계를 구성하는 기술"로서의 "건축술"[36]과 관련되기 때문이다. 따라서 이는 정은이 "음악가에게 있어서 오선지나, 건축가에게 있어서 제도지가 한가지로 그들의 창작을 표현하는 원고지라 생각하면, 오선지나 마찬가지로 애착을 가질 수 있는 종이"(152쪽)라고 느끼게 된 핵심적인 이유다. 정은은 다음과 같이 깨달

---

33 이태준, 「토끼 이야기」, 『돌다리』, 깊은샘, 1995, 173쪽.
34 페르낭 브로델, 주경철 역, 『물질문명과 자본주의』 I-1, 까치, 1997(3쇄), 419~420쪽 참조.
35 유길준, 『서유견문』, 교순사, 1895, 419쪽.
36 칸트, 윤성범 역, 『순수이성비판』, 을유문화사, 1985, 537쪽.

으면서 하영에게 "편지지만한 설계용지"(180쪽)에 편지를 쓴다.

> 무기 같이 예리한 제도하는 기구들, 측량 기구들, 중요 서류 넣는 철궤들, 모
> 두 새로 눈에 띄었다.
> "문명을 건설하는 기구들이다!"[37]

우주의 무궁함을 전망했던 정은의 시선은 "문명을 건설하는 기구들"을 발견하는 일로 심화된다. 그녀는 음악과 피아노를 버리고 "동이니, 남이니 하는 방위 표시와 석재니 목재 노출이니 하는 설명"을 붙인 "공과생의 미술"(169쪽)로 나아간다. 그녀는 건축이 "생활 전체의 문화"(151쪽)라고 생각한다. "무궁무한"한 공간은 건축으로 지양됨으로써 궁극적으로 정복되어야 한다. 건축은 "풍경"의 이념이자 목적이다. 이는 동해 바다와 고성으로 통한 길과 들을 "모형 지도와 같이" 분명하게 볼 뿐, "경치에는 그리 관심을 가지지 아니한"[38] 김 장로(「애욕의 피안」)의 시선을 떠오르게 한다. 따라서 정은이 "아름답고 튼튼하고 능률적인 새 동리 운동을 역설"(260쪽)하며 하영과 함께 "설계도가 하나 가득 든 추렁크를 들고"(274쪽) 달려가는 장면은 의미심장하다. 이는 "파우스트의 마지막 변신"[39]에 필적한다. 이렇게 주인공들은 애정 문제를 넘어선 "젊은 낭만의 무대"에서 "개발자"[40]로 결합한다. 비유컨대 정은은 유리로 자살하는 대신 유리로 수정궁을 지을 것이다. 정은이 말하는 "자살"은 "꿈의 도시"

---

37 위의 책, 150쪽.
38 이광수, 앞의 글, 321쪽.
39 마샬 버먼, 윤호병 외역, 『현대성의 경험』, 현대미학사, 1998(개정판), 72쪽.
40 위의 책, 74쪽.

를 설계하는 "건축술"과 테크놀로지의 "예리한" 이름이다. 이는 "땅 시세가 오르는 바람에 터전 반을 떼어 팔아 넉넉히 십여 간 기와집 한 채를 짓게"[41] 되는 일도 초래할 터이다.

그런데 잊지 말아야 할 것은 이 소설이 새삼스럽게 유리창과 건축을 문제시하는 이유가 식민지 말기의 상황과 무관하지 않다는 점이다. 예컨대 정은은 "출정 군인을 보내는 만세 소리"를 들으며 "밀레의 파리 구경"을 상기한다. 그녀는 밀레가 "사람들이 가장 미의 도시라고 예찬하는 파리가 나에게는 가장 추의 도시"(146쪽)라고 평가했다는 사실, 그리고 시골로 돌아가 명랑하고 힘찬 "전원의 근로 여성들"을 그렸다는 사실을 강조한다. 밀레는 "흙 내음새"를 맡기 위해 X촌에 간 "양복쟁이 Z"가 "시골은 소 말이나 살 곳"[42]이라고 불평하며 결국 서울로 돌아간 것과는 정반대의 코스를 밟았다. 그는 은좌銀座가 "조선 여성에게도 그리운 마음의 고향"[43]이게 하는 다음과 같은 감각을 부정한 셈이다.

걸을 양이면 아스팔트를 밟기로 한다. 서울거리에서 흙을 밟을 맛이 무엇이랴. 아스팔트는 고무 밑창보담 징 한 개 박지 않은 우피 그대로 사뿟사뿟 밟아야 쫀득쫀득 받히우는 맛을 알게 된다. 발은 차라리 다이아처럼 굴러간다. (…중략…) 오후 4시 오피스의 피로가 나로 하여금 궤도 일체를 밟을 수 없게 한다. 작난감 기관차처럼 장난하고 싶구나. 풀포기가 없어도 종달새가 나려오지 않아도 좋은, 푹신하고 판판하고 만만한 나의 유목장 아스팔트![44]

---

41 이태준, 앞의 글, 172쪽.

42 김동인, 「시골 황 서방」, 『김동인전집』 1, 조선일보사, 1987, 395쪽.

43 유진오, 「화상보」, 『신문연재소설전집』 3, 깊은샘, 1999,

44 정지용, 「愁誰語1-2(아스팔트)」, 『정지용전집』 2, 민음사, 1992, 25쪽. 표기 일부 수정.

이때 밀레를 떠올리는 정은은 "도심지대가 늘 고향보다도 그리웠"던 정은과 모순된다. 그 대신 그녀는 권형태(이기영, 「생명선」)의 입장에 가까워진다. 형태는 도시를 "죄악의 온상"으로, 도시 생활을 "화분에 갇힌 화초와 같은 부자연한 생활"로 규정했다. 이는 단순한 귀향이나 전원 회귀를 뜻하지는 않는다. 그것은 도시의 자본주의적 퇴폐를 극복할 "국가적 문화운동"(260쪽)을 건설하려는 의지의 표명이다. 넓게 보아 이는 "대동아공영"과 만주 "개척"의 이데올로기를 표현한 "조향심造鄉心"(이광수, 「애향심·조향심」)이나 "북향정신北鄕精神"(안수길, 『북향보』) 등과 관련된다. 하영이 만주국 신경新京의 "도시 계획과"에 직장을 얻는 일은 이를 암시한다. 평야에 출현한 근대 도시 신경이야말로 일본이 만주국 개발을 위해 공헌함을 어필하는 가장 상징적인 장소였다.[45] 하영이 그러하듯이 정은 역시 "제도대 위에 '이메―지'와 '이류―종'을 그리면서 만주의 풍토"[46]를 느끼는 대흥콘체른의 토목 기사 광준과 닮은꼴이다. 아니, 정은은 당대를 "논리가 폐기되고 새로운 비약이 찾아오는 과정"[47]으로 생각했던 광준보다 한 걸음 더 나아간다. 광준이 "나치스 식으로 경례"[48]하라는 경희의 요청을 받아들이지 않는 반면, 정은은 "히틀러의 사진"[49]에서 "굵직굵직한 단추"와 "큼직한 포켓"이 달린 "새 의상철학"을 발견한다. 이때 "직업여성"의 노동과 스포티한 패션을 찬미하는 정은의 "새 의상철학"은 이 작품이 연재된 『신시대』에 「연성하는 직업여성」(1943.3)[50] 등

---

45 高媛, 「'二の近代'の痕迹」, 『一九三0年代のメディアと身體』, 靑弓社, 2002, 139쪽.

46 김남천, 『사랑의 수족관』, 인문사, 1940, 325쪽.

47 위의 책, 273쪽.

48 위의 책, 177쪽.

49 이태준, 앞의 글, 148쪽.

50 이는 전차 감독, 백화점 판매원. 타이피스트 등과 같은 '직업여성'들의 좌담회이다.

의 기사가 실린 것과 잘 어울린다. "직업여성"과 관련해 김남천은 다음과 같이 서술한 바 있다.

> 경희는 요즘 백화점의 '숍걸'이나, 전화교환국의 교환수나, '버스 걸'이나, 혹은 강현순이 같은 양재사나, '타이피스트'나 그러한 직업여성 — 그 전날에는 볼 수 없던 중간층의 직업을 가진 여성들에게 흥미를 가지고 있었다.[51]

한편 정은의 "새 의상철학"은 "스포츠를 할 것", "일 년간의 의무 노동을 할 것" 등을 강조한 "나치스 부인 십계"(『여성』, 1940.4)가 소개되었던 당대의 사정과 더불어 "하이덱겔이 일종의 인간의 검토로부터 히틀러리즘의 예찬에 이른 것은 퍽 깊은 감명을 주었"[52]다고 한 전향자 오시형을 상기시킨다. 그리고 이 모든 것은 "서양 집"들로 된 동네를 "고향" 삼고자 했던 하영의 입장이 변화하는 일의 의미를 명확히 해준다. 이 소설은 "저기가 고향처럼 대뜸 그리워"진다면서 "여기도 딴스홀이나 있었으면!"(233쪽)이라고 한탄하는 미국 유학생 서재선을 비판적으로 묘사한다. 이는 하영이 설계한 집이 "아무래도 서양식이 되고 마는 것"(211쪽)에 불만을 느꼈을 때부터 예기된 것이다. 하영은 서울 "집장사"들의 집이 "서양 문명의 중독"(209쪽)에서 벗어나지 못했다고 비판하기도 하는데, 이 문제는 "이중생활의 불편"이 많은 "동서 절충식의 집"으로도 해결되지 않는다. 결국 하영은 이를 다음과 같이 극복한다.

---

51 김남천, 앞의 책, 186쪽.
52 김남천, 「맥」, 『한국근대단편소설대계』 3, 태학사, 796쪽.

나중에 하영은, 집을 생활에 맞도록 지을 것이 아니라, 집을 가장 능률적이게 지어놓고 생활을 거기 맞도록 개혁할 필요를 깨닫게 된 것이다. 결국 재래의 살림살이를 전혀 무시하고, 가장 간편한, 가장 일하기 좋은, 가장 견고한, 한번 불이 나도 치명적으로 타 버리지 않게, 폭탄을 맞아도 가급적으로 중요 부분을 견디어 나가게, 처음 짓는 사람은 부담이 과중하더라도, 국가적으로 보아 영구한 좋은 집이 되게, 외양도 미려하여 그 집 사람, 그 동네 사람들의 정서 교육이 집에서들부터 되도록, 그런 안표를 두고, 농가와 도회의 집을 여러 가지로 설계한 것이다.[53]

하영의 해결책은 생활에 집을 맞추는 것이 아니라 집에 생활을 맞추는 것이다. 삶은 집의 효율성과 미학에 길들여져야 한다. 그는 건축물뿐 아니라 인간을 설계하려 한다. 이는 "조선 사람들이 느리고 게으른 것이 도무지가 온돌 까닭"이므로 "꼭 하나만 남겨두고는 온돌은 폐지하여 버리자는"[54] 철수 아버지의 생각과도 일맥상통하는 바가 있다. 물론 더욱 중요한 사실은 하영의 설계가 전쟁을 염두에 두고 있다는 점이다. 그의 집은 "폭탄"을 맞아도 버틸 수 있도록 고안되었다. 화재에 대한 고려 역시 전쟁과 무관하지 않다. 하영은 벙커를 구축한 셈이다. 따라서 이렇게 "무기 같이 예리한 제도하는 기구들"로 지어진 건축물에 규율되는 인간은 군인과 크게 다르지 않을 것이다. 하영이 말하는 생활의 "개혁"이란 일종의 군사 훈련이거나 후방 지원이다. 이는 발터 벤야민의 다음 논의를 상기시킨다.

---

53 이태준, 앞의 글, 211쪽.
54 박태원, 앞의 글, 380쪽.

> 오스만의 작업의 진짜 목표는 도시를 내전으로부터 지키는 것이었다. (…중략…) 넓은 대로는 도로용 바리케이드를 세우지 못하게 하려는 것이었고 새 도로는 부대와 노동계급 구역 사이에 최단거리를 제공하려는 것이었다. 당시 사람들은 이 작업을 "전략적 미화"라고 불렀다.[55]

오스만의 파리 도시계획은 사회관계 대신 건물과 거리의 배치를 달리함으로써 사회적 유토피아를 건설하려 했다. 따라서 이는 계급 대립을 제거하기보다 은폐했다고 비판되거니와,[56] 하영의 설계 역시 이와 비슷한 문제를 지닌다. 하영이 고안한 것은 전체주의적인 '국민'이다. "국가적으로 보아 영구한 좋은 집"을 짓기 위해 개인적 "부담" 따위는 문제가 되지 않는다. 그는 국가에 소유되었다possessed. "서양식"이나 "동서 절충식", 보편성과 지방성뿐 아니라 계급, 민족, 젠더 등의 문제도 전체주의적 국가의 운동(전쟁, 시국) 속에 봉합될 터이다.

그런 의미에서 하영의 설계는 일종의 병참술이다. 따라서 "동서친목회" 간판을 내건 김창억의 '미친 삼층집'은 새로운 광기로 대체되었다. 개인주의와 애욕으로 점철된 이효석의 "푸른 집"[57]은 추방될 것이다. "피서지 산비탈에 외따로 서 있는 사치한 산장"은 물론, "자신을 위조"하며 "여인과 생활을 설계"하는 "삼십삼 번지 십팔 가구"(이상, 「날개」) 역시 존재할 수 없다. 1942년에 이르러 다시금 유리창과 건축술이 중요한 테마로 등장한 것은 이러한 역사적 맥락 때문이다. 하영은 "큰 유리창들이 하늘을 내다보는 서양 집"을 "대동아공영"의 벙커로 대체함으로써 세계

---

55 수잔 벅 모스, 김정아 역, 『발터 벤야민과 아케이드 프로젝트』, 문학동네, 2005(1판 2쇄), 125쪽에서 재인용함.
56 위의 책, 124쪽.
57 이효석, 「화분」, 『이효석전집』 4, 창미사, 1990(2쇄), 72쪽.

사의 "풍경"을 새롭게 포착하고자 했다. 이는 근대적 소외를 극복하는 일로 생각되었다. 개인의 "내면"은 국가적 점령의 "풍경"과 하나여야 했다. 하지만 적과 상대相對한 벙커의 전망 속에서 소외는 초극되지 않았다. 상즉相即하는 국가와 국민으로써 "거대한 천치"가 복귀했을 뿐이다. "폭탄"이 떨어지기도 전에 유리창은 "박살"났다.

4. 실내장식의 사회학

그런데 하영은 집을 설계함과 동시에 다음과 같이 집의 내부를 관찰하고 그 문제점을 파악한다.

> 삼간 길이의 큰 마루다. 양쪽으로 방이 있고, 뒤로는 안으로 통하는 듯한 복도가 있다. 마루에고 문 열린 방안에고, 벽에고 별다른 장식은 없다. 체경이 걸리고, 두껍닫이에 보통 기명절지器皿折枝의 그림이 붙었을 뿐 정은 아버지의 취미가 얼마나 단순하다는 것은 이내 짐작할 수 있었다. 마루 한편 구석에 한 길이나 될 듯한 금궤를 놓은 것은 오히려 보기 싫었고 등의자 세트를 놓은 것은 실용적이라 느껴졌다.[58]

하영은 정은 아버지의 집에 장식이 없음을 보고 그의 "취미가 단순"하

---

58 이태준, 앞의 글, 91~92쪽. 4절 「실내장식의 사회학」에서 이 글을 인용할 때는 본문 중에 쪽수만 표시함.

다고 판단한다. 하영에게 실내장식은 중요하다. 그는 집이 "한 가정의 포장"(87쪽)이라고 생각한다. 이는 『무정』의 이형식을 떠오르게 한다. 형식은 김 장로의 방에 "종교화"밖에 걸려 있지 않은 것을 지적하며, "다른 나라 신사 같으면 종교화 밖에도 한두 장 세계 명화를 걸었으련마는 김 장로는 아직 미술의 취미가 없고 또 가치도 모른다"[59]라고 비판했다.

정은 역시 아버지의 방에 그림도 꽃병도 없는 것에 대해 이와 유사한 태도를 보인다. 그녀는 "그림이나 꽃 같은 것은 그분 눈에는 아예 보이지부터 않는 모양"(44쪽)이라고 한탄한다. 그녀는 일밖에 모르는 부친의 생활을 "딱한 생활"로 평가한다. 이는 침대를 고르면서 "스프링도 두텁고, 다리 모양도 이쁘고, 짙은 쵸코렛빛에 검은 나무 무늬를 칠한 것이 흰 시트와 대조도 좋을 것 같다"(121쪽)라고 감각하는 정은에게는 당연한 일이다. 정은은 제국극장의 샹들리에 불빛과 마쓰야 백화점의 "컷글라스 전람회"에 가슴이 뛸 정도였으며, 따라서 그녀의 방에는 침대, 책상, 피아노뿐만 아니라, "빈 벽에 걸 그림", "피아노 커버", "고운 인형", "악보만 넣는 책장" 등도 필요했다. 그 점에서 정은은 한민교의 책상에 "잉크병 놓은 쿠션, 팔 짚는 쿠션, 필통 놓는 쿠션, 벼루 놓는 쿠션 등 큰 것, 작은 것, 귀찮으리만치 많은 쿠션"[60]을 만들어 놓은 『흙』의 정란과 닮은 꼴이다.

실내장식에 대한 관심은 근대문학의 중요한 양상이다. 『무정』은 김 장로의 대청 모습을 알리며, "반양식으로 유리문도 하여 달고 가운데는 무늬 있는 책상보 덮은 테이블과 네다섯 개 홍모전 교의가 있고 북편 벽

59　김철 교주, 『바로잡은 무정』, 문학동네, 2003, 472쪽, 표기는 인용자가 수정. 이하 동일.
60　이광수, 「흙」, 『이광수 전집』 6, 삼중당, 1962, 25쪽.

에 길이나 되는 책장에 신구서적이 쌓였다"[61]라고 썼다. 「재생」의 순영은 백윤희의 "돌로 지은 조그마한 양실"에 초대됨과 더불어 가난한 신봉구를 배신했다. 잠에서 깬 강 엘리자베트의 눈에 비친 "먼트고메리 회사제 벽지"[62]가 "남작"을 생각나게 했던 것처럼, 순영에게도 "방안이 온통 비단으로 장식된" 다음과 같은 방은 백윤희와 동격이었다.

> 응접실 식으로 가운데 테이블이 있고 의자 넷이 둘려 놓이고 사방에는 눕는 교의, 기대는 교의, 앞뒤로 흔들리는 교의가 놓이고, 한편 구석에는 대리석으로 만든 서양 아궁이요, 나머지 세 구석에는 여러 가지 모양으로 생긴 화류 탁자를 놓고 그 탁자 위에는 소나무와 국화 분이 놓였는데, 국화는 아직 피지는 아니하였으나 수없는 꽃봉오리가 달린 줄기가 수양버들 가지 모양으로 거의 방바닥까지나 축 늘러지었다. 그보다도 놀라운 것은 벽을 온통 초록빛 나사를 발라서 흙이나 돌이나 나무는 조금도 보이지 아니하고, 천정에서는 금빛 같은 전등대가 마치 꽃나무 가지 모양으로 네다섯 개 꽃 전등을 달고 늘어진 것이다.[63]

이 화려한 방은 백윤희가 "밀리어네어(백만금 부자)"라는 사실뿐 아니라 그의 "라운드(둥글고)"하고 "스무으스(미끈하다)"하며 "애리스토크래틱(귀족적)"한 성격을 표현한다. 김광진의 집에 간 금봉은 응접실의 "테이블이나 의자가 다 낡기는 낡았을망정 화려한 고급품"임을 보고 "이 집 늙은 주인이 옛날은 공사로 외국도 다니고 대궐 안에도 자주 다니던 사람"[64]임을 느꼈다. 이는 「철야」(박영희)의 주인공을 떠오르게 한다. 그는

---

61 김철 교주, 앞의 책, 43쪽.
62 김동인, 「약한 자의 슬픔」, 『창조』, 1919.2, 59쪽.
63 이광수, 「재생」, 『이광수 전집』 2, 삼중당, 1962, 53쪽.
64 이광수, 「그 여자의 일생」, 『이광수 전집』 7, 삼중당, 1962, 199쪽.

다다미 냄새가 구수하게 느껴질 정도로 배가 고플 뿐 아니라 방값을 내지 못해 싸구려 숙소에서조차 쫓겨난다. 이때 그가 "위대하게 서 있는 건축물"에 사는 사람이 있는 반면, 노동자들은 "지금의 나처럼 집이 없을 것"[65]이라고 파악하는 것은 혁명가와 "떠도는 삶"[66]을 관련시킨 미셸 페로와 로제 앙리게랑의 의견을 상기시킨다.

한편 미셸 페로와 로제 앙리게랑은 "'내부'라는 단어가 이제 인간의 내부를 지칭하기보다는 집의 내부를 의미하게 되었다"[67]라고 논한다. 이들에 의하면 집은 "자기 내부의 질서, 예절, 열정을 조직"[68]하는 동시에 자연을 길들이는 영역이다. 사람들은 "집을 통해 세상을 알고 지배"하려 한다. 집안의 안락의자에서 이루어지는 "독서는 우주를 읽을 수 있는 형태로 만들어" "자신의 것으로"[69] 길들인다. 이렇게 집은 내부(자기)와 외부(우주)를 조직하는 자유의 장이자 그 물질적 방법이다. 그것은 "풍경"과 "내면"을 견고한 사적 질서로 매개한다. 방은 집의 이러한 의미를 개별화, 첨예화한다. 따라서 『별은 창마다』의 다음 장면은 의미심장하다.

"침대가 피아노서 너무 가까워요. 좀 저리 끄세요."
"네."
"저 사진틀 너무 높아요. 좀 떨구세요."
"그러지요."

---

65 박영희, 「철야」, 『별건곤』, 1926.11, 33쪽.
66 필립 아리에스·조르주 뒤비, 전수연 역, 『사생활의 역사』 4, 새물결, 2002, 446쪽.
67 위의 책, 448쪽.
68 위의 책, 446쪽.
69 위의 책, 449쪽.

“이 화병에 물두 아주 좀 뷔다 노세요.”

“꽃두 사다드릴까요?”

“시키지 않는 건 참견 말어요.”[70]

정은이 “하영을 꼼짝 못 하게 부려먹은 것”은 하영에 대한 “복수”만을 의미하지 않는다. 더 중요한 것은 하영이 정은의 방 꾸미기에 함부로 간섭할 수 없었다는 점이다. 정은은 “새 피아노를 중심으로 자기 생활을 구속 없이 진열해 보고 화장해 보는 것도 유쾌”(125쪽)하다고 생각한다. 자신의 방에 가구들을 배치하는 일은 정은의 주체성과 자유를 표현한다. 정은에게 이 문제는 “취미 이상의 것”이다. 이렇게 “가슴의 안방”[71]은 발생한다. 이는 “정국이가 제 방이라고 차려 놓았다는 뜰아랫방” 벽의 배우 사진을 보면서 정매가 “난 너무 내 생활이 없었다”[72]고 느끼는 이유와도 관련된다. 안방에서 어머니와 같이 지내는 그녀는 책상 위에 시간표 이외에 “배우 사진은커녕, 그림 한 장 제 맘대로 붙여 보지” 못했던 것이다. 그러므로 정은과 정국의 실내장식은 필요한 사물들을 그 익숙한 자리에 “걸어 놓고”, “얹어 놓고”, “쌓아 놓고”, 벌여놓은 기생집의 “방치레”와는 구분된다.

방房치레를 볼작시면, 각장角壯 장판에 장유지壯油紙 굽도리, 백능화白菱花 도배塗褙하고, 소란小欄반자 혼천도渾天圖에, 세간 기명器皿 볼작시면, 용장봉장龍欌鳳欌 궤櫃, 두리책상冊床, 가께수리, 들미장, 자개함농紫介函籠, 반닫이, 면경面鏡

---

70 이태준, 앞의 글, 124쪽.

71 이광수, 「애욕의 피안」, 『이광수 전집』 8, 삼중당, 1962, 285쪽.

72 이태준, 『딸 삼형제』, 깊은샘, 2001, 40쪽.

체경體鏡 왜경대倭鏡臺며, 쇄금鎖金 들미 삼층장三層欌 계자鷄子다리 옷걸이며, 용두龍頭머리 장북비, 쌍룡雙龍 그린 빗접고비 벽상壁上에 걸어놓고, 왜상倭床, 벼루집, 화류서안樺榴書案, 교자상交子床. 대청大廳에는 귀목 뒤주, 용충항과 칠漆박, 귀박, 두리박, 학슬반鶴膝盤, 자개반紫介盤을 층층層層이 얹어놓고, 산유자山柚子 자리상에 선단요에 대단大緞이불 원앙금침鴛鴦衾枕 잣베개를 반자같이 쌓아놓고, 은침銀針 같은 갖은 열쇠 주황사朱黃絲 끈을 달아 본돈 섞어 꿰어달고, 청동화로靑銅火爐 전대야며, 백통유경油檠 놋촛대, 샛별 같은 요강, 타구唾具, 재떨이 등물等物 쌍쌍雙雙이 던져놓고, 인물병人物屛, 산수병山水屛에 공작병孔雀屛도 둘러치고 (…중략…) 갖은 집물什物 세간 치레 황홀히도 벌였구나.[73]

한편 정은의 실내장식은『12월 12일』의 업業이 "새 기와집 안방에 가 누워서 앓았으면 병이 나을 것 같"[74]다고 말한 일의 의의와도 관련된다. 업은 "새 기와집"으로 이사함으로써 백부로 상징되는 가문에서 벗어나, "활동사진 배우의 '브로마이드'를 사다가 그의 방벽에다 죽 붙여"[75] 놓을 수 있을 것이다. 이는 자녀들에게 "책상 한 개와 하루 몇 시간 종용한 방구석 하나와 재미있는 이야기책, 그림책 하나씩만이라도"[76] 가지게 하자 했던 "자녀중심론"적인 '아동'의 문제만을 제기하지는 않는다. 이를테면 방에 영화배우의 사진이나 영화 포스터를 붙이는 일은 공간과 개인을 세계적 동시성 속에 위치시킨다. 다음을 보자.

　"무슨 영환데요"

---

73 이윤석·최기숙,『남원고사』2, 서해문집, 2008,
74 김주현 편,『정본 이상문학전집』2, 소명출판, 2005, 131쪽. 표기는 인용자가 수정함.
75 위의 책, 62쪽.
76 이광수,「아동의 조선」,『이광수 전집』13, 삼중당, 1962, 555쪽.

　　"뭐 페페 르 모코라든가."

　　"페페 르 모코?"

　　경아는 혼들어지게 웃으며

　　"아이구, 그 사진은 짖궂게두 남을 쫓아댕기네. 파리 갔을 때 거기서 하더니 동경을 오니까 또 그거더니 서울을 오니까 또 그거야."

　　"두억신이 겉군 그래 호……."[77]

　　파리와 도쿄와 서울에서 상영되고 있는 〈페페 르 모코〉는 전 지구적인 영화산업 및 자본이 사람들을 "두억시니夜叉" 같이 쫓아다니는 근대의 조건임을 암시한다. 〈페페 르 모코〉의 장 가방을 통해 "현대인의 피곤한 심경"과 그를 극복할 "성격"의 문제를 제기했던 김남천은 "현저동, 향촌동의 슬럼 지대"를 "서울의 카즈바"[78]로 부름으로써 식민지 경성에 현대적 동시성을 부여한 바 있다.

　　물론 이러한 상황은 "구주대전으로 인하여 염료가 대단히 비싸졌으니 이 틈을 타서 공장을 설립하여 염료를 제조하면 큰 이익을 볼 것"[79]이라고 문치명文致明이 말할 때부터, 더 나아가 "신식 결혼"을 한 「피아노」의 주인공들이 "신 살림"을 위해 "도화심목桃花心木 테이블", "소파", "큰 체경 박힌 양복장", "화류목樺榴木으로 만든 소쇄瀟灑한 탁자에 아기자기하게 얹힌 사기그릇, 유리그릇"[80] 등으로 "응접실"을 꾸밀 때부터 예상된 일이다. "독서, 정담, 화투, 키스, 포옹" 등으로 일과를 삼는 이 '스위트 홈'은 부부를 갈라놓았던 중문과 사랑이 소멸되는 일과 짝을 이룬다. 그

77　유진오, 「화상보」, 『신문연재소설전집』 3, 깊은샘, 1999(2쇄), 289쪽.

78　김남천, 「이리」, 『조광』, 1937.6.

79　이상춘, 「기로」, 『청춘』 11, 53쪽.

80　현진건, 「피아노」, 『개벽』, 1922.11, 22쪽.

들이 "이상적 가정에 필요한 물품을 사들이는" 일을 또 하나의 일과로 삼을 때, 이는 시장을 활성화함으로써 사회와 인간의 자본주의적 재배치를 가속화할 것이다. 물건을 매매하고 방을 꾸미는 행위는 다음과 같이 기술되는 역사성을 지닌다.

> 19세기부터 부르주아 가정의 실내는 "일종의 포장"이었다. 여기서 부르주아 개인은 물건의 "수집가"로서 모든 자기 부품과 함께 집안에 파묻혔다. "자연이 화강암에 파묻힌 동물을 돌보듯, 부르주아는 집 안에서 자신의 흔적을 돌보았다.[81]

따라서 정은 아버지가 "고완古翫에 눈을 뜨기 시작"(192쪽)한 것은 흥미롭다. 그는 부산의 골동품 경매에 참여하거나 "완당阮堂의 좌선문坐禪文"을 얻기 위해 "만금을 헤아리지 않고 입수 운동"을 벌인다. 정은의 실내 장식과도 상통하는 이 행위는 프랑스 제3공화국의 시골 교사 집이 "질서, 노동, 좋은 취미"를 보여주는 "유리로 만든 집"[82]이어야 했던 일과 비교되는 사회의 총체적 쇼윈도우화를 암시한다. 조선호텔을 일러, "사람이 얼마나 사치를 할 수 있는가를 시험해 보는 거대한 실험실"[83]로 규정하게 된 사회에서 정은과 부친은 쇼윈도우 너머의 물건들을 사들임과 함께 "포장"된 자기의 삶을 부르주아적 근대인으로서 "진열"한다. 쇼윈도우는 사회를 되비추어내는 역사적이고 이데올로기적인 측면을 드러낸다. 그것은 다음과 같은 "몽상"과 "동화"로써 근대를 설득한다.

---

81 수잔 벅 모스, 김정아 역, 앞의 책, 95쪽.
82 필립 아리에스 · 조르주 뒤비, 전수연 역, 앞의 책, 447쪽.
83 유진오, 앞의 글, 275쪽.

밝은 전등이 비취인 고전식 붉은 방 장식과 카펫과 하연 식탁보와 부드럽게 빛나는 은칼과 삼지창과 날카롭게 빛나는 유리그릇과 그리고 온실에서 피운 가련한 시크라멘, 모두가 몽상과 같고 동화의 세계와 같았소.[84]

하지만 위와 같은 "동화의 세계"는 "국가적으로 보아 영구한 좋은 집"을 강조하는 이 소설의 궁극적 이념과 모순된다. 벙커와 쇼윈도우는 어울리지 않는다. 그러므로 "부호 댁 영양의 감상 유희"(273쪽)와도 무관하지 않은 정은의 실내장식과 하영에 대한 사랑은 "사람의 사회나 가정에도 적재적소라야"(257쪽) 한다는 주장 속에 소멸된다. 정은은 "이런 긴박한 시국에 학생 생활로서 그런 큰집을 혼자 쓴다는 것은 체재부터 옳지 않으니 도로 기숙사로 들어오라"(248쪽)는 "명령"을 담임선생님으로부터 받는다. 전쟁과 더불어 피혁통제회사에 자신의 한성피혁을 팔아야 했던 정은의 아버지는 "고완 삼매"를 버리고 "낚시질"을 시작한다. 그는 어하영魚河泳을 사위 삼는 대신 그로 표상되는 시대의 이념에 낚였다. "아름답고 튼튼하고 능률적인 새 동리 운동"과 더불어 더 이상 정은과 부친은 가구와 골동품을 자기 뜻대로 배치하지 못할 것이다. 그들 자신이 국가에 의해 배치(동원)되었기 때문이다. 건전한 국민인 그들은 더 이상 부르주아일 수 없을 뿐만 아니라 외롭고 음란한 "아파트"에 숨어 "대동아"와 "팔굉일우"가 보이지 않는 "반역적인 자기류의 소우주"[85]를 건설하지도 못할 것이다. 그들은 그들을 개인이나 계급으로 존재케 했던 시장과 사회를 박탈당했다. 유리창은 또 다시 깨어졌다. 다음과 같은 한 시대의

---

84 이광수, 「유정」, 『이광수 전집』 8, 삼중당, 1962, 17쪽.
85 김이석, 「공간」, 『단층』 4호, 1940.6, 37쪽. 이와 관련해서는 이경훈, 『대합실의 추억』, 문학동네, 2007, 263~284쪽을 참고할 것.

실내장식은 "세계의 다원성"이나 "동양인다운 자각"과 더불어 무용지물
이 되었다.

　　서가의 두 칸 대는 텅 비었으나 가운데 칸 대에는 신간과 새 달의 종합잡지들이
가지런히 꽂혀 있다. 그 가운데 경제 연보가 두 책. 하얀 바람벽에는 흰 테두리 속
에 들은 맑은 수채화가 한 폭. 흰 요를 깔아 놓은 침대는 북쪽 바람벽에 붙어서 누
워 있고, 침대 머리맡에 전기스탠드, 그 밑에 철필과 잉크를 놓은 작은 탁자. 양복
장과 취사장이 지금 무경이가 서 있는 옆으로 나란히 설비되어 있으나, 물론 그
안에는 아무 것도 들어 있지 않았다. 원하게 유리알이 발린 남쪽 창문을 옆으로
하고 간단한 응접세트와 사무 탁자. 응접 테이블 위에는 화분이 하나.[86]

5. '가외가街外街'의 흰 국화, 결론을 대신하여

　　위의 모든 논의는 「날개」(이상)의 방을 생각하게 한다. 큰 유리창이 있
는 정은의 화려한 방은 "해가 영영 들지" 않고 "벽에 못 한 개 꽂히지" 않
은 「날개」 주인공의 방과 대비된다. 두 사람의 생활 역시 대립적이다. 방
꾸미기에 "분주"하고 "피곤"했을 뿐 아니라 급기야 "설계도가 하나 가득
든 추렁크"를 들기에 이른 정은과는 달리, 「날개」의 "나"는 자기 방에서
"그날그날을 그저 까닭 없이 편둥편둥"[87] 보내며 "박제"로 전시되고 있

86　김남천, 「경영」, 『한국근대단편소설대계』 3, 태학사, 666쪽.
87　김윤식 편, 『이상문학전집』 2, 문학사상사, 1991, 321쪽.

다. 그는 다음과 같은 실내장식의 취향을 지니고 있다.

내팔이면도칼을든채로끊어져떨어졌다. 자세히보면무엇에몹시威脅당하는
것처럼새파랗다. 이렇게하여잃어버린내두개팔을나는燭臺세움으로내방안에
裝飾하여놓았다. [88]

한편 "나"의 "몸과 마음에 옷처럼 잘 맞는" 「날개」의 어두운 방은 "어
디 얼마나 기껏 게으를 수 있나 좀 해 보자"고 한 「지주회시」(이상)의 방
과 닮은꼴이다. 그 "황홀한 동굴"의 "손바닥만한 유리를 통하여 꿋꿋이
걸어가는 세월을 볼 수 있을 따름"[89]인 「지주회시」의 주인공은 "세간이
싫다"[90]라고 푸념한다. 그는 별을 보거나 방을 꾸미기는커녕, "방 덧문
을 첩첩 닫고 일 년 열두 달을 수염도 안 깎고 누워"[91] 있다. "첩첩이 닫
아 버린 번지"에조차 "세상은 그 잔인한 '관계'를 가지고 담벼락을 뚫고
스며"들 것을 그는 알고 있기 때문이다. 예컨대 동쪽 벽에 상산사호商山四
皓와 성진, 서쪽 벽에 도연명과 엄자릉, 남쪽 벽에 유황숙(유비), 와룡선
생, 이태백, 북쪽 벽에 강태공, 주문왕, 소부巢父, 허유許由 등을 그려 놓은
춘향의 집과는 달리, "전화 자리 하나를 남기고" "방 사벽에다가는 빈틈
없이 방안지에 그린 그림 아닌 그림"[92]을 걸어 놓은 K취인점의 "오"는
오랜 친구인 「지주회시」의 주인공과 그 아내의 돈을 "꿀떡" 삼켰다. 양
돼지 같은 "오"의 고객은 아내를 발로 차 계단 아래로 떨어지게 했다. 밤

---

88 이승훈 편, 『이상문학전집』 1, 문학사상사, 1992(3판), 46쪽.
89 김윤식 편, 앞의 책, 302쪽.
90 위의 책, 298쪽.
91 위의 책, 312쪽.
92 위의 책, 300쪽.

마다 "내객"을 초대하며 "나"에게 "아달린"을 먹이기도 하는 「날개」의 "아내" 역시 "오"와 닮은꼴이다. 따라서 "나"의 설계는 "걷어차거든 두 말 말고 충계에서 내리 굴러라"[93]였다. 그 방은 "두 칸으로 나뉘어"진 것이었다. 그곳의 실내장식은 다음과 같았다.

> 나는 아내 이불 위에 엎드러지면서 바지 포켓에서 그 돈 오 원을 꺼내 아내 손에 쥐어준 것을 간신히 기억할 뿐이다.
> 이튿날 잠에서 깨었을 때 나는 내 아내 방 아내 이불 속에 있었다. 이것이 이 삼십삼 번지에서 살기 시작한 이래 내가 아내 방에서 잔 맨 처음이었다.[94]

이같이 "나"는 "부동자세에까지 고도화"된 포즈로 풍경화를 그렸다. 그는 "문을 암만 잡아다녀도 안 열리는"[95] "가정"의 설계도를 작성했다. 그는 "방석과 걸상의 비밀"(「실화」)로 된 "가외가"를 건축함으로써 실내를 "가구街衢의 추위"[96]로 장식했다. 그리고 장판이 카스텔라 빛으로 탄 방안에 틀어박혀 "속으로 곪아서 벽지가 가렵다"[97](「가외가전」)라고 느꼈다. 이는 이상이 "축지소극장"을 일러 "서투른 설계의 끽다점"[98] 같다고 평가하거나 도쿄의 "표피적인 서구적 악취"[99]에 실망한 일과도 무관하지 않다.

하지만 그는 더 이상 총독부 건축기수가 아니었으며, 신경의 도시계

---

93 위의 책, 314쪽.
94 위의 책, 332쪽.
95 이승훈 편, 앞의 책, 59쪽.
96 위의 책, 230쪽.
97 위의 책, 65쪽.
98 김윤식 편, 『이상문학전집』 3, 문학사상사, 1993, 96쪽.
99 위의 책, 234쪽.

획과 직원도 아니었다. 그는 "십구세기와 이십세기의 틈사구니에 끼어 졸도하려 드는 무뢰한"이었다. 따라서 "뉴욕 브로드웨이에 가서도 나는 똑같은 환멸을 당할는지"라고 한 이상의 회의는 서양 건축의 "누추한 모방"에 대한 다음 비판과는 구별된다.

> 동양을 여행하는 외국 사람들이 우리 서양식 건축과 문명을 구경하고는 감탄은 샘스러 그저 누추한 모방품을 본 듯이 유쾌하지 못한 낯짝을 한다는 의미의 말씀을 드렸지요. 바로 그 서양식 건축 같은 가정이 우리 집이라구 해두 과언이 아닙니다.[100]

요컨대 이상에게 "대동아공영"을 전망하는 벙커의 조감도는 없었다. 대신 그는 "여인과 생활을 설계"하는 위트와 패러독스로 자기를 진열함으로써 "오감도"의 실내장식을 성취했다. 그는 "책임의사"의 지도와 함께 "실험동물"의 지도("얼룩진 이부자리")로 방안을 꾸몄다. "자신들을 동댕이" 친 아이들은 이상 자신이었다. 그는 "모든 중간들은 지독히 춥다"(「공복」)라고 느끼면서도 기꺼이 견고한 유리창(경계)이 되었다. 하지만 그것은 정은이 꿈꾸고 강영호가 실천한 "자살"도 아니었다. 자살하는 대신 그는 "연이"가 기다리는 경성의 "추악(따뜻)한 방"(「실화」)이나 국화 두 송이로 장식된 도쿄의 C양 방에서 나왔다. 왼편 옷깃에 흰 국화를 꽂고서, 그는 바깥으로 들어갔다.

> 나는 부득부득 가야겠다고 우긴다. C양은 그럼 이 꽃 한 송이 가져다가 방에

---

100 김남천, 「맥」, 『한국 근대 단편소설대계』 3, 태학사, 788쪽.

다 꽂아 놓으란다.

"선생님 방은 아주 살풍경이라지요?"

내 방에는 화병도 없다. 그러나 나는 두 송이 가운데 흰 것을 달래서 왼편 것에 다가 꽂았다. 꽂고 나는 밖으로 나왔다.[101]

이렇게 그는 실내장식을 방 바깥에서 완성했다. 그는 "살풍경"한 방을 떠나 거리(시장)의 꽃병이 되었다. 이는 "큰집을 혼자" 썼던 정은보다 훨씬 더 사치를 누린 것이었다. 옷깃의 "백국白菊"이 사라질 때까지, "어느 장화가 짓밟았을" 때까지, 그는 "신숙新宿 역 폼에서 비칠거리는" 제국과 사회의 "살풍경"한 안쪽을 자기 자신으로써 증명했기 때문이다. 하지만 그것은 1942년이 아닌 1937년의 "풍경"이었다. 그렇다면 이태준 역시 이상처럼 5년 전에 죽었어야 했을까?

『상허학보』, 2009.2

---

101 김윤식 편, 『이상문학전집』 2, 문학사상사, 1991, 363쪽.

5장

박태원의 소설에 대한 몇 가지 주석

1. 아쿠타가와의 '벗' 박태원

이상李箱은 아쿠타가와 류노스케芥川龍之介를 종종 인용했다. 잘 알려진 예를 들면, "인공의 날개"(「날개」)나 "double suicide"(「단발」)는 아쿠타가와의 「어느 바보의 일생或阿呆の一生」에서 차용한 것이다. 또한 「실화」의 "나는 십 년 긴 세월을 두고 세수할 때마다 자살을 생각하여 왔다"라는 문장은 「어느 옛 벗에게 보내는 수기或舊友へ送る手記」(1927)의 "나는 요즘 이 년쯤 동안 죽는 일만을 계속 생각했다"[1]는 말을 상기시킨다. 더 나아가 이상은 "서른여섯 살에 자살한 어느 천재"[2]로 아쿠타가와를 규정하면서 「종생기」에 작용하는 그의 영향을 고백했다.[3] 자살하기 직전, 아쿠타가와는 다음과 같이 서술했다.

---

1 芥川龍之介, 『芥川龍之介作品集』 4, 昭和出版社, 1965, 255쪽. 원문은 "僕はこの二年ばかりの間は死ぬことばかり考へつづけた"임.
2 이상, 「종생기」, 『조광』, 1937.5, 351쪽.
3 이상의 날개를 일러, "이 정도의 작품은 지금으로부터 칠팔 년 전 신심리주의의 문학이 극성한 동경 무단의 신인 작가에 있어서는 여름의 맥고모자와 같이 흔했다"(『비평문학』, 청색지사, 1938, 40쪽)라고 평가한 김문집은 '大江龍之介'라는 이름으로 창씨개명했다(임종국, 『친일문학론』, 평화출판사, 1988(7쇄), 204쪽 참조).

그 누구도 아직 자살자 자신의 심리를 있는 그대로 썼던 사람은 없다. 그것은 자살자의 자존심 때문이거나 또는 그 자신에 대한 심리적 흥미의 부족 때문일 것이다. 나는 군에게 보내는 최후의 편지 속에서 확실히 이 심리를 전하고 싶다고 생각하고 있다.[4]

그런데 아쿠타가와의 영향력은 박태원의 초기 소설에도 작용한 듯하다. 동경 유학 시 박태원은 다바타田端에 산 적이 있거니와, 그에게 그곳은 무엇보다도 아쿠타가와가 살았던 곳이라는 점에서 의미가 있었다. 박태원은 그 곳이 "고故 개천芥川이 살던 곳이라는 것에 일종 인연을 지워 주저앉아 버린 것"[5]이라고 말했다. 박태원은 아쿠타가와의 글을 직접 언급한 바도 있다. 「적멸」(1930)의 화자는 거리에서 만난 "레인코트 입은 사나이"로부터 다음과 같은 말을 듣는다.

년 전에 자살한 일본 문사 모씨의 「어느 옛 벗에게 주는 수기」란 글 속에―
…… 나는 지금 '죽음'과 더불어 놀고 있다…… 이러한 구절이 있지 않았습니까?
'죽음과 더불어 놀고 있다'는 것 ― 그 경지야말로 우리 인간으로서 맛볼 수 있는 '참된 기쁨'을 주는 '오직 한 곳'이 아닐까요? 참말의 법열경이 아닐까요? 그리고 참말로 축복 받은 용사가 아니고는 엿볼 수 없는 '경지'가 아닐까요?……
― 나는 지금 '그 천지'에서 소요하고 있는 것입니다. '죽음'과 손을 마주 붙들고 노래 부르고 있는 것입니다. 비할 데 없이 큰 기쁨 속에 가만히 도취하여 있는 것입니다.[6]

---

4   芥川龍之介, 앞의 책, 255쪽.
5   박태원, 류보선 편, 「편신」, 『구보가 아즉 박태원일 때』, 깊은샘, 2005, 113쪽.
6   박태원, 「적멸」, 『윤초시의 상경』, 깊은샘, 1991, 225쪽. 이 장에서 이 글을 인용할 때는 본문 중에 쪽수만 표시함.

인용의 "나는 지금 죽음과 더불어 놀고 있다"라는 아쿠타가와 소설의 "나는 냉정하게 이 준비를 마치고 지금은 그저 죽음과 놀고 있다"[7]는 문장을 지시한다. 이때 중요한 것은 "레인코트 입은 사나이"가 「어느 옛 벗에게 보내는 수기」를 참조하며 자살을 논의할 뿐 아니라 자기 자신도 "한강에 투신자살"한다는 점이다. 그는 자살자로서 아쿠타가와와 동일화된다. 즉 "레인코트 입은 사나이"는 "어느 옛 벗에게" 편지를 쓴 후 약물로 자살한 "어느 바보"의 위치에 놓인다.

한편 정신병원에서 탈출한 이 "레인코트 입은 사나이"는 "신경병환자, 우울병환자"로서 "염세미를 띠운 인생관", "쓸쓸한 심정", 그리고 "병적의 공상"을 가지고 있다. 그리고 사나이의 "정신이상자"적인 행동은 그 어머니의 존재와 무관하지 않다. 그것은 다음과 같이 설명된다.

어머님과 나와의 관계를 말씀할 것 같으면 나를 위하여서의 어머님이었으며 어머님을 위하여서의 나이었던 것입니다. 우리들은 서로 '저편'을 위하여 살아 왔던 것이며 또한 '저편'으로 말미암아 죽지 못하였던 것입니다. 과연 얼마나 우스꽝스러운 일입니까. 그리고 그와 동시에 또한 얼마나 비참한 사실이었던 것입니까?[8]

따라서 사나이는 어머니의 사망 후 "자유"를 느끼면서 인생관을 "환한 것"으로 바꾸려 한 적도 있다. 이는 그 어머니와 관련된 아쿠타가와의 "정신적 풍경화"를 상기시킨다. 아쿠타가와의 어머니는 그가 출생한 후

---

7 芥川龍之介, 앞의 책, 257쪽. 원문은 "僕は冷やかにこの準備を終り、今は唯死と遊んでゐる"임.

8 박태원, 앞의 글, 205쪽.

7개월 만에 정신이상을 일으켰으며, 그는 여러 작품에서 이와 관계된 체험을 변주하고 있다. 예컨대 「다이도오지 신스케의 반생大導寺信輔の半生」의 신스케는 "어머니의 젖을 전혀 빨아먹은 적이 없는 소년"이다. 따라서 그는 "아침마다 부엌으로 배달되는 우유병을 경멸"했으며, "아무 것도 모른다고는 하나 어머니의 젖만은 알고 있는 그의 친구들을 부러워했다".[9] 한편 「어느 바보의 일생」에서 아쿠타가와는 '어머니'라는 부제 아래에 다음과 같이 썼다.

> 광인들은 모두 하나 같이 회색 옷을 입고 있었다. 넓은 방이 그래서 더욱 우울해 보이는 것 같았다. (…중략…)
> 그는 혈색이 좋은 의사와 함께 이러한 광경을 바라보고 있었다. 그의 어머니도 10년 전에는 그들과 조금도 다르지 않았다. 조금도, ─그는 실제로 그들이 풍기는 특이한 냄새 속에서 그의 어머니의 냄새를 느낄 수 있었다.[10]

그렇다면 "레인코트 입은 사나이"는 부친을 일찍 여읜[11] 박태원 자신의 일뿐 아니라 모친에 대한 아쿠타가와의 복잡한 심경을 상상적으로 투사해 창조한 인물일 수 있다. 자살과 더불어 어머니와 아들의 특이한 관계 역시 "레인코트 입은 사나이"와 아쿠타가와의 주인공들을 묶는 공통적인 특징이다.

---

9 아쿠타가와 류노스케, 진웅기·김진욱 역, 『아쿠타가와 작품선』, 범우사, 2000, 199쪽.
10 위의 책, 253~254쪽.
11 박태원의 아버지 박용환의 죽음은 「조선총독부관보」 제398호(1928.4.30)의 '지방청공문地方廳公文'에 조선총독부 경기도 고시 제46호로 보고되었는데, 그 내용은 "의약용 아편 판매인 박용환은 쇼와 3년 3월 15일 사망함"이다. 이로 보아 공애당 약국은 총독부의 허가 하에 "의약용 아편"을 취급하고 있었던 듯하다.

그리고 이같이 아쿠타가와와 동일시되는 "레인코트 입은 사나이"는 화자에게 관포지교管鮑之交를 논한다. 그는 "나를 이해하여 주시는 이 세상에서 오직 한 분"으로 화자를 규정하는 것이다. 사실 모두로부터 비웃는 당하는 처음 만난 사나이에게 술을 사주거나 집에까지 불러들여 밤새 이야기를 듣는 화자는 사나이의 "구우舊友" 역할을 한 셈이다. 이렇게 「적멸」의 화자는 "어느 바보"의 "옛 벗"이 된다. 이는 「적멸」의 한 가지 테마인 '벗'에 대한 그리움 및 '벗' 찾기와 잘 어울린다. 실로 이 작품에는 "밤거리를 늦도록 산책한다는 것 (…중략…) 벗은 일찍이 나의 이 '버릇'을 가르쳐 실연한 까닭이라 하였다"(194쪽), "꿈은 깨어 사라지고 벗은 봄의 꽃이나 같이 웃다가는 그만 가버리누나"(195쪽), "먼 곳에서 돌아오는 벗을 마중나간 정거장"(229쪽), "'나의 가엾은 친구'가 자기의 이야기를 마저 들어주기를 바라고 앉았는 생각을 하고 창을 닫고 내 자리에 가서 앉았다"(214쪽) 등과 같이 여러 번 '벗'이나 '친구'라는 단어가 노출된다.

물론 '벗'의 문제는 박태원의 다른 소설에서도 일관되게 관찰된다. 이를테면 「소설가 구보 씨의 일일」에는 구보가 '벗'으로 부르는 하융(이상)과의 만남이나 대화가 작품 구성의 중요한 요소로 작용한다. "직업과 아내를 갖지 않은"[12] 구보에게는, 그 대신 "황혼을, 또 밤을 같이 지낼 벗"[13]이 있다. 「애욕」, 「보고」, 「이상의 비련」 등은 박태원의 '벗'인 이상에 대한 소설적 보고서다.[14] '벗'에 대한 집착은 백백교 사건을 다룬 「우맹愚氓」(1938~1939)에서까지 나타난다. 차문달은 강신호 기자를 압박해 학수가

---

12 박태원, 『소설가 구보 씨의 일일』, 문학과지성사, 2005, 89쪽.
13 위의 책, 130쪽.
14 박태원은 「여인성장」에서도 이상의 이름을 언급한다.

그 교주의 아들이라는 "도구다네特種"를 신문에 내지 못하게 한다. 그리고 학수의 자살을 막기 위해 부랴부랴 장수산 묘음사로 달려간다. 최건영이 그러하듯이, 문달과 학수는 아버지들의 미신 및 범죄와는 상관없는 '청년'으로서 서로의 '벗'이다. 그들은 다음과 같이 "친구끼리 맹세하는 노래"를 불렀다.

> 훗날 너는 잘 돼서 수레를 타고, 나는 못 돼서 패랑을 쓰드래두 길에서 만나거든 수레에서 내려 절하라구 — 그 대신 내가 잘 돼서 말을 타구, 너는 못 돼 지게를 지드래두 만나선 나두 말께서 내리마 —. 사실 참 조흔 노래로군, 이건 날 주게 이런 노랜 외두는 게 조하……[15]

따라서 아버지의 죄를 조금이라도 대신 짊어지고자 한 '벗'의 자살을 보며 "슬픔만이 천지에 꽉" 차 있다고 느끼는 것이야말로 백백교의 비정한 살인 및 탐욕스러운 죄악에 맞선 「우맹」의 윤리다. 그리고 이와 마찬가지로 화자가 그 무덤 앞에 비석을 세우고 "레인코트 입은 사나이"를 그리워하는 것은 「적멸」의 핵심 사건이다. 이를 매개로 화자는 자살한 "어느 바보"의 "옛 벗"으로서 「어느 옛 벗에게 보내는 수기」에 대한 소설적 답장을 보내고 있기 때문이다. 즉 다음과 같이 "외로운 벗"을 부르는 일은 화자가 아쿠타가와의 친구임을 확인하는 일에 다름 아니다.

> 저 장마가 시작되기 전 마지막 가만한 비가 옛 서울을 힘없이 축이던 날 저녁이었다. 나는 레인코트 주머니에 팔을 꽂고 황혼의 거리를 정처없이 산책하였다. 그러나 저도 모를 사이에 나의 마음은 언젠가 레인코트 입은 사나이를 쫓고

---

15 박태원, 「우맹」, 『신문연재소설전집』 2, 깊은샘, 1999(2쇄), 325쪽.

있었다.

　　오! 외로운 벗이여

　　그대는 지금 어데 있나—[16]

　　그리고 이렇게 아쿠타가와의 '벗'이 되는 일, 그와 대화하는 일은 "소설아귀小說餓鬼"로 비유되는 문학청년이 자기 자신을 소설가의 위치에 놓는 일이기도 했을 터이다. "레인코트 입은 사나이"가 "나를 위하여서의 어머님이었으며 어머님을 위하여서의 나"로서 "서로 '저편'을 위하여 살아왔던 것"과도 비슷하게, 박태원의 화자가 아쿠타가와라는 '저 편'을 그리워한 것은 결국 자기 자신을 그리워한 것이었다. 실로 위 장면의 화자 역시 레인코트를 입고 있는 것이다. 그렇다면 "오! 외로운 벗이여 그대는 지금 어데 있나"는 아쿠타가와를 그리워하는 말만은 아닐 터이다. 그와 동시에 이는 더욱 간절히 '소설가 박태원', 즉 '구보'를 부르는 말이었을 것이다.

2. 수염 난 행인

　　그런데 또 한 가지 지적할 것은 "레인코트 입은 사나이"가 아쿠타가와의 소설에도 등장한다는 사실이다. 박태원의 "레인코트 입은 사나이"는

16　박태원, 「적멸」, 『윤초시의 상경』, 깊은샘, 1991, 229~230쪽.

"인생이 결국 하루하루 시계태엽을 감아 가다가 죽어 버리는 것" 같다고 생각하며 "붉은 실감기" 놀이를 하고 있다. 이는 아쿠타가와의 「톱니바퀴齒車」(1927)[17]를 연상시킨다. 이 소설에서 "레인코트 입은 사나이"는 다음과 같이 서술된다.

> 그러자 레인코트를 입은 한 사나이가, 우리의 맞은편 좌석에 와 앉았다. 나는 약간 섬뜩한 느낌이 들어, 전에 들은 유령 이야기를 T군에게 하고 싶은 생각이 들었다.[18]

인용의 "레인코트를 입은 한 사나이"는 "내가 T군과 헤어질 때에는, 어느 틈엔지 거기서 사라지고"(159쪽) 없다. 그리고 '나'가 다시 레인코트를 발견하는 것은 "누나의 남편姉の夫"이 "계절과는 별로 인연이 없는 레인코트"(163쪽)를 입은 채 기차에 치어 죽은 모습에서다. 「적멸」의 화자처럼 "누나의 남편" 역시 "레인코트를 입은 한 사나이"의 예를 따라 레인코트를 입은 것이다. 그 후 호텔방에서 단편소설을 쓰고 있는 '나'에게는 아무도 지나가지 않는 한밤중에도 "이따금 문 밖에서 날개 치는 소리"(163쪽)가 들린다. 이렇게 「적멸」과 「톱니바퀴」 모두에서 레인코트는 죽음과 관련되는데, 이때 "자형의 초상화"에는 『도리언 그레이의 초상화』(오스카 와일드)에서 벌어진 일과도 비교되는 이상한 현상이 발생한다. 그것은 다음과 같다.

---

17 「톱니바퀴」에도 레인코트 입은 사나이가 등장한다는 사실에 대해서는 방민호 교수도 지적한 바 있다. 방민호, 「문학사의 재인식과 오늘의 한국소설에 나타난 환상」, 『문학수첩』, 2005 가을.

18 아쿠타가와 류노스케, 진웅기·김진욱 역, 앞의 책, 158쪽.

기차에 치어 죽은 그는, 얼굴도 알아볼 수 없이 으깨어지고, 겨우 콧수염만이 남아 있었다고 한다. 이 이야기는 물론 이야기 자체도 섬뜩한 것임에 틀림없었다. 그러나 그의 초상화는 어디나 완전히 그려져 있기는 하나, 콧수염만은 왠지 희미하게 그려져 있었다. 나는 광선 때문인가? 생각하며, 이 한 장의 콘테화를 여러 위치에서 바라보기로 했다.

"무얼 하고 있어?"

"아무것도 아냐. ……다만 저 초상화는 입 가장자리만이……."

누님은 약간 뒤돌아보면서, 아무것도 알아채지 못한 듯, 대답했다.

"수염만이 이상하게 희미해 보이는 것 같지?"

내가 본 것은 착각이 아니었다. 그러나 착각이 아니라면, — 나는 점심 대접을 받는 등의 폐를 끼치기 전에, 누님 집을 나오기로 했다.[19]

자형의 시체에 콧수염만 남아 있는 것과는 반대로, 그의 초상화에는 콧수염만 희미하게 그려져 있다. 「수염」(1930)에서 구사한 박태원의 표현을 빌리면, 시체의 콧수염은 "깜숭"하고 초상화의 콧수염은 "감숭"하다. 그리고 "감숭한 놈"을 "깜숭한 놈"으로 만드는 것이 「수염」 주인공의 남성적 성장을 상징한다면, 이와 비슷하게 콧수염만 남은 자형의 시체는 단순한 죽음이 아닐 수 있다. 그것은 궁극적인 성장으로서의 해탈을 암시할지도 모른다. 그리고 「수염」의 주인공이 매일 거울을 보거나 친구들의 놀림을 들었듯이, 성장을 위해서는 자아의 수많은 "'노력' '고심' '인내'"[20]와 더불어 타자他者 및 그 시선에 대한 인식이 필요하다. 예컨대 그에게는 자기 자신과 주위 사람들에 대한 그 어떤 정신적 태도, 즉 유머

---

19 위의 책, 167쪽.
20 박태원, 「수염」, 『소설가 구보 씨의 일일』, 문학과지성사, 2005, 16쪽.

humor가 요구된다.

한편 「수염」의 주인공은 난데없이 각황사(覺皇寺)의 주지승을 거론하며, 그로부터 수염 기르라는 권유를 받았다고 이발사에게 거짓말한다. 이는 흥미롭다. 왜냐하면 이 거짓말은 오히려 「수염」과 아쿠타가와의 「코(鼻)」 사이의 상관성을 고백하는 것처럼 생각되기 때문이다. 즉 「수염」의 주인공이 콧수염을 "깜숭"하게 만들려고 부단히 노력하는 것과 마찬가지로, 「코」의 주인공은 "입술 위에서부터 턱밑까지" 늘어져 다른 사람들로부터 비웃음 당하는 그의 코를 짧게 하려고 애쓴다. 그리고 이 기형적인 코의 주인은 다름 아닌 "젠치(禪智) 내공(內供)"이라는 승려다. 그는 한편으로는 다른 사람들의 코를 관찰하면서, 다른 한편으로는 코를 짧게 보이게 하려고 거울 앞에서 여러 방향으로 얼굴의 각도를 바꿔본다. 그는 뺨을 누르거나 턱을 당겨보기도 한다. 그뿐 아니라 쥐의 오줌을 코에 발라보기조차 한다. 결국 그는 교토에서 "긴 코를 짧게 만드는 법"을 배워 온 제자 승려에게 치료를 받는데, 그 "방법이란 단지 뜨거운 물 속에 코를 담갔다가 그것을 다른 사람에게 밟게 한다는 매우 간단한 것"[21]이었다. 하지만 문제는 이 방법으로써 코가 짧아졌다고 해서 그의 "자존심"이 회복될 수는 없었다는 점이다. 오히려 다른 사람들은 그의 코를 예전보다도 더 이상하게 바라보거나 심지어는 웃음을 터뜨리기조차 한다. 결국 코가 다시 길어졌을 때, 그는 이제 아무도 비웃을 사람이 없을 것이라고 생각하게 된다.

이렇게 「수염」과 「코」는 공히 외모를 놓고 벌어지는 자아와 타자의 문제를 유머러스하게 제기한다. 박태원은 일찍이 1927년의 「병상잡설」

---

21 아쿠타가와 류노스케, 진웅기 · 김진욱 역, 앞의 책, 20쪽.

에서부터 "유머 소설"[22]의 필요성을 주장했다. 더 나아가 그는 「표현·묘사·기교—창작여록」에서도 "기지"와 "해학"을 모른다면 "현대 작가일 수 없다"[23]고 논한 바도 있거니와, 어쩌면 그는 「톱니바퀴」와 「코」로부터 「수염」이라는 유머 소설의 모티프를 찾아냈을지도 모른다. 더 나아가 '수염'에 대한 욕망과 번민을 통해 증폭되고 연습된 관찰의 시선은 조선 박람회 구경을 온 "시골 마나님"과 "갓 쓴 이들"을 다음과 같이 발견하는 일과도 무관하지 않을 터이다.

> 나는 그들을 — 이 무리들을, 이 무리들의 갈 곳 몰라 하는 발길을, 이 무리들의 부질없는 시간 소비를 — 결코 멸시하지 않았다. 아니 도리어 많은 군중 속에 내 몸을 내어 던지는 데서 깨닫는 비할 데 없이 크나큰 기쁨을 맛보고 있는 내 자신을 발견하였다.[24]

위와 같이 타자를 포착하는 일은 "참 것을 찾으려는 욕구"[25]에도 불구하고 "햇발 말고는 아무 것도 없는 풍경"이나 아무 내용도 없는 "한층 더 이상한 풍경", 그리고 자기의 더러운 발밖에 볼 수 없었던 "가엾은 나그네"(「행인」, 1930)를 넘어서게 하는 것이다. 이를테면 그것은 비로소 "깜숭"한 수염을 가진 '행인'의 탄생을 웅변한다. 타자들을 바라봄으로써, 그리고 그 '군중'의 '무리'를 자신과 구별하거나 동일화함으로써, 그는 "한길 위에 떨어진 제 그림자"[26]도 깨달을 것이다. 따라서 「적멸」은 "행

22　박태원, 류보선 편, 앞의 책, 109쪽.
23　위의 책, 262쪽.
24　박태원, 「적멸」, 『윤초시의 상경』, 깊은샘, 1991, 185~186쪽.
25　박태원, 「행인」, 『이상의 비련』, 깊은샘, 1991, 15쪽.
26　박태원, 「적멸」, 『윤초시의 상경』, 깊은샘, 1991, 233쪽.

인 드문 비 오는 밤거리를 '울음'과 함께 걸어갔다"(231쪽), "석양녘 이곳에는 행인도 드물다. 나는 말없이 걸었다"(233쪽) 등과 같이 '행인'을 출발시킴과 동시에 그로 하여금 또 다른 '행인'을 관찰하고 그와 여러 가지로 관계 맺게 한다. 사실 "레인코트 입은 사나이"가 사람을 자동차로 친 것은 그가 다른 행인을 자신의 "행로에서 발견하였을 때 참을 수 없는 '증오'"(222쪽)를 느꼈기 때문이다. 그리고 그 '증오'는 "서로 '사람'인 까닭에 갖지 않을 수 없는" 것이다. "증오는 실로 왕왕히 진정한 애정에서 폭발한다"[27]고 구보가 말했듯이, 그것은 타자에 대한 아이러니한, 그러나 근본적인 긍정이다. 이는 유머와 짝을 이루면서, 아무 내용이 없던 "참 것을 찾으려는 욕구"를 성숙하고도 복잡하게 발현할 터이다. 따라서 이는 "레인코트 입은 사나이"가 "발자크의 '인간희극'이 십구 세기 불란서의 완전한 사회사라 할 것 같으면 내 눈에 비친 '희극?'은 이십 세기 경성의 허위에 찬 실극"(215쪽)이라고 피력하는 일, 더 나아가 그가 광교 아래의 거지들에게 돈을 뿌리며 다음과 같은 "인간희극"을 스스로 연출하는 일의 진정한 의미다.

> 결과는 나의 예상하였던 그대로 실현되었습니다. 즉 거지 떼는 서로 앞을 다투어 돈 떨어진 내 발 앞으로 달려들었던 것입니다. 그리고 그 중에 가장 중요한 문제는 '절뚝발이'가 '선봉대장'이었다는 사실입니다. (…중략…)
> 아니 그 '가짜 절뚝발이'가 몇 푼 돈 앞에서 아무 거침없이 '탈'을 벗어버린 것을 깨달은 사람이었던 게죠.[28]

---

27 박태원, 「소설가 구보 씨의 일일」, 『소설가 구보 씨의 일일』, 문학과지성사, 2005, 152쪽.
28 박태원, 「적멸」, 『윤초시의 상경』, 깊은샘, 1991, 216~217쪽.

그렇다면 이 모든 점에서 「적멸」은 박태원식 고현학이나 산책의 기원을 이루는 작품이다. 이 소설은 '행인'으로써 관찰의 시점을 마련함과 동시에 현실이라는 온갖 타자(자신을 포함한)를 도입한다. 그것은 위와 같은 폭로 및 환멸의 태도와 더불어 "근대적 시가지의 이상적 산보법은 가장 교묘하게 '거짓말'을 하는 데 있다"[29]는 냉정한 통찰에 이르게 하기도 할 것이다.

하지만 이와 함께 또 다시 주목할 것은, "그는 인생을 알기 위해 거리의 행인을 바라보지 않았다. 오히려 행인을 바라보기 위해 책 속의 인생을 알려고 했다"라는 아쿠타가와의 말이다. 그는 「다이도오지 신스케의 반생」에서 "거리의 행인"을 알기 위해서는 "책을 읽는 수밖에 없었다"고 썼다. 이처럼 신스케는 "세기말의 유럽이 낳은 소설이나 희곡"의 "차가운 빛을 통해" "겨우 자기 앞에 전개되는 인간 희극을 발견"[30]했다. 그리고 이에 화답이라도 하듯이, 「적멸」의 "레인코트 입은 사나이" 역시 "이십 세기 경성"을 판단하기 위해 발자크의 '인간희극'을 거론한다. 그렇다면 아마도 박태원은 발자크의 '인간희극' 자체보다는 "유럽이 낳은 소설이나 희곡"을 말한 아쿠타가와를 더욱 참조했을지도 모른다. 아니, 적어도 거지들에게 동전을 던지는 위의 장면만은, 경성 미쓰코시 백화점의 쇼윈도 앞에서 울고 있던 "'애 거지' 두 명"[31]으로부터 느낀 사회와 인간에 대한 환멸의 경험뿐 아니라 「다이도오지 신스케의 반생」에 등장하는 다음 묘사에서 기원했을 가능성이 높다.

---

29 박태원, 「이상적 산보법」, 『구보가 아즉 박태원일 때』, 깊은샘, 2005, 133쪽.
30 아쿠타가와 류노스케, 진웅기 · 김진욱 역, 앞의 책, 210쪽.
31 박태원, 류보선 편, 앞의 책, 108쪽.

그들은 '자맥질'하는 소년들을 위해 몇 닢의 동전을 던져 주었다. 소년들은 동전을 던질 때마다 바닷속으로 풍덩 뛰어 들어갔다. 그러나 해녀 한 명만은 절벽 밑에 피워 놓은 모닥불 앞에 서서 웃으며 바라보고 있을 뿐이었다.

"이번에는 저 해녀도 뛰어들게 만들겠어."

그의 친구는 동전 한 닢을 담뱃갑의 은종이로 쌌다. 그리고 몸을 뒤로 젖히며 동전을 힘껏 내던졌다. 동전은 반짝반짝 빛나면서, 높이 이는 파도 너머에 떨어졌다. 그러자 해녀가 이번에는 제일 먼저 바다로 뛰어 들어 갔다. 신스케는 지금도 생생하게, 입가에 잔혹한 미소를 띠고 있던 그의 친구를 기억하고 있다.[32]

3. 동경의 고현학, 경성의 경제학

한편 박태원의 소설에는 아쿠타가와의 작품 이외에도 수많은 텍스트들이 다양하게 작용한다. 예컨대 '사면초가四面楚歌'의 장면을 그린 「해하의 일야」는 『사기』나 『초한지』 등을 참조한 것이다. 「적멸」에 등장하는, "꿈은 깨어 사라지고 벗은 봄의 꽃이나 같이 웃다가는 그만 가버리누나"는 매튜 아놀드Matthew Arnold의 "Dreams dawn and fly, friends smile and die / Like spring flowers"("A Question To Fausta", 1849)[33]의

---

32 아쿠타가와 류노스케, 진웅기·김진욱 역, 앞의 책, 216쪽.
33 그런데 제목의 'Fausta'는 로마 콘스탄틴Constantine 대제의 두 번째 왕비 파우스타 Fausta를 상기시킨다. 그녀는 의붓아들 히폴리투스Hippolytus를 사랑하고 모함한 패드라 Phaedra와 비슷하게, 첫째 왕비 미네르비나Minervina의 아들 크리스푸스Crispus를 사랑하고 모함했다. 이는 「적멸」의 '레인코트 입은 사나이'가 어머니를 언급하는 일과 관련될지도 모른다.

번역이다. 한편 「오월의 훈풍」의 주인공 은식은 "넙죽이" 기순이가 "명금놀이"의 "기지꾸레" 역할을 하려는 것을 "기지꾸레의 모독"[34]이자 "미의 모독"으로 생각하는데, 이때 "기지꾸레"는 "명금名金"이라는 제목으로 단성사에서 상연된 미국 영화 〈The Broken Coin〉(1915)의 여주인공 Kitty Gray(Grace Cunard가 연기함)를 지칭한다.

그러나 이 다양한 참조관계 중 가장 중요한 것은 동경東京 또는 '동경이라는 텍스트'다. 이는 "역시 좁은 서울이었다. 동경이면, 이러한 때 구보는 우선 은좌銀座로라도 갈 께다"와 같은 '소설가 구보 씨'의 생각으로 웅변된다. 「반년간」(1933)의 화자가 "서울의 본정통本町通을 높게 고개지게 만들어 놓을 때, 그것은 응당이 '가구라자까神樂坂'를 방불케 하리라"[35]고 서술한 것 역시 이러한 판단을 뒷받침한다.

한편 동경을 무대로 씌어진 최초의 작품인 「사흘 굶은 봄 달」(1933)은 "동경 거리의 한 개 보잘것없는 룸펜"인 성춘삼을 등장시켜, 아사쿠사淺草의 '가미나리몽'과 그곳의 '나까미세', 공원의 '로하ㅁㅅ 벤취'와 "동경 시내 이백열 군데의 공동변소" 등을 관찰하게 한다. 그런데 이 작품에서 무엇보다도 인상적인 것은 다음 장면이다.

"그럼 동구 인절미?"

이번에도 역시 춘삼이는 머리를 모로 흔들었다. 그리고 어서 어머니가 '시루팥떡'을 생각해 내기를 바랐다. 그러나 어머니가,

"그럼 시루팥떡?"

하고 채 묻기 전에 춘삼이는 자기 머리 위에,

---

34 박태원, 「오월의 훈풍」, 『소설가 구보 씨의 일일』, 문장사, 1938, 35쪽.
35 박태원, 「반년간」, 『윤초시의 상경』, 깊은샘, 1991, 327쪽.

"이야까네?"(싫단 말이야?)

하는 무뚝뚝한 말소리를 듣고, 그는 그만 생각을 깨치고 신경질하게 고개를 들어 보았다.

'화복'에 캡 쓰고 '게다' 신은 어떤 주정꾼 하나가, 춘삼이 코 밑에 내밀었던 한 꼬치 '야끼도리'를 제 입에다 갖다 넣으며,

"흥! 싫다면이야 그만이지."**36**

춘삼은 배고픔을 잊기 위해, 어머니와 모처럼 "국과 고기와 나물로 밥 한 그릇"을 먹었던 경성에서의 일을 생각한다. 그리고 자기가 제일 좋아하는 시루팥떡을 사줄 것을 기대하며 어머니가 권하는 인절미에 "머리를 모로" 흔든다. 그런데 이 몽롱한 회상은 어머니가 아닌 주정꾼이 야끼도리를 내밀고 있는 동경의 현실과 오버랩되면서 조금이나마 허기를 채워줄 야끼도리를 본의 아니게 거절하는 일로 이어진다. 그리고 주정꾼은 "싫다면이야 그만이지" 하고 그것을 자기가 먹어버린다.

요컨대 박태원의 영화적 소설 기법은 경성과 동경의 체험을 이중노출하면서 시작되었다. 이때 가난한 주인공의 현실로서 동경의 체험과 경성의 체험은 상호 참조되었다. 그것은 식민지의 본격적인 체험이기도 했다. 식민지의 경성은 제국 수도의 '긴부라'를 '혼부라'로 모방하기도 했다. 그런 의미에서 경성과 동경의 이중노출은 식민지 시기 박태원 소설의 핵심 중 하나다. 곧 와지로今和次郎와 요시다 겐키치吉田謙吉를 중심으로 수행된 '고현학'이 중요한 것은 이 점과 관련된다. 동경(일본)의 여러 생활 양상을 샅샅이 조사한 이 보고는, 예컨대 '어느 반일의 기록'이라는

---

36 박태원, 「사흘 굶은 봄달」, 『소설가 구보 씨의 일일』, 문장사, 1938, 58~59쪽.

부제가 붙은 「피로」(1933)에서 경성을 묘사하는 하나의 방법으로 작용한다. 즉 고현학은 「피로」의 주인공이 관찰하는 "의과기계 의수족"이라 적힌 "광고등", 그리고 "金 百圓デモ傳授セヌ ライスカレー 一皿十五錢(금 백 원으로도 전수하지 않는 카레라이스 한 접시에 십오 전)"이라는 광고판 묘사의 방법적인 기원이다. "서울의 어느 구석이라고 찾아들기를 주저하지 않는 경제공황"[37]과 함께 내걸려진 이 광고판들은 「가두의 적자, 특가, 고현학街頭の赤字, 特賣, 考現學」이라 제목 붙인 요시다 겐키치의 다음 보고를 상기시키기 때문이다.

그런데 또 여기는 긴자 노점의 예이다. 그 적자 구축驅逐의 플래카드에 나의 카메라를 이동시켜 보면(1931년 10월 16일 채집),

(레코드) 특별 서비스로 인해, 수에 한정이 있습니다
(모자) 가격 일엔 균일
(면도칼) 선전 발매에 붙여 정가의 반액 (⋯중략⋯)
(앨범) 특제 앨범 균일 대투매大投賣
(스틱) 특가품 일엔 오십 전[38]

이러한 양상은 동경 생활을 묘사한 소설에서 더욱 본격적으로 나타난다. 이를테면 「반년간」이 동경대진재 후의 '신숙新宿' 발전을 자세히 서술하거나, "高級 ステッキ大亂賣"[39]라 적힌 신주쿠의 야시의 광고판을

---

37 박태원, 「피로」, 위의 책, 72쪽.
38 今和次郞·吉田謙吉, 『考現學採集』, 學陽書房, 1986(복각본 1쇄), 252~253쪽.
39 박태원, 「반년간」, 『윤초시의 상경』, 깊은샘, 1991, 252쪽.

묘사하는 것은 위의 인용과 무관하지 않다. 이는 "南洋パイプ 大 二十錢 小 十五錢"[40]이라는 "물뿌리 정가표"(「재운」) 장면의 기원이기도 하다. 따라서 「반년간」에 "『부인공론婦人公論』두 때때로 읽어 보슈"[41]라는 말이 나오는 것은 암시적이다. 부인공론사는 고현학 조사에 참여했기 때문이다.[42] 그렇다면 가꾸라자까神樂坂를 지나는 행인의 분포가 "학생이 48%, 청년이 9%, 점원이 8%, 중년이 7%, 계집 하인이 6%, 그리고 여염집 부인, 노동자, 아이들, 기생, 군인, ……기타―이러한 순위"라고 밝힌 "일천구백이십구 년 구월 어느 날 정오에 작성한, 이곳 통행인들의 분석표"[43]는 1929년 9월 츠치하시 나가토시土橋長俊가 신주쿠, 아사쿠사, 가꾸라자까, 우에노, 닌교쵸 등 동경의 여러 지역에서 수행한 "번화가 사람들의 신분별 통계"[44]에 기초한 것일 가능성이 높다.

한편 「팻말과 벽보의 유머레스크建札と貼紙のユモレスク」라는 조사에는 "〈この土手に登るべからず 警視廳〉二三べん讀み返してみると, ますます語呂が良い. 由來, 建札や貼紙には意識的にあるいは偶然に甚だユモラスなものが多い, 間違いだらけや誤字の可笑味たっぷりなものも少くない"[45]와 같은 서술이 나오는데, 이 중 "この土手に登るべからず 警視廳"이라 적힌 팻말은 「반년간」의 다음 장면에 그대로 등장한다.

고지찌구, 후지미쬬에 있는 법정대학은 사이에 장방형의 못을 두고, 건너편

---

40 박태원, 「재운」, 『이상의 비련』, 깊은샘, 1991, 271쪽.
41 박태원, 「반년간」, 『윤초시의 상경』, 깊은샘, 1991, 314쪽.
42 今和次郎・吉田謙吉, 『モデルノロヂオ』, 春陽社, 1930(재판), 355쪽.
43 박태원, 앞의 글, 327쪽.
44 佐藤健二, 「'考現學'の考古學」, 『考現學採集』, 學陽書房, 1986, 332쪽.
45 藤森照信 編, 『考現學の誕生』, 筑摩書房, 1986, 185쪽.

전찻길을 내려다보고 있다. 전찻길에 비하여 학교가 서 있는 지대가 훨씬 높았다. 수면에서 우러러보면 그것은 높다란 언덕이다. 그 언덕에는 이전에

〈この土手に登るべからず (이 도뗴에 올라가지 못한다) 警視廳〉

이라는 '센류川柳'가 씌어 있는 목패가 서 있어 사람들의 올라가는 것을 금하였다.[46]

이러한 사례 이외에도 「반년간」의 동경 거리 묘사는 그 자체로서 다분히 고현학 조사적인 모습을 보인다. 등장인물들은 동경 이곳저곳의 술집, 거리, 당구장, 학교, 책방, 공원을 묘사하는 일종의 고현학자들이다. 한편 동경에 사는 룸펜의 생활고를 그린 「딱한 사람들」은 「반년간」이 보여주는 소비자들의 고현학과는 또 다른 고현학 조사를 수행한다. 다음은 그 예다.

자리 속에 그대로 누운 채 손을 내밀어 신문을 펴 들고 우선 눈을 주는 것은 〈삼행광고三行廣告〉의 '고입란雇入欄'. 언제부터 시작이 되었는지 그것도 이제는 한 개의 습관이다. 活版. 建築. 技術. ラヂ. 旋盤. ミシ. 和服. 和服. 가로 쭉— ㄱ, 대강잇자만 훑어가다가 잠깐 시선을 멈춘 곳이,

[47]

運轉手 助手募集住込有給卽乘車

甲乙臨住込多電四谷一八四三

四谷大木戶停留橫 東京運輸會社

---

46 박태원, 앞의 글, 324~325쪽.
47 박태원, 「딱한 사람들」, 『소설가 구보 씨의 일일』, 문장사, 1938, 81쪽.

극단적으로 말해, 「딱한 사람들」은 동경에 사는 조선인의 가난한 삶을 그리기 위해서이기보다는 조선인 룸펜들을 통해 동경을 고현학적으로 관찰하기 위해 창작된 듯한 감이 있다. 순구와 진수의 하숙은 동경 거주 조선인의 생활상이나 소유물을, 진수의 방황은 동경의 오오츠카大塚 공원이나 "잇센죠끼一錢蒸氣"를, 그리고 직장을 얻으러 나갈 차비조차 없는 순구의 구직 노력은 신문 '고입란'의 자세한 모습을 알려주게 되기 때문이다.

달리 말해 소설은 등장인물의 체험 속에 고현학 조사의 몇몇 항목들을 엮어냄으로써 구성되는 면이 있다. 그리고 이때 동경의 고현학 조사는 식민지인의 맥락 속에 소설적으로 전유된다. 이로써 고현학은 식민지에 소개되고 번역될 뿐 아니라 생생한 인간적 현실을 파악하고 묘사하는 인식의 틀이자 문학적 방법이 된다. 그것은 제국 수도의 생활상 조사와 통계임을 넘어 식민지 소설가가 자아 및 타자(사회)와 조우하는 '수염 난 행인'의 행로가 된다. 예컨대 「딱한 사람들」에 서술된 "그들의 부동산[48] 목록"은 『고현학』의 「하숙 거주 학생 소유물 조사下宿住み學生持物調べ」[49]의 작업 태도를 식민지 소설 묘사에 활용하면서, "딱한 사람들"의 현실을 그들이 지닌 사물의 보잘것없음으로 구체화하고 있다.

순구는 기운 없이 머리를 흔들고 그리고 거의 기계적으로 퀭한 눈을 들어 방 안을 살펴본다. 때 묻은 학생복. 소매 깃이 다 달은 '유까다'. 세수수건이 두 개. 얼금뱅이 책상. 원고지와 펜과 잉크와 만년필. 묵은 잡지가 네 권하고 책이 한

---

48 사실은 '동산動産'이다.
49 今和次郎・吉田謙吉, 앞의 책, 137~144쪽.

권. 재떨이와 낡은 '마도로스파이프'와 이십 오전짜리 안전면도. '오시이레' 속을 들여다본다면, 그 속에 진수의 침구. 석 달 치 모아 놓은 신문더미. 빈 담배 갑. 성냥갑. 뚫어진 양말이 몇 켤레. 이미 열흘째 사용한 일이 없는 '석유곤로'. 밑바닥에 쌀 한 알 남지 않은 부대. 냄비. 공기. 주전자. 접시. 찻종. 젓가락. 간장병. 석유병. 그리고 나머지는 '다까시마야'에서 한 가지 십전씩에 사온 들통. 도마. 식칼. 국자. 이 집 문간에 놓인 '게다'와 밑바닥이 뚫어져 안으로 마분지를 대어 신는 구두가 한 켤레. 그리고 진수가 몸에 붙이고 나간 것들과, 현재 순구가 두르고 있는 물건들. 이상이 그들의 '부동산'의 전부인 듯싶었다.[50]

그런데 또 한 가지 주목할 것은, 「반년간」에 "자기 대 준호, 대 황인식의 우정에는 '십 원 어치'가 있는 듯싶었다", "월급 사십오 원짜리 여점원 자리" 등과 같은 묘사가 등장하듯이, 위의 인용에서도 "이십 오전짜리 안전면도"나 "'다까시마야'에서 한 가지 십전씩 사온 들통"이라는 서술이 나온다는 점이다. 결론부터 말하면, 상품의 가격이나 교환가치가 집요하게 제시되는 것은 박태원 소설의 중요한 특징이다. 구보의 산책은 교환가치를 결핍과 결여로 확인하는 과정이다. "그는 동리에 전당 나온 십팔금 팔뚝시계를 탐내고 있었다. 그것은 사원 팔십 전에 구할 수 있었다", "벰베르구 실로 짠 보이루 치마. 삼원 육십 전. 하여튼 팔원 사십 전만 있으면, 그 소녀는 완전히 행복일 수 있었다"[51]는 서술은 이러한 실천의 일환이다. 이는 5전에서 5000원까지의 가격 사례가 제시되는 『천변풍경』의 본질적인 환경이자 핵심적인 테마다.[52] 청계천 일대는 물난리

---

50 박태원, 앞의 글, 85쪽.
51 박태원, 『소설가 구보 씨의 일일』, 문학과지성사, 2005, 107쪽.
52 이에 대해서는 이경훈, 「이상과 박태원」, 『이상, 철천의 수사학』, 소명출판, 2000, 90~131쪽을 참고할 것.

를 겪는 물리적인 공간인 동시에, 백화점, 당구장, 카페, 전당국, 청계천 빨래터 등과 함께 교환가치의 끝없는 관계가 펼쳐지는 사회적 체계이기도 했다. 그곳은 시장이었다.

따라서 "시골서 온 아이" 창수가 청계천에서 처음 한 일은 배다리 가게에서 주인 영감의 담배를 사는 일일 수밖에 없었다. 그리고 구십 전의 거스름돈을 받는 대신 팔십오 전을 받을 정도로 순진했던 그는 곧 자기가 산 만년필을 평가해 "너, 이거, 사십 전이면 아주 홍재다. 너, 이게 십사금이라는 게야"[53]라고 자랑하게 되었던 것이다. 하지만 온갖 상품들로 가득한 근대 도시의 거리는 그만큼 소외로 충만한 곳이다. 능숙히 상품을 사게 됨으로써 창수는 소외에 적응했다. 옛 동네를 찾아온 '신전집 마나님'은 "국수를 십전어치" "편육을 십전어치" 사 들고서야 가장 친하게 지내던 한약국집을 향해 "점잖은 걸음걸이로", "떳떳하게"[54] 걸어갈 수 있었다.

이러한 양상은 화폐에 매개되는 인간 사이의 "거리距離"를 근대의 보편적인 존재론으로 확인한다. 「거리距離」의 주인공이 친구들의 "두터운 우정"조차 "가난과 비굴로 하여 삐뚤어진 감정"[55]으로 해석하는 것, 더 나아가 "사람과 사람의 관계란, 결국, 따지고 보자면 이해관계 이외에 아무것도 없다"[56]고 생각하는 것은 그 때문이다. 따라서 도시의 거리는 언제나 이별의 장소다. 창수는 영원히 고향을 떠났다. 박태원의 표현을 빌리면, 이는 "천진난만하여야 할 어린이를 이렇게 만들어 놓은 사회 — 아

---

53 박태원, 『천변풍경』, 박문서관, 1938, 255쪽.
54 위의 책, 222쪽.
55 박태원, 「거리」, 『소설가 구보 씨의 일일』, 문학과지성사, 2005, 229쪽.
56 위의 글, 237쪽.

─니 도회의 죄"[57]다. 그러나 "운전수", "손주뻘밖에 안 되는 녀석", "교통순사" 등에게 "빠가!"라는 말을 듣는 윤 초시와 더불어 버스의 흔들림에 어찌할 줄 모르는 "어떤 시골사람"[58]이나 "우둔하게 생긴 상투잽이"[59]를 묘사하는 구보는 여전히 도회인이다. 물론 일본 술 "월계관"을 내놓을 뿐 아니라 "여배우"까지 팔려 하는 강화도 시골의 여관 역시 시장 바깥에 있지는 않다. 여관 벽에 붙은 "어숙박 요금표"(「여관 주인과 여배우」)는 그 점을 웅변한다. 그리고 이렇게 편재하는 질서에 대한 세밀한 탐구와 초조한 긍정, 그리고 슬픈 반성이라는 모순적이고도 긴장된 반응은 박태원 소설의 핵심이다. 이는 박태원의 경성 고현학이 비로소 탄생했음을 알린다. 그리고 그 도시 경제학의 본격적인 등장을 예비하고 있다는 점에서 『서부전선 이상 없다』의 가격을 놓고 다투는 「반년간」의 다음 장면은 상징적이다.

"얼마요?"

"고맙습니다. 네 70전입니다."

"50전만 합시다."

"그렇게 안 됩니다. 이 책은 잘 팔리니깐…… 어디서든 덜 주고는 못 사실 것입니다. 정가는 1원 50전이나 ─ 하지 않습니까?"

"누가 정가를 모른댔나? 하여튼 70전은 비싸니, 50전만 합시다."[60]

---

57 박태원, 류보선 편, 앞의 책, 108쪽.
58 박태원, 「피로」, 『소설가 구보 씨의 일일』, 문장사, 1938, 71쪽.
59 위의 글, 73쪽.
60 박태원, 「반년간」, 『윤초시의 상경』, 깊은샘, 1991, 287쪽.

4. 우울한 가정법, 명랑한 전망

그렇다면 박태원 소설의 이러한 특징에 비추어볼 때, 화자에 의해 유머 소설로 규정된 「식객 오 참봉」의 의미는 명확히 파악될 수 있다. 오참봉은 삼천 명의 식객을 두었던 맹상군에는 못 미칠지언정 여전히 세 명의 식객은 받아들이고 있는 실업가 김○○ 집의 "식객"이다. 그는 교환의 세계와 대비되는 '접빈객接賓客'과 증여의 세계에 살면서 "세 명의 식객 앞에 맛이나 좀 보라고 내어 놓았던" "로서아제 쪼꾸레"를 혼자 다 먹어치워 버린다. 더욱이 그는 식객을 "일종의 '천직'과 같이 생각"[61]하며 자기 아들로 하여금 "아비의 업"을 잇게 하기도 했다. 즉 그는 "술은 먹꾸 돈은 없다"의 "꾸다"[62]를 실천하는 최 주사와는 다르다.

식객이기보다는 "한 개의 매약 행상"으로서, 최 주사는 "자기의 힘이 자라는 한으로 남에게 폐 끼치는 일 없이 또 남에게서 폐 끼침을 받는 일 없이 그의 한평생을 마치려" 한다. 그는 남의 집 사랑방에 들어앉은 오참봉과는 달리, 거리를 헤매는 행상으로서의 '행인'이다. 따라서 "하루 나갔다 들어오면" "최 주사의 주머니에 사오 원의 돈은 들어 있었다".[63] 그리고 "꾸다"의 외상값을 "하루 이상 묵혀두는 일이 없었다".[64] 오히려 최 주사는 "채권자 측에서는 이미 기억을 상실하고 있는 차금을 기어코 청산하고 나야만 마음이 시원"[65]했다. 그는 어엿한 근대인으로서 "직업"

---

61 박태원, 「식객 오참봉」, 『이상의 비련』, 깊은샘, 1991, 92쪽.
62 박태원, 「낙조」, 『소설가 구보 씨의 일일』, 문학과지성사, 2005, 49쪽.
63 위의 글, 50쪽.
64 위의 글, 49쪽.

과 "생활"을 가지고 있다. 그 점에서 그는 "이제 나는 생활을 가지리라"고 결심하는 구보의 선배다.

그러므로 "낙조"를 망연히 바라보는 처지에 있을지언정 최 주사는 대한제국의 유학생 출신답게 고현학적 조사와는 또 다른 근대인 구보의 복잡한 관찰을 충분히 이해할 것이다. "술은 먹꾸 돈은 없다"의 유머는 다음 서술로 상징되는 구보의 "갖지 않았다, 갖는다면"의 소설적 문법과 짝을 이루고 있기 때문이다.

구보는, 그러나, 시계를 갖지 않았다. 갖는다면, 그는 우아한 회중시계를 택할 게다.[66]

따라서 「소설가 구보 씨의 일일」에 '가지다' 또는 그와 의미상 유사한 말이 여러 맥락에서 강박적으로 등장하는 것은 주목을 요한다.[67] 그리고 이 근대적 욕망 및 결핍의 우울한 가정법과 비교할 때, 「명랑한 전망」에 표명되는 명랑함은 낯설다. 더구나 그 명랑함은 경성을 떠나 시골로 가는 일과 연관되어 있다. 그것은 우울을 파트너로 하는 유머의 세계를 떠났다. 오 참봉은 묘사되지 않을 것이다. 이로써 경성은 구보 문학의 구체적인 근거지가 아니라 그저 시골과 대립된 것으로서 추상적인 도시가 되었다.

그런데 여기서 지적해야 할 것은 이 작품이 종종 오해되어 왔다는 점이다. 즉 "돈으로 표상되는 안정된 생활에 거침없이 빠져 들어가고 말았다"[68]라는 평가로 대표되듯이, 이제까지 몇몇 논자들은 1939년 5월 16

65　위의 글, 45쪽.
66　위의 글, 106쪽.
67　〈표〉「소설가 구보 씨의 일일」에 등장하는 '가지다'의 사례'를 참고할 것.

일까지의 부분까지만 읽은 채 엉뚱한 논의를 수행해 왔다. 요컨대 위의
비판은 직장을 잃은 희재(원문은 '히재')가 다시 카페 여급 일을 하게 된
애자를 버리고 옛 애인이자 부잣집 딸인 혜경에게 가는 데에서 작품이
끝났다고 생각한다. 그리고 이러한 일이 일어나게 된 이유는 태학사 편
의 『한국근대단편소설대계』나 깊은샘의 『신문연재소설전집』 등에 5월
17일부터 21일까지의 연재분이 누락된 사실[69]과 무관하지 않다. 그러나
실상 「명랑한 전망」은 다음과 같이 종결된다.

그리고 희재는 혜경이가 뒤에서 무어라고 부르는 소리가 들리는 듯싶었으나
그는 그대로 거리까지 한 달음에 달려 나갔다.
마침 지나는 자동차를 붙들어 타고 경성역으로 향하여 눈 오는 거리를 달릴
때 희재의 가슴에는 형언하지 못할 감격이 가득 찼었다.
(애자! 내 인제는 결코 다시 두 번 애자를 저버리지 않겠소 — 간난고초가 비
록 우리 앞에 있더라도 우리는 함께 손 붙들고 굳게 나갑시다. 우리의 사랑만 굳
을 때 우리의 앞길에 행복과 광명은 저절로 전개될 것이 아니겠소? 내 이제 지난
날의 모든 잘못을 사죄하고 애자와 경자를 위하여 힘껏 노력하리다 —)
내일 낮이면 만나볼 수 있는 그리운 아내와 귀여운 딸의 얼굴을 눈앞에 그려
볼 때 희재의 양 볼에는 눈물이 흘러내렸으나 마음에는 비할 데 없이 큰 기쁨이
샘 솟듯 솟아오르는 것이었다.[70]

요컨대 주인공은 "착한 여자가 불행에 빠져서는 안 된다는 낡은 윤리

---

68 최혜실, 「'산책자'의 타락과 통속성」, 『상허학보』 2, 1995, 204쪽.
69 누락된 부분이 『매일신보』에 존재한다는 사실에 대해서는 연세대 대학원의 김희용이 처
    음 확인했다.
70 박태원, 「명랑한 전망」, 『매일신보』, 1939.5.21.

관까지 포기"하기는커녕, 바로 그 "낡은 윤리관"으로 복귀하는 듯하다. 그는 아내가 카페에서 "술을 따라, 아양을 떨어, 벌어온 몇 푼의 돈이 아니고는, 한 끼, 설렁탕 한 그릇이나마"[71] 먹을 수 없는 「비량」의 주인공처럼, "문벌 있는 집 귀한 규수"인 혜숙 대신 "일개 교양 없는 여급"인 영자를 선택한 "인도주의적 의협심"을 반성하지 않는다. 승호는 "나는 돈을 쓰고, 너는 돈을 벌고"라고 자조하며 외투를 잡힌 돈을 들고 '미생정' 유곽에 간다. 그러나 이와 달리 희재는 시골로 아내를 찾아간다.

적어도 이 소설의 결론에서 박태원 문학의 원점이라 할 경성과 혼마치는 소멸된다. 이는 중요하다. 앞서 논의했듯이, 경성에 대한 미세한 고현학은 식민지 근대의 본질을 꿰뚫은 박태원 문학의 유머러스한 핵심이기 때문이다. 따라서 "간난고초"를 타개할 아무런 현실적 대책도 없이, 그리고 그 역사적 상황을 서술하는 '우울한 가정법'을 폐기하며, 그저 시골로 향함으로써 획득되는 "명랑한 전망"이야말로 사이비 전망이다.

비유컨대 더 이상 주인공은 꼬치꼬치 가격을 따지지도 않고 경성역(시골)으로 가는 자동차에 올라탔다. 이는 "고향"에 가는 일을 포기한 승호가 "우선 백 원 하나만 있으면…… 아니 오십 원만 있어도…… 아니, 오직, 동경까지의 차비만 되더라도"[72]와 같이 생각하는 일과 대비된다. 시장은 물론, 시장을 바라보는 복잡한 시선도 상실되었다. 그의 "감격"은 "형언하지 못할" 것이기보다는 계산되지 않은 것이었다. 희재는 이렇게 감상적으로 비약하는 대신 차라리 "돈으로 표상되는 안정된 생활에 거침없이 빠져"버렸어야 했다. 또는 다음과 같이 생활비의 부족을 고민했어야 했다.

---

71 박태원, 「비량」, 『소설가 구보 씨의 일일』, 문장사, 1938, 177쪽.
72 위의 글, 185쪽.

달에 삼십 원 수입으로는, 빚이 설혹 없더라도, 애초부터 셈이 안 되는 것은 뻔
언한 노릇이었다.

네 식구 쌀값이 십이 원, 나무값도, 겨울이라, 쌀값과 맞먹고 보니, 전 수입에
서 쌀 나무 빼놓고 볼 말이면, 겨우 십 원 한 장이 남을 뿐이다. 찬은 정말 소금만
찍어 먹기로 하더라도, 더구나 겨울에 벗고 살 수는 없는 노릇이요, 그보다 더
우선 방세부터, 십일 원이고 보니 — (그나마도 전등료 오십 전은 그 속에 들어
있지 않았다) — 아무 틈에서도 옥순이 형제의 학비와 같은 것은 나올 턱이 없는
일이었다.

〈더두 말구, 십오 원만 더 있드래두……〉[73]

그러므로 희재의 행위는 이기영의 「생명선」(1941)을 상기시킨다. 서
울을 "출세의 모짜리苗床"로 생각했던 권형태는 급기야 도시를 "죄악의
온상"으로 규정하며 "새로운 농촌인"이 되기 위해 낙향한다. 물론 박태
원의 소설은 이기영의 작품처럼 생산문학을 주장하지는 않는다. 그러나
「점경點景」에서도 시골은 재생의 공간으로 등장한다. 영식은 "사랑의 맹
세를 굳게 하였던 은숙"에게 배신당한 뒤 어릴 적 유모가 살고 있는 시골
로 간다. 그리고 거기서 그는 "참다운 인생"을 찾는 "새로운 출발"을 결
심한다. 시골에서 영식은 옛 친구 정순이 술집 작부라는 "슬픈 직업에 종
사"하고 있음에도 불구하고 "역시 희망"을 가지고 있음을 발견했던 것이
다. 더욱이 서울과 비교해 시골은 다음과 같은 곳이기도 했다.

유모가 정성껏 차려다 준 저녁상에는 닭고기와 제육이 가추 놓인 데다 더구나
이즈음 서울서는 맛을 볼 수 없는 보리 안 둔 햅쌀밥에 구미가 당기어 영식은 수

---

73 박태원, 「사계와 남매」, 『이상의 비련』, 깊은샘, 1991, 328쪽.

북하게 담아다 준 감투밥을 달게 한 사발 다 먹었다. (…중략…)

"많이 잡쉈다니 고맙수. 솜씨두 없는 촌 음식을……"

"온, 천만에…… 반찬두 반찬이려니와 입쌀밥만 먹어보기두 하 오래간만이라……"[74]

"시굴이라 무어 입에 맞으실 찬이 있에얍죠"[75]라고 한 강화도 여관주인의 말과는 반대로 시골은 서울에 없는 쌀밥을 먹을 수 있는 곳이다. 이는 "우동 아니면, 빵…… 그러한 것으로 점심 요기"[76]를 하는 모습과 관련된다는 점에서 "명랑한 전망"의 실상을 암시한다. 위의 장면은 전쟁을 배경으로 혼식과 분식을 장려하게 된 신체제적인 '시국'을 묘사한다. 예컨대 1939년 10월 4일 공포, 11월 1일부터 시행된 '조선백미취체규칙'은 7분도 이하의 정백미精白米를 판매 금지했다.[77] 이는 마산이나 창령 등에서 "백미 일두一斗에 잡곡 삼승三升씩 혼합 판매를 여행勵行"[78]하거나 혼식을 장려하는 일[79]로도 나아갔다. 다시 말해 이는 「애경愛經」이 서술하는 바, "한때는 젊은 예술가들의 무리들이 밤으로 낮으로" 찾아들던 "다방 문門"[80]의 쇠락, "아이 양단이 인제 없어진다는데"[81]라고 한 정숙의 푸념, 준길이 "갑자기 정오 싸이렌이 울리는 소리에" "소스라치게 놀라"[82]는 일, 과거에 "신흥예술좌"[83] 배우였던 숙자가 카페 여급이 되는

---

74 박태원, 「점경」, 『家庭の友』, 1941.1, 32쪽.
75 박태원, 「여관주인과 여배우」, 『이상의 비련』, 깊은샘, 1991, 148쪽.
76 박태원, 「점경」, 『윤초시의 상경』, 깊은샘, 1991, 173쪽.
77 「백미금지령의 경기도령 공포」, 『동아일보』, 1939.10.28.
78 「백미 일두에 잡곡 삼승씩 혼합 판매를 여행」, 『동아일보』, 1940.1.14.
79 「백미 금지코 혼식 장려」, 『동아일보』, 1940.1.14.
80 박태원, 「애경 (1)」, 『문장』, 1940.1, 105쪽.
81 박태원, 「애경 (2)」, 『문장』, 1940.2, 75쪽.
82 박태원, 「애경 (3)」, 『문장』, 1940.3, 79쪽.

일, 더 나아가 "정회비町會費"를 징수하러 다니는 "정회 친구"[84] 등과 함께 "명랑한 전망"의 기원을 추측하게 한다. 당연히 그 기원은 「명랑한 전망」이라는 소설을 쓰고 있는 「여인성장」의 철수가 아니다.

그렇다면 "보리 안 둔 햅쌀밥"에 대한 사소한 서술과 가벼운 지적은 소설의 사건과도 어울리지 않게 과장된 "전망"과 대비되는 이 소설의 진정한 문학적 안목이자 의의일 듯도 하다. 고현학은 여전히 수행되었던 것이다. 「사계와 남매」에 묘사된 쌀값 걱정 역시 그 증거다. 문제는 「명랑한 전망」의 마지막 5회분이 누락되었듯이, 적어도 『한국근대단편소설대계』(태학사)와 『윤초시의 상경』(깊은샘)에 위의 장면이 나타나지 않는다는 점이다. 「점경」은 『家庭の友』에 1940년 11월부터 1941년 2월까지 총 4회에 걸쳐 연재 완료되었지만, 두 책은 공히 1941년 1월호의 3회가 누락된 「점경」을 수록하고 있다.

그러나 이보다 중요한 또 하나의 문제는 두 작품 모두 생략된 부분이 없이도 완결된 작품처럼 보인다는 점이다. 이 사실은 "명랑한 전망"의 허망함을 소설의 구성으로써 가늠하게 한다. 이와 비교해 "갖지 않았다, 갖는다면"의 우울함은 오히려 치밀하고 견고했던 것이다.

---

83 박태원, 「애경 (1)」, 『문장』, 1940.1, 110쪽.
84 박태원, 「애경 (2)」, 『문장』, 1940.2, 64쪽.

	사례
1	직업과 아내를 **갖지 않은**, 스물여섯 살짜리 아들은, 늙은 어머니에게는 온갖 종류의, 근심, 걱정거리였다.
2	돈 한 푼 없이 어떻게 기집을 맺여 살립니까?
3	어머니는 직업을 **가지지 못한** 아들이, 그래도 어떻게 몇 푼의 돈을 만들어, 자기에게 그런 말을 할 수 있는 것을 신기하게 기뻐하였다.
4	한 덩어리의 '귀지'를 **갖기보다는** 차라리 사 주일간의 치료를 요하는 중이염을 앓고 싶다
5	그러나, 구보는 다행하게도 중이 질환을 **가진 듯**싶었다.
6	구보는 그의 바른쪽 귀에도 자신을 **갖지 못한**다.
7	구보는, 이렇게 대낮에도 조금의 자신을 **가질 수 없는** 자기의 시력을 저주한다.
8	젊은 내외가, 너덧 살 되어 보이는 아이를 데리고 그곳에 가 승강기를 기다리고 있었다. 이제 그들은 식당으로 가서 그들의 오찬을 즐길 것이다. (…중략…) 그들은 분명히 가정을 **가졌고**, 그리고 그들은 그곳에서 당연히 그들의 행복을 찾을 게다.
9	안전지대 위에, 사람들은 서서 전차를 기다린다. 그들에게 행복은 알 수 없다. 그러나 그들은 분명히, 갈 곳만은 **가지고 있었다**.
10	대정大正 12년. 11년. 11년. 8년. 12년. 대정 54년—. 구보는 그 숫자에서 어떤 한 개의 의미를 찾아내려 들었다. 그러나 그것은 부질없는 일이었고, 그리고 또 설혹 그것이 무슨 의미를 **가지고 있었다 하더라도**, 그것은 적어도 '행복'은 아니었을 게다.
11	갈 곳을 **갖지 않은** 사람이, 한번, 차에 몸을 의탁하였을 때, 그는 어디서든 섣불리 내릴 수 없다.
12	그는 분명히 나를 보았고 그리고 나를 나라고 알았을 게다. 그러한 그는 지금 어떠한 느낌을 **가지고 있을까**, 그것이 구보는 알고 싶었다.
13	딴은, 머리를 틀어 올렸을 뿐이나, 그만한 나이로는 저 여인은 마땅히 남편을 **가졌어야** 옳을 게다.
14	언제든 딱지를 **가지고 나가서는** 최후의 한 장까지 빼앗기고 들어오는 아들이 민망해, 하루는 그 뒤에 연필로 하나하나 표를 해주고 그것을 또 다 잃고 돌아왔을 때, 그는 골목 안의 아이들을 모아, 그들이 가지고 있는 딱지에서 원래의 내 아이 물건을 가려내어, 거의 모조리 회수할 수 있었다는 이야기를, 젊은 어머니는 일종의 자랑조차 **가지고** 구보에게 들려주었다.
15	구보는, 그러나, 시계를 **갖지 않았다**. **갖는다면**, 그는 우아한 회중시계를 택할 게다.
16	'벰베르구' 실로 짠 보이루 치마. 삼원 육십 전. 하여튼 팔원 사십 전이 있으면, 그 소녀는 완전히 행복일 수 있었다. 그러나, 구보는, 그 결코 크지 못한 욕망이 이루어졌음을 듣지 못했다. 구보는, 자기는, 대체, 얼마를 **가져야** 행복일 수 있을까 생각해 본다.
17	다방의 오후 두시, 일을 **가지지 못한** 사람들이 그곳 등의자에 앉아, 차를 마시고, 담배를 태우고, 이야기를 하고, 또 레코드를 들었다.
18	구보는 자기에게 **양행비가 있으면**, 적어도 지금 자기는 거의 완전히 행복일 수 있으리라 생각한다.
19	자기도, 혹은, 팔원 사십 전을 **가지면**, 우선, 조그만 한 개의, 혹은 몇 개의 행복을 **가질 수 있을** 게다. 구보는, 그러한 제 자신을 비웃으려 들지 않았다. 오직 고만한 돈으로 한때, 만족할 수 있는 그 마음은 애달프고 또 사랑스럽지 않은가.
20	구보는 혐오의 눈을 **가져** 그 사내를, 남의 구두만 항상 살피며, 그곳에 무엇이든 결점을 잡아내고야 마는 그 사나이를 흘겨보고 그리고 걸음을 옮겼다.
21	사실, 그는, 지금 벗을 **가진** 몸의 다행함을 느낀다. 그 벗은 시인이었음에도 불구하고, 극히 건강한 육체와 또 먹기 위해 어느 신문사 사회부 기자의 직업을 **가지고** 있었다. 그것이 때로 구보에게 애달픔을 주지 않는 것은 아니다. 그래도, 그래도 그와 대하여 있으면, 구보는 마음속에 밝음을 가질 수 있었다.

22	다방에 들어오면, 여학생이나 같이, 조달수를 즐기면서도, 그래도 벗은 조선 문학 건설에 가장 열의를 **가지고 있었다.** (…중략…) 마땅히 시를 초해야만 할 그의 만년필을 **가져,** 그는 매일같이 살인강도와 방화 범인의 기사를 쓰지 않으면 안 되었다. 그래 이렇게 제 자신의 시간을 **가지면** 그는 억압당하였던, 그의 문학에 대한 열정을 쏟아 놓는다.
23	자기가 완전히 **소유한** 다섯 개의 임금을 대체 어떠한 순차로 먹어야만 마땅할 것인가.
24	구보는, 맞은편에 앉아, 그의 문학론에, 앙드레 지드의 말을 인용하고 있던 벗을, 갑자기, 이 유민 遊民다운 문제를 **가져,** 어이없게 만들어주었다.
25	구보는, 왕왕히, 그 벗의 여성에 대한 심미안에 의혹을 **갖기조차** 하였다.
26	가엾은 사생자는 나이 분수보다 엄청나게 거대한 체구와, 또 치매적 안모를 **가지고 있었다.** 그러나 그것만이라면, 오히려 좋았다. 한번 그 아이의 울음소리를 들을 수 있었을 때, 사람들은 가장 언짢고 또 야릇한 느낌을 **갖지 않으면** 안 되었다.
27	"지금부터 집엘 가서 무얼 할 생각이오?" 그러나 그것은 물론 어리석은 물음이었다. '생활'을 **가진** 사람은 마땅히 제 집에서 저녁을 먹어야 할 게다. 벗은 구보와 비겨볼 때, 분명히 생활을 **가지고 있었다.**
28	노는계집들은 오늘도 무지를 싸고 거리에 나왔다. (중략) 그들은, 모두가 숙녀화에 익숙하지 못한 것은 아니다. 그러나 그러함에도 불구하고, 그들은 모두들 가장 서투르고, 부자연한 걸음걸이를 **갖는다.** (중략) 그들은 누구라 하나 인생에 확실한 목표를 **가지고 있지 않았으나,** 무지는 거의 완전히 그 불안에서 그들의 눈을 가려준다. 그러나 포도를 울리는 것은 물론 그들의 가장 불안정한 구두 뒤축뿐이 아니었다. 생활을, 생활을 **가진** 온갖 사람들의 발끝은 이 거리 위에서 모두 자기네들 집으로 향해 놓고 있었다.
29	누구나 모두 집 **가지고 있다는** 애달픔이여 / 무덤에 들어가듯 / 돌아와서 자옵네
30	그러나 대체 누구와 이 황혼을…… 구보는 거의 자신을 **가지고,** 걷기 시작한다. 벗이 있다. 황혼을, 또 밤을 같이 지낼 벗이 구보에게 있다.
31	벗은 혹은, 구보와 이제 행동을 같이할 수 없을지도 모른다. 그래도 사람은 언제든 희망을 **가져야 하고,** 달리 찾을 벗을 **갖지** 아니한 구보는, 하여튼 이제 자리에 앉아, 돌아올 벗을 기다려야 한다.
32	그 청년은, 한 개의 인단 용기와, 로도 목약을 **가지고 있는** 것에조차 철없는 자랑을 느낄 수 있었던 듯싶었다. 구보는 제 자신, 포용력을 **가지고 있는** 듯싶게 가장하는 일 없이, 그의 명랑성에 참말 부러움을 느낀다.
33	구보의 눈이 갑자기 빛났다. 참 그는 그 뒤 어찌 되었을꼬. 비록 어떠한 종류의 것이든 추억을 **갖는다는 것은** 사람의 마음을 고요하게, 또 기쁘게 해준다.
34	자기를 믿고 있는 듯싶은 여자 태도에 구보는 자신을 **갖고,** 참 이번 주일에 무장아관 구경하셨습니까.
35	그러나, 순간에, 지금 막 보았을 따름인 영화의 한 장면을 생각해 내고, 구보는 제가 취할 행동에 자신을 **가질 수 없었을지도** 모른다.
36	그것은 옳지 않았다. 구보는 대체 무슨 권리를 **가져** 여자의, 그리고 자기 자신의 감정을 농락하였나.
37	각모 쓴 학생과, 젊은 여자가 어깨를 나란히 하여 구보 앞을 지나갔다. 그들의 걸음걸이에는 탄력이 있었고, 그들의 말소리는 은근하였다. 사랑하는 이들이여. 그대들 사랑에 언제든 다행한 빛이 있으라, 마치 자애 깊은 부로와 같이 구보는 너그럽고 사랑 가득한 마음을 **가져** 진정으로 그들을 축복하여 준다.
38	이제 한 장의 엽서에라도, 구보는 거의 감격을 **가질 수** 있을 게다.
39	한 해에 단 한 번 연하장을 보내줄 따름의 벗에까지, 문득 구보는 그리움을 **가지려 한다.**
40	그러나 가엾은 어머니가 그렇게까지 감동을 **가진** 그 서신이 급기야 뜯어보면, 신문 일 회분의,

	혹은 잡지 한 페이지 분의, 잡문 의뢰이기 쉬웠다.
41	그는 구보에게 술을 따라 권하고, 내 참 구포 씨 작품을 애독하지. 그리고 그러한 말을 하였음에도 불구하고 구보가 아무런 감동도 **갖지 않는** 듯싶은 것을 눈치 채자, "사실 내 또 만나는 사람마다 보고, 구포 씨를 선전하지요." (…중략…) 문득 이 용감하고 또 무지한 사내를 고급으로 채용해 구보 독자 권유원을 시키면, 자기도 응당 몇 십 명의 또는 몇 백 명의 독자를 **획득할** 수 있을지 모르겠다고 그런 난데없는 생각을 하여보고, 그리고 혼자 속으로 웃었다.
42	조선서 원고료는 얼마나 됩니까. 구보는 이 사내가 원호료라 발음하지 않는 것에 경의를 표하였으나 물론 그는 이러한 종류의 사내에게 조선 작가의 생활 정도를 알려주어야 할 아무런 의무도 **갖지 않는다.**
43	돌아보는 벗의 눈에 피로가 있었다. 다시 걸어 황금정으로 향하며, 이를테면 조그만 기쁨, 보잘것 없는 기쁨, 그러한 것을 **가졌소.** 뜻하지 않은 벗에게서 뜻하지 않은 엽서라고 한 장 받았다는 종류의…… **"갖구말구."** (…중략…) 벗은 갑자기 휘파람을 분다. 가난한 소설가와, 가난한 시인과……어느 틈엔가 구보는 그렇게도 구차한 내 나라를 생각하고 마음이 어두웠다. "혹시 노형은 새로운 애인을 **갖고 싶다** 생각 않소." (…중략…) 그러다가 구보는 문득, 아내도 계집도 말고, 십칠팔 세의 소녀를, 만약 그럴 수 있다면, 딸을 삼고 싶다고 그런 엄청난 생각을 해보았다. 그 소녀는 마땅히 아리땁고, 명랑하고, 그리고 또 총명해야 한다. 구보는 자애 깊은 아버지의 사랑을 **가져** 소녀를 데리고 여행을 할 수 있을 게다―.
44	하여튼 벗도 이미 늙었다. 그는 나이로 청춘이었으면서도, 기력과, 또 정열이 결핍되어 있었다.
45	여자들의 나이란 수수께끼다. 그래도 이 계집은 갓 스물이라 볼 수는 없었다. 스물다섯이나, 적어도, 스물넷은 됐을 게다. 갑자기 구보는 일종의 잔인성을 **가져**, 그 역시 정신병자임에 틀림없음을 알려주었다.
46	무지는 노는계집들에게 있어서, 혹은 없어서는 안 될 물건이나 아닐까. (…중략…) 순간, 순간에 그들이 맛볼 수 있는 기쁨을, 다행함을, 비록 그것이 얼마나 값없는 물건이더라도, 그들은 무지라야 비로소 **가질 수 있다.**
47	이렇게 밤늦게 어머니는 또 잠자지 않고 아들을 기다릴 게다. 우산을 가지고 나가지 않은 아들에게 어머니는 또 한 가지의 근심을 **가질 게다.** (…중략…) 구보는, 벗이, 그럼 또 내일 만납시다. 그렇게 말하였어도, 거의 그것을 알아듣지 못하였다. 이제 나는 생활을 **가지리라.** 생활을 **가지리라.** (…중략…) 그러나, 구보는 잠깐 주저하고, 내일, 내일부터, 내 집에 있겠소, 창작하겠소―. "좋은 소설을 쓰시오" 벗은 진정으로 말하고, 그리고 두 사람은 헤어졌다. 참말 좋은 소설을 쓰리라. 번 드는 순사가 모멸을 **가져** 그를 훑어보았어도, 그는 거의 그것에서 불쾌를 느끼는 일도 없이, 오직 그 생각에 조그만 한 개의 행복을 **갖는다.**

3부

1장

『창조』와 실연

1. 감옥살이와 소설

　「운명」은 「혜선의 사」, 「천치? 천재?」에 이어 『창조』에 발표된 전영택의 세 번째 소설이다. 근대문학사상 "최초"로 "감옥살이를 그린"[1] 이 소설은 3·1운동 이후 투옥된 오동준이 주인공이라는 점에서, 역시 3·1운동으로 인해 감옥에 갇힌 영선의 일을 그린 「생명의 봄」과 공통된 역사적 배경을 갖는다. 또한 두 소설에는 공히 '독감'이 등장하는데, 이와 관련해 필자는 「생명의 봄」에 묘사되는 독감이 김동인의 「마음이 옅은 자여」에서 K의 아내와 아들을 죽게 한 "세계를 휘도른 돌림곳불",[2] 즉 스페인독감[3]을 가리킨다고 논한 바 있다. 스페인독감에 대해 「생명의 봄」은 다음과 같이 서술한다.

　이때의 유행성 감기는 그 형세가 자못 맹렬하였다. 교회는 앓는 사람으로 출

1　김윤식, 『김동인연구』, 민음사, 2000, 131쪽.
2　김동인, 「마음이 옅은 자여 (4)」, 『창조』 6, 1920.5, 17쪽,
3　이경훈, 『대합실의 추억』, 문학동네, 2007, 184~187쪽. 이경훈, 「현실의 전유, 텍스트의 공유」, 『상허학보』 19, 2007.2. 스페인독감에 대한 자세한 논의는 서희원, 「1918년 인플루엔자의 대재앙과 문학」, 『한국문학연구』 47, 2014.12 참고할 것.

석이 반이나 감해지고 이 집 저 집서 그치지 아니하고 죽어 나간다. 하루에 공동
묘지로 나가는 수가 평균 오십 인이 넘는다 한다.[4]

한편 『창조』는 "동인 중에 유행성 감기로 인하여, 병상에서 신음하는
이도 있고 또는 귀국한 이도"[5] 있다고 보고한 바 있거니와, 이렇게 「운명」
과 「생명의 봄」은 3・1운동이나 독감 전염 등의 체험을 바탕으로 창작된
것이다. 따라서 이 소설들은 「천치? 천재?」와 비교된다. 「천치? 천재?」
는 구니기타 돗포國本田獨步의 「봄의 새春の鳥」(1904)를 "원천"[6]으로 쓰였
으며, 「봄의 새」에서 "유명한 영국 시인의 시"로 소개된 워즈워드의
"There was a boy"(1815)와도 연관됨으로써, 현실적 경험보다는 다른
텍스트들을 일차적으로 환기하기 때문이다.

그리고 이 점은 「마음이 옅은 자여」의 소설적 특징과도 무관하지 않다.
「마음이 옅은 자여」의 K는 여러 문학 텍스트들을 언급하면서, "내 일과
비슷한 소설을 구하여 거기서 위로를 얻으려"[7] 한다. 또 K의 심리는, 「전
쟁과 평화」의 "안드레"가 "저 하늘에 비하면 나폴레옹은 참 조그만 사람

---

4 전영택, 「생명의 봄 (2)」, 『창조』 6, 1920.5, 31쪽.
5 「남은 말」, 『창조』 4, 1920.2, 61쪽.
6 김송현, 「「천치? 천재?」의 원천 탐색」, 『현대문학』, 1963.4.
7 김동인, 「마음이 옅은 자여 (1)」, 『창조』 3호, 1919.12, 33쪽. 언급되는 텍스트는 알렉상
   드르 뒤마의 「몬테크리스토 백작」, 보카치오의 「데카메론」, 타고르의 「기탄잘리」, 「아가
   서」 2장 7절에 나오는 '솔로몬의 시', 단눈치오의 「프란체스카 다 리미니*Francesca da Rimin
   i*」, 아리시마 다케오有島武郎의 「선언」, 톨스토이의 「전쟁과 평화」 등이다. 한편 「마음이
   옅은 자여」는 아리시마의 「선언」에서 일정한 영향을 받은 듯하다. K가 C에게 편지를 쓰
   듯이, 「선언」은 A와 B가 주고받는 편지로 구성되어 있다. 그리고 B는 A에게 "그러나 세
   상에는 연애의 적자適者와 부적자不適者가 있다. 나는 군에게 권한다. 반드시 그 연애를 해
   라. 군에게 연애의 역사를 더하지 않는 것은 신의 오류라고조차 할 수 있다"라고 편지를
   쓴다(『有島武郎集―現代日本文學全集』 21, 筑摩書房, 1954, 212쪽). 김동인은 아리시
   마의 「死と其の前後」(1917)를 「죽음과 그 전후」(『서광』 7, 1920.9)라는 제목으로 번역
   한 바 있다.

이라는 것을 알았을 때의 맘"[8]과 동일시되며 상호텍스트적으로 설명되기도 한다. 즉 「천치? 천재?」와 「마음이 옅은 자여」에서 두드러지는 것은 다른 텍스트들과의 참조관계인 반면, 「운명」과 「생명의 봄」에서 눈에 띄는 것은 식민지 조선에서 일어난 사건이다.

그런데 「운명」과 「생명의 봄」에 묘사되는 에피소드는 커다란 사회적 사건들뿐 아니라, 거기 휘말려든 개인들의 삶과도 직접 연관된다. 전영택이 밝히듯이, 「생명의 봄」의 P 목사는 "박영준 씨의 선친 박석훈 목사"[9]이고, 영순은 전영택 자신, 영선은 "여선생으로 만세 부르다가 잡혀서 감옥 생활"[10] 했던 아내 채혜수다. 따라서 「생명의 봄」의 다음 장면은 「천치? 천재?」와 구별되는 이 소설의 서사 원리를 명시한다는 점에서 흥미롭다.

> "영선이도 소설이다. 나도 소설이다."
> "사람은 소설이다. 인생과 세계가 소설이다."
> "인생은 예술이다. 왼누리는 예술이다."
> (…중략…) 영선이 감옥에 갇힌 것도 한 소설을 짓고 있는 것이요, 내가 이렇게 추운데 영선을 구하려고 온 것도 한 소설을 짓고 있는 것이다.[11]

전영택이 「생명의 봄」을 "좀 엄숙한 마음으로"[12] 읽어달라고 한 것은 "인생과 세계가 소설"이기 때문이다. 즉 전영택은 이 소설이 정치적 탄압 속에서 고통 받거나 죽은 개인들의 실제 일을 형상화했음을 강조한

---

8   위의 글, 35쪽.
9   전영택, 「나의 문단생활 회고」, 『늘봄전영택전집』 3, 목원대 출판부, 1994, 494쪽.
10   위의 글, 493쪽.
11   전영택, 「생명의 봄 (1)」, 『창조』 5, 1920.3, 10쪽.
12   전영택, 「마금나믄말」, 『창조』 5, 1920.3, 100쪽.

다. 따라서 김윤식은 "김동인이 그토록 소설의 방법론에서 근대적이고
자 한 점과는 달리 전영택은 오직 소설의 내용상에서 근대적이고자 했
다"[13]라고 논의한다. 그리고 김동인이 「운명」을 "수秀한 소설"[14]로 평가
한 이유를 다음과 같이 설명한다.

> 그럼에도 불구하고 「운명」이 조선문단 성립 이래의 가작이란 까닭은 무엇인
> 가. 그것은 이 소설이 감옥 속의 고민을 그렸음에 있다. (…중략…) 그러나, 감
> 옥살이를 그린 것은 「운명」이 최초이다. 감옥살이란 무엇인가. 그것은 3·1운
> 동을 직접적으로 가리키고 있다. 김동인이 위의 글을 쓴 것은 『창조』의 5호
> (1920.3)에서이다. 김동인이 평양에서 등사판 독립운동 격문을 초안한 죄목으
> 로 구금된 것은 1919년 3월 26일이고, 석방된 것은 만 백 일째인 6월 26일이었
> 다. 「운명」의 주인공 오동준과 같은 형기에 해당된다. 이 사실 하나로도 「운명」
> 이 조선문단 성립 이래의 가작의 하나인 이유를 이를 수 있다.[15]

김윤식은 「운명」이 김동인의 "감옥살이"를 연상시키는 작품이며, 따
라서 김동인으로부터 "조선문단 성립 이래의 가작"으로 인정되었다고 암
시한다. 이 논의에는, "「운명」은 장춘 군이 어떤 친구의 일을 모델"[16]로
했다는 지적 및 "동준은 감옥에 들어간 지 꼭 백 일만에 광명 천지에"[17]
나왔다는 「운명」의 서술이 그 근거로 작용할 터이다. 실제로 김동인은 오
동준과 비슷한 시기에 감옥에 있었으며, 그 일을 「태형」으로 소설화했다.
그리고 이 사실을 강조하는 입장에서 보면 김동인이 「운명」을 고평한 반

---

13 김윤식, 앞의 책, 135쪽.
14 김동인, 「글동산의 거둠」, 『창조』 5, 1920.3, 97쪽.
15 김윤식, 앞의 책, 131쪽.
16 동인, 「남은 말」, 『창조』 3, 1919.12, 78쪽.
17 장춘, 「운명」, 『창조』 3, 1919.12, 54쪽.

면, 「생명의 봄」에 "실망"한 것은 "동인 군의 거만한 문체와 오산인(이희철
―인용자)의 겸손한 문장과는 호대조好對照"[18]라고 평가될 만큼 김동인이
"자기"와 "에고이즘"[19]에 집착했기 때문인 듯하다. 「생명의 봄」은 김동인
을 상기시키지 않았던 것이다. 김동인은 이 소설에 대해 다음과 같이 말
한다.

> 나는 이 작품을 「혜선의 죽음」이나 「운명」보다 됨이 좀 나쁘다고 말하지 않
> 을 수가 없다. (…중략…) 그래도 군 자기의 영분領分 밖에 나가는 장엄, 책망하
> 는 이론, 설교로 찬 「생명의 봄」에서는, 우리는 ― 세세한 예술적 이지를 발견하
> 려던 우리는, 실망에 떨어질 뿐이다.[20]

2. 「운명」의 모델 이일

하지만 「생명의 봄」이 그러하듯이 「운명」 역시 김동인과 무관하다.
"감옥살이" 중 애인에게 배신당한 오동준吳東俊은 김동인金東仁이 아니라
이동원李東園, 즉 이일李一이다.[21] 따라서 「운명」은 이 소설과 나란히 『창

---

18 벌꽃, 「장강 어구에서」, 『창조』 7, 1920.7, 54쪽.
19 김동인, 「자기의 창조한 세계」, 『창조』 7, 1920.7, 49쪽.
20 김동인, 「글동산의 거둠」, 『창조』 7, 1920.7, 66쪽.
21 전영택은 "이일 군의 「피아노의 울림」도 실연 뒤에 성풀이로 썼다고 내 「운명」으로 더불
    어 '모델' 문제도 어느 방면으로부터 욕 많이" 먹었다고 말한다. 「문단의 그 시절을 회고
    함」, 『늘봄 전영택전집』 3, 목원대 출판부, 1994, 487쪽.

조』 3호에 실린 이일의 「동경東京아 잘 있거라」 및 김환의 「동도東渡의 길」, 그리고 이일이 6호와 7호에 게재한 「신생의 일日」, 「흑연일총黑煙一叢」 등과 연관된다. 이 소설의 줄거리는 다음과 같다.

오동준은 경성감옥에 갇혀 있다. 그러나 그를 찾아오는 사람은 없으며, "몸과 마음을 다 바친"[22] H로부터도 아무 소식이 없다. 동준은 이러한 H에 대해 "마음이 변하였지"라고 추측하거나 "다른 남자를 사랑한다!"라고 확신하면서 그녀를 "여성적 사탄"[23]으로 규정한다. 한편 동준은 H가 "대단한 병"에 걸렸을지도 모르며, "의심하는 것은 가장 큰 죄"라는 생각 하에, "미스 H 오! 용서하오"라고 중얼거리기도 한다. 그리고 "어서 나가서 어서 동경을 가서, 앓는 것을 보아주어야겠다"라고 결심한다. 백 일만에 출옥한 동준은 "K군과 동행"[24]해 동경에 가서 H를 찾아내지만, 결국 "사랑하는 C형"에게 다음과 같은 편지를 쓰게 된다.

이번에 온 것은 H를 만나려고 함이외다. 감옥에서 나와서 즉시 H의 소식을 몇 사람 알 만한 사람에게 물었으나 종내 알 수 없었나이다. 동경 있다는 것 외에는. 마침 K군과 동행이 되어 이곳을 왔습니다. (…중략…)

이것은 사실이외다. H는 그새 다른 사람 경상도 사람 모를 만나서 동거하더이다. 그뿐 아니라 수태한 지 사 개월이나 된 줄 알았나이다.

알 수 없는 것은 세상일이요 믿을 수 없는 것은 사람의 마음이더이다.

C형이여, 나는 과연 너무 꿈을 오래 꾸었나이다.

나는 명일로 즉시 돌아가서 여전히 춘원 군의 소위 곰이 되겠나이다. 부지런히 내가 하던 사무를 보겠나이다. 삼층 꼭대기 지붕 밑 내 방에 돌아가서.[25]

22　장춘, 앞의 글, 49쪽.
23　위의 글, 48쪽.
24　위의 글, 56쪽.

김윤식이 지적했듯이, 인용문에 보이는 "춘원 군의 소위 곰"은 「곰熊」, 「극웅행極熊行」을 쓴 춘원으로부터 '극웅極熊'이라는 이름을 받았으며, 스스로도 「극웅행」(『창조』 9호)이라는 시를 발표한 최승만을 떠오르게 한다.[26] 그러나 더불어 생각할 것은 이일도 "너는 조선 곰 나는 조선 사람 / 내 몸과 네 몸을 같이 형용하는 / 조선이란 명사적 형용사를 너도 가지고 나도 가졌다"[27]라는 내용의 「고향의 곰」을 썼다는 점이다. 따라서 "춘원 군의 소위 곰"은 최승만뿐 아니라 이일도 상기시키면서, 춘원과 이 두 사람의 친분과 사상적 관련성을 보여주는 말이다.

그러나 더 중요한 것은 "삼층 꼭대기 지붕 밑 내 방"이다. 이는 "종로 ○○회 상층으로 갔다",[28] "동경 가기로 작정하고 서양관 층층대를 내려왔다"[29] 등의 서술 및 『창조』가 이일의 거처를 "경성부 종로 중앙청년회관"[30]으로 제시했음에 주목하게 한다. 또 이는 1919년 5월 24일에 작성된 「3·1 독립 시위 연관자 예심조서」[31]에서 이일이 밝힌 직업과 주소가 "중앙청년기독교회 서기"와 "경성부 종로 기독교중앙청년회관"임도 일깨운다. 즉 "삼층 꼭대기 지붕 밑 내 방"은 종로 YMCA의 다락방이며, 거기 사는 오동준은 YMCA의 서기였던 이일이다.

한편 예심조서에서 이일은 "정칙正則 영어학교에 2년간 재학"했고, "명치대학 법과"를 졸업했으며, "동경 신학교"를 "대정 7년"에 졸업했다고

---

25 위의 글, 56쪽.
26 김윤식, 앞의 책, 136쪽.
27 이일, 「고향의 곰」, 『여자계』, 1920.3, 29쪽.
28 장춘, 앞의 글, 54쪽.
29 위의 글, 55쪽.
30 「동인의 현재」, 『창조』 7, 1920.7, 56쪽.
31 『한민족 독립운동사 자료집』 16 − 삼일운동 VI;
    국사편찬위원회 사이트 http://www.history.go.kr 참조.

답하는데, 이는 "문사 중에 이동원, 현소성玄小星 군" 이외에 "계통적으로 학업을 필한 이가 없"[32]다는 춘원의 말과 함께 오동준의 "모델"이 이일임을 확신시킨다. 오동준은 "M대학 법과를 졸업"[33]했는데, "M대학 법과"는 이일이 졸업한 명치대학 법과를 가리킨다. 또 오동준이 "유학생 계 가운데 한 사람도 영어 하는 사람이 없는 가운데서 웬만한 서책도 보게 되고 회화도 하게"[34] 된 인물이라는 점은, 이일이 영어학교를 다녔으며 영시에 자극 받아 시인이 되었을 뿐 아니라 1922년에는 *Seoul Press*에 영문 기사도 썼다는 사실을 일깨운다.[35]

그런데 "삼층 꼭대기 지붕 밑 내 방"은 『창조』의 다른 텍스트들을 이해하는 데에도 도움이 된다. 이는 김환의 「고향의 길」과 「동도의 길」 등에 등장하는 "R형"이 이일이라는 지적[36]을 확실히 뒷받침한다. "R형"도 오동준이나 이일처럼 "청년회 상층"에 살고 있기 때문이다.

언제인가 R형이 내게 편지하면서 "청년회 상층이 꽤 춥소이다. 방안이 동경 제일 추운 때 바깥보다도 춥소이다……"[37]

상경하여 밤에는 R형의 숙소인 숙직실에서 여러 가지 이야기를 하다가 새로 한 시가 지난 뒤에 임시로 정한 사층 내 침실(R형의 침실이었던 방)로 올라가니[38]

32　이광수, 「문사와 수양」, 『창조』 8, 1921.1, 15쪽.

33　장춘, 앞의 글, 49쪽.

34　위의 글, 50쪽.

35　조윤정, 「무명작가의 복원과 문인교사의 글쓰기」, 『한국현대문학연구』 48, 2016.4, 245~247쪽.

36　이사유, 「『창조』의 실무자 김환에 대한 고찰」, 『한국학연구』 34, 2014.9, 49~50쪽.

37　김환, 「고향의 길」, 『창조』 2, 1919.3, 54쪽.

38　김환, 「동도의 길」, 『창조』 3, 1919.12, 23쪽.

인용 중 특히 「동도의 길」은 오동준이 "K군과 동행"해 동경에 가게 된 경위를 알려준다는 점에서 중요하다. 「동도의 길」과 「운명」에 등장하는 "K군"은 모두 김환으로, 그는 1919년 8월 30일에 고향(진남포)을 떠나 평양, 인천의 친구들을 만난 후 서울에 도착, 9월 5일에는 광익서관의 "관주 K군"(고경상―인용자)을 만나 『창조』의 "대리부를 맡아 달라고 청"해 승낙 받고 "숙소인 청년회관 4층으로"[39] 돌아간다. 즉 서울에서 김환은 『창조』의 새 대리부를 교섭했으며, 실제로 3호부터 『창조』의 대리부는 태서문예신보사에서 광익서관으로 바뀐다. 이 일을 수행했던 서울에서 김환은 이동원의 거주지인 "청년회 상층"에 묵었던 것이다. 그런데 9월 6일과 8일의 일에 대해 김환은 다음과 같이 쓴다.

6일은 아침에 R형이 전보다 일찍 올라와서 자리에 누워 있는 나를 어서 일어나라고 재촉함으로 나는 웬 셈인지 몰라 눈을 들어 R형의 기색을 잠깐 살펴보니 얼굴에 수운愁雲이 가득하였다. "형님! 몸이 편치 않습니까?" 물었으나 별로 아픈 데는 없다 하지만은 그에게는 맘에 번민이 있음을 알았었다. R의 사정을 대강 짐작하는 나는 "동경서 편지 왔어요?" 다시 물어 보았다. 그는 한숨을 쉬면서 "편지인지? 떡 싼 종이인지? 모르겠소! 이따 조용하거든 말합시다."[40]

8일은 내가 떠나기로 예정하였던 날이다. 아침 10시 급행차에 떠나려고 일찍 일어나 행리를 수습할 때에 R형이 올라와서 자기도 동경 떠날 뜻을 말한다. (…중략…) 우연히 R형과 동행됨이 좋기는 좋지만은 왜? 그런지 R형의 이번 길이 불길한 듯한 감상이 잠깐 일어났었다.[41]

---

39 위의 글, 21쪽.
40 위의 글, 22쪽.
41 위의 글, 23쪽.

"얼굴에 수운이 가득"한 "R형"은 H의 편지를 기다리는 오동준을 상기시키며, 이일이 "자기도 동경 떠날 뜻"을 밝힌 일은 오동준이 "동경 가기로 작정하고 서양관 층층대를" 내려온 일을 떠오르게 한다. 즉 이일의 동경 행에는 마침 동경으로 가는 김환이 이일을 찾아와 "청년회 상층"에 묵었다는 사실이 작용했다. 그리고 이일이 동행하게 됨에 따라 김환은 계획을 바꿔 저녁 7시 50분에 남대문 역을 떠나 9월 13일에 동경에 도착하게 되는 것이다.

이와 관련해 김환은 "R형이 급히 도동渡東하게 된 사정"과 R형의 "정신상 고병苦病"을 "재미있는 비극 일막"으로 평가하며, 그 일을 쓰고 싶었지만 "혈수頁數의 제한" 때문에 "억지로 붓을 놓"[42]는다고 말하는데, 김환이 말하는 "비극 일 막"이야말로 「운명」의 근원이다. 늘봄은 이 "비극 일 막"을 소설화해 「동도의 길」과 나란히 『창조』 3호에 게재한 것이다. 따라서 「동도의 길」에서 김환이 계속 "운명"을 언급한 것은 이 사실을 암시하기 위해서였는지도 모른다.

운명의 지배를 받아 자기의 뜻을 이루지 못하고 수운이 낯에 가득한 양을 보겠다. 아 — 인생이 과연 무슨 일이나 모두 운명에 맡기고 말아야 할까? 운명이란 사람이 마지막 할 수 없다고 부르짖는 절망의 소리가 아닌가? 마땅히 우리의 운명은 우리의 손으로 개척하여야 되겠고 '할 수 있나! 이것도 운명이지!' 하는 무능력한 말은 꿈에라도 입 밖에 내어서는 안 되리라.[43]

한편 「운명」에 평양의 "사랑하는 C형"이 등장하는 것도 주목되는데,

---

42 위의 글, 26쪽.
43 위의 글, 7쪽.

그것은 오동준의 편지를 받는 "C형"이 소설의 작자인 전영택으로 추정되기 때문이다. 전영택은 이일과 그 애인 사이의 일을 알고 있었을 것이다. 이를테면 전영택은 오천석에게 보낸 아래의 편지에서, 히로시마 역을 지나며 이일을 생각했다고 하는데, 이는 이일이 "광도廣島로 입학"[44] 하러 가는 H를 데려다 준 일, 또 "'광廣' 자만 보아도 광도가 연상이 되는 그 순간에 곧 사랑스러운 H가 생각"[45]나던 이일의 심경을 전영택이 모르지 않았음을 웅변한다.

> 광도廣島 역을 지나면서는, 머리털을 베어주면서 맹서하였다는, 미처 편지가 아니 오면 며칠이라도 밥을 안 먹고 앓았던 어떤 여성이 여기서 눈물을 흘리면서, 그 애인을 이별하였으리라 생각하고 비웃고 저주하는 웃음을 웃으면서 내다보았나이다. 그리고 여자의 머리털도 믿을 수 없고, 눈에서 짜내는 물방울도 믿을 수 없는 것을 다시금 느꼈나이다. 그리고 세상을 버리고 아주 실심을 한 동원東園 형을 다시 간절히 생각하고 동정하였나이다.[46]

이러한 전영택에게 이일은 동경 행의 결과를 알리는 편지를 보냈으며, 전영택은 「운명」에 그 편지 내용을 담았던 것이다. 그리고 이 텍스트 주고받기는 전영택의 위 글이 『서울』(1920.6)에 실린 후 곧 이일이 자신의 동경 행을 자세히 서술한 「흑연일총」을 『창조』 7호(1920.7)에 게재하는 일로 이어진다. 이렇게 「운명」은 이동원과 H의 일을 중심으로 김환, 전영택 등이 관여한 실제 사실을 근거로 창작되었다. 따라서 「운명」은 김

---

44 동원, 「흑연일총」, 『창조』 7, 1920.7, 37쪽.
45 위의 글, 41쪽.
46 전영택, 「평양을 떠나서 동경으로」, 『서울』, 1920.6, 69쪽.

동인의 "감옥살이" 기간이 "오동준과 같은 형기에 해당"된다는 사실과 무관하다. 이일은 다음과 같이 회고한다.

이 연애가 한 가지 특색이 있다고 할 만한 것은 K와 S는 피차에 인류봉사에 평생을 다 하고 연애에 따라오는 결혼을 하여 가지고 집을 잡고 살림을 차리는 것은 아니 하기로 하였다.

그 후 2년 만에 K는 먼저 학교를 졸업하고 본국으로 돌아오고 S는 동경에 남아서 일 년이 남은 학업을 마치기로 되었었는데 K가 본국으로 돌아온 그 익년에 세계대전이 끝나고 베르사이유 궁전에 평화회의가 열리게 되고 미국 대통령 우일손禹日遜 씨가 무슨 자결주의를 제창함을 따라 조선에는 무슨 운동이 일어나자 K는 영어囹圄의 몸이 된 지 오 개월 만에 무슨 심審 종결 면소免訴라는 은덕으로 청천백일을 다시 보게 되었는데 오 개월의 영어 간에 일시도 잊지 못한 것은 물론 자기의 동경에 있는 애인 S(원문은 K로 오식됨―인용자)였었다. 출옥 당일로 즉시 동경에다가 무사 출옥을 전보로 두 번이나 하여도 회답이 없다. 그러므로 자기의 신상을 너무 근심하다가 자살이나 하였나 하는 의심이 부둑 나서 삼일 만에 동경으로 가서 이일 동안이나 애를 써서 S의 은가隱家를 찾아가 본즉 S는 수개월 전부터 H라는 청년과 동서를 함이었었는데 이 광경을 본 톨스토이의 무저항주의 준봉자 K는 그 자리에서 S와 H의 두 남녀의 손목을 쥐어주고 두 사람의 장래를 하나님께 축복 기도하고 본국으로 돌아왔다.[47]

"살림"을 차리지 않기로 한 "톨스토이의 무저항주의 준봉자 K"야말로, "결혼하지 아니하고 그냥 사랑"[48]하기를 원하면서도, 한편으로는 "H로 더불어 결혼식"을 하고 "톨스토이가 농사하고 지내던 '야스야나폴니야나'

<hr>

47 이일, 「무저항주의자 연애소동기」, 『별건곤』, 1930.8, 108쪽.
48 장춘, 앞의 글, 53쪽.

까지"[49] 갈 생각도 했던 오동준을 낳은 실제 인물이다. 「운명」의 에피소드
는 위와 같은 "무저항주의자의 연애소동"에 다름 아니었던 것이었다.

3. 실연 · 동정 · 여성혐오

한편 이동원 스스로도 H의 배신에 대해 여러 글을 쓴다. 남성南星이라
는 필명으로 『창조』 3호에 게재된 「동경아 잘 있거라」도 그 중 하나인
데, 주목할 것은 『창조』 3호가 소설, 시, 기행문에 걸쳐 이일의 실연을
전폭적으로 다룬다는 점, 나아가 이 시를 이일이 "동경 다녀간 사실을 시
로써 발표한 것"으로 소개하며, "동정하는 맘으로"[50] 읽어달라고 요청한
다는 점이다.

이때 '동정'의 강조는 「마음이 옅은 자여」도 『창조』 3호부터 연재된다
는 점에 주의를 기울이게 한다. 김동인의 소설도 연애와 실연을 소재로
할 뿐만 아니라, "마음이 옅은 자여 ─ 네 이름을 여자라 하노라!"라고 한
"셰익스피어의 여자 평"[51]을 거론하면서, "셰익스피어는 Frailty! thy
name is women. 이라고 부르짖었지만 나는 Infidelity! thy name is
women. 이라고 부르오"[52]라고 한 「운명」의 서술에 화답하기 때문이다.

---

49 위의 글, 45쪽.
50 동인, 「남은 말」, 『창조』 3, 1919.12, 77쪽.
51 김동인, 「마음이 옅은 자여 (3)」, 『창조』 5, 1920.3, 26쪽.
52 장춘, 앞의 글, 57쪽.

그리고 이렇게 텍스트 쓰기로 실천되는 "동정"은 「마음이 옅은 자여」
가 실리고 있던 1920년 4월부터 이일이 「마음이 약한 자여」를 『서울』에
연재하는 일로도 나타난다. 이일 자신의 사건을 밝힌 「마음이 약한 자
여」와 「마음이 옅은 자여」의 내용은 다르지만, 어쨌든 이일은 「운명」의
여자 평에 대응한 「마음이 옅은 자여」를 의식하며 「마음이 약한 자여」를
썼을 것이다. 물론 아래와 같은 이일의 견해는 "'마음이 옅은 자'는, 나의
아내도 물론 아니고, 또는 Y도 아니고, 그 실로는 이 나—K이다"[53]라는
김동인의 결론과 똑같지는 않다.

약한 자여 너의 이름은 여편네라고 셰익스피어가 부르짖었지만 근대의 우리
조선의 우리는 가치 없는 자여 너의 이름은 여편네로다 하고 부르짖는다. 아! 사
람의 명칭은 부득불 남자가 전용할 수밖에 없다.[54]

즉 『창조』 3호는 실연으로써 연애를 초점화하는데, 눈여겨 볼 것은 이
일의 실연 및 "동정"을 통해 연애가 근대 이념으로 이상화되는 대신 현
실의 고통과 좌절로서 경험·공감된다는 점이다. "오동준에게는 동정의
가치도 있지만은 배애자背愛者 H는 밉기가 한량없습니다", "옆에 있으면
때려주고 싶은 생각도 나더이다"[55] 등의 말은 그 사례다. 또한 김환은
"사랑의 피눈물"[56]을 흘리는 이일을 위해 "동정의 눈물"을 쏟으며 "위로
의 말"[57]을 해주었다. 그리고 "형님이 고통과 번민의 결과로 세상을 비관

53　김동인, 「마음이 옅은 자여 (4)」, 『창조』 6, 1920.5, 20쪽.
54　이동원, 「마음이 약한 자여 (3)」, 『서울』 5, 1920.8, 135쪽.
55　「남은 말」, 『창조』 3, 78쪽.
56　동원, 「크리스마스 선물」, 『서광』 4, 1920.3, 116쪽.
57　동원, 「흑연일총」, 『창조』 7, 1920.7, 37쪽.

하서서 타락 혹은 자살이나 하시지 않을까 염려"[58]된다며, "너무 자폭自
暴하시지 마셔요!"라고 편지 썼다.

　이렇게 「동경아 잘 있거라」는 김환으로부터 "차 안에서 남 보는데 우
지 마오"[59]라고 부탁받았으나, "울려고 아니해도 눈이 저절로 젖"어 "아
우의 부탁을 배반"[60]할 수밖에 없었던 이일 자신은 물론, 『창조』 동인들
에게도 충격을 준 연애(실연)의 체험을 시화했다. 이 "연애의 고통"은 이
일로 하여금, "애닯다 나의 아픈 마음"[61]이라고 토로하면서 "무정"한 옛
애인을 "금수의 욕망"에 사로잡힌 "수욕의 노예"로 보게 할 만큼 심각한
것이었다.

　　내 키스를 빼앗아 간 사람아
　　그것을 가지고 너는 기쁘냐
　　빼앗긴 나는 생각 못 하니
　　너희들 둘이 다 無情도 하다

　　너희들 둘이 다 有情을 찾아
　　이것이 當치 않은 나의 要求다
　　짧은 世上에서 긴 歡樂을
　　너희들 마음대로 잘 取해라

　　사람에게다 有情을 찾지

<hr>

58　흰뫼, 「R T 양형兩兄에게」, 『여자계』, 1920.3, 18쪽.
59　동원, 앞의 글, 37쪽.
60　위의 글, 46쪽.
61　동원, 「신생의 일」, 『창조』 6, 1920.5, 44쪽.

獸慾의 奴隷에다 무슨 有情

나무에서 生鮮을 求할지언정

너 같은 禽獸에게 무슨 要求

禽獸의 慾望을 잘 取 하다가

한 날 한 時에 往生을 해라

怨 많은 東京아 그네들한테

그런 慾望을 채워주어라

오늘날 나는 너를 두고

戀愛의 敗北碑 뒤에 세우고

사랑하는 故國으로 나는 간다

그렇게 사랑하는 그 故國으로

汽車의 黑煙이 스러짐 같이

戀愛의 苦痛은 스러져라

나를 따라 오지 말고

怨 많은 東京에 떨어져라.[62]

  위의 시는 오동준이 H를 "여성적 사탄"이나 "생식하는 도구"[63]로 규정하며, "여인이 아니면 인류의 생식이 되지 못하게 한" 것이 "하나님이 잘못"한 일이라고 극언한 이유를 잘 설명해 준다. 그런데 주목할 것은, 이일이 H를 증오하는 데에서 그치지 않고, "여자를 보면 무한히 경멸"[64]

---

62 남성, 「동경아 잘 있거라」, 『창조』 3, 1919.12, 66쪽.
63 장춘, 앞의 글, 57쪽.
64 이동원, 「마음이 약한 자여 (2)」, 『서울』 4, 1920.6, 78쪽.

하게 되었으며, "여성 전체 인생 전체를 원망"[65]하게 되었다는 점이다. 그리고 다음의 글에서 추측되듯이, 이일의 여성혐오는 공공연하게 알려진 것이었다.

> 그러면 동원은 무슨 까닭으로 이렇게 '미소지니스트'가 되었는지는 한번 들을 만도 하다. 지금으로 한 십 년 전이나 될는지 큰 대 실연을 하였다고 한다. 그가 일본서 공부할 때 어떤 여자와 상사 상모하는 사이가 되어 사오 년 동안을 연모하다가 급기야 나중에는 그 여자가 배반한 것인데 그때부터 속담에 "자라 본 여편네가 솥뚜껑 보고 놀란다"는 격으로 여자를 미워하기 시작하였다. [66]

후에 이일은 단발 여성을 조롱한 「단발미인」[67]으로 인해, "휘문학교 교원실을 함락"한 "단발랑"들로부터 "대성질갈"[68]을 듣기도 했는데, 이러한

---

65 동원, 「흑연일총」, 『창조』 7, 1920.7, 26쪽. 그러나 『창조』 8(1921.1)에 실린 「소곡小曲」에서 이일은 "애인이여! 어두운 이 밤에 / 사랑의 별빛을 하나 가지고 / 내게로 오시오"라고 시 쓰고 있으며, "가벼운 마음으로 펜을 잡기가 일 년 이래로 이것이 처음이었으니 그것을 생각하고 동시에 이 소곡을 쓰게 한 애인에게 드림"(100쪽)이라고 밝힌다. 즉 이 시를 쓴 1920년 9월 5일에 이일은 새로운 애인을 만나고 있었다. 그리고 그녀는 1921년 4월 23일에 이일과 결혼한 정근신으로 추정된다(조윤정, 앞의 글, 242쪽 참조). 한편 이일은 「사랑의 절규」(『서울』 6, 1920.9) '작자의 말'에서, "은순의 사랑에 대한 용맹한 태도"를 "칭찬함으로써", "가상적 은순의 배후에 있는 여주인공"의 "사랑에 대하여 경의를 표"(140쪽)한다고 쓴다. 소학교 교사 영춘을 사랑하는 은순은 부잣집 아들 세환과 결혼하라는 오빠의 말에 반항하며, "내리예배당 아래 골목"(135쪽)에 사는 영춘을 찾아가 "우리의 사랑을 남으로 하여금 빼앗지 못하게 하도록 속히 결혼식"(139쪽)을 하기 위해 인천을 떠나 서울로 가려 한다.

66 艶聞人, 「연애결혼 로맨스」, 『별건곤』, 1930.2, 48쪽.

67 이일, 「단발미인」, 『조선일보』, 1925.11.7. 이 시의 일부를 인용하면 다음과 같다. "여보 저기 가시던 女子시여 / 무슨 맛으로 머리는 그렇게 / 꼬리 빠진 새같이 보기 싫게 / 깜누룽하게 찍어버렸소 // 多情한 女子가 不品行하다가 / 嚴格한 男便에게 잡히어서 / 重罰로 머리채 찍히인 것 / 恰似하게 꼭 같이 보입니다 // 紛 바르고 맵씨 내고 / 아무리 鐘路에 돌아다녀도 / 아무도 美人이라고 하지 않으니 / 화가 나서 찍어버리고 / 斷髮美人이 되려 하였소 // 世上이 하도 貴치않아서 / 女僧이 되노라고 그랬던가요 / 女僧이 그다지 되고 싶거든 / 빠빠히 깎아야 될 걸이오."

68 艶聞人, 앞의 글, 48쪽.

이일의 여성혐오 경향은 『창조』 4호와 5호에 실린 「몽영夢影의 비애」와
「피아노의 울림」에서도 발견된다. 두 소설은 돈을 좇는 여성들을 부정적
으로 묘사하거니와, 여기에는 "니체의 Her happiness depends upon
him"을 생각하며, "여자와 금전은 동격이고 이어동의異語同義의 명名"[69]이
라고 주장했던 이일의 여성관이 작용한다. 다음과 같이 이일은 남성과 여
성에게 정신과 육체를 이항대립적으로 배분한다.

> 그 변한 것을 보니까 참 여자가 담대한 동물이다. 여자는 한번 무엇에 정복을
> 당하면 취하면 마비가 되면 양심도 팔아먹고 염치도 도망하고 수치도 없어지고
> 의리도 모르게 되고 서약도 생각할 겨를이 없어지고 다만 남는 것은 '육肉' '수욕獸
> 慾의 육' '무서운 육'만 남고 만다. 여자는 육에서 산다고 나는 확신을 한다. (…중
> 략…) 여자는 '육에 살아라' 하고 어떤 악惡의 신이 저주를 했을까. 그러면 남자는
> 무엇에 사나. 정신에 산다! 정신이 없는 남자는 육이 없는 여자와 같다.[70]

그런데 위의 말은 「마음이 옅은 자여」의 K를 떠오르게 한다. "나와 Y
새는 정신상 즐거움이란 한 푼 어치도 없었다"라고 하며 "육肉의 사랑"[71]
대신 "참사랑"[72]을 갈구하는 K에게도 Y는 육체에 불과하다. Y가 임신할
수 없다는 사실에 "안심"하는 K는, 여성을 "생식하는 도구"로 보는 오동
준과 오히려 닮았다. K의 "안심"은 Y가 "육의 사랑"의 도구에 불과함을
드러내기 때문이다.

---

69 이동원, 「마음이 약한 자여 (3)」, 『서울』 5, 1920.8, 135쪽.
70 동원, 앞의 글, 39~40쪽.
71 김동인, 「마음이 옅은 자여 (2)」, 『창조』 4, 1920.2, 11쪽.
72 김동인, 「마음이 옅은 자여 (3)」, 『창조』 5, 1920.3, 31쪽.

그가, 자기는 어려서 몹시 자궁병을 앓아서, 그만 새끼집을 잘라내었다고 내
게 대답할 때의 나의 안심은, 무엇을 의미함이었는가?

(원문은 '의미함이댓는가')[73]

한편 이일의 다음 서술은 그의 여성혐오를 낳은 또 한 가지 원인을 상
상케 한다.

그렇게도 준엄한 도덕성을 가지던 마리아 씨가, 첩의 아들이라고 약혼을 거절
하던 마리아 씨가 김인환이라는 첩의 아들의 첩으로 간다니, 순모는 고사하고
사람치고 누가 분개하지 않겠습니까?[74]

홍순모가 "첩의 아들이라고 약혼을 거절"당한 일은, 이일이 "비열한
너의 가정에서, 내게 대하여서는 왜 그다지 잔말이 많은지"[75]라고 썼음
을 떠오르게 한다. 그리고 "조건 붙는 자식"[76]인 홍순모가 "첩의 자식 된
자기의 운명을 무한히 저주하며 부모를 한량없이 원망"[77]하는 것은, 투
옥된 오동준을 면회 온 가족이 없었음도 떠오르게 한다. 즉 "동준은 부모
가 있기는 있으나 없으나 다름없었다. 동준의 성이 참말 오 씨인지 동준
자신도 알지 못한다"[78]라는 서술은 이일이 "빈천한 가정"[79] 운운하면서
"부모를 부정하였다", "부모가 누구인지 한번 찾아보았으면 하였다"[80]라

73 　김동인, 「마음이 옅은 자여 (2)」, 『창조』 4, 1920.2, 11쪽.

74 　동원, 「피아노의 울림」, 『창조』 5, 1920.3, 63쪽.

75 　이동원, 「마음이 약한 자여 (2)」, 『서울』 4, 1920.6, 77쪽.

76 　동원, 앞의 글, 56쪽.

77 　위의 글, 57쪽.

78 　장춘, 앞의 글, 49쪽.

79 　이동원, 「마음이 약한 자여 (1)」, 『서울』 3, 1920.4, 127쪽.

고 쓴 것과 관련된다. 또 이는 이일이 자기 생일을 "무위無爲의 일일一日"
이자 "눈물의 하루"[81]로 평가한 것도 상기시킨다.

요컨대 홍순모, 오동준, 이일은 떳떳하지 못한 자식이었으며, 이는 여
성의 배신에 일조했다. 그리고 애인의 배신에 가정환경이 관여했다는 것
은 실연의 충격과 열패감을 배가하면서 분노조차 촉발했을 터이다. 이는
다음과 같이 소설 「운명」을 암시하는 "〈운명〉이라는 신비적 화幅"로써
여주인공에게 복수하지 않을 수 없을 만큼 참기 어려운 것이었다.

> 홍과 박의 교제, 어떤 의미의 사랑은 그만 중절이 되었고 홍은 그 후에 다대한
> 실망 가운데 미술학교를 수석으로 졸업한 후에 〈운명〉이라는 신비적 화幅를 하
> 나 그려서 대환영을 득하고 그해 겨울에는 따뜻한 이태리 플로렌스로 서양 미술
> 연구라는 명목을 가지고 여행을 떠났다. 그 〈운명〉이라는 그림의 배경은 월야月
> 夜인데 한적한 곳에 한 미인이 반나체로 양손에다 얼굴을 파묻고 서서 우는 것인
> 데 그 뒤에는 남녀 수십 인이 옷을 잘 입고 나무 그늘에 숨어서 손가락질을 하며
> 비웃는 그림이다.[82]

"반나체"로 얼굴을 가린 채 우는 배신자를 보며 "옷을 잘" 입은 사람들
이 "손가락질"하고 "비웃는" 것이야말로 이일이 묘사해 낸 여성혐오의
풍경이자 소설적 복수였다. 그리고 그 그림 속에는 "한 미인"을 향해 함
께 손가락질하는, 필시 「운명」을 쓴 전영택도 포함될 "남녀 수십 인"도
있었다. 즉 "동정"과 소설 쓰기는 복수의 한 방법이었다. 실로 이일은 자

---

80 이동원, 「마음이 약한 자여 (3)」, 『서울』 5, 1920.8, 132쪽.
81 이동원, 「생일 아침」, 『개척』 창간호, 1920.2, 11쪽.
82 동원, 앞의 글, 57쪽.

기의 소설이 "문학적 예술의 견지에서 쓴 것"이기보다 "누구라고 지명하여 나의 불평을 말할 수 없어서 소설의 인물을 빌려 고통"을 말한 것이며, 따라서 "매번 여성을 저주"[83]했다고 고백했다.

따라서 현실의 인물에 복수하기 위해 주인공을 파멸에 빠지게 하는 이 상상적 소설 쓰기는, "인생과 세계가 소설"이라는 「생명의 봄」의 서사 원리, 즉 실제 사실을 그대로 재현하는 데에서 멈추지 않는다. 그것은 김동인이 추구했던 "소설의 방법론",[84] 다시 말해 "자기가 지배권을 가진 인생을 지어 놓고 자기 손바닥 위에 뒤채어"[85] 보는 허구의 인형조종술로 나아가게 될 것이었다.

4. 김환의 자연

또 하나 흥미로운 것은 김환 역시 이일에게 "나도 형님만큼 오히려 어떤 점에서는 형님보다도 심한 고통과 번민이 있나이다"[86]라고 편지 쓴다는 점이다. 김환은 "나의 정신상 애인이었던 ― 장차 남의 물질상 애인이 되려는 군이여!",[87] "C군아! 너도 무정하기는 하다"라고 질타하며 "동물

---

83 이동원, 「사랑의 절규」, 『서울』 6, 1920.9, 140쪽.
84 김윤식, 앞의 책, 135쪽.
85 김동인, 「자기의 창조한 세계」, 『창조』 7, 1920.7, 50쪽.
86 흰뫼, 앞의 글, 18쪽.
87 김환, 앞의 글, 9쪽.

의 본능적 만족"을 얻으려는 "N性의 허영심"[88]을 비난한다. 그리고 "C 군"으로부터 "아무 회신도 없어요!"[89]라고 호소하면서, 이일을 "동정"했던 만큼 이일로부터 "동정" 받았다.

즉 김환에게도 이일의 H에 대응하는 "C군"이 있었다. 김환이 "C군에게 대한 기사는 너무 감정적"이었지만, "그렇게 큰 감정이 있음도 아니오니 독자 여러분은 이를 양해"[90] 해달라고 쓴 것으로 보아, H처럼 "C군"도 실존 인물이다. "C군"은 아래 인용의 "어떤 여성"일 것이다.

> K가 어떤 여성을 사랑하다가 그에게 실패를 하고 번민하던 이야기를 할 때에 그는 속으로 웃으면서 '사나이 대장부로 생겨나서 일개 여자로 인하여 번민을 하다니? 나는 K를 그렇지 않을 줄 알았더니 K도 역시 그렇구나 (…하략…)'[91]

인용은 「자연의 자각」, 주인공 P의 생각인데, 이 P에게 K는, "실연한 그때와 같이 정신상 큰 상처를 받는 때는 없다. 세상 사람들은 이런 사람을 비웃지만은 이는 자기가 실험을 못 해서 그 심리를 모르는 까닭"[92]이라고 주장한다. 그리고 이러한 말을 받아들이지 않던 P는 결국, "나도 그런 고통을 맛볼 시기가 돌아왔소이다", "내가 당하는 이 고통이 형이 느끼는 그 번민보다 클 줄 아나이다"[93]라고 고백하는 아래의 "글월"을 K에게 보내게 된다.

---

88 위의 글, 8쪽. "N性"은 여성女性의 오식인 듯하다.
89 흰뫼, 앞의 글, 18쪽.
90 흰뫼, 「남은 말」, 『창조』 3, 1919.12, 77쪽.
91 백악, 「자연의 자각」, 『현대』 1, 1920.1, 44쪽.
92 위의 글, 45~46쪽.
93 위의 글, 46쪽.

사랑하는 K형! 나는 여태껏 '자연'이란 말을 형이 쓰신 글 중에서 많이 보았고 지난여름에 형에게 직접으로 듣기도 여러 번 들었으나 확실한 뜻은 몰랐나이다. 그랬으나 요사이 맘에 고통으로 인하여 자연을 자연히 깨달았나이다. (…중략…) 사랑이니 안방이니 하는 이야기가 남에게 무엇을 빼앗긴 약자의 말을 보거나 듣게 되면 깊이깊이 감추었던 패한 자의 슬픔이 맘속에서 문득 일어나고 머리가 지끈지끈 아파서 견딜 수가 없는 동시에 고통의 사나운 바람이 나를 둘러싸서 나로 하여금 낙심이란 벼랑에 떨어지게 하며 염세라는 함정에 빠지게 하더이다. (…중략…)

사랑하는 형이여! 내가 가진 자연이 남들이 가진 그 자연으로 보면 내 것이 더 좋을는지도 모르지요? 운명이 글러감도 자연이요 슬픈 느낌과 즐거운 느낌도, 자연이니 비록 운명이 글러가고 슬픈 느낌만 가지게 된다 하여도 자연 속에서 자연히 되는 것을 인공으로 어찌 하겠습니까?[94]

P는 실연이 주는 "맘의 고통"으로 인해 K처럼 "자연"을 깨달았으며, 따라서 K의 "독신주의"[95]에도 "동정의 느낌"을 갖게 되었다. 또한 P는 자기의 "심정을 약간이라도 아는 사람"이 O와 K뿐이라고 말한다. 즉 K와 P는 서로 "동정"하는 사이다. 그런데 "죽마지우"인 O와 달리, K는 "7월 15일 저녁에 T정거장"에서 처음 만난 사람이다. K는 "O를 만나려고 인천"에 갔으나 "집에 있지 않"은 O를 대신해 P는 "K를 친절하게 대접"했다. 따라서 K는 "P의 다정하고 친절함에 맘이 취하여 삼사 일 같이 지

---

94 위의 글, 46쪽.

95 "독신주의"는 김환의 「악마의 저주」를 상기시킨다. 이 소설에서 순경은 일성이 경주에 있을 때 은식의 꼬임에 빠져 임신과 낙태를 한다. 따라서 순경은 "저는 독신으로 살렵니다"라고 말하지만, 일성은 "순경 씨가 독신으로 지내겠다면 나도 독신으로 지내지요"(김백악, 「악마의 저주」, 『서울』 3, 1920.2, 119쪽)라고 대답한다. 그러나 일성을 짝사랑하는 성숙이 "일평생 독신"(122쪽)으로 사는 것과 달리, 두 사람은 결혼한다. 순경에게 "악마의 저주"를 내린 은식은 만주의 마적에 살해당한다.

내는 동안에 오래 전부터 사귄 사람보다도 더욱 친하게"[96] 된 것이다. 흥미로운 것은 「동도의 길」도 이와 똑같은 이야기를 한다는 점이다.

지난 서중 휴가에 귀국할 때에도 O군을 만나려고 부산서 전보를 놓고 영등포서 환승하여 인천을 갔었더니 불행히 군은 뜻밖의 일로 인하여 집에 없었으나 군의 친우 P군이 군의 대신 나왔다 하면서 나를 반갑게 맞아 주었었다. 비록 초면이지만은 O군의 소개로 피차에 무형한 영적 감응으로는 이미 구면이었었다.[97]

즉 「자연의 자각」에 등장하는 K는 「동도의 길」을 쓴 김환이고, P와 O는 「동도의 길」에 나오는 P, O와 동일인이다. 다시 말해 「자연의 자각」의 O는 「동도의 길」에서 김환을 "A여학교"[98] 및 부속 유치원[99]에 안내한 O이며, 「자연의 자각」의 P는 O와 함께 "인천 제일이라는 중화루"의 만찬에서 김환을 위해 "송별곡"[100]을 불러준 「동도의 길」의 P이다.

이때 주목할 것은, 김동인으로부터 "빈약의 극極"[101]이라고 평가된 「자연의 자각」이 P에 대한 정보만은 꽤 제시한다는 점이다. 이 작품은 P가 "큰 뜻을 품고 태평양을 건너려고 상해까지 갔었으나 그의 주위의 사람은 이상의 자유를 속박"[102]했다고 서술함으로써, 상해에 갔던 P가 뜻을 이루지 못하고 귀국했음을 암시한다. 그런데 P가 인천과 상해에 살았으며 "태평양을 건너려" 했던 사실은 박영섭이 『창조』에 발표한 「일 년

---

96 백악, 「자연의 자각」, 『현대』 1, 1920.1, 43~44쪽.
97 김환, 「동도의 길」, 『창조』 3, 1919.12, 16쪽.
98 인천 영화여학교로 추정됨. A여학교의 "이층 벽돌집"은 1911년에 건축되었으며, 현존함.
99 1917년에 개원한 인천 최초의 유치원임.
100 김환, 앞의 글, 22쪽.
101 김동인, 「문단 회고」, 『김동인전집』 16, 조선일보사, 1988, 313쪽.
102 백악, 앞의 글, 44쪽.

후」의 안의근을 상기시킨다. 상해의 "전차 인스펙터"인 안의근은 일 년 전에는 인천의 만국공원에서 "달 공주" 같은 서옥정과 "킷쓰"[103]했다. 그리고 그녀에게 "먼 나라로 가겠습니다"[104]라고 말하기도 했다. 한편 『창조』는 박영섭의 소식을 다음과 같이 알린다.

흰들白野 박영섭 군은 유학의 대지를 품고 횡빈橫濱을 거쳐 미국으로 건너가는 도차途次에 특히 본사를 내방하여 (…중략…) 군은 장래에 미술을 전문으로 연구하겠다고 하더이다.[105]

즉 P는 안의근이며, 안의근의 "모델"은 미국 유학을 떠나게 된 작자 자신이다. 그리고 「자연의 자각」은 바로 이 박영섭의 「실연을 동정하면서」를 바탕으로 창작된 것이다.[106] 박영섭은 "연애는 위험"하다고 하면서 아래와 같이 말한다.

형님! 나는 형님을 퍽 부러워합니다. 나는 형님의 전신을 싸고 있는 번민을 부러워합니다. 나는 형님이 가진 자연을 퍽 가지고 싶습니다. 형님! 자연을 아시나이까?

형님! 형님이 이 세상에 난 것도 자연이요 형님이 그렇게 자란 것도 자연이며 형님의 가진 예술적 기질도 자연이며 형님이 그이와 연애하던 것도 자연이요 그이

---

103 백야생, 「일 년 후」, 『창조』 6, 1920.5, 64쪽. 이때 "달 공주"는 안의근이 언급하는 「엔디미온Endymyon」(69쪽)의 Cynthia(달의 여신)와 관련된 비유일 것이다.
104 위의 책, 68쪽.
105 동인, 『창조』 7, 1920.7, 69쪽. 박영섭은 미국 뉴저지주립 미술공업학교를 1924년에 졸업하고 1925년부터 필라델피아미술관에서 근무했다(한국학중앙연구원의 『한국민족문화대백과』를 참고함).
106 이사유, 앞의 글, 40쪽.

와 아름다운 꿈을 꾸던 것도 자연이며 이제 실연하게 된 것도 자연이올시다.[107]

그렇다면 이일이 "미술 K군"[108]으로 부르는 김환白岳, 흰뫼과 미술 공부를 위해 태평양을 건너려 하는 박영섭白野, 흰들을 만나게 한 인천의 O는 누구인가. 안의근은 "가장 경애하는 벗 O군"[109]에게 편지를 보내, "형님의, 진보한 생각 아래서, 쓰신 장편소설 「배승규」"[110]를 언급하는데, 이는 『창조』 4호가 "『개척』 주간 천원天園 오천석 군은 장편소설 「배승규」를 만주일보에 연재"[111]한다고 알린 일을 환기한다. 즉 「배승규」의 작자인 「일 년 후」의 "O형님"은 오천석, 즉 「자연의 자각」 주인공 P의 "죽마지우" O이다.

요컨대 김환은 오천석을 만나러 인천[112]에 갔다가, 부재중인 오천석 대신 나온 박영섭과 친해지게 된 것이다. 오천석은 『창조』 4호 '독자란'에 에덴생이라는 이름으로 「〈운명〉을 읽고서」를 쓰기 시작해,[113] 5호와 6호에 「꿈길」과 「고향을 떠남」을 발표하고, 7호와 8호에 「기탄잘리 1」과 「기탄잘리 2」를 번역했다. 한편 『창조』 5호는 『개척』 창간호를 소개하며 오천석의 "노력"[114]을 높이 평가했고, 6호는 "천원, 김소월, 송당생" 등이

---

107 인천 백야생, 「실연을 동정하면서」, 『매일신보』, 1919.12.8.
108 동원, 「흑연일총」, 『창조』 7, 1920.7, 37쪽.
109 백야생, 앞의 글, 66쪽.
110 위의 글, 69쪽.
111 「문예소식」, 『창조』 4, 1920.2, 62쪽.
112 함태영은 오천석이 1919년 3월부터 1921년 8월까지 인천에 산 것은 부친 오기선이 감리교 인천 감리사였기 때문이라고 말한다. 함태영, 「근대문예의 토대와 확산―새 발굴자료 『개척』을 중심으로」(『상허학보』 46, 2016.2)를 참고할 것.
113 이사유는 오천석의 독후감을 실은 것이 "김환의 사심"이라고 평가한다. 이사유, 앞의 글, 51쪽.
114 「신간소개」, 『창조』 5, 1920.3, 98쪽.

"『창조』의 기고자"[115]가 되었음을 알렸다. 그리고 이렇게『창조』와 관계를 맺고 있던 오천석은 7호부터 "『창조』동인으로 신입"[116]하여, 8호와 9호에는 "인천부 우각리 12번지"라는 주소를 기재하게 된다.[117]

따라서 오천석이 창간(1920.2)을 주도한『개척』이 "『창조』의 인천 지부"[118]라고 평가될 만큼『창조』와 "특별한 관계"를 맺고 있었다는 지적은 납득이 간다.『개척』창간호에는 오천석, 박영섭, 이동원, 김환, 전영택 등이 필자로 등장하거니와,[119] 이와 더불어 오천석이『창조』최초의 독자 투고자였으며, 동인도 아닌 박영섭이『창조』에 소설을 발표할 수 있었던 데에도 김환, 오천석, 박영섭의 친분이 작용했다. 실로 김환은『개척』을 일러, "벗『개척』아"[120]라고 했으며, 전영택은 "개척자여 가소서, 앞으로 가소서"[121]라고 하면서『개척』의 창간을 축하했다.

그러나 더욱 주목할 것은「일 년 후」의 안의근이「자연의 자각」의 P처럼 실연에 괴로워한다는 점이다. 안의근은 "일시적 연애"와 "육적 성욕을 떠나, 영적 진眞 연애"[122]를 바랐던 서정옥의 결혼 소식을 듣고, O형에게 "여자는 다 악마인가요?" "나는 속았습니다"[123]라고 하소연한다.

---

115 동인,「남은 말」,『창조』6, 1920.5, 75쪽.
116 「문예소식」,『창조』7, 1920.7, 70쪽.
117 함태영은 오천석이 "평안남도 강서군 함종면"에서 태어났다고 하는데(함태영, 앞의 글, 243쪽), 이는 "십 년 만에 나의 출생지 되는 함종읍에 다시 오게 되었다"(천원,「소년의 죽음」,『여자계』4, 1920.4, 20쪽)라는 오천석의 서술에서도 확인된다. 그런데 함종은「마음이 옅은 자여」의 K의 어머니가 사는 곳이다. K는 아내를 이곳으로 보낸다(『창조』4, 18쪽).
118 함태영, 앞의 글, 252쪽.
119 위의 글, 251쪽.
120 흰뫼,「『창조』에서『개척』에게」,『개척』창간호, 1920.2, 18쪽. 필자에게『개척』창간호를 복사해 주고, 본문 인용을 허락해 준 함태영 선생에게 고마움을 표한다.
121 추호생,「『개척』에게 부치는 말」, 위의 책, 19쪽.
122 백아생, 글, 68쪽.

그리고 "자연"과 "운명"에 대해 다음과 같이 말한다.

> 그이의 몸을 지난봄까지 지배하던 자연은 이와 같았습니다. 그때는 퍽—좋
> 았었어요, (…중략…) 그러나, 이제 한번 그이의 속임에 빠진 나는, 괴롭습니다,
> 귀찮습니다, 앞에 보이는 저—황하수가 나의 마지막 목적, 마치는 운명인가 봅
> 니다, [124]

다시 말해 「일 년 후」는 아직 실연을 경험하지 못한 채, 그저 다른 사
람의 번민을 부러워하거나 "실연하게 된 것도 자연"이라고 했던 「실연을
동정하면서」의 입장에서 벗어났음을 고백하는 소설이다. 따라서 안의근
은, 실연 후 "운명이 글러감도 자연"이니 "자연 속에서 자연히 되는 것을
인공으로 어찌 하겠습니까?"라고 자포자기했던 P와도 다르다. 그는 서
옥정의 결혼을 "자연의 지배를 받은"[125] 것으로 비판하며, 자기는 "운명"
을 "개척"하겠다고 다짐한다.

> 나의 가슴 속에 서리서리 덮여 있는 이—많은 고통, 불평, 원한을 어찌 할는
> 지요? 아무리 생각하여도 답답할 뿐이올시다, 아—나를 싼 자연아—아—나
> 를 지배하는 나의 운명의 신아! (…중략…) 내 장래, 내 운명, 내 손으로 내가 개
> 척, 분투, 노력, 하여. 이후 만날 그 날에 힘껏 싸우리다—. [126]

한편 안의근은 "반도 여자계"를 향해 "자각하시오, 반성하시오, 저—

---

123 위의 글, 67쪽.
124 위의 글, 67쪽.
125 위의 글, 65쪽.
126 위의 글, 69쪽.

아메리카 저 ─ 유럽 여자 사회를 보고. 그리고 삶보다도 일에 누림을 각성하시오"라고 하는데, 이는 H가 "침선針線"을 하거나 "세탁물에나 손을 대이고 조석으로 취사"[127]하는 대신, "진로"를 "개척"해 "자각 있는 일개 여성, 여자의 기생적 생활을 초超한 독립적 일개 여성"[128]이 되기를 바랐다는 이일의 말과 닮아 있다. 이때 눈여겨 볼 것은 "자연"과 "운명"이 "개척"의 대상이 되며, 거기에는 여성의 삶도 포함된다는 점이다. 즉 여성의 배신에 매개된 "자연의 자각"은 "운명"이라는 "자연의 지배"를 "자각"하는 데에서 멈추지 않는다. 그것은 "자각"하지 못한 채 "기생적 생활"을 함으로써 남자를 배신하는 여성이야말로 "자연"과 다르지 않다는 "자각"으로 나아간다. 이는 보들레르의 다음 말을 상기시킨다.

> 여인은 자연 그대로의 것, ─ 다시 말하면 증오스럽기 한없는 것
> 그러기에 항상 야비하다. ─ 즉 단디의 반대.[129]

하지만 서옥정만을 사랑했던 안의근과 달리 김환에게는 "C군"뿐 아니라 "향촌의 누이"도 있었다. P가 "십일 월 십칠 일 매일문단에 실리어 있는 「향촌의 누이로부터」"를 "재미있게 맛있게"[130] 읽었다고 한 것은 그 때문이다. 「향촌의 누이로부터」는 실제로 1919년 11월 17일 자 『매일신보』에 실린 글로서, 전체가 "누이"의 10월 19일 자 편지로 되어 있는데, 여기서 "누이"는 오빠가 "그렇게 맘이 약한 줄" 몰랐다고 하며, 실연한 오빠를 다음과 같이 위로한다.

---

127 이동원, 「마음이 약한 자여 (3)」, 『서울』 5, 1920.8, 134~135쪽.
128 이동원, 「마음이 약한 자여 (1)」, 『서울』 3, 1920.4, 128쪽.
129 보들레르, 이환 역, 『나심』, 서문문고, 1977(3쇄), 37쪽.
130 백악, 앞의 글, 45쪽.

오빠! 저도 여자이지만은 여자는 왜 맘이 변하기를 잘하고 허영의 욕심이 많을까요! (…중략…) 제가 있지 않아요? 오빠를 위하여는 어떠한 일이든지 사양치 않고 정신상 위안을 드릴 터이니 너무 그렇게 번민하지 마셔요. 오빠가 항상 "사람이란 육적 쾌락의 생활을 초연하여서 영적 만족의 단맛을 모르게 되면 금수나 다름없다"고 말씀을 하셨지요! 과연 옳소이다. 오빠를 배반한 그는 사랑이니 안방이니 영적이니 무엇이니 하여도 다만 일시적 동물 본능의 욕망을 채우려는 그가 아니예요?[131]

한편 "향촌의 누이"는, "9월 어느 일요일 날 저는 정성을 다하여 저녁을 지어 놓았"지만 오빠는 "요릿집에서 저녁을 잡숫고 오셨다"라는 말도 하는데, 이는 「동도의 길」 9월 7일[132]의 서술과 연결된다. 김환은, "사랑하는 누이 O양이 나를 대접하겠다고 석반"을 지어 놓고 기다렸지만, "내가 요릿집에서 저녁을 먹었다고 할 때", 그녀가 "모처럼 저녁을 지었더니 정성이 깨어집니다"[133]라고 말했음을 쓰고 있는 것이다. 즉 "향촌의 누이"는 실존 인물이며, 김환이 그녀가 준비한 저녁을 먹지 못한 것도 실제로 일어난 일이다.

그러나 이 "향촌의 누이"는 김환의 친누이가 아니라 오천석의 누이다. 그녀는 김환이 O군 집에 갔을 때 "향촌에 가서 있는 줄 알았"[134]다가 "뜻밖에" 만났던 "누이", 즉 김환이 "O군이나 누이로 논하면 친동생"[135]이나 다름없다고 말한 그 "누이"다. 이 "누이"는 "향촌에 가서 어린아이들

---

131 백악, 「향촌의 누이로부터」, 『매일신보』, 1919.11.17.
132 1919년 9월 7일은 일요일이므로 "9월 어느 일요일"은 아마도 9월 7일이었을 것이다.
133 김환, 앞의 글, 23쪽.
134 흰뫼, 「나의 묵은 일기에서」, 『창조』 9, 1921.5, 52쪽.
135 위의 글, 53쪽. 이사유는 김환이 "오천석과 그의 누이와 즐겁게 지냈다"(이사유, 앞의 글, 51쪽)라고 지적한다.

을 데리고 목이 터지도록 애를 쓰고 땀 흘린 값으로 얻은"[136] 돈을 김환에게 주었으며, 김환은 그 "누이의 독창"을 "자연의 아름다운 이상향으로 부르는 천사의 노래"로 평한다. 더 나아가 그는 다음과 같이 말한다.

> 그는 내가 인천을 다녀갈 적마다 차가 배다리를 지날 때에는 반드시 대문 밖에 나와서 행커치프를 흔들어 석별의 정을 표해 주었다. (…중략…) 나는 왜 그런지 나 자신도 이해할 수 없으면서도, 이따금 신을 원망하고 악마의 편이 되고 싶은 때가 많았다. 누구나 신의 지공무사함을 찬양하지만, 오직 내게는 불공평하게 이상의 자유를 속박하는 듯하였다. 나는 신의 속박을 벗어나서 이상적 신생활을 해보고 싶다는 유일의 희망을 가졌다. 다만 일순간이라도 나의 희망을 이룰 수 있다 하면 나는 모든 것을 다 희생하겠으나, 그 역 내 마음대로는 되지를 않는다.[137]

아마도 김환은 오천석의 누이를 사랑했으며, 그녀와 "이상적 신생활"을 하고 싶었을 것이다. 더욱이 이 "누이"는 "C군"과 같은 "자연"이 아니었다. 그녀는 "천사의 노래"로써 "자연의 아름다운 이상향"을 느끼게 하는 또 다른 "자연", 즉 "향촌"에 사는 "누이"로서 "어린아이들을 데리고 목이 터지도록 애를 쓰고 땀" 흘리는 "자각 있는" 여성이었던 것이다.

하지만 또 하나 주목할 것은 "누이"가 김환에게, "오빠는 부인이 있지 않아요?"라고 말했다는 사실이다. "C군"과 만나기 전부터, 그리고 그녀에게 배신당하기 전부터, 김환에게는 아내가 있었다. 그로 인해 이일은 김환에게 "C군이 군의 요구를 승낙만 하거든 사회가 무어라고 비평을 하든지 군의 맘대로"[138] 하라고 충고했을 터이다. 따라서 김환은 「마음

---

136 흰뫼, 앞의 글, 53쪽.
137 위의 글, 같은 쪽.

이 옅은 자여」의 K군과 닮았다. 그는 유부남으로서 Y와 연애했으나 결국 Y로부터 버림받았기 때문이다.

5. 경찰과 여행자

한편 김환의 「나의 묵은 일기에서」에는 다음과 같은 장면들이 서술되어 있다.

8월 13일 (…중략…) 나는 H군을 데리고 나를 맞으러 나온 P(꿈에도 보기 싫은 P)의 안내로 경도시京都市 동목옥정東木屋町 오조五條 상上 ル A관 지점에 투숙하게 되었다. 조반을 먹고 나니 P는 바뀌어서 새 P가 붙는다. 초행이어서 길이 서투르니 어찌 하느냐고 H군과 의논한 결과 P의 안내를 받기로 하였다.[139]

8월 16일 (…중략…) 어젯밤에는 이런저런 쓸데없는 공상을 하느라고 잠을 들지 못하고 여러 번 깨어서 시계를 꺼내어 보았다. 새로 네 시쯤 되어서 깨었다가 다시 잠이 들락 말락 할 때에 벌써 P가 왔다. (…중략…) P는 대판大阪서 내리고 새 P가 올라온다.[140]

8월 17일 (…중략…) 아침 여덟 시 이십일 분에 하관下關 일러서 두 시간이나

---

138 흰뫼, 「R T 양형兩兄에게」, 『여자계』, 1920.3, 16쪽.
139 흰뫼, 「나의 묵은 일기에서」, 『창조』 9, 1921.5, 47~48쪽.
140 위의 글, 50쪽.

기다려 연락선을 타게 되었다. 하관서는 P가 친절하게 짐을 들어다 주어서 썩 편의하였다. (…중략…) 배에서 내리자 이어 P가 옆으로 와서 동경서 오느냐? 묻기에 나는 웃으면서 "내게 붙으려느냐?"고 반문하였다. P 역 웃으면서 아니라고 그러지만 나는 그 자의 행동만 살피고 있었다. 내가 차에 오르는 동시에 아니라고 그러던 P도 내 뒤를 따라서 차를 탔었다.[141]

8월 18일 (…중략…) 조반을 먹은 뒤에 R군과 같이 대전 공원에를 가서 이야기를 하는 동안에 대전서大田署에서 P가 와서 "어느 차로 떠나겠느냐?" 물어보고는 돌아갔다.[142]

8월 19일 (…중략…) 아침에 인천서仁川署에서 P가 와서 이야기를 하다가 돌아갔다.[143]

인용에 등장하는 P는 「자연의 자각」과 「동도의 길」에 나오는 P(박영섭)가 아니다. 그리고 "귀하는 마땅히 생존경쟁에 열패할 자격이 충분"하니 "귀하의 사랑을 사퇴하나이다"[144]라고 선언함으로써 윤광호를 죽음에 이르게 한 「윤광호」의 P도 물론 아니다. "꿈에도 보기 싫은" 이 P는 「만세전」의 이인화에게 "저리 잠깐 가십시다"[145] 했던 "임바네쓰", 즉 경찰 Police이다. P는 일본에서부터 조선까지 김환이 가는 곳마다 나타난다. 김환의 동선을 따라 교토, 오사카, 시모노세키, 대전, 인천 등의 경찰조직이 빈틈없이 연계되어 움직이는 것이다. 여행자가 풍경을 바라보듯이, 경

---

141 위의 글, 51~52쪽.
142 위의 글, 52쪽.
143 위의 글, 53쪽.
144 이광수, 「윤광호」, 『이광수 전집』 14, 삼중당, 1962, 76쪽.
145 염상섭, 『염상섭전집』 1, 민음사, 1987, 51쪽.

찰의 시선은 끊임없이 여행자를 관찰한다. 그는 가끔 졸기도 한다.

> 일 분 지체도 없이 동경 역에 P가 붙더니 지금 여기는 세 번째 갈린 자가 옆에 앉아서 졸고 있다.[146]

경찰의 감시와 미행은 공공연하게 이루어질 뿐 아니라 자연스러운 것으로 착각될 만큼 일상화되어 있다. P는 비밀리에 감시하는 것이 아니라, 드러내놓고 나타나 지난 여정이나 앞으로의 일정 등을 묻는다. 마치 양치기Pastor라도 되는 듯이, P는 김환의 짐을 들어줄 뿐 아니라 길 안내를 하고 숙소를 정해주기도 한다. P는 "무효"가 된 "급행권을 현금으로"[147] 바꾸어 주거나, 김환에게 "경도京都의 마굴"을 "구경"시키며 "인생문제를 연구하려면 이런 곳도 들어가서 내막을 살펴야 된다고 권"[148] 한다. "P는 삐루 두 잔에 잔뜩 취해서 누워"[149] 있기도 한다. 그리고 이러한 양상은 "형사에게 부탁해서 2등으로 선표"를 사려 했으나 그럴 수 없어서 "눅은 여관을 형사에게 부탁해서 투숙"[150] 했다고 한 이일의 서술로도 확인된다. 이일은 다음과 같이 쓰기도 했다.

> 아침에 ○○에서 ○○ 삼인이 와서 금번 동경 행 목적을 분명히 고하라는 명령이다. 다시 말하기도 맘이 아픈 것을 십오륙 분 간 당당하게 설명을 했다. 그 세 사람이 다 '신파연극'이라고 재미스럽게 듣고 "평화적으로 결착함은 학문과

---

146 동원, 「흑연일총」, 『창조』 7, 1920.7, 39쪽.
147 흰뫼, 앞의 글, 50쪽.
148 위의 글, 49쪽.
149 위의 글, 49쪽.
150 동원, 앞의 글, 44쪽.

인격이 있는 분이라고 감복합니다.” 한다. 그들의 감복은 그다지 힘들지 아니하겠지만 그 감복을 받는 내 피와 눈물로 그 헐가의 감복을 샀다.[151]

H의 배신을 확인한 후 동경을 떠나는 이일에게 형사들은 “동경 행 목적을 고하라”고 “명령”한다. 따라서 이일은 「운명」으로 소설화된 바로 그 이야기를 형사들에게 말한다. 이때 흥미로운 것은 이일이 “울려고 아니해도 눈이 저절로 젖”게 되는 실연담을 형사들에게 “십오륙 분 간 당당하게 설명”했다고 서술한다는 점이다. 그리고 형사들은 그 이야기를 “신파연극”으로 규정하며 그것이 “평화적으로 결착”된 것에 “감복”했다고 평가함으로써, 이일의 일을 “재미있는 비극 일막”으로 본 김환에 필적하는 태도를 표한다. 이일의 실연은 비록 “헐가”이나마 제국의 형사들을 식민지 청년들의 “동정”에 가담시키는 듯하다.

그런데 이동원이 “당당하게 설명”해 형사들을 “감복”시킬 수 있었던 것은 그의 “동경 행 목적”이 정치적인 일과 무관했기 때문이다. 더 나아가 그의 실연은 “연애신성”과 “참사랑”에 실패해 영혼과 육체, 빈부의 문제 등에 고통 받는 심각하고 근본적인 일이 아니라 통속적이고 값싼 일로 받아들여졌으며, 그로 인해 이일의 당당함은 유지될 수 있었다.

하지만 이 기묘한 당당함을 발휘하는 것, 비정치적인 이유로 동경에 왔음을 “당당하게” 말하는 것이야말로 정치를 의식한 정치적인 포즈다. 형사들이 이일의 “신파연극”을 허용하는 것 역시 그러하다. 아니, 당당한 포즈를 취할 수 있도록 한 실연 자체가 애초부터 다음과 같은 정치적인 기원을 갖고 있었다.

---

151 위의 글, 39쪽.

그들 삼인이 빙긋 웃으면서 "귀하는 어떤 ○○사건에 혐의를 받았으니 될 수 있는 대로 설명하리다." 했다. 내 머리 가운데 '4월의 운명이 다시' 라는 생각부터 일어났다. 그 운명이 임하면 또 무엇을 잃을까? 인제는 잃을 것이 없으니 무서운 것도 없다. [152]

이일의 실연에는 그가 겪은 "4월의 운명", 즉 그를 투옥한 국가가 관여했다. 제국은 이일을 감금함으로써 "신파연극"을 연출했다. 그를 치밀하게 감시했던 경찰과 달리, 감옥 속의 이일은 H와 다른 남자의 만남을 막기는커녕, 그녀를 보거나 그녀의 위치조차 찾을 수 없었다. 오직 시선의 대상일 수밖에 없었다는 점에서, 투옥되는 순간부터 이일은 이미 실연자였다. 「동경아 잘 있거라」가 말하는 "원怨 많은 동경東京"에는 이 점도 함축될 것이다.

그런데 역으로 말하면, 이는 소식도 없고 행방도 알 수 없는 H를 찾으러 동경에 갔을 때의 이일이 적어도 H에게는 경찰이나 국가 또는 문명의 위치에 있었음을 암시한다. 「피아노의 울림」에 묘사된 바, 얼굴(눈)을 가린 "반나체"의 배신자를 "숨어서" 바라보는 것은 그 한 표현이다. 욕망에 눈먼 대신 자기 몸을 드러낸 이 여성은 "금수禽獸"에 불과한 감시의 대상이며, P에게 미행당하는 식민지인 김환 및 김환이 "자각"한 "자연"과 다르지 않다. 그녀는 발가벗겨진 채 관찰되어야 하며, "자각 있는 일개 여성"으로 "개척"되어야 한다. 따라서 H의 배신이 질병과 관련됨은 시사적이다. 그녀는 타인에게 병을 "전염"시키는 환자다. 그녀는 "본능"에 사로잡힘으로써 스스로 야만이자 "미물"임을 증명했다. 다음은 H가 오동

준에게 보낸 "자백의 편지"[153] 중 일부다.

> 그의 병이 나를 간호해 주다가 내 병이 전염이 되고 또한 너무 여러 날 곤하게 지내서 난 것이니, 목석이나 미물이 아니면 정성으로 간호해 주지 않을 수 있습니까. (…중략…) 그날 저녁은 할 수 없이 자연히 한 방에서 자게 되었습니다. 그날 저녁에 저는 그의 앓는 것이 너무 애처로워서 너무 답답해서 앓는 이의 가슴에 콱 쓰러졌습니다, 여자의 본능, 아니 사람의 본능이 발동하였던 것이겠지요.[154]

"사람의 명칭은 부득불 남자가 전용할 수밖에 없다"[155]라는 관점에서 볼 때, "여자의 본능"은 "사람의 본능"이 아니라 "미물"의 본능일 터, 결국 "자연의 자각"이란 "미물"과 "사람", 자연과 주체의 대립을 "자각"하는 것이다. 이때 여성의 배신은 "여자는 다 악마인가요?"라는 하소연과 함께 "자연"(여성)을 타자화하는 인간(남성)의 배신을 정당화한다. 따라서 이 "자연"은 아름다운 목소리로 노래 부르는 칠성이를 보고 "너도 자연의 아이로구나 네가 시인이로구나"[156]라고 했던 「천치? 천재?」의 "자연", 그리고 "향촌의 누이"가 부르는 "천사의 노래"로써 상상되는 "자연의 아름다운 이상향"과 비교된다.

그렇다면 이일과 김환이 실연과 더불어 「흑연일총」과 「동도의 길」 등의 기행문을 쓰는 것은 의미심장하다. 김환은 "산 없는 동경에다 비하면 선경仙境"에 가까운 교토 "원산圓山의 창창한 고색古色과 울울한 송림"을 바라보면서 다음과 같이 말한다.

---

153 장춘, 앞의 글, 58쪽.
154 위의 글, 60쪽.
155 이동원, 「마음이 약한 자여 (3)」, 『서울』 5, 1920.8, 135쪽.
156 장춘, 「천치? 천재?」, 『창조』 2, 1919.3, 28쪽.

경도京都의 자연의 미를 볼 때에 '자연은 인공을 가하면 가하니만큼 자연의 미가 소모된다.'는 이유 아래서 '우리 인생은 할 수 있는 대로는 자연의 미를 보존해야 된다.'고 전 세계 인류에게 부르짖고 싶었다.[157]

김환은 자연의 "개척"보다는 "보존"을 강조한다. 그러나 "자연의 미"나 "보존"을 언급하는 것이야말로 여행자와 개척자의 태도다. 그는 인간을 자연의 보존자로, 즉 자연에 "인공"을 가할 수도 가하지 않을 수도 있는 존재로 규정하기 때문이다. 결국 자연은 인간의 대상으로서, 인간의 계획에 따라 보존되거나 개발될 것이다. 그러므로 이런 생각은, "자연이 훌륭하고 아름답되, 사람은 마침내 자연에 만족치 아니하고 자기의 머리로써 '자기가 지배할 자기의 세계'를 창조하였다"[158]라고 한 김동인의 주장과 모순되지 않는다. 한편 앞에서 논의했듯이, 여성을 "자연"이나 "금수"로 보는 김환과 이일처럼, 김동인 역시 「마음이 옅은 자여」의 K를 통해 Y를 영혼과 정신이 없는 육체로 평가했다. 김동인은 다음과 같이 논하기도 했다.

온갖 짐승이, 자연대로 거기서 한 분分의 불편도 감感치 않고 살아올 때에, 다만 사람이, 재래의 것을 불편하다 생각하며, 더럽다 생각하여, 여기, 자기의 모양을 상징으로 한 다른 세계를 창조하려고, 들러붙은 그 힘이, 영혼의 힘이 아니고 무엇이랴?

사람의 영혼이라 하는 것은, 그의 창조력 그것에 다름이 없었다.

그러면, 계집에게는 창조력이 없는가?

<hr>

157 흰뫼, 「나의 묵은 일기에서」, 앞의 책, 49쪽.
158 김동인, 「자기의 창조한 세계」, 『창조』 7, 1920.7, 49쪽.

옛적에도 없었던 것 같이, 지금도 없다.[159]

"계집" 운운하는 위의 인용은 "정신이 없는 남자는 육이 없는 여자와 같다"[160]고 하며, "사람의 명칭"을 남자에 한정시킨 이일의 말과 상통한다. 김동인에게도 여성은 그저 "간사한 성격"[161]을 지녔을 뿐, 아직 "영혼의 씨", "창조력의 씨"[162]가 발아하지 못한 "자연"이다. 따라서 김동인의 텍스트는 김환 및 이일의 텍스트와 닮았다. 그것들은 여행을 한다는 점뿐 아니라, 실연과 더불어 "자연"을 "발견"한다는 점에서도 기행문이다. 제국의 감시를 본받기라도 한 듯이 이일은 행방을 감춘 여성을 찾아나섰으며, 그를 필두筆頭로 한 식민지의 작자들은 여성이라는 "약한 자"의 "풍경"을 "발견"하고 재조직(치료)해 자기의 식민지를 "개척"하려 했다. 소설 쓰기 역시 그 근대적 실천의 한 종류였다. 그로써 그들은 "패한 자의 슬픔"[163]을 남성 화자로서, 텍스트 쓰기의 주체로서 극복하고자 했다. 그 점에서도 이일의 "설명"은 형사들을 "감복"시켰을 것이다. 그들 또한 남자였던 것이다.

그리고 "여성"과 동일화되는 이 "풍경"에는 부산에서 발견한 "흰 옷 입고 긴 담뱃대 든 형제"[164]들도 물론 등장할 터이다. 연락선 창문 너머로 이들을 바라보며 "형언할 수 없는 불쾌한 느낌"을 받음으로써, 또는 춘원이 절감한 아래와 같은 "수치"를 "반나체"로 얼굴을 가린 여성에게

---

159 검시어딤, 「영혼」, 『창조』 9, 1921.5, 44쪽.
160 동원, 앞의 글, 39~40쪽.
161 김동인, 「마음이 옅은 자여 (2)」, 『창조』 4, 1920.2, 27쪽.
162 검시어딤, 앞의 글, 45쪽.
163 백악, 「자연의 자각」, 『현대』 1, 1920.1, 46쪽.
164 김환, 「고향의 길」, 『창조』 2, 1919.3, 52쪽.

전가함으로써, 그들은 "안광"을 번뜩이는 "양인洋人의 흉내"를 냈다.

자연히 양인洋人은 부귀의 기상이 있고 나는 빠들빠들 양인의 흉내를 내려는
불쌍한 빈한자의 기상이 있는 듯하여 수치의 정이 저절로 생김이로소이다. 과
연 나는 아무 목적도 없고 사업도 없는 유객遊客이요 그네는 사사 공사에 눈 뜰
사이가 없이 분주한 사람이니 이만 하여도 내가 수치의 정이 생김은 마땅할까
하노이다. 설혹 만유漫遊를 한다 하여도 그네의 만유는 가치가 있나니 상업 시
찰이라든지 지리 역사적 탐험이라든지 혹은 인정 풍토와 문화 시찰이라든지 혹
정치적 시찰이어나 군사 정탐이라든지 그렇지 아니하면 시인 문사의 시재와 문
재 수집이라든지 다 상당하게 가치가 있거니와 나 같은 놈의 만유에 과연 무슨
뜻이 있사오리이까. 내가 상업 정치 등 시찰을 할 처지오리까 또는 그러할 능력
이 있나니까 또는 학술적 예술적으로 무엇을 얻을만한 지식과 안광眼光이 있나
니까.[165]

6. 낙오 의사 이광수, 결론을 대신하여

따라서 "신경 쇠약성 빈혈성 용모"를 한 채 "연애를 담談"[166]하는 문사
들을 비판한 이광수는 이 심약한 "성격파산"[167]의 실연자들을 충분히 이
해하지 못했다. 이들은 자신의 체험("자연")으로 여러 연애 서사를 변주하

---

165 이광수, 「해삼위로서」, 『청춘』 6, 1915.3, 79쪽.
166 춘원, 「문사와 수양」, 『창조』, 8, 1921.1, 14쪽.
167 벌꽃, 「성격파산」, 『창조』, 8, 1921.1, 2쪽.

면서 소설적 허구와 "인공"으로의 도약("창조")을 준비하고 있었다. 더 나아가 그들은 이광수 자신과 마찬가지로 지극히 남성 중심적으로 계몽적이었다. 예컨대 춘원이 "붉은 술에 탐닉"하는 것을 경계했듯이, 이일은 청년회관에서 금주禁酒 강연[168]을 했다. "영혼의 씨"나 "창조력의 씨"만을 가진 여성들의 "참 자각"[169]을 요구한 김동인의 논의 역시, "공부하면 될 듯한 천재를 가진 문사의 '씨'를 보지만은 이미 성장한 문사를 보지는 못합니다"[170]라고 한 춘원의 논의와 유사한 비유를 사용하고 있다. 사실 「운명」의 H가 동준을 배신했던 것처럼, 춘원 역시 「재생」의 순영으로 하여금 3·1운동으로 인해 감옥에 갇힌 봉구를 배신하게 했다. 그리고 이일이 반나체의 여주인공을 여러 사람들로부터 손가락질 당하게 했던 데에서 한 걸음 더 나아가, 순영을 "매독과 임질"[171]에 걸리게 했을 뿐 아니라 "선천 매독"[172]으로 실명한 딸과 함께 자살까지 하게 했다.

주지하듯이 춘원은 "불건전한 일본 문단에 전염"되어 "도덕적 악성병"을 퍼뜨리는 "결핵균이나 매독균 같은 작품"을 "민족의 적"[173]으로 규정했으며, 문사들에게 "의사와 같은 준비와 태도"[174]를 요청했다. 그리고 김동인이 「목숨」을 쓴 것은 이러한 진단에 맞서기 위함이었다. 그는 춘원이 말하는 "불량한 문사"[175]가 아니라 인형조종술의 주체였기 때문이다. 즉 김동인은 이광수와 경쟁하는 또 다른 의사(계몽자)의 입장에서 춘

---

168 『동아일보』, 1920.4.16.
169 검시어딤, 앞의 글, 45쪽.
170 춘원, 앞의 글, 14쪽.
171 이광수, 「재생」, 『이광수 전집』 2, 삼중당, 1962, 241쪽.
172 위의 글, 343쪽.
173 춘원, 앞의 글, 16쪽.
174 위의 글, 11쪽.
175 위의 글, 12쪽.

원을 공격한다. M의 일기를 읽는 W가 "곤충학" 연구자인 것은 그 점을 암시한다. 그리고 M과 W는 다음과 같은 "공통점"을 가지고 있다.

> 자연을 끝까지 개척하여 우리 인생의 정력뿐으로 된 세계를 만들어 보겠다는 과학자인 나와, 참 자기의 모양을 표현하고야 말겠다는 예술가인 그와는, 참 자기를 표현한다 하는 데 공통점이 있었다.[176]

따라서 M이 "담배를 위생에 해롭다 어떻다 하는 의사들은 바보다"[177]라고 주장하는 것은 의미심장하다. 병원에서도 흡연하는 그는, "참 의미의 친우"[178]인 K의 어머니 장례식에서 "칼표를 퍽퍽 피우"[179]는 S와 닮았다. 그러나 M은 환자나 벌레가 아니다. 오히려 그는 "천하 대 바보" 같은 "의사"를 굽어본다. 따라서 "유수의 의학자라는 자에게 죽음의 선고를 받았던 나는, 그래도 다시 살아서 퇴원을 하게 되었다"[180]라는 서술과 함께 M의 일기에서 주목할 것은, 곤충학자 W와 함께 M의 "벗 대진代診 R"[181]도 등장한다는 점, 그리고 그가 "내 생각 같아서는 걱정 없는데 원장은 할 수 없다니 모르겠네"[182]라고 말한다는 점이다. 즉 「목숨」은 더 정확한 진단을 내리는 R의사의 입장에서 "교만"한 "양인洋人"[183] 의사

---

176 김동인, 「목숨」, 『창조』, 8, 1921.1.28~29쪽. 이때 "공통점"을 가진 두 친구의 이름이 M과 W임은 흥미롭다. M은 W를 뒤집은 모양이며, W는 M을 뒤집은 모양이기 때문이다.
177 위의 글, 35쪽.
178 늘봄, 「K와 그 어머니의 죽음」, 『창조』 9, 1921.5, 16쪽. 이 소설은 김동인, 전영택 등이 진남포에 가서 김환의 모친상에 조문한 일을 소설화한 것으로 보인다. 이 소설에서 "괴상한 예술관, 자연관, 인생관"을 가진 사람으로 묘사되는 S는 '시어딤', 즉 김동인으로 추정된다.
179 위의 글, 17쪽.
180 김동인, 앞의 글, 49쪽.
181 위의 글, 45쪽.
182 위의 글, 43쪽.

의 "오진"을 지적한다. 요컨대 「목숨」이 말하고자 하는 것은 「문사와 수양」의 논의가 수많은 사람들을 죽이게 될 "오진"이라는 점이다.

> "이 세상에, 의사의 오진으로 몇 천만 사람이 아까운 목숨을 버렸을지, 생각하면 무섭데!"
> "자넨 다행이네 — 살아나서!"
> "그렇지, 내게는 R이라는 좋은 벗이 있었기에……."[184]

따라서 「문사와 수양」 및 「목숨」과 함께 『창조』 8호에 실린 김환의 「참회」에 "그까짓 의사들이 무얼 안답디까?"[185]라는 말이 나오는 것도 주목된다. 춘원이 이희철의 "K선생"[186]인 것과는 달리, 또는 춘원과 함께 상해에 있던 주요한이 「마음이 옅은 자여」의 K가 지닌 "종이보다 더 엷은 성격"[187]을 비판한 것과 달리, 김환은 여전히 김동인의 "좋은 벗"이었다. 이렇게 『창조』 8호는 배신당한 이일을 한 마음으로 "동정"했던 3호와 달리, 춘원의 「문사와 수양」과 주요한의 「성격파산」에 대해 김동인의 「목숨」과 김환의 「참회」가 맞서는 형국을 보인다.

그리고 「『창조』 8호를 읽음」의 필자는 후자를 편들었다. 즉 『창조』 마지막 호의 마지막을 장식하는 글에서 정영태는 「문사와 수양」을 맹렬히 비난하는 대신 「목숨」을 "결점 없는 작作"[188]으로 평가했다. 그리고 춘원

---

183 위의 글, 41쪽. "양인" 의사는 이광수가 러시아 사람 같이 생겼다고 이야기된 사실을 상기시킨다.
184 위의 글, 50쪽.
185 흰뫼, 「참회」, 『창조』, 8, 1921.1, 79쪽.
186 오산인, 「K선생을 생각함」, 『창조』 5, 1920.3, 89쪽. 이희철과 춘원에 대해서는 이경훈, 「춘원과 『창조』」(『대합실의 추억』, 문학동네, 2007)를 참조할 것.
187 벌꽃, 앞의 글, 4쪽.

에 대해 다음과 같이 말했다.

그는 조선 문사의 뱃속을 행각한 것 같다. 그는 의사 운운한다. 그는 "너는 병
에 안 들리기 위하여 약을 많이 먹어라." 하는 낙오의사다.[189]

『현대문학의 연구』, 2017.2

---

188 정영태, 「『창조』 8호를 읽음」, 『창조』 9, 1921.5, 95쪽.
189 위의 글, 94쪽.

2장

『조선문단』과 이광수

1. 『창조』의 타자 이광수

『조선문단』이 "이광수 주재主宰"를 잡지 표지에 명시하며 창간된 것은 (1924.10) 잘 알려진 일이다. "사람은 하나가 되어야 하겠다"라고 한 「권두사」와 더불어 시작된 "이광수 주재"는 질병으로 인해 7호부터는 잘 수행되지 못하지만, 그럼에도 불구하고 그 표시는 9호까지 계속된다.

이는 "평등적 책임"을 강조하며 "주간이니 주필이니 하는 이름 붙이기를 전연히 싫어"[1] 했던 『창조』의 경우와 대비된다. 이광수는 『창조』의 창간 동인조차 아니었으며, 2호가 "이광수 군이 우리 동인이 된 것을 보고 하는 영광"을 말할 때는 물론, 이광수의 글을 갈구하는 3호부터 5호까지의 「남은 말」에서도 그는 일개 "동인"인 "춘원 군"일 뿐이었다. 이는 이희철의 「K선생을 생각함」이 5호에 게재된 이후에야 춘원이 『창조』에 글을 싣기 시작한 일과 무관하지 않다. 이광수는 이희철에게 보내는 답장인 「H군의게」(7호)로써 『창조』와 자신의 관계를 주장하고 조정할 수 있었으며, 이는 "청소년" 문사들을 훈계하는 「문사와 수양」(8호)에서 그 진

---

[1] 창조 동인, 「남은 말」, 『창조』 2, 1919.3, 59쪽.

면목을 드러냈다. 춘원은 『창조』의 "평등적" "동인"이기보다는 그들을 "수양"시킬 "K선생"이고자 했다. 그의 오산학교 제자인 이희철은 이를 표현하고 관철시킬 계기였다.[2]

이렇게 『창조』에서 차지하는 이광수의 위치는 『조선문단』의 그것과 달랐다. 그도 그럴 것이 『창조』의 발간에는 『학지광』이 "문예를 학대"[3] 한다고 불평하면서 "정치 운동은 그 방면 사람에게 맡기고 우리는 문예 운동으로"[4] 나아가자고 했던 김동인의 힘이 크게 작용했기 때문이다. 그는 소설을 썼을 뿐만 아니라 출판 자금을 내고 잡지 편집에 관여했다. 이렇게 김동인의 주관적 의지는 『창조』로 확대되었다.

그렇게 보았을 때 『창조』의 "동인"은 "마음이 적적한 이는 오십시오. 우리는 그이와 함께 울어 드리겠습니다"[5]라고 한 "동정同情"의 "우리"만은 아니다. 또한 그것은 "백악의 빈약한 소설이 『창조』에 게재되는 것이 역"[6]하다고 하거나 "지금 우리나라서는 별것이 다 소설"[7]을 쓰려 한다고 비판하는 "분과 내적으로 경쟁하는 우리"[8]로도 다 설명될 수 없다.

김동인이 말한 바 민족적인 "정치 운동"과 구별되는 문학적 실천의 원리와 그 제도적 자율성은 "자기의 창조한 세계"[9]라는 말로 집약되는데, 이는 김동인의 "자아주의"가 소설의 창작뿐 아니라 『창조』 전체에 투사됨을 의미한다. 김동인에게 『창조』의 "우리"는 "동정"과 경쟁의 기치 하

---

2   이경훈, 「춘원과 『창조』」, 『대합실의 추억』, 문학동네, 2007, 45~71쪽을 참고할 것.
3   김동인, 「문단 십오 년 이면사」, 『김동인전집』 16, 조선일보사, 1988, 373쪽.
4   김동인, 「문단 30년의 자취」, 『김동인전집』 15, 조선일보사, 1988, 315쪽.
5   동인, 「남은 말」, 『창조』 1, 1919.2, 81쪽.
6   김동인, 「문단 회고」, 『김동인전집』 16, 조선일보사, 1988, 313쪽.
7   김동인, 「글 동산의 거둠」, 『창조』 5, 1920.3, 98쪽.
8   이경훈, 「한국 근대문학의 형성과 김동인」, 『동방학지』 135, 2006.9, 322쪽.
9   김동인, 「자기의 창조한 세계」, 『창조』 7, 1920.7, 49쪽.

에 그의 "자기"가 다른 문학청년들에게 동일화된 것이다. "동인"의 "평등적 책임"은 어디까지나 김동인 중심적인 것이었다.

하지만 그럼에도 불구하고 그는 주간이나 주필이 될 수는 없었다. 이것이야말로 『창조』가 "주간"이나 "주필"을 싫어하게 된 한 가지 이유였을 것이다. 이는 독자 투고에 대해 다음과 같이 소극적이고 방어적인 태도를 보인 일과도 관련된다.

> 또, 독자 제군의 투고는 아직 지면이 넉넉지 못하여 낱낱이 받을 수 없으나, 만일 반송 우세郵稅를 동봉하여 보내시면 우리 동인이 보아 드리고 그 감상을 첨부하여 도로 보내드리겠사오며 혹 기중 특출한 작품은 동인의 추천으로 지상에 올릴까 하나이다. [10]

따라서 「문사와 수양」을 쓴 춘원이 "문사의 괴수"[11]이고자 한다고 비판받았음은 의미심장하다. 이는 『창조』가 김동인이 "창조"한 "자기가 지배할 자기의 세계"에 그칠 수 없었음을 웅변하기 때문이다. 즉 이광수와 김동인이라는 두 주관성이 부딪침으로써 『창조』는 본격적으로 타자를 매개하기 시작했으며, "동인"은 김동인의 "단성적單聲的"인 주도에서 벗어나게 되었다. 예컨대 1호와 2호의 "편집 겸 발행인"으로서 금동琴童과 한 곡조로 『창조』를 노래했던 송아頌兒는 춘원의 글과 나란히 8호에 실린 「성격파산」에서, 김동인의 주인공이 지닌 "종이보다 얇은 성격"[12]을 춘원적인 논조로 비판했다. 상해에서 이광수와 『독립신문』을 만들게 된

---

10 동인, 앞의 글, 81쪽.
11 정영태, 「『창조』 8호를 읽음」, 『창조』 9, 1921.5, 94쪽.
12 주요한, 「성격파산」, 『창조』 8, 1921.3, 4쪽.

주요한은 스스로 배제했던 "얼굴 찌푸리고 계신 도학선생"의 입장에 동조했다.

하지만 이 "도학선생"은 『창조』, 『백조』[13]의 "동인"들과 달리 독자 투고에 개방적일 수 있을 것이다. 춘원이 『청춘』 현상 모집에서 주요한의 「마을집」을 뽑았듯이,[14] 그는 독자를 지도해 작가로 만들 수 있는 입장이기 때문이다. 이렇게 이광수는 선생이나 선배로서 "문단의 종적인 축을 매개"[15]함과 동시에, 김동인의 "자기"에 맞선 타자로서 『창조』에 관여하며 거기에 공(론)적인 성격을 강화했다. 이제 『창조』의 "동인"은 청년들의 폭 좁은 문학 서클로서 동일화될 뿐 아니라 확대된 범위에서 내적으로 이화異化됨으로써 근대문학이라는 객관적 제도의 한 계기로 전화되고 지양될 터이다. 아이러니하게도 이광수는 "사람은 하나가 되어야 하겠다"라는 주장과는 정반대의 실천을 『창조』에서 수행했다.

2. 이광수 주재와 『조선문단』 동인

그렇다면 이러한 맥락과 관련시킬 때, 『조선문단』이 내세운 "이광수

---

13 홍사용은 독자 투고에 대해 "본지는 동인제임으로 미안하오나 동인으로 추천되기 전에는 지상에 올릴 수는 없"다고 밝히고 있다. 「육호잡기」, 『백조』 2, 1922.5, 태학사(영인본), 1980, 312쪽.

14 주요한은 「이별한 아이를 생각함」을 『아이들보이』 4(1913.12, 32쪽)의 「글꼬느기」에 싣기도 했다.

15 이경훈, 「춘원과 『창조』」, 『대합실의 추억』, 문학동네, 2007, 70쪽.

주재"의 의미는 좀더 명확해진다. 춘원과 함께 잡지 발간을 계획한 방인근과 전영택은 "문사의 괴수"이고자 하는 이광수의 의지를 잘 알고 있었으며, 그것에 동의하기도 했을 것이다. 물론 "K선생"으로 불리고서야 『창조』에 글을 보냈던 몇 년 전의 사건은 좋은 교훈이 되었으리라. 즉 이 잡지가 "이광수 주재"를 선포한 것은 『창조』에서 벌어진 일들을 회고하고 음미하는 일종의 문학사적인 위치에서 비롯되었다.

이로써 이 잡지는 『창조』로 대표되는 동인지 시대를 과거로 삼는 '이후以後'의 성격을 내면화했다. 『조선문단』이 김동인이나 이동원은 물론 염상섭, 현진건, 나도향 등 『창조』와 경쟁했던 『폐허』나 『백조』 출신 작가들을 필자로 삼은 일은 그러한 문학사적 의의를 지닌다. 이에 대해 김동인은 "'창조파' '폐허파' '백조파' '무소속' 등등의 파적 관념"이 사라지게 한 것이 "『조선문단』의 가장 큰 공"[16]이라고 평가했던 것이다.

하지만 또 한 가지 중요한 사실은 "이광수 주재"로 인해 『창조』에 작용했던 춘원의 타자성이 말소되었다는 점이다. 방인근의 자금으로 잡지가 출판되었음에도 불구하고 이광수는 김동인이 『창조』에서 그러했던 것보다 더 큰 영향력을 『조선문단』에 발휘했다. 그리고 그렇게 된 데에는 불가피한 면이 있었다. 전영택에 의하면, 『조선문단』은 "방인근이 찾아와서 자기는 소설가가 되고 싶고 그리 하는 데에는 문예잡지를 할 필요가 있는데 그리하려면 춘원 이광수의 이름을 내세우고" 해야 한다고 해서 두 사람이 이광수에게 "간청한 결과"[17] 나오게 된 것이다. 방인근은 춘원이 "문사의 괴수"임을 인정하는 데에서 더 나아가 그러한 이광수의

---

16 김동인, 「속 문단 회고」, 『김동인전집』 16, 조선일보사, 1988, 323쪽.
17 전영택, 「나의 문단 자서전」, 『늘봄 전영택 전집』 3, 목원대 출판부, 1994, 508쪽.

위치와 "인기"[18]를 자기 사업에 활용하고자 했다. 그리고 이 문제와 관련되는 한, 이는 춘원의 다음 말과 모순되지 않는다.

> 전씨와 방인근 씨가 나한테 와서 처음 화제를 꺼내인 것은 나의『무정』을 재판해 보겠다는 것이었습니다. 그때 재판의 판권이 내게 있었으니까요. 그래 나는 그것을 하지 말고 문예잡지를 하나 하는 것이 어떠냐고 했습니다. "그저 좋다"고 단박에 두 분이 찬성하여『조선문단』을 하기로 결정이 되었지요. 그리하여 방인근 씨는 내 집 아랫방에 와서 부인과 같이 살림을 하며 우리와는 한 가족처럼 지냈지요. 편집 방침은 내가 세워주고 작품도 전부 내가 통독하여 결정해 두었지요.[19]

춘원의 회고를 믿는다면, 애초에『조선문단』은『무정』의 재판을 출판하는 대신 기획된 것이었으며, 그 제안자는 방인근이 아니라 이광수였다.『무정』의 판권을 얻으려 했던 방인근과 전영택으로서는 "문예잡지를 하나 하는 것이 어떠냐"라는 춘원의 말에 "그저 좋다"라고 대답할 수밖에 없었을 터이다. 전영택의 "글공부의 선도자"이자 "선생님 격"[20]인 이광수 스스로가, "잡지광雜誌狂"[21]인 방인근에게 잡지 창간을 제의했던 것이다. 이로써 춘원의 소설을 출판하는 일은 춘원이 "편집 방침"을 "세워 주고" "작품도 전부" 춘원이 "통독하여 결정"하는 잡지의 출간으로 대체되었다. 다시 말해『조선문단』의 창간은 하나의 이광수에서 또 다른 이광수로 나아간 결과물이었다.[22]

---

18 방인근, 「문학운동의 중축『조선문단』시절」, 『조광』 32, 1938.6, 64쪽.
19 춘원, 「전『조선문단』추억담」, 『조선문단』, 1936.8, 167쪽.
20 전영택, 「나의 문학수업」, 앞의 책, 526쪽.
21 방인근, 「문화 향상은 만반 운동의 근원이다」, 『조선일보』, 1933.10.15.

만일 전영택의 말이 옳고 이광수의 기억이 잘못된 것이라고 해도 사정은 별로 달라지지 않는다. 어느 경우건 간에 『조선문단』은 이광수 중심으로, 그를 이용하며 시작되었기 때문이다. 더욱이 "편집 겸 발행인"인 방인근은 춘원의 집(경성 서대문정 1정목 9번지) "아랫방"에서 춘원과 "한 가족처럼" 살았으며, 6호부터 "고양군 숭인면 용두리 168의 1"로 주소를 옮기기까지 그곳을 발행인과 발행소의 소재지로 삼았다. 자기도 모르게 전유덕의 글이 실린 일을 기억해 내는 춘원의 회고담은 잡지 편집에 작용한 그의 영향력을 오히려 암시한다.

> 방인근 씨 부인인 전유덕 씨를 호를 추호秋湖라 하여 그때 『조선문단』에 소설과 수필을 발표한 것도 나는 알지 못하고 방인근 씨의 작난作亂으로 알지만 도리어 그때에 전유덕 씨가 방인근 씨보다 글을 더 — 잘 썼지요.[23]

따라서 춘원, 주요한, 전영택, 방인근으로 이루어진 『조선문단』 창간호의 주요 필자 구성은 흥미롭다. 이를 『창조』의 창간 동인과 비교하면, 주요한과 전영택이 그대로 남고 김동인이 이광수로, 김환이나 최승만이 방인근으로 대체됨으로써, 『창조』의 동인들이 김동인 대신 춘원을 중심으로 재회한 듯한 느낌을 준다. 방인근은 소설을 쓰고 편집을 했으며 자금마저 댔다는 점에서 제이의 김동인이었으며, 전유덕보다 글을 못 쓴다고 평가받은 점에서는 제이의 김환인 셈이었다. "우리 동인도 보수 없이

---

22 흥미로운 것은, 영덕군 영해면 대진동 흥양학교(교장 김두진)와 영해어업조합(조합장 김두진)을 위시한 안동, 영덕, 영해, 영양, 영주 등 이웃한 경북 지방의 여러 기관과 개인이 총 50건의 『조선문단』 창간 축하 광고를 낸다는 점이다. 잡지의 창간을 후원하는 데에 김두진 등을 중심으로 한 이 지역의 인맥이 관여한 듯하다.

23 춘원, 앞의 글, 167쪽.

돈과 시간을 내는 것"[24]이라는 춘원의 말이나 "우리 동인의 주장삼는 것은 오직 진실"[25]이라 한 방인근의 말에서 알 수 있듯이, 이들은 서로를 "동인"이라 부르며 석왕사釋王寺[26]에 모여 창간호를 편집했다. 또 2호부터 등장하는 동원東園 이일이나 김억[27] 역시『창조』의 동인이었으며, 방인근도 벽파생碧波生이라는 필명으로「눈 오는 밤」을 발표한『창조』의 소설가였으므로, 초기의『조선문단』은 "동인"으로서의 의식과 인적 구성에서 변형된『창조』인 듯도 하다. 이를 중심으로『폐허』와『백조』출신의 필자들이 잡지에 참여한 것이다.

즉 이경돈의 말처럼『조선문단』에서 사용된 "동인"이라는 용어가 "동인제의 잔존물"일 수는 있지만, 그렇다고 해서 동인제가 "처음부터 성립되지 않은"[28] 것은 아니었다. 또 "통권 3호 이후 "동인"이라는 명칭이 "전혀 사용되지 않았"[29]을지는 모르지만, 현진건은 10호에 실린 글에서 자신이『조선문단』의 "지우誌友도 아니요 동인도 아니"[30]라고 하면서 외

---

24 이광수,「편집여언」,『조선문단』2, 1924.11, 83쪽.

25 방인근, 앞의 글, 84쪽.

26 전영택은 "첫번호를 편집할 때에는 영도사에서"(「편집여언」,『조선문단』, 1924.11, 84쪽) 했다고 말했지만, 방인근은 "춘원, 요한 두 분이 석왕사와 원산으로 피서를 감으로 나도 같이 가서 한 달 동안 편집을 해 가지고 그 가을에 창간호를 세상에 내놓았다"(「문학운동의 중축『조선문단』시절」,『조광』32, 1938.6, 64쪽)라고 회고하며, 또 1925년 여름에 석왕사에 다시 간 전영택 스스로도 "작년에 큰 가족이 재미있게 지내던 것"이나 "작년에 춘해로 더불어 중의 눈총을 받으면서 고기잡이 하던 개골가"(「석왕사에서」,『조선문단』, 1925.8, 97쪽 및 100쪽)를 언급하므로, 영도사는 석왕사의 착각이거나 석왕사 근처의 다른 절일 것이다.

27 춘원의 오산학교 제자였던 김억은 중학부 2학년 때 "작문이랍시고 우스운 것이 춘원 선생의 눈에 들어 대수롭지 않은 칭찬을 받은 것이 결과로는 그만 나의 일생을 지배케 되었"다고 말한 바 있다. 김안서,「독백」,『박문』, 1939.10, 13쪽.

28 이경돈,「『조선문단』에 대한 재인식」,『상허학보』7, 2001, 72쪽.

29 위의 글, 71쪽.

30 빙허,「조선문단과 나」,『조선문단』10, 1925.7, 138쪽.

부인의 입장에서 "동인"이 존재함을 지적했다. 한편 방인근은 4호에서 "우리가 서로 사랑하는 도가 높아지고 뜨거워져서 한 덩어리가 되야겠습니다"[31]라고 피력하거나 "요한 씨의 논문과 시가 아직 아니 와서 걱정 중"이라고 말했다. 5호에서도 그는 "요한 씨의 작품을 못 실린 것"[32]을 섭섭해 하는 동인으로서의 태도를 보였다. 이는 9호의 「편집 후 몇 마디」나 "춘원, 요한, 늘봄"을 계속 "편집 동인"[33]으로 부르는 1938년의 글에서도 발견된다.

물론 이 "동인"은 『창조』의 "평등적 책임" 대신 "이광수 주재"를 내걸었다. 춘원은 김동인보다 훨씬 강력한 중심이었다. 따라서 이는 『조선문단』이 지닌 동인지 '이후'의 성격과 모순되는 문학사적인 퇴행인 것처럼도 보인다. 요컨대 이광수가 다음과 같이 「문사와 수양」에서 펼친 것과 비슷한 주장을 반복할 때, 그것은 더 이상 타자의 목소리가 아니었다.

예술욕도 성욕과 같아서 잘못 만족시키면 외입장이가 되고 건달이 되고 더러운 병을 가진 사람이 되고 몸을 망케 하고 집을 망케 하고 이웃을 망케 한다. 예술욕을 잘못 만족시키는 것은 '좋지 못한 예술품'이다.[34]

---

31 춘해, 「편집 후 몇 말씀」, 『조선문단』 4, 1925.1, 209쪽.
32 방인근, 「편집을 마치고서」, 『조선문단』 5, 1925.2, 106쪽.
33 방인근, 「문학운동의 중축 『조선문단』 시절」, 『조광』 32, 1938.6, 64쪽.
34 주재, 「권두사」, 『조선문단』 2, 1924.11, 1쪽.

3. 신인 추천 · 문사 투표 · 공개장

그런데 '이광수 주재'와 관련해 무엇보다도 중요한 것은 최서해의 존재다. 『무정』의 애독자로서 와세다대 시절의 춘원에게 편지를 보냈으며, 그의 소개로 "산문시 삼 편을 『학지광』에 실은"[35] 바 있는 서해는 1923년경에 춘원을 찾아왔다.[36] 그리고 춘원은 그의 「고국」을 아무 추천의 말도 없이 『조선문단』 최초의 추천 소설로 창간호에 게재했다. 그 후 최서해는 이 잡지에 「근대영미문학개관」(4호), 「근대독일문학개관」(5호) 등의 글을 쓰거나, 「십삼원」(5호), 「탈출기」(6호), 「살려는 사람들」(7호), 「박돌의 죽음」(8호), 「기아와 살육」(9호) 등의 소설을 발표하면서 '문사'로 자리 잡는 것이다.

이때 서해의 소설이 추천된 것은 독자 투고에 소극적이었으며 신인 추천 제도를 운용하지 않았던 『창조』나 『백조』의 경우와 대비된다. 따라서 최서해는 『창조』와 『조선문단』의 차이를 명확히 함과 동시에 '이광수 주재'의 결과를 뚜렷이 보여주는 지표적인 존재다. 독자를 훈련시켜 작가로 양성하려 한 점에서는 동인지보다 『청춘』이 『조선문단』에 가까웠다.[37] 이 잡지는 창간부터 이광수, 주요한, 전영택을 선자로 명시한 '매호 남녀 투고 모집 규정'을 밝히면서, 소설로는 최서해의 작품을 필두

---

35 최서해, 「그립은 어린 때」, 『조선문단』 6, 1925.3, 75쪽. 『학지광』 15(1918.3)에 실은 산문시는 「雨後庭園에 月光」, 「秋郊의 暮色」, 「반도 청년에게」이다.

36 이광수, 「최서해와 나」, 『이광수 전집』 17, 삼중당, 1962, 408쪽 참조.

37 이에 대해서는 권두연의 「신문관의 '문화운동' 연구」(연세대 박사논문, 2010.12)를 참고할 것.

로 백주白洲 김태수(2호, 입선), 이영섭(2호, 입선), 채만식(3호, 추천), 이순영(3호, 입선), 원소元素 권환(3호, 입선), 임영빈(4호, 추천), 한설야(4호, 추천), 박화성(4호, 추천), 춘서(4호, 입선), 백파(4호, 입선) 등의 작품을 뽑았다. 그리고 다음의 "특고特告"가 알려주듯이, 선고는 이광수가 전담했다.

<blockquote>소설 선고하시는 춘원 씨가 병중이므로 투고 소설은 발표치 못하오니 용서하소서.[38]</blockquote>

그러므로 양백화나 이일의 소설과 함께 김동인의 소설이 4호부터, 염상섭과 현진건의 소설이 5호부터 실리기 시작함은 주목할 만하다. 1호부터 3호까지의 소설 필자는 오직 『조선문단』의 동인인 이광수, 전영택, 방인근과 신인들뿐이었기 때문이다. "기성 문인"[39]들 중 가장 먼저 등장하는 김동인마저 이미 최서해와 채만식은 물론, 김태수나 이영섭 등의 작품이 실린 이후에, 그것도 임영빈, 한설야, 박화성 등의 또 다른 신인들이 대거 등장하는 신년특대호에 그들의 작품과 나란히 소설을 싣는 것이다. 즉 "평등적 책임"의 강조와 더불어 춘원의 글이 『창조』 6호 이후에야 실리게 되었다면, "이광수 주재"는 김동인의 「감자」가 『조선문단』 4호에 이르러서야 처음으로 게재된 것과 무관하지 않다. 후자의 일은 춘원이 3호인 "12월호까지 편집에 참여"[40]했다고 주장했음을 상기시키는데, 이는 실제 사실을 밝히기보다는 김동인의 소설을 『조선문단』에 실은 것이 춘원 자신의 뜻이 아니었음을 암시하는 듯하다.

---

38 「특고」, 『조선문단』 7, 1925.4, 66쪽.
39 방인근, 앞의 글, 71쪽.
40 이광수, 「병상에서」, 『조선문단』 10, 1925.7, 214쪽.

즉 초기의 『조선문단』은 "기성 문인"의 작품 게재에 앞서, 이광수의 주도 하에 "문학청년으로서 헤매는"[41] 신인들을 "단계적으로 엄밀하게" 추천했다. 이 잡지는 "우수한 작품은 '추천'이라 하고 그 다음 것은 '입선', 또 그만 못한 것은 독자 투고"[42]에 배치함으로써 문학청년들을 전문 작가로 길러내는 동시에 '이광수 주재'를 공고히 했다. 이는 "독자 대중들과 호흡"[43]하거나 "창작의 대중적 확대를 도모"[44]하는 데에 그치는 것이 아니었다. 그것은 「문학강화」 등을 통해 독자를 계몽함과 함께, "열등 정서 찬미"에 집착하는 "시체時體 문인들"[45]과 신인들을 경쟁시킴으로써, "동인"을 크게 넘어서지 못한 고유명사 『조선문단』을 춘원 중심의 보통명사 '조선문단'으로 확대하고 재편하려는 시도였다. 춘원은 한설야를 추천하며 다음과 같이 평했다.

나는 단언한다. 군의 작품은 본지 제일호 이래로 응모된 작품 중에 최상이요 또 현재 어느 문인의 작품에 지지 않는 가작이라고. 나는 군이 더욱 자중하시고 더욱 면려하시기를 빌고 믿는다.[46]

따라서 이는 4호에 공지되고 시행되었으나 결국 "발표를 중지"하게 된 '조선 문사 투표'의 의미와도 관련된다. 5호의 「문사 투표에 대하여」는 "후회막심" 운운하며 "투표수의 순서대로 등급을 매여 놓으면 문사

---

41 위의 글, 64쪽.
42 위의 글, 72쪽.
43 이경돈, 앞의 글, 73쪽.
44 천정환, 『근대의 책 읽기』, 푸른역사, 2003, 422쪽.
45 이광수, 「소설선후언」, 『조선문단』 4, 1925.1, 171쪽.
46 위의 글, 171쪽.

제위에게 미안"하다고 표명한다. 이때 중요한 것은, 등급을 매기는 일이야말로 한설야의 소설이 "어느 문인의 작품에 지지 않는 가작"이라 한 춘원의 말에 대응할 뿐 아니라, 그러한 평가를 객관화하고 정당화할 수 있다는 점이다. 물론 실제 투표 결과 및 발표를 중지한 진짜 이유에 대해서는 여러 경우를 상상할 수 있겠지만, 어쨌든 "독자 대중들과 호흡"하는 일은 다양한 용도로 계획되고 활용될 수 있을 터이다. 이를테면 7호에 모집 공고가 나고 9호에 실린 「조선문단 공개장」에서 눈에 띄는 것은 "우리는 『조선문단』 합평회를 퍽 좋게 생각한다"[47]라는 의견과 "혈수頁數를 늘이고 정가를 높이는 것도 좋을 듯"[48]하다는 요청이다. 이 중 전자는 똑같이 1925년 6월에 나온 『개벽』의 합평회 비판을 마주보고 있는데, 이에 대해서는 후에 논의하기로 하고 일단 여기서는, 후자의 요구 때문인지는 모르지만 30전에서 40전으로 책값을 올리겠다는 "정가 개정"의 공지가 같은 책에 실린다는 사실만을 지적해 두자. 정가 인상의 경우와 마찬가지로 신인을 뽑거나 "문사투표"를 하면서 "독자 대중들과 호흡"하는 일은 자기가 뽑은 신인을 기성 작가와 경합시키려는 주재자의 의도에 어긋나지 않는 방향으로 "독자 대중들"과 구분되는 "신성한 문단"[49]을 재편하고 강화할 수도 있다.

그런 의미에서 『조선문단』 6호는 획기적이다. 여기에 최서해는 「탈출기」를 발표할 뿐만 아니라, 「처녀작 발표 당시의 감상」이라는 기획 기사에 「그립은 어린 때」를 실으면서 김동인, 김억, 박영희, 박종화, 김기진,

---

47 변용언, 「춘추」, 『조선문단』 9, 1925.6, 109쪽.
48 군현학인, 「먼저 시를 대접하라」, 위의 책, 111쪽.
49 방인근, 「『개벽』 6월호 「조선문단 합평회 소감」을 읽고」, 『조선문단』 10, 1925.7, 143쪽.

방정환, 이익상, 노자영, 현진건, 나도향, 이광수, 전영택, 방인근과 동렬에 놓이기 때문이다. 더 나아가 최서해는 방인근과 함께 조선문단사 측 인사로 표시되며 "조선에서 처음"[50] 시도되는 '조선문단 합평회'의 기록자 역할도 맡는다. 하지만 무엇보다 특기할 것은, 염상섭이 "최서해가 누군가?"[51]라고 물었던 이 합평회에서 그의 「십삼원」을 다루었다는 점이다. 그 후 「탈출기」, 「박돌의 죽음」 등 서해의 소설은 임영빈 등 다른 신인의 작품과 함께 계속 합평회에서 논의되었음은 물론, 박영희, 김기진, 이상화 등이 쓴 『개벽』의 월평 대상이 되기도 했다.[52]

그리고 이 모든 일의 배후에는 6호 이후 더 이상 권두언을 내지 않게 될 이광수가 있었다. 춘원은 다음과 같이 회고했다.

그는 창작이든지 무엇이든지 패일 터이니 집에 있게 해 달라고 하였습니다. 그러나 나는 그럴 수 없다고 그를 어떤 절간으로 보내었습니다. (…중략…) 그래서 서해가 「탈출기」를 그곳에서 썼지요. 일본 문학에 관한 논문도 내가 권해서 번역했던 것입니다. (…중략…) 그때는 방인근 씨가 청량리에서 집을 냈고 『조선문단』을 따로 하던 때이라 방인근 씨에게 말하여 『조선문단』에 일을 돕게 했지요. 그래서 서해는 방인근 씨 댁에 가서 있었는데[53]

이광수는 최서해가 상경한 후 소설가가 되고 『조선문단』의 사원이 되는 데에 결정적인 역할을 한 후원자였다. 과장해서 말하면, 위와 같은 경

---

50 「조선문단 합평회 제1회」, 『조선문단』 6, 1925.3, 116쪽. 방인근의 말임.
51 위의 글, 123쪽.
52 이에 대해서는 박현수, 「최서해 소설의 승인 과정과 에크리튀르의 문제」(『반교어문연구』 26, 2009)를 참고할 것.
53 춘원, 앞의 글, 168쪽.

로로 방인근의 집에서 잡지일을 하게 됨으로써, 서해는 춘원을 대리하는 위치에까지 있게 된 셈이다. 5호를 낼 때까지는 방인근이 춘원의 집에 살며 함께 잡지를 만들었기 때문이다. 따라서 창간호에 이광수, 주요한, 전영택, 방인근과 더불어 최학송이라는 이름이 등장한 것은 의미심장하다. 결과적으로 이는 잡지의 또 다른 "동인"을 예시豫示한 셈이 되었기 때문이다.

이렇게 『창조』에서 수행된 춘원의 타자적 역할은 신인 소설가를 육성하는 "주재"의 권위로 바뀌었다. 비유컨대 그것은 『창조』의 동인지적 경향과 『청춘』의 현상모집적인 경향을 종합했다. 이것이야말로 신인 추천제의 의의다. 이로써 최서해는 "기성 문인"들과 함께 합평회에 참여해 그들 및 자신의 작품을 논하게 되었다.

4. 이희철과 소

그렇다면 이렇게 운영되던 『조선문단』에 춘원의 글이 여러 편 실린 것은 당연하다. 춘원은 "그때 내가 호마다 단편 하나씩은 썼고요. 주재라 하여 내가 처음엔 열성을 다했지요"[54]라고 회고하는데, 특히 1호부터 6호까지 그는 다양한 장르의 글들을 가장 많이 게재했다. 5호에 이광수의 글이 세 편 실린 일이 "이번에 섭섭한 것은 춘원 씨의 작이 많지 못한

---

[54] 위의 글, 167쪽.

것"[55]이라고 보고될 만큼, 초창기 『조선문단』에서 이광수 글의 비중은 압도적이었다. 춘원이 1호부터 6호에 실은 글의 목록을 보이면 다음과 같다.

- 1호(1924.10)「권두사」,「혈서」(소설),「문학강화 1」(논문)
- 2호(1924.11)「권두사」,「H군을 생각하고」(소설),「묵상록」(시),「문학강화 2」(논문),「문단만화」,「담편談片」,「소설선후언」,「편집여언」
- 3호(1924.12)「권두사」,「어떤 아침」(소설),「민요소고」(논문),「묵상록 2」(시)「문학강화 2」(논문),「크리스마스선물 의기론」(엣세이),「소설선후언」,「편집여언」
- 4호(1925.1)「새해의 희망」(권두시),「사랑에 주렸던 이들」(소설),「우덕송」(수필),「문학강화」(논문),「묵상록 3」(시),「소설선후언」
- 5호(1925.2)「붓 한 자루」(권두시),「묵상록 4」(시),「문학강화」(논문)
- 6호(1925.3)「님네가 그리워」(권두시),「첫번 쓴 것들」(처녀작 발표 당시의 감상),「육당 최남선론」(논문),「육당의 첫 인상」(인물론),「묵상록 5」(시)

목록에서 주목되는 것은「H군을 생각하고」와「우덕송牛德頌」이다. 전자는「K선생을 생각함」으로써 춘원이 『창조』에 글을 쓰게 했던 이희철의 일을 소재로 한 일종의 사소설이다. 소설가로서는 무명이었던 이희철[56]은 1923년 5월에 동아일보사에 입사한 춘원의 힘이 작용했음인지, 『동아일보』에「읍혈조泣血鳥」라는 장편소설을 140회(1923.6.2~10.28)에 걸쳐 연재한다.[57] 「H군을 생각하고」는 이희철이 26세의 나이에 폐결핵

---

55 「편집을 마치고서」,『조선문단』5, 1925.2, 106쪽.
56 이희철은 춘원의 수업에서 『소년』을 읽었으며, 최남선의 『아이들보이』에「겨울빛」(『아이들보이』7, 1914.3, 36~37쪽)이 뽑힌 바 있다.

으로 죽은 일을 다룬 작품이다. H는 동경에 있는 애인 C가 "S의 애첩이 되어 버렸다"[58]라는 소문 때문에 괴로워한다. 그러나 풍문과는 달리 C 는 귀국하여 "시골구석 빈궁한 농가에 가서 일 년 동안이나 그 애인의 혈 담과 대소변을 손수 치르고 마침내 자기의 품속에 안고 운명"[59]하게 한 다. 그리고 화자는 『사랑』의 석순옥을 예상하기라도 한 듯이, "C는 결코 세상 사람이 아닌 듯"하다고 평가한다.

따라서 일단 이 소설은 오산학교에서 헤어진 후 『창조』를 통해 다시 이어진 이광수와 이희철의 관계를 마감한다는 점에서 의미가 있다. 「동 정의 누涙」에서 B가 "사랑하는 형님 K선생의게"[60] 절절한 편지를 보냈 던 것처럼, 이희철은 「K선생을 생각함」을 쓰며 "K선생과 나와는 그 과 거에 동성의 연인"[61]이라고 고백했다. 그가 오산학교를 떠나는 춘원의 손에 "일 원짜리 은전 한푼"[62]을 쥐어주며 눈물로 배웅했듯이, 이제 이광 수는 「H군을 생각하고」로써 이희철에게 작별을 고하는 것이다.

따라서 춘원에게 개인사적 의미로 충만한 이 작품은 『창조』와 『조선 문단』을 잇는 이광수 중심의 연속성과 더불어 『조선문단』에 작용한 춘 원의 영향력을 증명하는 중요한 사례다. 그것은 '신년특대호'이자 '여자 부록호'로 대폭 증면되어 나온 4호의 「여자 부록」에 추계秋溪의 「추억」 이 실리게도 하기 때문이다. 다음은 「추억」의 일부다.

---

57   권두연, 앞의 글, 214쪽 참조.
58   이광수, 「H군을 생각하고」, 『조선문단』 1, 1924.10, 11~12쪽.
59   위의 글, 19쪽.
60   김환, 「동정의 누」, 『학지광』 20, 1920.7, 86쪽.
61   오산인, 「K선생을 생각함」, 『창조』 5, 1920.3, 89쪽.
62   이광수, 「그의 자서전」, 『이광수 전집』 9, 삼중당, 1963, 319쪽.

내가 동경에 있을 때에 나와 같은 이름을 가진 어떤 여학생이 아내 있고 재산 있는 어떤 대학생과 사랑이 깊어져서 한 하숙에서 숙식까지 같이 한다는 말이 한참 동안은 동경 유학생에게 떠들썩한 평판거리였습니다. 그때에 당신은 공연히 신경이 과민하여 거기에 대한 자세한 조사도 하지 않고 들리는 말을 직각적으로 "옳지 아무개이군." 하고 그것을 '나'라고 판단한 후에 당신은 얼른 나 있는 하숙 주인에게 "아무개가 요새 당신의 집에 있습니까" 하고 전보도 하여보고[63]

추계는 「H군을 생각하고」의 C에 해당하는 실제 인물이다. "사랑하는 이여!"를 열네 번이나 외치는 위의 글에서 추계는 죽은 이희철과의 일을 자기 입장에서 서술함으로써 춘원의 소설을 보완한다. 이 글은 "우리를 지극히 동정하는 RH 두 선생은 얼마나 성력껏 당신의 병을 구호하려 하였습니까?"[64]라고 하며 자신들의 문제에 이광수(R)와 허영숙(H)이 관여했음에 드러내기도 한다.

그런데 이 글이 추계라는 이름으로 춘계생春溪生 및 춘강春江의 글과 나란히 실렸음은 주목을 요한다. 춘계는 춘원春園의 부인 허영숙이며 춘강은 장춘長春 전영택의 누이이자 춘해春海 방인근의 부인인 전유덕이므로, 무명의 추계는 이희철의 배우자 자격으로 이들과 동렬에 놓인 셈이다. 이는 이희철을 향해 "뉘가 군이 하는 모양으로 나를 생각하며, 그와 같이 서로 사랑하리오"[65]라고 토로했던 이광수의 "주재"가 작용한 결과임이 분명하다. 더욱이 「추억」은 춘원이 강조해마지 않는 희생의 실천을 내용으로 하고 있다. 따라서 추계라는 필명도 「추억」을 싣기 위해 춘원이 지

63　추계, 「추억」, 『조선문단』 4, 1925.1, 185쪽.
64　위의 글, 186쪽.
65　이광수, 「H군에게」, 『창조』 7, 1920.7, 59쪽.

은 것일 가능성이 있다. 최승만과 모윤숙에게 각각 극웅極熊과 영운嶺雲이라는 호를 주었던 것처럼 말이다.

그러므로 앞서 인용한 바 전유덕의 호를 추호秋湖로 해서 『조선문단』에 글을 실게 한 것이 "방인근 씨의 장난"이라 한 춘원의 말은 묘하게 읽힌다. 전유덕의 호는 춘원, 춘계, 장춘, 춘해 등과 '춘'자를 공유하는 춘강이고, 추호는 전영택의 다른 이름이다. 「가을 들」에서 전영택을 "추호 형"[66]이라 불렀던 춘원이 이를 몰랐을 리가 없다. 전유덕의 호가 춘강임도 잘 알고 있었을 것이다. 그러므로 위의 말은 완전한 착각이다. 이는 추호와 춘강이 오누이라는 점뿐 아니라, 추호와 추계에 공통된 '추'로 인해 발생한 말실수일 것이다. 자기 아내의 호인 춘계를 염두에 두고 '춘'을 '추'로 바꾸었기 때문에 '추'가 기억에 남았던 것이리라.

그렇다면 이는 오히려 춘원 자신의 "장난"(?)을 자리바꿈하여 고백한 것이다. 사실 방인근 아내의 글을 게재하는 것보다는 이희철 애인의 글을 게재하는 것이 훨씬 예외적인 일이다. 전유덕은 이미 「나의 일기」(1918)나 「신여자의 자각」(1920) 등을 『여자계』에 발표한 바 있다. 따라서 "방인근 씨의 장난" 운운은 추계의 글을 실으려는 춘원의 전유적專有的인 결정에 대해 "편집 내용으로 춘원과 의견이 맞지 않"[67]았던 춘해의 반대가 있었음을 상상케 한다. 「추억」이 실린 것에서 알 수 있듯이, "주재"의 의견은 관철되었지만 말이다. 요컨대 「추억」의 게재는 "사람은 하나가 되어야 하겠다"라는 춘원의 주장을, 최서해의 추천과는 다른 형태로 실천한 사례다. 즉 「K선생을 생각함」에서 시작해 「추억」으로 끝나는

---

66 춘원, 「가을 들」, 『조선문단』 12, 1925.10, 83쪽.
67 방인근, 「문학운동의 중축 『조선문단』 시절」, 『조광』 32, 1938.6, 66쪽.

이광수와 이희철의 이야기는 타자적 소외 및 비판에서 주도권 장악과 결정으로 나아가는 춘원의 위치 변화를 『창조』와 『조선문단』을 통해 매개하고 드러낸 문학사의 사건이었다. 그러므로 주재 사퇴에 즈음해, "12월호까지 편집에 참여하고는 이래 글도 못 쓰고 편집에도 상관은 못 하였다"[68]라고 한 춘원의 말은 사퇴를 변명하는 엄살이거나 과장이다. 그는 1925년 1월호 및 그 후의 책에서도 편집에 관여하고 글도 발표했다.

「우덕송」이 흥미를 끄는 것도 이 문제와 관련해서다. 을축년 소의 해를 맞아 쓴 이 글에서 춘원은 "소는 사람이 동물성을 잃어버리고 신성에 달하기 위하여 가장 본받아야 할 선생"[69]이며, 소의 희생이 "애국자나 종교가가 창생을 위하여 자기의 몸을 바치는 것과 같아서 눈물이 나도록" 고맙다고 논한다. 그는 다른 동물들과 소를 비교하며 "인욕忍辱의 아름다움"을 아는 소가 "동물 중에 인도주의자"이며 "동물 중에 부처요 성자"라고 예찬한다.

그런데 더욱 흥미로운 점은 이 글에 화답이라도 하듯이, 이동원 역시 소에 대해 사변하는 「채식주의자」를 같은 호에 발표한다는 사실이다. 그는 "형무소"에 수감된 T를 통해 다음과 같이 말한다.

어린 아이가 주먹을 들어도 그 큰 눈을 감고 머리를 돌리는 못되어 보이지만 저항치 않으려는 깊은 평화의 마음 이것 전체를 총합하여 생각하면 사람은 소에 대하여 다시 용서함을 받기 어려운 죄를 많이 지었다. 그리스도를 십자가에 못 박게 한 죄만치 소에 대하여 지은 것이다. (…중략…) T가 반생 가운데 죄 지은 것이 세일 수 없이 많지마는 고기 먹는 것이 소고기 먹는 것이 제일 큰 죄다. (…

---

68 이광수, 「병상에서」, 『조선문단』 10, 1925.7, 214쪽.
69 장백산인, 「우덕송」, 『조선문단』 4, 1925.1, 100쪽.

중략…) “에이 이놈의! 육체야! 소고기를 못 먹어서 존재하지 못할 것이면 어서 없어지고 말아라! 그렇게 무거운 죄를 지어야 살아간다면 이 육체는 언제든지 버릴 수 있다. 나는 소고기를 먹고 십 년 살기보다는 아니 먹고 일 년 살기를 택한다.”[70]

이렇게 T는 소를 “그리스도”에 비유하면서 “인제부터 육식을 금하여 자기 가운데 뿌리가 깊이 박힌 사자성과 호랑성을 떼어” 버려야 하겠다는 결론으로 나아간다. 그것은 육식을 하는 “사람의 생활은 오직 싸움” 밖에 없으며, 세상은 “패배자의 선혈의 냇물이요 패배자의 시체로 쌓아놓은 산”이 될 것이라는 생각 때문이다. T가 말하는 채식주의는 조선을 식민지로 전락시킨 약육강식과 우승열패의 질서에 대한 대안으로 제시된 것이며, 결국 춘원이 주장하는 인도주의나 “인욕”의 무저항주의를 복창하고 있다.[71]

그러므로 글의 소재와 주제에 걸쳐 수행된 「우덕송」과 「채식주의자」의 훈지壎篪는 『조선문단』이 내건 ‘이광수 주재’의 실상과 이념을 함축한

---

70 이동원, 「채식주의자」, 『조선문단』 4, 1925.1, 51~52쪽.
71 「채식주의자」는 감옥에 들어간 지 3개월이 된 주인공의 심리를 묘사하고 있다. 그런데 주인공이 감옥 창을 통해 구름을 보면서 “실연한 미인이 해쓱한 얼굴에다가 우던 끝에 박속 같이 쓴 웃음을 띄우는 것도 같다”(위의 글, 50쪽)라고 생각하는 것은 「운명」(전영택)에서 변심한 애인의 소식을 기다리다 100일 만에 출옥하는 오동준을 상기시킨다. 또한 “육肉의 구속으로 생기는 고통을 벗어난 영靈의 자유세계의 법열”을 고평하는 것은, “여자는 육에 산다”, “그러면 남자는 무엇에 사나. 정신에 산다!”라고 한 「흑연일총」의 서술도 상기시킨다. 한편 춘원은 「사랑」에서 다음과 같이 서술한다. “순옥은 안식교의 채식주의를 좋아한다. 순옥은 선천적으로 살생을 싫어하는 마음이 있었다. 이것은 그 할머니에게서 받은 것인지 모른다. (…중략…) 순옥의 기억에 그 할머니는 비린 것을 자시지 아니하였다. 그리고 손자들을 보고도, ‘살생을 해서는 못 써. 살생을 많이 하면 내생에 병이 많은 법이야.’ 이러한 말과, ‘저 소가 우리 조상인지도 몰라.’”(이광수, 『이광수 전집』 10, 삼중당, 1962, 149~150쪽)

다. 춘원은 을축년을 맞아 소에 대한 글을 쓰도록 독려했을 것이다. 그는 "하늘에서 검은 암소가 내려와서 사람의 조상을 낳았다"는 "우리 창조 신화"를 거론하거나 "육갑으로 보건댄 을축년은 우리 민족에 퍽 인연이 깊은 해"[72]라고 하며 소를 조선 민족과 동일시했기 때문이다.

그렇다면 "우양간牛養間"을 묘사하여 "소들이 마판을 구르는 소리와, 몸을 부빌 때마다 쓰악쓰악 하는 소리와, 빗장이 덜컹대는 소리가 가끔 고요한 공기를 흔든다"[73]라고 서술한 임영빈의 「난륜」이 1925년 신년호에 추천된 일 역시 「채식주의자」가 실린 일만큼이나 흥미롭기 그지없다. 이 소설의 중심 서사인 불륜을 저질러 쫓겨나는 며느리의 이야기보다는, 고기를 못 먹는 대신 "소의 병을 알기나 고치기에도 능한"[74] 박 서방의 특징 및 다음과 같은 장면이 더욱 주의를 끌기 때문이다.

조 이삭 담은 멱서리를 싣고 소들은 동네로 왔다 갔다 한다. 새끼 다린 소가 소리를 부르고, 황소는 쓸데없이 영각을 한다. 누군지 소를 몰면서 담바귀 타령을 늘어지게 한다. 재 싣고 나오는 소도 있다.[75]

---

72 장백산인, 「우덕송」, 『조선문단』 4, 1925.1, 97쪽.
73 임영빈, 「난륜」, 위의 책, 65쪽.
74 위의 글, 69쪽.
75 위의 글, 80쪽.

5. 합평회의 의미

한편『조선문단』은 '조선문단 합평회'라는 월평 좌담회를 개최했다. 이는 방인근이 용두리로 나와 발행한 6호(1925.3)부터 시작되는데, 급기야 박영희, 조명희, 이익상, 김기진, 이상화, 백기만이 동원된『개벽』(1925.6)의 비판에 부딪친다. 그러나 "합평회를 퍽 좋게 생각한다"라는 공개장의 의견 때문인지, 그것은 염상섭, 현진건, 방인근이 각자의 입장을 표명한 10호를 거쳐 11호까지 계속된다. 필시 합평회는 방인근이 춘원으로부터 공간적으로 독립했을 뿐 아니라 편집에서도 독립하기 시작함을 의미하는 중요한 기획이었을 터이다. 게다가 그것은 "조선에서 처음" 시도되는 것이었다. 따라서 방인근은 합평회가 "일종의 유행"[76]이라고 한 백기만의 비판에 대해 "일본에서는 유행일지 모르나 조선서는 유행이 아니"[77]라고 반박했다. 합평회를 '조선문단 합평회'로 명명한 것은 이러한 자부심을 표현한다. 이는『조선문단』표지에 "이광수 주재"를 내세운 일과 상통한다.

하지만 방인근과 최서해를 제외한『조선문단』의 다른 동인들은 합평회에 별 관심을 보이지 않았던 듯하다. 합평회 참여자의 명단을 보이면 다음과 같다.

- 1회 김기진, 김억, 이광수, 박종화, 염상섭, 나빈, 양건식, 현진건, 방인근, 최학송

---

[76]　백기만, 「생각나는 대로」, 『개벽』, 1925.6, 108쪽.

[77]　방인근, 「『개벽』 6월호 「조선문단 합평회 소감」을 읽고」, 『조선문단』 10, 1925.7, 141쪽.

- 2회 박종화, 염상섭, 나빈, 양건식, 현진건, 방인근, 최학송
- 3회 양백화, 염상섭, 현빙허, 나도향, 방춘해, 최서해
- 4회 양백화, 염상섭, 현빙허, 나도향, 방춘해, 최서해
- 5회 염상섭, 현빙허, 나도향, 방춘해, 최서해
- 6회 양백화, 김동인, 현빙허, 나도향, 방춘해, 최서해

이 명단을 정리하면, 총 참여자는 11명이고, 합평회를 진행한 방인근과 최서해를 빼면 현진건과 나도향이 여섯 번씩, 염상섭과 양건식이 다섯 번씩, 박종화가 두 번, 그리고 이광수, 김기진, 김억, 김동인이 각각 한 번씩 합평회에 출석했다. 방인근, 최서해와 더불어 현진건, 나도향, 염상섭, 양백화가 합평회를 주도한 것이다.

그런데 6회 합평회에 염상섭이 결석한 대신 김동인이 출석해, "저는 이번에 구경으로 온 셈"[78]이라고 말한 일이 호기심을 끄는 것은 차치하더라도, "주재"인 이광수가 한 번밖에 출석하지 않은 것은 이상하다. 물론 이는 전영택이 1925년 3월 16일에 쓴 글에 "누운 지가 이주일이 지났다"[79]라고 되어 있듯이, 1925년 "2월 15일 영도사永導寺 초막"[80]에서 열린 첫 회의에 참여한 이후, 3월 정도부터 춘원이 아팠던 탓일 것이다. 사실 그는 7호(1925.4)에 「18세 소년이 동경에서 한 일기」를 싣고 나서 8호(1925.5)와 9호(1925.6)에는 글조차 한 편도 게재하지 못한다.

또 한 가지 흥미로운 것은 "박영희 늘봄 두 분이 종내 오지 않는 걸"[81]

---

78 「조선문단 합평회 제6회」, 『조선문단』 11, 1925.8, 114쪽.
79 전영택, 「춘원이 앓는다」, 『조선문단』 7, 1925.4, 15쪽.
80 「조선문단 합평회 제1회」, 『조선문단』 6, 1925.3, 127쪽. 영도사는 안암동에 있는 절로, 현재의 개운사開運寺임.
81 위의 글, 127쪽.

이라 한 방인근의 말에서 알 수 있듯이, 방인근의 기대에도 불구하고 전영택이 합평회에 한 번도 출석하지 않았다는 사실이다. 상해에 있던 주요한은 당연히 참석할 수 없었겠지만, 서울에 있던 늘봄의 불참은 합평회가 동인과는 무관하다는 인상을 준다. 합평회에 관한 한, 전영택은 매부인 방인근보다는 '선생님 격'인 춘원에 가까웠던 것처럼 보인다. 다음 인용에서 추측되는 것처럼, 술에 대해서도 전영택은 "방인근 씨 등이 마시지만 아니하였더라면 『조선문단』을 중지는 하지 안하였을 것"[82]이라 한 춘원 편이었으리라.

> 춘원, 늘봄, 요한은 가끔 오지마는 그저 이야기나 하고 놀 뿐, 술 추념은 별로 없었다. 그러나 상섭, 동인, 빙허, 백화, 도향, 안서, 무애, 장희, 월탄은 오면 술이다. 술병을 차고 오는 때도 있다.[83]

"오면 술"이던 사람들은 대부분 합평회의 참석자들이었거니와, 회의를 끝낸 그들은 "흐린 밤 빗소리"가 자아내는 "그윽한 회포"[84]를 술로 풀기도 했을 것이다. 그 점에서도 춘원과 늘봄은 합평회에 어울리지 않았다. 더욱이 박영희가 "좌우 진영의 문사들을 한데 모으려고 한 그때의 춘해의 심경"[85]을 평가하는 데에서 보이듯이, 방인근의 합평회 기획에는 곧 카프를 주도하게 될 팔봉이나 회월도 포함되어 있었다.

그러나 무엇보다 주목할 것은 합평회에서 보인 춘원의 태도다. 그는 사

---

82 춘원, 「전 『조선문단』 추억담」, 『조선문단』, 1936.8, 169쪽.
83 방인근, 「문학운동의 중축 『조선문단』 시절」, 『조광』 32, 1938.6, 68쪽.
84 「조선문단 합평회 제4회」, 『조선문단』 9, 1925.6, 126쪽.
85 박영희, 「초창기의 문단측면사 (5)」, 『현대문학』, 1960.1, 277쪽.

회자인 방인근이 22번, 나도향이 17번, 박종화가 14번, 현진건이 11번, 염상섭이 8번, 김기진이 8번, 최서해가 4번, 양건식이 3번, 김억이 3번을 발언했으며, 일동이 2번을 동의하고 3번을 웃은 후, 즉 『개벽』의 「정순의 설움」(박영희), 『생장』의 「영원한 가책」(김낭운) 등에 이어 『조선문단』에 게재된 염상섭의 「전화」가 논의될 때에야 회의 장소에 나타났다.

이때 논의되던 「전화」는 주인공이 "삼백예순댓 냥"[86]에 산 "광화문 1223번"[87]의 전화를 회사 동료 김 주사에게 오백 원을 받고 팔지만, 김 주사가 자기 아버지한테서 전화 값으로 받은 실제 액수는 "칠백 원"[88]이 었음을 발견한다는 이야기다. 이는 "춘원이 소개해서 육당의 전화를 사 백여 원에" 샀는데, "1203번"이라는 "번호가 좋아서 지금껏 입에 뱅뱅" 돈다는 방인근의 말을 상기시킨다. 그는 "이 전화 하나에도 에피소드"가 많으며, "최후에 전화를 팔아서 『조선문단』 한 호를 더 낸 것" 이외에 "다른 삽화는 공개할 수 없"[89]다고 했다. 한편 염상섭은 이 소설로 "소위 현대 사회에 나서서 행세한다는 사람의 내막을 그리려"[90] 했다고 밝히는 데, 이 말에 이어 "춘원은 왜 말씀이 없습니까?"라고 한 나도향의 발언 권유에 춘원은 다음과 같이 대답했다.

나는 오늘 듣기만 하겠습니다. 하하.[91]

---

86 염상섭, 「전화」, 『조선문단』 5, 1925.2, 8쪽.
87 위의 글, 14쪽.
88 위의 글, 18쪽.
89 방인근, 앞의 책, 66쪽. 글
90 「조선문단 합평회 제1회」, 『조선문단』 6, 1925.3, 123쪽.
91 위의 글, 123쪽.

결국 일동이 "하하하" 웃은 후 「전화」에 대한 이야기는 끝나며, 춘원은 위와 같이 말한 후 처음이자 마지막으로 참여한 합평회에서 한 마디도 이야기하지 않는다. 그는 합평회에서 철저히 침묵했다. 따라서 횡보가 다음과 같이 불평한 것도 당연하다면 당연하다.

> 제일회의 인상으로 보아서는 김기진 씨도 그러한 눈치인 모양이지만 마음에 재미없는 몇 가지를 발견하고 그 후부터는 출석치 않으려고까지 하였다. 노골적으로 말하면 이광수 씨가 『조선문단』의 주재이든 마든 그것은 그 집 살림이니까 관계할 것이 없다. 가령 어떤 잡지나 신문에 기고할 제 그 사장이나 주필을 보고 기고하는 것이 아니니까. 그러나 합평회 석상에서 이 씨가 출석하면서 종시 침묵을 지키는 것은 그가 문외한이면 이이而已어니와 자기가 주재요 따라서 우리를 청한 주인 격으로 그러한 태도를 취함이 비록 문단의 선구라 할지라도 불쾌하였었다. 이것이 아마 여러 사람이 합평회에 출석키를 꺼리어하는 중요한 이유가 되었을지 몰랐다.[92]

염상섭은 "회의 공기가 재미없어서 일 회 이후로는 결석하였다"[93]는 김기진의 말에 동의하면서 그 "재미없는" 이유를 적시한다. 그것은 합평회의 "주인 격"인 춘원의 침묵 때문이며, 횡보는 "이씨"의 그러한 태도로 인해 "여러 사람이 합평회에 출석키를 꺼리어"했다고 논하는 것이다.

어쩌면 춘원이 아무 말도 하지 않은 것은 염상섭의 「전화」에 마음이 상했기 때문일지도 모른다. 어쨌든 춘원은 이백 원의 차익을 낸 김 주사의 위치에 있었으며, 따라서 "현대 사회에 나서서 행세한다는 사람의 내

---

92   염상섭, 「『조선문단』 및 그 합평회와 나」, 『조선문단』 10, 1925.7, 137쪽.
93   김기진, 「『조선문단』 합평회 인상기」, 『개벽』, 1925.6, 106쪽.

막"이라는 말은 묘한 여운을 준다. 현진건이 "이 작(作)에서 표현시키려는 것이 무엇인지?"[94]라고 물은 것은 이와 관계된 질문일 수도 있다.

그러나 좀더 분명한 것은 참여자들에게 동등한 발언권을 부여하는 합평회의 성격이다. 그것은 "주재"가 지니는 일종의 초월적 위치를 부정한다. 다양한 인사들이 모인 공적 토론의 장에서, "춘원 형이 십 년 전에 처음 알게 된 때로부터 많은 존경을 품고 큰 기대를 가졌다"[95]는 식의 화법, 즉 춘원에게 주어의 자리를 양보하는 전영택 식의 태도가 관철될 수는 없으리라. 따라서 그런 상황에서 다른 사람들과 말을 섞는 일은 초월자의 마땅히 할 일이 아니다. 일찍이 "K선생"이기도 했던 "문단의 선구"로서, 춘원은 "말하지 않고 응시"[96]하면서 "군림하는 도덕"의 자세를 지녀야 할 터이다. 이 점이 횡보를 불쾌하게 했던 것이다. 그렇다면 춘원의 "겸손한 마음"[97]을 지적한 전영택의 말은 잘 납득되지 않는다.

한편 춘원과는 "진로와 태도가 다른즉 합평회만은 지속하여 달리는 방춘해, 최서해 양군의 간청"[98]이 있었다는 말은 합평회가 춘원이 주도한 것이 아님을 확인해 준다. 그러나 합평회는 "참여 자체가 수행(행동)"[99]인 "신체적 담론 공간"이라는 점에서, 그 자리에 나가는 일만으로도 춘원은 방인근의 기획에 동의하고 거기에 동원되는 것이다. 이 역시 '이광수 주재'와는 어울리지 않지만, 어쨌든 『조선문단』은 '이광수 주재'이므로 춘원은 내키지는 않았음에도 불구하고 첫 번째 '조선문단 합평회'에 나가지

---

94 「조선문단 합평회 제 1회」, 『조선문단』 6, 1925.3, 122쪽.
95 전영택, 앞의 글, 15쪽.
96 신형기, 『민족 이야기를 넘어서』, 삼인, 2003, 143쪽.
97 전영택, 앞의 글, 15쪽.
98 염상섭, 앞의 글, 137쪽.
99 신지영, 「한국 근대의 연설·좌담회 연구」, 연세대 박사논문, 2009, 174쪽.

않을 수도 없었을 터이다. 이렇게 춘원은 합평회의 주인 격이기는 했지만 진정한 주인은 아니었다. 김동인과는 다른 의미에서 그는 합평회를 "구경"할 수밖에 없었다. 하지만 『개벽』의 공격을 받은 데에서도 알 수 있듯이, 합평회는 『조선문단』을 대표하는 것처럼 되어 갔다. 이광수가 공교롭게도 첫 합평회 직후, 김동인의 「소설작법」이 연재되기 시작하는 "사월부터"(7호) "주재라는 명의를 사퇴"[100]하겠다고 말한 것은 이 사실에 대한 반응일 수 있다.

그러므로 '조선문단 합평회'는 상당한 의의를 지닌다. "방춘해, 최서해 양군의 간청" 운운하는 염상섭의 언급이 웅변하듯이, 그리고 이광수, 전영택, 주요한의 불참이 결과적으로 증명하는 것처럼, 그것은 춘원 중심의 "동인"이 해소되고, 얼마 후 카프에 가담하게 될 최서해가 사상적 경향과 문단적 입지에서 이광수로부터 이탈하는 일을 가속화한 계기였다. 즉 합평회는 이광수가 『창조』에서 김동인에게 한 것과 비슷한 일을 『조선문단』의 춘원에게 수행했다. 그 점에서 합평회는 11호에 이르기까지 춘원이 「당선 소설 선후평」을 쓰고 있는 신인 추천과 대립한다. 앞서도 말했듯이, 후자는 기성 문인보다 신인들을 앞세움으로써 『조선문단』의 "이광수 주재"를 확실히 하는 것이었기 때문이다.

또 한 가지 지적할 것은, 춘원의 마지막 선후평이 나온 11호(1925.8)는 마지막 합평회가 실린 책이기도 했다는 점이다. 합평회 중지에 대해 방인근은 "평자 몇 분이 어디 가시게도 되고" 해서 "부득이 중지케"[101] 되었다고 밝히지만, 여기에는 회의의 기록자인 서해가 퇴사한 일도 큰

---

100 이광수, 「병상에서」, 『조선문단』 10, 1925.7, 214쪽.
101 「편집여언」, 『조선문단』 12, 1925.10, 181쪽.

원인이 되었음이 분명하다. 그도 그럴 것이 『개벽』의 합평회 비판에 "침묵"[102]하던 서해는 『조선문단』을 떠나는 대신 카프에 가입했기 때문이다. 이렇게 신인 추천과 합평회의 대립은 최서해로써 지양되었다.

6. 창간 일주년 전후의 일들

그렇다면 9호의 「편집 후 몇 마디」에서도 춘원의 글이 실리지 못한 것을 섭섭해 하던 방인근이 10호에 다음과 같이 공지하게 된 것은 춘원이 아프지 않았더라도 일어날 수 있었던 일종의 필연이라는 느낌도 든다.

> 이광수 주재를 이번 호부터 빼게 되었다. 이유는 여러 가지겠지마는 첫째 병으로 주재를 감당치 못하는 것과 둘째 개인의 주재라는 것이 재미없다는 것이다. (…중략…)
> 또한 전영택, 주요한, 이광수 삼 씨와 나와 같이 『조선문단』을 시작한 것이었으나 좀 범위를 넓히려는 곳에 더 의미가 있는 것이다.[103]

인용의 핵심은 "개인의 주재라는 것이 재미없다"라는 말과 "범위를 넓히려는 곳에 의미가 있"다는 말이다. 이는 『개벽』의 공격에 대해, "방, 최 양군에 대한 우의"[104]로 인해 합평회에 참석했다고 변명한 염상섭이나,

---

102 박현수, 앞의 글, 399쪽.
103 방인근, 「이광수 주재에 대하야」, 『조선문단』 10, 1925.7, 214~215쪽.

"당파니 뭐니 하는 것은 아무리 흥분한 끝이라고 회월 군의 말이 심"[105] 했다고 하면서, "연대적 책임"을 질 만큼 『조선문단』과 "유기적 관계가 없다"[106]라고 발뺌한 현진건뿐만 아니라, "춘원이 주재면 으레 부르주아 잡지의 특색을 나타낼 것이니 집필하지 않을 것을 결심"[107]한 박영희 등도 겨냥한, 잡지의 새로운 성격을 천명했다. "이광수 주재"의 소멸을 선언함으로써, 방인근은 창간 일주년 기념호(1925.10)의 출간을 두 달 앞둔 『조선문단』의 좌우합작을 기도하는 진정한 "편집 겸 발행인"이 되었다.

그러므로 일주년 기념호에 실은 춘원의 글이 합평회에 불참한 전영택 개인에게 보내는 편지인 「가을 들」인 반면, 방인근이 「『조선문단』 일주년 감상」으로써 잡지의 역사를 회고하는 것은 자연스럽다. 그 후 방인근은 최서해의 퇴사를 알리는 13호에서 "글 쓰는 사람들 자신의 사상상 변동"[108]을 말하는 권두언도 쓰게 되는 것이다. 그의 권두언은 16호에서도 발견되거니와, 이러한 변화는 잡지의 인쇄인과 인쇄소가 바뀌는 일로도 나타난다. 즉 창간호부터 10호까지 각각 노기정魯基禎과 한성도서주식회사(경성부 견지동 32번지)로 표시되던 것이, 11호부터는 치카자와 모헤이近澤茂平와 치카자와 인쇄소(경성부 장곡천정 76번지)로, 다시 15호부터 17호까지는 전유덕과 치카자와 인쇄소로 교체된다.[109] 방인근은 일본인 인쇄소의 "포인트활자"[110]로 책을 찍는 일 등을 통해서도 기존의 맥락으

---

104 염상섭, 앞의 글, 137쪽.
105 「조선문단 합평회 제5회」, 『조선문단』 10, 1925.7, 146쪽.
106 현진건, 「『조선문단』과 나」, 위의 책, 138쪽.
107 박영희, 앞의 글, 277쪽.
108 방인근, 「조선의 문예」, 『조선문단』 13, 1925.11, 1쪽.
109 그러나 남진우가 잡지를 인수한 18호부터 인쇄는 다시 노기정의 한성도서주식회사가 담당하게 된다.
110 춘해, 「편집후언」, 『조선문단』 11, 1925.8, 122쪽.

로부터 벗어나려 했다.

따라서 김기진이 10호의 「관능적 관계의 윤리적 의의」를 필두로 11호와 12호에 계속 글을 발표할 뿐 아니라, 16호에는 최남선, 염상섭, 이윤재, 양주동의 평론과 나란히 "병석에서"[111] 쓴 월평까지 실었다는 사실은 관심을 끈다. 합평회에 출석했던 인연 때문인지, 팔봉은 방인근이 편집하는 『조선문단』의 필자가 되었으며, 이로써 "우리는 넓은 마음으로 사랑하자"[112]고 한 방인근의 바람은 성과를 거둔 것처럼도 보인다.

하지만 더 일반적인 사실은 춘해의 노력에는 아랑곳하지 않고, "좌익 문사들"이 "그러한 정책에 속아서는 아니 된다고 그럴수록 더욱 굳게 결속할 것을 약속"[113]했다는 점이다. 예컨대 박영희는 18호(1927.1)부터 발행인이 방인근에서 남진우로 바뀌고 박팔양이 권두언을 쓰게 된 이후에야, 그것도 카프 가입 후 퇴사했던[114] 최서해가 다시 편집에 복귀한 19호의 다음 호이자 1920년대 『조선문단』의 마지막 호인 20호(1927.3)에 이르러서야, 트로츠키의 『문학과 혁명』을 소개하는 「문예비평의 형식파와 맑스주의」를 이 잡지에 발표한다. 그러나 남진우가 인수한 후, 윤기정, 김영팔, 홍명희, 김화산 등의 글이나 「윤전기와 사층집」(김니콜라이)[115]과 같은 다다이즘 시도 실릴 정도로 『조선문단』의 필자와 작품이 다변화되었다는 점에서, 이는 방인근의 노력과는 무관하다. 방인근이 주도하던 『조선문단』에는 춘원의 「문학과 '부르'와 '프로'」(14호), 최

---

111 팔봉, 「4월의 창작란」, 『조선문단』 16, 1926.5, 20쪽.
112 방인근, 「『개벽』 6월호 「조선문단 합평회 소감」을 읽고」, 『조선문단』 10, 1925.7, 143쪽.
113 박영희, 앞의 글, 277쪽.
114 최서해의 퇴사 시기는 1925년 10월 초이다. 「병우 조운」, 『조선문단』 13, 1925.11, 90;
　　「사고社告」, 『조선문단』 13, 1925.11, 80쪽 참조.
115 박팔양(김여수)임.

남선의 「조선 국민문학으로의 시조」(16호), 염상섭의 「프롤레타리아 문학에 대한 '피' 씨의 언」(16호), 이은상의 「예술적 이념의 본연성」(17호) 등 박영희와 이념을 달리하는 글들이 주로 게재되었던 것이다.

즉 박영희는 『조선문단』보다 홍순준, 김구영, 서중석 김혁, 이만국, 최태원, 김지현 등 "출판 노동조합원 중에 문학에 취미를 가진 청년들"[116]과 가까웠다. 『조선문단』은 "이광수 씨, 최남선 씨, 홍명희 씨 외 수인"의 연사로 구성된 일주년 기념 문예 강좌를 1925년 10월 15일부터 17일까지 열려고 했다. 그러나 13호의 「편집여묵」은 이 행사가 11월 5일과 6일 양일 간 춘원과 육당이 강연하는 것으로 축소됨을 알려주는데, 실제로 11월 5일에 열린 강연회 첫날, 박영희가 말한 "문학에 취미를 가진 청년들"에 의해 다음과 같은 일이 발생했다.

방인근 씨의 간단한 개회사가 있고 뒤를 이어 연사 이광수 씨의 「문학의 존재 이유와 그 효과」라는 강연에 들어가 처음에 예술의 기원을 말하려 할 때 돌연히 청중 속으로부터 맹렬한 '야지'가 일어나 약 이십 분 동안이나 연사의 말을 막아서 장내는 자못 혼잡하여질 때 마침 소관 종로서로부터 이십여 명의 경관대가 몰려와서 '야지'하던 사람 일곱 명을 아래와 같이 검속하여 간 뒤 다시 강연을 계속하여[117]

"청년들"은 춘원에게 『조선문단』을 내던지기도 했는데, 이 사건으로 검속된 이들 중 세 명은 훈방되고 네 사람은 "일주일 구류"[118] 판결을 받는

---

116 박영희, 앞의 글, 280쪽.
117 「조매자嘲罵者 칠 명 검속」, 『시대일보』, 1925.11.7.
118 「사 씨는 필경 구류」, 『조선일보』, 1925.11.8.

다. 이 일은 카프 결성으로 표면화된 이념 대립과 문학계의 헤게모니 투쟁을 드러냄과 동시에, 문학적 공론장이 복잡화되고 이질화됨을 보인다.

또 한 가지 지적할 것은 이 일이 합평회와 짝을 이루며 이광수의 문학사적 위치를 규정한다는 사실이다. 비록 성공할 수 없었을지언정 합평회의 춘원은 스스로 침묵하며 다른 문사들을 굽어보는 초월적인 태도를 유지하려 했다. 하지만 이제 발화를 독점할 수 있는 높은 연단 위에 올라섰을 때, 그는 복수 받기라도 하듯이 청중들에 의해 야유되고 침묵 당하게 되었다.

이는 "문단의 선구" 춘원이 주도하는 신문학 시대의 완전한 종언을 확인한다. 함께 근대문학을 일구었다는 점에서 어쨌든 이광수의 동료이자 후배였던 "기성 문인"들과는 달리, 이 청년들은 춘원에게는 낯선 이념과 자세로 무장한 채 새로운 문학을 주장하며 그에게 달려들었던 것이다. 따라서 강연회를 공지한 13호에서 "인도주의를 내용으로 하는 신이상주의"[119]를 강조했던 춘원이, 강연회 이후 처음 출간된 14호에 「문학과 '부르'와 '프로'」를 쓴 일은 상징적이다. 오랜만에 춘원의 글이 권두 평론 격으로 수록되었다는 점뿐 아니라, 그 말미에 "계속"이라는 표시가 있는 것으로 보아, "프로문학이라는 특수한 문학이 존립"[120]할 수 있는가에 대해 본격적으로 논의하려 했다는 점에서도 이 글은 주목된다. 강연회 사건의 충격과 더불어, 또는 "혁명은 병"[121]이라고 비유하면서 "변적變的 문학"이 아니라 "상적常的 문학"이 필요하다고 한 논의의 연장선상에서, 이광수는 다시 『조선문단』의 전면에 나서서 프로문학을 논리적

---

119 춘원, 「우리 문예의 방향」, 『조선문단』 13, 1925.11, 87쪽.
120 이광수, 「문학과 '부르'와 '프로'」, 『조선문단』 14, 1926.3, 2쪽.
121 이광수, 「중용과 철저」, 『동아일보』, 1926.1.2.

으로 비판해야 하겠다고 마음먹었을 것이다.

하지만 "혹은 개인을 따라 혹은 계급을 따라 사상과 감정에 특수한 개성차가 있는 것은 부정할 수 없는 사실"[122]이라 한 이 글은 "사정으로 인하여"[123] 계속 연재되지 못한다. 계급적 특수성을 인정했을 뿐만 아니라 이를 개성의 차이와 혼동한 춘원으로서는, 나아가 스스로 부르주아 문학과 프롤레타리아 문학을 대립시키는 실수를 저질렀던 그로서는 더 이상 논의를 진행시키기도 어려웠을 것이다. 아니면 1926년 5월에 창간될 『동광』의 준비에 바빠 집필이 불가능했을 수도 있다. 또한 그는 6월에 "신병의 재발로 경의전 병원에 입원"[124]해야 했다. 그 후 그는 남진우가 속간한 18호에 단 한 번 「눈」이라는 시조를 발표할 때까지 방인근의 『조선문단』에는 아무 글도 못 싣는다. 따라서 『조선문단』의 프로문학 비판은 염상섭의 「프롤레타리아 문학에 대한 '피' 씨의 언」[125]으로 이어진다.

이렇게 보면 강연회 사건은 합평회에서 보인 춘원의 태도에 불쾌함을 피력했던 횡보와 춘원을 프로문학 비판이라는 한 자리에 다시 모이게 한 셈이다. 춘원은 『조선문단』 "동인"이나 "기성 문인"들에 의해서가 아니라, 또는 "주재"를 포기함으로써가 아니라, 그에게 "야지"를 놓은 청년들 및 그들로 상징되는 문학사의 전개에 의해 합평회에서 주장했던 초월적인 위치를 결정적으로 박탈당했다. 그는 프로문학의 반대편에 놓였기 때문이다. 이렇게 그는 염상섭 등과 동렬에 놓인 구시대의 문사이자 부르주아 문사로 재배치되기 시작했다.

---

122 이광수, 「문학과 '부르'와 '프로'」, 『조선문단』 14, 1926.3, 3쪽.
123 춘해, 「편집여언」, 『조선문단』 15, 1926.4, 93쪽.
124 김윤식, 『이광수와 그의 시대』 3, 한길사, 1986, 1158쪽의 연보 참조.
125 "'피' 씨"는 포풋치키Poputchiki에 속한 동반자 작가 보리스 필리냐크Boris Pilinyak.

7. 최서해라는 결론

그러나 재고해 보면, 위와 같은 일은 강연회 주최와는 별도로 춘원 자신이 마련한 것이었다. 전영택의 「화수분」, 김동인의 「감자」, 나도향의 「지형근」 등이 웅변하는 것처럼, 이념이나 방법은 어떻든 간에 『조선문단』의 기성 문인들도 가난의 문제를 소설의 소재로 삼게 되었다. 그리고 이러한 시대의 추이에 발맞추어 『조선문단』이 내세운 "건전한 문학"과 다르거나 그에 맞서는 이념 쪽으로 나아가게 될 신인들은 다름 아니라 이광수가 추천한 최서해, 한설야, 박화성, 권환, 춘서 등이었으며, 주요한에 의해 "당선 시"를 게재할 수 있었던 강경애(13호), 김해강(13호) 등이었다. "기성 문인"과 신인을 맞세우려 했던 일은 복잡한 결과를 낳았다. 신인 중 몇몇은 "출판 노동조합원 중에 문학에 취미를 가진 청년들"과 비슷한 세계관을 포지抱持함으로써, 이광수가 생각한 것과는 다른 방식으로 "기성 문인"들과 대립하기 시작했다.

의도와는 반대로 춘원은 신인들의 우두머리기보다는 "기성 문인"들의 수장이 되어 갔다. 『조선문단』이 예상치 못한 양상으로 '조선문단'은 재편되고 있었다. "눈물 흐르는 동정"을 고평하면서, 민족의 이름으로 자본주의 비판을 수용하고 전유하려던 춘원의 다음과 같은 시도는 실패했다.

우리 조선 고유의 농촌 풍기와 농민의 순박한 인생관이 어떻게 우리에게는 아무 상관이 없는 자본주의 때문에 파괴를 당하는 경로의 일단을 그린 동기를 취하였다.[126]

따라서 이 모든 사실과 관련해서도 최서해는 지표적인 존재다. 춘원이 최초로 추천한 신인으로서 『조선문단』의 소설가가 된 그는, "춘원·춘해가 다 싫어하는 카프에 들어가기가 난처"[127]했음에도 불구하고 마침내 카프에 가입함으로써[128] 이광수와 이념적으로 대립하게 되었다. 결국 춘원과 헤어졌다는 점에서 그는 또 다른 이희철이었다. 그리고 이는 당연했다. 최서해의 소설은, 그것을 "신흥문예"[129]로 분류하거나 "최서해적 경향" 운운한 김기진과 임화에 의해서뿐만 아니라, 방인근으로부터도 다음과 같이 평가되었기 때문이다.

> 계급문학이 머리를 들고 나서자 문단에 풍운이 생기기 시작하였다. 회월, 팔봉이 평론으로, 서해가 「탈출기」를 쓰고 하였다.[130]

실로 팔봉과 안막은 이기영, 조명희, 박영희, 송영, 이익상 등과 더불어 서해를 초기 카프의 대표적인 작가로 꼽은 바 있거니와,[131] 이는 최서해를 신호탄으로 '이광수 주재'의 한가운데서 이미 그것의 부정과 지양이 시작되었음을 암시한다. 방인근이 "계급문학"으로 규정한 「탈출기」나 「기아와 살육」은 『개벽』이나 『조선지광』이 아니라 '이광수 주재'의

---

126 이광수, 「소설선후언」, 『조선문단』 4, 1925.1, 172쪽.
127 김기진, 「문단교류기」, 『김팔봉문학전집』 2, 문학과지성사, 1988, 533쪽.
128 『중외일보』 기사(1928.7.29)에 의하면 서해는 조명희, 박영희, 조중곤, 윤기정, 임화, 김기진, 이기영, 박팔양, 최승일, 송영 등과 함께 카프 경성지부 설립대회 준비위원 및 전국대회 준비위원으로 선출되기도 했다.
129 김기진, 「문단 최근의 일 경향」, 『개벽』 61, 1925.7, 124쪽.
130 방인근, 「문학운동의 중축 『조선문단』 시절」, 『조광』 32, 1938.6, 71쪽.
131 김기진, 「朝鮮に於けるプロレタリア藝術運動の過去現在」 및 안필승, 「朝鮮プロレタリア藝術運動略史」(朝鮮總督府 高等法院 檢査局 思想部, 『思想月報』 1-10, 1932.1.15)를 참고할 것.

『조선문단』에 실린 작품이었다. 서해는 춘원과 맺은 관계의 절정에서 그 영향력과 이념으로부터 벗어나기 시작했다. 이광수는 소가 아니라 범을 길렀던 것이다.

그러므로『조선문단』이 이학인에 의해 1935년 2월에 속간된 일이나, "금후 춘원 이광수 선생께서 본지 편집에 많이 지도해 주시며 매호마다 단편과 문학론을 써 주시기로 되었다"[132]라고 보고한 일은 문학사적 사족에 불과하다. 최서해야말로『조선문단』의 결론이었기 때문이다. 그를 등장시킴으로써, 이 잡지와 관련된 춘원의 문학사적 역할은 완수되었다. 그는 다시 타자로 복귀했다.

하지만 간과하지 말아야 할 또 한 가지 사실은 수양동우회 기관지『동광』에 임영빈의 글이 발표되거나, 박화성의「하수도공사」[133]가 춘원에 의해 다시 추천된다는 점이다. 그리고 그보다 더 주목할 것은 이 잡지에 최서해의 글도 실린다는 사실이다. 서해는 방인근, 양백화, 조운, 주요한 등의 글이 대거 게재됨으로써『조선문단』을 그대로 옮겨 놓은 느낌마저 주는『동광』4호(1926.8)의「농촌야화」를 필두로, 5호에「팔개월」, 7호에「이역 원혼」, 8호에「무서운 인상」, 9호에「전아사錢迓辭」등을 발표했다. 또한 그는 총독부 촉탁 이각종이 발행하는[134]『신민』에도「설날 밤」,「백금」,「해돋이」,「그믐밤」,「누가 망하나」등을 실었다. 그리고

---

132 이성로(이학인),「편집 전기」,『조선문단』, 1936.1, 15쪽.
133 『동광』 33, 1932.5.
134 『개벽』은『조선문단』이 14호(1926.3)부터 17호까지『신민』사의 경성부 다옥정 98을 발행소로 삼은 데에 대해 "허신許身" 운운하며 맹렬히 비난한 바 있다(대담생,「수문수견」,『개벽』, 1926.4; 첨구생,「경성잡화」,『개벽』, 1926.5). 이에 대해 방인근은 "영업부 주소를 그곳으로 한 것뿐이지 결코 아직은 신민사의 경영 속에 넘어가지 않은 것만은 확언한다"(『조선문단』 15호, 93쪽)라고 밝힌다. 실제로 17호의 '특별 사고'는 다옥정 98번지를 조선문단사가 아니라 "조선문단 영업부"로 표시하고 있다.

다음과 같이 변명했다.

> 나중은 소위 절개까지 변하게 되었습니다. 나와 주의 주장이 틀린 어떤 단체
> 나 개인의 기관지에 절대 쓰지 않는다던 맹서도 변하여,
> "쓴다. 어디든지 쓴다. 돈만 주면 쓴다."
> 하게 되었습니다. (…중략…)
> 이렇게 곰곰이 생각하던 끝에 나는 ××주의의 행동에 크게 공명이 되었습니
> 다. 내게 ××주의적 사상이 확연히 머리를 든 것은 이때요 내 발길에 ××주의
> 단체에 드나들게 된 것도 이때입니다. 나는 처음에 이삼 일 안으로 이상적 사회
> 나 건설할 듯이 만장기염을 토하고 다니었으나 그것도 하루나 이틀에 될 일이
> 아니라는 것을 생각하는 때에 내 기염은 차차 머리를 숙였습니다. 머리 숙였다
> 는 것은 절망이라는 것이 아니라 먼저 모든 방법을 세워야 할 것이요 방법을 세
> 우는 동안의 밥은 먹어야 하리라는 생각이 머리를 친 까닭이었습니다.[135]

인용문을 믿는다면 서해에게 "××주의 단체"보다 필요했던 것은 "돈"
과 "밥"이었다. 이는 그가 카프를 탈퇴하고[136] 매일신보사에 입사한 일
로도 증명되었다. 그리고 이는 "개인의 기관지"에 글을 쓰지 않기로 결
심하거나, 춘원이 결혼 부조금으로 보낸 3원을 "退퇴"[137]한 것과는 비교
가 되지 않는 본격적인 배신이었다. 그것은 자신의 이념적 위치를 말소
했으며, 따라서 춘원의 문학사적 역할을 희화화했기 때문이다. 아이러
니하게도 춘원이 깊이 관여한 『동광』에 글을 실음으로써, 서해는 춘원

---

135 최서해, 「전아사」, 『동광』, 1927.1, 40쪽.
136 『중외일보』의 「프로예맹의 신진용—이십일 중앙위원회에서 결정」(1930.4.22)은 최서
　해가 "규약 제18조에 의하여" 카프에서 "제명"됨을 알리고 있다.
137 이광수, 「최서해와 나」, 『이광수 전집』 17, 삼중당, 1962, 409쪽.

과 결별했다.

하지만 다른 한편으로 이는 그가 "최서해적 경향"을 다시금 발휘해 '조선문단'의 현실적인 문제를 스스로의 체험과 활동으로 노출했다는 의의를 지닌다. 따라서 그가 박영희, 이익상, 김억, 현진건, 김동환, 박팔양, 김형원, 김기진, 최상덕 등과 함께 '조선문예가협회'의 발기인이 된 것[138]은 당연했다. 1927년 1월 6일 종로 중앙기독청년회관 식당에서 "회원 약 이십 명"[139]이 모여 창립 총회를 연 이 단체는 원고료 최저액 협정, 단행본 인세, 판권 매매 등을 논의했으며, 글이 압수당했다는 이유로 이기영에게 원고료를 지불하지 않은 현대평론사에 "투고하기를 거절하기로 결의"[140]했다. 이 '조선문예가협회'의 결성과 관련해 『중외일보』는 다음과 같이 논평했다.

> 온갖 생산품이 상품으로서 생산되는 자본주의 사회에 재在하여 홀로 문예품만의 비상품시非商品視는 허용치 못할 바이다. 고로 문예가 역시 상인임은 틀림없는 사실이라 하는 바이다.[141]

요컨대 "신성한 문단" 운운하던 『조선문단』은 '조선문단'의 한 가지 현상에 불과했다. "독자들에게 계몽적인 자세"[142]를 취한 카프 역시 그러했다. 『중외일보』가 지적하듯이, "문단은 문예상인단文藝商人團의 별명"이었기 때문이다. 따라서 이 점을 강조할 경우, "돈만 주면" "어디든

---

138 「문예가의 생활 운동」, 『중외일보』, 1926.12.20.
139 「문예가협회 창립총회」, 『동아일보』, 1927.1.7.
140 「기고 거절 결의」, 『동아일보』, 1927.3.19.
141 「문예가협회에 대하여」, 『중외일보』, 1926.12.21.
142 천정환, 앞의 책, 421쪽.

지" 글을 쓴 서해는 끝내 춘원과 헤어지지 않은 것이다. "문예상인단"의 일원으로서, 오히려 그는 "문단의 선구"이기보다는 성공한 "문예상인" 이광수와 재회했다. 그 점에서 『조선문단』의 출판이 『무정』의 판권을 넘기는 대신 제안되었다는 춘원의 회고는, 사실 여부와는 별도로 의미심장하다.

『사이間SAI』, 2011.5

3장

원한의 화자 이광수

1. 노부꼬의 조선어

이광수의 「혈서血書」(『조선문단』, 1924.10)는 흥미로운 작품이다. 일본 여성 마쓰다 노부꼬松田信子는 한 번도 만난 적 없는 식민지 출신 김 군의 하숙에 찾아와 방을 정리해 주거나 편지와 선물을 놓고 간다. "워낙 성미가 이상한" 그녀는 아버지가 권하는 "의리의 혼인"을 거절한다. 그리고 오빠의 웅변회 사진에서 본 김 군이 아니고는 "다른 데는 죽어도 시집을 가지 아니할" 것이며, 자기 뜻대로 안 되면 죽어버리겠다고 선언한다.

하지만 김 군은 "사랑보다도 더욱 큰일"을 추구한다. 그는 "오직 나라에 몸을 바치는 중과 같은 생활을 하기로 맹세"했다. 따라서 그는 일본 사람과의 혼인을 꺼리는 것이 아니냐고 묻는 노부꼬의 오빠에게 다음과 같이 대답한다.

예사 때 같으면 그것도 꺼리기는 꺼리겠지요. 그러나 사람이 목숨을 바치고 사랑하는 마당에 국경이 무슨 상관이야요? 그런 것이 아니라 나는 일생에 혼인을 하지 아니할 무거운 맹세를 한 사람입니다. (…중략…) 이 중한 맹세는 깨뜨릴 수가 없어요. 아마 노형께서는 우리네의 심리를 잘 모르시겠지오마는 다만

내 목숨은 이미 무엇에 바쳐 버린 것만 알고 믿어 주셔요.[1]

물론 이렇게 거절했음에도 불구하고 젊은 김 군은 "쓰라린 사랑의 아픔"을 맛볼 뿐 아니라 노부꼬에게 용서를 비는 꿈조차 꾼다. 그리고 급기야 "감격에 찬 목소리로" "내 일생에 당신을 사랑하는 아내로" 생각하겠다고 말하게 된다. 그는 오빠의 편지를 받고 찾아간 노부꼬의 병실에서 다음과 같은 일을 경험했기 때문이다.

> M은 입을 방싯방싯하더니, 약하나 분명하게
> "편치 않으셔요?" 한다.
> 나는 깜짝 놀랐다. M이 조선말을 한 까닭이다. 내가 놀라는 양을 보고 M은 빙그레 웃으면서,
> "놀라셔요? 나는 당신의 아내가 되려고 조선말 공부를 하였어요…… 그러나 그 말도 다 배우기 전에 나는 죽어요."[2]

이는 「혈서」의 결정적인 장면이다. 노부꼬의 조선말은 김 군으로 하여금 "아무러한 맹세라도 노부꼬 상을 위해서는 깨뜨리겠"다고 결심하도록 했기 때문이다. 즉 하숙집 오바상(노파)의 일과 더불어 언어의 문제는 이 작품의 핵심이다.

일단 오바상과 관련해 주목할 것은 함경도 사투리로 번역해야 할 만큼 그녀가 심한 나가노 현 사투리를 사용한다는 점, 그리고 더욱 중요한 것은 그녀가 "글을 볼 줄" 모른다는 점이다. 일본인인 그녀는 일본어 표

---

1 이광수, 「혈서」, 『조선문단』, 1924.10, 18쪽.
2 위의 글, 23쪽.

준어를 말하고 쓰는 것은 물론 어려운 일본어 서적도 읽을 수 있는 조선인 대학생보다 언어적 능력이 뒤떨어진다.

그렇다면 노파가 김 군을 "친혈육 같이 그러면서도 상전 같이" 대우하는 것은 "자기는 돈을 받고 밥을 지어주고 나는 돈을 주고 밥을 사먹"기 때문만도 아니며, 이러한 금전적 관계를 넘어서는 그녀의 "순박한 인정" 때문만도 아니다. 그것은 두 사람 사이의 언어적 위계와 무관하지 않다. 그녀는 제국의 국민이기보다는 문맹의 시골 사람이다. 이는 제국과 식민지의 위계를 물구나무 세운다. 실제로도 있을 수 있었을 이러한 상황 설정은 일본에 간 조선 유학생들이 그 정체성 및 자존심과 관련해 구사했을 복잡한 심리적 배치를 암시한다.

한편 이는 노부꼬의 "조선말 공부"가 함축하는 의미를 명료하게 한다. 김 군은 노부꼬의 조선어를 듣고 "천지가 팽팽 돌아가는" "슬픔과 감격"을 느낀다. 그것은 "예전 군인인 듯한 노인"이 거느리는 집안의 제국 여성이 식민지 남성의 아내가 되고자 한 결심과 노력의 표시이기 때문이다. 이는 누이와 결혼해 달라는 오빠의 청에 대해 "사랑하는 마당에 국경이 무슨 상관"이냐고 오히려 반문하면서도, "애원하는 태도"조차 보이며 끝내 거절하는 탈식민적 상황의 소망적 가정(일본인으로부터의 결혼 제의)과 그 이지러진 방어적 선취(애원하며 거절)에 공감했다.

사실 "사랑보다도 큰 일"을 위해 결혼을 거절하도록 하는 "우리네의 심리"는 일본과 조선 사이에 '국경'이 없다는 점에 기인한다. 일본인이 조선인과의 결혼을 기피하는 일 역시 주로 '국경'의 부재 때문에 발생할 터이다. 조선인은 자기의 '국경'을 지키지 못한 열패자다. 요컨대 "국경이 무슨 상관"이냐는 말과는 정반대로 김 군과 노부꼬의 결혼에 필요한 것은 '국경'

이었다. 그들이 바라는 결혼은 두 민족이 하나의 '국경' 내부에서 수행하는 "민족의 결혼"(최재서)이 아니었다. 따라서 다음 장면은 흥미롭다.

유리표박하느라고 다시는 사랑할 새도 없었고 사랑할 생각도 없이 사십이 가까워지고 말았다. 그렇더라도 혹은 시베리아 벌판에, 혹은 양자강 어구에, 혹은 감옥의 철장 속에, 혹은 몰래 넘는 국경의 겨울밤에 일찍이 노부꼬를 잊은 일은 없었다.[3]

당연히 김 군은 "몰래 넘는 국경의 겨울밤에"도 노부꼬를 잊을 수 없었을 터이다. 그녀의 "조선말 공부"야말로 '국경'을 넘는 행위였기 때문이다. 노부꼬는 사랑으로 뛰어넘어야 할 '국경'을 일본과 조선 사이에 그음으로써 그녀의 오빠가 미국 대사관의 서기관으로 가는 것과 상통하는 일을 수행했다. 즉 그녀는 동등한 국어 사이의 번역적 관계를 상상하고 실천하는 탈식민적 국제결혼을 시도했다.

이때 화자가 오바상의 일본말을 함경도 사투리로 제시하는 일은 노부꼬의 조선어 공부와 상통하는 의미를 지닌다. 이는 나가노 사투리와 함경도 사투리를 마주세울 뿐만 아니라, 이를 통해 함경도 말을 방언으로 규정하는 조선어 표준어의 위치를 암시함으로써 그것을 제국의 국어와 대립시키기 때문이다. 달리 말하면 오바상의 사투리는 번역적으로 '쌍형상화'[4]되고 위계화된다. 그것은 조선어보다 우월한 제국의 언어가 아니라 일본어 국어와 조선어 표준어 모두의 하위에 놓인 언어다. 노부꼬가 그러하듯이, 김 군 역시 나가노 방언이나 함경도 사투리의 사용자를

---

3   위의 글, 30쪽.
4   사카이 나오키, 후지이 다케시 역, 『번역과 주체』, 이산, 2005, 130쪽.

굽어보는 국어(표준어)의 주인이다.

그러므로 김 군이 노부꼬의 '혈서'를 조선어로 옮긴 일은 이 작품의 서사적 결론이다. 이는 노부꼬의 조선말 공부에 화답함으로써 두 사람의 사랑과 결합을 언어적으로 확인한다. 다음과 같이 '쓰마妻'와 '아내'로 상호 번역됨(함)으로써, 그들은 각각 평등한 외국인이자 적극적인 언어의 주인으로서 "서로가 서로를 인정하는"[5] '지아비'와 '쓰마'로 결혼했다.

> 그것을 뜯어본 즉 그 속에서는 리본 꽃 같은 비단 헝겊 하나가 나오고 그 비단 헝겊에는 빨간 피로
> "わがとこしふへの背の君よ 先き立ち行く妻 信子"
> 라고 어여쁜 초서로 썼다. 번역하면 이러하다—
> "나의 영원의 지아비여 앞서가는 아내 노부꼬"
> 라는 뜻이다.[6]

2. 여성 · 자연 · 식민지

그러나 달리 보았을 때, 노부꼬의 조선말 공부는 그녀가 조선말을 모르거나 잘하지 못함을 의미한다. 노부꼬가 조선어를 배우려 하는 한, 그

---

5 헤겔, 임석진 역, 『정신현상학』 1, 지식산업사, 1992(3쇄), 259쪽.
6 이광수, 앞의 글, 27쪽. 인용문 중 "とこしふへ"는 'とこしへ' 또는 'とこしなへ'인 듯하지만, 여기서는 원문대로 인용함.

녀는 김 군보다 언어적으로 열등하다. 김 군이 노부꼬의 일본어를 조선
어로 번역할 수 있는 반면, 노부꼬는 김 군의 조선어를 일본어로 옮길 수
없다. 이 사실은 노부꼬가 주관적으로 상상하는 탈식민적 국제결혼의 번
역적 관계보다는 그녀가 문맹인 오바상과 동류일 수 있음을 일깨운다.
제국의 입장에서 은폐하거나 억압했어야 할 이러한 상황에 포섭됨으로
써 노부꼬는 언어적 주인의 위치를 잃는다. 즉 그녀의 조선말 공부는 제
국과 식민지의 위계를 균열시키고 뒤집는 또 하나의 지배와 피지배의 관
계를 낳는다. 그 전도된 관계는 다음과 같이 "희고 가냘피 보이는 꽃"이
"우리 노부꼬에게 합당"하다고 생각할 때 복잡하게 노출되는 식민지인
의 원망願望을 충족시킬 터이다.

> 나는 다른 사람들이 꽃을 다 고르기를 기다려서 희고 가냘피 보이는 꽃을 골
> 랐다. 왜 그런지 모르나 그런 꽃이 우리 노부꼬에게 합당할 듯한 까닭이다. 그래
> 서 흰 국화꽃—그 중에도 극히 가냘픈 것 몇 가지와 흰 '나데시꼬'와 으악이(일
> 본말로 스스끼)와 이런 것을 몇 가지 골라서 두 묶음에 묶어 한 손에 들고, 묘지
> 기한테는 물어보지도 않고 묘지로 들어섰다.[7]

물론 희고 가냘픈 꽃이 "노부꼬에게 합당"하다고 생각하는 것은 그녀
가 폐질환으로 죽었기 때문이기도 하다. 하지만 그 창백하고 병적인 아
름다움보다 중요한 것은 "극히 가냘픈" 꽃에 비유됨으로써 노부꼬가 무
기력하게 침묵하는 자연과 동일화된다는 점, 그리고 그와 동시에 그녀가
제국의 국민임을 벗어나 '여성'으로 타자화된다는 점이다. "자연을 고문

---

7   위의 글, 29쪽.

해 입을 열게 한다"[8]는 고바야시 히데오小林秀雄의 말이 암시하는 것처럼 자연은 벙어리다. 언어의 주인은 어디까지나 인간이며, 말할 수 없다는 점에서 자연은 일종의 질병이고 노예이며 죽음이다. 따라서 자연과 여성을 종합하는 "흰 국화꽃"은 김 군뿐 아니라 김 군이 말 걸지 않은 '묘지기' 남성과도 대립한다.

그렇다면 "말도 다 배우기 전에 나는 죽어요"라고 한 노부꼬의 발언은 의미심장하게 들린다. 조선어 및 조선어 화자의 입장에서 보았을 때 조선어를 능숙히 할 수 없는 그녀는 애초에 죽어 있는 자연이었으며, 또 결국 죽어야 했기 때문이다. 즉 아버지의 명령에 용감히 반항했던 노부꼬는 조선어 공부 및 죽음이라는 서사적 책략을 통해 자신의 영토와 맥락에서 벗어나 조선인 남성의 가냘픈 벙어리 '여성'으로서 부정否定된다. "아무러한 맹세라도 노부꼬 상을 위해서는 깨뜨리겠"다는 지켜지지 않을 약속과 더불어, "모든 속된 생각을 다 떼어버린 깨끗한 수녀의 얼굴"을 지니게 된 노부꼬는 이제 일본인으로서의 능동성과 주체성을 상실한 채 조선어로 '고문'받을 처녀의 무덤으로 전유된다. 그리고 이렇게 처녀지를 개척해 넘으로써 「혈서」의 '남성'은 조선을 식민지로 여성화한 제국에 맞선다. 이는 화자가 노부꼬의 다음 글을 인용하면서 좀더 명시적으로 제국의 가부장적인 권위를 찬탈하는 일로도 나타난다. "수녀의 얼굴"로 형용된 데에서도 알 수 있듯이 노부꼬信子는 기독교 신자信者이기도 했던 것이다.

---

8   나카무라 미츠오·니시타니 게이지 외, 이경훈·김경원 외역, 『태평양전쟁의 사상』, 이매진, 2007, 64쪽.

원하옵나니 주여 나의 지아비를 당신의 손으로 인도하시옵소서
아버지의 나라에 돌아가는 노부꼬[9]

요컨대 이 모든 서사적 곡예를 희롱하며 가까스로 화자는 식민지를
남성화한다. 제국의 남자들로부터도 성미가 이상하다고 평가받는 노부
꼬야말로 이를 가능하게 할 희생양으로 적합했다. 극단적으로 말해 화자
는 제국과 비슷한 방법으로 제국의 여성에게 복수했다. 제국과 한통속인
식민지 남성 화자에 의해 그녀의 '국경' 긋기는 좌절되었다. 그녀는 일본
인으로서 조선인과 결혼하는 대신 인간(남성)에 의해 자연(여성)으로 몰
락했다.

그러므로 다음과 같은 김 군의 감상적인 부르짖음은 노부꼬의 죽음이
소설의 뒤틀린 지배욕을 실현시킬 서사적 필연이었음을 변명하는 화자의
초라하고 인색한 자기 합리화처럼도 들린다. 노부꼬는 김 군과 대화하는
대신 일방적인 추억과 추모의 대상이 되었으며, 조선어는커녕 일본어도
말할 수 없게 됨으로써만 그를 '남편'으로 부를 자격을 얻었기 때문이다.

사랑하는 노부꼬. 너는 이곳에 있는 것이 아니다. 네가 있는 곳은 내 가슴 속
이다. 너는 내 가슴 속에 들어와 살고 싶어서 네 몸을 벗어버린 것이다. 이것은
네 죽은 무덤이나, 내 가슴은 네가 살아 있는 집이다. 네 가냘픈 몸이 그립기는
그립다마는 이미 벗어버린 것은 다시 어찌 할 수가 없는 것이다. 오오 내 아내
여. 그렇게도 나에게서 아내라고 불러지기를 원하였던가. 아직 아무도 들어오
지 아니 한 내 가슴의 새 집에 영원히 살라, 그리고 하루에 천 번이나 만 번이나
원대로 나를 남편이어 하고 부르라, 네가 한번 부를 때마다 나는 두 번씩 오오 사

랑하고 불쌍한 아내여 하고 대답하마. [10]

　그리고 이때 우리는 이 모든 서사의 근본적인 원리를 깨닫게 된다. 「혈서」의 서사적 핵심은 가정법[11]이다. 제국의 여성이 식민지 남성을 목숨 걸고 사랑하는 일은 드물다는 것이 일반적인 사실이다. 조선어 공부의 경우도 그러하다. 화자는 이와는 정반대의 전제를 가정함으로써, 식민지 상황이라는 일종의 정언적定言的인 현실을 부정하려 한다. 하지만 그렇게 한다고 해서 조선이 식민지라는 객관성은 말소되지 않는다. 그것은 화자도 잘 알고 있다. 노부꼬의 죽음은 그에 대한 화자의 불만과 불안을 표현한다. 또한 그것은 화자의 가정법을 비웃는 엄연한 사실을 결국 인정할 수밖에 없음에 대한 반대급부이기도 하다. 즉 '원한'에 사로잡힌 화자는 복수를 위해 그녀를 이용한다. 김 군은 노부꼬를 사랑하지 않는다.

　그렇다면 앞서 말한바 "제국과 한통속인 식민지 남성 화자"라는 규정은 수정되어야 한다. 성미가 이상할 뿐 아니라 조선어도 못하고 사랑도 얻지 못한 병자라는 점에서, 그녀는 화자 및 김 군과 동일화된다. 화자는 타자인 자신을 노부꼬에게 투영함으로써 그녀를 강등시킨다. 그는 몰락한 노부꼬와 한 패라는 점에서만 제국과 한통속이다. 그에게는 노부꼬야말로 제국과 등가이기 때문이다.

　하지만 이 모든 일은 "반작용과 부정", "원한과 허무주의"[12]라는 '노예적' 전제의 결론이다. 더 이상 노부꼬와 김 군은 서로의 국어를 번역하는

10　위의 글, 30쪽.
11　예컨대 노부꼬의 결혼 제의 및 김 군의 거절은 김소월의 "먼 후일 당신이 찾으시면 / 그때에 내 말이 '잊었노라'"를 상기시킨다.
12　질 들뢰즈, 이경신 역, 『니체와 철학』, 1999(2쇄), 217쪽 참조.

능동적인 주인들이 아니다. 그들은 각각의 국어를 상실한 비자립적이고 반동적인 노예들로서 삶과 죽음을 놓고 영원히 대립하며 서로 부정한다. 그리고 그런 의미에서 이들의 관계는 "쭉정이는 쭉정이끼리만 피와 피부를 넘어 피차를 생각하고 구원하고 합할 수 있는 것"[13]이라고 한 이효석의 서술을 비판적으로 상기시킨다. '쭉정이'는 긍정하지도 긍정되지도 않음을 본질로 하기 때문이다.

3. 조선인 여성과 일본인 남성

따라서 「혈서」가 이광수의 실제 일이라고 생각하는 독자들에 대해, "작자의 정말 지낸 일로 알면 그것은 잘못"[14]이라고 변명한 전영택의 말은 재고되어야 한다. 「혈서」의 허구는 식민지인 이광수의 심리적 현실과 역사적 위치를 날카롭게 환기하기 때문이다. 더욱이 이와 비슷한 서사적 설정은 「진정 마음이 만나서야말로心相觸れてこそ」(『녹기』, 1940.3~7)에 이르기까지 변주된다. 물론 이 소설은 '내선일체'를 선전하기 위해 창작되었다는 점에서 「혈서」와는 차이가 있다. 그러나 그럼에도 불구하고 이 소설은 여러 면에서 「혈서」와 비교될 만하다.

「진정 마음이 만나서야말로」의 결론은 일본인 히가시 다케오東武雄와

---

13 이효석, 「벽공무한」, 『이효석전집』 4, 창미사, 1990(2쇄), 260쪽.
14 전영택, 「편집여언」, 『조선문단』 2, 1924.11, 84쪽.

조선인 석란이 결혼해 중국군 지역에 선무공작을 떠나는 것이다. 이로써 '내선일체'와 '대동아공영'은 밀접하게 연결되며 서로를 뒷받침한다. 그런데 흥미로운 사실은 다케오가 인수봉에서 조난되어 김충식에 의해 구조된 바 있을 뿐 아니라, 후에 전장에서 부상당했을 때는 군의로 지원한 충식에게 치료를 받기도 한다는 점이다. 즉 일본인은 계속 조선인의 도움을 받는다. 또한 다음 장면에서 서술되듯이, 실명하게 된 다케오는 중국에 대한 선무공작을 오직 충식의 누이 석란의 눈과 중국어 능력에 의존해 수행한다.

> "고맙습니다. 혹시 제가 힘이 될 수 있다면 어디까지든지 따르겠어요."
> "그게 정말입니까?"
> "정말이예요. 게다가 전 중국어도 할 수 있는 걸요."
> "사지死地에 들어가는 겁니다." (…중략…)
> "언제까지나 이렇게 석란 상에게 매달려 걷고 싶군. 눈이 안 보이게 된 덕분에 이런 행복을 얻게 되었네."
> 다케오의 목소리는 어린애처럼 어리광을 피우고 있었다.
> "언제까지든, 어디까지든 도와드리겠어요. 제 눈은 당신 것이예요."[15]

간호부가 된 석란의 중국어 능력은 용산 육군 병원에서 전상戰傷 간호부들을 대상으로 중국어 강습회를 개최한 사실[16]이나 「향수鄕愁」(김사량) 등에도 등장하는 조선인 통역들의 활동을 상기시킨다. 따라서 이는 총독부의 "지나어 정책"[17]을 소설로써 뒷받침하는 듯도 하다.

---

15 이광수, 이경훈 편역, 『진정 마음이 만나서야말로』, 평민사, 1995, 82~83쪽.
16 「백의 용사들 지나어 습득」, 『동아일보』, 1938.5.12.

그러나 이보다 더 눈에 띄는 것은 "눈이 안 보이게 된 덕분에 이런 행복을 얻게" 되었다는 서술이다. 이는 실명이라는 육체적 핸디캡이 없을 경우 다케오가 조선인 여성과 결혼하지 않을 수도 있음을 함축한다. 물론 일기장에 "석란에 대해 많이" 적고 있는 다케오는 가와시마 미치코川島美智子와 결혼하라는 아버지의 명령을 거절하고 있지만, 그럼에도 불구하고 그의 어머니는 석란과의 관계를 "히가시 집안의 명예에 먹칠을 하는 것"[18]으로 규정했던 것이다.

그러므로 다케오의 실명은 노부꼬가 조선어 벙어리임과 상통하는 식민지 소설의 의미심장한 에피소드다. 이제 석란은 일본인 귀공자 가쓰마로의 '요구'에 응한 소녀(「소녀의 고백」, 『신태양』, 1944.10)처럼 쉽사리 버림받지 않을 터이다. 눈이 멂으로써 다케오는 "내선일체의 완전체"[19]로서의 '내선결혼'을 실천할 수 있게 되었다. 비유컨대 그는 '내선일체'와 '대동아공영'을 전망함으로써 눈을 잃었다.

이런 식으로 화자는 그간 품었던 식민 지배와 '내선일체'에 대한 불만과 의심을 표출하는 동시에, 그럼에도 불구하고 수행되는 내선일체적 협력을 보장하고 보상할 조건과 대가를 요구한다. 그리고 이는 눈먼 일본인 남성이 "어린애처럼 어리광"을 피우며 조선인 여성에게 "매달려" 걷는 장면으로써 극명히 표현된다. 이때 다케오는 시력을 잃었을 뿐만 아니라, 오로지 일본어만 구사할 수 있다는 점에서도 석란보다 열등하다. 석란은 조선어와 일본어는 물론 중국어도 "중국인하고 똑같이" 할 수 있

17　이에 대해서는 이금선, 「중국어 능력과 '제국의 주체'」(『사이間SAI』 9, 2010.11) 참고.
18　이광수, 이경훈 편역, 앞의 책, 44쪽.
19　김용제, 「내선결혼아관內鮮結婚我觀」, 『내선일체』, 1940.1, 60쪽.

기 때문이다. 즉 중국에 간 다케오는 스스로 볼 수도 말할 수도 없는 그야말로 어린애다. 당연히 적극적이고 남성적인 역할은 석란에게 부여된다. 식민지에서조차 조난당했던 다케오로서는, 설사 눈이 멀지 않았다고 해도 중국 대륙에서 길을 잃었을지 모른다. 그리고 이 사실은 "히가시 집안의 명예" 운운하는 다케오의 모친을 침묵시킬 터이다. 다케오의 실명과 언어적 무능력은 '히가시 집안'을 넘어 제국의 국민 그 자체가 식민지인과 부정적으로 동일화됨을 의미하기 때문이다. 그 열등함은 '대동아'를 통해 지양, 극복, 재배치될 터이다. 이때 석란은 다케오로부터 "우리들보다도 유창한 진짜 동경말"[20]을 구사한다고 평가받는다는 점에서 대동아의 중심에 가까운 듯하다.

요컨대 「혈서」가 일본 여성과 조선 남성을 통해 조선과 일본 사이의 '국경'을 그으려 했다면, 「진정 마음이 만나서야말로」는 어른(남성)스러운 조선인 여성과 어린애(여성)같은 일본인 남성이 함께 중국의 '국경'을 넘게 함으로써 조선과 일본 사이의 '국경'을 지운다. 전자가 일본인 여성을 여성화했다면, 후자는 일본인 남성을 아동화(여성화)한다. 식민지는 "천황의 적자赤子(=갓난아기=여성)"로서 제국에 의해 전쟁에 휘말려 들어갔다. 그리고 이는 "부모와 자식은 같은 시간대에 있지만 역사적 현실에서는 위치"가 다르므로 "이끄는 자와 이끌리는 자의 구별"[21]이 생긴다는 "이에家의 윤리"로 정당화되었다. 다케오와 석란은 이러한 '내선일체'의 환상적인 구조를 물구나무선 가상으로 반복한다. 즉 석란과 다케오는 "남자 격인 일본이 조선에게 손을 뻗어 사이좋게 결혼하자고 하는",[22] 제

---

20 이광수, 이경훈 편역, 앞의 책, 53쪽.
21 나카무라 미츠오 외, 이경훈·김경원 외역, 앞의 책, 281쪽.

국과 식민지 사이의 젠더적 관계를 역전시킨다. 이제 「혈서」의 이념이라고 할 만한 "몰래 넘는 국경의 겨울밤"은 존재하지 않는다. 성적 경계의 교란과 함께, 모든 국경은 '대동아'를 향해 돌파된다.

그러나 그와 동시에, 이는 결코 주인이 될 수 없는 식민지인의 역사적 위치를 고백한다. 석란의 배우자는 건강한 일본 남성이 아니기 때문이다. 화자는 주인에게 상처를 입힘으로써 "이끌리는 자"의 본업에 충실함과 동시에 스스로 노예임을 증명했다. 그녀는 오직 여성이자 어린애가 된 다케오와 결혼할 수 있었으며, 이렇게 획득된 '내선일체'는 "약자인 한에서의 약자의 승리",[23] 즉 복수에 가깝다. 따라서 이는 노부꼬를 살해한 이후, 「진정 마음이 만나서야말로」에 이르기까지 전혀 망각되거나 해소되지 않은 식민지인의 "원한의 힘"[24]을 환기한다.

4. 소녀의 원한, 그들의 보복

그런데 춘원은 「소녀의 고백」과 「그들의 사랑」(『신시대』, 1941.1~3)을 통해서도 식민지인의 '원한'을 서사화하고 있다. 그리고 그것은 일본인뿐만 아니라 조선인 자신을 향한 것이기도 했다. 「소녀의 고백」은 교토

22　김사량, 「천마」, 『近代朝鮮文學日本語作品集』 2, 綠蔭書房, 210쪽.
23　질 들뢰즈, 이경신 역, 앞의 책, 211쪽.
24　위의 책, 211쪽.

에 사는 조선인 소녀 아라이新井[25]의 이야기다. 그녀는 가와무라川村 자작의 친척으로서 은행가이자 "대단한 학자"인 다니무라谷村의 막내아들 가쓰마로克麿를 "사모하게" 되며 그로부터 "사랑의 약속"을 받는다. 가문과 학력의 차이로 인해 소녀는 "아주 주저"했지만, 결국 가쓰마로와 동침한다. 그러나 가쓰마로에게는 이미 미요코妙子[26]라는 약혼녀가 있었다. 이 사건을 소녀는 다음과 같이 알린다.

> 가쓰마로님이 저를 사랑하는, 그 사랑의 방식은 실로 폭풍같은 것이었습니다. 저는 몸이 어떻게 될까 하는 불안이나 약간의 공포도 느꼈습니다만, 그럼에도 불구하고 행복했습니다. 이 나라奈良의 고도古都에서 저는 알지 못하고 있던 광영에 눈뜨고, 그와 동시에 사랑에 불탈 수 있었던 것입니다. (…중략…)
>
> 선생님. 가쓰마로님과 저의 행복은, 그러나 영원히 계속되지 못했습니다. 결론부터 말씀드리면, 가쓰마로님은 가와무라 미요코님과 결혼하셨습니다. 물론 저는 그 혼례에는 초대도 되지 않았습니다. (…중략…)
>
> 가쓰마로님은 혼례 전에 저를 만나자고 하셨습니다만, 저는 거절했습니다.
>
> "저는 당신의 사정을 잘 알고 있습니다. 저는 두 분의 행복을 빌겠습니다. 만나는 일은 삼가겠습니다." 라고 답장을 드렸습니다.[27]

이와 같이 소녀는 원망하거나 책임 추궁도 하지 않고 가쓰마로를 포

---

25 원 논문에서는 "신정"으로 읽고, "소녀가 조선인이고 또 성이 아닌 이름인 듯하므로, '아라이'로 읽는 대신 '신정'으로 읽음"이라고 설명했으나 오류임. 소녀의 이름은 아라이 노부코新井信子임. 따라서 소설 번역본에서 "성관음님도 신자信子 상도"의 "신자"에 대해 "신정의 오기인 듯함"이라고 밝힌 주석도 오류임. "한편 아라이 노부꼬는 「혈서」의 노부꼬와 이름이 같다는 점에서 주목된다." 이광수, 이경훈 편역, 앞의 책, 434쪽.

26 '다에꼬たえこ'로 읽은 것이 일반적이기는 하나, 미요코みょうこ로 읽을 수도 있으므로 미요코로 표기함.

27 이광수, 이경훈 편역, 앞의 책, 435쪽.

기한다. 그런데 소녀가 그럴 수밖에 없었던 것은 자기에게 친절했던 미요코를 배신하게 된 일에 대한 개인적인 미안함 때문만은 아니다. 그와 더불어 그녀는 "분수를 모르는 조선 계집년"으로 지탄받을까봐 걱정했던 것이다. 이때 '분수'는 단지 가문이나 학력을 의미하지는 않는다. 근본적으로 그것은 식민지인과 제국의 국민 사이에 사랑이 성립될 수 있다고 믿은 것 자체가 주제 넘는 일이 되는 정치적 역학관계를 환기한다.[28] 약혼녀가 있음에도 불구하고 소녀에게 사랑을 '요구'했던 가쓰마로의 행위가 전혀 문제 되지 않는 것은 그 때문이다. 그는 예정대로 미요코와 결혼하거니와, 이런 식으로 제국과 식민지의 질서는 젠더적으로 관철된다. 즉 소녀는 가쓰마로와의 일과는 무관하게 애초부터 "분수를 모르는 조선 계집년"이었다. 사실 그녀는 자발적으로 가쓰마로를 사랑할 수도, 스스로 그를 포기할 수도 없었다. 그녀는 그렇게 착각했을 뿐이다.

이렇게 「소녀의 고백」은 「혈서」와 「진정 마음이 만나서야말로」의 이야기를 이끌었던, 일견 낭만적인 가정법을 폐기한다. 그러나 그렇다고 해서 화자는 소녀가 식민지인이라는 엄연한 현실을 그저 객관적으로 제시하고 있지는 않다. 소녀는 철저히 좌절하며, 자기의 열등한 위치를 여성으로서 뼈저리게 느낀다. 그녀가 "혼례 전에" 만나자는 가쓰마로의 청을 '거절'하면서, 이제 아무와도 결혼하지 않은 채 "우리 향리와 동포의

---

28 이러한 상황은 이효석의 「아자미의 장薊の章」(『국민문학』, 1941.11)이나 정인택의 「껍질殼」(『綠旗』, 1942.1)에서 양반 가문의 조선인 남성이 집안의 반대를 무릅쓰고 일본인 카페 여급을 사랑하는 일로도 표현된다. 예컨대 「껍질」에서 학주는 시즈에를 "양반가의 가문"을 더럽히는 "문벌도 낮고 근본도 알 수 없는 여자"로 보는 부친에게 "무한대의 거리"를 느끼는데, 이러한 서사적 설정은 남녀 간의 개인적 관계에도 강력히 작용하는 제국과 식민지의 위계질서 및 그에 대한 식민지인들의 공포, 불만, 공격성을 말하고 있는 것이다.

지위를 높이기 위해” 일생을 바치겠다고 결심하는 것은 그 때문이다. 그
녀는 다음과 같이 고백한다.

> 그러면서도 부모님이 칠칠치 못함이 슬픕니다. 왜 좀더 구제된 인간이 되지 못
> 했을까요. 왜 좀더 멋진 고향을 만들어내어, 여행하는 사람들에게 경건한 마음이
> 일도록 하는 조선이 되도록 할 수 없었을까요. 우리들이 사람들 앞에서 어깨가
> 움츠러드는 것을 느낄 때마다 저는 부모님을 원망하지 않을 수 없습니다.[29]

이렇게 소녀는 가쓰마로가 아니라 자기 부모를 원망함으로써 제국에
대한 ‘원한’을 식민지에 대한 ‘원한’으로 전환한다. 그녀는 스스로의 타
자성을 증오하기 시작한다. 그 점에서 소녀는 「그들의 사랑」의 이원구와
동류다. 예컨대 “고향에 일자리가 없어 직업과 밥을 구해 흘러온” 집안
출신의 소녀는 다니무라 가의 사람들과 교제하거나 그 집안 행사에 초청
을 받는다. 이와 비슷하게 신설리 빈민굴에 사는 원구는 경성제대 동급
생 다다시忠一의 호의에 의해 그 아버지 니시모토西本 박사의 집에 들어
가게 된다. 그리고 소녀가 가쓰마로에게 버림받았던 것처럼, 원구 역시
니시모토의 딸인 “미치코에게 사랑을 청한” 일로 인해 그 집에서 쫓겨난
다. 또한 소녀가 가쓰마로를 미워하기보다는 자기 집이 “문화가 낮은 가
정”임을 부끄러워하듯이, 「그들의 사랑」이 강조하는 것 역시 일본인의
가정생활을 경험한 원구의 다음과 같은 깨달음이다.

원구는 종래의 조선 가정생활과 사회생활이 너무도 예절답지 못함을 느꼈다.

---

[29] 이광수, 이경훈 편역, 앞의 책, 428쪽.

그리고 조선 사람 간에 실없는 소리가 너무 많은 것도 느꼈다.

"朝鮮人は不眞面目でいかん.(조선사람은 성실찮어 틀렸다)"

하는 비평이 결코 헛되지 아니함을 느꼈다.[30]

따라서 「진정 마음이 만나서야말로」와 달리 「소녀의 고백」이나 「그들의 사랑」은 일본인을 다치거나 실명하게 하지 않는다. 그 대신 시도되는 것은 조선인 자신이 어엿한 국민으로 성장하는 일이다. "불행의 원인"은 "스스로 피정복자로 알고 식민지의 토인으로 알아서"[31] "반항심과 적개심"을 가졌던 조선인들에게 있다. 증오해야 할 것은 그 비뚤어진 타자성 자체다. 실로 이원구는 가솔린에 대용될 액체 연료를 발명해 신문에 대서특필됨으로써 스스로가 '토인'이 아님을 증명한다. 미국이 비행기용 가솔린의 수출을 금지한 상황에서 원구의 발명은 제국의 "가솔린 문제 해결"[32]에 크게 공헌할 터이다. 이렇게 그는 제국의 중심에 능동적으로 진입하고자 한다.

한편 소녀 역시 이와는 조금 다른 방식으로 토인임에서 벗어나려 한다. 가쓰마로의 부친으로부터 들은 다음과 같은 말과 더불어, 그녀는 쇼토쿠타이시聖德太子의 스승이 고구려의 혜지惠慈였으며, 기온祇園의 야사카신사八坂神社를 세운 것이 고구려 이주민이었다는 사실 등에 집착한다.

그러니까 일본과 조선은 원래 하나란 말이다. 신神도 하나, 피도 하나, 문화도 하나다. 단지 천 년 동안 조선은 너무 중국 문화에 탐닉해서 자기를 잃었던 것이

---

[30] 위의 책, 143쪽.

[31] 위의 책, 145쪽.

[32] 위의 책, 102쪽.

란다. 옛 문화가 십十이라면, 지금 조선에 남아 있는 것은 삼三 정도나 될까, 그 다음의 칠七은 일본에 잘 남아 있다.[33]

즉 「소녀의 고백」은 "나는 나라가 한없이 그립다"고 한 「삼경인상기」(『문학계』, 1943.1)의 상상을 소설화한 것이다. 실로 화자는 다니무라로 하여금 나라의 "무엇을 말하건 신라나 백제, 고구려와의 관계"와 결부시키도록 한다. 춘원이 하야시 후사오林房雄의 집에서 "왠지 내가 주인이 된 듯"[34] 느꼈던 것처럼, 고대사는 '내선일체'의 주장을 뒷받침하는 데에서 한 걸음 더 나아가, 식민지인을 식민성에서 해방시키는 듯하다. 이는 「혈서」의 가정법을 뛰어넘는 위안과 적극성을 도입한다. 화자에게 나라奈良는 식민지인이 세운 나라다. 소녀가 나라에서 성관음상聖觀音像의 얼굴과 자신의 얼굴이 "백제 타입"으로 닮았다는 말을 들은 날 밤 가쓰마로와 동침한 것은 우연이 아니다. 그녀는 나라에서 가쓰마로와 내선일체의 '나라'를 수립했다. 이렇게 「소녀의 고백」은 원구의 테크놀로지에 필적하는 고대사의 가정법을 향해 나아간다.

하지만 원구의 경우에도 그러했듯이, 이 모든 일은 뼈아픈 사랑의 실패를 마주보고 있다. 고대사나 테크놀로지는 이들을 해방하기는커녕 이들에게 명령된 금기와 금지를 증명한다. 이를테면 소녀는 "말의 모든 진실한 내용으로 보았을 때 내선일체의 완전체는 '내선결혼'"[35]이라는 주장을 결여로써 실천한다. 그런 의미에서 그녀가 소망하는 '내선일체'는

---

33 위의 책, 430~431쪽.
34 김윤식 편역, 『이광수의 일어 창작 및 산문선』, 역락, 2007, 125쪽.
35 김용제, 앞의 글. 원문은 "言葉のあらゆる眞實な內容から內鮮一體の完全體は'內鮮結婚'" 임. 『내선일체』 및 '내선결혼'의 양상에 대해서는 오오야 치히로大屋千尋의 「잡지 『내선일체』에 나타난 내선결혼의 양상 연구」(연세대 석사논문, 2006.7)를 참고할 것.

섹슈얼할 뿐 아니라 제국과 식민지 모두를 향한 '원한'에 탐닉하는 마조히즘에 매개된 것이다. 그리고 이는 사디즘과 짝을 이룬다. "일본과 조선은 원래 하나"라는 사실에 눈뜨지 못한 채 소녀를 버린 가쓰마로는 '내선일체'를 방해하는 '비국민'이다. 국가에 공헌하게 될 이원구를 내친 니시모토 역시 가쓰마로와 다르지 않다. 이렇게 소녀와 원구는 새로운 '국민'으로서 '내지인'들을 향해 보복을 기도한다. 이런 식으로 그들은 여전히 '비자립적'[36]이다. 제국의 '국민'이 되고자 하면 할수록 그들은 타자임을 벗어날 수 없다. 그들은 결국 '토인'이다.

5. 동성애의 기억

그렇다면 위의 논의를 기반으로 우리는 이광수의 소설에서 「윤광호」(1918)가 차지하는 위치를 가늠할 수 있을 것이다. 주지하듯이 윤광호는 일본인 P의 사랑을 얻지 못해 자살한다. 이때 흥미로운 것은 윤광호가 사랑한 P가 남성이라는 점이다. 그리고 이와 비슷한 일은 "십 이삼 년 전"에 준원과 "어떤 일본 청년" 사이에도 일어난 바 있다. 다른 점은 전자의 경우 조선인인 윤광호가 적극적인 구애자였던 반면, 후자의 경우 사랑에 빠진 것은 일본 청년이었으며, 준원은 이를 거절함으로써 그를 나락에 빠뜨렸다는 사실이다.

---

36 헤겔, 임석진 역, 앞의 책, 264쪽.

이광수 문학에서 동성애적인 양상은 종종 발견된다. 「사랑인가愛か」의 문길은 동급생 미사오를 사랑하고 있으며, 「무정」은 영채가 "월화의 하얀 젖꼭지"[37]를 무는 장면을 묘사한다. 한편 이희철은 「K선생을 생각함」에서 춘원과 자신이 "과거에 동성의 연인"[38]이라고 쓴 바 있다. 즉 동성애의 이야기는 춘원의 소설과 삶 전반에 걸쳐 나타난다. 그리고 이와 관련해 한 연구자는 「소년의 비애」나 「어린 벗에게」에 묘사된 동성애가 "조혼제도라는 거대한 적을 앞에 두고 이성애와 양립해서 형상화"[39]된 것이라면, 「윤광호」와 「사랑인가」의 경우는 "제국과 식민지라는 특수한 상황"[40]에서 "식민지 조선의 청년이 일본인의 신체를 동경하는 시선"[41]을 드러낸다고 평가한 바 있다. 물론 이 작품들과는 어느 정도 구별되는 「무정」과 「K선생을 생각함」의 동성애는 춘원이 강조한 '동정同情'을 실천하고 표현하는 것일 터이다.

그런데 필자가 보기에 「윤광호」가 제시하는 동성애의 핵심은 P가 다음과 같이 편지함으로써 윤광호의 "사랑을 사퇴"한다는 사실과 관련된다.

> 그 삼 자격이라 함은 황금과 용모와 재지才智로소이다. 차 삼자 중에 귀하는 오직 최후의 일자를 유할 뿐이니 귀하는 마땅히 생존경쟁에 열패할 자격이 충분하여이다. 극히 미안하나마 귀하의 사랑을 사퇴하나이다.[42]

---

37 김철 교주, 『바로 잡은 무정』, 문학동네, 2003, 213쪽. 표기는 인용자가 수정함.

38 오산인, 「K선생을 생각함」, 『창조』 5, 1920.3, 89쪽.

39 이성희, 「이광수 초기 단편에 나타난 '동성애' 고찰」, 『관악어문연구』 30, 2005, 288쪽.

40 위의 글, 280쪽.

41 위의 글, 287쪽.

42 이광수, 「윤광호」, 『이광수 전집』 14, 삼중당, 1962, 76쪽.

“소년애의 전통”[43]이 있던 일본 남학교의 풍조 때문인지 P는 동성이라는 이유로는 윤광호의 사랑을 거절하지 않는다. 오히려 P가 남성임은 소설의 맨 마지막에 가서야 명시된다. 그리고 그 대신 마치 결혼할 이성 배우자의 조건을 따지듯이 P는 윤광호의 외모와 재산을 문제 삼는다. 지적 호기심으로 충만한 학생들의 교제를 주도하는 것은 ‘재지’일 터이지만, 이상하게도 그것은 무시된다. 윤광호는 “학교에서 주는 특대상特待狀”을 받았거니와, “유학생의 명예를 높게” 한 그 일로 인해 조선 학생들은 그를 칭찬하고 사랑했으며, 어떤 경우에는 교만하다고 평가되기도 했다. 즉 그는 “동경 유학생 중 최고급으로 진보된 학생 중의 일인”[44]이었다.

하지만 그런 윤광호에게 P는 광호가 구비하지 못한 다른 두 조건을 제시하며 “생존경쟁에 열패할 자격”을 선고한다. 광호의 ‘재지’를 질투했음인지, P는 윤광호로 하여금 돈도 없을뿐더러, “조물주의 싫증이 나서 되는 대로 만들어 놓은”[45] 용모를 지닌 자신을 한탄하게끔 했다. 따라서 “재지는 사랑을 구할 자격이 없다”[46]는 절망 속에 ‘발광’한 윤광호는 준원에게 다음과 같이 말했다.

자 한 잔 잡수시오. 우리같이 황금도 없고 미모도 없고 생존경쟁에 열패한 자는 술이나 먹어야지요.[47]

---

43 하타노 세츠코, 「이광수와 야마사키 토시오, 그리고 기쿠치 칸」, 『서사의 기원과 글쓰기의 맥락』, 연세대학교 국어국문학과 BK사업단 제5회 한국 언어·문학·문화 국제학술대회, 2011.7.29~30, 11쪽. 필자는 하타노 교수의 논문으로부터 「윤광호」와 관련해 시사받은 바가 많았음을 밝힌다.
44 이광수, 앞의 글, 69쪽.
45 위의 글, 79쪽.
46 위의 글, 76쪽.
47 위의 글, 77쪽.

그런데 비록 가혹하기는 했을지언정 P가 윤광호를 거절한 이유는 제국과 식민지의 문제와 별로 상관이 없는 일처럼 생각된다. 근대적 경쟁의 장에서 황금과 미모는 민족적 정체성을 넘어서는 일반적이고 보편적인 문제일 수 있다. 그러나 흥미로운 것은, 그럼에도 불구하도 윤광호가 준원과 자신을 '열패자'인 '우리'로 동일화하면서 황금과 미모의 문제를 민족의 문제로 치환해 버린다는 점이다.

하지만 적어도 '미모'와 관련되는 한, 광호가 말하는 '우리'에 준원은 포함되지 않는다. 준원은 "홍안미소년이라는 조롱을 들을 만한 미소년"[48]이었기 때문이다. 오히려 그는 "영문과를 졸업하고 독어와 한어와 조선어까지 능"하여 "사회의 촉망도 다대"했던 일본인 청년을 '주망酒妄군'이자 '망가자亡家子'로 열패시켰을 뿐, 자기 자신은 생물학을 전공하는 대학원생으로 성장해 있다. 즉 광호와 준원은 오직 식민지인이라는 점에서 "생존경쟁에 열패한 자"로 동일화된다. "우리같이 황금도 없고 미모도 없고" 운운은 이 사실을 은폐함과 동시에 암시한다. 다시 말해 윤광호가 말하는 '우리'는 아래 인용의 '우리네'와 상통한다.

남들은 국제연맹이니 군비 축소니 무에니 무에니 하고 떠들지마는 우리네야 술이나 먹지 무어 할 일 있나.[49]

그렇다면 윤광호의 비탄과 자살은 순진하고 단순한 '소년애'의 파국적인 결론이 아니다. 그의 동성애적 이야기는 민족적 '원한'의 드라마를

48　위의 글, 79쪽.
49　이광수, 『흙』, 문학과지성사, 2005, 385쪽.

노출한다. 그것은 김 군이 말하는 "우리네의 심리"(「혈서」)가 형성되는 "원초적인 장면"을 서사화한다. 이때 아무리 준원이 '미소년'일지언정, 그의 얼굴은 "조물주의 싫증이 나서 되는 대로 만들어 놓은" 광호의 얼굴과 다르지 않다. 일본 청년을 '열패'시켰던 십이삼 년 전과는 달리 그는 이제 못난 식민지인인 것이다. 그리고 이와는 반대로 개인적인 용모와는 무관하게 일본인의 "육체의 미"[50]는 곳곳에 편재한다. 다음과 같은 의미에서 그의 몸은 제국의 '국체國體'를 발현하고 있기 때문이다.

> 일본인의 안색을 견見하면 위선 형형한 안모眼眸에 예기銳氣가 충일하며, 바싹 다문 입에 의지력이 표현되나니, 차此는 오래 교육을 수受하고, 또 생존경쟁이 격렬한 실사회에서 오래 단련한 결과라. (⋯중략⋯) 흉부가 돌출하고, 양완兩腕의 근육이 발달하여 울뚝불뚝하고 견堅하기 석石과 여如하지 아니한가. 피등彼等은 일견 연약한 선비와 여하더라도 능히 일일 백여 리 험로를 답파하며, 남양南洋의 염열炎熱과 북륙北陸의 한냉을 감내하며, 일, 이 시간 기착 직립과 사, 오 시간 계속하는 극무極務나 연구를 감내하며, 일단 전쟁이 생生하면 즉시 담총배낭擔銃背囊하고 풍찬노숙의 격전을 감내하나니[51]

따라서 윤광호의 무덤 앞에 선 준원에게 병영의 나팔소리가 들리는 것은 상징적이다. 이에 준원은 '빙세계氷世界'의 추위를 느끼거니와, P가 말한 애정의 조건 역시 제국의 나팔소리와 크게 다르지 않았다. 그것은 광호가 식민지인임을, 즉 결핍된 존재임을 선포했던 것이다.

그리고 그런 의미에서 P는 야마사키 도시오山崎俊夫를 상기시킨다. 야

---

50 이성희, 앞의 글, 287쪽.
51 이광수, 「동경잡신」, 『이광수 전집』 17, 삼중당, 1962, 485쪽.

마사키는 메이지학원 시절 춘원의 친구였으며, 그에 대해 춘원은 "첫사랑을 나누었던 사이처럼 평생 잊히지 않"[52]는다고 회고했다. 그런데 주목할 것은 바로 그 야마사키가, 곁에서 떨어지려 하지 않는 조선인 "악우惡友" 이보옥李寶玉에게 결국 "짜증"[53]을 내는 주인공을 묘사한 바 있다는 사실이다. 이는 "P를 위하여서 있고 P가 있기 때문에" 존재한다고 믿는 광호를 P가 거절한 것과 대응한다. 한편 야마사키는 춘원의 「크리스마슷밤」(1916)[54]을 상기시키는 「야소강탄제전야耶蘇降誕祭前夜」(1914)에서 다음과 같이 썼다.

"그만큼 약속했으면서 이제 와서 말하지 않는 것은 비겁해요. 자, 나는 말씀하신 대로 혼혈아라고 단 한 마디만 말해요, 그걸로 만족할 테니까."

그러나 이보경은 침묵하고 있다. 조금 후에 나는 세 번째로 재촉했다.

"아무도 듣지 않아요, 말해도 괜찮아요."

그러자 이보경은 내 무릎에 머리를 대고,

"눈이 듣고 있는 걸요, 눈이 듣고 있는 걸요."

라고 말하면서 노예가 폭군에게 탄원할 때처럼 눈 위에 꿇어앉았다.[55]

흥미롭게도 야마사키는 이광수를 조선인 학생과 일본인 학생 모두로부터 따돌림 받는 "금발청안金髮靑眼"[56]의 러시아 혼혈아로 묘사한다. 그

---

52 이광수, 『동포에 고함』, 철학과현실사, 1997, 265쪽.
53 山崎俊夫, 「惡友」, 『古き手帖より』, 奢灞都館 , 1998, 211쪽.
54 김영민 교수는 「크리스마슷밤」의 작자 '거울'을 이광수로 보는데, 필자는 이에 동의한다. 이에 대해서는 김영민, 「이광수의 새 자료 「크리스마슷밤」 연구」(『현대소설연구』 36, 2007)를 참고할 것.
55 山崎俊夫, 「耶蘇降誕祭前夜」, 『美童』, 奢灞都館, 1986, 203~204쪽.
56 위의 글, 201쪽.

리고 그러한 묘사는 「경성의 하늘 밑京城の空の下」(1956)이나 「경멸けいべつ」(1968)에서도 일관되게 나타난다. 인용에서 야마사키의 주인공은 이보경의 외모에 집착하며 '혼혈아'임을 자백시키려 하는데, 이는 P가 윤광호의 '미모'를 문제 삼은 일과 무관하지 않다.

이와 관련해 가와무라 미나토는 "이보경에 대해 오히려 나의 추접스런 황색의 피부가 참괴慙愧한 듯이 생각"되었다는 야마사키의 서술에 "흰 피부에 대한 '황색인종'으로서의 콤플렉스가 정직하게 고백되어 있다"[57]라고 논하지만, 궁극적으로 이는 이보경이 이질적인 타자로서 배제되고 있음을 복잡하고 전도된 형태로 드러낸다. '혼혈아'야말로 비동일성을 체화한 존재다. 더 나아가 그는 "노예가 폭군에게 탄원할 때처럼" 꿇어앉아 있다. 야마사키의 주인공은 자신의 "추접스런 황색의 피부"를 그냥 부끄러워한 것이 아니라 '오히려' 부끄러워했다. 흰 피부의 이보경은 열등한 '노예'였기 때문이다. 이는 야마사키가 이광수를 누가복음 16장의 거지 라자로와 함께 연상했던 일[58] 또는 이보경이라는 이광수의 아명을 소설 속에 거리낌 없이 노출한 일과도 잘 어울린다.

따라서 야마사키의 소설을 참조하며 「윤광호」를 읽을 때, 우리는 자기 외모에 대한 윤광호의 고통이 어떤 종류의 것인지를 짐작할 수 있다. 야마사키는 민족적인 차이를 인종적인 차이로 확대함으로써 이보경의 타자성을 극대화했을 뿐만 아니라, 서양 인종의 세계 지배라는 제국주의의 일반적인 장면을 역상으로 표현했다. 즉 야마사키의 주인공이야말로

---

57 川村湊, 「他者への視線」, 『타자와 문화표상』, 고려대 일본학센터 2005년도 국제학술심포지엄, 2005.11.19, 118쪽.
58 山崎俊夫, 「惡友」, 『古き手帖より』, 奢灞都館, 1998, 210쪽.

백인의 위치에 있었으며, 그의 소설 제목처럼 이보경은 토인으로서 '경멸'당했다.

그렇다면 이 모든 것과 더불어 「윤광호」의 동성애는 제국과 식민지의 젠더적인 위계와 지배를 환기시킨다. P와 광호는 한 여성을 두고 같은 남성으로서 경쟁하는 대신 각각 남성과 여성으로서의 위치와 역할을 배분받고 있다. P가 미모와 재산을 결혼 조건 제시하듯이 거론하는 것, 또는 작품의 말미에 이르기까지 P가 남성임이 은폐되는 것은 이와 관련된다. 면도를 품고 준원의 집에 찾아간 일본인 청년을 보고 준원이 "자기를 죽이려는 줄 알고 엉엉 소리를 내어" 울었던 일도 마찬가지다. 준원 역시 일방적이고 강압적인 요구에 시달리는 여성의 자리에 있었다. 이것이야말로 윤광호가 묘사하는 "제국과 식민지라는 특수한 상황"이다.

따라서 광호와 준원이 동성애적 관계가 아니라는 점, 즉 작품 속의 동성애가 조선인과 일본인 사이에서만 발생한다는 점은 중요하다. 이로써 윤광호는 조선이 일본의 식민지로서 여성화되고 타자화되는 폭력과 열패의 경험을 말하고 있기 때문이다. 조금 과장한다면, 윤광호는 P를 사랑했기보다는 P가 제국의 국민임을 사랑했다. 그는 그 남성적 "육체의 미"와 동일화되려 했지만 그로부터 끝내 배제되었다. 달리 말해 윤광호는 제국의 지배(차별)를 일본인에 의한 사랑의 거절(차별)로 경험하고 표현함으로써 그 민족적 '원한'을 깊이 자기화하고 내면화했다.

따라서 윤광호는 이제까지 논의한 모든 작품들의 심리적, 서사적 기원이다. 노부꼬의 죽음은 윤광호에 대한 복수였으며, 김 군은 제이의 윤광호였다. 노부꼬와 김 군 모두가 여성의 자리에 존재한다는 점에서 그들의 사랑 역시 또 다른 동성애였다. 노부꼬를 도태시킴으로써 마침내 그들은 타자의 동성애를 성취했다. 하지만 '원한'은 오래도록 '기억'[59]되었다. 「진정 마음이 만나서야말로」의 화자가 다케오로부터 시력과 언어적 능력을 박탈한 것은 그 때문이다. 이는 윤광호로부터 미모와 재산을 빼앗은 P에 대한 복수였다. 실로 이광수는 "문필 생활을 시작한 지" "삼십 년"이 되는 1939년에조차 스스로를 "못나고 가난하고 병약한 것"[60]으로 규정했던 것이다.

『현대문학의 연구』, 2011.11

---

59 들뢰즈는 주인의 유형을 망각 능력과 관련시키는 반면, "노예의 유형은 놀랄 만한 기억"에 의해 정의된다고 논한다. 들뢰즈, 앞의 책, 211쪽.
60 이광수, 「시가집을 내며」, 『박문』, 1939.6, 9쪽.

4장

전쟁의 산수화

이광수의 근대적 전망과 그 쇄신에 대하여

1. 새 아이의 엑스빛

　이광수가 근대 주체의 본질을 "엑스빛" 시선에서 찾은 것은 유명한 일
이다. 그는 밝은 "눈"으로 "하늘을 꿰뚫고 땅을 들추어 온 가지 진리를
캐고"[1] 마는 자다. 즉 춘원은 자연과 구시대를 극복, 쇄신할 "새 아이"를
시각 주체로서 정립한다. 『무정』의 이형식이 '과학'과 '지식'을 강조하
는 것은 이와 관련된다. 이것들은 자연과 구시대의 "풍경"을 발견(타자
화)함으로써 진보를 전망하는 근대인의 존재론적 위치 및 그 "내적 인
간"[2]의 원근법적 인식 체계를 암시한다. 춘원春園에게 봄은 들(자연)이 아
니라 "빼앗긴(빼앗은) 들", 즉 "뜰分野"에 깃든다. 계절의 무의미한 순환을
생물학(형식), 수학(선형), 음악(영채, 병욱) 등의 분과적分科的 "유리창"[3]
너머로 바라보며, 청춘(청년)은 미래를 향한 문명과 사회의 봄을 구성적

1　이광수, 「새 아이」, 『청춘』, 1914.12, 2쪽.
2　가라타니 고진, 박유하 역, 『일본 근대 문학의 기원』, b, 2010, 37쪽.
3　이에 대해서는 이경훈, 「「무정」의 패션」, 『오빠의 탄생』, 문학과지성사, 2003, 99~136
　쪽을 참고할 것.

으로 전유해 내려 한다.[4] 그리고 이 근대적 원근법의 "온 가지" 활동들은 민족의 전체적인 기획 속에 종합될 터이다. 따라서 화가인 민이 "미술을 배움은 조선인에게 복된 눈 하나를 더 주려 함"[5]이라고 피력한 것은 의미심장하다. 이 "복된 눈"을 통해 이형식은 조선 농민들을 다음과 같이 관찰했던 것이다.

> 하룻밤 비에 모든 것을 잃어버리고 발발 떠는 그네들이 어찌 보면 가련하기도 하지마는 또 어찌 보면 너무 약하고 어리석어 보인다.
>
> 그네의 얼굴을 보건댄 무슨 지혜가 있을 것 같지 아니하다. 모두 다 미련해 보이고 무감각해 보인다. 그네는 몇 푼어치 아니 되는 농사한 지식을 가지고 그저 땅을 팔 뿐이다. 이리하여서 몇 해 동안 하느님이 가만히 두면 썩은 볏섬이나 모아 두었다가는 한번 물이 나면 다 씻겨 보내고 만다. 그래서 그네는 영구히 더 부富하여짐 없이 점점 더 가난하여진다. 그래서 몸은 점점 더 약하여지고 머리는 점점 더 미련하여진다. 저대로 내어버려두면 마침내 북해도의 '아이누'나 다름없는 종자가 되고 말 것 같다.
>
> 저들에게 힘을 주어야 하겠다. 지식을 주어야 하겠다.[6]

삼랑진의 수해가 "자연의 폭력"으로서 "비생산적"이고 "목적 없는 힘에 불과"[7]한 파도 같은 것이라면, "하느님이 가만히" 두기를 바랄 뿐 홍수에 속수무책인 농민들 또한 일종의 자연 상태에서 벗어나지 못하고 있다. 이형식은 "그네의 얼굴"에서 "미련"과 "무감각"을 느낀다. "아이누나

---

4 이에 대해서는 이경훈, 「청춘의 기계, 문학의 테크놀로지」, 『대합실의 추억』, 문학동네, 2007, 188~215쪽을 참고할 것.

5 이광수, 『개척자』, 박문서관, 1922, 126쪽.

6 이광수, 『무정』, 신문관, 1918, 606쪽.

7 괴테, 김달호 역, 『세계문학전집』 10−파우스트, 정음사, 1973, 309쪽.

다름없는 종자"로 도태될 위험이 있는 조선 농민들 역시 생물학 공부를 희망하는 이형식의 진화론적 원근법의 대상이다.

따라서 이형식은 모내기하는 농민들을 "인종지말人種之末"로 평가하거나, 조선 농촌을 "자기와는 전혀 관계가 없는, 어떤 외국의 것과 같이"[8] 느끼는 『흙』의 김갑진과 근본적으로 다르지 않다. 비유컨대 이들은 모두 진보를 지향하는 근대적 소실점(목적)에 근거해 문명의 타자로 배치된 조선 농민들의 풍경화를 그려내고 있다. 이러한 입장은 다음과 같이 자연의 "일망무제"를 거부하는 이상李箱의 태도와도 상통한다.

> 지구 표면적의 백분의 구십구가 이 공포의 초록색이리라. 그렇다면 지구야말로 너무나 단조무미한 채색이다. 도회에는 초록이 드물다. 나는 처음 여기 표착하였을 때 이 신선한 초록빛에 놀랐고 사랑하였다. 그러나 닷새가 못 되어서 이 일망무제一望無際의 초록색은 조물주의 몰취미와 신경의 조잡성으로 말미암은 지구의 여백인 것을 발견하고 다시금 놀라지 않을 수 없었다.
>
> 어쩔 작정으로 저렇게 퍼러냐. 하루 왼 종일 저 푸른빛은 아무 짓도 하지 않는다. 오직 그 푸른 것에 백치와 같이 만족하면서 푸른 채로 있다.[9]

"조물주"의 세계는 "무제無際", 즉 끝과 경계가 없음을 특징으로 한다. 따라서 이와 관련되는 한, "일망一望"은 시선이 출발하는 하나의 주체적 시점을 가리킬 수 없다. "무제" 속에서 인간의 시각적 위치는 특정되고 특권화되지 않는다. 인간은 초월적이고 보편적인 "일망"에 속해 있을 뿐이다. 다시 말해 "일망무제의 초록색"에는 시선(주체)과 대상(타자)의 구

---

8   이광수, 『흙』, 문학과지성사, 2005, 63쪽.
9   이상, 「권태 (2)」, 『조선일보』, 1937.5.5.

분이 존재하지 않으며, 따라서 당연히 시선과 대상 사이에는 다가가거나 완성시킬, 합리적인 "처음과 중간과 끝"이 설정될 수 없다. 여기서 시간 (역사)은 흐르지 않는다.

그러나 풍경화는 이러한 "무제"를 인간적 시선의 궁극窮極인 소실점으로 대체함으로써 개별적인 "일망"의 주체와 대상, 중심과 주변을 한정하고 확립한다. "백치와 같이 만족"한 채 "아무 짓도 하지 않는" "푸른빛"과 달리 풍경화는 그 무언가를 "작정"(시작)함으로써 이루어진다. 그것은 목적과 계획에 따라 끝과 가장자리, 거리距離와 전체를 성취한다. "하늘을 꿰뚫고 땅을 들추어 온 가지 진리를 캐고" 마는 인간은 더 이상 "무제"에 "소 닭 보듯이" 포괄(소속)됨으로써 "조물주"에 초역사적(무시간적)으로 "일망"되지 않는다. 춘원의 표현을 빌리면, "하늘이 물렁물렁한 기체로 화한 오늘날 과학 시대"에 "하나님이 발붙일 하늘"[10]은 소실되었다. 다시 한번 비유하자면 "조물주"로부터의 시선을 소실점으로 봉쇄한 채, 인간은 오로지 보는 주체로서 다음과 같은 현재를 획득한다.

소의 뿔은 벌써 소의 무기는 아니다. 소의 뿔은 오직 안경의 재료일 따름이다. 소는 사람에게 얻어맞기로 위주니까 소에게는 무기가 필요없다. 소의 뿔은 오직 동물학자를 위한 표식이다. 야우野牛 시대에는 이것으로 적을 돌격한 일도 있습니다 ― 하는 마치 폐병廢兵의 가슴에 달린 훈장처럼 그 추억성이 애상적이다.[11]

위와 같이 안경의 재료나 동물학의 연구 대상으로 소의 뿔을 파악하

---

10 이광수, 「그 여자의 일생」, 『이광수 전집』 7, 삼중당, 1962, 262쪽.
11 이상, 「권태 (5)」, 『조선일보』, 1937.5.8.

는 일 또한 풍경화 그리기다. 이는 합목적적이고 도구적인 인식과 실천의 체계로써 자연을 포착(타자화, 삼인칭화)한다. "일망무제의 초록색"이 "공포"를 환기하는 것은 그것이 자연과 조물주를 "추억"하는 원근법적인 주체의 그림틀과 구도를 벗어나 있기 때문이다. 초록색은 무의미한 "지구의 여백"이다. 따라서 "황막하고 추악한 벌판을 바라보고 지내면서 그래도 자살 민절悶絶하지 않는 농민들"은 "거대한 천치"로 보일 수밖에 없다. 위 글의 필자는 "산에 있는 짐승들을 사로잡아다가 동물원에 갖다 가둔 것이 아니라, 동물원에 있는 짐승들을 이런 산에다가 내어 놓아준 것만 같은 착각"(이상, 「산촌여정」)을 느끼는 "새 아이"였기 때문이다.

2. 농민·민족·하느님

그런데 또 한 가지 생각해야 할 것은 농민들을 "인종지말"로 보는 김갑진의 평가 및 이를 반박하는 허숭의 입장이다. 허숭은 김갑진의 생각을 "가치판단의 전도"[12]라고 비판하며, "사람이 하는 모든 일 중에 오직 농사하는 일만이 옳고, 거룩하고 참된 것"[13]이라고 주장한다. 더 나아가 그는 농민들을 "조선 민족의 뿌리요 몸뚱이"라고 규정하면서 민족과 농민을 동일시한다. 김갑진에게는 "음흉하고 돼지" 같이 보이는 "시굴 놈"

---

12 이광수, 『흙』, 문학과지성사, 2005, 68쪽.
13 위의 책, 61쪽.

들의 모내기 장면으로부터 허숭은 민족의 "숭고한 풍경"[14]을 창출해 내는 것이다.

그렇다면 김갑진이 아니라 허숭이야말로 "위압적이었던 불쾌한 자연대상에서 쾌감을 발견하는"[15] 일과 견줄 만한 "전도"를 수행한 셈이다. 이형식의 경우와 달리 허숭에게 농민은 "거대한 천치"로 타자화되지 않는다. 그것은 풍경을 통어하고 거기에 질서를 부여할 궁극적인 목적과 이념을 표상한다. 농민은 풍경화의 소실점에 위치한 민족의 형상이다. 그곳에 전망을 집중할 때 근대적 공동체의 풍경은 낭만적으로 완성될 터이다. 허숭이 변호사라는 좋은 직업을 버리고 가난한 살어울 농촌으로 귀향하는 것은 이러한 "전도"를 서사적으로 표현한다. 이때 주목할 것은 그것이 다음의 통찰과 함께 이루어진다는 점이다.

> 해마다 모낼 때에는 가문다. 죽는다는 소리가 난다. 그러나 사흘만 더 가물면 죽겠다 할 만한 때에는 대개는 비가 오는 법이다. 금년에도 그러하였다. 마치 하느님이 나는 나 할 일을 다 한다. 너희들만 너 할 일을 하여라, 하는 것 같았다. 내가 없는 줄 알지 마라, 나는 있다, 너희가 하느님이 없나 보다 할 만한 기회에 내가 있다는 것을 보인다, 하는 것 같다.[16]

이는 "하느님이 가만히 두면 썩은 볏섬이나 모아 두었다가는 한번 물이 나면 다 씻겨 보내고 만다"고 한 이형식의 입장, 즉 농민(인간)과 "자연의 폭력"(하느님)을 대립시켰던 냉철한 "엑스빛" 시선의 작용과 대비된

---

14 가라타니 고진, 박유하 역, 앞의 책, 41쪽.
15 위의 책, 41쪽.
16 이광수, 앞의 책, 61쪽.

다. "죽겠다 할 만한 때"가 되면 비를 주시는 "하느님"은 이형식이 부르짖은 과학, 지식, 문명을 대체하는 듯하다. "나는 나 할 일을 다 한다, 너희들만 너 할 일을 하여라"라는 말과 함께 "자연의 폭력"은 부정되며, "나는 있다"와 더불어 "일망무제"는 복권된다. 풍경화의 소실점에 농민과 민족을 등치시켜 놓는 순간, 그 소실점은 인간의 실천과 노력을 굽어보는 "하느님"의 자리로 전화된다.

그리고 이렇게 농민과 "하느님"의 교감과 의사소통을 상상함으로써 민족은 대중화, 자연화, 신성화된다. 달리 말해 민족은 "우리라는 일인칭 복수"(「소년에게」)뿐 아니라 원근법과 "일망무제"를 대화적으로 매개하는 일종의 필연이다. 민족의 이름으로 "소 닭 보듯이" 하는 일은 부활한다. 이로써 슬픔, 분노, 공포 등을 화학적으로 증명하기 위해 인체실험도 마다않는 의학박사 안빈은 바닷가의 파도 소리를 "하느님 작곡, 하느님 작사"의 "영원의 노래"[17]로 규정할 수 있게 될 터이며, 을남은 "날더러 잠깐만 하나님 노릇"을 하라면 "바로잡아 놓을 일"[18]이 많다고 말할 수 있게 될 터이다. 그렇다면 김광진이 다음과 같이 하늘의 눈을 부정하고 금봉의 눈에 매혹 당하는 것은 그 자체로서 지극히 비민족적이다.

"그렇게 총명하시고 신교육을 받으신 부인께서 어떻게 이런 구식 생각을 하셔요? 우리가 하고 싶은 일을 우리 힘이 및는 데까지 한다. 이것이 현대인의 철학이지요. 이것이 문명이란 것이구요. 아직 이 철학을 이해할 만한 정도에 못 달한 사람들이 무꾸리도 하고 살풀이도 하고 기도도 하지요. 종교? 하하하하. 어느 하나님이 내 뜻을 막아요? 내 자유를 막아요?"

---

17 이광수, 「사랑」, 『이광수 전집』 10, 삼중당, 1962, 100쪽.
18 이광수, 「그 여자의 일생」, 『이광수 전집』 7, 삼중당, 1962, 288쪽.

하고 광진은 불의에 금봉을 껴안으려 한다.

금봉은 광진의 귀에 입을 대고,

"남의 유부녀를 이렇게 해도 하늘이 무섭지 않수?"

하고 소근거렸다.

하늘이란 푸른 광선이 먼지와 물방울에 반사하는 것이어든, 조금도 무서울 것이 없으나……"까지는 큰 소리로 하고 그 다음은 소리를 감추고 손가락으로 금봉의 눈을 만지면서,

"요 눈이야말로 무서워."[19]

물론 김광진이 금봉의 눈을 무서워하는 것은 그가 금봉의 관찰 대상이 되었거나 자신의 행위에 죄의식을 느끼기 때문이 아니라 금봉의 눈이 발산하는 성적 매력 때문이다. 김광진이 "딸기란 미인이 잡수시기에 가장 합당한 과일"임을 깨달았다고 하며, 금봉의 "붉은 입술 흰 이 새에 딸기가 물리는 것"을 "아름다운 색채의 조화"[20]라고 평가하는 데에서 알 수 있듯이, 어디까지나 광진은 그 막대한 재산과 더불어 여성을 시각적으로 지배, 소유하는 남성의 위치에 있다. 춘원이 보기에 금봉에 대한 이 시각적 탐닉이야말로 민족을 전망하지 않는 일이자 하늘의 눈을 무시하는 일이다.

이는 학생 시절에 함께 3·1운동에 참여했던 신봉구를 버리고 부자 백윤희의 첩이 된 순영의 경우도 상기시킨다. 이 일은 순영이 백윤희의 방 "벽에 걸린 나체의 미인화"를 보고 그 모델이 왠지 "자기인 것"[21]처럼

---

19 위의 글, 263쪽.
20 위의 글, 200쪽.
21 이광수, 「재생」, 『이광수 전집』 2, 삼중당, 1962, 60쪽.

느끼는 일로부터 비롯되었기 때문이다. 이와 같은 순영의 태도는 "극히 냉정한 눈으로 민(閔)의 안면의 각 선과 각 점과 어깨와 가슴과 다리와 팔과 손과 모든 것을 일일이 해부하여 보고 다시 그 각 부분을 맞추어 일체를 성한 뒤에 전체의 조화며 심메트리며 색채며 조자(調子)를 자세히 검사"[22]했던 성순의 시각적 주체성과 대비된다. 순영은 스스로를 시선의 대상으로 규정함으로써 재물에 대한 욕심과 이기적인 허영심을 백윤희의 성적 욕망 앞에 적나라하게 노출했다.

따라서 순영이 백윤희와의 사이에서 선천성 매독으로 실명한 딸을 낳은 것은 상징적이다. 봉구로 하여금 "나라를 위한다든가, 세상을 위한다든가 하는 생각"을 버리게 했으며, 나아가 "돈을 모아서 나를 배반한 순영과 순영을 빼앗아간 백윤희에게 한번 시원하게 원수"를 갚겠다는 목적으로 "도적질이나 다름없이 알던 미두"[23]에 뛰어들도록 한 순영의 일생은 결핵균과 매독균을 "민족의 적"(「문사와 수양」)으로 규정하는 "엑스빛" "새 아이"(민족)의 면역 공동체the community of immunity적 이념에 정면으로 배치되는 것이기 때문이다. 요컨대 조선인들을 멸망시키는 미두의 글로벌 마켓에 봉구마저 감염되게 한 그녀는 다음과 같이 "나라고 하는 색안경"[24]을 낀 채 농민들의 모내기로부터 아무 것도 볼 수 없었던 갑진과 동류였다. 딸의 실명은 이 점을 증명했던 것이다.

이 차에 올라앉은 사람들은 다 저 농부들의 땀으로 살아가는, 그러면서도 저 농부들의 공로를 모르고, 그들에게 감사할 줄을 모르는 사람들같이 보였다.

22　이광수, 『개척자』, 박문서관, 1922, 130쪽.
23　이광수, 「재생」, 『이광수 전집』 2, 삼중당, 1962, 217쪽.
24　이광수, 「사랑」, 『이광수 전집』 10, 삼중당, 1962, 79쪽.

"자네 무얼 그리 내다보고 앉았나."

하고 김갑진은 어디로 돌아다니다가 자리에 돌아와서 허숭의 무릎을 턱 친다. 그리고 허숭이가 바라보는 곳을 바라본다. 갑진의 눈에는 아무 것도 보이는 것이 없었다.[25]

3. 코닥 카메라와 부처님

한편 「애욕의 피안」은 "엑스빛"의 변천과 관련된 새로운 문제를 제기한다. 임준상은 피서지에 간 혜련을 따라다니며 그녀를 사진 찍고자 한다. "저기 미스 원산 계시다, 미스 코리아 계시다 하고 남자들이 혜련을 보고들 야단"[26]이라는 문임의 말에서도 알 수 있듯이 혜련은 대단한 미인이기 때문이다. 더욱이 이에 대해 혜련이 "야단"을 쳐서 필름에 "햇빛을 봬"[27]버리게 하지 않았으므로, 준상은 제멋대로 카메라의 셔터를 누를 뿐 아니라 혜련의 모습을 스케치하기도 한다. 다음은 사진 촬영의 한 장면이다.

"자 보아요, 준상 씨가 사진 허가를 맡아왔으니 혜련이 사진을 한번 박았으면 좋겠다구."(…중략…)

---

25 이광수, 『흙』, 문학과지성사, 2005, 61쪽.
26 이광수, 「애욕의 피안」, 『이광수 전집』 8, 삼중당, 1962, 277쪽.
27 이태준, 「행복에의 흰 손들」, 『이태준 문학전집』 11, 서음출판사, 1988, 48쪽.

준상은 삼각을 펴서 사진기를 버티어 놓고 산이 들어가면 안 되니 이리 앉으라는등, 거기는 섬이 들어가서 요새 사령부에서 허락을 아니할 테니 저리 앉으라는등, 세 사람의 위치를 정해 놓은 뒤에 자동으로 박혀지는 장치를 누르고는 저도 세 사람의 뒤에 혜련의 어깨 너머로 얼굴이 보일 만한 자리에 뛰어와 앉았다. '딸각' 하는 소리가 들렸다. 사진기계는 네 사람을 한 건판에다가 모아 넣은 것이다. (…중략…) 이 저마다 딴 생각을 품은 세 사람을 사진기계는 마치 운명의 손과 같이 한 건판 속에 몰아넣는 것이었다.[28]

하지만 혜련이 준상의 촬영에 적극적으로 응해 주는 것은 아니다. 그녀는 그저 "무관심한 태도로 내버려" 둔다. 그것은 혜련을 "미스 원산"이나 "미스 코리아"로 부르며 숭배하는 뭇 "남자들"과 준상이 기본적으로 다르지 않기 때문이다. 이를테면 그녀는 자신의 외모와 육체에 매혹당하는 남자들 앞에 군림하는 대중의 스타다.

그러나 혜련이 준상에게 무관심한 더 근본적인 이유는 그녀가 하늘에 난 "몇 백 척인지 몇 천 척인지 모를 깊다란 구멍"을 "무시무시"하게 보면서 "앞길이 막막한 내 인생"을 탄식하게 된 데에 있다. 혜련은 "살 일생을 다 살아버린 것"처럼, "세상에서 더 바랄 것이 없는 것"처럼 느낀다. 그녀의 오빠 종호 역시 마찬가지다. 그는 혜련에게 다음과 같이 말한다.

혜련아, 인제 나는 세상서 볼 것은 다 보았단 말이다. 인제 더 볼 것은 없거든. 아버지 망하는 것도 보고, 집안 망하는 것도 보고, 또 세상이 망할 도를 닦는 것도 보고 인제 더 볼 것이 무엇이냐. 인제는 그저 죽는 것을 보는 것이 마지막 구경일 거야. 피. 참 세상도 시언치 않은 세상이야. 흥, 잘 보았고말고.[29]

---

28 이광수, 앞의 글, 277~278쪽.

"정부를 반대하던 정치가들"이 해외로 망명한 후, 그들이 "밀회하기 위하여 사놓은 집"을 자기 소유로 만들었을 뿐 아니라, 금봉의 오빠 인현이 의학 전문학교에 입학했음에도 불구하고 입학금을 주지 않아 진학을 포기하게 했던 금봉의 아버지 이정규처럼, 혜련의 부친 김 장로 역시 "독립협회로, 학교 창설로 돌아다니다가 재산을 다 없이하고, 나중에는 길림에서 총을 맞아" 죽은 자기의 은인 설태영의 아들 설은주를 고용인으로 부려먹으며 축재에만 골몰한다. 그는 또한 "딸과 같은 여학생 첩이 셋"이나 있는 박건배를 부러워하며 딸의 친구 문임과 결혼하려 한다.

요컨대 위생이나 시간 지키기 등의 근대적 계몽이, "건강을 소중히 여기기 때문에" 기생이나 창기 대신 "오직 처녀"를 노리는 일이나 "오입할 때에도 시간"[30]을 지키는 일로 굴절된 상황 속에서, "일종의 시대정신"[31]으로서 "구시대를 거부하는 청년적 연대를 표현"했던 오누이는 좌절했다. 형식과 선형을 유학 보냄으로써 문명개화의 의지를 실천하고자 했던 「무정」의 김 장로는 사라졌다. 이제 「애욕의 피안」의 김 장로는 삼십 년 연하의 문임과 결혼해 살 해변의 별장 터를 고르고 있다. 그리고 젊은 문임은 문임대로 김 장로와 피서를 가는 것이 "제 지위가 높아지는 것"[32]처럼 생각한다. 이러한 일들로 인해 혜련은 비로봉에서 "하늘을 바라보는 것도 아니요 동해 바다를 바라보는 것도 아니"게 "우두머니" 서 있을 수밖에 없었던 것이다. 혜련과 그녀의 오빠는 종종 부친에 대한 반항으로도 표현되었던 "엑스빛" "새 아이"의 전망을 상실했다. 이제 계획되고 있

---

29 위의 글, 375쪽.
30 위의 글, 156쪽.
31 이경훈, 『오빠의 탄생』, 문학과지성사, 2003, 54쪽.
32 이광수, 앞의 글, 237쪽.

는 것은 이기심으로 가득한 늙은 아버지의 결혼과 별장 건축이다.

혜련이 준상의 시선에 아랑곳하지 않는 대신, "물끄러미 저를 들여다보던 그 바다와 같은" 강 선생의 눈을 그리워하는 것은 그 때문이다. 이는 강 선생과 재회한 후 준상이 "도무지 눈에 차지 아니하는 존재"로 느껴지고, 준상을 보는 것이 "마치 금강산을 보고난 눈으로 야산들을 보는 것"[33] 같은 일과 짝을 이룬다. 혜련에게는 지사의 아들로서 "옳다고 믿는 바 신념을 따라서 살아갈 것"을 강조했던 강 선생이야말로 시선을 교환할 수 있는 진정한 존재다. 그는 "더러운 냄새를 피우는 시체의 무리"로 가득한 해수욕장이나 커다란 온실에 불과한 창경원 식물원 등과는 달리, "점점 인간에서 멀어가고 점점 알 수 없는 무슨 힘이 내리누르는 것"[34] 처럼 느껴지는 금강산의 숭고함을 체현하고 있다. 혜련에게 강 선생은 민족과 국토를 대리한다. 이에 비해 아무리 준상이 "인생과 자연을 새로 발견"[35]했다는 편지를 혜련에게 써 보낸다고 해도 여전히 준상의 눈은 서로 눈 맞출 수 없는 코닥 카메라 렌즈에 지나지 않는다. 준상에게 금강산은 민족의 산(국토)이기보다는 관광지(시장)나 유원지다. 즉 다음과 같이 이형식의 시선에 "세 누이"가 장악되었던 것처럼, 혜련은 강 선생을 바라보고 그의 시각적 대상이 됨으로써 그의 시선에 응하고 귀속되는 형태로 잃어버린 전망을 되찾고자 한다.

형식은 한번 더 힘있게,
"그것을 누가 하나요?" 하고 세 처녀를 골고루 본다. 세 처녀는 아직도 경험하

33　위의 글, 370쪽.
34　위의 글, 340쪽.
35　위의 글, 281쪽.

여 보지 못한 듯한 말할 수 없는 정신의 감동을 깨달았다. 그러고 일시에 소름이
쭉 끼쳤다. 형식은 한번 더

"그것을 누가 하나요?" 하였다.

"우리가 하지요!" 하는 대답이 기약하지 아니하고 세 처녀의 입에서 떨어진다.[36]

그러나 혜련의 소망은 이루어질 수 없다. 해외에서 돌아온 강 선생 또
한 "나도 인생에 방향을 잃은 사람"[37]이라고 말하기 때문이다. 혜련에게
계획과 미래를 제시하기는커녕, 그는 "괴롭던 일생"을 "꿈"으로, 자기 자
신을 "과거도 현재도 미래도 없는 나"[38]로 규정한다. 그리고 "죽지 않으
려고 반항"하는 자기 육체를 향해 "다시는 네 노예가 되지 아니할 것"이
라고 선언하며 스스로 숨을 멈춰 자살한다.

이때 중요한 것은 강 선생의 죽음이 패배를 의미하지는 않는다는 점
이다. 금강산 구룡연에서 딸과 함께 자살하는 순영(「재생」)과는 달리, 그
는 자기의 육체를 "정복"하고 혜련에 대한 "애욕"을 극복한 승리자다. 더
나아가 그는 『금강경』 「여리실견분如理實見分」의 "凡所有相, 皆是虛妄,
若見諸相非相, 卽見如來"[39]를 전 존재로써 깨닫고 실천했다. 그는 "'吾觀
一切. 普皆平等. 無有彼此. 愛憎之心'이라고 하신 석가의 심경"[40]까지 헤
아렸다. 그는 금강산 영원암에서 자살함으로써, 혜련처럼 "몇 백 척인지
몇 천 척인지 모를 깊다란 구멍空"을 무서워하는 일에서 벗어나, 카메라
에는 사진 찍히지 않는 색즉시공色卽是空 공즉시색空卽是色의 '실상實相'에

---

36 김철 교주, 『바로잡은 무정』, 문학동네, 2003, 707쪽. 표기는 인용자가 수정함.
37 이광수, 앞의 글, 311쪽.
38 위의 글, 353쪽.
39 위의 글, 355쪽.
40 위의 글, 357쪽.

다가갔다. 즉, 강 선생은 "자살이라는 유리창을 통해 자신의 육체라는 풍경을 발견"[41]했을 뿐 아니라, 이를 통해 자기와 풍경이 "허망"한 "비상非相"임을 증명하는 데에까지 도달했다. 그 점에서 그의 자살은 "근대인의 철저한 자기 긍정"[42]을 넘어섰다.

즉 「애욕의 피안」과 「그 여자의 일생」은 공히 근대적 전망과 계획의 상실에 처해, "사람이 이렇다 저렇다 하고 모든 이론을 세우는 것이 다 허망한 것"[43]이며, "엑스빛"의 풍경화가 "비상非相"이었다는 관점을 제출한다. 더 이상 인간은 진보를 전망하는 시각적 주체가 아니라 "오관일체吾觀一切"의 부처님에게 "보개평등普皆平等"하게 보이는 존재(중생)다. 따라서 "피차彼此"를 분별하는 민족은 상相을 조정, 배치하는 소실점이 될 수 없다. 부처가 보는 "일체"가 민족은커녕 인간에조차 한정되지 않을 뿐 아니라, 부처의 눈 또한 곳곳에 편재한다. 즉 소실점 자체가 있을 수 없다. 그렇다면 금강산은 단지 국토를 상징하는 데에서 멈추지 않는다. 그 숭고함은 민족의 한계를 넘어선다.

그러므로 아래의 인용에서 보이듯이, 부처 앞에 합장한 금봉이 고개를 숙이는 장면은 상징적이다. 그녀는 스스로 보는 대신 부처에게 보임으로써 소실점의 세계로부터 "무제"와 무애无涯의 세계에 귀의한다. 요컨대 금봉과 강 선생은 카메라 렌즈와 "엑스빛"을 넘어 "마음 눈"[44]을 뜨기 시작했던 것이다.

---

41   이경훈, 「벙커의 건축학, 외부의 실내장식」, 『상허학보』 25, 2009.2, 18쪽.
42   위의 글, 19쪽.
43   이광수, 앞의 글, 356쪽.
44   이광수, 「사랑」, 『이광수 전집』 10, 삼중당, 1962, 224쪽.

"머리 깎고 이것 다 벗어버리고 거기서 새 길을 찾자."

하고 금봉은 치마와 적삼을 쥐어뜯는 모양을 하였다.

금봉은 한번 기지개를 켜고 하품을 하고 벌떡 일어나서 침침한 방안을 들여다보았다. 금빛 나는 부처님이 가느스름한 눈으로 금봉을 바라보았다. 금봉은 합장하고 고개를 숙였다.[45]

4. 무명無明의 진화론

위와 같이 이광수의 소설에서 인간은 점차 "엑스빛"의 주체인 "새 아이"에서 벗어난다. 이제 인간은 "우리라는 일인칭복수"[46](민족)이기보다는 "무명의 어두움 속에 헤매는 우리"[47]로 재맥락화된다. 따라서 "우리"는 "정확한 기록자"이자 "심판자"인 부처님에 "일망"되는 존재(중생)임을 깨달아야 하며, "인과응보를 추호 차착 없이 공평하게 시행"[48]하는 "부처님 처분"[49]을 기다려야 한다. 이렇게 "마음 눈"을 뜨고 "참회"할 때에야 "부처님의 은혜가 우리에게 내리는"[50] 것이다. 예컨대 애욕이라는 "죄의 비린내"[51]를 극복하고 자살한 강 선생과 혜련은 은혜와 인연 속에

---

[45] 이광수, 「그 여자의 일생」, 『이광수 전집』 7, 삼중당, 1962, 376쪽.

[46] 이광수, 「소년에게」, 『이광수 전집』 17, 삼중당, 1962, 240쪽.

[47] 이광수, 「사랑」, 『이광수 전집』 10, 삼중당, 1962, 430쪽.

[48] 위의 글, 77쪽.

[49] 위의 글, 49쪽.

[50] 위의 글, 224쪽.

[51] 이광수, 「애욕의 피안」, 『이광수 전집』 8, 삼중당, 1962, 286쪽.

서 재회하게 될 터이다. "주인집 딸을 짝사랑으로 사모하다가 병들어 죽은 머슴이 뱀이 되어서 주인집 딸의 몸에 감겼다는 이야기"조차 "있을수 있는 이야기"[52]이기 때문이다. 이는 순옥의 다음 생각을 통해서도 암시된다.

> 순옥은 걸어서 창덕궁 대궐 앞으로 오면서 생각하였다. 이것이 제 마음의 독립한 생각으로 가는 길인가, 또는 인연의 줄에 끌려서 가는 길인가.[53]

그런데 또 한 가지 지적할 것은 안빈 박사가 질병을 "업보"[54]로 규정하는 데에서도 알 수 있는 것처럼, 춘원이 과학적 인과관계와 불교의 인연을 동일시하거나 전자를 후자에 포함시킨다는 점이다. 진화론에서 말하는 "찬스"가 원인 없는 결과가 아니라 "원인 알 수 없는 결과"[55]를 의미하는 것이라고 서술한다든지, 준상으로 하여금 "다윈의 말과 같이 생존을 경쟁하는 이기적 투쟁이 곧 인생"[56]이라고 생각했던 일을 반성하게 하면서, 춘원은 "마음 눈"(불교)과 비교할 때 "엑스빛"(과학)이 극히 일부의 진리만을 계시할 뿐임을 주장한다. 앞서도 말했듯이, 근대의 풍경화는 "비상"에 불과하다. 그리고 그 점에서 "민족주의 운동"이나 "문학" 역시 "실상"을 가리는 "나라는 색안경"에 지나지 않는다.

한편 춘원은 "거친 것만을 보기에 족하도록 생긴 우리 눈인 만큼 엑스선이나 우주선을 보지 못하는 모양으로, 우리보다 높은 존재를 보고 분별

---

52 이광수, 「사랑」, 『이광수 전집』 10, 삼중당, 1962, 56쪽.
53 위의 글, 192쪽.
54 위의 글, 221쪽.
55 위의 글, 240쪽.
56 이광수, 「애욕의 피안」, 『이광수 전집』 8, 삼중당, 1962, 283쪽.

할 힘이 없을 뿐"[57]이라고 말한다. 즉 "엑스빛"을 자신만만한 근대인의 시각적 도구이기보다는 인간의 "무명"을 증명하는 것으로 재규정하는 것이다. 따라서 중요한 것은 "무명無明"의 헛된 풍경화를 그리는 대신 다음과 같이 자기의 "발뿌리"를 보는 일, "내라는 가시"[58]를 뽑아내는 일이다.

> 나는 민족주의 운동이라는 것이 어떻게 피상적인 것도 알았고, 십수 년 계속하여 왔다는 도덕적 인격 개조 운동이란 것이 어떻게 무력한 것임을 깨달았소. 조선 사람을 살릴 길이 정치 운동에 있지 아니하고 도덕적 인격 개조 운동에 있다고 인식하게 된 것이 일단의 진보가 아닐 수 없지마는, 나 스스로의 경험에 비추어서 신앙을 떠난 도덕적 수양이란 것이 헛것임을 깨달은 것이오. (…중략…)
> 문학을 하노라 하여서 소설 권이나 썼소. 사상가 자처하고 논문 편도 썼고, 지도자 자처하고 나보다 젊은 남녀들에게 훈계 같은 말까지도 수천만 어를 하였소. 그러나 홀로 저를 볼 때에,
> "이놈아, 네 발뿌리를 좀 보아!"
> 하는 탄식이 아니 날 수가 없었소.
> 이러다가 나는 법화경을 읽는 자가 된 것이오.[59]

그리고 이렇게 "신앙을 떠난 도덕적 수양이란 것이 헛것"이었음을 인정하는 일은, 내가 "파리하고 같은 음식을 다툰 것"[60]을 알아차림과 동시에 "개와 순옥과의 거리만한 거리를 순옥 이상으로 올라가서 있을 만한 생명을 상상"[61]하는 일로 나아간다. "중생의 마음이란 동물 심리와 마찬

---

57 이광수, 「사랑」, 『이광수 전집』 10, 삼중당, 1962, 41쪽.
58 위의 글, 374쪽.
59 이광수, 「육장기」, 『이광수 전집』 6, 삼중당, 1962, 494쪽.
60 위의 글, 514쪽.
61 이광수, 「사랑」, 『이광수전집』 10, 삼중당, 1962, 41쪽.

가지"[62]임을 파악한 춘원의 화자는 "수양"이나 "운동"을 넘어 "진화의 한 량없는 계단"[63]을 오르는 "행자行者"가 되려 한다. 순옥은 이러한 상태의 늙은 안빈을 평가해 "선생님은 자라셨다"[64]라고 했던 것이다.

이는 다윈의 진화론과는 구별되는 춘원 류의 진화론, 즉 춘원 류의 전향 및 "근대의 초극"을 웅변한다. 그리고 이는 과학적 탐구나 민족주의 운동 등의 근대적 프로젝트와는 다른 행위를 요구한다. 그것은 자신이 자연을 관찰하고 개발하는 주체이기보다는 그 누군가의 은혜를 입고 있는 대상, 즉 "남님"의 타자임을 깨닫는 일로부터 시작되며, "사대은四大恩"을 주신 다음과 같은 "분"들께 보답함으로써 완성된다. 이것이야말로 "무명"을 벗어나기 위한 진정한 실천이다.

첫째로 우리가 시시각각으로 고마운 절을 드릴 분은 우리의 마음속에 사랑과 옳음의 씨를 주시고 이것이 돋아나도록 힘써 주시는 부처님이시고 ― 하나님이라든지, 원 이름이야 무에라든지 말야. 우리 속에 사랑의 씨가 없었더면 우리의 지난 생활이 어떠하였겠나? 둘째로 우리가 시시각각으로 고마운 절을 드릴 분은 우리 조국님이시고. 조국님이 아니시면 어떻게 우리가 질서 있는 사회에서 살기는 하며 옳은 일은 하겠나? 그런데 우리가 조국님의 은혜를 느끼는 감정이 부족해.

셋째로는 부모시고, 넷째로는 중생, 즉 남님이셔. 남님이란 말은 퍽 서투른 말이지마는 우리가 남이니 남들이니 하고 가볍게 생각하는 것이 큰 잘못이어든. 우리가 중생의 은혜 속에 살지 않나? 그러니까 남님이라고 불러야 옳을 거야.[65]

---

62 위의 글, 399쪽.
63 위의 글, 41쪽.
64 위의 글, 459쪽.
65 위의 글, 467쪽.

인용에 언급된 부모의 은혜는 앞서 논한 청년의 좌절과 더불어 청년을 대신하거나 청년과 화해함으로써 성취되는, 아버지의 문학사적 복권을 환기한다. 이는 김남천이나 박태원 등의 소설에서도 폭넓게 관찰되는 식민지 시기 말기의 흥미로운 양상이거니와,[66] 「사랑」의 안빈 박사가 중요한 것은 그가 이 문제에 대한 이광수식의 서사를 담당하고 있기 때문이다. 어느덧 청년은 안빈이라는 아버지가 되었다. 그는 김 장로와 이정규 같은 부정적인 아버지를 기어코 극복했다. 그리고 마침내 다음과 같은 의미의 아버지이자 아들이 되었다.

내 창 밖에 와서 울고 간 새가 어느 생에 내 아버지였는가 내 어머니였는가.[67]

---

[66] 예컨대 「경영」과 「맥」에서 김남천은 전향과 함께 부친의 품으로 복귀하는 오시형을 보이고 있으며, 「사랑의 수족관」에서는 대흥콘체른 사장인 아버지의 돈에 의지해 탁아소 사업을 실현하려 하는 이경희를 묘사한다. 「등불」이나 「어떤 아침或る朝」의 주인공은 스스로 "소국민小國民"(김남천, 「어떤 아침」, 『한국 근대 일본어 소설선』, 역락, 2007, 254쪽)의 아버지가 되어 있다. 한편 박태원의 「여인성장」에 등장하는 세 아버지는 모두 긍정적인 인물인 동시에 소설의 사건 및 그 해결을 주도한다. 철수의 부친은 소설가로 일가를 이룬 사람으로서 아들 철수로 하여금 소설 「명랑한 전망」을 쓰도록 충고, 독려하고 있으며, 한양은행 두취인 상호의 부친 역시 재력가일 뿐 아니라 현명한 판단력으로 며느리 숙자에 대한 오해를 해결한다. 그리고 딸 숙경과 철수의 관계에 적극적으로 개입해 그들을 결혼시킨다. 순영의 부친이자 철수의 옛 스승인 강 선생 역시 철수의 도움을 유발함으로써 소설의 주요 서사 중 하나를 강력히 매개한다. 물론 강 선생은 이 두 아버지의 경우와 좀 다른 듯하다. 그는 "안저 망막 출혈"로 인한 일시적 실명 등의 이유로 학교를 사직했으며, 얼마 되지 않는 퇴직금마저 사기를 당해 모두 잃어버린 가난한 무능력자다. 그 때문에 순영은 기생이 될 수밖에 없었던 것이다. 그러나 강 선생의 에피소드는 중요하다. 이 일련의 일들과 더불어 강 선생은 아이들을 가르친다는 생각에 "가슴이 감격"(박태원, 『여인성장』, 영창서관, 1949, 94쪽)으로 요동쳤던 낭만적인 청년으로부터 "직업으로서의 교원을 택하였던 것은 나의 잘못이었을까"(91쪽)라고 회의하는 현실의 아버지로 변모했으며, 결국 시력을 회복함과 함께 순영의 "삼선양품점"을 근거로 새로운 생활을 시작하게 되기 때문이다. 요컨대 "보도연맹"이 활동하고 "애국반상회"가 열리며 "국책형으로 된 규수"(230쪽)가 장려되는 시대를 배경으로 강 선생은 아버지로서 "명랑한 전망"을 획득한다. 실명은 이를 위한 준비였던 셈이다.

[67] 이광수, 「육장기」, 『문장』, 1939.9, 33쪽.

한편 박태원의 「여인성장」에서 보이듯이, 갈등과 문제를 조정, 봉합하고 비전을 제시하는 아버지의 역할이 국가의 총동원체제를 강력히 암시한다는 점에서도, 부모의 은혜를 부처님 및 "조국님의 은혜"와 동일선상에서 파악하는 춘원의 논의는 의미심장하다. 실로 춘원은 "일본인은 위에 계신 한 분을 가장으로 모신 가족"[68]이므로, 조선인은 "영미적인 자유주의나 옛 조선의 가족주의를 멋지게 탈피해 삼가 천황께 귀의하는 일본정신"[69]으로 재생해야 한다고 논했다. 조선인은 "인류를 구제하실 성업聖業"[70]을 펼치는 천황의 "적자赤子", 즉 현인신現人神이자 "절대적 주체"[71]인 천황(국가)의 "절대적 객체"다. "국법"을 어기는 일과 "악업"을 쌓는 일을 동일시하는 것은 이러한 생각에 근거한다. 춘원은 다음과 같이 "범부"의 삶을 "죄인"의 "감옥" 생활에 비유한다.

내가 원해서 나는 것이 아니라, 아니 나지 못해서 나는 것이야. 비겨 말하면, 죄인이 이 세상을 버리구 감옥에 들어가는 것과 마찬가지요. 죄인이 감옥에 들어가구 싶어서 가우? 국법에서 말하는 악업의 보루 아니 가지 못해서 가는 게지. 범부가 세상에 태어난다는 것은 그런 거요.[72]

이를테면 준상이 혜련을 사진 찍기 위해 당국의 "사진 허가"를 받거나 "사령부에서 허락"하지 않을 것에 신경 썼던 일이 웅변하는 것처럼, 부

---

68 이광수, 「올바르게 사는 법」, 위의 책, 386쪽.
69 위의 글, 389쪽.
70 이광수, 이경훈 편역, 「생사관」, 『춘원 이광수 친일문학전집』 2, 평민사, 1995, 175쪽. (『신시대』, 1942.1)
71 久野收·鶴見俊輔, 『現代日本の思想』, 岩波新書 C41, 1991, 129쪽.
72 이광수, 「사랑」, 『이광수 전집』 10, 삼중당, 1962, 226쪽.

처님의 "오관일체"는 국가의 일이기도 했다. 이제 "내가 없는 줄 알지 마라, 나는 있다"라는 말은 조선 민족을 신성화, 탈역사화하기보다는 "운명의 손"과 같이 곳곳에서 번득이는 제국의 눈을 가리키고 긍정하는 말이 되었다. 다시 말해 일본 국가는 소실점으로서의 민족이 소거된 자리를 차지했으며, 그와 더불어 조선인(이기보다는 중생)은 전망의 주체가 아니라 감시와 통제의 표적이 되었다. 따라서 병감의 죄수가 다음과 같이 "법계法界"를 언급하는 장면은 주목할 만하다.

원컨대는 이 종소리 법계에 고루 퍼져지이다.[73]

그런데 또 하나 중요한 것은 이 중의적인 "법계"에서 국가(부처)라는 "절대적 주체"와 식민지인(중생)이라는 "절대적 객체"가 상대相對하기보다는 상즉相卽한다는 점이다. 이형식의 눈에 포착됨으로써 그의 전망에 "세 누이"의 시선이 포섭되었던 것처럼, 또는 다케오武雄의 실명이 그로 하여금 더욱 더 대동아를 전망하게 했을 뿐 아니라 "제 눈은 당신 것"[74]이라는 석란의 말과 더불어 식민지인조차 제국과 동일한 환상을 보게 했던 것처럼, 국가를 부처와 동일시하는 주체와 객체는 그 전망의 극한에서 서로를 응시하기 위해 필요한 거리를 상실하고 무한대로 접촉한다. 즉 절대적으로 주체이거나 절대적으로 객체임으로써 주체와 객체, 안과 밖은 하나가 된다. 절대는 모든 차이와 분별을 넘어서기 때문이다. "군민일체君民一體, 국아일체國我一體"[75]와 더불어 그야말로 "피彼와 아我가 없"[76]는 "무차별 세

---

73 이광수, 「무명」, 『이광수 전집』 6, 삼중당, 1962, 469쪽.
74 이광수, 이경훈 편역, 「진정 마음이 만나서야말로」, 『진정 마음이 만나서야말로』, 평민사, 1995, 83쪽.

계"[77]의 내선일체적인 "대아大我"가 현현하는 것이다. 이렇게 식민지인의 전망은 "신국神國"에 의탁된다. 이때 제국과 식민지의 관계를 초월한 이 "법계"에서, 감시하고 감시당하는 일은 끝없는 인연의 사슬 속에서 은혜를 베풀고 그에 보답하는 일로 성격이 바뀔 것이며, 죽고(잡아먹히고) 죽이는(잡아먹는) 일 역시 그러할 것이다. 이러한 제국의 "일망무제"야말로 "일시동인一視同仁"의 진정한 의미다. 그것은 다음과 같이 표현되기도 했다.

> 젊은 뱀 내외가 대낮에 담을 넘어 들어오는 것을 우영이랑 환이랑 나랑 셋이서 잡아서 우리 면이 댕기는 소학교에 표본으로 보냈거든요. 그 아내 뱀이 태중이더라오. 남편이 먼저 들어와서 잡혔는데, 아마 아내가 혼자서 기다리다가 격정이 되었던지, 무거운 배를 안고 따라와서 같은 유리병에 들어간 거요. 근래에는 사람에도 드문 열녀야.[78]

뱀 표본을 만드는 행위는 "하늘을 꿰뚫고 땅을 들추어 온 가지 진리"를 캐는 과학적 탐구에 그치지 않는다. 이는 "뱀과 모기와 파리와 송충이, 지네, 그리마, 거미, 참새, 풀, 나무, 결핵균, 이런 것들이 모두 상극이 되지 말고 총친화가 될 날을 위하여서 준비"[79]하는 '행자의 진화론'을 실천하는 일이다. 그것은 생존경쟁의 "무명"에서 헤어나지 못하는 "다윈주의의 도배徒輩"[80]들이 저지르는 "악업"과 달리 인류를 포함한 모든 중

---

75 이광수, 이경훈 편역, 「대동아전쟁의 교훈」, 위의 책, 406쪽.(『녹기』, 1943.8)
76 이광수, 「모든 것을 바치리」, 『매일신보』, 1945.1.18.
77 이광수, 「육장기」, 『이광수 전집』 6, 삼중당, 1962, 34쪽.
78 위의 글, 16쪽.
79 위의 글, 35쪽.
80 이광수, 「대동아문학의 길」, 이경훈 편역, 앞의 책, 456쪽.(『국민문학』, 1945.1)

생이 "단간방에 모여 사는 한 식구"[81]임을 "마음 눈"으로 깨달은 자가 베푸는 일종의 "보살행菩薩行"[82]이다.

춘원의 화자가 "적군의 시체를 향하여서 합장하고 나무아미타불"[83]을 부르는 것 역시 뱀을 죽이면서 "아내 뱀"이 "드문 열녀"임을 칭송하는 일과 다르지 않다. 이런 식으로 춘원은 제국의 풍경화에 애써 덧칠하며 대동아(법계)의 불화佛畵를 그려내고자 했다. 제국의 원근법에 눈 감은 이광수는 다음과 같은 전쟁(인연, 무제)의 산수화山水畵[84]에 스스로 "무아無我"로서 등장했다.

꽃 한 송이를 보자면 벌레 백 마리를 죽여야 하오.[85]

『현대문학의 연구』, 2013.2

---

81 이광수, 「육장기」, 앞의 책, 33쪽.
82 이광수, 「반도 청년에게 보냄」, 이경훈 편역, 앞의 책, 449쪽.(『신시대』, 1944.10)
83 이광수, 「육장기」, 앞의 책, 34쪽.
84 산수화에 대해서는 가라타니 고진·박유하 역, 앞의 책, 26~33쪽을 참고할 것.
85 이광수, 「육장기」, 앞의 책, 18쪽. 이와 관련해서는 이경훈, 「인체실험과 성전」, 『대합실의 추억』, 문학동네, 2007 참고할 것.

5장

첫사랑의 기억, 혼혈아의 내선일체

이광수와 야마사키 도시오

1. "미스터 리"의 추억

김선형에게 영어를 가르치게 된 이형식이 그 '교수하는 방법'을 놓고 고심하는 것은 『무정』이 제시한 근대문학의 명장면이다. 이형식은 책상을 놓고 선형과 마주 앉을 것을 생각한다. 그리고 "그러면 입김과 입김이 서로 마주치렷다. 혹 저편 히사시가미가 내 이마에 스칠 때도 있으렷다. 책상 아래에서 무릎과 무릎이 가만히 마주 닿기도 하렷다"[1]라고 예상하며 얼굴을 붉힌다. 이는 근대화와 더불어 '남녀칠세부동석'이나 '내외內外' 등의 관념과 풍속이 소멸되기 시작함을 표현한다.[2] 그리고 이 점이야말로 '중문中門' 안쪽의 선형 방에서 이루어진 영어 공부의 역사적 의의다. 이 근본적인 변화를 스스로 체현하게 됨으로 인해 이형식은 "'미스터 리 어디로 가는가' 하는 소리에 깜짝" 놀랄 정도로 "교수하는 방법"에 골몰할 수밖에 없었다.

---

1   김철 교주, 『바로잡은 「무정」』, 문학동네, 2003, 36쪽. 표기는 인용자가 수정함.
2   이에 대해서는 이경훈, 「「무정」의 패션」, 『오빠의 탄생』, 문학과지성사, 2003 참고.

따라서 이형식이 "미스터 리"로 불린 것은 상징적이다. 이는 신우선이 "예, 월향아!"라고 부르던 영채에게 "여보시오. 박영채 씨"라고 말 걸게 되는 일, 그리고 유학을 마친 영채, 선형, 병욱이 "훌륭한 레이디"[3]가 될 것이라고 전망되는 일 등과 함께 사회적 관계의 문명개화적인 재배치를 암시한다. 이는 "하인들로 하여금 아씨니 마님이니 하는 말을 못 쓰게"[4] 하는 대신 "선생님"으로 호칭되기를 바라는 일로도 나타날 것이다.[5]

그런데 이형식을 "미스터 리"로 부른 신우선에 해당하는 실제 인물이 심훈(심대섭)의 형인 심우섭(심천풍)임은 잘 알려진 사실이다.[6] 그는 『매일신보』 기자였는데, 총독부 기관지인 이 신문은 이광수를 통해 청년학생층 독자에 대한 본격적인 계몽과 포섭에 나섰다.[7] 또한 이 신문은 춘원의 『무정』이나 「오도답파여행」 등과 나란히 심우섭의 「산중화山中花」도 연재했다. 즉 심우섭은 『무정』의 이야기 내부에 등장할 뿐만 아니라 『무정』이 연재되던 바로 그 시기에 이광수와 『매일신보』의 지면을 공유하고 있었다.

한편 심우섭은 1915년부터 1917년까지 『매일신보』 사장이었던 아베 미츠이에阿部充家[8]와 이광수의 만남을 주선하기도 했다. 이에 대해 이광수는 1939년 『경성일보』에 실린 글에서 다음과 같이 회고했다.

내가 처음 무부츠無佛 옹을 만난 것은 타이쇼大正 5년(1916년)의 초가을이었다

3 　김철 교주, 앞의 책, 717쪽.
4 　이광수, 『흙』, 문학과지성사, 2005, 324쪽.
5 　이에 대해서는 이경훈, 「예배당, 오누이, 죄」, 『대합실의 추억』, 문학동네, 2007 참고.
6 　김윤식, 『이광수와 그의 시대』 2, 한길사, 1986, 506쪽 참조.
7 　이에 대해서는 함태영, 「1910년대 『매일신보』 소설 연구」, 연세대 박사논문, 2008 참고.
8 　함태영, 위의 논문, 18쪽 참고.

고 생각한다. 당시에 나는 학교 교사를 그만두고 시베리아 유랑에서도 돌아와, 다시 와세다 대학에 학적을 두고 있던 때였는데, 여름 방학을 마치고 동경으로 돌아가는 도중 경성에 들른 어느 날 아침 일찍, 심우섭沈友燮 군에 이끌려 욱정旭町에 있는 우거寓居로 옹을 찾아갔던 것이다. 그때 심군은 매일신보의 솜씨 좋은 기자 중 한 사람으로, 이상협 씨와 함께 문명을 날리고 있었다. 심군은, "아베라는 사람은 조선인을 잘 이해하고 있으며, 조선 청년과 만나 이야기하는 것을 기뻐하네. 아베 씨에게 군 이야기를 벌써 해두었어. 오늘 군을 데려 가겠다고 약속했다"고 말하는 것이었다.[9]

인용에서 알 수 있듯이, 춘원은 아베를 1916년 초가을에 만났다. 이는 춘원이 비슷한 시기에 『매일신보』 감사 나카무라 겐타로中村健太郎를 찾아간 일과 더불어 중요한 의미를 지닌다. 이광수는 나카무라에게 보내는 「증삼소거사贈三笑居士」라는 한시를 『매일신보』 1916년 9월 8일에 게재한[10] 후, 곧 이어 이 신문에 「대구에서」(1916.9.20~23)와 「동경잡신」(1916.9.27~11.9)을 연재하게 되기 때문이다. 그리고 그해 12월에 『매일신보』로부터 신년 소설을 쓰라는 전보 청탁을 받고 『무정』(1917.1.1~6.14)을 싣는 것이다. 즉 아베나 나카무라는 이형식을 "미스터 리"로 부른 소설 속의 신우선에 대응하는 현실 세계의 호명자였다. 이렇게 『매일신보』는 이광수를 『무정』의 작가 "미스터 리"로 호출했다.

한편 인용에서 또 한 가지 중요한 것은 춘원이 이 시기를 "학교 교사를 그만두고 시베리아 유랑에서도 돌아와, 다시 와세다 대학에 학적을 두고 있던 때"로 규정한다는 점이다. 이때 "학교 교사를 그만두고 시베

---

9 이광수, 「무부츠 옹의 추억」, 김원모·이경훈 편역, 『동포에 고함』, 철학과현실사, 1997, 244쪽.
10 김영민, 「이광수 초기 문학의 변모 과정」, 『현대문학의 연구』 34, 2008.2, 116쪽.

리아 유랑"을 떠난 것은 주목할 필요가 있다. 춘원은 교회와의 갈등 등으로 인해 1913년 11월에 오산학교를 떠나게 되는데,[11] 이때 그는 "모든 것을 잊어버릴 양으로", "잊음의 나라"를 찾아간다고 말하고 있기 때문이다. 그는 "조선 사람들의 마음속에 내 기억을 일으키지 말아 달라!"라고 외치며 조선에 대한 실망과 증오를 다음과 같이 표명했다.

> 나는 압록강을 건너서서 조선과 외면한 고개를 영원히 돌리지 아니할 것이다. 불신한 사람을 낳고 기른 조선을 향하여 나는 결코 고개를 돌리지 아니할 것이다. 만일 우연히 내 고개가 조선 있는 방향으로 돌아갔다 하면 그 모가지를 찍어 버리기 위하여 날카로운 칼 하나를 항상 몸에 지닐 것이다.[12]

위의 글에서 춘원은 오산학교 학생들을 생각하며 "행여 그것들이나 자라서 새 종자를 펴 주기나 할까?"라고 회의한다. 이는 조선 민족이 "아이누나 다름없는 종자"가 될 것을 두려워하는 『무정』의 태도를 상기시킨다. 즉 『무정』에는 춘원으로 하여금 오산학교를 떠나게 한, "불신한 사람을 낳고 기른 조선"을 향한 종족적인 회의 및 민족적인 열패감이 작용한다. 이는 학문과 과학을 통한 낙관적인 전망으로 전환되어야 했거니와, 그 서사적 시도의 장을 제공한 것은 조선 청년에 대한 "본격적인 계몽과 포섭"에 나선 『매일신보』였던 것이다. 이는 조선을 떠나 시베리아에서 유랑한 일과 와세다 대학을 다니다 아베를 만난 일이 일련의 사건으로 기억되는 이유일 수 있다. 이 일들은 단지 시간적 선후관계를 맺고

---

11 이에 대해서는 김윤식, 『이광수와 그의 시대』 1, 한길사, 1986, 331~352쪽을 참고할 것.
12 이광수, 「잊음의 나라로」, 『이광수 전집』 13, 삼중당, 1962, 325쪽.

있지만은 않을 터이다.

따라서 1913년의 오산학교 "탈출"[13]은 적어도 그 출발의 동기에서 춘원이 1919년에 「2·8독립선언서」를 쓴 후 상해로 가 임시정부의 『독립신문』을 만든 일을 마주보고 있다. 다시 말해 "오산학교는 탈출하는 지사들의 역원驛院"[14]이었다는 점에서, 춘원의 상해 망명은 1913년의 일과는 달리 오히려 오산학교로의 복귀—춘원이 치타를 떠나 1914년 9월에 오산학교로 돌아간 사실과는 별도로—, 즉 조선(민족)으로의 복귀였던 셈이다. 그 점에서 이광수가 1911년 가을쯤에 오산학교에서 처음 만났던 이승만을 1920년에 상해에서 재상봉하게 된 것은 자연스럽다. 그리고 이는 아베 및 『매일신보』의 "미스터 리"와 구분되는 "미스터 리"의 또 한 가지 기원을 함축한다. 1931년에 이광수는 다음과 같이 썼다.

다음 이 박사를 만난 것은 상해서였다. 1920년 박사가 임시정부 대통령으로 상해에 와 있을 때다. (…중략…)

"아 미스터 리시오?" (…중략…)

"7, 8년 전에 정주 오산에서 한 번 선생을 뵈었습니다."

하고 나는 어느 석양에 오산의 논둑길에서 박사가 가방을 들고 고읍 역에서 오는 것을 만난 것과 학생들에게 훈화를 청한 것을 말하였다.

"아 그렇소?"

하고 박사는 그때 일을 기억하고, 유쾌한 듯이 무릎을 치며 웃고 내 얼굴을 들여다보았다. (…중략…)

"얼마나 노심勞心하시오, 내가 화성돈 있을 때에도 미스터 리의 말은 다 들었소."[15]

---

13 김윤식, 앞의 책, 같은 쪽.

14 김윤식, 위의 책, 292쪽.

15 이광수, 「생각키는 망명객들」, 『이광수 전집』 17, 삼중당, 1963(중판). 386쪽.

물론 위의 글을 수양동우회 기관지 『동광』에 실은 이광수는 이승만보다는 안창호의 "미스터 리"였다. 한편 파벌 싸움 등으로 인해 임시정부 내부의 상황은 "불신한 사람을 낳고 기른 조선"과 크게 다르지 않았다. 따라서 춘원은 "이천만 흰 옷 입은 무리"의 "입술에서 거짓의 뿌리를 뽑아주소서"라고 기도했으며, "서로 믿고 싶다"(「미쁨」, 『창조』 6, 1920.5)라고 썼다. 이 모든 상황은 춘원과 아베의 관계와 더불어 "미스터 리"에 복잡한 성격을 부여한다. 그리고 그 복잡성은 이광수가 이승만이 오산학교에서 훈화한 일에 대해, "박사는 약 십 분 간 무슨 훈화를 하였다. 그 말은 지금 기억이 없다"고 말한 것, 또 이승만과 상해에서 만나 이야기한 일에 대해서도 "이때에 우리는 아마 삼십 분 이상이나 말하였으나 그 말은 다 기억할 수 없다"고 회고한 일과 무관하지 않을 것이다.

하지만 이 기억 불능은 다른 여러 요인들과 함께 무엇보다도 위 글의 마지막 7행이 생략(검열)된 일과 가장 직접적으로 관련될 터이다. 아마도 춘원은 이승만의 말을 잊지 않았으리라. 아니면 "다 기억할 수 없다"고 했으므로, 부분적으로 기억된 말이 생략된 7행에 제시되었었던 것인지도 모른다. 그리고 이는 아베로부터 소개받은 도쿠토미 소호德富蘇峰가 춘원에게 한 말, 즉 "내 조선 아들"[16]이 되어 달라고 한 부탁이나 "조선의 입장에서 본 동양사를 써보라"[17]라고 한 주문이 선명히 직접 인용되는 것과 대비된다. 더 나아가 「무부츠 옹의 추억」이 다음과 같이 끝나는 것과도 비교된다.

---

16 이광수, 김원모·이경훈 편역, 앞의 책, 257쪽.
17 이광수, 「도쿠토미 소호 선생과 만난 이야기」, 위의 책, 282쪽.

무부츠 옹이 서거한 지 벌써 4주년, 내 생애 잊을 수 없는 선배 중 한 사람인 고故 아베 무부츠 거사居士의 추억을 멈추지도 못하고 이렇게 쓰고야 말았다.[18]

2. 동경 · 경성 · 나라

그런데 「무부츠 옹의 추억」이 회고하는 것은 아베 미츠이에와 도쿠토 미 소호 및 그들과 관련된 춘원 자신의 일만은 아니다. 이 글의 한 가지 핵심은 교토에서 겪은 다음과 같은 경험에 있다.

"지금 일본인 중에 최소한 천팔백만 명은 고구려인이나 백제인이나 신라인의 자손이니까."

"교토 거리도 옛날 신라 도시와 건물에서부터 풍속까지 닮았다는 것 아닌가."

"지금도 교토에는 조선식 사원 건물이 남아 있어."

"히라노진자平野神社는 간무텐노桓武天皇님의 어머님이 태어나신 나라인 백제 에서 가져온 세 주柱의 신께 제사 드리고 있어요."

"나라奈良조 시대에는 한층 더 두 나라 사이의 관계가 밀접해서, 형제 이웃 같 아서 말야, 민족적 대립 따위의 감정은 없었단 말야."

"음, 쇼토쿠타이시聖德太子님의 법화경 스승이 고구려 스님이 아닌가."

"그래, 혜자慧慈라는 사람이지. 백제의 자총慈聰이란 스님도 그렇지."

아무리 봐도 덧없는 세상에서 벗어난 이 두 노인은 정자에 앉아 더불어 술을

---

18 위의 책, 259쪽.

마시면서, 촉촉이 내리는 빗속에 남아 있는 옛 절과 옛날 그대로의 풍경을 바라보면서, 일본과 조선은 옛날부터 이미 하나라는 기분으로 말하고 있었다. 나도 그 기분 속으로 녹아들 수 있었다.[19]

위와 같이 「무부츠 옹의 추억」이 구성해 내는 것은 고대古代로 소급된 '내선일체'의 기억이다. 잘 알려져 있듯이, 춘원에게 삼국시대는 '내선일체'를 합리화할 역사적, 문화적, 종교적 근거로 작용했다.[20] 예컨대 이광수는 가야마 미츠로香山光郎로 '창씨개명'하면서 "지금 우리가 쓰고 있는 석자 성명은 지나식의 것"이며 "그 전까지는 지금 내지인이 사용하고 있는 씨명"과 같은 계통이었으므로 "칠백 년 전의 조상들을 다시 따라가는 셈"[21]이라고 주장했다. 또한 춘원은 이 상상된 역사적 기억을 불교적 의미의 "인연"으로 심화시키려 했다. 그는 "우리가 오늘날 일본 국민이 된 것은 인연 중에도 큰 인연"이라고 규정하면서, "우리는 전생前生 다생多生에 천황의 신민으로 갱생한 인因을 쌓았다"[22]고 말했다. 한편 동경에서 열린 '제1회 대동아문학자대회'(1942.11.4~5)에 참가한 후 '나라奈良'에 간 이광수는 1942년 11월 10일 밤의 일을 다음과 같이 썼다.

"마셔 마셔"라는 가와카미 씨의 권유로 대여섯 잔을 거푸 비웠다. 가와카미 씨는 내가 취하기를 바란 모양이다. 하야시 후사오 씨의 수완이다. 가야마香山란 자식, 한번 속내本音를 드러내 보란 투였다. 혹은 가와카미 씨도 나도 나라 시

---

19 위의 책, 254쪽.

20 이에 대해서는 이경훈, 『이광수의 친일문학 연구』, 태학사, 1998 참고할 것.

21 이광수, 「지도적 제씨의 선씨 고심담」, 『매일신보』, 1940.1.5.

22 이광수, 「생사관」, 이경훈 편역, 『춘원 이광수 친일문학 전집』 2, 평민사, 1995, 175쪽에서 인용함.(『신시대』, 1941.2) 괄호 안의 서지사항은 원출처. 이하 동일.

대에 아라이케荒池 기슭에서 함께 마시다 대취한 구연舊緣이 있었는지도 모른다. 내가 혜자慧慈이거나 담징曇徵의 수행원이 되어 왔는지도 모를 일이다. 행기行基와 동반해서 왔는지도 모른다. 훌쩍훌쩍 울고 있는 산새 소리를 미카사야마三笠山에서 들었는지도 모른다. 그리하여 나는 나라가 한없이 그립다. 가와카미 씨도 동경에서 일부러 와서 나와 나라라는 수도의 초승달에 가슴이 뛰었던 것이리라.

좋다 마시자. 속내뿐 아니라 마음속 진흙을 토해도 좋다. 나에게는 중생에 대해 감출 어떤 일도 없다. 취해서 보여줄 추함이 있다면 그것이 나의 참된 모습이리라. 나에게 진심을 구하는 벗에게 내 있는 그대로를 안 보이고 어쩔 것인가.

(원문)「飲め 飲め」と河上氏に勸められるままに五六杯もあふった。河上氏も私を醉わせようとするらしい。林房雄氏の手だ。香山の奴、一つ本音を吐かせてやらうといふのだらう。或は河上氏も私も奈良時代に、荒池の畔で飲みつぶれた舊緣があるのかも知れぬ。私が惠慈か曇徵のお供をして來てゐたのかも知れぬ。ほろほろと鳴く山鳥の聲を三笠山に聽いたかも知れぬ。それで私は奈良が無性に懷しく、河上さんもと東京からわざわざ來て、私と奈良の都の新月に胸を搏たれたのだらう。

よし。飲まう。本音どころか泥を吐いてもいい。私には衆生に對して、隱すべき何事もないつもりである。醉って見せる醜さがあるなら、それが私の眞の姿であらう。私に眞心を求める友にわがありのままを見せないでどうしょう。[23]

가와카미 데츠타로河上徹太郎는 춘원에게 산토리 위스키를 계속 권한

---

23 이광수, 김윤식 편역, 「삼경인상기」, 『이광수의 일어 창작 및 산문선』, 역락, 2007, 130쪽에서 인용함.(『문학계』, 1943.1) 인용 중 "속내뿐 아니라 마음속 진흙을 토해도 좋다"라는 원문은 "本音ところか泥を吐いてもいい"이므로 "속내 아니라 모든 걸 다 털어놓아도 좋다"라는 번역이 더 정확한 듯하다. 김철, 『식민지를 안고서』, 역락, 2009.

다. 이는 식민지인으로서 '내선일체'를 주장하고 실천하는 이광수의 "가면"[24]을 벗겨 그 "속내"를 엿보기 위해서다. 하지만 김윤식 교수가 말하듯이 그의 시도는 성공할 수 없다. 나라에 간 이광수는 "식민지 조선인이 아니라 고대인 조선인"[25]이기 때문이다. "아라이케 기슭에서 함께 마시다 대취한 구연"이 상기되고 재현되는 한, 춘원은 더 이상 식민지인이 아니며, 가와카미 역시 어엿한 제국의 국민이 아니다. "혜자의 수행원"이라는 점에서 춘원은 오히려 가와카미의 스승에 가깝다.

춘원이 '나라'를 '수도'로 칭하며 "나는 나라가 한없이 그립다"고 한 것은 그 때문이다. 춘원은 경성을 떠난 자기 자신이 그러한 것처럼 "동경에서 일부러" 온 가와카미 또한 시골 출신의 한낱 "중생"임을 선포한다. 그들은 기껏해야 제국(동경)과 식민지(경성)를 벗어나지 못하는 우승열패의 나라(국가)를 초월하는 나라, 즉 '나라奈良'를 수도로 하는 불법의 나라에서 "진심을 구하는 벗"으로 서로 만났다. 아니, "나에게는 중생에 대해 감출 어떤 일도 없다"고 확신하는 그는 「무명無明」의 화자처럼 가와카미를 포함한 뭇 "중생"들을 굽어보는 위치에 있는지도 모른다. 이는 하야시 후사오의 집에서 "왠지 내가 주인이 된 듯何だか自分が主人になったやう"[26] 느꼈던 이유와도 무관하지 않다. 따라서 이렇게 생각하는 춘원은 "고대인 조선인"도 넘어서고자 한다. "포즈였다고 해서 그것이 진심이 아닌 가면이었다고 말할 수 있을까?"[27]라는 질문은 이와 관련된다. 즉 그는 '나라'의 역사적 기억을 통해 자신을 식민지인으로 만든 역사 또는

---

24 김윤식, 『일제 말기 한국 작가의 일본어 글쓰기론』, 서울대 출판부, 2003, 136쪽.
25 위의 책, 137쪽.
26 이광수, 김윤식 편역, 앞의 글, 125쪽.
27 김철, 앞의 책의 「머리말」 중. 쪽수 표시 없음.

"다원주의의 도배徒輩"[28]들이 지배하는 근대 자체를 초극하려 한다. 그는 다음과 같은 의미의 "무차별세계"를 지향한다.

나는 이것을 믿소. 이 중생 세계가 사랑의 세계가 될 날을 믿소. 내가 법화경을 날마다 읽는 동안 이 날이 올 것을 믿소. 이 지구가 온통 금으로 변하고 지구상의 모든 중생들이 온통 사랑으로 변할 날이 올 것을 믿소. 그러니 기쁘지 않소? 내가 이 집을 팔고 떠나는 따위, 그대가 여러 가지 괴로움이 있다는 따위, 그까진 것이 다 무엇이오? 이 몸과 이 나라와 이 사바세계와 이 윈 우주를(윈 우주는 사바세계 따위를 수억만 헤아릴 수 없이 가지고 있었고 있고 있을 것이오) 사랑의 것으로 만드는 일이야말로 그대나 내나가 할 일이 아니오? 저 뱀과 모기와 파리와 송충이, 지네, 거르마, 참새, 새매, 물, 나무, 결핵균, 이런 것들이 모두 상극이 되지 말고 총친화總親和가 될 날을 위하여서 준비하는 것이 우리 일이 아니오? 이 성전聖戰에 참례하는 용사가 되지 못하면 생명을 가지고 났던 보람이 없지 아니하오?[29]

그런데 「삼경인상기」와 관련해 하타노 세츠코波田野節子 교수는 흥미롭고도 중요한 문제를 제기한 바 있다. 대동아문학자 대회 기간 중 이광수는 메이지 중학 시절의 친구로서 춘원에게 톨스토이를 소개한 야마사키 도시오山崎俊夫[30]를 다섯 번이나 만났지만, 이상하게도 「삼경인상기」는 이 일에 대해 단 한 마디도 언급하지 않는다는 것이다.[31] 즉 야마사키

<hr>

28 이광수, 이경훈 편역, 「대동아문학의 길」, 『춘원 이광수 친일문학전집』 2, 평민사, 1995, 456쪽.(『국민문학』, 1945.1)
29 이광수, 「육장기」, 『문장』, 1939.9, 35쪽.
30 야마사키의 소설은 일본 무사시대학의 와타나베 나오키渡邊直紀 교수를 통해 입수할 수 있었다. 와타나베 교수께 감사를 표한다.
31 이에 대해서는 하타노 세쓰코, 「이광수와 야마사키 토시오, 그리고 기쿠치 칸」, 『사이間 SAI』 11, 2011.11 참고할 것.

가 「경성의 하늘 밑京城の空の下」(1956)과 「경멸けいべつ」(1968)에서 이광수와 함께 한 1942년 11월 4일, 5일, 8일, 9일의 일을 이야기했던 것과는 달리, 춘원은 대회가 열린 날이기도 했던 11월 4일과 5일의 일조차 전혀 기록하지 않는다. 이광수는 11월 3일에 제국극장에서 열린 개회식을 "처음 보는 호화판初めて見た華麗版"으로 평가한다. 그리고 이어서 "그대도 동경에서 소설을 파는 모양이지. 그렇다면 동경의 문인들과 만나두는 편이 좋아君も東京で小説を賣るんだらう。それなら東京の文人達に逢って置いた方がいい"라고 춘원에게 말한 기쿠치 칸菊池寬 및 가와카미, 요코미츠 리이치横光利一, 하야시 후사오林房雄 등과 만났던 그 날 저녁의 이야기를 한 후 곧바로 6일로 넘어가버린다. 또한 8일과 9일의 일에 대해서도 춘원은 야마사키의 월광장月光莊 집에 초대되어 식사한 사실이나 도쿄를 떠나는 춘원을 야마사키가 배웅했던 일은 생략한 채 기술한다. 이는 야마사키가 자기 집에서 이광수에게 대접한 음식 종류 및 춘원이 자기 아이들에게 선물한 책의 제목까지 자세히 밝히는 것과 대비된다. 야마사키는 11월 5일의 일을 다음과 같이 서술한다.

그 다음날 밤은 대동아문학자들이 가부키좌에 초대되었다. 나는 저녁 때 외출하여 가부키좌의 복도에서 주재자 중 한 사람인 기쿠치 칸과 만났다.

"우리는 중학 시대의 친구입니다. 삼십삼 년 만입니다."

이군은 이렇게 말하며 기쿠치 칸에게 설명했다.

"야마사키 군, 설마 가야마 군을 유혹하러 온 것은 아니겠지."

"아니, 실은 조금 빌리러 온 거야."

이렇게 말하고 나는 이군을 납치해서 가부키좌의 현관으로부터 도망쳤다. 유혹이라고 해봤자 나는 화류계 거리를 알 리도 없다. 스에히로에 가서 비프스테이크를 먹고 맥주를 마셨을 뿐이다. 이군은 그때 가야마 미츠로香山光郎라는 일본 이름을 사용하고 있었다. 나에게는 역시 이군은 이군인 것이 좋았다.

(원문) あのあくる晩は大東亞文學者達が歌舞伎座に招待されていた。わたしは夕方から出かけて行って、歌舞伎座の廊下主宰者の一人である菊池寛にあった。

"ボクたちは中學時代の友達です。三十三年ぶりであったんです。"
李君はこう菊池寛に説明した。
"山崎君、まさか香山さんを誘惑に來たんじゃないだろうね。"
"いや、實はちょっと借りに來たんだ。"

こう云ってわたしは李君を拉して歌舞伎座の玄關から逃げ出した。誘惑と云ったところでわたしは柳暗花明の巷を知っているわけでもない。スエヒロへ行ってビフテキをたべ、ビールを飲んだだけのことであろ。李君はこの頃は香山光郎という日本名を使っていた。だが、わたしにはやっぱり李君は李君であってほしかった。[32]

이 야마사키와 관련해 춘원은 "왠지 첫사랑을 나누었던 사이처럼 평생 잊히지 않고 언제나 그리움"[33]을 느낀다고 피력하면서, "이번에 동경에 가면 제일 먼저 찾아가자고 생각하고 있습니다"라고 쓴 바 있다. 실로 춘원은 1941년 5월에 모던일본사를 통해 「가실」, 「유정」, 「사랑」 전후편을 야마사키에게 보냈고, 야마사키는 이에 감격해 "오오, 내 그리운 보경아, 너는 또 다시 내 품으로 돌아왔다"[34]라고 춘원에게 써 보냈다. 이 때 춘원이 "첫사랑" 운운한 것은 기쿠치가 언급한 "유혹"과 함께 야마사

---

32 山崎俊夫, 「けいべつ」, 『古き手帖より』, 奢灞都館 , 1998, 114~115쪽.
33 이광수, 「나의 교우록」, 김원모・이경훈 편역, 앞의 책, 265쪽.(『모던일본』(조선판), 1940.8)
34 山崎俊夫, 「京城の空の下」, 앞의 책, 101쪽.

키의 다음 문장을 상기시킨다. 물론 야마사키는 "유혹"을 "화류계 거리"
와 연결시키며 방어적인 태도를 취하지만 말이다.

> 그 물레방앗간으로 갈 때까지의 좁은 샛길 길가에 피어 있던 엉겅퀴 꽃이라든
> 지 건초 냄새라든지 휘파람이라든지, 그런 것들을 발설하는 날에는 이보옥[35]이
> 마치 '춘기 발동한' 주인공이 되는 것 같으므로 이쯤에서 그만두기로 한다.
> (원문) その水車小屋へ行き着くまでの細い小径の路傍に咲いてゐたア
> ザミの花だとか、乾草の匂ひだとか、口笛だとか。そんなことを云ひ出し
> た日には、李宝玉がまるで「春のめざめ」の主人公になりさうだから、もう
> この辺で止めておくことにする。[36]

그러나 두 사람의 이러한 관계에도 불구하고 문학자대회 참석 차 동
경에 간 춘원은 야마사키에게 먼저 연락하지 않았다. 야마사키가 개조사
에 춘원의 주소를 물어 가족사진을 보내 주었던 1937년의 일처럼, 이번
에도 야마사키가 신문 기사를 읽고 제국호텔로 춘원을 찾아왔다. 그리고
야마사키가 동경에서 춘원과 만난 일을 몇 번에 걸쳐 서술했던 것과는
반대로, 춘원은 오직 나라에서 가와카미와 만난 일을 썼으며, 야마사키
가 아닌 가와카미를 "나에게 진심을 구하는 벗"이라고 불렀다.

이에 대해 하타노 교수는 첫째, "야마사키와의 재회라는 사적인 '감
격'"을 궁성요배, 국민연성대회, 문학자 대회, 해군 항공대 훈련 등의 "공
식적인 '감격'과 나란히 쓰는 것에 대해 이광수는 위화감과 거부감"을 느
꼈을 터이며, 따라서 야마사키에 대해 쓰지 않은 것은 "자기 마음의 영

---

35 이보옥은 이보경, 즉 이광수의 소설 속 이름이다.
36 山崎俊夫, 「惡友」, 앞의 책, 211쪽.

역"[37]을 "주체적"으로 지키고자 하는 "적극적이라고도 할 수 있는 면모"를 보인다는 점, 둘째, 「삼경인상기」에 여러 일본 문인들과 만난 이야기를 쓴 것은 "일본 문단으로 진출하려는 이광수의 선전활동promotion"[38]이므로, 야마사키와의 재회를 언급하는 것은 "어울리지 않는다고 판단" 했을 수 있다는 점, 셋째, 야마사키는 춘원뿐만 아니라 기쿠치 칸菊池寬과도 친했으므로,[39] "기쿠치와 야마사키의 소년애적 관계를 입에 올리는 것이 내키지 않았"[40]을 것이라는 점을 그 이유로서 "추측"한다.

그러나 필자는 "야마사키와의 우정이라는 '마음의 영역'을 보존하려 했기보다는 오히려 자신을 가야마 미츠로로 명명한 '마음의 영역'을 야마사키로부터 지켜내려 한 것"일 수 있고, 이는 "야마사키와 관련된 춘원의 '자기 마음의 영역 자체가 그야말로 복잡"[41]했기 때문이라는 의견을 제출한 바 있다. 그리고 이에 대해 하타노 교수는 "두 사람 사이의 추억이 꼭 아름답고 따뜻한 것만은 아니었을지도 모른다"라는 필자의 지적에 동의하며 "한 가지 더 유력한 추측"을 다음과 같이 덧붙이고 있다.

그립기는 해도 떠올리는 것은 역시 고통스러운 존재, 어느 쪽인가 하면 차라리 잊고 싶은 존재가 야마사키였다면, 이광수가 야마사키에 관해 언급하지 않았던 것은 오히려 당연했다고 할 것이다.[42]

---

37 하타노 세쓰코, 앞의 글, 17쪽.
38 위의 글, 19쪽.
39 기쿠치는 「야마사키 군의 일」(『三田文學』, 1937.8)이라는 글을 쓴 바 있다.
40 하타노 세츠코, 앞의 책, 21쪽.
41 이경훈, 「'이광수와 야마사키 도시오, 그리고 기쿠치 칸―「삼경인상기」에 씌어 있지 않은 것'에 대하여」, 『서사의 기원과 글쓰기의 맥락』, 제5회 한국 언어, 문학, 문화 국제학술대회 자료집, 2011.7.29~30, 18쪽.
42 하타노 세츠코, 앞의 책, 22~23쪽.

그렇다면 이광수가 야마사키와 만난 일을 쓰지 않은 것은 무엇보다도 야마사키가 "가야마 미츠로라는 일본 이름"을 낯설어한다는 사실과 관련될 터이다. 즉 "역시 이군은 이군인 것이 좋"다고 하는 야마사키에게 보일 고대인의 "가면"은 있을 수 없었을 것이다. 천이백 년 전 나라의 "구연"을 상상하기에는 삼십 년 전 동경 유학 시절에 노출된 벌거숭이 맨얼굴의 기억이 너무나도 생생히 남아 있었으리라. "아라이케 기슭에서 함께 마시다 대취한 구연"과는 달리, "니혼에노키二本榎에 있는 야마사키 군의 집에 놀러가서 어머니와 형을 만난 일"[43]은 식민지의 가난한 고아 소년 이광수의 심리에 다양한 반응을 초래했을 실제 사실이었다. 실로 춘원은 "나는 단 한번 내지 친구의 가정에서 묵은 적이 있지만, 그 따뜻하고 아름다운 일본 가정의 인상은 내 혼에 깊이깊이 각인되어 지금도 잊을 수 없다"[44]라고 쓴 바 있다. 이는 다케오의 집에서 "일생 잊지 못할 정도로 깊은 인상"[45]을 받는 충식 오누이의 에피소드 또는 니시모도 박사의 집에 살며 "조선 사람의 가정생활이 어떻게 방만하고 무질서한 것"[46]을 깨달았음에도 불구하고 그 딸을 사랑한다는 이유로 결국 쫓겨나는 이원구의 일로도 서사화되었다.

다시 말해 이광수와 야마사키의 '첫사랑'은 개인들의 친밀함과 상호이해를 강조하며 '내선일체'와 '황민화'를 위해 활용될 수 있는 것이었던 동시에, 다른 한편으로는 가난하고 열등한 식민지인의 타자성을 상기

---

43 이광수, 「나의 교우록」, 김원모·이경훈 편역, 앞의 책, 264~265쪽.
44 이광수, 「내선일체 수상록」, 이경훈 편역, 『춘원 이광수 친일문학 전집』 2, 평민사, 1995, 252쪽.
45 이광수, 「진정 마음이 만나서야말로」, 이경훈 편역, 『진정 마음이 만나서야말로』, 평민사, 1995, 54~55쪽.
46 이광수, 「그들의 사랑」, 위의 책, 121쪽.

시킴으로써 오히려 나라의 "구연"을 방해하기도 했다. 즉 하타노 교수가 말하듯이, 이광수는 야마사키와의 재회라는 "사적인 감격"을 "공식적인 감격"과 나란히 쓰는 것에 거부감을 느꼈기보다는 야마사키에 대해 쓰는 순간 이 사적 교류에 전제되고 스며들었던 제국과 식민지의 근대적 관계를 벗어날 수 없다고 느꼈던 것이다. 이는 춘원이 야마사키와 만난 일뿐 아니라 4일과 5일에 열린 대회의 내용에 대해서도 전혀 쓰지 않은 이유일 수 있다. 대동아문학자대회는 나라가 아닌 동경에서 개최되었기 때문이다.

3. 두 크리스마스

그렇다면 도대체 메이지 중학 시절의 이광수와 야마사키에게는 어떤 일이 있었을까? 이와 관련해 우리는 『제국문학帝國文學』 1914년 1월호에 게재된 야마사키의 「야소강탄제전야耶蘇降誕祭前夜」와 1916년 2월 중순경 제작되었다고 추정되는 『학지광』 8호의 「크리스마슷밤」[47]을 비교 고찰할 필요가 있다. 먼저 「야소강탄제전야」는 이보경李寶鏡, 즉 이광수의 아명이 실명으로 등장하는 소설인데, 특히 주목할 것은 이보경이 다음과 같이 묘사된다는 점이다.

47　이에 대해서는 김영민, 「이광수의 새 자료 「크리스마슷밤」 연구」, 『현대소설연구』 36, 2007 참고할 것.

이보경은 금발金髮 청안靑眼의 키가 큰 소년으로, 피부색조차 황색 인종과는 달랐으므로 항상 '혼혈아'라는 험구가 이보경의 신변에 붙어 다니고 있었다. 특히 그 코가 뚜렷하게 러시아풍의 곡선을 띤 것이 나에게조차 쉽게 러시아의 청년 사관과 조선의 박명한 아가씨 사이의 박행한 연애 이야기를 눈앞에 방불하게 하기에 충분하고도 남았다. 그러나 이보경은 언제라도 다른 사람들이 그렇게 말할 때마다 어디까지든 거세게 부정하는 것이 보통이었다.

(원문) 李宝鏡は金髪青眼の背の高い少年で, 皮膚の色さへ黄色人種とは異って居るので, 常に「混血兒」という陰口が李宝鏡の身辺につき纏って居た。殊にその鼻の著しく露西亞風の曲線を帯びたところが, わたしをしてすら容易く, 露西亞の青年士官と朝鮮の薄明な娘との薄幸な戀物語をまのあたりに彷彿せしめるには, あまりあるものであった。けれども李宝鏡は何時でもさう人に言はれる毎に, 飽くまで手強く否定するのが常であった。[48]

이러한 이보경은 "금발이나 푸른 눈에는 어울리지 않을 만큼 유창한 일본어"로 '나'에게 말을 걸며, "평소 조선인 따위와 말을 나누는 것조차 유쾌하지 않은 일로 생각하던" '나'는 이에 응답하고 만다. "이보경에 대해서는 오히려 나의 추접스런 황색 피부가 부끄럽게" 느껴졌기 때문이다. 그리하여 "겁 많고 신경질적인 나와, 일본인 생도로부터도 조선인 생도로부터도 지탄받는 이보경"은 예배당이나 강당에서 "무릎을 나란히 하여 좌석을 차지"한 채, 다음과 같은 "첫사랑"을 나누게 된다.

내가 부드럽고 가는 털이 난 새하얀 이보경의 손을 지켜보면서 평소에 품고 있는 혼혈아 동경의 이상한 생각을 몰래 키우고 있노라면, 이보경은 또 내 노란

---

[48] 山崎俊夫, 「耶蘇降誕祭前夜」, 『美童』, 奢灞都館, 1986, 177쪽.

피부 위에 한탄스런 한숨을 슬며시 닿게 하면서 처량한 망국의 노래를 입술 속에 다시 떠올리는 것이었다.

(원문) わたしがやはらかいこまかい毫の生えた眞白い李宝鏡の手を見守りながら、日頃抱いて居る混血兒憧憬の怪しげな思ひをひそかに培えば、李宝鏡はまたわたしの黃色い皮膚の上に、歎かはしい吐息をそれとなく触らせて、哀っぽい亡國の歌を唇の裡に憶ひ返すのであった。[49]

그런데 이보경은 "망국"에 대해, "조선의 망국"이 아니라 몇 천만 년 전에 망해서 물 밑에 가라앉았다는 "폐시廢市"를 의미하는 것이라면서, "나뿐 아니라 당신도 그 망국의 백성"이라고 주장한다. 한편 '나'는 이보경이 혼혈아라고 "지탄"받는 것에 대해, "나라면 그렇게 되고 싶다"고 말한다. 이런 식으로 두 소년은 각각 "망국의 백성"과 "혼혈아"로서 동일화되고자 하는데, 이는 아주 흥미롭다. 혼혈아로 의심되는 금발의 이보경은 우승열패의 패자인 "망국의 백성"으로서 '나'와 동일화되고자 하며 이는 일본인 역시 백인이 아님을 환기시키는 반면, 순수한 일본인인 '나'는 승자, 즉 백인의 흰 피부를 동경함으로써 백인 혼혈아인 이보경과 동일화되고자 하기 때문이다.

따라서 정반대의 방향을 바라보고 있는 두 소년은 화합될 수 없다. '나'의 "혼혈아 동경"은 일본인으로서 백인의 위치에 있기를 지향하는 것이며, 따라서 이는 "흰 피부에 대한 황색인종으로서의 콤플렉스가 정직하게 고백"[50]된 것을 넘어 서양과 닮은 승자로서의 일본을 열망하는 "탈아입구脫亞入歐"의 논리를 상기시킨다. 이보경의 러시아 혈통에 투사

---

49 위의 책, 182쪽.

50 川村湊, 「他者への視線」, 『타자와 문화표상』, 고려대학교 일본학센터 2005년도 국제학술심포지엄, 2005.11.19, 118쪽.

된 '나'의 욕망은 이보경의 조선 혈통에 대한 배제 및 차별을 함축한다. '나'에게 가치 있는 것은 오직 이보경의 서양인적인 모습이다. 그리고 그런 의미에서 이보경은 서양(일본)의 비서양(조선) 지배를 자신의 존재로써 체현한다. 그는 승자로서 혼혈(서양 혈통)이고자 하는 '나'에 굴복한 패자로서의 혼혈아(조선 혈통)인 셈이다.

이 소설의 또 한 가지 주요 서사인 이른바 "작년 야소강탄제의 추억" 역시 이 문제와 관련되어 있다. 그것은 일본인 아버지와 비엔나 출신 어머니 사이에서 태어난 "오한나상おはんなさん"과 이보경을 둘러싼 이야기이기 때문이다. 요약하자면 야소강탄제에서 바이올린을 연주하게 된 "오한나상"은 축제 전날 강탄제를 준비하고 좌석을 정리하는 자리에 찾아와 앞에서부터 네 번 째 열, 좌측으로부터 열 번 째 의자에 흰 쪽지를 묶어 놓는데, 오한나상을 짝사랑하던 학생이 이를 발견한다. 그 학생은 그것이 자기에게 보내는 메시지로 알고 기뻐하지만, 축제 당일 그 자리에는 이보경이 앉아 있다. 더 나아가 오한나상은 바로 그 "실연자" 학생에게 "이보경 님께" 주는 크리스마스 선물을 맡기기까지 했으며, 이에 분노한 그 일본인 학생은 선물을 전해 주는 대신 발로 밟아 난로 속에 집어 넣어 버렸다는 이야기다. 다음은 이 이야기를 들은 학생들의 반응이다.

"연인을 조선인, 그것도 혼혈아 따위에게 횡탈橫奪 당하는 것은 일본인으로서 커다란 치욕이 아닌가."

"도대체 혼혈아 주제에 다른 사람의 연인을 함부로 횡탈하다니, 뻔뻔한 것도 정도가 있지."

"하지만 오한나상도 이보경과는 잘도 사랑이 움텄군."

듣던 사람이 제각각 하고 싶은 말을 다 하자 마지막으로 실연자는 막 울음을

그친 떨리는 목소리로,

"분명히 동병상련이라고나 할 수 있겠지."

(원문) "戀人を朝鮮のしかも混血兒なんかに橫奪されるのは、日本人として大なる恥辱ぢゃないか。"

"いったい混血兒の分際でひとの戀人を默って橫奪するなんざあ、太いにもほどがある。"

"しかしおはんなさんも李宝鏡とはよくもめざしたもんだ。"

ききてはめいめい思ひ思ひのことを言ってしまふと、最後に失戀者は泣かんばかりの聲顫はせて、

"同病相憐むとでも言ふんだらうよきっと。"[51]

이때 혼혈아를 질병과 관련시키는 "동병상련"이라는 말은 단순한 관용적 표현을 넘어서는 듯한데, 이는 "오한나상과는 달리 이보경은 러시아의 타락 사관과 조선의 노는 아가씨 사이에서 나온 사생아니까 꽤 불쌍한 놈이지만, 어쨌든 둘 다 혼혈아라는 것은 변함이 없지 않은가"라는 평가 때문이기도 하다. 즉 일본인 부계 혈통을 지녔으며 합법적 결혼과 더불어 일본 가정에 입적된 오한나상과 조선인 모계 혈통의 사생아 이보경은 서로 사랑할 수 있는 동등한 위치에 있지 않다. "혼혈아 따위에게 횡탈 당하는 것" 운운은 이러한 생각을 드러낸다. 오한나상은 백인, 즉 일본인(아버지, 남성)으로서의 혼혈아며 이보경은 비백인, 즉 조선인(어머니, 여성)으로서의 혼혈아다. 당연히 오한나상과 사귀기에 적당한 것은 일본인이다.

하지만 오한나상이 이보경에게 크리스마스 선물을 준 "괴담怪談"은 이

---

51 山崎俊夫, 「耶蘇降誕祭前夜」, 앞의 책, 197쪽.

미 일어나 버린 이야기다. 학생들이 두 사람의 관계를 "동병상련"으로 재평가하지 않을 수 없었던 것은 그 때문이다. 오한나상 역시 순수한 일본인은 아니며, 그렇게 그녀를 타자(병자)로서 배제할 때 "일본인으로서 커다란 치욕"은 위로 받을 것이다. 오한나상은 이보경과 똑같은 "혼혈아 따위"며, 따라서 이효석의 표현을 빌리면 이 둘의 관계는 "쭉정이끼리"[52] 의 만남일 뿐이다.

이광수의 「크리스마슷밤」은 이 같은 「야소강탄제전야」에 대한 춘원식의 회답이라고 판단된다. 김영민 교수가 지적했듯이, 일단 이 소설은 「어린 벗에게」나 「사랑인가愛か」 등에 제시되는 이야기를 상기시킨다. "澁谷(시부야) 철도 선로에서 자살을 하려 하여 유시遺詩를 써 놓고 선로에 누어서 마지막 그를 생각하면서 기차가 어서 와서 내 생명을 마저 끊기를 기다렸다"라는 서술은 그 대표적인 예다. 미사오操에게 냉대 받은 「사랑인가」의 문길 역시 시부야의 철로에 누워 기차가 자기 머리를 부수기를 기다리며 울고 있다.

그러나 우리의 논의와 관련해 더 중요한 것은 다음의 두 장면이다.

> 회당 벤치는 반쯤 차고 부인석이 많이 비었다. 집사들은 모두 기름 바른 머리로 분주하다. 양인은 부인 자리를 찾아 바로 강단 앞에 앉았다. 경화는 성순에게,
>
> "회석 같은 데서는 뒤에들 앉기를 좋아해요."
>
> "그것도 일종 자존심이어요."
>
> "이 중에 신자가 몇 사람이나 될까요."
>
> "오분의 일이나 될까. 대부분은 크리스마스에 온 것이 아니라, 활동사진 구경 왔지요. 교인 중에도 다른 예배일에는 아니 오다가 오늘 저녁에는 남보다 먼저

52　이효석, 「벽공무한」, 『이효석 전집』 4, 창미사, 1990, 260쪽.

왔을 사람도 있을 것이오."

"그러니까 세상은 다 유희예요. 진심으로 무엇을 하는 이가 드물구려."

(…중략…) "노형은 평생 여학생 생각만 하시오? 지금껏 여학생석만 보고 있었구려." 하고 경화도 웃는다.[53]

제 일에 〈주악奏樂 ……O양〉이라 한 것을 보고 경화는 몸을 흠칫하면서 놀란다. 가는 무늬 하오리에 침향색沈香色 하까마 입은 O양은 고개를 숙이고 바로 양인 앞 피아노께로 온다. 경화는 슬쩍 보고 얼굴이 붉어지며 가슴이 뛴다. (…중략…) 집사 하나이 아직도 이층 석에서 분주하다가 고양이 걸음으로 내려와 피아노 곁에 섰더니 수줍은 생각이 나는지 몇 걸음 물러나 걸터앉는다.

(…중략…) "이런 수치가 있소? 수천 원 짜리 피아노를 수천 원 들인 솜씨로 타는데도 무슨 맛을 모르겠구려. 내 곡조 없는 동적洞籍 소리만도 못 하외다 그려."

"본래 음악의 소양 없는 것이야 어떡하겠소, 타는 당자는 그 진미를 알고 타는지?"

"곡조 이름이라도 알았으면 좋겠소이다.…… 아무러나 꼴 되었어요, 사백 명 동경 유학생에 피아노 곡조 하나 이해하는 사람이 없소구려."[54]

인용된 두 부분은 공히 조선 유학생들을 비판하고 있다. 조선 유학생들은 음악도 이해하지 못할 뿐더러 신앙심 때문이 아니라 활동사진을 보고 여학생과 교제하는 "유희"를 위해 교회에 온다는 것이다. 물론 이러한 비판은 춘원의 계몽적 태도와 잘 어울린다.

그런데 야마사키의 소설과 관련해 더욱 주의해서 읽어야 할 것은 이 소설의 첫 장면에 등장하는 좌석의 문제다. 이를테면 김경화가 "바로 강

---

53 거울, 「크리스마슷밤」, 『학지광』 8, 35쪽. 『학지광』 8호는 김영민 교수로부터 입수했다. 감사를 표한다.

54 위의 글, 36쪽.

단 앞"의 "부인 자리"에 앉았음을 적시하면서 등장인물들이 좌석에 대해 여러 가지로 신경을 쓰는 모습을 서술하는 것은 "작년 야소강탄제전야의 추억"을 발생시킨 흰 쪽지가 묶인 "앞에서부터 네 번 째 열, 좌측으로부터 열 번 째 의자" 사건을 상기시키기 때문이다. 이는 집사, O양과 그녀의 피아노 연주, 그리고 O양과 김경화의 관계 등도 마찬가지다. 즉 피아노 근처에 왔다가 "수줍은 생각이 나는지 몇 걸음 물러나" 앉은 "기름바른 머리"의 집사는 강탄제를 준비하고 좌석을 정리하다 오한나상의 쪽지를 발견한 "애교 있는" "미소년" "실연자"에 대응한다. 한편 O양과 그녀의 피아노 연주는 오한나상과 그녀의 바이올린 연주에, 7년 전 "○○여학교 응접실[55]에서 보던" O양과 김경화의 관계는 한때 "바이블 클래스"에 다니며 서로 알게 된 오한나상과 이보경의 관계를 떠오르게 한다. 더 나아가 「크리스마슷밤」의 성순과 「야소강탄제전야」의 '나'는 각각 김경화와 O양의 관계 및 이보경과 오한나상의 관계에 대해 캐묻는다. 이에 대해 김경화는 연애를 뛰어넘는 "큰 일"을 언급한 시를 보여주며, 이보경은 자신이 "망국의 백성"임을 강조하는 것이다. 다음은 김경화와 이보경이 추궁 당하는 장면이다.

> "옳지, 왜 일찍 오신지 내가 압니다." 하고 장한 듯이 웃는다. 경화도 웃으면서,
> "나는 또 무슨 큰일이나 났는가 했지요. 헐떡거리고 뛰어 들어오기에. 왜 다 보지 않고 왔소."
> "큰 일이 있지요. 내가 다 알아요. 모르는 줄 아시는구려. 내가 언제 선생의 일기를 훔쳐보았지요. 그 속에 O가 어쩌고어쩌고 했습디다그려. 오늘 그 O가 그 O가 아니야요?"

---

[55] 원문은 "웅원실應援室"이지만 이는 응접실應接室의 오식인 듯 하다.

"그O가 그O지 무엇이야. 내 일기에 무슨 O란 말이 있는가…… 잘못보신 게지요."[56]

다음날 나는 이보경을 불러내 어슬렁어슬렁 성심여학원聖心女學院 문 쪽으로 걸어갔다. 그러자 때마침 문 안에서 나온 오한나상과 엇갈렸다. 이보경은 냉담하게 가벼운 인사를 하고 지나쳤지만 오한나상은 지나친 이후 두세 번 뒤돌아보았다. 나는 이보경의 시치미를 떼는 듯한 그 태도에 오히려 반감을 품지 않을 수 없었다.

"당신은 오한나상과 친한 사이입니까."

나는 일부러 이렇게 물어 보았다.

"아니요, 친하다고 할 만하지도 않습니다. 한때 조금 랜디스 상의 바이블 클래스에 다닌 일이 있으니까, 그래서 알고 있습니다."

"저 사람 어머니는 비엔나 사람이라고 합니다."

"저도 그런 말을 들었습니다."

"실은 어젯밤, 헤본관ヘボン館에서 재미있는 이야기를 들었습니다."

"아, 그 이야깁니까? 그 이야기라면 제가 훨씬 잘 알고 있습니다. 하지만 당신은 그런 이야기를 듣고, 있을 수 있는 일이라고 생각했습니까."

(원문) その翼日わたしは李宝鏡を誘って、ぶらぶら聖心女學院の門の方へ歩いて行った。すると折よく門の内から出て來たおはんなさんとすれちがった。李宝鏡は冷淡に輕く會釋したまま過ぎたけれども、おはんなさんは行き過ぎてから二三度後をふりむいて見た。わたしは李宝鏡のしらばっくれたやうなその態度に、かへって反感を抱かずにはゐられなかった。

"あなたはおはんなさんとご懇意ですか。"

わたしはわざとかうきいてやった。

　　"いいえ懇意といふほどでもないんです。一時ちょっとランヂスさんの
ところのバイブルクラスへ通った事があるもんですから、それで知って
るんです。"
　　"あの人のお母さんは維納の人ださうですね。"
　　"わたしもそんなやうなことをききましたよ。"
　　"實は昨夜ね、ヘボン舘でおもしろい話をきいて來たんです。"
　　"ああ、あの話ですか。あの話ならわたしのはうがもっとよく知ってゐ
ますよ。ですがねあなたはあんな話をきかれて、あり得べき事だと思っ
たんですか。"[57]

　　요컨대 춘원은 「야소강탄제전야」와 비슷한 에피소드를 말하면서도
"혼혈아 주제" 운운한 일본인 학생들을 직접 거론하며 그들에게 반응하
는 대신, 자신의 사랑 고백 및 조선인 학생들을 향한 비판을 전면에 내세
운다. 그리고 이 일종의 자기 반성적인 서사를 통해 야마사키 소설과의
관련성을 눈에 띄지 않게 한다. 하지만 일견 비겁해 보이는 이러한 태도
는 스스로 일본인 학생들과 맞서지 못하는 열패자임을 패배주의적으로
인정하는 것이 아니다. 이렇게 일본인 학생들과의 사건을 조선인 학생들
의 일로 전환해 비판하면서 춘원은 일본인 학생들에게도 조선인 학생들
과 똑같은 반성을 촉구하는 것이다. 즉 "연인을 조선인, 그것도 혼혈아
따위에게 횡탈 당하는 것"이 문제가 아니라는 것, 그보다는 신앙도 음악
도 모르는 한심한 "주제에" 여학생이나 만나려 하거나 다른 사람의 이성
관계를 질투하는 일 따위가 조선인과 일본인 학생들의 공통된 문제라는
것이다. 아니면 이는 "새 애인" "배달"을 알게 된 그가 "작년 야소강탄제

57　山崎俊夫, 앞의 글, 198~199쪽.

의 추억"을 타산지석으로 삼아 조선인 학생들을 계몽할 뿐, "타산他山"에 있는 일본인 학생들의 문제는 치지도외置之度外하겠다는 것일 수도 있다. 이때 오한나상에 대응하는 O양은 오스트리아 이름 '한나'를 "오한나상"으로 부르는 일본어의 용법을 냉소적으로 환기시키며 '한나'라는 이름을 환기(은폐)한다. 이렇게 야마사키와 "첫사랑을 나누었던" 시절은 끝났다. 분명히 이광수는 『제국문학』에 실린 야마사키의 소설을 읽었던 것이다.

이때 또 한 가지 흥미로운 것은 「야소강탄제전야」와 「크리스마슷밤」에 공히 서술된 교회와 연애가 "크리스마스 날 저녁에 한 일이 잘못"[58]이라는 『개척자』의 말을 떠오르게 한다는 점이다. 더 나아가 "금발 청안"의 이보경은 "내 딸년은 머리가 노랗고 길지를 못한데 정임은 동양식 미인의 특색으로 칠 같은 머리가 치렁치렁"[59]하다고 한 최석의 말도 상기시킨다. 또한 최석은 하얼빈에서 소비에트 육군 소장으로서 러시아 여인과 결혼한 조선인 R을 찾아가 바이칼 호수로 가기 위한 여행권을 부탁하는데, 이때 R은 최석을 위한 소개장에 최석과 자신이 "처남 매부간"[60]이라고 썼던 것이다.

물론 위와 같이 소설에 근거해 이광수와 야마사키 사이의 실제 일을 논의하는 것은 한계가 있으며 또 오류에 빠질 위험도 있을 터이다. 그러나 그와 동시에 주목하지 않을 수 없는 것은 야마사키가 1956년과 1968

---

58 이광수, 「개척자」, 『이광수 전집』 1, 삼중당, 1962, 427쪽.
59 이광수, 「유정」, 『이광수 전집』 8, 삼중당, 1962, 12쪽. 이때 흥미로운 것은 노란 머리의 순임과 대비되는 "동양식 미인"인 정임이 조선인과 중국인 사이의 혼혈이라는 점, 그리고 『흙』의 허숭이 유순에게 그렇게 하듯이 최석 역시 정임에게 수혈을 해 준다는 점이다. 이는 공히 주인공들의 결혼을 대신하는 민족적 결합을 상징하는 듯하다. 즉 피의 문제는 『사랑』에서 수행되는 안빈 박사의 혈액 검사와 더불어 춘원 문학의 한 가지 중요한 맥락을 이룬다.
60 위의 글, 71쪽.

년의 글에서도 춘원을 "혼혈아"로 제시했으며, 1942년 11월 5일에는 춘원에게 직접 「야소강탄제전야」의 혼혈아 묘사에 대해 말했을 뿐 아니라, 춘원의 반응을 다음과 같이 옮겼다는 점이다.

> 나에 대해 군이 어떤 공상을 그려도 그건 군 마음이지만, 그러나 인간이라는 것, 공상의 날개를 가지고 있는 동안이 최고다. 공상의 날개가 시들어 버리면 다 끝이지.
> (원문) ボクのことについてキミがどんな空想を描こうともそれはキミの髄意だが、しかし人間というもの、空想の翼を持ってるうちが花だ。空想の翼がしぼんでしまったら、もう何もかもおしまいさ。[61]

> 나에 대해 군이 어떤 공상을 그려도 그건 군 마음이지만, 그러나 인간에게 가장 중요한 것은 인간과 인간의 마음의 접촉이 아닐까.
> (원문) ボクのことについてキミがどんな空想を描こうとも、それはキミの髄意だが、しかし人間に一番大切なことは、人間と人間との心の触れ合いじゃないだろうか。[62]

즉 춘원이 혼혈아건 아니건 상관없이, 야마사키 및 일본인 학생들이 춘원을 혼혈아로 생각했던 일은 실재했다. 그리고 춘원은 그렇게 "공상" 했던 이들의 "마음"을 인정할 수밖에 없었다. "이군은 이군인 것이 좋았다"라고 했던 야마사키의 "이군"은 이러한 "이군"이었다. 그는 하필이면 인류에 대한 보편적 사랑을 환기하는 크리스마스 전날 밤에 "조선인, 그것도 혼혈아 따위"로 지칭되었던 것이다.

61　山崎俊夫, 「京城の空の下」, 『古き手帖より』, 奢灞都館, 1998, 106쪽.
62　山崎俊夫, 「けいべつ」, 위의 책, 115쪽.

4. 이보경과 가야마 미츠로

그렇다면 "일본과 조선 양 민족은 혈통에 있어서도, 신앙에 있어서도 같은 조상 같은 뿌리"[63]라고 주장하는 「삼경인상기」가 야마사키와의 일을 전혀 언급하지 않는 것은 자연스럽다. 이광수를 혼혈아 이보경으로 보는 야마사키에게 야마토大和 민족 가야마 미츠로는 가당치도 않다. 이와 관련해 필자는 다음과 같이 논한 바 있다.

> 야마사키는 민족적인 차이를 인종적인 차이로 확대함으로써 이보경의 타자성을 극대화했을 뿐만 아니라, 서양 인종의 세계 지배라는 제국주의의 일반적인 장면을 역상으로 표현했다. 즉 야마사키의 주인공이야말로 백인의 위치에 있었으며, 그의 소설 제목처럼 이보경은 토인으로서 '경멸' 당했다.[64]

그렇다면 "가야마란 자식 한번 속내를 드러내 보란 투"로 술을 권하는 가와카미 앞에서, "좋다 마시자. 속내뿐 아니라 마음속 진흙을 토해도 좋다"라고 결심하는 가야마 미츠로의 가면 쓰기는 결국 이보경을 혼혈아로 규정한 야마사키의 시선에서 비롯된 것이다. 야마사키는 황금과 용모가 없다는 이유로 윤광호의 사랑을 받아들이는 대신 "특대생"인 그에게 "생존경쟁에 열패할 자격"[65]을 부여한 일본인 남학생 P를 상기시키거니

---

63 이광수, 김윤식 편역, 『이광수의 일어 창작 및 산문선』, 역락, 2007, 142쪽.

64 이 책의 454쪽을 참고할 것.

65 이광수, 「윤광호」, 『이광수 전집』 14, 삼중당, 1962, 76쪽. 춘원은 1917년의 「개척자」(『이광수 전집』 1, 삼중당, 1962, 403쪽)에서 이러한 류의 사랑을 "세상에서 항용 말하는 우정"이라고 규정하면서 "고급의 우정", "연애"보다 못한 최하위의 "사랑"으로 평가한다.

와, 이로 인해 자살하기 전의 윤광호는 "조물주의 싫증이 나서 되는 대로 만들어 놓은" 자신의 얼굴을 한탄하며 몰래 "화장"을 하지 않을 수 없었던 것이다.[66] 따라서 이는 자기 곁에서 떨어지지 않으려는 이보옥(이보경)에게 "짜증"을 내면서, 그를 누가복음 16장의 거지 라자로와 함께 연상하는[67] 「악우惡友」[68]의 에피소드도 떠오르게 한다. 즉 야마사키에게 이보경은 후쿠자와 유키치福澤諭吉가 말했던 "악우"(「탈아론」)와 다르지 않았다. 「야소강탄제전야」의 다음 부분은 사실과 허구를 넘나드는 이 모든 일의 기원적 장면을 묘사하는 듯하다.

> "그만큼 약속했으면서 이제 와서 말하지 않는 것은 비겁해요. 자, 나는 말씀하신 대로 혼혈아라고 단 한 마디만 말해요, 그걸로 만족할 테니까."
>
> 그러나 이보경은 침묵하고 있다. 조금 후에 나는 세 번째로 재촉했다.
>
> "아무도 듣지 않아요, 말해도 괜찮아요."
>
> 그러자 이보경은 내 무릎에 머리를 대고,
>
> "눈이 듣고 있는 걸요, 눈이 듣고 있는 걸요."
>
> 라고 말하면서 노예가 폭왕暴王에게 탄원할 때처럼 눈 위에 꿇어앉았다.
>
> (원문) "あれほど約束しておきながら、今になって言はないなんて卑怯ですよ。さあわたしは仰有る通り混血兒ですって、たった一言言って下さい、それでわたしの氣がすむんだから。"
>
> しかし李宝鏡は黙って居る。ややしばらくしてわたしは三度催促した。
>
> "だあれもききやしないんですもの、言ったっていいでせう。"

66 이에 대해서는 이 책의 「원한의 화자 이광수」를 참고할 것.
67 山崎俊夫, 「惡友」, 앞의 책, 210쪽.
68 춘원은 '악우'라는 말을 다음과 같이 사용하고 있다. "성재와 변과는 친척의 관계가 되었고 민은 친구의 처녀를 유혹하려다가 실패한 악우惡友와 같이 되고 말았다." 이광수, 「개척자」, 『이광수 전집』 1, 삼중당, 1962, 411쪽.

すると李宝鏡はわたしの膝に顔をあてて、

"雪がきいてゐますもの。雪がきいてゐますもの。"

と言いながら、奴隷が暴王に歎願する時のやうに、雪の上へ跪いた。[69]

따라서 춘원은 1942년 11월 나라에서 가와카미 데츠타로라는 이름의 야마사키 도시오를 또 다시 만난 것이다. 야마사키가 이보경으로부터 혼혈아임을 고백 받으려 했듯이, 가와카미는 가야마 미츠로로부터 새어 나오는 식민지인의 표정을 읽으려 한다. 하지만 이제 춘원은 눈이 들을까 두려워하며 이 "진심을 구하는 벗" 앞에 "노예"처럼 꿇어앉아 침묵하지 않는다. 앞서도 말했듯이 가야마는 식민지인도 혼혈아도 아닌 고대인이며, 가와카미는 "폭왕"이 아니라 "중생"이기 때문이다. 사실 "조물주의 싫증이 나서 되는 대로 만들어 놓은" 얼굴이야말로 식민지인에게 씌운 제국의 가면이다. 이보경을 "금발 청안"의 혼혈아로 보는 것 역시 마찬가지다. 하지만 나라 시대를 기억하고 재현하는 한, 가야마는 자신의 "추함"조차 부끄러워할 필요가 없다. 그것은 "나의 참된 모습"이기 때문이다. 가야마는 이미 식민지인이라는 사실에 전전긍긍하는 "소아小我"가 아니다. 그는 "미스터 리"임을 벗어났다.

이렇게 「삼경인상기」에 서술된 가야마와 가와카미의 산토리 위스키 일화는 「야소강탄제전야」에 제시된 이보경과 '나'의 일을 마주보고 있다. 아니, 전자는 후자에 대한 삼십 년 만의 대답이다. 이광수는 술을 권하는 가와카미를 보며 삼십여 년 전의 야마사키를 상기했으리라. 그리고 그런 의미에서 「삼경인상기」는 야마사키에 대해 말하지 않은 것이 아니

69　山崎俊夫, 「耶蘇降誕祭前夜」, 『美童』, 奢灞都館, 1986, 203~204쪽.

다. 이 글은 야마사키를 전혀 언급하지 않으면서도 처음부터 끝까지 야마사키와의 사건을 쓰고 있다. 다시 말해 천이백 년 전의 추억은 야마사키와의 일을 망각하게 하지는 못했다. 오히려 "조선인, 그것도 혼혈아 따위"로 경멸되던 일을 잊을 수 없으면 없을수록 "나라"는 한없이 그리웠을 터이다. 반대로 "나라"가 한없이 그리울 때마다 "조선인, 그것도 혼혈아"의 "첫사랑"은 고대인 가야마의 발목을 잡았을 것이다.

「혈서」의 일본 여성 노부꼬信子가 김 군의 사랑을 얻지 못한 채 죽을 수밖에 없었던 것은 그 때문이다. 김 군은 "사랑하는 마당에 국경이 무슨 상관"이냐고 하면서도, "나라에 몸을 바치는 중과 같은 생활을 하기로 맹세"했음을 이유로 노부꼬와의 결혼을 거절한다. 그리고 이로써 김 군과 결혼하기 위해 조선어까지 공부했던 그녀를 결국 죽게 한다. 즉 김 군을 "지아비"로 부르는 '혈서'를 남기고 죽은 후에야 그녀는 김 군의 가슴 속 "새 집에 영원히" 받아들여진다.[70] 요컨대 윤광호가 상처를 간직한 채 자살했던 것처럼 노부꼬 역시 반드시 죽어야 했다. 오직 말살됨으로써 그녀는 다음과 같이 "국경"을 넘는 김 군에게 끝내 기억되는 것이다.

유리표박하느라고 다시는 사랑할 새도 없었고 사랑할 생각도 없이 사십이 가까워지고 말았다. 그렇더라도 혹은 시베리아 벌판에, 혹은 양자강 어구에, 혹은 감옥의 철장 속에, 혹은 몰래 넘는 국경의 겨울밤에 일찍이 노부꼬를 잊은 일은 없었다.[71]

70　노부꼬가 죽는 장면은 「개척자」에서 성순이 죽는 장면을 상기시키기도 한다(이광수, 앞의 글, 458~464쪽을 참고할 것). 즉 「개척자」에서 "악우"로 불린 민은 김 군에 대응한다.
71　이광수, 「혈서」, 『조선문단』, 1924.10, 30쪽.

요컨대 김 군은 위와 같이 노부꼬의 죽음을 되새김질함으로써 야마사키에게 계속 복수했다. 혼혈아임을 밝히라고 압박하는 야마사키를 향해, 춘원은 혼혈아를 생산하게 될 조선인과 일본인의 결혼을, 오히려 식민지인(혼혈아)으로서 거부하는 김 군을 제시했다. 그리고 김 군으로 하여금 이 사랑의 실패를 결코 망각하지도 못하도록 했다. 「크리스마슷밤」을 오로지 조선인 학생들의 이야기로만 써 냈던 것처럼, 이로써 춘원은 조선인 역시 혼혈아(일본인)를 배제할 수 있음을 주장한 듯도 하다. 그런 의미에서 노부꼬와 김 군의 관계는 다음과 같이 서술된 순영에 대한 봉구의 생각을 강력히 환기시킨다.

나는 조선을 사랑한다 ― 순영이를 낳아서 길러준 조선이니 사랑한다. 만일 순영이가 없다고 하면 내가 무슨 까닭으로 조선을 사랑할까?[72]

따라서 이는 "불신한 사람을 낳고 기른 조선을 향하여 나는 결코 고개를 돌리지 아니할 것"이라고 결심했던 1913년의 국경 건너기와 짝을 이루면서 「진정 마음이 만나서야말로」(『녹기』, 1940.3~7)가 시도하는 "내선일체"의 월경越境을 복잡하게 완성한다. 즉 "불신한" 식민지인이나 "혼혈아"로부터 "야마토도 고구려도 하나가 되기를"[73] 바라는 훌륭한 고대인으로 환골탈태한 조선 여성 석란은 바야흐로 제국의 남성 히가시 다케오東武雄와 결혼해 "대동아공영"의 이상을 이해하지 못하는 중국군 지역으로 선무공작을 겸한 "신혼여행"을 떠난다. 소아小我를 벗어난 그녀에게 혼혈의 문제는 하찮은 일이다. 그것은 "내선일체"와 "대동아"라는 대

---

72 이광수, 「재생」, 『이광수 전집』 2, 삼중당, 1962, 22쪽.
73 이광수, 「진정 마음이 만나서야말로」, 앞의 책, 9쪽.

아大我 속에서 해소될 터이기 때문이다.

그러나 이 소설에서 무엇보다도 인상적인 것은 눈멀고 중국어도 하지 못하는 부상병 다케오가, 건강할 뿐 아니라 중국어도 유창한 간호부 석란에게 "매달려" "어린애처럼 어리광"[74]을 피우고 있다는 사실이다. 더 나아가 동경 "여자학원의 영문과"에서 공부한 석란은 경성의 일본인인 다케오보다도 "유창한 진짜 동경말"[75]을 구사한다. 이는 내지인으로서 "히가시 집안의 명예" 운운하며 두 사람의 교제를 반대했던 다케오의 모친을 침묵시킬 것이다. 법화경을 날마다 읽는 수행자 가야마 미츠로에게조차, 아니 가야마 미츠로가 되면 될수록 이보경의 '원한'은 더욱 더 잊히지 않았던 것이다.[76]

『기억, 망각 그리고 상상력』, 연세대 출판문화원, 2013.10

---

74 위의 책, 83쪽.
75 위의 책, 53쪽.
76 들뢰즈는 "노예의 유형은 놀랄 만한 기억"에 의해 정의된다고 논한 바 있다. 질 들뢰즈, 이경신 역, 『니체와 철학』, 1992(2쇄), 211쪽 참조.

4부

/ 1장 /

이상, 이십세기의 스포츠맨

1. 형의 죽음, 노옹의 죽음

이상의 죽음(1937)은 역사적인 의의를 지닌다. 그것은 최승구의 죽음 (1917), 나도향의 죽음(1927)을 이어받으며 질병으로 인한 요절의 계보를 문학사적으로 완성했다. 더 나아가 그것은 문사를 의사에 비유(「문사와 수양」)하면서 "소화불량성의 불평과 결핵성의 센티멘털리즘"[1]을 버리라 한 이광수의 맞은편에 환자로서의 문학자를 실증하고 확립했다. 이상은 "저는 건강치 못합니다. 건강하신 형이 부럽습니다"라고 안회남에게 편지했을 뿐 아니라, "건강하다면 나는 이 세상 모든 건강한 사람의 그 누구와도 (조금도) 닮지 않았다"(「어리석은 석반」)라고 선언했다. 이는 편재하는 사회적 질병에 대한 목숨을 건 처방이기도 했다.

한편 이상의 죽음에는 경성제대와 동경제대라는 두 제국대학의 부속병원이 관여하고 있었다.[2] 경성의 "학부 부속병원"에서 진단된 "그다지 명예롭지 못한"(「추등잡필」) 질환 및 결핵의 의학적 서사는 동경제대의

---

1 이광수, 「너는 청춘이다」, 『창조』 8, 1921.1, 97쪽.
2 이와 관련된 논의는 이경훈, 『이상, 칠천의 수사학』, 소명출판, 2000, 132~169쪽을 참고할 것.

사망진단으로 완결되었으며, 이로써 게으름과 탕진으로 점철된 이상의 삶은 육체적 질병뿐 아니라 식민지와 제국을 넘나드는 근대 체계에 대한 "소름끼치는 지식"(「실락원」)을 축적하고 암시했다. 그런 의미에서 언제나 그는 '실험동물'(「금제」)이자 '책임의사'(「오감도 시 제4호」)였다. 이는 "피부의 옅은 환락"(「12월 12일」)을 찾아다니거나 금홍과 동거함으로써 "육체에 대한 처분법處分法을 센티멘털리즘"(「이상한 가역반응」)하는 일의 중요한 의의다.

그런데 「날개」나 「지주회시」 등에 묘사된 주인공의 삶은 광준(『사랑의 수족관』)의 경우와 비교된다. 광준 역시 "바의 여급과 동거생활"을 하고 있을 뿐 아니라 "급성 폐결핵으로 위독"한 상태기 때문이다. 동생인 광호는 "형이 그 동안에 겪어온 정신과 육체의 경험을 이해해 보려고" 애쓰면서도 광준을 "생명의 낭비자"라고 규정한다. 이런 동생에게 형은 다음과 같이 말한다.

"삼십여 년의 짧은 생애가 마치 한 세기나 되는 것 같다. 옛날 사람이 삼사 세기에 걸쳐서 경험하던 것을 우리는 삼십여 년에 겪는 것 같다. 그러나……" 하고 병자는 유난히 높직한 목소리를 내었으나 그 다음 말을 이어나가지 않았다. 한참만에야

"그러나 가야 될 시기에 가는 것이 나는 만족하다" 하고 아까 한 말을 다시 한 번 되풀이하였다.

"더 살아서 아무 소용이 없어졌을 때 알마치 나의 육체가 살 수 없게 되는 것이 나는 반갑고 기쁘다……"[3]

---

3   김남천, 『사랑의 수족관』, 인문사, 1940, 68~69쪽.

예컨대 광준은 기섭(『화상보』)과는 다른 태도를 취한다. 기섭은 "앞날에 희망이 없는 점에서는"[4] 광준과 똑같으면서도, "거꾸러진 것은 파득파득하는 젊은 패기[5]뿐이고 정말 위대한 정열은 그 실패에 의해 도리어 한층 뿌리 깊이 속으로 파고 들어갔던 것"이라고 믿는다. 이에 비해 "삼십여 년의 짧은 생애가 마치 한 세기나 되는 것 같다"라는 광준의 말은 보들레르의 "J'ai plus de souvenirs que si j'avais mille ans"(*Spleen*)을 죽음으로써 번역해 내는 듯하다. 따라서 다음과 같이 『화상보』에 제시된 「우울」의 한 부분은 "낡은 문헌처럼 살고 있는"[6] 광준이 읊조린 "파멸의 시"처럼도 들린다.

> 북도 풍류도 없는 긴 장렬葬列은 천천히 내 영혼 속을 거닐고 패잔한 '희망'은 울며 포학한 '고민'은 수그린 내 머리 위에 검은 깃발을 꽂네[7]

하지만 광준과 기섭의 차이는 김남천과 유진오의 소설에 공통된 변천의 감각을 전제한 것이다. "그 전 사회 운동할 때"의 "그 전 동지"였던 명곤은 이제 교육사업을 삼사십 년 전에나 할 일이라고 평가하며 '수출업'을 계획하고 있다. 기섭은 영옥을 보며 "그 전 운동장에 나와 다니던 여자들을 연상"한다. 그가 판단하기에 "영옥이 한 시대 일찍 났다면 그의 오빠와 함께 반드시 그런 데 손을 대었을 것"이다. 영옥은 늦게 태어난

---

4   유진오, 「화상보」, 『신문연재소설전집』 3, 깊은샘, 1999, 309쪽.
5   원문은 "피기"임.
6   채만식, 「금의 정열」, 『채만식전집』 3, 창작과비평사, 1987, 340쪽.
7   유진오, 앞의 글, 283쪽. 보들레르의 원문은 "Et de long corbillards, sans tambours ni musique,/Défilent lentement dans mon âme; l'Espoir, / Vaincu, pleure, et l'Angoisse atroce, despotique,/Sur mon crâne incliné plante son drapeau noir."

'순영'(이광수, 『재생』)이자 '순이'(임화, 「네거리의 순이」)다.

그리고 "그 전"을 계속 의식하게 하는 시대적 추이는 운동가 형과 토목기사 동생의 대비가 함축하는 핵심적인 의미기도 하다. 광준은 단순히 소멸하지 않는다. 그의 죽음은 "석유가 어디에 쓰이는 것까지는 기술가는 묻지 않"는다고 하는 동생의 활동과 비교되는 "한 시대의 종말을 상징"[8]한다. 광호는 '인도주의'를 "청년다운 센티멘털리즘"으로 판단하며 "공식과 방정식과 공리와 정리"에서 "뜨거운 휴머니티"[9]를 추구하는 K기사와 동류다. 병자인 형과 달리 광호는 "커다란 생선처럼 날쌔게 몸을" 움직여 대동강에 빠진 경희의 핸드백을 건져올 만큼의 체력도 지녔다. 「냉동어」의 대영이 스스로를 "몰락된 귀족"[10]이라고 느끼는 것은 이러한 '신세대'들의 존재와 무관하지 않다. 김철은 '신세대론'을 "우울한 형/명랑한 동생"의 구도 하에 다음과 같이 설명한다.

> 그것은 통상적인 형태의 '신구 논쟁' 즉, 신세대와 구세대 사이의 세계관이나 이론을 둘러싼 '논쟁'이 아니라, 앞서 김오성의 글에서도 명백하듯이, '무력감과 절망에 빠진 구세대'가 '신세대를 부르는' 형태, 즉 새로운 정신적 지표를 찾아 헤매는 구세대의 욕망이 '신세대'라는 기표를 통해 투영된 하나의 담론 형태였던 것이다.[11]

---

8 이경훈, 「세대 담론의 기원과 문학적 변천」, 『대합실의 추억』, 문학동네, 2007, 235쪽.
9 김남천, 「길 우에서」, 『문장』, 1937.7, 238쪽. 이와 관련해서는 이경훈, 「만주와 친일 로맨티시즘」(『오빠의 탄생』, 문학과지성사, 2003) 및 이경훈, 「세대 담론의 기원과 문학적 변천」, 「청춘의 기계, 문학의 테크놀로지」(『대합실의 추억』, 문학동네, 2007)를 참고할 것. 한편 차승기, 「전시 체제기 기술적 이성 비판」과 정종현, 「사실, 과학 그리고 문학의 신생」(『상허학보』, 2008.6)에서는 이 문제에 대해 좀더 본격적으로 논의하고 있다.
10 채만식, 「냉동어」, 『인문평론』, 1940.4, 125쪽.
11 김철, 『식민지를 안고서』, 역락, 2009, 170쪽.

그런데 이상 소설의 주인공들이 광준을 연상시켰던 것처럼, 역으로 이 "우울한 형/명랑한 동생"은 김기림에게 보낸 이상의 편지를 상기시킨다. 이상은 동경에서 만난 삼사문학파의 동인들을 "추호의 오점도 없는 이십세기 정신의 영웅들"이라고 평가한다. 이상이 보기에 그들은 도스토예프스키가 "선조에 지나지 않는다는 것"을 "생리生理를 가지고 생리하면서 완벽하게" 살고 있다. 따라서 이상은 다음과 같이 고백했다.

> 그들은 이상도 역시 이십세기의 スポーツマン(스포츠맨)이거니 하고 오해하는 모양인데 나는 그들에게 낙망(아니 환멸)을 주지 않게 하기 위하여 그들과 만날 때 오직 이십세기를 근근히 ポーズ(포즈)를 써 유지해 보일 수 있을 따름이로구려! 아! 이 마음의 아픈 갈등이어.[12]

"육체에 대한 처분법을 센티멘털리즘"하는 이상은 당연히 "이십세기의 스포츠맨"으로서 "럭비구를 안고 뛰는 이 '제너레숀'의 젊은 용사"일 수 없었다. 물론 그는 "굵직한 팔뚝"으로 "국가 백년의 기반"(「산촌여정」)을 건설하거나 "금광의 기계화 부대"를 지휘하는 "시대의 선수"(『금의 정열』)도 될 수 없었을 터이다. 그는 오직 "연식 테니스 공의 마개 뽑는 소리"(「산촌여정」)를 듣거나 "황금빛 탐스런 호박이 어떤 축구공보다도 크고 묵직"(「첫번째 방랑」)하다고 비유할 수 있었을 뿐이다. 기섭 식으로 말하면, 그는 '운동장'에 누이를 데리고 가는 대신 "주석酒席에서 올림픽 보도"(「사신(1)」)를 들었다. 누이 역시 "오빠와 함께" '운동장'에 가기는커녕 손기정이 마라톤 우승을 하기 며칠 전, 오빠를 따돌리고 애인과 함께

12　이상, 「사신 (7)」, 『이상문학전집』 3, 문학사상사, 1993, 235쪽.

국경을 넘었다. 이상은 "오빠들이 어림없이 동생을 허명무실하게 '취급' 했다가는 코 떼일 시대"임을 깨달았다. 그 점에서도 그는 "이십세기의 스포츠맨"이 아니었다. 따라서 그는 「위독危篤」 연작시에 대해 불만을 표명하며 다음과 같이 썼다.

> 암만 해도 나는 십구 세기와 이십 세기 틈사구니에 끼어 졸도하려 드는 무뢰한인 모양이오.[13]

요컨대 "피부의 옅은 환락"을 찾아다니던 "청소년 업"(「12월 12일」)처럼 "그 분들이 내게 경제화를 사주시면" "그 분들이 모르는 골목길로만 다녀서 다 해뜨려 버렸"(「슬픈 이야기」)던 이상은 어느새 "우울한 형"의 위치에 있었다. 이를테면 그는 "우리는 구경도 못한 '란도셀'이란 것"(「조춘점묘」)을 멘 '경편운동화'의 아이들을 발견했다. 누이에게 "나도 정신 차리마"라고 편지하는 그는 "세대의 룸펜, 즉 거지"(「냉동어」)로서 대영이나 광준과 동류인 듯도 했다. 광준에게 "삼십여 년의 짧은 생애가 마치 한 세기나 되는 것" 같았다면, "만 이십육 세와 삼 개월을 맞이하는" 「종생기」의 주인공은 스스로를 일컬어 '노옹老翁'이며 "무릎이 귀를 넘는 해골"이라 했다. 광준이 "가야 될 시기에 가는 것"에 만족했듯이, 「날개」의 주인공 역시 "이렇게 부지런한 지구 위에서는 현기증도 날 것 같고 해서 한시 바삐 내려버리고 싶었다". 최재서의 평가에 따르면 광준의 옛 활동이 암시하는 "반항적인 개성"과 「날개」 등에 묘사된 "병적인 개성"은 공히 청산되어야 할 '구체제'[14] 인간의 특징이다. 그렇다면 '신

---

13   위의 글, 235쪽.

체제'의 입장에서 보았을 때 "우울한 형"은 '노옹'의 다른 이름일지도 모른다. 삼십여 년 동안 한 세기를 살아버린 그는 땅에 파묻혀 해골이 되어야 할 터이다. "생명의 낭비자"인 그는 죽음이라는 "역사적 심판"[15] 을 받아 마땅하다.

2. 무브먼트movement와 스포츠sports

그런데 유의해야 할 것은 광준이나 현혁(최명익, 「심문」) 등과 달리 이 상은 "몰락한 정치청년"[16]이 아니었다는 점이다. 원래 경성고공 출신의 총독부 건축기수였다는 점에서 이상은 차라리 광호 및 K기사와 비슷한 위치에 있었다. "사람은 광선보다 빠르게 달아나는 속도를 조절하고 때 때로 과거를 미래에 있어서 도태하라"(「선에 관한 각서 7」)라고 한 입장에 서 보았을 때, 설계도(조감도)를 버리고 원고지(오감도)에 머문 그는 신세 대를 부르기는커녕 오히려 "명랑한 동생"으로 정립되었던 자기 자신을 '도태'시키며 구세대로 나아간 셈이다. "거꾸로 달리는 불행한 사람은 나 같기도 하다"(「각혈의 아침」)라고 썼듯이, 그는 시대와 전체의 추이를 "세균같이 사소한 고독"(「권태」)으로 역행했다. 따라서 설사 이상이 "우

---

14 최재서, 「문학 신체제화의 목표」, 『한국 근대 일본어 평론 좌담회 선집』, 역락, 2009, 108쪽.
15 위의 글, 108쪽.
16 최명익, 「심문」, 『최명익 단편선 비 오는 길』, 문학과지성사, 2004, 197쪽.

울한 형"이었다고 해도 그는 여러 가지 면에서 '신세대론'의 형들과는 거리가 있다. 더군다나 그는 중일전쟁(1937.7.7)이나 파리함락(1940.6.4) 이전에 죽었다.

그렇다면 이상의 주인공과 광준을 비교하는 데에서 출발한 위의 논의는 성립될 수 없는 무의미한 것이었을까. 자문자답하면 별로 그렇지 않다. 일단 다음의 의견을 인용해 보자.

'우울한 형'의 우울증은 단순히 마르크시즘이나 혁명 이념의 상실에서 유래한 다기보다는, 그 이념을 절대화한 데에서 온 것이었다. 절대화한다는 것은 주체와 대상 사이에 어떤 간격도 분열도 존재하지 않음을 뜻한다. 마르크시즘이 되었든, 민족주의가 되었든 20년대의 식민지 엘리트들에게 가능했던 것은 그러한 절대화였다. '계급'과 '민족'은 피식민 주체를 어떤 보편성으로 이끄는 절대적 신화일 수 있었다. 그러나 피식민자에게 주어진 '차이'와 '분열'은 어떤 신화로도 해소되지 않는다.[17]

인용문은 이상이 삼사문학파 동인들을 일러 "추호의 오점도 없는 이십세기 정신의 영웅들"이라고 했음을 다시금 상기시킨다. 이때 중요한 것은 그들이 "이십세기 정신"을 가졌다는 점이 아니라 그들에게 "추호의 오점도 없"이 보인다는 사실이다. 이러한 '완벽'함은 "십구 세기와 이십 세기의 틈사구니"에 끼어 "근근히 포즈"나 취할 따름인 이상의 '갈등'하는 입장과 대립되기 때문이다. 이상은 스스로를 일러 "거지적 존재"(「조춘점묘」)라고 한 바 있거니와, 이는 주체로서 동일화되고 고정되는 대신

---

17 김철, 앞의 책, 195쪽.

타자로서 이화異化되고 매개되는 과정을 의미한다. 이상의 표현을 빌리면 그는 '차생此生'에서도 '윤회'한다.[18] 그도 그럴 것이 이상의 자기自己는 언제나 '자기自棄'(「공포의 기록」)였으며 "나는 오직 내 흔적"(「실화」)이었기 때문이다. 따라서 그는 "거지적 존재"일 뿐, "세대의 룸펜, 즉 거지"는 아니었다. 그는 오직 "형상 없는 모던 보이"(「동해」)였다.

그렇다면 그는 "거의 완성에 가까운 청년"처럼 보이는 광호는 물론, 사상의 상실을 존재의 소멸로 등치시키는, 즉 삶과 죽음에 걸쳐 이념과 주체를 철저히 동일화하는 광준과도 다르다. 김철의 표현을 빌리면 이상이 "이십 세기의 스포츠맨"일 수 없었던 것은 그가 '절대화'하는 대신 '차이'와 '분열'로써 자기 자신 및 세계와 관계했기 때문이다. 그와 비교할 때 광준과 광호는 "이십세기의 스포츠맨"으로 통일될 터이다. 이토록 이상은 광준과 광호 중 "그 누구와도 (조금도) 닮지 않았다". 비유컨대 그는 자신의 존재로써 다음과 같은 '스트라익'을 기투企投하지 않았다.

> "종렬군, 그러나 이것은 조치 못한 일이외다. 무슨 리유를 물론하고 학생의 학교에 대한 '스트라익'은 조치 못한 일이외다" 하엿다.
> 김종렬은 '스트라익'이라는 말의 뜻은 자세히 모르거니와 '베스쏠'에 '스트라익'이란 말이 잇슴을 보건댄 대톄 학교를 공격하는 것이어니 하엿다.[19]

"그 전 운동장에 나와 다니던 여자들"이라는 기섭의 말에서도 암시되었던 것처럼, '스트라익'은 시위와 야구 모두가 '운동'임을 알려준다.[20]

---

18 이에 대해서는 이경훈, 「자연의 이른 봄, 도시의 이른 봄－「조춘점묘」에 대해」(『이상 수필 작품론』, 역락, 2010.4)을 참고할 것.
19 이광수, 『무정』, 회동서관, 1925(6판), 82쪽.

이 '운동movement'(=sports)은 "자기가 자기의 목적을 정하고 그 목적을 달하기 위하여 계획된 진로를 밟아 노력하면서 시각마다 자기의 속도를 측량"[21]하는 "근대 주체의 자동사적 활동"[22]이다. 그것은 동일성과 진보를 기획한다. 이상이 "거꾸로 달리는 불행한 사람"인 것과는 대조적으로 광준과 광호는 모두 미래를 전망하는 운동가다. 이 둘의 차이는 형이 생산관계의 모순을 변화시키려는 사회과학적 운동movement에 진력했다면, 동생은 생산력 증진을 중시하는 과학기술적 운동sports에 몰두한다는 점에 있을 뿐이다. 실패한 형과 승리한 동생은 공히 다음과 같이 시냇가에 도착한 '청년'이었다. 사실 이상의 문학 역시 '운동모'와 '기계'가 아른거리는 근대의 '봄' 풍경과 무관한 것은 아니다.

"나에게는, 아직도, 봄이 아니 왔다"
하며, 밭 사이로 흐르는, 실개천을, 뛰어 건너가는 청년이 있다.
운동모를 숙여 쓰고, 깊은 생각에 싸여, 기계와 같이, 발을 옮기어 졸졸 흐르는 시냇가에, 이르렀다.[23]

그런데 생산관계의 운동에서 생산력의 운동으로 이행하는 현상은 식민지 말기의 문학을 설명해주는 중요한 계기다.[24] 예를 들면 『인간수

---

20 그 점에서 「혁명가의 아내」의 주인공 공산이 "베이스볼 피쳐"였으며, 그 아내가 테니스 선수였음은 암시적이다. 더 나아가 이 소설은 메이저리그 투수로서 월드시리즈에서 3연속 완봉승을 했던 크리스티 메튜슨Christy Mathewson을 다음과 같이 언급하기도 한다. "매튜손이라는 미국 사람은 다 죽게 되었다가 삼 년 동안 텍사스주에서 자연 생활을 하고서는 아주 완쾌가 되어서 다시 베이스볼 선수 노릇을 한다는 걸요." 이광수, 『이광수 전집』 2, 삼중당, 1962, 363쪽.
21 이광수, 「민족개조론」, 『이광수 전집』 17, 삼중당, 1962, 170쪽.
22 이경훈, 「영문법·스포츠·사이보그」, 『오빠의 탄생』, 문학과지성사, 2003, 208쪽.
23 이상춘, 「백운」, 『청춘』, 1918.9, 49쪽.

업』(이기영)의 현호는 지구가 "위대한 속력으로 마라손"을 한다고 하며 스포츠에 대해 '재인식'할 것을 촉구한다. 그에게 운동은 즉 노동이며 이는 "시대의 불결한 공기"를 극복하는 "건전한 정신"을 낳는 것이다. 이러한 생각을 바탕으로 이기영은 '노자관계'와 '이해'에 집착하는 일을 "우매한 낡은 사상의 찌꺼기"[25]로 정의한다. 그는 『고향』에서 문제시했던 '자본/노동'의 관계를 '운동/자연'의 관계로 대체한다. 그가 새롭게 강조하는 것은 농부나 광부가 '천직賤職'이 아니라 '천직天職'이라는 점, 그리고 "자연과의 격렬한 생활 투쟁"을 위해 필요한 체력과 과학기술이다. 『대지의 아들』에서 "건오의 건장한 체력과 희생심"[26]이 강조되는 것은 그 때문이다.

한편 서치달은 '농사연습회'를 열고 『수전농사개량독본』을 농민들에게 나누어준다. 체력과 농업기술은 인간 주체(조선인)를 굳건히 외화外化하고 정립하는 자연(만주) 정복의 운동회를 주도하고 추진할 터이다. "만주 벌판을 수십 년 방황"했던 "한말 지사" 강 주사가 만주에 논을 개척한 김 노인의 사업을 계승한 일과 함께 이 모두는 무브먼트(혁명)에서 스포츠로 나아가는 '운동'의 이행을 암시한다. 주상문이 "철鐵 있는 풍경"을 배경으로 "금광의 기계화 부대"를 지휘하는 "시대의 선수"가 된 것은 그러한 역사적 상황의 또 다른 표현이다. 어린 천식이 다음과 같이 주장하는 것 역시 그러하다.

---

24 이에 대해서는 이경훈, 「만주와 친일 로맨티시즘」, 『오빠의 탄생』, 2003, 271~297쪽을 참고할 것.
25 이기영, 「광산촌」, 『광산촌』, 성문당, 1944, 43쪽.
26 이기영, 「대지의 아들」, 『한국근대장편소설대계』, 태학사, 12쪽.

“역기가 왜 노는 거나요……?”

천식의 대답 소리는 벌써 어금니에 밤을 물었다.

“……지끔은 체육이 제일인데요.”[27]

그리고 이는 ‘석탄직접액화법’을 설명하면서 “기술이 하나하나 자연을 정복해 가는 그 과정에 흠빡 반”하는 광호는 물론 『화상보』의 주인공인 장시영[28]의 경우와도 관련된다. 시영은 금강국수나무를 발견하거나 식민지의 초본식물에 대한 논문을 써 제국으로부터 인정받고 직업을 얻었다. 즉 광준이 말하는 “논리가 폐기되고 새로운 비약이 찾아오는 과정”이란 하나의 ‘운동’에서 또 다른 ‘운동’으로 나아간 동일성의 대체 과정이다. 그것은 전향의 내적 구조를 암시한다. 시영은 사회운동에 실패한 “우울한 형”에서 벗어나 식물학으로 성공한 “명랑한 동생”이 되었다. 이는 다음과 같이 설명된 두 모랄론을 종합하는 듯하다.

김남천의 모랄론이 자기 고발의 형식을 띠고, 프로문학을 초극하려 했을 때 나타난 것이라면, 세대론은 신체제를 앞에 놓고 나타난 제 2의 모랄론이라 할 수 있는 것이다. 따라서 세대론은 신인과 삼십대의 논쟁이라 볼 수 없다.[29]

따라서 이렇게 “두 가지 호흡”(「페어인」)을 실천한 시영이 자신의 식물

---

27 채만식, 「금의 정열」, 『채만식전집』 3, 창작과비평사, 1987, 453쪽.

28 장시영의 이야기는 소설에 실명으로 등장하는 나카이 다케노신中井猛之進 등과 오랫동안 협력하며 제주도, 백두산, 만주 등에서 다양한 연구를 수행한 정태현(1883~1971)의 활동을 모델로 한 듯하다. 해방 후 그는 최초로 『한국식물도감』(1956~57)을 출판했음은 물론, 아직도 동경대학 식물표본실에 그의 표본이 남아 있을 정도로 한국 식물학의 기초를 수립했다.

29 김윤식, 『한국근대문예비평사연구』, 일지사, 1983(5판), 385쪽.

조사를 평가해 "과학적 정신이나 잃지 말아보자는 것"이라 한 점은 주목할 만하다. 이는 사회과학과 자연과학(또는 테크놀로지)이 근대 주체가 수행하는 동일성과 이성의 '운동'이라는 점에서 '한 가지 호흡'일 수도 있음을 고백하기 때문이다. 그리고 이 스포츠는 낙랑 고분과 달리 "경주 것만은 순전히 우리 조상 손에 된 것"이므로 "금강산은 잃을지언정 경주는 잃지 못하겠다"라는 생각으로도 치달렸다. 이는 조선 땅의 식물을 연구하는 일과도 잘 어울렸다. 그 점에서도 시영은 철두철미 "이십 세기의 스포츠맨"이었다. 그는 "위대한 과학자를 목표하는"[30] 영철이나 "생물학과로 전과할 의사"가 있음에도 불구하고 여전히 "지금 하는 문과"에 집착하는 병수(「폐어인」)의 귀감이 될 수도 있을 터이다. 한편 시영처럼 소프라노 여성 가수를 도운 바 있는 오세형은 "「현대의학과 사회」라는 논문"[31]이 일등으로 당선됨으로써 "우리 의학계에 센세이션"을 일으켰으며, "삼백여 명의 많은 수험자 가운데 불과 다섯 사람의 합격자"[32] 중 한 사람으로서 의사 시험에 통과했다.

그렇다면 시영에게 일어난 "소설적 구제"가 "어느 정도 초시대적"인 "자연과학의 덕택"이라 한 기섭의 평가는 수정되어야 한다. 과학은 고도로 시대적이었을 뿐만 아니라 복잡한 정치적인 함축마저 지니고 있었기 때문이다. 예컨대 이기영은 "전쟁에서 민족의 흥망은 있었지만 그때마다 자연과의 투쟁에 있어서는 언제든지 인간의 승리로 돌아갔다. 그것은 전보다 과학이 발달되었기 때문"(「광산촌」)이라고 피력했다. 전쟁은 '과

---

30 백철, 「전망」, 『인문평론』, 1940.1, 251쪽.
31 엄흥섭, 「인생사막」, 『한국근대장편소설대계』 8, 태학사, 1997, 50쪽.
32 위의 글, 175쪽.

학 = 주체'의 이름으로 승인되었다. 한편 "조선 사람에게 무엇보다도 먼저 과학을 주어야 하겠어요"(『무정』)라고 외쳤던 이형식의 문명개화적인 의지는 성재(『개척자』)의 화학실험과 안빈(『사랑』)의 인체실험을 거쳐 이원구가 "가솔린에 대용될 인조연료의 제조법을 완성"(「그들의 사랑」)하는 내선일체와 총동원의 이야기로 귀착되었다. 더 나아가 『사랑의 수족관』에 서술되듯이, 과학은 "호텔에서 커피가 품절"되고, "모두 휘발유가 없어서 못 간다고" 하며, "스파가 섞이지 않은 순수한 울이 없어서 기지의 품성을 고려하지 않고는 몸에 어울리는 스타일을 생각할 수가 없이" 된 물자 통제 및 대용품 시대의 서사적 장치이기도 했다. "철은 정복과 지배를 의미"한다고 한 주상문의 "철 있는 풍경"은 "쇠 없는 세상"[33]이라는 일상생활의 대가를 지불한 것이었다. "몸에 어울리는 스타일"을 생각할 수 없는 그곳에서 시인은 "불 꺼진 보일러 같이 무기력"[34]한 "시 직공"[35]이자 '천하무능'한 '독충' 같고 '아편' 같은 소위 '문학쳇것들'[36]이 되었다. 그 "진공처럼 답답"한 시대에 과학과 기술 이성의 보편성과 가치중립성은 오히려 '동양'과 '대동아공영'을 강조하는 '신체제'와 '고도국방국가'의 국민으로 식민지인을 호출했다. "시국 관계로 상공과 졸업생은 취직이 잘"[37] 된다는 서술은 이와 관련된다. "석유가 어디에 쓰이는 것까지는 기술가는 묻지 않"는다는 말은 이러한 '시국'을 적극적으로 활용하겠다는 선언으로도 읽힌다. 따라서 술 마시는 '생활세계'에 대한 봉

---

33 위의 글, 137쪽.
34 채만식, 앞의 글, 223쪽.
35 위의 글, 380쪽.
36 위의 글, 503쪽.
37 유진오, 앞의 글, 306쪽.

아의 감상은 암시적이다. 그녀는 장시영의 일터와도 무관하지 않은 수원의 농사시험장 근처를 지나며 다음과 같이 생각했다.

> 술이 서식棲息을 하고 있는 생활(세계)…… 그 괄괄스러운 패기와 유쾌한 바버리즘은 술이 적실코 우월한 일면을 가지고 있다는 것, 이것이었다.
> 그것은 마치 핑퐁이나 테니스밖에 알지 못하던 아가씨네가 권투나 럭비의 경기를 구경하면서 느끼는 스릴과 흡사하다고 할는지.[38]

인용에 등장하는 "유쾌한 바버리즘"은 "기술에서 일단 눈을 사회로 돌리면 나는 일종의 페시미즘에 사로잡"[39]힌다고 한 광호의 말에 공명한다. 이는 "명랑한 동생"들이 지닌 명랑함의 다이너미즘을 암시한다. 그것은 대체된 동일성의 도취된 '스릴'이며 동일성에 술 취한 대체의 스포츠다. 그런 의미에서 "과학 사상을 너무 과신하는 것도 일종의 미신"[40]이라 한 황대용의 말은 시사적이다. 광준과 광호 백부의 말을 빌리면 그것은 휘발유처럼 고갈되고 통제된 주체(계급, 민족)의 대용품(국민)을 발명하고자 한 "공연한 자존심"의 발현이다. 그 "젊은 허영심"은 '아가씨'들의 핑퐁이나 테니스보다 '우월한' 권투와 럭비의 "괄괄스러운 패기"를 갈망하게 될 것이다. 이렇게 "무력감과 절망에 빠진 구세대가 신세대를 부르는" 일 또는 "신체제를 앞에 놓고 나타난 제2의 모랄론"은 "유쾌한 바버리즘"으로 완성되었다. 이는 '신세대'로서(써) '신체제'를 수용하는 것이었다. 실로 대용은 의료봉사대를 조직한 세형의 일을 일러 "백만 군

---

38 채만식, 앞의 글, 369쪽.
39 김남천, 『사랑의 수족관』. 인문사, 1940, 252쪽.
40 엄흥섭, 앞의 글, 72쪽.

병을 거느리고 전지로 향하는" "청년 장교의 열렬적 패기나 마찬가지"[41]
라고 평가했다. 세형은 오직 의사로서 제국에 배치되었다. 따라서 광준
과 광호 백부의 다음과 같은 기도는 의미심장하다.

헤아릴 나위도 없는 적은 인지人智가 사람으로 하여금 주를 멀리하지 않게 돌
보아 주시옵소서. 과학의 연구가 주의 뜻에 어그러지지 아니하시되 호기심에
불타는 어린 청소년의 지능 위에 그릇되게 끼치는 해독이 없지 아니하오니, 주
여 굽어 살피어 주시옵소사, 공연한 자존심과 신앙의 동요와 젊은 허영심에서
어린 양의 무리를 지키어 주시옵소서.[42]

3. 체육선생 이상의 스포츠

그런데 위와 같은 의미에서 "이십세기의 스포츠맨"이 아니었던 것과
는 별도로, 이상은 종종 스포츠에 대한 관심을 표명했다. 그는 김기림에
게 다음과 같이 편지했다.

여보! 당신이 바—레 선수라니 그 바—레 팀인즉 내 어리석은 생각에 세계
최강 팀인가 싶소그려! 그래 이겼소? 이길 뻔하다가 만 소위 석패를 했소?[43]

---

41 위의 글, 328쪽.
42 김남천, 앞의 글, 81쪽.
43 이상, 앞의 글, 234쪽.

인용에서 인상적인 것은 "세계 최강"이나 '석패' 등의 말이다. 이것들
은 "스포츠가 단지 승패를 목표로 할 때 그것은 인류에 아무런 기여도 하
지 않는다"(「권두언 7」)는 이상의 언명을 상기시키기 때문이다. 그는 "패
자는 패자로서의 생존 과정을 형성해 가고 있는 중"이며, 따라서 생존경
쟁과 도태는 "생물의 진화에 있어 하등 중요성을 갖지 않는다"고 논했다.
즉 "▽야 씨름에 이긴 경험은 얼마나 있느냐▽よ, 角力に勝った經驗はどれ丈あ
るか"(「신경질적으로 비만한 삼각형」)라고 질문하는 이상에게 스포츠는 광호
와 광준 형제에 배분된 생물학적이고 역사적인 승패를 넘어서는 것이어
야 했다. "이착二着 열 번 한 놈이 아무래도 일착一着 단 한번 한 놈 앞에서
고개를 못 드는 법"[44]인 생존경쟁의 스포츠는 그에게 "마술에 가까운 기
술"[45]이었다.

사실 스스로를 "생물적 이등차二等次 급수級數"(「얼마 안 되는 변해」)로 규
정한 그는 운동을 하기는커녕 "육신도 천근千斤 주체할 도리가 없"(「한 개
의 밤」)게 하는 "아침 오후 두시"(「휴업과 사정」)의 삶을 영위했다. "자기의
목적"을 달하기 위해 "계획된 진로" 위에서 "자기의 속도를 측량"하는 대
신, 이상은 "하루치씩만 잔뜩"(「지주회시」) 살았다. 오히려 그는 춘원의
계몽적 입장에 맞서 "나 같은, 즉 건전한 신으로부터 버림받은 인간"에
게 "오전 칠시七時의 기상은 오로지 비위생이며 불섭생"[46]이라고 항변했
다. 더 나아가 보산의 입을 빌려 "현대 도시의 시민들"에 대해 다음처럼
걱정하기조차 했다.

---

44 이상, 「동해」, 『조광』, 1937.2, 233쪽.
45 이상, 「지도의 암실」, 『조선』, 1932.3, 111쪽.
46 이상, 「어리석은 석반」, 『이상문학전집』 3, 문학사상사, 1993, 125쪽.

양의 성한 때를 잠자며 음의 성한 때를 깨어 있어 학문하는 것이 얼마나 이치에 맞는 일인가 세상 사람들아 왜 모르느냐 도탄에 묻힌 현대 도시의 시민들이 완전히 구조되기에는 그들이 빠져 있는 불행의 깊이가 너무나 깊어버리고 만 것이로구나.[47]

이상에게 "가장 게으른 동물"(「날개」)의 삶은 "음양의 좋은 이치"에 따르는 것이었다. 그에게도 "'게으름뱅이', 이것은 하나의 떳떳한 직함이요, 신분이요 이력"[48]이었던 셈이다. 따라서 「지주회시」의 주인공은 친구 오에게 "네 생활에 내 생활을 비교하여 아니 내 생활에 네 생활을 비교하여 어떤 것이 진정 우수한 것이냐 아니 어떤 것이 진정 열등한 것이냐"[49]라고 질문할 수 있었다. 늦게까지 술을 마시고도 여섯시면 일어나 사무실로 가는 그를 보며 "왜 오에게만 저런 강력한 것이 있나" 하고 부러워하면서도 말이다. "건강이라는 속된 관념은 초월한 듯"한 이상과 비교해 "아침이면 정말 체조를 잊어버리지 못하는 내 자신이 늘 부끄러웠다"[50]라고 김기림이 고백한 것은 이 물음에 대한 대답이었을지도 모른다. 이상은 오직 "전등형全等形 체조의 기술을 습득"(「선에 관한 각서 5」)했으며, 이는 "사람은 전등형에 있어서 나를 죽이라"라는 정언명령에 복종하는 일이었기 때문이다.

요컨대 김기림이 덴마크 체조를 한 것과는 반대로 이상은 동일성에서 벗어나는 운동에 골몰했다. 그것은 "거울 속의 나"가 "악수를 모르는 왼

---

47 이상, 「휴업과 사정」, 『조선』, 1932.4, 120쪽.
48 보들레르, 이환 역, 『나심』, 서문문고, 1977, 67쪽.
49 이상, 「지주회시」, 『중앙』, 1936.6, 57쪽.
50 김기림, 「고 이상의 추억」, 『조광』, 1937.6, 314쪽.

손잡이”며 “나와는 반대”(「거울」)임을 계속 확인하는 스포츠였다. 그것은 “나와 나의 아버지와 나의 아버지의 아버지와 나의 아버지의 아버지의 아버지 노릇을 한꺼번에” 하는, 다시 말해 자기 자신과 “아버지를 껑충 뛰어넘어야”(「오감도 시 제2호」) 하는 장애물 경기였다. 이때 “지면地面을 떠나는” 이 ‘아크로바티’를 가르친 것은 ‘곤봉’이었다. 그리고 “곤봉을 내어미는” “숙명적 발광”(「표 8氏의 출발」)은 “바나나의 나무와 스케이팅 여자”(「지도의 암실」)의 씨름판을 벌이게 했다. “음양의 좋은 이치”는 다음 과 같은 ‘전등형’ ‘곤봉’ 체조로 실천되었다.

> 나는 될 수 있는 대로 여자의 체중을 절취竊取했다. 그것은 달마 인형처럼 쓰 러뜨려도 다시 일어나고 또 쓰러뜨려도 다시 일어나는 것이었다. (…중략…) 피 의 빛을 오색으로 화려하게 하는 ─ 자신의 힘으로는 도저히 어찌할 도리가 없 는 어린애와 같은 실족 ─ 행진해 감으로써 그것은 완전히 정지되어 있었다. (…중략…) 여자는 일어났다. 그리고 흘깃 내 쪽을 보았다. 어떻게 하려는가 했 더니 선 채로 내 위로 버럭 덮쳐왔다.[51]

그런데 “상박上膊과 하박下膊의 공동피로共同疲勞”(「LE URINE」)를 발생 시킬 뿐만 아니라 “운동장이 파열하고 구열龜裂”(「수염」)하게도 하는 이 “도저히 어찌할 도리가 없는 어린애와 같은 실족失足”은 이윽고 ‘행진’을 “완전히 정지”하는 고난도의 자세를 숙달하기 시작했다. 다시 말해 “열 심으로 질주하고 또 열심으로 질주하고 또 열심으로 질주하고 또 열심으 로 질주하는 사람은”, “▽야 씨름에 이긴 경험은 얼마나 있느냐”라는 물

---

51 이상, 「애야 ─ 나는 한 매춘부를 생각한다」, 『이상문학전집』 3, 문학사상사, 1993, 306~ 308쪽.

음과 함께 "열심으로 질주하는 일들을 정지"(「且8氏의 출발」)하기에 이르
렀다. "공허에서 공허로" "역마처럼 달리고 또 달"림(「공포의 기록」)으로
써 그는 "운동하지 아니하면서 운동의 코스를 가질 뿐"(「선에 관한 각서 7」)
인 '건강체'가 되었다. 그는 "지구의 시들어간 에로티즘"(「얼마 안 되는 변
해」)과 더불어 "건강체인 그대로" "지구의 건초모양 시들었다"(「황」). 이
렇게 그는 "운동에의 절망"(「선에 관한 각서 1」) 너머로 "육체에 대한 처분
법을 센티멘털리즘"했다. 결국 그는 "스스로 부패에 몸을 맡긴"(「공포의
성채」) "거지적 존재" 되기에 성공했다. 이런 식으로 그는 자기 자신과 엇
갈린 "불우不遇의 천재"(「실화」)일 수 있었다.

그러므로 "자궁 확대 모형의 정문"에 "부친을 분장扮裝하고 틈입闖入"
(「얼마 안 되는 변해」)함으로써 "탄생일을 연기"하고자 한 목적은 훌륭하
게 성취되었다. "한 사람의 나는 한 사람의 나의 부친과 같"(「유고 1」)게
되는 일은 "거꾸로 달리는 불행한 사람"을 낳았기 때문이다. "음양의 좋
은 이치"는 '역도병逆倒病'(「황의 기」)으로 결과했으며, 이는 "원후류猿猴類
에의 진화進化"(「출판법」)를 두려워하게 했다. '공포'는 진화하고 진보하
는 동일성의 퇴보와 상실에서 도래한 감각인 동시에 "북해도의 아이누
나 다름없는 종자"(『무정』)를 배제하고 도태시키는 근대적 동일성의 원
리이기도 했다. 그는 전자의 '공포'로써 후자의 '공포'와 겨뤘다. 다음과
같이 강의하는 "체육선생 이상"(「지도의 암실」)은 이 '공포'의 운동장에
입장했다.

13人의兒孩가道路로疾走하오.
(길은막다른골목이適當하오)

(…중략…)

13人의兒孩는무서운兒孩와무서워하는兒孩와그렇게뿐이모였소.

(다른事情은없는것이차라리나았소)

(…중략…)

(길은뚫린골목이라도適當하오)

13人의兒孩가道路로疾走하지아니하여도좋소.[52]

이때 "체육선생 이상"이 철저히 가르친 것은 차이와 관계의 작용이다. "제1의 아해"는 그 어떤 실체이기보다는 그저 "13인의 아해" 중 첫 번째 '아해'다.[53] 또 '아해'는 '도로'를 '질주'하거나 '질주'하지 않는 주체, '도로'는 '아해'가 '질주'하거나 '질주'하지 않는 장소, '질주'는 '아해'가 '도로'에서 하거나 하지 않는 행위다. '골목' 역시 막다름과 뚫림의 대립을 열고 닫는 계기일 뿐, 그야말로 "다른 사정"은 없다.[54] 그리고 이 불가피한 차이적 관계 속에서 "무서운 아해"와 "무서워하는 아해"는 서로에게 타자임으로써 각자에게도 스스로 타자임을 증명한다. 이 관계의 체계에서 벗어날 수 없다는 점에서도 이들은 모두 근본적인 타자다. 그들은 "추호의 오점도 없는" 것과 정반대며, 그들의 환경은 "19세기와 20세기의 틈사구니"보다 훨씬 근본적인 "틈사구니"다. 그렇다면 '질주'하는 것은 동일성이 아니라 '차이'다. 필연적인 것은 동일성이 아니라 타자며 '공포'다.

이는 진보와 생존경쟁의 근대 원리를 전복하는 듯하다. 이 '공포'의

---

52 이상, 「오감도 시 제1호」, 『이상문학전집』 1, 문학사상사, 1992(3판), 17~18쪽.

53 이에 대해 이승훈은 "'아해'는 시 바깥에 있는 구체적 존재를 지시한다기보다는 시의 문맥에 의하여 자율적인 의미를 드러낸다"고 논하고 있다. 위의 책, 19쪽.

54 이에 대해서는 이경훈, 「해체론으로 무엇을 읽을 것인가」, 『문학과 교육』, 2001.6 참고.

운동장에서 "이착 열 번 한 놈이 아무래도 일착 단 한번 한 놈 앞에서 고개를 못 드는 법"은 폐기되기 때문이다. 즉 '아해'들의 '질주'는 '일착'으로 동일화되기 위해 "적어도 십 배의 속速으로 질치疾馳"[55]하는 '운동회'의 육상 경기가 아니다. 그것은 끝없는 '차이'의 작용이라는 점에서 일종의 빗겨남이며 도망이다.[56] 한편 이 '공포'와 도망의 세계에서 앞서 가는 "무서워하는 아해"는 생존경쟁의 승리자가 아니라 뒤쫓는 "무서운 아해"에게 붙잡히지 않으려는 패배자이자 '도태'의 대상자가 된다. 도망자야말로 '일착'일 터이다. 또한 생존경쟁에서 승리하는 일 역시 "북해도의 아이누나 다름없는 종자"가 될지 모른다는 '도태'의 '공포'에서 추동된 것이다. 결국 그것은 도망의 결과다. '일착'의 본질은 도망이며 '공포'다. 승리는 패배에 결박되어 있다. 이는 '역도병'의 또 한 가지 의미다. 이렇게 동일성을 향한 진보와 경쟁의 운동은 '차이'와 '공포'를 증언하는 탈주脫走와 도망의 스포츠로 물구나무선다. "막다른 골목"과 "뚫린 골목"이 문제되는 것은 그 때문이다. '일착'의 도망자에게 필요한 것은 후자며, '이착'의 추격자가 바라는 것은 전자다. 이렇게 '차이'는 역사성과 사회성을 획득한다.

그리고 이 '공포'의 스포츠에 대한 "체육 선생 이상"의 결론은 "13인의 아해가 도로로 질주하지 아니하여도 좋소"라는 것이다. 물론 이는 "13인의 아해가 도로로 질주하오"를 말소하는 것이 아니다. 대신 그가 암시하는 바는 "13인의 아해가 도로로 질주하오"가 "13인의 아해가 도

55　최승구, 「너를 혁명하라!」, 『학지광』 5, 1915, 18쪽.
56　임종국은 일찍이 "공포를 모면할 목적으로 '도로로 질주'한다"라고 말한 바 있지만, '공포'의 의미는 본고에서 논의하는 '공포'와는 성격이 다르다. 임종국, 『이상전집』, 문성사, 1966, 429쪽.

로로 질주하지 아니하여도 좋소"와의 관계를 벗어날 수 없다는 점, 더 나아가 "체육 선생 이상"은 체육 선생이 아닌 이상, 이상이 아닌 체육 선생, 체육 선생도 이상도 아닌 온갖 계기들과의 관계 자체라는 사실이다. 따라서 그의 최종적 교훈은 "체육 선생 이상"은 "체육 선생 이상"이 아니지만 그래도 (또는 바로 그렇기 때문에) "체육 선생 이상"이라는 아이러니다. "열심으로 질주하고 또 열심으로 질주하고 또 열심으로 질주하고 또 열심으로 질주하는 사람은 열심으로 질주하는 일들을 정지"한다는 말은 이를 표현한다.

그런데 이렇게 결론내리는 순간, '차이'는 '공포'가 아닌 유머의 계기로 전환된다. 그것은 "동물적 행동"을 일삼는 "사회적 저능아"자 "인류의 해독"인 SS와, SS의 "뇌를 개량"하거나 "자살을 권유"하고자 했던 보산의 의사소통 형식이 된다. 보산은 "SS는 그 바위만한 가슴과 배 사이 체내로 치면 횡격막의 위치 부근에다 SS의 딸 어린아해를 안고 나와 서 있다"[57]와 같이 투시(지배)하는 과학적이고 배제적인 시각적 명찰을 넘어 보산의 마당 한 가운데에 침을 뱉는 비위생적인 SS와 '촉각적'으로 만나기 시작한다. 사실 대상 속으로 파고든다는 점에서 투시는 일종의 접촉이기도 하다.[58] 이는 "세균같이 사소한 고독"의 반어적인 의미를 알려준다. 이 말은 주체와 '세균'을 감염으로 매개한다. 하지만 편재遍在하며 항존恒存한다는 의미에서, 감염을 일으키는 '사소'한 '세균'의 활동은 전혀 '사소'하지 않다. 더 나아가 감염의 원리는 절대로 '고독'할 수 없다는 데

---

57 이상, 「휴업과 사정」, 『조선』, 1932.4, 119쪽.
58 이에 대해서는 이경훈, 「휴업과 사정―계몽과 유머」, 『이상 소설 작품론』, 역락, 2007 및 이 책의 「박제의 조감도―이상의 「날개」에 대한 일고찰」을 참고할 것.

에 있다. 이런 식으로 보산과 SS는 필연적으로 만난다.

그렇다면 '보산/SS'의 관계는 '광준/광호'의 관계와 본격적으로 마주선 것이다. 후자가 동일성의 역사적 교체를 고통스럽게 기획했다면, 전자는 동일성의 역사성과 타자성을 슬프고도 유머러스하게 음미했다. 후자가 혁명을 과학기술로 대체했다면, 전자는 '책임의사'(보산)와 '실험동물'(SS)을 계속 접촉시킴으로써 스스로를 향해 "거지적 존재"에 '적선'했다. 후자가 진보의 운동을 그만두지 못했다면, 전자는 끝없는 관계의 스포츠에 정지했다. 이렇게 "이십세기의 스포츠맨"이 아님으로써, 이상은 "이십세기의 스포츠맨"이 아니지 않게 되었다. 그것은 이상 문학의 모더니즘적인 본질이기도 했다. 그런 의미에서 그는 첨단의 스포츠맨이었다. 추호의 오점도 없기는커녕 "세균 같이 빽빽한 인원수의 광부"(「얼마 안 되는 변해」)들이 더럽힌 "땟국 내 나는 틈"(「종생기」)에 끼어 있었지만 말이다. '신체제' 따위는 모르는 채 1937년 4월 17일에 '쓰레기'와 '우거지'로서 죽을 수 있었기 때문에 말이다.

『문학과 사회』, 2010.4

2장

박제의 조감도

이상의 「날개」에 대한 일고찰

1. 미쓰코시 옥상의 설계도

말할 것도 없이 「날개」에서 가장 암시적이고 인상적인 부분은 다음과 같이 서술된 마지막 장면이다.

> 날개야 다시 돋아라.
> 날자. 날자. 날자. 한번만 더 날자꾸나.
> 한번만 더 날아 보자꾸나.[1]

이렇게 새의 비상飛翔에 비유된 주인공의 소망과 의지는 소설 첫 부분에 등장하는 "박제가 되어버린 천재"와 조응하며 텍스트에 구성적 완결성과 상징적 인과성을 부여한다. 즉 이는 '날개'라는 제목과 더불어 '박제'가 호랑이나 오소리의 박제가 아닌 새의 박제였음을 다시금 깨닫게

---

[1] 이상, 「날개」, 『조광』, 1936.9, 214쪽. 맞춤법은 인용자가 수정함. 이하 동일함. 이하 「날개」를 인용할 때는 본문 중에 쪽수만 표시함.

함으로써 텍스트를 구조화한다. 또한 이는 "박제가 되어버린 천재"로부터 "날자, 한번만 더 날자꾸나"로 나아가는 사건의 개연성을 보증한다. 따라서 서사는 발전하면서 소급되며 종결되면서 출발한다. 이를 통해 '날개'와 '박제'는 강력하게 연결된다.

그런데 밀접하게 맺어진 '박제'와 '날개'의 구조적이고 상징적인 관계는 오독의 가능성을 발생시킨다. 이를테면 새의 비상과 그 높이가 반복적으로 강조되고 암시됨으로써 위의 장면은 마치 미쓰코시三越 백화점 옥상정원에서 일어난 일처럼 읽힐 수 있다. 다음은 그러한 오독의 대표적인 예다.

> 그에 있어 동경행은, 정신 운동상에서는 자살 충동의 극복으로서의 미지의 신세계와 같은 것이었다. 골방에서 나와 화신백화점 옥상에서 "날개야 돋아라"고 외치는 그것, 그것이 동경행에 맞선 것이다.[2]

한편 김윤식 교수가 언급하는 이상의 "자살 충동"을 고려할 때, 위의 장면은 백화점 옥상에서 뛰어내리는 것으로조차 해석될 수 있다.[3] 그도 그럴 것이 이상의 주인공은 "참으로 죽을 것을 몇 번이나 생각"[4]했었기 때문이다. 그는 "죽는 것을 생각하는 것 하나만은 즐거웠다"[5]라고 고백하면서 "서른여섯 살에 자수自殊한 어느 천재"[6]의 유서를 언급하기도 했다. "십 년 긴—세월을 두고 세수할 적마다 자살을 생각"했던 그는 그

---

2 김윤식, 『이상 연구』, 문학사상사, 1988, 167~168쪽.
3 「날개」를 토대로 정하연이 각색한 연극은 그러한 해석 경향의 한 가지 사례를 보여준다.
4 이상, 「12월 12일」, 『정본 이상 문학 전집』, 소명출판, 2005, 74쪽.
5 이상, 「권태 (4)」, 『조선일보』, 1937.5.7.
6 이상, 「종생기」, 『조광』, 1937.5, 351쪽.

방법으로서 '유행약', '인도교', '변전소', '경원선' 등과 더불어 "화신상
회 옥상"[7]을 떠올렸다.

　게다가 백화점 옥상에서의 투신자살은 실제로 기도된 일이었다. 예컨
대 『동아일보』는 1929년 11월 3일의 기사에서 다음과 같이 보도했다.

　　지난 삼일 오후 네 시경 동경 신숙新宿에 있는 삼월지점三越支店 지붕으로부터
　어떠한 청년이 뛰어내려 자살을 도모하였으나 기적적으로 다른 집 지붕에 떨어
　져 요행 죽지는 않고 일주일 가량 치료할 만한 중상을 당하였다는데 이 청년은
　자혜의과대학慈惠醫科大學 생물학 교수 의학사 소야의명小野義明(27세)으로 판명
　되었는데 원인은 작년 팔월에 상처하고 지금은 박사 논문을 집필 중으로 너무 과
　로하여 신경이 쇠약한 까닭이라더라.[8]

　기사 중 "작년 팔월에 상처하고 지금은 박사 논문을 집필 중"이라는
정보는 "나는 이 발길이 아내에게로 돌아가야 옳은가" 및 "나는 내 좀 축
축한 이불 속에서 참 여러 가지 발명도 하였고 논문도 많이 썼다"(200쪽)
라는 「날개」의 서술을 상기시킨다. 물론 소야小野의 투신자살 기도와
「날개」 주인공의 행위는 아무 관련이 없지만, 그럼에도 불구하고 이 두
사건에서 우리는 미쓰코시 옥상, 아내와의 관계, 지식인의 '쇠약한' 심리
상태 등과 같은 공통점을 발견할 수 있다. 그러므로 위와 같은 현실의 사
건은 '박제'와 '날개'를 긴밀히 연결시킨 「날개」의 구성적 특징이나 자
살을 논하는 이상의 다른 텍스트들과 함께 마지막 장면에 대한 당대 독

7　이상, 「실화」, 『문장』, 1939.3, 60쪽.
8　「三越 屋上에서 自殺 圖謀한 靑年」, 『동아일보』, 1929.11.6. 같은 날 『중외일보』 역시 이
　사건을 보도하고 있다.

자들의 해석에 관여했을 수 있다. 물론 이는 후대 독자들의 감상과 논의에도 영향을 주었을 것이다. 어쩌면 이 기사는 「날개」의 에피소드와 결말을 선택하는 창작 행위 자체에도 영향을 미쳤을지 모른다.

그러나 김성수 등의 논자가 자세히 지적한 바 있듯이,[9] 날개의 마지막 장면이 미쓰코시 옥상에서 일어난 일이라고 본다면, 이는 완전한 착각이고 오독이다. 주인공은 "피로와 공복 때문에 무너져 들어가는 몸뚱이를 끌고 그 회탁灰濁의 거리 속으로 섞여 들어가지 않는 수도 없다"고 생각했기 때문이다. 이미 옥상에서 내려온 그는 "이 발길이 아내에게로 돌아가야 옳은가"를 고민하며 거리를 걷고 있었다. 따라서 그가 "정오 사이렌" 소리와 더불어 "현란을 극한 정오"를 맞이한 곳은 옥상이 아니라 "회탁의 거리"였다. 즉 독자들은 마지막 장면이 다음의 서술 직후에 나온다는 사실에 대해 맹목盲目이 되곤 했다.

> 나는 걷던 걸음을 멈추고 그리고 어디 한 번 이렇게 외쳐보고 싶었다. (214쪽)

이렇게 "날개야 다시 돋아라"는 오직 "걷던 걸음을 멈추고" 나서야 등장한다. 이 사실이 명확히 주목되지 않을 때 텍스트는 '조감鳥瞰'되는 대신 '오감烏瞰'될 터이다. 더 나아가 인용에서 알 수 있듯이 주인공은 "한번만 더 날아 보자꾸나"라고 실제로 외치지도 않았다.[10] 그는 단지 "한번" 그렇게 "외쳐보고 싶었"을 따름이다. 따라서 다른 집 지붕 위에 떨어져 죽지 못한 신주쿠의 자살 기도자보다도 훨씬 더 「날개」의 주인공은

---

9 김성수, 『이상 소설의 해석』, 태학사, 1999, 160~173쪽을 참고할 것.
10 이 사실은 위의 책 167쪽에서도 지적되고 있다.

안전했다.

하지만 발음되지도 않은 이 내적 욕망의 토로는 화자의 서술을 통해 텍스트 상에 위력적으로 현현顯現한다. 그로써 이는 주인공이 간절히 외친 말로 착각된다. 그리고 이렇게 "한 번만 더 날아 보자꾸나"가 말이나 행동을 통해 실현되었다고 볼 때 독자는 다음과 같은 화자의 계획에 속아 넘어가는 '중속'이 될 터이다.

> 왜 안 죽느냐고? 헤헹! 내게는 남에게 自殺을 勸誘하는 버릇밖에 없다. 나는 안 죽지. 이따가 죽을 것만 같이 그렇게 衆俗을 속여 주기만 하는 거야.[11]

실로 「휴업과 사정」의 보산은 "차라리 SS에게 자살을 권할까"[12] 하고 생각한 적도 있거니와, 이제 화자는 "남에게 자살을 권유하는 버릇"에서 한 걸음 더 나아가 독자들에게 「날개」 주인공의 행위를 자살(또는 날기=뛰어내리기)로 해석할 것마저 권유하는 듯하다. 그리고 "조선에는 자살자가 희소하니, 차此는 자긍自矜할 바가 아니요, 사상 정도의 저低함을 수치하게 여길 것"[13]이라 한 근대문학적인 입장에서 보았을 때, 화자가 권유하는 읽기는 이야기가 막연하게 종결된다는 사실을 은폐할 뿐 아니라 도리어 작품에 문학적인 매력과 사상적인 깊이조차 부여한다. 그것은 날개의 상징성으로 인해 초월이나 비약 등의 화려하고 의미심장한 관념들과 연결될 여지도 지니게 된다. 그런 의미에서 '날개'는 실제 사건이 아니라 환각적 읽기를 유도하고 도입한다.

---

11 이상, 앞의 글, 65쪽.
12 이상, 「휴업과 사정」, 『조선』, 1932.4, 119쪽.
13 이광수, 「동경잡신」, 『이광수 전집』 17, 삼중당, 1962, 476쪽.

그러므로 현재로서 중요한 것은 "나는 미쓰코시 옥상에서 회탁의 거리를 내려다보며 싸이렌 소리와 함께 날고 싶어한다"[14]라는 식의 논의가 오독임을 지적하는 일[15]에서 한 걸음 더 나아가 왜 그러한 오해가 반복적으로 발생하는가를 질문하는 일이다. 그리고 그 답으로서 무엇보다도 강조되어야 할 점은 이러한 오독이 "까마귀처럼 트릭크를 웃을 것을 생각"[16]하는 화자가 직접 계획한 것일 수 있다는 사실이다.

그는 경성역이나 미쓰코시를 설계하는 대신 "여인과 생활을 설계"하는 주인공을 내세워 그로 하여금 경성역을 거쳐 미쓰코시 옥상정원에 올라가도록 했다. 화자는 주인공으로 하여금 "끈적끈적한 줄에 엉켜서 헤어나지들을" 못하는 "피곤한 생활"(214쪽)을 내려다보게 함으로써, 즉 '부감俯瞰'과 '비상'(추락)을 동시에 가능하게 하는 근대 건축물의, 당대로서는 경이로운 높이(전망과 위험)에 독자의 주의를 집중시킴으로써 오히려 독서의 맹목을 발생시켰다 — 위의 인용에서 김윤식 교수가 미쓰코시를 화신으로 착각한 것은 건물의 높이에 주의를 집중한 한 예일 것이다. 둘 다 백화점일 뿐 아니라 당시의 대표적인 고층건물이라는 점에서 혼동될 수 있다 —. 그리고 근대 건축물의 높이만큼 "날자, 날자, 날자"와 잘 어울리는 것이 없다는 점에서 그 맹목은 자연스럽기조차 했다. 뿐만 아니라 거리에서 날자고 외쳐보고 싶어 하는 것보다는 옥상에서 날아오르는 편이 훨씬 극적이다. 그것이야말로 독자들의 욕망일 수도 있다. 독자들은 "나의 유희심은 육체적인 데서 정신적인 데로 비약한다"(199쪽)

---

14 김주현, 『이상 소설 연구』, 소명출판, 1999, 137쪽.
15 김성수, 앞의 책, 165쪽.
16 이상, 「지도의 암실」, 『조선』, 1932.3, 110쪽.

라는 서술에 공감했을 것이다. 더 나아가 자살로 읽는 것은 "일층 위의 이층 위의 삼층 위의 옥상정원"(「운동」)[17]에서 추락할 가능성에 근거한다. 이는 근대 도시의 위험성과 그에 대한 공포를 함축한다. 따라서 이런 식의 독서는 뿌리깊이 역사적이다.

그렇다면 마지막 장면에 대한 여러 착각들은 오독이 아니다. 차라리 그것은 "나는 끝끝내 내 아내의 직업이 무엇인가를 모르고 말려나 보다"(202쪽)라고 표현된 주인공의 시치미 떼기와 짝을 이루는, 텍스트 외부의 소설적 사건이다. 이것들은 서로를 비추는 거울이다. 주인공이 아달린과 아스피린을 혼동했던 것처럼 독자들은 주인공이 '날자'고 외친 장소를 헷갈릴 터이다. 주인공이 오직 "미쓰코시 옥상에 있는 것"을 깨달았을 뿐 그 동안 "어디로 어디로 디립다 쏘다녔는지 하나토"(213쪽) 몰랐듯이, 독자들 역시 주인공이 거리로 내려온 것은 깨닫지 못한 채 여전히 *그가* "미쓰코시 옥상에 있는 것"이라고 느낄 것이다.

이렇게 「날개」는 독자들을 향해서도 설계된다. 텍스트는 그 외부를 끌어들이는 생산적인 경계로서 작용한다. 따라서 역설적으로 독서의 맹목은 작품의 매력과 호소력을 증진했으며, 그 의미를 풍요롭고도 복잡하게 하는 데에 기여했다. 이것이 「날개」가 그려낸 미쓰코시의 '오감도'다. 이 텍스트적 계획은 이상의 경성고공 동기 동창인 오오스미 야지로大隅彌次郎가 참여한[18] 미쓰코시의 '조감도' 그리기를 "두 개의 태양처럼 마주 쳐다"(196쪽) 보는 것이었다. 그런 의미에서 아내와의 관계에 빗대 아래와 같이 서술하는 이상은 가공할 설계자다. "끝없이 발을 절뚝거리"는 것이

---

17 이상, 『공포의 기록(외)』, 범우사, 2005, 18쪽.
18 원용석 외, 「이상의 학창 시절」, 『문학사상』, 1981.6, 245쪽.

야말로 사실과 오해의 교섭뿐 아니라 텍스트의 안과 밖을 넘나드는 소설
적 의사소통과 문학적 의미작용을 그야말로 암시暗示하기 때문이다.

사실은 사실대로 오해는 오해대로 그저 끝없이 발을 절뚝거리면서 세상을 걸
어가면 되는 것이다. 그렇지 않을까? (214쪽)

2. 시각과 촉각의 변증법

한편 「날개」에서 또 한 가지 눈에 띄는 것은 프롤로그에 등장하는 다
음 서술이다.

그대는 이따금 그대가 제일 싫어하는 飲食을 貪食하는 아이러니를 實踐해 보
는 것도 좋을 것 같소. 위트와 패러독스(와)……. (196쪽)

여기서 "제일 싫어하는 음식을 탐식하는 아이러니"는 주인공이 경성
역 티룸에서 "잘 끓은 커피"를 마신 일과 대비된다. "향기로운 MJB의 미
각"(「산촌여정」)을 그리워하는 것에서도 알 수 있듯이, 커피는 "주인공의
진정한 기호嗜好"[19]다. 반면에 "제일 싫어하는 음식을 탐식하는 아이러
니"는 "아달린을 꺼내 남은 여섯 개를 한꺼번에 질겅질겅 씹어먹어"(212

---

[19] 이경훈, 「공복의 유머」, 『오빠의 탄생』, 문학과지성사, 2003, 252쪽.

쪽) 버린 일과 상통한다. 이 일은 아내가 한 달 동안이나 아달린을 먹인
것에 대해 주인공이 "이것은 좀 너무 심하다"라고 생각했기 때문에 비롯
되었다. 그리고 그 점에서 아달린은 '아내'와 등가에 놓인다. 사실 "이것
은 좀 너무 심하다"라는 생각은 '아내'가 날마다 '내객'을 들일 뿐 아니
라 주인공을 때리고 물어뜯기조차 하는 데 대한 판단이기도 할 것이다.
말할 것도 없이 이러한 '아내'를 고집스럽게 '아내'로 부르며 계속 동거
하는 일이야말로 '아이러니'이자 '패러독스'다. 이와 관련해 「지주회시」
는 다음과 같이 서술한다.

남편. 어디서부터어디까지가부부람 — 남편 — 아내가아니라도그만아내이
고마는고야.[20]

그런데 여기서 강조하고자 하는 것은 "제일 싫어하는 음식을 탐식"하
는 것뿐 아니라 음식을 먹는 일 자체가 일종의 아이러니라는 점이다. 음
식과 음식을 먹는 존재의 관계는 그 관계가 활성화될 때에, 즉 음식을 먹
고 소화시키는 바로 그 때에 정립되면서 소멸되기 때문이다. 음식은 최
고로 타자인 순간 그 타자성을 잃고 주체의 일부가 된다. 그런 의미에서
'아내'는 이미 '나'다. 따라서 "아내에게로 돌아가야 옳은가 이것만은 분
간하기가 좀 어려웠다"라는 말은 흥미롭다. 이미 '나'와 아내는 '분간'되
지 않으므로 아내에게 돌아갈 필요조차 없을지 모른다.

또 한 가지 생각할 것은 먹는 행위와 더불어 음식이 보이지 않게 된다
는 점이다. 주체의 몸속에 들어감으로써 음식은 시각의 대상으로부터 촉

20　이상, 「지주회시」, 『중앙』, 1936.6, 231쪽.

각(미각)의 대상으로 변화된다. 그것은 주체와 거리를 두고 '분간'되는 대신 주체 내부의 입, 이빨, 혀, 식도, 위장, 소장, 대장, 항문 등(경우에 따라서는 손도 포함됨)과 계속 접촉하며 저작, 분해, 소화, 흡수, 배설―여기에는 배변 시 손으로 항문을 닦아내는 최후의 촉각 작용도 포함된다― 된다. 그것은 똥이 되어서야 다시 보이기 시작하지만 그 모습은 예전과 같지 않다. 그 변모는 주체와 음식 사이의 화학적 활동에 동반되는 시각과 촉각의 교섭과 교환 과정을 대변한다. 그런 의미에서 이상이 우엉을 "어린애 똥"(「애야」)에 비유한 것, 「날개」의 주인공이 돈이 든 벙어리를 변소에 '넣어' 버린 것은 묘하다.

결론부터 말해 "제일 싫어하는 음식을 탐식"하는 것은 주체와 타자, 시각과 촉각을 종합하는 「날개」의 인식론이자 의사소통 형식이다. 이때 시각과 촉각은 이항대립적binary oppositional이기보다는 상호보충적complementary이다. 물론 시각이 그 대상과 조금이라도 거리가 있어야 작동하는 반면, 촉각은 거리가 조금도 없어야 작동한다는 점에서 이 둘은 첨예하게 대립하는 면이 있다.[21] 그러나 음식의 예는 그 대립을 뛰어넘는 감각의 '이타성異他性, alterity'을 암시한다. 금강산도 식후경이듯이(?), 음식은 결코 그림의 떡일 수 없다. 고기는 씹어야 맛이며, 보기에 좋은 떡은 먹기에도 좋은 것이다. 그리고 인체 기관에 접촉됨으로써 음식은 필연적으로 그 모양이 변화한다. 따라서 이상은 다음과 같이 썼다.

---

21 한편 촉각은 시각이나 청각보다 추상되지 않는다. 그것은 사물이나 감각 기관 또는 이 둘의 현재적 접촉에 훨씬 결박되어 있다. 따라서 안경, 망원경, 현미경, 사진, 영화필름, 보청기, 음반, 녹음기처럼 감각을 대신하고 증폭시키거나 기록, 저장하는 도구는 상대적으로 발달되지 못했다.

觸角이 이런 情景을 圖解한다.[22]

　‘촉각觸角＝觸覺’으로 ‘도해’되는 ‘정경’은 “제일 싫어하는 음식을 탐식”하는 일에 필적하는 아이러니다. ‘도해’는 더듬이가 아니라 눈으로 가능하기 때문이다. 그것은 시각적으로 재구성하는 일이다. 이와 관련해 이상은 다음과 같이 쓴 바 있다.

현미경
그 아래에서는 인공도 자연과 똑같이 현상되었다.[23]

　요컨대 「날개」는 사물을 전시하기만 할 뿐 접촉을 봉쇄하는 근대적 쇼윈도의 원리[24]를 내면화하고 있으면서도 끝내 이와는 다른 방식의 인식을 추구한다. 따라서 이상의 화자는 “진짜 기차는 어딘가 내 손이 결코 닿을 수 없는 위대한 지도 위를 달리고”[25] 있을지도 모른다고 회의한다. 다시 말해 주인공이 “축축한 이불 속에서” ‘발명’도 하고 ‘논문’도 쓰는 「날개」의 방은 “촉각이 이런 정경을 도해”하고자 하는 “지도地圖의 암실暗室”이다. “해가 영영 들지 않는” 어두운 방에서 주인공은 미쓰코시를 설계하고 그 조감도를 그리는 대신 “빈대에게 물려서 가려운 자리를 피가 나도록 긁었다”(200쪽). 필자가 이상의 문학을 논하면서 “시각(책임의사)은 그 대상(실험동물)과의 거리를 끝없이 무화함으로써 촉각으로 전화

22　이상, 「동해」, 『조광』, 1937.2, 222쪽.

23　이상, 「異常ナ可逆反應」, 『朝鮮と建築』, 1931.7, 15쪽.

24　이에 대해서는 이경훈, 「「무정」의 패션」, 『오빠의 탄생』, 문학과지성사, 2003, 99～136쪽을 참고할 것.

25　이상, 「첫번째 방랑」, 『이상문학전집』 3, 문학사상사, 1993, 163쪽.

한다"[26]라고 했던 것은 그 때문이다. 다음은 이와 관련된 필자의 또 다른 논의다.

> 비유컨대 SS는 보산에 의해 파문excommunication당하지 않는다. 그는 근대 도시의 담벼락을 뛰어넘어 보산과 "촉각觸角 또는 觸覺"적으로 의사소통communication한다. 이는 보산이 자기 집 마당을 결국 다시 밟게 되는 이유이다.[27]

따라서 '야맹증'을 가진 주인공이 "밤이나 낮이나 잠만" 자는 것은 상징적이다. "나는 다시 눈을 감고 이불을 푹 뒤집어쓰고 낮잠 자기에 착수하였다"(207쪽)라는 서술을 예로 들지 않더라도, 잠을 자는 동안 그는 당연히 눈을 감고 있을 터이기 때문이다. 이는 "아내와 나도 좀 하기 어려운 농을 아주 서슴지 않고 쉽게 해 내던지는" "장지 저쪽"(201쪽)의 일에 대해 눈을 감는 일과도 무관하지 않다. 실로 주인공은 "좁은 시야와 부족한 지식"으로 인해 "끝끝내 아내의 직업이 무엇인가를 모르고 말려나 보다"(202쪽)라고 생각했다. "풍경이 그냥 노―랗게"(212쪽) 보인 것은 아달린 때문만은 아니다. '박제'인 그는 보지 못한다. "시야視野도 없는 들창"(「오감도 시 제15호」) 앞에 선 그는 오직 보이는 존재다. 주인공은 아내의 화장품 병들을 들여다보지만 이는 곧 냄새를 맡는 일로 전환된다. "책보보다 좀 작은 면적의 볕이 눈이 부시"(207쪽)며 "방안의 침침한 정도가 또한 내 안력을 위하여 쾌적"(198쪽)하다고 하는 그에게 돋보기는 보기 위한 도구가 아니다. 더 나아가 "어디로 어디로 디립다 쏘다녔는지 하나토" 모르는 것 역시 자신의 환경과 위치를 시각적으로 관찰·인지하지

---

26 이경훈, 『오빠의 탄생』, 문학과지성사, 2003, 39쪽.
27 이경훈, 「「휴업과 사정」―계몽과 유머」, 『이상소설 작품론』, 역락, 2007, 87쪽.

못했음을 알린다. 그의 보행은 그저 '경제화'를 "다 해뜨려"(「슬픈 이야기」) 버릴 만큼 거리와 접촉하는 일이었을 뿐이다. 그것은 장님 코끼리 만지기와 비슷하다. 그는 "울창한 삼림 속을 진종일 헤매고 끝끝내 한 나무의 인상印象을 훔쳐 오지 못한 환각幻覺의 인人"(「동해」)이다. 그는 '목불대도目不大覩'(「오감도 제5호」)의 존재다.

그런데 흥미로운 것은 이 일종의 시각 장애와는 반대로 청각, 후각, 촉각 등의 다른 감각들이 작품 곳곳에서 준동한다는 점이다. 이는 "세계가 그림이 된다는 사실이야말로 근대의 정수를 드러내는 것"[28]이라는 하이데거의 말로 웅변되는 바, 시각을 중심으로 구성된 감각의 근대적 위계질서 및 '망막 중심주의'를 전복하는 듯하다.

예컨대 주인공은 "비웃 굽는 내 탕고도란 내 뜨물 내 비눗내"를 맡는다. 그리고 아내의 화장품에서는 "몸이 배배 꼬일 것 같은 체취"에 탐닉한다. 한편 "기적 소리가 모차르트보다도 더 가깝다"라고 느끼는 그는 지폐가 떨어지는 "가뿐한 음향"조차 들을 만큼 예민한 청각을 지녔다. 다음은 그 대표적인 예다.

그러나 그때는 벌써 아내와 남자는 앉았던 자리를 툭 툭 털며 일어섰고 일어서면서 옷과 모자 쓰는 기척이 나더니 이어 미닫이가 열리고 구두 뒤축 소리가 나고 그리고 뜰에 내려서는 소리가 쿵 하고 나면서 뒤를 따르는 아내의 고무신 소리가 두어 발자국 찍찍 나고 사뿐사뿐 나나 하는 사이에 두 사람의 발소리가 대문간 쪽으로 사라졌다. (204~205쪽)

---

28 데이비드 마이클 레빈 편, 정성철·백문임 역, 『모더니티와 시각의 헤게모니』, 시각과언어, 2004, 142쪽에서 재인용.

그러나 필자가 더욱 강조하고자 하는 것은 작품에서 산견되는 촉각의 문제다. 일단 그것은 "전신이 까칫까칫"(200쪽), "내 방에 담겨서 철철 넘치는 그 흐늑흐늑한 공기"(200쪽), "하룻밤 사이에도 수십 차를 돌쳐 눕지 않고는 여기저기가 배겨서 나는 배겨내일 수가 없다"(202쪽), "한 숟갈을 입에 떠 넣었을 때 그 촉감은 참 너무도 냉회와 같이 써늘하였다"(207쪽), "콜덴 옷이 젖기 시작이더니 나중에는 속속들이 스며들면서 처근거린다"(210쪽), "아내 손이 이마에 선뜩한 것을 보면 신열이 어지간한 모양"(211쪽), "아내는 넘어진 내 위에 덮치면서 내 살을 함부로 물어뜯는 것이다. 아파 죽겠다"(213쪽) 등과 같이 주인공의 신체적 감각을 묘사한다. 이때 "무명 헝겊이나 메밀껍질로 떵떵 찬 한 덩어리 베개와도 같은 신경 한 벌"(200쪽)이라는 규정은 주인공의 특성을 요약한다. 「12월 12일」의 업이 "피부의 옅은 환락"[29]을 찾아 다녔던 것처럼, 「날개」의 주인공은 무엇보다도 촉각의 존재다. 이는 다음 서술로 집약된다.

> 내 비록 아내가 내게 돈을 놓고 가는 것이 싫지 않았다 하더라도 그것은 다만 고것이 내 손가락에 닿는 순간에서부터 고 벙어리 주둥이에서 자취를 감추기까지의 하잘 것 없는 촉각이 좋았달 뿐이지 그 이상 아무 기쁨도 없다. (203쪽)

그러므로 이 인물은 방에 대해서도 "내 몸과 마음에 옷처럼 잘 맞는 방"(199쪽)이라고 느낀다. 「지주회시」의 주인공이 "화끈화끈한 방"으로 향했듯이, 「날개」의 주인공 역시 공간을 촉각적으로 지각한다. 이는 "방 대한 방은 속으로 곪아서 벽지가 가렵다"(「가외가전」)라는 표현으로도 나

---

29 이상, 「12월 12일」, 『이상문학전집』 2, 문학사상사, 1991, 59쪽.

타난다. 그리고 이는 아내와 자기의 방이 "두 칸으로 나뉘어" 있다는 서술의 진정한 의미다. 그것은 아내와 주인공의 접촉 불가능성을 상징하기 때문이다. 그는 어떤 '내객'처럼 "아내를 한 아름에 덥썩 안아가지고 방으로 들어"(213쪽)갈 수 없다. 그는 아내를 만지고 싶지만 그러지 못한다. 당연히 아내가 "다소곳이 그렇게 안겨 들어가는 것"이 "여간 미운 것이 아니"(213쪽)었을 터이다.

따라서 그는 아내의 외출을 틈타 그녀의 방에 들어간다. 그러나 방에 아내가 없다는 점에서도 이는 그녀를 만지는 일을 대신할 수 없다. 아내와 한 방에 있음으로써 접촉을 기대하는 일은 주인공이 "그 돈 오 원을 꺼내 아내 손에 쥐어준"(206쪽) 이후에, 또는 "그 돈 이 원을 아내 손에 덥석 쥐어주고"(208쪽) 난 이후에야 가능했다. 이는 일종의 매춘을 상기시키며 이에 대해서는 필자도 논의한 바 있지만,[30] 여기서 주의를 기울이려 하는 것은 화폐 교환이 돈을 "아내 손에 덥석 쥐어"주는 촉각의 활동과 함께 묘사된다는 점이다. 이때 추상적인 교환가치는 "뜻밖에도 내 손에 쥐어지는 것이 있었다. 이원밖에 없다"(208쪽)와 같은 촉각적 발견을 통해 그 실현의 활로를 얻는다. 돈은 촉각을 매개하는 도구다. 그렇다면 이 접촉의 세계에서 다음과 같이 더러운 발로 아내의 방을 디디는 일은 "내 것 아닌 지문指紋이 그득한"(「무제」) 아내와 그 내객에 대한 심각한 침해이자 도발이다.

갑발자족 같은 발자족을 내이면서 덤벙덤벙 아내 방을 디디고 그리고 내 방으로 가서 쭉 빠진 옷을 활활 벗어버리고 이불을 뒤썼다. (210쪽)

---

30 이경훈, 『이상, 철천의 수사학』(소명출판, 2000)을 참고할 것.

그러나 이렇게 촉각적 활동이 줄곧 진행됨과 동시에 '박제'의 시각 역시 계속 회복되거나 진화된다. 주인공이 경성역 시계를 바라보는 것, 티룸에서 "아무 것도 없는 것과 마주" 앉는 것은 그 변화를 암시한다. 곧 그는 자신이 "형상 없는 모던보이"(「동해」)라는 사실을 알아차릴 것이다. 그리고 그 눈뜸의 결정적인 순간은 다음과 같이 도래한다.

> 그러나 다음 순간 나는 실로 세상에도 이상스러운 것이 눈에 띄었다. 그것은 최면약 아달린 갑이었다. 나는 그것을 아내의 화장대 밑에서 발견하고 그것이 흡사 아스피린처럼 생겼다고 느꼈다. 나는 그것을 열어 보았다. 똑 네 개가 비었다. (211~212쪽)

인용의 핵심은 아달린 갑을 발견했다는 점이 아니라 그것을 시각적으로 포착했다는 데에 있다. 이는 또 다른 명찰明察로 이어지면서 아스피린과 아달린의 착각을 사후적으로 인식하고 교정한다. 이때 이미 회복된 눈은 아달린을 먹어버림으로써 그것을 익살스러운 "맛"으로 전환시키는 일로는 가려지지 않는다. 따라서 주인공은 "아내는 내가 자는 동안 무슨 짓을 했나?"(212쪽) 하고 의심하게 된다. 그리고 이는 "내 눈으로는 절대로 보아서 안 될 것을 그만 딱 보아버리"(213쪽)는 일로 이어진다. 주인공은 사물의 지각을 넘어 사태의 발견으로 나아간다. 이는 자기 자신 및 그 종합적 위치에 대한 통찰로 심화될 터이다. 바로 이 눈뜸과 더불어 미쓰코시 옥상의 다음 장면은 전개되었던 것이다.

> 나는 또 회탁의 거리를 나려다 보았다. 거기서는 피곤한 생활이 똑 금붕어 지

느러미처럼 흐늑흐늑 히비적거렸다. 눈에 보이지 않는 끈적끈적한 줄에 엉켜서
헤어나지들을 못한다. (214쪽)

3. 환자의 엑스빛

이렇게 주인공은 "얼쑹덜쑹 종을 잡을 수 없는 거리의 풍경"(205쪽)에
당황하는 데에서 벗어나 "회탁의 거리"를 내려다보게 된다. 드디어 그는
"피곤한 생활이 똑 금붕어 지느러미처럼 흐늑흐늑 히비적"거리는 것을
정시한다. 그는 사회적 실상을 간파한다. 사실 '박제'이기 이전에 '천재'
였던 그는, "SS는 그 바위만한 가슴과 배 사이 체내로 치면 횡격막의 위
치 부근에다 SS의 딸 어린 아이를 안고 나와 서 있다"[31]라고 한 보산처럼
투시透視조차 할 수 있었을 것이다. 그는 "시각의 이름을 가지는 일은 계
획의 효시視覺のナマエを持つことは計畫の嚆矢"(「선에 관한 각서 7」)라고 쓴 바도
있다. 건축가이자 '모던보이'로서 애초에 그는 다음과 같은 "새 아이"의
계보에 속해 있었던 것이다.

네눈이 밝고나 엑스빛같다
하늘을 꿰뚫고 땅을들추어
온가지 眞理를 캐고말란다
네가 '새 아이'로구나[32]

---

31 이상, 「휴업과 사정」, 『조선』, 1932.4, 119쪽.

그런데 미쓰코시 옥상의 관찰에서 흥미로운 것은 주인공이 금붕어 지느러미를 '흐늑흐늑'하다고 묘사한다는 점이다. 지느러미는 '흐늑흐늑'하게 보이는 듯도 하고 만져지는 듯도 하다. 그리고 이는 "눈에 보이지 않는 끈적끈적한 줄에 엉켜서 헤어나지들을 못한다"(214쪽)라는 서술로 나아간다. 주인공은 '끈적끈적한' 촉각을 느낌으로써 "눈에 보이지 않는" 줄의 존재를 깨닫는다. 이는 "담벼락을 뚫고 스며"드는 '세상'의 "잔인한 관계"[33]에 대한 인식이다. 담벼락을 뚫고 스며드는 사회적 관계야말로 "눈에 보이지 않는 끈적끈적한 줄"이다.

이 눈뜸으로써 주인공은 시각이나 촉각의 개별적 작용을 넘어선 투시적 종합에 도달한다. 투시는 대상과의 거리를 돌파해 오히려 대상의 안쪽으로 침투해 들어가는 일종의 접촉 행위일 터, 이 맹렬한 자기 기투企投(entwurf, 설계도) 속에서 시각과 촉각의 일반적인 구분과 대립은 지양된다. 주인공은 사회의 밑바닥에 룸펜으로 뒹굶으로써 세상의 "잔인한 관계"를 '끈적끈적'하게 본다. 또는 "근대 건축의 위용을 보면서 먼저 철근철골, 시멘트와 세사細沙"부터 '선뜩'하게 '감응'(「종생기」)한다.

따라서 이는 "청각을 더 예민하게 하기 위하여 나는 눈을 떴다"(204쪽)라는 서술의 진정한 의미를 알려준다. 그것은 "현란을 극한 정오"에 대한 지각과 인식의 총체적 대응을 예비한 것이다. 이는 다음 장면이 흥미롭게 암시하는 감각의 구분과 추상을 뛰어넘는다.

저는 처음에 이 천리경을 처음 보고는 우리 댁 영감께 아주 깜빡 속았어요. 먼 곳에 있는 것이 바로 눈앞에 와서 있는 것 같지 않느냐고 저더러 물으시길래, 네,

---

32 이광수, 「새 아이」, 『청춘』, 1914.12, 2쪽.
33 이상, 「지주회시」, 『중앙』, 1936.6, 241쪽.

그렇습니다고 대답을 하였더니, 영감 말씀이 천리경으로 보고는 곧 귀에다가 대면 말소리까지도 들리는 법이니 그렇게 해 보라고 하시겠지요.[34]

그런데 이는 주인공이 돋보기 장난을 할 때부터 준비되고 있었다. "평행광선을 굴절시켜서 한 초점에 모아 가지고 고 초점이 따끈따끈해지다가 마지막에는 종이를 끄실르기 시작하고 가느다란 연기를 내이면서 드디어 구녕을 뚫어 놓는"(199쪽) 일이 그것이다. 밝은 빛을 "따끈따끈"한 별으로 전환시키는 것은 시각과 촉각의 상호 변환 및 종합의 가능성을 상징한다. 안광眼光이 지배紙背를 철徹한다고 했듯이, 보는 일은 접촉하는 일로 전화될 수 있다. 아니, 보는 일 그 자체가 눈동자에 사물이 반사하는 빛이 접촉됨으로써 이루어진다. 망원경은 먼 곳의 소리를 들리게 할 수 있을지도 모른다. 그렇지 않다고 주장하는 것은 근대적이고 합리주의적인 입장일 뿐이다.

한편 돋보기 장난은 조감도가 시각의 작용으로만 구성되지 않는다는 것도 깨닫게 한다. 조감도는 어디까지나 "백지가 준비"(196쪽)되어야 그 위에 그릴 수 있는 것이다. 금붕어들이 "그릇 바탕에 그림자를 내려뜨렸"(214쪽)던 것처럼, "미닫이에 광선 잉크가 암시적으로 쓰는 의미"(「지도의 암실」)가 알려주는 것처럼, 조감도 그리기는 입체적인 장면을 2차원의 평면에 붙잡는다. 풍경은 종이에 접촉됨으로써 그림이 된다. 달리 말해 그림은 손이 닿지 않는 저 먼 곳의 산까지도 종이 위에 놓는다. 그림은 스스로 하늘조차 만진다. 사진 역시 그러하다. 풍경은 필름에 촬영되고 종이에 현상될 때 사진이 된다. 스크린 위에 투영됨(가로막힘)으로써

---

34 조중환, 「장한몽」, 『한국신소설전집』 9, 을유문화사, 1968, 97쪽.

활동사진은 보인다. 요컨대 조감도는 시각과 촉각 모두에 걸쳐 있으며, 이는 원근법으로 수행되고 '환각幻覺'된다.

그런데 평면은 시각적 거리와 공간적 입체성이 함축하는 시간적 흐름을 한 순간에 정지시킨 것이다. 카메라 렌즈가 셔터에 의해 열렸다 닫힐 때 풍경은 사진으로 고정된다. 비유컨대 눈을 깜빡이는 '조鳥'와 '오烏'의 상호작용을 통해 사진은 탄생한다. 따라서 "망막網膜에 무표정無表情"(「LE URINE」)을 만드는 '오감도'는 필연적이다. 모든 조감도는 '오감도'로써(서) 완성된다.

그렇다면 이상의 문학에서 "지도의 암실"은 "피부의 옅은 환락"만을 의미하지는 않는다. "얼음 같은 수정체水晶體"(「LE URINE」)와 함께 도래한 존재의 어두움은 위와 같이 조감도를 그리는 '오감도'적인 촉각을 활성화한다. 촉각은 앞서 말한 감각의 종합과 지양 작용을 대표한다. 더 나아가 이는 감각과 관념, 자연과 인공의 분절 자체를 넘어서려는 그 어떤 운동을 지향한다. 다음은 그 한 표현이다.

나는 불현듯 겨드랑이 가렵다. 아하, 그것은 내 인공의 날개가 돋았던 자족이다.

(214쪽)

날개는 조감의 시점을 확보하기 위해 필요한 운동기관이지만, 그 회복은 시각적으로 포착되지 않는다. 그것은 명징하게 보이는 대신 겨드랑이의 가려움처럼 모호하게 감촉된다. 이는 인공적(시각적)으로 구성된 조감도가 원래는 자연적(촉각적)으로 발생했던(돋았던) 것이었음을 환기한다. 조감은 새의 자연적인 시점(존재)을 인공적으로 전유(도구화)한 것이다.

더 이상 새는 조감하지 못한다. 그것은 생물학으로 기술되고 동물원에 갇힌다. 오히려 그것은 "박제"로 전시됨으로써 인간의 시선에 지배된다. 이상이 현미경 "아래에서는 인공도 자연과 똑같이 현상되었다"라고 시 쓴 것은 이에 대한 또 다른 표현이다. 이는 다음과 같은 착각을 낳기도 한다.

> 동물원에서밖에 볼 수 없는 짐승, 산에 있는 짐승들을 사로잡아다가 동물원에 갖다 가둔 것이 아니라, 동물원에 있는 짐승들을 이런 산에다 내어 놓아준 것만 같은 착각을 자꾸만 느낍니다.[35]

그러므로 이는 "박제가 되어 버린 천재"의 의미와도 관련된다. 건축가로서 시선의 주체였던 주인공은 "여인과 생활을 설계"하는 룸펜으로서 시선의 대상이 되었다. 그는 경성역이나 미쓰코시를 설계하는 대신 그 건물들의 다방에 앉거나 옥상을 밟았다. 그는 '천재'와 '박제'의 분열을 유리창 너머에서 바라보지 않았다. 그는 자기 자신으로써(서) 이 모두를 한꺼번에 어루만졌다. 따라서 날개는 조감도를 그리기 위한 합목적적인 시점보다는 '책임의사'(「오감도 시 제4호」)와 '실험동물'(「금제」)을 매개하는 존재의 위치를 표상한다.[36] 주인공이 다음과 같이 결심하는 것은 그 때문이다.

> 나는 피로와 공복 때문에 무너져 들어가는 몸뚱이를 끌고 그 회탁의 거리 속으로 섞여 들어가지 않는 수도 없다 생각하였다. (214쪽)

---

35 이상, 「산촌여정」, 『공포의 기록(외)』, 범우사, 2005, 163쪽.
36 이와 관련해서는 이경훈, 「육체, 이상의 유리창」(『오빠의 탄생』, 문학과지성사, 2003, 223~242쪽)을 참고할 것.

자기 자신에게 그러했듯이, 주인공은 "눈에 보이지 않는 끈적끈적한 줄에 엉켜서 헤어나지들을 못"하는 다른 사람들을 멀리서 조망하려 하지 않는다. "무너져 들어가는 몸뚱이"를 지닌 그는 "회탁의 거리"를 밟으며 그들과 아이러니하게 뒤섞여 들어간다. 그는 스스로 "끈적끈적한 줄"에 휘감긴다. 그는 "이렇게 부지런한 지구 위에서는 현기증도 날 것 같고 해서 한시 바삐 내려버리고 싶었다"(203쪽)라고 고백했지만, 그러면서도 "거리 속으로 섞여 들어가지 않는 수도 없"었다. 그는 '엑스빛'의 눈을 가진 '책임의사'이지만은 않았기 때문이다. '가외가街外街'에서 뒹구는 그는 "이 세상 모든 건강한 사람의 그 누구와도 (조금도) 닮지 않"(「어리석은 석반」)은 "거지적 존재"(「조춘점묘」)이기도 했다.

하지만 그는 "자기가 자기의 목적을 정하고 그 목적을 달하기 위하여 계획된 진로를 밟아 노력하면서 시각마다 자기의 속도를 측량"[37]하라고 한 근대적 계몽을 배척하지도 않았다. 오히려 그는 그것을 "아침 오후 두 시"(「휴업과 사정」)의 생활로 껴안았다. 그는 "문명인의 휘장徽章[38]인 '총망忽忙'을 역설力說하는 대신 역설逆說했다. '박제'로 성장하고 진화한 그는 아들의 아버지가 되는 대신 "아버지의 아버지"(「오감도 시 제2호」)가 되었다. 그런 의미에서 그는 심오한 "역도병逆倒病 환자"(「황의 기」)였다. 그는 '사도발굴탐색대死都發掘探索隊'(「1931년(작품 제1번)」)의 일원으로서 "밤의 밀집 부대" 속으로 "점점 깊이 들어"갔다.

이렇게 그는 결핵균과 매독균을 "민족의 적"으로 규정하며 '문사'를 '의사'(「문사와 수양」)에 비유한 춘원의 '조감도' 안쪽에 결핵이나 매독에

---

37 이광수, 「민족개조론」, 『이광수 전집』 17, 삼중당, 1962, 170쪽.
38 이광수, 「동경잡신」, 위의 책, 488쪽.

감염(접촉)된 환자의 '오감도'를 선포했다.[39] 「사랑」(이광수)의 안빈이 다른 사람의 몸으로 인체실험을 수행했다면, 그는 자신의 전존재로써 '책임의사'이자 '실험동물'이 되었다. 그에게 '조감도'는 '오감도'와 분리될 수 없었다. "날자. 날자. 날자. 한번만 더 날자꾸나"라는 이 사실을 깊이 포옹하는 까마귀의 비행을 소망하는 말이었다. 이토록 이상의 "무서운 아해"는 춘원의 "새 아이"와는 또 다른 "새 아이"였다. 그는 근대 문명의 새로운 눈new eye을 가진 "새 아이new kid"였던 동시에, 새(박제, 까마귀)의 눈bird's eye을 가진 "새 아이bird's kid"였다.

주인공의 이러한 특징은 앞서 말한 독자들의 착각과 오해를 낳은 강력한 이유다. 독자들은 「날개」를 냉철히 바라볼 수만은 없었던 것이다. 미쓰코시 옥상의 맹목과 더불어 그들은 종종 텍스트 속에 발을 들여 놓기도 했으리라. 작자가 계획한 대로 독자들은 주인공을 만졌다. 따라서 다음과 같은 기존의 평가는 수정되어야 할 듯도 하다. 주인공은 '날개'를 가진 '두더지'였기 때문이다.

> 20세기와 19세기 틈바구니에 끼어 질식한 식민지 주민으로서의 한 청년이 있었다. 초근목피草根木皮로 연명하는 주제에, 도스토예프스키를 보아 버린 것이며, 그 때문에 그는 날개는커녕 두더지가 되어, 33번지 18가구의 골방에서 숨 막혀 허덕거리고 있다.[40]

『사이間SAI』, 2010.5

---

39 따라서 「조감도」가 일본어로, 「오감도」가 조선어로 발표된 것은 상징적이다.
40 김윤식, 『이상연구』, 문학사상사, 1988, 21쪽.

3장

소설가 이상 씨MONSIEUR LICHAN의 글쓰기

「지도의 암실」을 중심으로

1. 근대 주체와 작가

이광수가 "불량한 문사"를 "결핵균"이나 "매독균" 같은 "민족의 적"[1]으로 본 것은 유명한 일이다. 잘 알려져 있듯이, 이광수에게 중요한 것은 개인이 아니라 "우리", 즉 "일인칭복수"[2]로서의 민족이었다. 따라서 문사는 인격을 "수양"해야 하며, 퇴폐적인 문학에 "전염"되는 대신 "자국의 역사와 제 민족의 국민성"을 공부하는 "의사와 같은 준비와 태도"[3]로 문학이라는 "성직聖職"에 임해야 한다.

그런데 이러한 논의가 비판의 표적으로 삼고 있는 대상 중 하나는 김동인의 "자기"다. 김동인에게 문학은 "자기를 위하여 자기가 창조한 자기의 세계"이며, "극도의 에고이즘"이야말로 "예술의 어머니"다. 그는

---

1   이광수, 「문사와 수양」, 『창조』 8, 1921.1, 16쪽.
2   이광수, 「소년에게」, 『이광수 전집』 17, 삼중당, 1962, 240쪽.
3   이광수, 「문사와 수양」, 『창조』 8, 1921.1, 11쪽.

다음과 같이 말한다.

> 어린애도 하느님의 세계에 만족치 않고, 인형이라는 자기의 세계를 사랑하는 이 인생에서, 이 누리에서, 오해한 인생이든 어떻든, '자기의 창조한 인생, 자기가 지배권을 가진 인생'을 지어 놓고 자기 손바닥 위에 뒤채여 본 문학자는, 이 세상에 과연 몇이나 되는가.[4]

위와 같은 관점에 근거해 김동인은 "자기의 요구"에 따라 "인생을 자유자재로, 인형 놀리는 사람이 인형 놀리듯" 했다는 데에서 "톨스토이의 위대한 점"을 발견한다. 바흐친을 빌려 말하면, 그는 "단 한명의 인식 주체만 포함하며, 나머지는 모두 인식 대상에 불과한"[5] 톨스토이의 "독백적 입장monologic position"을 고평하는 반면, "자기가 창조한 인생"에 "지배를 받았다"[6]라는 점에서 도스토예프스키를 평가 절하한다. 김동인이 보기에 주인공의 "인생 속에 빠져서 어쩔 줄을 모르고 헤매었"던 도스토예프스키는 소설가로서 자격 미달이다. 바흐친과 달리 김동인은 등장인물을 "저자가 하는 말의 객체"이자 "자기 말의 주체"[7]로 제시하는 도스토예프스키의 "다성적 소설polyphonic novel"을 비판한다. 김동인이 다음과 같이 과격한 평가를 제출하는 것은 그 때문이다.

---

4   김동인, 「자기의 창조한 세계」, 『창조』 7, 1920.7, 50쪽.
5   Mikhail Bakhtin, trans. Caryl Emerson, *Problems of Dostoevsky's Poetics*, Minneapolis : University of Minnesota Press, 1984, p.71. "It contains only one cognitive subject, all else being merely objects of its cognition."
6   김동인, 앞의 책, 53쪽.
7   Mikhail Bakhtin, trans. Caryl Emerson, op.cit., p.7. "Dostoevsky's major heroes are, by the very nature of his creative design, not only objects of authorial discourse but also subjects of their own directly signifying discourse."

지금 우리나라서는 별 것이 다 소설을 쓰려 한다. (…중략…) 우리는 도스토
예프스키의 소설에서 러시아 각성시대에 "참 별 것이 다 ―" 소설을 쓰려던 것
을 알 수 있고, 일본도 명치기에 그런 것을 알 수 있다.[8]

한편 김동인은 "도적문"(표절)을 공격하거나 "문사조합"을 거론하면서
원고료와 관련된 문제를 제기하기도 한다. 그는 "'원고 일 혈 一頁에 오십
전 이상 일 원 이하' 놀라지 않을 수 없다. 오히려 그만둔 편이 낫지 일
매 一枚 이십오 전 이하란 놀라지 않고 어떠랴"[9]라고 탄식하는데, 이러한
논의들은 당시 도입, 성립시키고자 했던 근대 주체를 작가와 문학작품의
관계를 통해 표현한다. 김동인의 문학론에 투영된 주체는 "예술(세계)을
창조(조직)하는 개인인 동시에, 그것을 내적(인형조종술), 외적(표절이 아닌
서명)으로 소유(지배)하는 자"[10]다. 이때 작품은 철저히 작가에 소속되며,
작가는 의미의 유일한 기원이 된다. 이러한 관계는 화폐(원고료)로써 객
관적으로 인정되고 발현되어야 한다.

그런데 작가에 대한 이 같은 규정은 "평자란 활동사진 변사와 같은 것
이고 결코 판사와 같은 것이 아니다"[11]라는 주장으로도 나타난다. "비평
가는 작가에 대하여는 아무 권리도 없"으며, "작자와 같은 기분 아래 자
기를 두고, 그 작품을 관觀"[12]해야 한다고 김동인이 주장할 때, 이 '변사
론'적 입장은 텍스트 자체에 주목하는 "내재적, 형식주의적 비평관"[13]보

8　김동인, 「글 동산의 거둠」, 『창조』 5, 1920.3, 98쪽.

9　위의 글, 98쪽.

10　이경훈, 「춘원과 『창조』」, 『대합실의 추억』, 문학동네, 2007, 67쪽.

11　김동인, 「제월 씨에게 대답함」, 『동아일보』, 1920.6.12.

12　김동인, 「비평에 대하여」, 『창조』 9, 1921.5, 56쪽.

13　김영민, 『한국근대문학비평사』, 소명출판, 1999, 21쪽.

다는 작품에 대한 작가의 절대성을 더욱 강조한다. 김동인이 "일기도 완전한 예술품이 될 수 있다"[14]라고 논하는 것 역시 이러한 태도와 관련된다. 작가는 구성자일 뿐 아니라 표현자다.

따라서 작품과의 관계에서 보았을 때 김동인의 "문학자"는 "문文은 인人이라"[15]라고 한 이광수의 "문사"와 별로 다르지 않다. 이광수가 문사를 "의사"나 "목민牧民의 성직"으로 보았다면, 김동인은 작가를 "하느님"에 대응시킨다. 이 존재들은 각각 계몽과 구성(표현)의 특권적 주체로서 작품을 자기와 동일화하며, 그 의도에 따라 독자의 해석을 선취하는 의미의 원천으로 작용한다. 김동인의 "자기"와 이광수의 "우리"는 공히 작품에 선행하며 단일한 목소리로 작품을 지배하는 주체의 위치를 가리킨다. 예컨대 이광수와 김동인의 문학자는 다음과 같은 의미의 저자autuer, 즉 작품의 "아버지"(선조)에 가깝다.

저자는 책을 양육nourish한다고 생각된다. 즉 저자가 책 이전에 존재하면서, 책을 위해 생각하고 번민하며 생활한다는 것은 저자가 아이들의 아버지처럼 작품에 선재한다는 말이다.[16]

물론 원고료를 말하는 김동인이 작가 및 문학과 관련된 시장의 교환 체계를 활성화하고자 한다면, 이광수는 영채의 '공짜 유학'을 가능케 한 민족 공동체 내부의 증여를 더 강조하는 듯하다. 그러나 "문사는 돈을 벌

---

14 김동인, 「제월 씨의 평자적 가치」, 『창조』 6, 1920.6, 73쪽.
15 이광수, 앞의 글, 15쪽.
16 Roland Barthes, trans. Stephen Heath, "The Death of the Author(La Mort de l'auteur)", *Image Music Text*, New York : Hill and Wang, 2001, p.145.

자는 직업이 아니다"라고 말함과 동시에, 이광수는 이형식으로 하여금 "나도 저만한 책을 써서 책사에 팔면 천 원을 받으리라"[17]라고 상상하게 하면서, 민족 개조의 목표로 근면, 계획, "총망悤忙", 속도, 직업 등을 역설하기도 했다. 즉 이광수의 계몽 역시 자본주의적 근대 질서를 받아들이고자 한 것이었으며, '공짜 유학'으로 표현된 민족 내부의 증여는 영채를 기생으로 만든 교환체계를 은폐함으로써 오히려 시장을 특수하고 복잡한 형태로 보존시키고 활성화하려는 것이었다.[18]

다시 말해 공히 강력한 근대 주체를 지칭한다는 점에서, 이광수의 "우리"와 김동인의 "자기"는 주로 일인칭 복수와 일인칭 단수라는 양적인 차이를 보였을 뿐이었다. 근대 문학의 선도자를 자임한 두 사람은 "저자라는 '인간person'에 가장 큰 중요성"을 부여하는 "자본주의 이데올로기"[19]와 무관할 수 없었다.

---

17 이광수, 『무정』, 문학동네, 2003, 171쪽.

18 이에 대해서는 이 책의 「식민지의 돈 쓰기」를 참고할 것.

19 Roland Barthes, trans. Stephen Heath, op.cit., p.143. "The Author is a modern figure, a product of our society insofar as, emerging from the Middle Ages with English empiricism, French rationalism and the personal faith of the Reformation, it discovered the prestige of the individual, of, as it is more nobly put, the 'human person'. It is thus logical that in literature it should be this positivism, the epitome and culmination of capitalist ideology, which has attached the greatest importance to the 'person' of the author."

2. 텍스트로서의 사소설

그런데 이광수와 김동인의 태도는 이상李箱의 경우와 대비된다. 이광수가 문사와 의사를 동일시하며 "소화불량성의 불평과 결핵성의 센티멘털리즘"[20]을 비난한 반면, 이상은 "나는 이 세상 모든 건강한 사람의 그 누구와도 (조금도) 닮지 않았다"[21]라고 선언했다. 또한 그는 등장인물들을 인형처럼 조종하고 플롯을 계획하는 자신만만한 자기自己를 주장하기는커녕, 텍스트 내부에서 헤매는 등장인물의 입을 빌려 "어디로 가나?"[22]라고 질문했다. 더 나아가 그는 어두운 방에 "박제"로 "자기自棄, self-abandonment"[23]된 "거지적 존재"[24]로 스스로를 규정했다.

즉 이상은 이광수와 김동인의 적극적인 "우리" 및 "자기"와 달리, "방덧문을 첩첩 닫고 일 년 열두 달을 수염도 안 깎고" 누운 채[25] "하루치씩만 잔뜩"[26] 사는 "아침 오후 두 시"[27]의 게으른 환자였으며, 오로지 "논문(소설)에 출석"한 "실험동물"(등장인물)[28]임으로써만 "책임의사"(작가)[29]

---

20 이광수, 「너는 청춘이다」, 『창조』 8, 1921.1, 97쪽.
21 이상, 「어리석은 석반」, 『이상문학전집』 3, 문학사상사, 1993, 126쪽.(『이상문학전집』은 이하 『전집』로 표기하며 출판사와 연도 생략) 이와 관련해서는 이 책의 「이상, 이십 세기의 스포츠맨」 및 이경훈, 「육체, 이상의 유리창」, 『오빠의 탄생』, 문학과지성사, 2003, 223~242쪽을 참고할 것.
22 이상, 「날개」, 『전집』 2, 문학사상사, 1991, 343쪽.
23 이상, 「공포의 기록」, 위의 책, 202쪽.
24 이상, 「조춘점묘」, 『전집』 3, 42쪽.
25 이상, 「지주회시」, 『전집』 2, 312쪽.
26 위의 글, 297쪽.
27 이상, 「휴업과 사정」, 위의 책, 149쪽.
28 이상, 「금제」, 『전집』 1, 문학사상사, 1989, 75쪽.
29 이상, 「오감도 시 제4호」, 위의 책, 25쪽.

일 수 있었다. 비유컨대 그는 건축가(김해경)의 조감도("설계")에서 룸펜 (이상)의 오감도("암실")로 이행하며, 작가와 등장인물의 경계를 지우는 동시에 이 둘의 모순을 삶과 문학에 걸쳐 지속시켰다. 이런 식으로 그는 소설의 "지배권"(김동인)을 휘두르는 대신 "아내"를 찾아오는 "내객"[30]들 과 마찬가지로 자기 소설의 손님인 "이상"으로서 초대되었다. 비유컨대 그는 아이(작품)의 아버지(저자auteur)가 아니라 "아버지의 아버지"이자 "아버지의 아버지의 아버지"[31]로서, "무서운 아이"인 동시에 "무서워하 는 아이"[32]였다.

따라서 이상이라는 주체와 그 문학이 맺은 아이러니한 관계는 "문은 인이라"라는 이광수의 명제로 간단히 회귀되지 않는다. 또한 그 사생활 과 밀접히 관련된 이상의 문학은 작품이 "단일한 목소리로 작자의 '자기' 를 '직접적'으로 표현한 것"이며, "거기에 쓰인 말은 '투명'하다고 상정 하는"[33] "문학적이고 이데올로기적인 패러다임"으로서의 사소설적 읽기 모드를 오히려 방해한다. 대신 그것은 사소설의 "있는 그대로 쓴다는 것" 이 "더 이상 정돈시키지 않는 것"[34]을 의미하며, 따라서 "사소설의 '나' 는 코기토가 아니다"[35]라고 논한 가라타니 고진柄谷行人의 다음 의견을 상기시킨다.

---

30 이상, 「날개」, 『전집』 2, 325쪽.
31 이상, 「오감도 시 제2호」, 『전집』 1, 21쪽.
32 이상, 「오감도 시 제1호」, 위의 책, 18쪽.
33 Tomi Suzuki, *Narrating the Self,* Stanford, California : Stanford University Press, 1996, p.6. "The I—novel is best defined as a mode of reading that assumes that the I—novel is a single-voiced, 'direct' expression of the author's 'self' and that its written language is 'transparent.'"
34 가라타니 고진, 박유하 역, 『일본 근대문학의 기원』, b, 2010, 216쪽.
35 위의 책, 218쪽.

실로 서구의 첨단이 19세기의 에피스테메에 이의를 제기하고, 일본을 포함한 비서구 세계에서 새로운 탈출구를 탐구했던 바로 그때에, 일본 문학은 역으로 서구 19세기적인 틀에, 또는 오히려 (더욱 소급하면) 로고스 중심주의 안으로 들어가고 있었던 터이다. 그러나 사태는 그 정도로 단순하지 않다. 일본의 작가에게는 구성력 — 서구의 19세기 소설 같은 전체성을 지닌 하나의 세계를 구축할 힘 — 이 거의 없었다. 그것을 실현할 수 있었던 것은 오히려 맑스주의자와, 맑스주의 출신의 전후파 작가들뿐이었다. 일본 소설가의 주류는 '로고스'를 혐오하는 방향으로 흐르고 있었다. 그것이 '사소설'로 불리는 것이다. 물론 그들도 의식상으로는 근대소설 일반의 구조에 속해 있는 셈이기는 했지만, 그럼에도 불구하고 19세기 서구 문학에 대한 반감을 숨기지 않았다. 단 하나의 테마(의미)로써 작품을 통어한다는 생각을 경멸하고 있었던 것이다.[36]

가라타니 고진이 말하듯이 이상은 "단 하나의 테마로써 작품을 통어"하려 하지 않는다. 즉 그는 인형(타자)을 조종(지배)하는 "구성력"으로써 "전체성"을 추구하지 않는다는 점에서 가라타니가 말하는 사소설적인 태도를 보인다. 그러나 흥미로운 것은 이상이, "더 이상 정돈시키지 않는" 대신에 추구해야 할, "있는 그대로 쓴다는 것"과도 거리를 두고 있다는 점이다. 「지도의 암실」에서 극단화되듯이, 그는 주체의 입장에서 자기를 명징하게 표현하기보다는 자신의 맨얼굴을 숨기기 위해 노력했다. 그리고 이는 작품을 지배하는 것으로서의 구성과는 다른 "구성력"으로 결과했다. 다시 말해 이상은 적극적으로 구성하거나 적극적으로 재현하기보다는, 이 양자택일적인 주체의 입장과 다른 태도를 취했다. 그는 구성을 회피하기 위해 사소설적으로 재현하는 동시에 개인적인 사실을 은

---

36 가라타니 고진, 이경훈 역, 『유머로서의 유물론』, 문화과학사, 2002, 50~51쪽.

폐하기 위해 텍스트를 조직했다는 점에서, 상호 부정否定함으로써 자기 부정적인 구성과 재현을 도입했다. 이를테면 이상은 구성하지 않기 위해 어쩔 수 없이 구성(재현)하고, 재현하지 않기 위해 어쩔 수 없이 재현(구성)하는 역설적인 적극성을 발휘했다. 그리고 이는 이상 소설에 독특하게 나타나는 바, 독자적으로 존재하기보다는 상대편에 크게 기대며 기능한다는 점에서 양자의 대립과 모순을 계속 활성화하는 작가와 등장인물의 아이러니한 관계와도 무관하지 않다.

이런 식으로 이상의 문학은 작가이자 등장인물로서 그 체험 세계를 놓고 허덕이는 특수한 화자의 복잡한 사소설 쓰기를 실천함으로써 작품 work에서 텍스트text로 나아가는 식민지 문학의 한 가지 양상을 한국 문학사에 제공한다. 이는 『12월 12일』의 화자가 이야기를 지배하는 우연과 인과관계의 문제를 제기하면서, 인형조종술을 휘두르는 합리적인 주체의 입장에서 비껴서는 것과도 무관하지 않다.

그 사람은 그가 십유여 년 방랑생활 끝에 고국의 첫 발길을 실었던 그 기관차 속에서 만났던 그 철도국에 다닌다던 사람인지도 모른다. 사람은 이 너무나 우연한 인과因果를 인식치 못할는지도 모른다. 그러나 사람이 알거나 모르거나 인과는 그 인과의 법칙에만 충실스러이 하나에서 둘로, 그리하여 셋째로 수행되어 가고만 있는 것이었다.

"오늘이 며칠입니까?" 이 말을 그는 그 같은 사람에게 우연히 두 번이나 물었는지도 모른다. 따라서 "십이 월 십이 일!" 이 대답을 그는 같은 사람에게서 두 번이나 들었는지도 모른다. 그러나 모든 것은 다 그들에게 다만 모를 것으로만 나타나기도 하였다. (…중략…)

만일 지금 이 C간호부가 타고 있는 객차의 고간이 그저께 그가 타고 오던 그

고간뿐만 아니라 그 자리까지도 역시 그 같은 자리였다 하면 그것은 또한 어찌나 설명하려느냐?[37]

따라서 이는 "여인과 생활을 설계"하는 일의 진정한 의미를 암시한다. 그것은 식민지 공무원으로서 관여한 바 있는 근대 제국(근대 이성)의 조감도와 함께 룸펜과 환자의 눈먼 오감도를 "두 개의 태양처럼 마주 쳐다보면서 낄낄거리는 것"[38]이다. 그런 의미에서 「날개」의 주인공은 13일 만에 삐걱거리는 삼층집을 세운 광인狂人 김창억(염상섭, 「표본실의 청개구리」)을 상기시킨다.

그리고 이러한 글쓰기는 「지도의 암실」에서 사물 및 사건의 지시와 재현을 방해함으로써 해독을 거의 불가능하게 하는, 띄어쓰기가 무시된 불투명한 서술로도 현상한다. 다음 인용문에서 알 수 있듯이, 이 소설은 롤랑 바르트가 말하는 바, "일반적인 기호로 작용"하며 "기호 문명의 제도적 카테고리를 재현"[39]하는 "작품oeuvre, work"이 아니다.

[가] 그는봉투에싸여없어진지도모르는암뿌으르를보고 침구속에반쯤강삶아진그의몸덩이를보고봉투는 침구다생각한다 봉투는옷이다 침구와봉투와 그는 무엇을배웠으냐몸을내어다버리는법과 몸을주위들이는법과 미닫이에광선잉크가 암시적으로쓰는의미가 그는그의 몸덩이에불이 확켜진것을알라는 것이니까 그는봉투를입는다 침구를입는것과 침구를벗는것이다 봉투는옷이고 침구다

---

37 이상, 「12월 12일」, 『전집』 2, 142쪽.

38 이상, 「날개」, 『전집』 2, 318쪽.

39 Roland Barthes, trans. Stephen Heath, "From Work to Text", op.cit., p.158. "the work itself functions as a general sign and it is normal that it should represent an institutional category of the civilization of the Sign."

음에 그의몸뚱이가 뒤집어쓰는것으로닓는다 발갛게암뿌으르에습기제하고 젖는다.[40]

즉 앞의 논의에서 어느 정도 밝혀졌듯이, 위와 같은 서술에는 사소설 I-novel의 성립 근거인 작가의 적나라한 이야기를 오히려 숨기는 사소설(또는 사시, I-poetry) 쓰기라는 역설이 작용한다.[41] 물론 이러한 은폐(폭로)는, 이상이 "방탕한 장판 위에 넘어져서 한없는 '죄'를 섬겼다"[42]라는 사실과 무관하지 않다. 실로 그는 "상당히 발전하였던 외입장이"[43]로 평가된 바 있거니와, 따라서 "천하에 형안炯眼이 없지 않으니까 너무 금칠을 아니 했다가는 서툴리 들킬 염려가 있다"[44]라는 서술이나 "비밀이 없다는 것은 재산 없는 것처럼 가난하고 허전한 일"[45]이라는 말, 더 나아가 "인생 혹은 그 모형에 있어서 디테일 때문에 속는다거나 해서야 되겠소?"[46] 등과 같은 질문은 암시적이다. 요컨대 이상의 텍스트는 "임종할 때 유언까지도 거짓말을 해 줄 결심"[47]과 더불어 작가를 드러내며 가리는 "위트와 패러독스를 바둑 포석처럼"[48] 늘어놓음으로써, 아이러니(또는 경계)로서의 사소설에 도달한다. 그가 소유한 재산property(고유성)은 비밀(주체) 자체이기보다는 비밀과 관련된 금칠, 즉 주체와 타자의 복잡

---

40 이상, 「지도의 암실」, 앞의 책, 165~166쪽.
41 이에 대해서는 이 책의 「『一九三一年(作品 第一番)』에 대한 몇 가지 주석」을 참고할 것.
42 이상, 「공포의 기록」, 『전집』 2, 202쪽.
43 박태원, 「이상의 편모」, 『조광』, 1937.6, 306쪽.
44 이상, 「종생기」, 『전집』 2, 378쪽.
45 이상, 「실화」, 위의 책, 357쪽.
46 이상, 「날개」, 위의 책, 319쪽.
47 이상, 「실화」, 위의 책, 367쪽.
48 이상, 「날개」, 위의 책, 318쪽.

한 관계며, 이때의 '나'는 코기토가 아니라 작가(주체)와 소설(등장인물, 대상)의 이항대립을 넘어서는 계기이자 장소다. 그 점에서 "이상"은 텍스트 자체를 지칭하는 기호이자 언어수행이며, "'말하려는 것'과 '그리려는 것'과의 분열"[49]은, 임화林和의 평가와는 다른 의미에서 이상 소설의 핵심적 서사 원리다.

그러므로 당대의 독자들로부터 "정신병"[50] 환자의 글이라고 지탄받았을 정도로 이상의 몇몇 텍스트가 난해하게 느껴지는 것은 당연하다. 그의 텍스트에는 "육적 인간의 적나라한 참회록肉の人間の赤裸裸な懺悔錄"[51]과 관련된 에피소드가 작용하면서도, "개인의 명료한 얼굴個人の明瞭な顔立ち"[52] 및 사건의 실상 포착을 계속 연기시키거나 아예 불가능하게 할 뿐 아니라, 혼돈에 빠진 독자로 하여금 작가의 경험이 지시, 재현되고 있다는 사실 자체를 부정하게 하는 수수께끼나 미로 같은 서술이 종종 제시된다. 인용문 [가]뿐 아니라, 쉽사리 의미를 드러내지 않는 다음 인용문 역시 이런 식의 글쓰기를 수행하고 있다.

[나] 그는트렁크와같은낙타를좋아하였다 백지를먹는다 지폐를먹는다 무엇이라고적어서무엇을 주문하는지 어떤여자에게의답장이여자의손이포스트앞에서한듯이 봉투째먹힌다 낙타는그런음란한편지를먹지말았으면 먹으면괴로움이몸의살을마르게하리라는것을 낙타는모르니하는수없다는것을 생각한그는연필로백지에 그것을얼른배앝아놓으라는 편지를써서먹이고싶었으나낙타는괴로움을모른다[53]

---

49 임화, 「세태소설론」, 『문학의 논리』, 서음출판사, 1989, 207쪽.

50 이상, 「산묵집」, 『전집』 3, 353쪽.

51 요시다 세이치吉田精一, 『近代日本文學槪說』, 秀英出版, 1973, 76쪽에서 재인용함.

52 고바야시 히데오小林秀雄, 「私小說論」, 『Xへの手紙, 私小說論』, 新潮文庫, 1987, 127쪽.

3. 환자의 에크리튀르

한편 이상의 문학에는 여러 외국어들이 사용되고 다양한 한자 유희들이 구사되며 동서고금의 수많은 문학 작품들이 ─ 때로는 의도적으로 부정확하게 ─ 인용된다. 다음은 한국어가 아닌 언어가 사용된 예다.

[다] ヲンナは遂に墮胎したのである。トランクの中には千裂れ千裂れに砕かれたPOUDRE VERTUEUSEが複製されたのとも一緒に一杯つめてある。死胎もある。ヲンナは古風な地圖の上を毒毛をばら撒きながら蛾の樣に翔ぶ。をんなは今は最早五百羅漢の可哀相な男寡達には欠ぐに欠ぐべからざる一人妻なのである。ヲンナは鼻歌の樣なADIEUを地圖のエレベシヨンに告げNO.1-500の何れかの寺刹へと步みを急ぐのである。[54]

위의 시는 프랑스어 단어가 노출되는 것을 제외하고는 전부 일본어로 되어 있는데, 이는 이상의 글쓰기 원점이 "특정 시기의 예외적인 '국어'"였다는 김윤식의 의견을 상기시킨다. 그는 이상이 사용한 일본어가 어떤 국가의 말이 아니라 "예지의 탐구"를 위한 "보편어"[55]로서의 "일본어 =

---

53 이상, 「지도의 암실」, 『전집』 2, 169쪽.

54 이상, 「狂女の告白」, 『朝鮮と建築』, 1931.8. 『전집』 1(136쪽)에 제시된 이 시의 번역은 다음과 같다. "여자는 마침내 落胎한 것이다. 트렁크 속에는 千 갈래 萬 갈래로 찢어진 POUDRE VERTUEUSE가 複製된 것과 함께 가득 채워져 있다. 死胎도 있다. 여자는 古風스러운 地圖 위를 毒毛를 撒布하면서 불나비와 같이 난다. 여자는 이제는 이미 五百 羅漢의 불쌍한 홀아비들에게는 없을래야 없을 수 없는 唯一한 아내인 것이다. 여자는 콧노래와 같은 ADIEU를 地圖의 에레베에슌에다 告하고 No.1-500의 어느 寺刹인지 向하여 걸음을 재촉하는 것이다."

55 김윤식, 『기하학을 위해 죽은 이상의 글쓰기론』, 역락, 2010, 292쪽.

국어"였다고 논의한다.

하지만 그렇게 보았을 때 이상의 일본어 사용은, "대합실待合室"을 "기다리는 방"[56]으로 번역하며 일본어 소설 표현에 해당하는 조선말을 얻으려 했던 김동인의 "고심"[57]이나, 김동인에게 "경어京語와 서도西道의 방언을 혼용"[58]하지 말라고 충고한 염상섭의 표준어 의식과 구분되지 않게 된다. 왜냐하면 보편어로서의 일본어도 결국은 특정 국가어로서의 국어를 통해 작용할 터이며, 이와 비슷하게 김동인과 염상섭 역시 근대 소설을 담당할 보편어로서의 조선어 = 국어를 특정 민족어로써 추구했기 때문이다. 이상이 "예지의 탐구"를 위해 "천치와 같은 자연어"[59]가 아닌 일본어(인공어)를 활용했다면, 김동인과 염상섭도 "예지의 탐구"를 위해 조선어(인공어)를 추구했다. 그들이 번역과 표준어를 휘두르며 타자(일본어, 사투리)에 맞선 것은 그 때문이다.

그리고 이렇게 "예지" 탐구의 도구로 일본어와 조선어 중 하나를 선택하는 문제로 환원되고 마는 두 경우 모두에서 보편의 자격을 획득하는 것은 언어만이 아니다. "예지"를 탐구하거나 "예지"와 동일시되는 강력한 문법 주체로서의 국가나 민족이야말로 보편적인 것으로 승격된다. 따라서 이러한 의미의 보편어(일본어) 사용은, [다]의 인용문과 똑같이 일본어로 기술된 다음과 같은 "국어 상용"의 주장과 크게 다르지 않은 것이 될 수도 있다.

---

56 김동인, 「약한 자의 슬픔」, 『창조』 1, 1919.2, 70쪽.
57 김동인, 「문단 30년의 자취」, 『김동인전집』 15, 조선일보사, 1988, 327쪽.
58 염상섭, 「〈이 년 후〉와 〈거츠른 터〉」, 『개벽』, 1924.3, 121쪽.
59 김윤식, 앞의 책, 297쪽.

　　日本語は優秀な日本精神を包藏して居り, 日本文は今や世界文化を全部包
　　攝して居る。　だから日本語を學ぶことは日本精神を學び同時に世界文化の
　　庫の鍵を握ることである. しかも日本語は今や一躍アジア諸民族に共通な國
　　語となりつゝある。だから朝鮮人は須らく國語に精通すべきである。[60]

　그러나 이상 텍스트의 일본어가 "특정 국가의 말"을 넘어서는 것은, 그것이 "과학"의 언어로 "예지"를 탐구하거나 "세계 문화를 전부 포섭" 했기 때문이 아니다. 다시 말해 "13＋1＝12"[61]를 주장하는 "수수께끼 같은 글씨"가 "오늘날에도 지속적인 매력"을 발휘하는 것은, 그것이 "근대로 표상되는 유클리드 기하학과 비유클리트 기하학(무한대, 극소 극대)의 교차점"[62]에 있기 때문이기보다는 "예지"나 로고스를 추구하는 일과 대립하고 있기 때문이다. 이를테면 이상의 텍스트는 투명한 "영도의 글쓰기|'écriture au degré zéro"[63]에 맞선다.

　예컨대 이상은 "현미경 / 그 아래에서는 인공도 자연과 똑같이 현상되었다"[64]라고 쓰면서 현미경이 주장하는 자연(유리, 투명함)의 인공성(렌즈, 배율)에 전율했다. 그리고 자기의 속성을 숨기면서 대상을 드러내는 현미경과 반대로, 그는 "극유산호郤遺珊瑚 — 요 다섯 자 동안에 나는 두 자 이상의 오자誤字를 범했는가 싶다. 이것은 나 스스로 하늘을 우러러 부끄

60　이광수, 「반도의 형제자매에게 보냄半島の弟妹に寄す」, 『신시대』, 1941.10, 35쪽. 인용문의 한국어 번역은 다음과 같다. "일본어는 우수한 일본 정신을 담고 있으며, 일본문은 이제 바야흐로 세계 문화를 전부 포섭하고 있다. 그러므로 일본어를 공부하는 것은 일본 정신을 배우는 동시에 세계 문화의 창고 열쇠를 잡는 것이다. 더욱이 일본어는 바야흐로 일약 아시아 제諸 민족의 공통된 국어가 되고 있다. 따라서 조선인은 마땅히 국어에 정통해야 할 것이다." (이경훈 편, 『춘원 이광수 친일문학 전집』 2, 평민사, 1995, 306쪽)

61　이상, 「一九三一(作品第一番)」, 『현대문학』, 1960.11, 167쪽.

62　김윤식, 앞의 책, 293쪽.

63　Roland Barthes, *Le degré zéro de l'écriture,* Paris : Éditions de Seuil, 1972, p.56.

64　이상, 「異常ナ可逆反應」, 『朝鮮と建築』, 1931.7, 15쪽.

러워할 일이겠으나 인지人智가 발달해 가는 면목面目이 실로 약여躍如하다"[65]라고 말했다. 즉 그는 부정확한 인용과 더불어 텍스트의 "인공"(오자)과 배율을 스스로 폭로했을 뿐 아니라, 다음과 같이 프랑스어와 중국어 등 일본어 이외의 여러 인공어들도 표 나게 사용함으로써 "그의 하는 일들"이 무엇인지를 오히려 숨겼다.

[라] 너무나의미를 잃어버린그와 그의하는일들을 사람들사는사람들틈에서 공개하기는 끔찍끔찍한일이니까 그는피난왔다 이곳에있다 그는고독하였다 세상어느틈사구니에서라도 그와관계없이나마 세상에관계없는짓을하는이가있어서 자꾸만자꾸만의미없는 일을하고있어주었으면 그는생각아니할수는 없었다
JARDIN ZOOLOGIQUE
CETTE DAME EST-ELLE LA FEMME DE
MONSIEUR LICHAN?
앵무새당신은 이렇게지껄이면 좋을것을그때에 나는
OUI![66]

[마] 죽음이묵직한것이라면 나머지얼마안되는시간은 죽음이하자는대로하게내어버려두어 일생에없던가장위생적인시간을향락하여보는편이 그를위생적이게하여 주겠다고그는생각하다가 그러면그는죽음에 견디는세음이냐 못 그러는세음인것을자세히알아내이기어려워괴로워한다. 죽음은평행사변형의법칙으로 보이르샤아르의법칙으로그는 앞으로 앞으로걸어나가는데도왔다. 떼밀어준다.

活胡同是死胡同 死胡同是活胡同[67]

---

65 이상, 「종생기」, 『전집』 2, 375쪽.
66 이상, 「지도의 암실」, 위의 책, 168쪽.

요컨대 이상의 삶과 텍스트는 인형조종술자나 과학자(의사)처럼 깨끗이 닦은 유리창(지식 체계, 언어, 인식 패러다임, 영도의 글쓰기) 너머로 소외시킨 타자를 문학과 지식의 대상으로 다시 전유(재현, 구성)하는 명징하고 초월적이며 위생적인 주체(자기, 우리, 국가)의 위치에 있지 않다. 또한 그것은 "생활과 행동 이후에 오는 순의식의 세계"[68]를 통해 "리얼리즘을 일보 심화"[69]시켰다거나, "일본적 서정을 일본어로 쓰고 조선적 서정을 조선어로 썼다"[70]라는 식으로 평가될 수도 없다. "그 분들이 모르는" 뒷골목을 헤매면서 "그 분들이 모르는" "글자만을 골라서"[71] 배웠던 이상의 삶과 문학은 이광수가 민족의 적으로서 그토록 경계했던 "결핵균" 및 "매독균"에 육체로써 '접촉'했으며, 그로써 김동인이 조롱해 마지않던 "인형"을 넘어 "박제"조차 되었다. 앞서 말했던 것처럼 "조감도"에서 "오감도"로 나아가는 실명失明과 함께, 달리 말해 "안구眼球에 아무리 해도 보이지 않는 것은 안구眼球뿐"[72]이라는 사실을 깨달음과 함께, "이상"은 "촉각觸角＝촉각觸覺이 이런 정경情景을 도해圖解"[73]하는 아이러니, 즉 "파편破片의 경치景致"(『조선과 건축』, 1931.7)에 이르렀다. 요컨대 그는 주체와 타자 사이에 놓인 온갖 유리를 깨뜨렸다.

외국어 사용, 한자 유희, 여러 곳에서 주워온 조각난 인용들로 구현된 상호텍스트성, 그리고 띄어쓰기 무시 등의 문법적 일탈은 "축음기와 같

67　위의 글, 170쪽.

68　최재서, 「리얼리즘의 확대와 심화―「천변풍경」과 「날개」에 관하여」, 『조선일보』, 1936.11.6.

69　최재서, 「리얼리즘의 확대와 심화―「천변풍경」과 「날개」에 관하여」, 1936.11.7.

70　김수영, 「시작 노우트 6」, 『김수영전집』 2, 민음사, 1991(7판), 302쪽.

71　이상, 「슬픈 이야기」, 『전집』 3, 63쪽.

72　이상, 「유고」, 『전집』 1, 234쪽.

73　이상, 「동해」, 『전집』 2, 259쪽.

은 국어”[74]를 넘어서는 “감염”의 등가물이자 타자와의 무수한 관계를 통해 “형상 없는 모던 보이”[75]에 이른 주체의 “흔적”이거나 “흔적”으로서의 주체 자체였다. 그리고 이런 식의 독백적이면서도 다성적인 “개인적 발화personal utterance”[76]로써 이상은 자신의 독특한 사소설적 “에크리튀르”로 나아갔다. 따라서 다음의 서술은 이상 문학의 글쓰기(독서) 지침으로도 읽힌다.

나 — 라는 정체는 누가 잉크 짓는 약으로 지워 버렸다. 나는 오직 내 — 흔적일 따름이다.[77]

4. 찢어진 French Letter

그러므로 「지도의 암실」로 대표되는 이런 텍스트들은 손쉽게 읽히고 소비될 수 없다. 그것들은 독자의 적극적이고 능동적인 활동에 의해 다시 씌어야 한다. 이를테면 이상의 문학은 “읽히는 것le lisible, the readerly”이기보다는 “쓰이는 것le scriptible, the writerly”[78]이며, 이는 그것이 “오늘날

---

74 이상, 「지도의 암실」, 위의 책, 174쪽.
75 이상, 「동해」, 위의 책, 264쪽.
76 Susan Sontag, “Preface”, *in Writing degree Zero,* New York : Hill and Wang, 1995, p. xiii. “A more helpful translation of what Barthes means by écriture might be ‘personal utterance’.”
77 이상, 「실화」, 앞의 책, 369쪽.
78 Roland Barthes, trans. Richard Miller, *S/Z,* New York : Hill and Wing, 1974, p.4.

에도 지속적인 매력"을 지니는 한 이유다. 그것은 독자의 "생산 활동 속에서만 경험"[79]되는, 그야말로 "텍스트"다. 이때 인형을 조종하는 김동인의 경우와는 달리, 등장인물이나 묘사 대상과의 거리를 잃고 촉각(접촉, 감염)으로 "정경을 도해"하게 된 저자의 추락한 위치(박제로서의 "이상"의 위치)는 독자에게까지 미친다. 「날개」의 주인공이 미쓰코시三越 백화점 옥상에서 "날자, 날자, 날자"라고 외친 것처럼 오랫동안 오독된 일이 웅변하듯이, 이상은 자신뿐 아니라 독자마저 텍스트에 휘말려들게 하는 인간(독자)조종술을 발휘한다. 독자는 적극적이고 능동적인 의미의 생산을 넘어, "얼빠진 사람처럼 그저 이리 갔다 저리 갔다"[80] 했던 「날개」의 주인공과 마찬가지로 텍스트 속에서 헤매기조차 한다. 그런 식으로 다성적이거나 혼성적인 이 인간(독자)조종술은 "문학 제도가 텍스트의 생산자와 그 사용자, 그 주인과 고객, 저자와 독자 사이에 유지시키는 무자비한 분리"[81]를 넘어서고자 하는 듯하다. 이와 관련해 필자는 다음과 같이 논한 바 있다.

　　이렇게 「날개」는 독자들을 향해서도 설계된다. 텍스트는 그 외부를 끌어들이는 생산적인 경계로서 작용한다. 따라서 역설적으로 독서의 맹목은 작품의 매력과 호소력을 증진했으며, 그 의미를 풍요롭고도 복잡하게 하는 데에 기여했다. 이것이 「날개」가 그려낸 미쓰코시의 '오감도'다. (…중략…) "끝없이 발

79　Roland Barthes, trans. Stephen Heath, "From Work to Text", *Image Music Text*, New York : Hill and Wang, 2001, p.157. "the Text is experienced only in an activity of production."

80　이상, 「날개」, 앞의 책, 342쪽.

81　Roland Barthes, trans. Richard Miller, op.cit., p.4. "Our literature is characterized by the pitiless divorce which the literary institution maintains between the producer of the text and its user, between its owner and its customer, between its author and its reader."

을 절뚝거리는” 것이야말로 사실과 오해의 교섭뿐 아니라 텍스트의 안과 밖을 넘나드는 소설적 의사소통과 문학적 의미작용을 그야말로 암시暗示하기 때문 이다.[82]

하지만 다시 한 번 강조하건대, 이러한 독서의 생산성 — 착각과 오독 을 포함하여 — 이 발생하는 것은 이상의 텍스트가 작가나 사회와 무관한 자율적 구성체이기 때문이 아니다. 그것은 작가의 삶 및 식민지 사회에 대한 사소설적인 (반)서술이, 즉 그 드러냄과 감춤의 곡예가 하나의 글쓰 기 스타일에 이를 만큼 고도로 작용하고 있기 때문이다. 롤랑 바르트의 말을 흉내 내어 표현하면, 그는 “부재의 스타일un style de l'absence”[83]이 아닌 ‘흔적의 스타일un style de la trace’을 획득했다. 그것은 폭로와 은폐, 반영과 구성, 작품과 텍스트를 동시에 도입(폐기)했다.

따라서 이상의 말은 도구나 매체로 기능하지 않는 단순한 “구조”[84]가 아니다. 또 다시 바르트를 인용하면, 이상은 “타동사적 인간들des hommes 'transitifs'”[85]에 속하는 “작가écrivant, writer”로서 손쉽고 순진한 커뮤니케 이션(반영)을 계획하지 않았다. 그러나 그의 문학에는 자기의 삶을 재현(은 폐)한다는 과제가 결부되어 있었다. 그 점에서 이상은 오직 “자동사적인 intransitif” 글쓰기만을 수행하는 “저자écrivain, author”[86]도 아니었다. 이상

---

82 이 책의 4부 2장 「박제의 조감도」를 참고할 것.

83 Roland Barthes, *Le degré zéro de l'écriture,* Paris : Éditions de Seuil, 1972, p.56. "Cette parole transparente, inaugurée par l'Étranger de Camus, accomplit un style de l'absence qui est presque une absence idéale du style ……"

84 Roland Barthes, "Écrivains et Écrivants", *Essais critiques,* Paris : Éditions de Seuil, 1964, p.149. "La parole n'est ni un instrument, ni un vehicule: C'est une structure ……"

85 Ibid., p.151. "Les écrivants, eux, sont des hommes 'transitifs' …… Car ce qui définit l'écrivant, c'est que son projet de communication est naïf ……"

의 말은 자동사적인 구조였던 동시에 타동사적인 도구이자 매체였으며, 그와 동시에 그 둘 다가 아닐 수 있기를 지향했다. 그리고 이렇게 자동사와 타동사를 계속 '접촉/분리(감염)'시키는 한 가지 방법은, 현실 세계를 명백히 재현하거나 텍스트의 치밀한 구성에 몰입하는 대신 [바]와 같은 문장을 파편적으로 제시함으로써, 독자로 하여금 인용문 [라] 등과 관련된 여러 요소와 문맥을 탐색하게 하는 것이었다.

> [바] 鸚鵡 ※ 二匹
>
> 　　二匹
>
> 　　※ 鸚鵡는哺乳類에屬하느니라.
>
> 내가二匹을아아는것은내가二匹을아알지못하는것이니라.
>
> 勿論나는希望할것이니라.
>
> 鸚鵡　二匹
>
> "이小姐는紳士李箱의夫人이냐" "그렇다"[87]

　필자가 이미 논의한 바 있듯이,[88] [바]는 [라]의 프랑스어 문장을 한국어로 번역한 것이며, 이 둘은 공통적으로 "앵무"를 언급한다. 이때 [라]의 프랑스어 문장은 프랑스어 'ampoule(전등)'[89]를 한글로 표기한 [가]의 "암뿌으르" 및 [다]의 "POUDRE VERTUEUSE", "ADIEU"와도 관련된다. 한편 [나]의 "봉투"는 [가]의 "봉투"와 의미를 주고받으면서 그것이 "음

86　Ibid., "pour l'écrivain, écrire est un verbe intransitif ……"

87　이상, 「오감도 시 제6호」, 『전집』 1, 30쪽.

88　이에 대해서는 이경훈, 『이상, 철천의 수사학』, 소명출판, 2000, 58~89쪽을 참고할 것. 이 책에서는 『율리시즈』의 한글 번역본 텍스트를 인용했다.

89　'ampoule'은 이 단어가 지닌 또 다른 뜻인 피부의 물집으로 볼 수 있다는 비판도 제기되었지만, 필자는 ampoule을 계속 전등으로 해석하며 논의를 진행할 것이다.

란한 편지"를 담은 것임을 알려주며, "트렁크"는 [다]에 서술된, "광녀"의 "트렁크 속에는 千 갈래 萬 갈래로 찢어진 POUDRE VERTUEUSE가 複製된 것과 함께 가득 채워져 있다. 死胎도 있다"라는 구절과 함께 성적性的인 의미 맥락을 형성한다. 그리고 이 모든 것들은 제임스 조이스James Joyce의 다음 서술들(타자)과 접속(대립, 분열)된다.

And Kissed my hand when I gave her the extra two shillings. **parrots.** Press the button and the bird will squeak. Wish she hadn`t called me sir. Oh, her mouth in the dark! And you a married man with a single girl! That`s what they enjoy. Taking a man from another woman. Or even hear of it. Different with me. Glad to get away from other chap`s wife. Eating off his cold plate. Chap in he Burton today spitting back gumchewed gristle. **French letter** still in my pocketbook. Cause of half the trouble. But might happen sometime, I don`t think. Come in. All is prepared. I dreamt.[90]

Yes, Pious had told him of that land and Chaste had pointed him to the way but the reason was that in the way he fell in which a certain whore of an eyepleasing exterior whose name, she said, is Bird-in-the-Hand and she beguiled him wrongways from the true path by her flatteries that she said to him as, Ho, you pretty man, turn aside hither and I will show you a brave place, and she lay at him so flatteringly that she had him in her grot which is named **Two-in-the-Bush** or, by some learned, Carnal Concupiscence.

This was it what all that company that sat there at commons in Manse of Mothers the most lusted after and if they met with this whore **Bird-in-**

---

90 James Joyce, *Ulysses,* New york : Vintage International, 1990, p.370.

the-Hand (which was within all foul plagues, monsters and a wicked devil) they would strain the last but they would make at her and know her. For regarding Believe-on-Me they said it was nought else but notion and they could conceive no thought of it for, first, Two-in-the-Bush whither she ticed them was the very goodliest grot and in it were four pillows on which were four tickets with these words printed on them, Pickaback and Topsyturvy and Shameface and Cheek by Jowl and, second, for that **foul plague Allpox** and the monsters they cared not for them, for Preservative had given them **a stout shield of oxengut** and, third, that they might take no hurt neither from Offspring that was that wicked devil by virtue of this same shield which was named **Killchild.**[91] (강조는 인용자)

논의의 편의를 위해 다시 한 번 설명하면, 이상 텍스트에 등장하는 "포유류" 앵무새 두 마리二匹는 조이스의 "parrots", "Two-in-the-Bush", "Bird-in-the-Hand"(whore, 매춘부)와 연결된다. 그리고 "암뿌우르"에 씌운 "봉투" 및 "음란한 편지letter"는, "foul plague Allpox"(성병, 매독)를 방지하고 "killchild"(피임)을 수행하는 "a stout shield of oxengut"(황소 창자로 만든 튼튼한 방패)로서의 "French letter", 즉 "한번 읽어 지나가면 도무 소용인 글자letter의 고정된 기술"[92]로서의 콘돔을 의미한다. 이는 "CETTE DAME EST-ELLE LA FEMME DE MONSIEUR LICHAN?"이라는 프랑스 글자로 된 질문이 바라(지 않)는 대답(정답/오답)이다.

이때 핵심은 프랑스 문장의 의미가 아니라 "MONSIEUR LICHAN"이

---

91 Ibid., pp.395~396.
92 이상, 「지도의 암실」, 『전집』 2, 165쪽.

라는 "French letter", 즉 프랑스 문자 자체다. 따라서 [다]의 "千 갈래 萬 갈래로 찢어진 POUDRE VERTUEUSE"—프랑스 글자라는 점에서 POUDRE VERTUEUSE 역시 콘돔이다—는 "위생", "죽음", "보이르샤 아르의 법칙" 등과 함께 등장한 [마]의 "活胡同是死胡同 死胡同是活胡 同뚫린 골목이 막힌 골목이며 막힌 골목이 뚫린 골목이다"과 함께 콘돔이 파열된 사태를 암시한다.

그렇다면 이는 "막다른 골목"과 "뚫린 골목" 모두가 "적당"할 수밖에 없게 된 "무서워하는 아해"[93]의 공포를 설명해 준다. "제1의 아해"는 "13 인의 아해" 중 첫 번째 아이며, "제2의 아해"는 "13인의 아해" 중 두 번째 아이, 그리고 "아해"는 "도로로 질주"하는 주체, "도로"는 "아해"가 "질 주"하는 곳, "질주"는 "아해"가 "도로"에서 하거나 하지 않는 행위, "막다 른 골목"은 "뚫린 골목"과 대립하는 것으로 해석될 수 있다는 점에서 「오 감도 시 제1호」는 반영되고 재현될 텍스트 외부의 "다른 사정은 없는" 일종의 자동사적인 텍스트이지만,[94] 황소 창자 방패로 철저히 봉쇄한 이 구조 속에는 "막다른 골목"과 "뚫린 골목"이 뒤바뀔 가능성 및 그 일을 두려움과 함께 실현시킨 파열의 실제 경험이 내재되어 있는 듯하다. 다 시 말해 여기에는 "무서워하는 아해" 및 "무서운 아해"의 공포와 짝을 이 룬다는 점에서 「오감도 시 제1호」에 보이지 않게 음각陰刻되어 있는 안 심(방심)으로 인해—박태원의 「악마」를 상기하자!—"그다지 명예롭지 못한 그러나 생각해보면 또 그렇게까지 불명예라고까지 할 것도 없는 질 환"[95]을 발생시킨 매춘의 사실이라는 강력한 타동사적 텍스트가 어른거

---

93   이상, 「오감도 시 제1호」, 『전집』 1, 17쪽.
94   이 책의 「이상, 이십 세기의 스포츠맨」을 참고할 것.

린다. 이렇게 매끈한 자동사적 텍스트(은폐, 구조)의 내부에 타동사적 텍스트(폭로, 지시)가 맹렬한 압력으로 팽창하는 것이야말로 콘돔이 찢어지는 일에 필적하는 이 시의 아슬아슬한 구조다.

따라서 「지도의 암실」은 소설로 제시된 「오감도 시 제1호」다. 한국어의 진행을 단절시킨 "MONSIEUR LICHAN"의 프랑스어 조각들은 이 소설을 『율리시즈』에 접촉(감염)되도록 한 텍스트의 "틈사구니"[96]였다. 그리고 이렇게 "사차원 세계의 테마를 불란서 말로 회화"[97]함으로써, "세균처럼 꿈틀"거리는 그 "음란한 외국어"[98]와 더불어 텍스트는 작가 자신 및 그의 특수하고 한정된 경험 세계를 초과했다. 이 "거지적 존재"의 언어는 작가의 삶을 넘어, 그리고 동서양의 바다와 대륙을 넘어, 타자를 초대하는 근대 문학의 상호 텍스트적이고 수행적인 콘텍스트 속에서 널리 나뒹굴게 되었다.

이렇게 이상 텍스트의 언어는 개인의 사생활을 폭넓은 참조관계와 복잡한 재현(은폐) 체계(탈체계) 속에 흩뿌림으로써, 그 사적 체험을 작가 및 사건 자체에서 소격시킬 뿐 아니라 텍스트의 처음과 중간과 끝(아리스토텔레스)에 무수한 구멍(균열)을 내어 텍스트를 그 내부로부터 벗어나게 한다. 접촉의 절정에서 분열(거리와 시각)이 회복되며, 동시에 그 반대 방향의 운동이 시작된다. 외연적 의미와 내포적 의미는 상호 전화轉化되거나 끊임없이 얽힌다. 그야말로 뚫린 골목은 막힌 골목이 되며 막힌 골목은 뚫린 골목이 되는 것이다. 바로 이것이 이상 텍스트의 독특한 "구성

95　이상, 「추등잡필」, 『전집』 3, 83쪽.
96　이상, 「사신 (7)」, 위의 책, 235쪽.
97　이상, 「실화」, 『전집』 2, 369쪽.
98　이상, 「파첩」, 『전집』 1, 206쪽.

력"이자 그가 자신의 사생활로 습득(상실)한 "전등형全等形 체조의 기술"[99]이다.

그러므로 당연히 텍스트는 위와 같은 읽기에 머물지 않는다. 수많은 사람과 다양하게 관계 맺는 것이야말로 "상당히 발전하였던 외입장이"의 텍스트가 작용하는 원리이자 독자를 유혹하는 이유이기 때문이다. 사실 이 글이 수행한 독서는 이상의 글쓰기처럼 텍스트를 대상화하는 동시에 텍스트 스스로가 말하게 한, 다시 말해 타동사적이고 자동사적인 방식으로 텍스트의 의미를 맥락화한(부스러뜨린) 한 가지 사례에 불과한 것이다. 따라서 이 점은 이상이 스스로를 일러 "건전한 신으로부터 버림받은 인간"[100]이라 한 사실과 더불어 바르트의 다음 논의도 상기시킨다.

> 작품에는 일원론적 철학을 교란시키는 것이 없다. 그러한 철학에서 복수plural는 악Evil이다. 따라서 작품에 대항해 텍스트는 그 모토로서 여러 귀신demons에 들린 사람의 다음과 같은 말(「마가복음」, 5 : 9)을 사용할 수 있을 것이다. "내 이름은 군대(다수)다. 우리는 많기 때문이다My name is Legion : for we are many."[101]

그렇다면 그 찢어짐으로써 내부와 외부, 자기와 타자, 접촉과 균열, 위생과 감염, 「지도의 암실」과 『율리시즈』를 매개한 "French letter"는 결코 "사상을 엄호"하기에 급급한 "초라한 포장"[102]이 아니었다. 또 그것은 "글자의

---

99 이상, 「선에 관한 각서 5」, 위의 책, 158쪽.
100 이상, 「어리석은 석반」, 『전집』 3, 125쪽.
101 Roland Barthes, trans. Stephen Heath, "From Work to Text", *Image Music Text*, New York : Hill and Wang, 2001, p.160.
102 이상, 「황의 기」, 앞의 책, 319쪽.

고정된 기술 방법을 채용하는 흡족치 않은 버릇"[103]도 아니었다. 오히려 그것은 "삼족오三足烏"에서 "삼모묘三毛猫"[104]로 나아감으로써 "전등을 삼등 태양"[105]으로 생각할 수밖에 없게된 "1/W"짜리 "▽"(암뿌우르)의 소유자 이상이 획득한 지극히 "성애적érotique"[106]인 "AMOUREUSE"(French letter)[107]였다. 그 "환희의 텍스트text de jouissance"[108]는 공포와 쾌락을 동시에 주재하며 "마르세이유의 봄을 출범出帆시킨 코티 향수가 맞이한 동양의 가을マルセイユ春を解纜したコティの香水の迎へた東洋の秋"[109]을 만끽했다.

그리고 그 점에서 이상이 말하는 "방정식"[110]의 근根(=▽=남근)을 구하는 일은 여전히 진행 중이다. 지금도 그의 텍스트에는 "해병海兵이 범람氾濫"하고 있으며 "군함軍艦이 구두 짝처럼 벗어 던져져"[111] 있다. 아직도 그의 텍스트에서는 알 카포네Al Capone, Scar Face가 "볼의 상흔을 신축頰の傷痕を伸縮"[112]시키며 수많은 사람들에게 입장권을 팔고 있다. 그 찢

---

103 이상, 「지도의 암실」, 『전집』 2, 165쪽.
104 이상, 「眞晝」, 『朝鮮と建築』, 1932.7, 27쪽. 이와 관련해서는 이경훈, 「단발, '아해'의 수사학」, 『이상 리뷰』 1, 2001.9.를 참고할 것.
105 이상, 「▽의 유희」, 『전집』 1, 103쪽.
106 Roland Barthes, *Le Plaisir du Text*, Paris : Éditions de Seuil, 2000, p.88. "c`est l`intermittence, comme l`a bien dit la psychanalyse, qui set érotique."
107 이상, 「파편의 경치」, 앞의 책, 100쪽. 이와 관련해서는 이 책의 「「一九三一年(作品 第一番)」에 대한 몇 가지 주석」을 참고할 것.
108 Roland Barthes, op.cit., p.92. "즐거움의 텍스트texte de plaisir : 행복감을 담아서, 채우고 전하는 텍스트 ; 문화에서 나와, 그것과 충돌하지 않고, 안락한 독서를 행하는 것과 연결된 텍스트. 환희의 텍스트text de jouissance : 상실감을 부여하는 텍스트, (아마도 조금은 지루함을 느낄 정도로) 마음을 불편케 하여, 독자의 역사적, 문화적, 심리학적 전제들, 그들의 기호, 가치, 기억들의 일관성을 뒤흔들어, 언어와 그 사이의 관계를 위기로 몰고 가는 텍스트"(김명복 역, 『텍스트의 즐거움』, 연세대 출판부, 1990, 15쪽).
109 이상, 「AU MAGASIN DE NOUVEAUTES」, 『朝鮮と建築』, 1932.7.
110 방정식의 미지수를 근根이라고 한다는 점에서, 이상이 말하는 "방정식"은 남근男根과 관련된다. 이 책의 「「一九三一年(作品 第一番)」에 대한 몇 가지 주석」을 참고할 것.
111 이상, 「與田準一」, 『전집』 1, 246쪽.
112 이상, 「二人 1」, 위의 책, 118쪽.

어진 "환희의 틈`interstice de la jouissance"[113]은 계속 자동하고 타동하면서 여러 번 읽히고 쓰일 것이다.

『사이間SAI』, 2014.11

---

113 Roland Barthes, op.cit., p.91.

4장

이상의 「一九三一年(作品 第一番)」에 대한 몇 가지 주석

1. 텍스트와 읽기 모드

주지하듯이 총 12연으로 된 이상의 일본어 시 「一九三一年(作品 第一番)」은 『현대문학』 1960년 11월호에 김수영의 번역으로 처음 소개되었다.[1] 문학사상사의 『이상문학전집』 1(이승훈 편, 1989)에 실린 「一九三一年(作品 第一番)」은 『현대문학』의 그것을 그대로 옮긴 것이다.

그런데 『현대문학』에 실린 것과 『이상문학전집』 1의 작품을 비교해 보면 몇몇 부분에서 차이가 발견된다. 그것은 띄어쓰기와 같이 비교적 별 문제가 없는 경우가 대부분이지만, "철 늦은 나비를 보다"가 "철 늦은 나비를 보라"(236쪽)로, "나는 이쯤이면 하고 匕首를 나의 배꼽에다 찔러

---

1   김주현은 『정본 이상문학 전집』 1(소명출판, 2005, 178쪽)에서 이 시의 번역자를 김윤성으로 표시하고 있으나 이는 착각이다. 조연현은 「이상의 미발표 유고의 발견」에서 "김수영 씨의 번역으로 본지에 발표"(『현대문학』, 1960.11, 163쪽)한다고 밝히고 있다. 더 나아가 1966년에도 조연현은 "이 유고가 어떻게 해서 입수되었던가 하는 경위에 대해서는 1960년도 본지 11월호(통권 71호)에 자세히 밝힌 바 있고, 십여 편의 시편을 김수영 씨의 번역으로 본지 통권 71호부터 74호까지 계속 발표한 바 있다"(「이상 유고 소개의 말」, 『현대문학』, 1966.7, 14쪽)라고 알린 바 있다.

박았다"가 "나는 이쯤이면 匕首를 나의 배꼽에다 찔러 박았다"(237쪽)로, 그리고 "13+1=12"가 "12+1=13"(238쪽)으로 바뀐 것은 중요한 오류다. 따라서 김주현의 『정본 이상문학전집』1(2005)은 이 세 가지 오류를 바로잡아 원래의 번역대로 이 시를 제시하고 있다.

한편 「一九三一年(作品 第一番)」의 일본어 원문은 『이상 문학 텍스트 연구』(김윤식, 1998)에 복사되어 실린 이상의 노트를 통해 확인할 수 있는데, 그것과 김수영의 번역을 비교했을 때에도 약간의 문제가 눈에 띈다. 예컨대 "私ノ血ハ無機物ノ混合"이 "나의 피는 無機物의 混合"이 아니라 "나의 피가 無機物의 混合"(165쪽)으로 번역되어 있다는 점, "不繞不屈ノ美德"이 "不撓不屈의 美德"(165쪽)으로 번역되어 있다는 점, "混血兒Y 私ノ接吻ニ依リ毒殺サル / 監禁サル"가 "混血兒Y, 나의 입맞춤으로 毒殺되다. 監禁당하다"(166쪽)와 같이 행을 바꾸지 않고 제시되어 있다는 점, "娼婦ノ分娩シタ死兒ノ皮膚一面"이 "娼婦가 分娩한 死兒의 皮膚全面"(166쪽)으로 번역되어 있다는 점 등이 그것이다. 이때 특히 바로잡아야 할 것은 "不撓不屈"과 "皮膚全面"이다. 전자는 "不繞不屈"로써 의도된 언어유희, 즉 "요조숙녀窈窕淑女"를 "절조숙녀窃窕淑女"(「실화」)로 변형시켰던 이상 특유의 표현법을 삭제하며, 후자는 "皮膚一面"과 크게 다른 의미를 지니기 때문이다.

마지막으로 지적할 것은 김주현의 『정본 이상문학전집』1이 제시한 일본어 텍스트의 문제다. 복사된 노트를 활자로 옮기는 과정에서 몇 가지 오식이 발생했다. 이를테면 "心臟ノ去處不明 胃ニ存リ"가 "心臟ノ去處不明 胃ニ生リ"(254쪽)로, "巨大ナシャフトノ紀念塔"이 "巨大ナシャフト紀念塔"(254쪽)으로, "夜陰ニ乘じテ私ハ病室カラ脱ケ出タ"가 "夜陰ニ乘じ

テ私ハ病室カヲ脱ケ出タ"(255쪽)로, "地球儀ノ上ニ逆立チ"가 "地球儀上ニ逆立チ"(255쪽)로, "一世ノ豪傑ダッタト云フコト"가 "一世ノ豪傑ダト云フコト"(256쪽)로, "癩ヨリノ「脚ヲ斷ツ」ノ悲報"가 "癩ヨリノ「脚ラ斷ツ」悲報"(256쪽)로 잘못 인쇄된 것이 그것이다. 행을 바꾸지 않은 사례도 있는데, 그것은 "私ノ顔面ニ草ガ生ヘタ 之ハ不繞不屈ノ美德ヲ象徵スル / 私ハ自ラヲ此上モナイ"를 "私ノ顔面ニ草ガ生ヘタ 之ハ不繞不屈ノ美德ヲ象徵スル 私ハ自ラヲ此上モナイ"(254쪽)와 같이 제시한 경우다. 반대로 원문에서는 행이 바뀌지 않은 부분을 행을 바꿔 제시한 사례도 있다. 그것은 "空中ニ放サレタ 酷刑ヲ嗤ッタ"가 "空中ニ放サレタ / 酷刑ヲ嗤ッタ"(255쪽)로 된 경우다.

따라서 이 글은 김수영의 번역을 토대로 하되, 이를 『이상 문학 텍스트 연구』의 일본어 원문과 비교해 "不搖不屈"을 "不繞不屈"로 "皮膚全面"을 "皮膚一面"으로 환원한 텍스트를 연구의 대상으로 삼을 것이다.

그렇다면 어떻게 텍스트를 읽을 것인가. 먼저 지적할 수 있는 것은 이상이 종종 자기 자신의 삶과 밀접히 관련된 일을 작품의 소재로 삼았다는 사실이다. 소설의 경우 「지주회시」, 「날개」, 「봉별기」, 「환시기」 등은 물론이려니와, 「실화」나 「종생기」 같은 텍스트에서도 그러한 양상은 관찰된다. 그러나 그럼에도 불구하고 이상의 소설을 사소설私小說이라고 규정할 수는 없다. 사소설은 작품의 내재적 특징보다는 소설이 "단일한 목소리로 작가의 '자기'를 '직접적'으로 표현한 것이고, 거기에 씌어진 말은 '투명'하다고 상정하는 읽기 모드"[2]에 의거하는 장르이기 때문이다. 따라서 두 가지 점에서 이상의 소설은 사소설적이기는 하지만 사소

---

2   스즈키 도미, 한일문학연구회 역, 『이야기된 자기』, 생각의나무, 2004, 31쪽.

설일 수는 없다. 그것은 일본과 달리 한국에는 사소설을 성립시킬 "읽기 모드"가 없다는 점, 그리고 이상의 텍스트 자체가 직접적이지 않고 투명하지 않게 '자기'를 표현한다는 점 때문이다. 다시 말해 이상은 철저히 감추는 방식으로, 이상의 표현을 빌리면 오직 "금칠"한 언어로 '자기'를 드러낸다. 그런데 이는 역설적이게도 이상 문학을 사소설적으로 현상하도록 한다. 난해하기 짝이 없는 이상 문학의 은폐(폭로)적 속성이야말로 거기 숨겨진 작가의 경험과 사건을 밝히려는 욕망을 부추김으로써 사소설적 읽기 모드를 강력히 유도하는 것이다.

그러한 점은 시에서도 발견된다. 이상이 구사한 난해하기 짝이 없는 여러 이미지, 은유, 상징 등의 시적 장치들은 작품이 동시에 추구하는 은폐와 폭로의 모순적인 지향과 무관하지 않다. 일단 이것들은 텍스트의 오독 가능성을 강력히 함축하고 활성화한다. 필자가 「一九三一年(作品 第一番)」을 「혈서삼태」나 「二人」과 관련시키면서 "1930년 이후의 의미"나 "R의 비밀"[3] 등을 논한 것은 그 오독 가능성을 전제로 한 것이다. 즉 다음과 같은 필자의 의견은 텍스트가 수행하는 '은폐·폭로'와 짝을 이루는 '해독/오독'의 한 예일 수 있다.

'1930년 이후의 일' 또는 1931년의 일은 '욱'과 '나'의 매춘을 가리키는 것이다.[4]

그런데 '은폐/폭로'와 '해독/오독'의 발생은 이상 텍스트가 다루는 소재의 특성에서 유래한다. 이는 「一九三一年(作品 第一番)」 등의 작품이 여

---

3 이경훈, 「그리스도와 알 카포네」, 『이상, 철천의 수사학』, 소명출판, 2000, 197~217쪽을 참고할 것.(이하 『이상, 철천의 수사학』으로 표시하며 출판사와 연도 생략)
4 위의 글, 200쪽.

전히 난해한 작품으로 남아 있는 한 가지 이유다. 예컨대 은폐와 폭로의 모순적인 지향이 매춘이나 그로 인한 질병 등의 문제에서 유래했다면, 바로 그 이유로 인해 오히려 텍스트들은 매춘 및 질병의 묘사로 환원되지 않는 복잡한 상징성을 보유하게 된다. 이상 작품에 대한 논의는 이 점을 확인하고 승인하는 데에서 출발해야 한다. 그러나 그것은 또한 이상 작품의 환원불가능성과 오독 가능성을 극복하고자 노력해야 함을 의미하기도 한다. 이를테면 우리는 「선에 관한 각서 6」에 등장하는 "4一千九百三十一年九月十二日生" 및 "4第四世"[5]와 같은 구절을 "第四病院에 入院"함으로써 시작되는 「一九三一年(作品 第一番)」의 의미뿐만 아니라 이상의 삶과도 연관시키려 애쓴다. 이상 작품의 모순적인 지향은 텍스트뿐 아니라 독서의 태도에도 관철된다. 요컨대 이상의 시는 '사소설'에 대응하는 '사시私詩'로서의 작용을 촉발한다.

그러나 다시 한 번 강조하건대 해독을 위한 노력은 종종 오독으로 결과하기도 할 터이다. 이때 중요한 것은 그 오해가 이해와 대립하는 대신 이해를 성립시키며 이해를 보완한다는 점이다. 달리 말해 이상 텍스트에 대한 이해는 뿌리 깊은 오해를 내포한다. 그렇다면 이상은 지금도 "아이러니"를 실천하고 있다. 그는 그의 독자들에게 끊임없이 "패러독스"를 교육하고 있다.

---

5 이상, 「선에 관한 각서 6」, 『이상문학전집』 1, 문학사상사, 1989, 161쪽. (이하 『전집』 1
   로 표시하며 출판사와 연도 생략)

2. 방정식方程式과 불요불굴不撓不屈

「一九三一年(作品 第一番)」을 전체적으로 이해하기 위해 일단 논의해야 할 것은 3연에 등장하는 "방정식"의 의미다.

> 나의 顔面에 풀이 돋다. 이는 不撓不屈의 美德을 象徵한다.
> 나는 내 자신이 더할 나위없이 싫어져서 等邊形코오스의 散步를 매일같이 계속했다. 疲勞가 왔다.
> 아나나 다를까, 이는 一九三二年五月七日(父親의 死日) 大理石發芽事件의 前兆이었다.
> 허나 그때의 나는 아직 한 개의 方程式無機論의 熱烈한 信奉者였다. [6]

"방정식"이란 무엇인가. 사전에 의하면 방정식은 "미지수를 품은 등식이 그 미지수에 어떠한 특정의 수치를 줄 때에만 성립되는 등식"[7]이다. 이때 무엇보다도 중요한 것은 방정식의 미지수를 "방정식의 근根"이라 한다는 점이다. 왜냐하면 이는 남근男根을 상기시키기 때문이다. 비유컨대 위 시의 "방정식"을 풀기 위해서는 근을 구하는 대신 남근을 구해야 한다. "等邊形 코오스의 散步를 매일같이 계속"하는 이 방정식의 미지수는 남근이다. 남근과 관련시킬 때 위 시의 의미는 비로소 해독된다. "곤봉棍棒을 내미는" "사람의 숙명적 발광發狂"[8]과 더불어 남근은 「지도의

---

6   이상, 「一九三一年(作品第一番)」, 『현대문학』, 1960.11, 165쪽.
7   이희승 편, 『국어대사전』, 민중서관, 1978(28판), 1154쪽.
8   이상, 「且8氏의 出發」, 『전집』 1, 179쪽.

암실」에 묘사된 다음과 같은 "방정식 행동"을 수행하는 것이다.

> 그는비장한마음을 가지기로하고길을 그길대로생각끝에생각을겨우겨우이어
> 가면서걸었다. 밤이그에게그가갈만한길을잘내어주지아니하는 협착한속을
> (…중략…) 그는밤의밀집부대 속으로속으로점점깊이들어가는 모험을모험인
> 줄도 모르고모험하고있는것같은것은 그에게있어 아무것도아닌그의방정식행
> 동은 그로말미암아집행되어나가고있었다 그렇지만.[9]

필자는 위의 소설을 성교 및 매춘과 관련시켜 분석한 바 있거니와,[10] 이는 "看護婦人形購入"(1연)과 더불어 "등변형 코오스의 산보를 매일같이 계속"하는 일의 진정한 뜻을 암시한다. "평온무사한 안일한 직선생활直線生活이 싫증"난 화자는 "살벌의 항巷이 고루고루 보고 싶어"[11]졌던 것이다. 이 "방정식 행동"은 "死都發掘探索隊"(12연)처럼 "밤의 밀집부대" 속으로 "점점 깊이 들어가는" 남근의 행동이다. 이는 "어린애와 같은 失足"[12]에도 불구하고 "답보를 계속"하는 "LOVE PARRADE"[13]다. 이상이 "나의 食慾은 一次方程式 같이 簡單하였다. 나는 곧잘 色彩를 삼키곤 한다"[14]라고 쓴 것은 그 때문이다. 이는 9연의 의미에 대해 좀더 명확히 통찰하게 한다. 다음을 보자.

---

9   이상, 「지도의 암실」, 『조선』, 1932.3, 111쪽. 표기는 인용자가 수정함.

10 이경훈, 「지도의 암실, 전등의 봉투」, 『이상, 철천의 수사학』, 58~89쪽을 참고할 것.

11 이상, 「12월 12일」, 『이상문학전집』 2, 문학사상사, 1991, 36쪽.(이하 『전집』 2로 표시하며 출판사와 연도 생략)

12 이상, 「애야―나는 한 매춘부를 생각한다」, 『이상문학전집』 3, 문학사상사, 1993, 307쪽.(이하 『전집』 3로 표시하며 출판사와 연도 생략)

13 이상, 「지도의 암실」, 『조선』, 1932.3, 111쪽.

14 이상, 「황의 기(작품 제2번)」, 『전집』 3, 319쪽.

나는 第三番째의 발과 第四番째의 발의 設計中, 爀으로부터의 「발을 짜르다」라는 悲報에 接하고 愕然해지다. [15]

"혁爀"으로부터 온 "「발을 짜르다」라는 비보"는 이상의 친구 문종혁文鍾爀의 일을 상기시킨다. 이상은 "욱은 나의 병실에 나타나기 전에 그 고향 군산에서 足部에 꽤 위험한 절개수술"[16]을 받았다고 썼으며, 여기 등장하는 "욱旭"은 곧 문종혁이기 때문이다.[17] 이때 "족부"의 "절개수술"은 남근에 무언가 문제가 생겼음을 암시하는 것일지도 모른다. 이상은 "욱의 눈에 매춘부와 성모의 구별은 어려웠다"라고 말하며 욱으로부터 들은 "길고도 사정 많은 이야기"를 다음과 같이 소개한 바 있다.

그것은 너무도 끔찍하여서 나에게 發狂의 종이 한 장 거리에 접근할 수 있게 한 그런 이야기인데 요컨댄 욱의 童貞이 天生 매춘부에게 獻上되고 말았다는 해피 엔드. 집에 돌아와서 우표 딱지만한 사진 한 장과 삼팔수건에 적힌 혈서 하나와 싹둑 잘라내인 머리카락 한 다발을 신중한 태도로 나에게 보여주었다. [18]

인용문은 "족부"의 "절개수술", "매춘부"의 "싹둑 잘라내인 머리카락", "「발을 짜르다」는 비보"가 모두 남근이나 매춘과 관련된 것임을 상상케 한다. 그런데 여기서 우리는 번역상의 문제를 논의하지 않을 수 없다. 왜냐하면 "발"로 번역된 일본어 한자 단어는 "아시脚"이고 아무래도 이는 "발"보다는 "다리"에 가깝기 때문이다. 물론 김수영은 "「발을

---

15 이상, 「一九三一年(作品 第一番)」, 『현대문학』, 1960.11, 167쪽.
16 이상, 「혈서삼태」, 『전집』 3, 21쪽.
17 이에 대해서는 이경훈, 「백부와 문종혁」, 『이상, 철천의 수사학』, 11~57쪽을 참고할 것.
18 이상, 앞의 글, 22쪽.

짜르다」라는 비보"와 "別報, 梨孃 R靑年公爵 家傳의 발簾에 감기어서 慘死하다"(12연)가 서로 의미를 주고받게 하기 위해, 다시 말해 "발脚"과 "발簾"이 상호 작용하게 하기 위해 "다리" 대신 "발"을 선택했을 수 있다. 하지만 이러한 발음상의 동일성은 일본어 원문에서 전혀 발생하지 않는다. 오히려 두 "발"은 시의 해독에 혼동을 초래할 가능성이 있다. 일본어 발음상 "아시脚"와 관련되는 것은 "梨孃"의 "梨나시"다. 이는 「二人……1……」의 다음과 같은 번역이 함축하는 문제와도 상통하는 문제를 지닌다.

네온싸인으로裝飾된어느敎會入口에서는뚱뚱보카아보네가볼의傷痕을伸縮시키가면서入場券을팔고있었다.[19]

인용에서 문제되는 것은 "어느 敎會"다. 왜냐하면 이 부분의 일본어 원문은 "或る敎會"이기 때문이다. 즉 "어느"에 해당하는 일본어 발음은 "아루"이고 이는 '알카포네', 즉 "アアルカアボネアいアルカボネ"와 발음상 관련되므로, 이를 그 의미만 고려하여 "어느"로 번역하는 것은 충분하지 않다. 이는 "或る아루"가 「一九三一年(作品 第一番)」의 "R靑年公爵", 「猿의 記(作品制二番)」의 "R醫學博士", 「지주회시」의 "R카페" 및 "R회관" 등과 연결되어 읽힐 수 있는 가능성을 차단한다.[20]

따라서 이러한 오역의 가능성을 고려할 때, 9연은 "나는 第三番째의 다리와 第四番째의 다리의 設計中, 爀으로부터의 「다리를 자르다」라는 悲報에

---

19 이상, 「二人……1……」, 『전집』 1, 118쪽.
20 이에 대해서는 이경훈, 「그리스도와 알카포네」, 『이상, 철천의 수사학』, 204~207쪽을 참고할 것.

接하고 愕然하다"로 번역하는 편이 좋다. 그렇게 했을 때 "다리脚"는 "梨孃"의 "梨리"와 발음상 연관될 뿐 아니라 「LE URINE」에 등장하는 "木彫の小さい羊が兩脚を喪ひジット何事かに傾聽しているか"의 "양각兩脚"과도 연결된다. 즉 "다리脚"는 "木彫의 작은 羊이 두 다리를 잃고 가만히 무엇엔가 귀 기울이고 있는가"[21]의 "두 다리"와 공명하면서 제 삼의 다리로서의 남근을 확실히 환기하게 되는 것이다. 그것은 다음 장면에 등장하는 "삼三"과도 상통한다.

그는피곤한다리를이끌어불이던지는불을밟아가며불로가까이가보려고불을자꾸만밟았다.
我是二 雖說沒給得三也我是三[22]

인용의 첫 번째 문장은 "등변형 코오스의 산보를 매일같이 계속했다. 피로가 왔다"와 밀접히 연관된다. 한자로 된 약간 이상한 문장의 의미는 잘 해독되지 않는다. 하지만 우리는 일단 "我是二"와 "我是三"을 각각 여자와 남자를 상징하는 것으로 추정할 수 있다. 여자가 "木彫의 작은 羊"처럼 "양각兩脚 = 二"을 지니고 있다면 남자는 '삼각三脚 = 三'을 가지고 있다. "나의 時計의 침은 三個"(10연)이며, 이때 삼(세 번째 다리)은 "급給"하거나 "득得"할 수 있는 것, 즉 남근처럼 주고받을 수 있는 것이다. 그러나 문제는 "雖說沒給得三也"라고 했듯이, 그 주고받음이 잘 안 될 수도 있다는 점에 있다. 이를테면 그 "▽은 1/W이다",[23] "▽은 電燈을 三等太

---

21 이상, 「LE URINE」, 『전집』 1, 123쪽.
22 이상, 「지도의 암실」, 『조선』, 1932.3, 111쪽.
23 이상, 「파편의 경치」, 『전집』 1, 100쪽.

陽인 줄 안다”[24]라고 했던 것처럼 “삼”은 왕성한 △이 아니라 “밝는 동안에 불인지 마안지 하는”(「지도의 암실」) 무기력한 ▽일 수 있다. 따라서 “我是二”는 여자가 아니라 ▽상태의 남자를 뜻할 수도 있다.

“불요불굴의 미덕”이란 이 문제와 관련되는 것은 아닐까? 이는 “갈만한 길을 잘 내어주지 아니하는” “협착한 속”을 뚫고 들어갈 만큼 강력한 △상태의 남근을 상징하는 것으로 읽힌다. 따라서 일본어 원문의 “不繞不屈”은 “不撓不屈”의 오식이며 김수영은 이를 번역 과정에서 바로잡은 것일 수 있다. 이때 “不撓不屈”은 2연의 “거대한 샤프트의 기념탑 서다”와도 연결된다.

그러나 그렇게 읽을 때 “불요불굴”은 “나의 안면에 풀이 돋다”와 모순된다. 왜냐하면 “나의 안면에 풀이 돋다”라는 1연의 “第四病院에 입원” “맹장염”·“위병”·“빈혈”, 2연의 “다량의 출혈”·“협심증”·“퇴원”, 6연의 “재차 입원”, 10연의 “중상” 등으로 환기되는 건강의 이상 상태와 연관되기 때문이다. 그것은 “피로”와 함께 찾아온 “大理石發芽事件의 前兆”이며, “대리석발아사건”은 “나의 피가 無機物의 混合이라는 것”(2연), “方程式無機論”, “精虫의 有機質의 分離實驗”(3연), “有機質의 無機化 問題”(4연)와 더불어 혈액이나 성 기능의 치명적 이상과 질병을 함축한다. 그것은 피부나 성기에 종기 같은 것이 생기는 질병이 진행됨으로써 결국 육체가 생명 활동을 못 하는 무기물(대리석) 같이 되어버렸음을 의미한다.[25] 이상은 “나 같은 不毛地를 地球로 삼은 나의 毛髮을 나는 측은해한다”,[26] “鄕邦의 風土

---

24 이상, 「▽의 유희」, 위의 책, 103쪽.
25 이에 대해서는 이경훈, 「LE URINE 주석」, 『이상, 철천의 수사학』, 242～245쪽을 참고.
26 이상, 「작품 제3번」, 『전집』 3, 323쪽.

는 毛髮 같아 건드리면 새빨개진다",[27] "사람의 屍體를밟고집으로돌아오는길에皮膚面에털이솟았다"[28]와 같이 쓴 바 있거니와, 따라서 "나의 안면에 풀이 돋다"라는 "사람의 시체"를 밟고 싶은 욕망과 더불어 "혼자서 나쁜 짓을 해보고 싶다",[29] "혼자서 못된 짓 하고 싶다"[30]라고 갈구할 뿐 아니라 실제로 "남몰래 精虫의 一元論을 固執"(4연)함으로써 발생한 질병에 대한 고백이다. 이상은 다음과 같이 썼다.

心理學을 포기한 나는 기꺼이 ─ 나는 種族의 繁殖을 위해 이 나머지 細胞를 써버리고 싶다.
바람 사나운 밤마다 나는 차차로 한 묶음의 턱수염 같이 되어버린다.[31]

그렇다면 "대리석발아사건"은 "石頭"[32] 같은 "娼婦"와의 접촉, 그리고 그 "娼婦가 分娩한 死兒의 皮膚 一面에 文身"(8연)이 있는 것과도 관련되는 증상이다. 그 육체의 "暗號"야말로 "血族이 저무도록"[33] "不毛地"의 지도를 그려내는 "方程式無機論"의 결론이다. 그것은 "나의 입맞춤으로" "혼혈아 Y"가 "毒殺"(5연)되는 일까지 수반할 것이다. "腦髓替換問題"(4연)가 "重大化"되었을 뿐 아니라 "人口問題"(11연) 역시 심각해진 것이다. 이는 "나의 목장을 수위하는 개의 이름"인 "獚"을 "1931년 11월 3일"에 명명했다고 명기한 다음 인용의 의미를 확실히 한다.

---

27 이상, 「서망율도」, 위의 책, 32쪽.
28 이상, 「파첩」, 『전집』 1, 205쪽.
29 이상, 「공포의 기록」, 『전집』 2, 203쪽.
30 이상, 「불행한 계승」, 위의 책, 208쪽.
31 이상, 「황의 기(작품 제2번)」, 『전집』 3, 320쪽.
32 이상, 「대낮」, 『전집』 1, 181쪽.
33 이상, 「서망율도」, 『전집』 3, 33쪽.

봄은 五月 花園市場을 나는 獚을 동반하여 걷고 있었다. 玩賞 花草 種子를 사기 위하여……

獚의 날카로운 嗅覺은 播種後의 成績을 소상히 豫言했다. 陳列된 온갖 種子는 不發芽의 不良品이었다.

허나 獚의 嗅覺에 합격된 것이 꼭 하나 있었다. 그것은 大理石 模造인 種子 模型이었다.

나는 獚의 嗅覺을 믿고 이를 마당귀에 묻었다. 물론 또 하나의 不良品도 함께 試驗的 태도로.

얼마 후 나는 逆倒病에 걸렸다. 나는 날마다 印刷所의 活字 두는 곳에 나의 病軀를 이끌었다.[34]

이렇게 "불발아의 불량품"과 "대리석 모조인 종자 모형"을 땅에 심음으로써 "방정식무기론"과 "역도병"은 초래되었다. 그리고 이 일이 "불요불굴의 미덕을 상징"한다고 한 이상, 불요불굴은 "不撓不屈"이 아닌 "不繞不屈"일 수밖에 없다. 왜냐하면 "위요圍繞" 등의 용례를 지닌 "요繞"는 둘러싸거나 포장하는 행위를 의미하기 때문이다. 요컨대 "不繞不屈"은 흥분하고 발기不屈했으나 콘돔[35] 등으로 성기를 싸지 않은 채不繞, 즉 "암뿌우르에 봉투"(「지도의 암실」) 씌워 질병을 예방하지 않은 채 이루어진 성교를 의미한다. 다음과 같이 "풍선"이 있었음에도 불구하고 화자의 "맨발"은 "지도" 위에 "毒毛를 散布"[36]하는 "狂女"의 "값비싼 향수에 질컥질컥 젖었"[37]던 것이다.

---

34 이상, 「황의 기(작품 제2번)」, 위의 책, 317쪽.
35 이에 대해서는 이경훈, 「지도의 암실, 전등의 봉투」, 『이상, 철천의 수사학』, 58~89쪽을 참고할 것.
36 이상, 「광녀의 고백」, 『전집』 1, 136쪽.
37 이상, 「공포의 기록」, 『전집』 2, 202~203쪽.

어쩌면 저렇게 심술궂은 女人일까. 나는 이 醜惡한 女人으로부터도 逃亡하지 아니하면 안 된다.

단 한 個의 象牙스틱. 단 한 個의 風船.[38]

이렇게 "대리석발아사건"은 "不撓不屈"한 채 "地球儀 위에 곤두를 섰다는 이유"(7연)로 인해 발생한 사건이다. "脫脂綿에다 '알콜'을 묻혀서 온갖 근심을 문지르리라"[39]라고 결심해 봤자 이미 소용없는 일이었다. 그렇다면 "거대한 샤프트의 기념탑 서다"는 "道德의 記念碑가 무너지면서 쓰러져 버렸다"(10연)의 반어로 읽힌다. 그것은 밤이면 "유령과 같이 흥분하여 거리를 뚫었"[40]던 "불요불굴" 때문에 결국 "녹 슬은 송곳 모양으로 멋도 없고 말라버리"[41]게 된 ▽의 남근을 상징한다. "지구의 끝 성스런 토지에 장엄한 질환"[42]이 있었다. 이상이 다음과 같이 쓴 것은 이 문제와 무관하지 않다.

茶를 나르는 새악시들이 모두 똑같이 丹楓문의 옷을 입었기 때문에 내 눈에는 좀 性病 模型 같아서 안됐다.[43]

요컨대 ▽의 "酷刑"(7연)과 함께 "로켓트의 설계"(12연)는 "중지"되었으며 "무위한 애愛의 산보는 끝났다".[44] "〈레브라〉와 같은 화려한 밀타승密陀

---

38 이상, 「실락원」, 『전집』 3, 190쪽.
39 이상, 「산촌여정」, 위의 책, 105쪽.
40 이상, 「공포의 기록」, 『전집』 2, 201쪽.
41 이상, 위의 글, 203쪽.
42 이상, 「어리석은 석반」, 『전집』 3, 129쪽.
43 이상, 「동경」, 위의 책, 98쪽.
44 이상, 「12월 12일」, 『전집』 2, 70쪽.

僧"[45]을 꿈꾸는 것, 즉 매독 치료제로 추측 가능한 "CREAM LEBRA의 秘密"[46](4연)을 "R靑年公爵"으로부터 듣게 된 것은 그 때문이다.

3. 삼차각三次角과 13＋1＝12

다음으로 자세히 논의해야 할 것은 11연의 "三次角"이다. 그것은 다음과 같이 등장한다.

> 三次角의 餘角을 發見하다. 다음에 三次角과 三次角의 餘角과의 和는 三次角과 補角이 된다는 것을 發見하다.
> 人口問題의 應急手當 確定되다.[47]

"삼차각"이란 수학적 용어가 아니라 이상이 만든 말이다. 따라서 시적 맥락을 통해 그 내포적인 의미를 생산해내야 할 것이다. 일단 생각할 수 있는 것은 '삼'과 관련되어 일종의 계열체를 이루는 "匕首(길이 三尺)"(6연), "第三인터내슈날黨員"(7연), "第三番째의 다리(발)"(9연), "나의 時計의 침은 三個"(10연) 등의 표현이다. 더불어 또 한 가지 고려할 것은 "再次 入院하다"(6연)의 "再次"이다.

---

45 이상, 「공포의 성채」, 『전집』 3, 336쪽.
46 이에 대해서는 이경훈, 「이상의 또 다른 질병에 대하여」, 『이상, 철천의 수사학』, 173~196쪽을 참고할 것.
47 이상, 「一九三一年(作品第一番)」, 『현대문학』, 1960.11, 167쪽.

앞서도 논했듯이, "삼"은 △나 ▽과 더불어 남근을 상징한다. 이는 "삼"을 포함하는 "비수", "다리", "시계의 침" 등의 모양으로도 환기된다. 한편 "第三인터내슈날黨員"은 "地球儀 위에 곤두"서는 모습과 관련되고, 이는 다시 "死都發掘探索隊"(12연)와 연결된다는 점에서 성 행위로 인해 등장한 이미지임이 확인된다. 이상은 "세상은 어둡고 험준하다. 그러므로 그들은 헤메인다. 탐험가나 산보자나 다 같이"라고 썼다. 그리고 "그들은 끝없이 목마르다. 그들은 끝없이 求한다. 그리고 그들은 끝없이 고른擇다"[48]라고 덧붙였다. 이러한 맥락에서 "第三인터내슈날黨員"은 "독살"되고 "감금"당한 "혼혈아Y"와 더불어 이광수가 "이튿날 아침 아홉 시나 되어서 갑진은 신마치 이태리 계집의 집에서 나왔다"[49]라고 쓴 일을 상기시킨다. 즉 "第三인터내슈날黨員"은 다음과 같이 "각국 웃음", "음란한 외국어", "앵무새의 외국어" 등으로 충만한 유곽의 'international'한 감각과 관련된다.

시가지한복판에 이번에새로생긴무덤우으로 딱장벌러지에무든각국웃음이헷뜨려떠러트려저모혀들엇다.[50]

室內에展開될생각하고 나는嫉妬한다. 上氣한四肢를기대어 그침을 들여다보면 淫亂한 外國語가하고많은 細菌처럼 꿈틀거린다.[51]

이렇게 "삼"이 포함된 모든 이미지들은 남근 및 남근의 행동과 관련되

---

48 이상, 「12월 12일」, 『전집』 2, 69쪽.
49 이광수, 『흙』, 문학과지성사, 2005, 309쪽.
50 이상, 「지도의 암실」, 『조선』, 1932.3, 110쪽.
51 이상, 「파첩」, 『전집』 1, 206쪽.

며, 따라서 "삼차각"은 삼각형, 즉 남근을 상징한다. 한편 "삼차각"은 "재차 입원하다"와 또 다른 맥락을 이룬다. 이때 "삼차각"은 "夜陰을 타서 나는 病室을 뛰쳐나왔다"(6연) 및 "나의 脫獄의 記事"(10연)와 연결되며 "잊어버리고 再次 거기 墓穴"[52]을 파는 "記憶細胞麻痺患者"[53]의 행위를 수행하는 것이 된다. 즉 그것은 "等邊形코오스의 散步를 매일같이 계속"(3연)하는 남근이다. 따라서 그 "삼차각"이 "발견"한 "餘角"은 여성이거나 여성의 성기다. "三次角과 三次角의 餘角과의 和"는 남성과 여성의 성교(和＝合)를 의미한다. 이때 "여각"과 관계하는 "삼차각"은 90도를 그 한계로 한다. 왜냐하면 "여각complementary angle"은 직각에서 어떤 각을 빼고 남은 각이기 때문이다. 즉 "三次角과 三次角의 餘角과의 和"는 언제나 90도이다. 여기서 재미있는 것은 "三次角과 三次角의 餘角과의 和"(90도)가 "三次角과 補角"이 됨을 발견했다는 점이다. 그런데 "보각 supplementary angle"은 180도에서 어떤 각을 빼고 남은 각이므로 "삼차각의 보각"은 90도다. 이는 "삼차각"이 90도이며 "삼차각의 여각"이 0도, 즉 180도와 다르지 않음을 알려준다. 결국 이는 남성과 여성의 성교를 수직선과 수평선의 만남으로 표현한 것이다. 갑자기 "人口問題"가 등장하는 것은 그 때문이다. "삼차각의 여각을 발견"하는 일은 "地球儀 위에 곤두"서는 행위와 다르지 않다. 한편 "13＋1＝12" 역시 성교를 표현한 것이다. 일단 이 구절이 등장하는 10연을 인용해 보자.

나의 방의 時計 별안간 十三을 치다. 號外의 방울소리 들리다. 나의 脫獄의 記

52　이상, 「절벽」, 『전집』 1, 80쪽.
53　이상, 「무제 (1)」, 『전집』 3, 296쪽.

事.

不眠症과 睡眠症으로 시달림을 받고 있는 나는 항상 左右의 岐路에 섰다.

나의 內部로 向해서 道德의 記念碑가 무너지면서 쓰러져 버렸다. 重傷. 세상은 錯誤를 傳한다.

13＋1＝12 이튿날(卽 그때)부터 나의 時計의 침은 三個였다.[54]

"13＋1＝12"는 "12＋1＝13"으로 잘못 인쇄됨으로써 문학사상사 판 전집의 "錯誤를 傳"하기도 했거니와, 이는 텍스트의 난해성과도 무관하지 않다. 사실 "13＋1＝12"라는 것은 등식이 될 수 없는 오류이기 때문이다. 여기 제시된 숫자들로 등식을 성립시키기 위해서는 '13－1＝12'이나 '12＋1＝13'으로 식을 고쳐야 할 것이다.

그렇다면 우리는 "13＋1＝12"의 의미를 어떻게 파악해야 할 것인가. 일단 "나의 방의 時計 별안간 十三을 치다"에 나오는 "13"부터 생각해 보면, 잘 알려져 있듯이 이는 이상 문학에서 빈번히 나오는 숫자다. 「오감도 시 제1호」의 "13인의 아해"는 13이 등장하는 대표적인 사례이거니와, 이때 중요한 것은 "무섭다고 그리오"로 표현된 공포, 그리고 "막다른 골목이 적당하오"와 "뚫린 골목이라도 적당하오" 및 "도로로 질주하오"와 "도로로 질주하지아니하여도 좋소"의 대립이다. 필자는 이를 "活胡同是死胡同死胡同是活胡同"(「지도의 암실」)이나 "천 갈래 만 갈래로 찢어진 POUDRE VERTUEUSE"(「광녀의 고백」)와 함께 콘돔French letter과 관련시켜 분석한 바 있다.[55] 이 시의 '아해'는 다음과 같은 '아해'일 터이다.

---

54 이상, 「一九三一年(作品第一番)」, 『현대문학』, 1960.11, 167쪽.
55 이경훈, 「지도의 암실, 전등의 봉투」, 『이상 철천의 수사학』, 75~77쪽.

나는 이들 處女 앞에서 이런 腐倫한 誘惑을 품고 길 잃은 兒孩가 되어 버렸다.[56]

그러나 「一九三一年(作品 第一番)」을 해독하기 위해 더욱 중요한 것은 「오감도 시 제1호」에 나타나는 공포와 대립쌍이 「一九三一年(作品 第一番)」에서도 발견된다는 점이다. "模造盲腸을 制作하여 한 장의 透明琉璃의 저편에 對稱點"(1연)을 만든 화자는 시계가 갑자기 "13"을 치는 무서운 상황과 함께 언제나 '불면증/수면증', '좌/우', '나의 內部 / 號外의 방울소리' 사이의 "岐路"에 위치하고 있다. "나의 방"에서 "脫獄"함으로써 외부로 나간 화자가 "內部로 향해서 道德의 記念碑가 무너지"는 "重傷"을 입는 것은 그 때문이다.

그런데 이때 특히 '내부/외부'(또는 '좌/우')의 문제는 "13＋1＝12"가 "세상"이 전하는 "착오"가 아님을 알려준다. 먼저 "13＋1＝12 이튿날(卽 그때)부터 나의 時計의 침은 三個였다"라는 구절로부터 알 수 있는 것은 "13＋1＝12"는 어떤 날의 일이나 행위이며 그로 인해 그 다음 날부터 남근이 인식되게 되었다는 점이다. 요컨대 "13＋1＝12"는 남녀의 성교를 의미한다. 이는 남자의 몸("13")과 여자의 몸("1") 또는 여자의 몸("13")과 남자의 몸("1")이 하나의 몸("12")이 되었다는 뜻이다. 어째서 그런가?

먼저 "12"는 시계가 표시하는 최대한의 숫자인 동시에 성기를 제외한 중성적인 육체를 상징한다. 따라서 "나의 방의 時計 별안간 十三을 치다"라는 갑자기 성적으로 흥분해 발기가 되었음을 의미한다. '12'를 '13'으로 만드는 "1"은 남근이다. 즉 이상의 표현을 빌리면 '12'와 '1'은 각각

---

56 이상, 「어리석은 석반」, 『전집』 3, 131쪽.

“그의 육체와 그 부속품”[57]이다. 달리 말해 “13”은 미지수(성기) X를 포함한 ‘12+X’이며 ‘X = 근根’은 ‘1’이다. 남성은 ‘12+1’(몸+남성성기)로 구성된다. 이상은 다음과 같이 쓰며 1과 “국부”(“단 한 개의 상아스틱”)를 동일화한 바 있다.

> 나의 생활의 국부를 나는 나의 회중전등으로 비추어 본다.
> 1이 빼어져 나가는 것을 목전에 똑똑히 보면서[58]

이때 이 “13”과 결합하는 또 다른 “1”은 여성이다. 이때 중성적인 여성의 몸은 12가 아닌 0으로 표현된다. 12시는 0시이기도 하기 때문이다. 따라서 “1”은 ‘0+1’(몸+여성성기)의 여성이다. 하지만 13(12+1)+1(0+1)이 어떻게 14가 아닌 12가 될 수 있는가? 그것은 여성의 ‘1’이 사실은 남성의 ‘1’(양 = 외부)과 대립하는 ‘−1’(음 = 내부)이기 때문이다.

반대로 생각하면 ‘13’은 여성이며 이때 ‘12+X’의 ‘X’는 “내부”로 향한 ‘1’, 즉 ‘−1’이다. 여성의 육체는 12+‘−1’(몸+여성성기)로 구성되어 있다. 한편 “호외의 방울소리”와도 관련되는 ‘1’은 고환(“방울”)과 더불어 외부(“호외”)로 돌출된 남성의 성기다. 남자의 몸은 중성적으로 완전한 육체인 ‘12시 = 0시’와 더불어 ‘1’을 이룬다. 남성의 육체는 ‘0+1’(몸+남성성기)로 되어 있다. 따라서 이 둘의 결합 역시 14가 아닌 “12”를 그 해답으로 한다. 이렇게 「12월 12일」의 작품 제목을 연상시키는 남녀의 두 ‘12’는 한 몸으로 결합해 또 다시 ‘12’가 된다. 요컨대 “13+1=12”는 ‘(12+X)+1=12’ 또는 ‘(12+1)+X=12’의 1차 방정식이다. 그리고

---

57 이상, 「단발」, 『전집』 2, 245쪽.
58 이상, 「무제(나)」, 『전집』 3, 344쪽.

그 근은 남성과 여성의 성기이다. 따라서 "13＋1＝12 이튿날(卽 그때)부터 나의 時計의 침은 三個였다"라는 것은 방정식을 풀었다는 말, 즉 근을 구했다는 말이다. 따라서 「날개」에 "정오 사이렌"(12)이 등장하는 것, 그리고 아래와 같은 그림이 삽입된 것은 암시적이다. 이 삽화에는 서 있는 열세 권의 책(13)이 누워 있는 나체 여성의 몸(1) 위에 묘사되어 있기("13＋1") 때문이다.

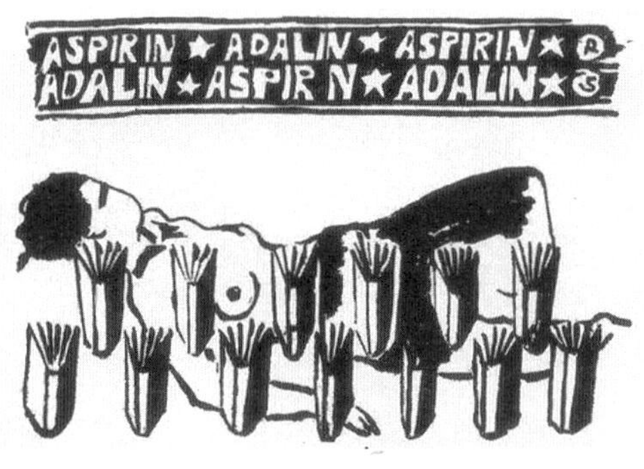

이상, 「날개」의 삽화

그런데 '13＋1＝12'는 "模造基督"[59] 및 "不世出의 그리스도"[60]와 관련된 일이기도 하다. 그것은 "聖母의 市場"에서 "싸늘한 聖母"[61]를 느끼거나 "興行物天使"를 만남으로써 발생한 "基督敎的 殉死"[62]를 암시한다.

주지하듯이 이상의 텍스트에서 "성모"나 "천사"는 창녀를 의미한다. 이는 "그 고개 너머 聖母의 市場이 있습니다. 一圓짜리가 있다니 정말 불

---

59 이상, 「실낙원」, 『전집』 3, 190쪽.
60 이상, 「각혈의 아침」, 위의 책, 327쪽.
61 이상, 「서망율도」, 위의 책, 32쪽.
62 이상, 「얼마 안 되는 변해」, 위의 책, 290쪽.

을 지르고 싶습니다"[63] 라든지, "나는 때때로 二三人의 天使를 만나는 수가 있다. 제 各各 다 쉽사리 내게 '키스'하여 준다", "天使의 '키스'에는 色色이 毒이 들어 있다. '키스'를 당한 사람은 꼭 무슨 病이든지 않다가 그만 죽어버리는 것이 例事다"[64] 등의 표현을 통해서도 잘 알 수 있다. 이때 "지옥을 좋아하는" 이 천사는 자신의 "가브리엘天使菌"[65] 으로써 잉태가 아닌 감염의 소식을 알린다. "싸늘한 성모"의 아들은 세상에 태어나는 대신("불세출") 성병에 걸린 "모조기독"이다. 다음 시는 이와 관련된 사건을 묘사하고 있다.

卷煙에피가묻고 그날밤에遊廓도탔다. 繁殖한거짓天使들이하늘을가리고溫帶로건넌다. 그러나여기있는것들은뜨뜻해지면서한거번에들떠든다. 尨大한房은속으로곪아서壁紙가가렵다. 쓰레기가막붙는다.[66]

"번식한 거짓 천사들"이 "하늘"을 가림과 동시에 속으로 곪은 "성모" 의 자궁("방대한 방")에서 나온 것은 아기 예수가 아니라 피가 묻은 "卷煙" 이다. "불세출의 그리스도" 및 "모조기독"은 "쓰레기"와 "가브리엘천사균"이 붙은 남근이다. 그것은 "단 한 개의 풍선"도 없었던 "단 한 개의 상아스틱"("不撓不屈")이다. 이렇게 "기독교식으로 결혼"[67]하는 일과 관련해 문종혁은 이상의 이야기를 다음과 같이 옮긴 바 있다.

---

63 이상, 「슬픈 이야기」, 위의 책, 65쪽.
64 이상, 「실낙원」, 위의 책, 191쪽.
65 이상, 「각혈의 아침」, 위의 책, 327쪽.
66 이상, 「가외가전」, 『전집』 1, 65쪽.
67 이상, 「종생기」, 『전집』 2, 376쪽.

우리가 修女라면 神話에 나오는 천사 같이만 알지 않아? 그런데 그녀들은 십자가에 못 박힌 예수의 나상을 보며 수음을 한다는 거야.[68]

위의 인용을 믿는다면 이상에게 예수는 남근을 비유하는 것이다. 예수는 '13'(12+X)의 'X', 즉 "1"이다. 그렇게 보면 "도로"를 "질주"하며 다리 운동을 하는 "13인의 아해"는 "13+1=12"의 "13"과도 관련된다. 그것은 "1"(예수 = "무서운 아해")과 "12"(열두 제자 = "무서워하는 아해")로 구성되어 있기 때문이다. 다시 말해 "나의 방의 시계 별안간 十三을 치다"는 '성기의 발기 = 예수의 등장'을 의미한다. 그것은 통상적인 "시계가 칠 수 있는 제일 많은 수효"[69]를 넘어서는 "號外의 방울소리"를 낸다. 따라서 "12"가 상징하는 안정적인 세계를 유지하기 위해 불길한 "1"은 "13+1=12"의 성교로써 제거되어야 할 것이다. 예수에게 그러했듯이 "피부는 새까만 마리아"[70]와 함께 "대리석 모조인 종자 모형"을 심은 "모조 기독"에게도 "기독교적 순사"는 필연적이다. 그것은 "창조의 신創造神은 나로부터 그 조종操縱의 실줄絲線을 이미 거두었는가?"[71]라는 참회와 더불어 "심판의 궁정"[72]을 향하게 할 것이다.

---

68 문종혁, 「몇 가지 이의」, 『문학사상』, 1974.4, 350쪽.
69 이상, 「휴업과 사정」, 『조선』, 1932.4, 125쪽.
70 이상, 「LE URINE」, 『전집』 1, 124쪽.
71 이상, 「12월 12일」, 『전집』 2, 131쪽.
72 위의 글, 141쪽.

4. 1931년과 12월 12일

또 한 가지 중요한 것은 "13＋1＝12 이튿날(即 그때)부터 나의 時計의 침은 三個였다"에서 드러나듯이, "13＋1＝12"를 계기로 남근은 비로소 시간성을 지닌 "시계의 침"으로 파악되기 시작했다는 점이다. 따라서 이는 "父親의 死日"(3연), "混血兒Y, 나의 입맞춤으로 毒殺되다"(5연), "나를 逮捕하려고 뒤쫓아 온 母親이 나의 등에서 나를 얼싸안은 채 殺害되어 있었다"(6연), "娼婦가 分娩한 死兒", "그 死兒의 先祖"(8연), "時間方向留任問題", "軌跡의 光年運算", "R青年公爵 家傳의 발髮"(12연) 등의 의미를 확실히 한다.

"선조", "부친", "모친", "死兒", "家傳" 등은 가문과 가정의 대를 잇는 "인구문제", 즉 "墳塚에 계신 白骨까지가 내게 血淸의 原價償還을 强請"[73]하는 일과 관련된다. 즉 "時間方向留任問題"는 "옛날에 機關車를 치어서 그 機關車로 하여금 流血淋漓, 도망치게 한" "死兒의 先祖"(8연)를 넘어설 것을, 즉 "『孫子』도 搭載한 客車가 房을 避"[74]하기에 이른 "정충의 일원론"을 부정할 것을 요구한다. 그것은 열렬히 신봉하던 "방정식 무기론"을 폐기하고 "피부 일면에 문신이 들어" 있지 않은, 즉 피부병 등의 질병이 없는 건강한 자손을 낳음으로써 가계의 "궤적"을 "光年運算"할 것을 강요한다. 화자가 "CREAM LEBRA의 비밀"을 듣고 "梨孃"과 알게 된 것을 일러 "例의 問題에 光明 보이다"(4연)라고 한 것은 이 "시간방

73　이상, 「문벌」, 『전집』 1, 83쪽.
74　이상, 「가외가전」, 위의 책, 65쪽.

향"의 문제 때문이다. 이 경우 남근은 쾌락의 도구가 아니라 생산의 도구다. 그렇기 때문에 "不繞不屈"한 그것은 공포의 계기이기도 하다. 왜냐하면 "腦髓替換問題"(4연)로 인해 "로켓트의 설계를 중지"했음에도 불구하고 결국 "梨孃"은 "慘死"했으며 "不況과 함께 悲觀說"(12연)이 "擡頭"했기 때문이다. 요컨대 1931년의 화자는 자식의 아버지가 되는 대신 "나의 아버지가 되고" "나의 아버지의 아버지가 되고"[75] 하는 "猿猴類에의 進化"[76] 및 "逆到病"[77]에서 벗어나기 어려웠다. "種族의 繁殖을 위해 이 나머지 細胞를 써버리고 싶다"[78]라는 소망이나 의무감과는 상관없이, 그는 "腦髓에 피는 꽃"과 더불어 생명 없는 남근("방정식무기론")을 지닌 "生物的 二等差級數를 運命당하고"[79] 있었다.

그러므로 "娼婦가 分娩한 死兒"라든지 "그 死兒의 先祖는 옛날에 機關車를 치어서 그 機關車로 하여금 流血淋漓, 도망치게 한 當代의 豪傑이었다는 말이 記錄되어 있었다"라는 말이 「12월 12일」의 다음 장면과 연관된다는 점은 의미심장하다.

인과에 우연이 되는 것이 있을 수 있을까? 만일 인과의 법칙 가운데에서 우연이라는 것을 찾을 수 없다 하면 그 바퀴가 그의 허리를 넘어간 그 기관차 가운데에는 C간호부가 타 있었다는 것을 어떻게나 사람은 설명하려는가? 또 그 C간호부가 왁자지껄한 차창 밖을 내어다보고 그리고 그 분골쇄신된 검붉은 피의 지도地圖를 발견하였을 때 끔찍하다 하여 고개를 돌렸던 것은 어떻게 설명하려는가?[80]

---

75 이상, 「오감도 시 제2호」, 위의 책, 21쪽.
76 이상, 「출판법」, 위의 책, 175쪽.
77 이상, 「황의 기」, 『전집』 3, 317쪽.
78 위의 글, 320쪽.
79 이상, 「얼마 안 되는 변해」, 위의 책, 292쪽.
80 이상, 「12월 12일」, 『전집』 2, 142쪽.

인용에서 기차에 부딪쳐 죽은 '그'는 업의 백부인 'Ｘ'이다. 즉 「一九三一年(作品 第一番)」에 나오는 "死兒의 先祖" 및 "娼婦"는 「12월 12일」의 'Ｘ' 및 'C간호부'에 대응하는 듯하다. 그리고 'Ｘ'는 종종 이상의 실제 백부와 관련되어 논의되었다.[81] 한편 "「발을(다리를) 짜르다」라는 비보"를 전해 준 '燦'은 "세간기명을 구하러 들다가 다리를 다쳤다"고 서술된 「12월 12일」의 M(문종혁)에 대응한다. 물론 "「발을(다리를) 짜르다」라는 비보"는 'Ｘ'가 토로코에 다리를 다쳐 "절뚝발이"가 된 일과도 무관하지 않다. 그렇다면 'Ｘ'는 X, 즉 방정식의 또 다른 근根일지도 모른다. 반대로 'Ｘ'는 X의 "방정식무기론"을 부정(×)하고 거세하려는 초자아일 수도 있다.

요컨대 「12월 12일」이 그러하듯이 「一九三一年(作品 第一番)」 역시 백부와 관련된 그 어떤 일이나 백부에 대한 이상의 복잡한 태도가 텍스트의 중요한 배경으로 작용하는 작품이다. 이 시에 "一九三二年五月七日(父親의 死日) 大理石發芽事件의 前兆"(3연)라는 구절이 등장하는 것은 그 때문이다. 실로 "大理石發芽事件" 및 "거대한 샤프트의 紀念碑"(2연)는 다음과 같이 묘사된 백부의 묘비를 상기시킨다.

다섯 번 凋落과 萌動을 거듭한 三寸 산소가 꽤 거칠은 모양을 바라보고 퍽 슬펐다. '시멘트'로 때임질한 石床은 틈이 벌었고 親友 一同이 해 세운 石碑도 좀 기운 듯싶었다.

墳土 한 곁에 앉은 잠시 生前의 三寸 그 重嚴하기 짝이 없는 風貌를 追憶해보았다. 그리고 殞命하시던 날, 葬事 지내던 날, 내 祭服 입었던 날들의 일, 이런 다섯 해 전 일들이 내 心眼을 쓸쓸히 지나가는 것이었다.[82]

---

81 그 대표적인 예로 김윤식의 『이상연구』(문학사상사, 1987)를 들 수 있다.

이때 「12월 12일」이 1930년 2월부터 12월에 걸쳐 연재되었다는 사실은 암시적이다. 이는 "1930년 이후의 일"[83]을 강조할 뿐 아니라 "1931년 8월 11일"이라는 날짜를 명기한 「二人…1…」이나 "1930년만 하여도 욱旭이 제 女形斷髮과 같이 한없이 순진"[84]했다고 한 「혈서삼태」와도 관련되기 때문이다.[85] 적어도 백부가 사망한 날인 1932년 5월 7일 이후의 어떤 시점에 이르기까지 여전히 1931년의 일을 회상하며 「一九三一年(作品 第一番)」을 집필할 만큼 이상의 삶과 문학에서 1931년은 중요한 계기가 된 해였던 듯하다. 그리고 그것은 "13＋1＝12", 즉 'X'의 공포에도 불구하고 X로써 "12"와 "12"를 나란히 놓은 "일차방정식"으로 인한 것이었음이 분명하다. 적어도 이상에게 1931년은 1930년 12월 31일의 다음날이 아니었다. 그것은 31일이 지나가기도 전에 시계가 별안간 13을 치면서 도래한 그 어떤 충격이었다. 그것은 "12월 12일"이라는 사건이었다. 필자가 "'1930년 이후의 일' 또는 1931년의 일은 '욱'과 '나'의 매춘을 가리키는 것"이라고 논했던 것은 그 때문이다. 이 일과 더불어 이상의 삶과 문학은 본격적으로 시작될 터였다. 「一九三一年(作品 第一番)」은 '작품 제1번'일 수밖에 없었다.

『이상 시 작품론』, 역락, 2009.3

---

82 이상, 「추등잡필」, 『전집』 3, 76~77쪽.
83 이상, 「二人…1…」, 『전집』 1, 118쪽.
84 이상, 「혈서삼태」, 『전집』 3, 21쪽.
85 이에 대해서는 이경훈, 「그리스도와 알 카포네」, 『이상, 철천의 수사학』, 197~217쪽을 참고할 것.

단행본

/ ㄱ /

『가네코 후미코』 138

『감성의 분할』 17

『개척』 364, 370~371

『검은 피부, 하얀 가면』 246

『근대의 책 읽기』 400

『기하학을 위해 죽은 이상의 글쓰기론』
578

『김동인연구』 50, 158, 345

/ ㄴ /

『니체와 철학』 438, 515

/ ㄷ /

『대합실의 추억』 30, 41, 85, 115, 167, 170,
195, 303, 345, 387, 390, 392, 459, 481,
483, 522, 568

/ ㅁ /

『문주반생기』 94, 157

『물질문명과 자본주의』 I-1 288

『민족 이야기를 넘어서』 416

/ ㅂ /

『발터 벤야민과 아케이드 프로젝트』 294

『번역과 주체』 34, 433

『복화술사들』 34

『본다는 것의 의미』 228

/ ㅅ /

『사랑의 문법』 283

『사생활의 역사』 80, 298

『서유견문』 288

『소설의 이론』 281

『순수이성비판』 288

『신소설, 언어와 정치』 18

/ ㅇ /

『아이들보이』 392, 404

『여자계』 351, 359, 371, 376, 407

『염상섭연구』 94

『오빠의 탄생』 26, 114, 161, 221, 270, 281,
458, 469, 482, 522, 528~529, 550, 553~
554, 563, 571

『유머로서의 유물론』 29, 573

『윤치호 일기』 51

『이광수와 그의 시대』 423, 483, 485

『이상 문학 텍스트 연구』 595~596

『이상 소설의 해석』 546

『이상연구』 565, 619

『이야기된 자기』 596

『일본 근대문학의 기원』 572

작품명

새 천 년이 시작된 지도 벌써 몇 해가 지났다. 식민지와 분단국가로 지낸 20세기 한국 역사의 외중에서 근대 민족국가 수립과 민족 문화 정립에 애써온 우리 한국학계는 세계사 속의 근대 한국을 학술적으로 미처 정리하지 못한 채 세계화와 지방화라는 또 다른 과제를 안게 되었다. 국가보다 개인, 지방, 동아시아가 새로운 한국학의 주요 대상이 된 작금의 현실에서 우리가 겪어온 근대성을 다시 한번 정리하고 21세기에 맞는 새로운 모습으로 탈바꿈시키는 것은 어느 과제보다 앞서 우리 학계가 정리해야 할 숙제이다. 20세기 초 전근대 한국학을 재구성하지 못한 채 맞은 지난 세기 조선학·한국학이 겪은 어려움을 상기해 보면, 새로운 세기를 맞아 한국 역사의 근대성을 정리하는 일의 시급성은 아무리 강조해도 지나치지 않다.

우리 근대한국학연구소는 오랜 전통이 있는 연세대학교 조선학·한국학 연구 전통을 원주에서 창조적으로 계승하고자 하는 목표에서 설립되었다. 1928년 위당·동암·용재가 조선 유학과 마르크스주의, 그리고 서학이라는 상이한 학문적 기반에도 불구하고 조선학·한국학 정립을 목표로 힘을 합친 전통은 매우 중요한 경험이었다. 이에 외솔과 한결이 힘을 더함으로써 그 내포가 풍부해졌음은 두말할 나위가 없다. 연세대학교 원주캠퍼스에서 20년의 역사를 지닌 매지학술연구소를 모체로 삼아, 여러 학자들이 힘을 합쳐 근대한국학연구소를 탄생시킨 것은 이러한 선배학자들의 노력을 교훈으로 삼은 것이다.

이에 우리 연구소는 한국의 근대성을 밝히는 것을 주 과제로 삼고자 한다. 문학 부문에서는 개항을 전후로 한 근대 계몽기 문학의 특성을 밝히는 데 주력할 것이다. 역사 부문에서는 새로운 사회경제사를 재확립하고 지역학 활성화를 위한 원주학 연구에 경진할 것이다. 철학 부문에서는 근대 학문의 체계화를 이끌고 사회과학 분야에서는 학제 간 연구를 활성화시키며 근대성 연구에 역량을 축적해 온 국내외 학자들과 학술 교류를 추진할 것이다. 이러한 연구들은 일방성보다는 상호 이해와 소통을 중시하는 통합적인 결과물의 산출로 이어질 것이다.

근대한국학총서는 이런 연구 결과물을 집약적으로 정리하기 위해 마련한 총서이다. 여러 한국학 연구 분야 가운데 우리 연구소가 맡아야 할 특성화된 분야의 기초자료를 수집·출판하고 연구성과를 기획·발간할 수 있다면, 우리 시대 연구자들뿐만 아니라 학문 후속세대들에게도 편리함과 유용함을 줄 수 있을 것이다. 새롭게 시작한 근대한국학총서가 맡은 바 역할을 충분히 할 수 있도록 주변의 관심과 협조를 기대하는 바이다.

2003년 12월 3일
연세대학교 원주캠퍼스 근대한국학연구소